Anna Jonas
Das Hotel am Drachenfels

PIPER

Zu diesem Buch

Wie eine weiße Perle auf dunkelgrünem Samt schmiegt sich das Luxushotel Hohenstein in die dichten Wälder des Siebengebirges. Maximilian Hohensteins rauschende Feste und hervorragende Gastgeberqualitäten machen es zu einem beliebten Reiseziel für Gäste der höheren Gesellschaft. In seinen privaten Räumen jedoch wird der Hotelier zum strengen Patriarchen, der weder die Modernisierungspläne seines ältesten Sohnes Karls noch die Tändeleien seines jüngeren Sohnes Alexander billigt. Einzig Johanna, die Jüngste der Familie, schafft es trotz ihres wilden Temperaments immer wieder, ihren Vater um den Finger zu wickeln. Als das Hotel Hohenstein zur alljährlichen Silvesterfeier lädt, erscheint ein weiteres, längt vergessenes Familienmitglied auf der Bildfläche: Konrad Alsberg, Maximilians unehelicher Halbbruder, ist gekommen, um Anspruch auf die Hälfte des Hotels zu erheben. Und damit nicht genug. Auch das neue Dienstmädchen Henrietta weiß um ein wohlgehütetes Geheimnis der Familie. Doch als um Mitternacht das Feuerwerk gezündet wird, ahnt noch niemand etwas von den Intrigen im Hause Hohenstein, die das neue Jahr bringen wird …

Anna Jonas wurde im Münsterland geboren, hat einen Teil ihrer Kindheit im hohen Norden verbracht und lebt seit ihren Studententagen in Bonn. Nach ihrem Germanistikstudium widmete sie sich dem Schreiben. Sie reist gerne und liebt das Stöbern in Bibliotheken, wo sie für ihre Romane intensive Recherchen betreibt. Sie lebt mit ihrem Mann und ihren Kindern in Rheinnähe mit Blick auf das Siebengebirge.

Anna Jonas

DAS HOTEL AM DRACHENFELS

Roman

PIPER

Mehr über unsere Autoren und Bücher:
www.piper.de
Aktuelle Neuigkeiten finden Sie auch auf Facebook, Twitter und YouTube.

Die Zitate zu Lord Byron im vorliegenden Roman entstammen den folgenden Quellen:

Motto S. 3, Zitat S. 15, Zitat S. 32:
Rheinlieder aus dem Munde der Dichter. Ausgewählt und übersetzt von Karl Hessel. Coblenz, Groos 1894.

Zitate S. 181 und S. 382:
Lord Byrons Werke in sechs Bänden. Übersetzt von Otto Gildemeister. Berlin, G. Reimer 1877 und 1903.

Zitat S. 255 und 256:
Lord Byrons sämtliche Werke. Herausgegeben und übersetzt von Adolf Seubert. Leipzig, Reclam 1874.

Originalausgabe
1. Auflage September 2016
3. Auflage März 2017
© Piper Verlag GmbH, München 2016
Umschlaggestaltung: Mediabureau di Stefano, Berlin
Umschlagabbildung: Lee Avison/Trevillion Images (Frau); lizard/123RF.com (Rahmen), Martin Ratter (Landschaft)
Karte: cartomedia, Karlsruhe
Satz: Uhl + Massopust, Aalen
Gesetzt aus der Aldus
Druck und Bindung: CPI books GmbH, Leck
Printed in Germany   ISBN 978-3-492-30790-1

Für meine Mutter

*Wie rauscht der stolze Strom einher,
Entzückt durch dieses Zaubertal,
Und jede Krümmung zeigt uns mehr
Und neue Schönheit jedesmal.*

Lord Byron (1788–1824)

Teil I

Familienbande

✯✯ 1 ✯✯

»Ich habe es immer schon gesagt!«, rief Karl seinem Bruder zu, während er sich aufs Pferd schwang. »Zur Ehe sind wahrlich andere geschaffen als ich.«

In hellem Grau wölbte sich der Morgenhimmel über den Wäldern. Alexander sah zu Karl, der die Zügel der tänzelnden Stute kurz hielt, sie einen Moment lang gewähren ließ, ehe er sie unter seinen Willen zwang. Auf die Art verfuhr Karl auch mit Frauen, nur bei Julia wollte es ihm nicht gelingen.

»Du tust ihr weh«, sagte Alexander und ließ offen, ob er Julia meinte oder die Stute, die unter Karls Händen gehorsam den Hals wölbte.

Die beiden Männer lenkten ihre Pferde auf einen Weg, dessen Boden noch ganz aufgeweicht war. In den frühen Morgenstunden hatte es geschneit, und graue Wolkenschlieren kündigten an, dass die Unterbrechung nur von kurzer Dauer sein würde. Wagen und Pferdehufe hatten das Weiß auf den Zufahrtswegen bereits in grauen Matsch verwandelt.

»Wo war Julia gestern Abend?«, fragte Alexander.

»Sie war spazieren – bei dieser Kälte! Und noch dazu nur im Abendkleid. Wüsste ich es nicht besser, würde ich denken, sie sei nicht recht bei Verstand.«

»Sie wirkt niedergeschlagen. Vielleicht fehlt es ihr einfach an Beschäftigung. Warum machst du ihr nicht noch ein Kind?«

Karl hob die Schultern. »Sie hat doch schon zwei, und geändert haben sich die Dinge mitnichten. Im Gegenteil, nach Valeries Geburt war sie geradezu schwermütig. Diese Strategie ist also von zweifelhaftem Wert.«

Sie trieben die Pferde in einen scharfen Trab und fielen wenig später in Galopp. Schneematsch spritzte unter den trommelnden Hufen auf.

»Sie ist ein anderes Leben gewöhnt«, nahm Alexander das Thema wieder auf, als sie die Pferde zügelten.

Karl blickte einen Moment lang schweigend zu Boden, dann sah er seinen Bruder an. »Dann hätte ihr Vater es sich besser überlegen müssen, wem er sie zur Frau gibt.« Wobei er einräumen musste, dass er es schlechter hätte treffen können. Julia von Landau war schon immer ein hübsches Mädchen gewesen – mit dunklem Haar, graugrünen Augen und nicht zuletzt einer hinreißenden Figur. Ihr Widerspruch konnte einem durchaus lästig werden, aber im Großen und Ganzen überwogen die Vorteile. Was Julia anging, so hätte sie es ebenfalls schlechter treffen können. Aber auch besser, das konnte Karl ohne das geringste Zögern eingestehen, denn er hatte keineswegs den Ehrgeiz, ein tadelloser Ehemann zu sein.

Sie passierten den Burghof, und Karl überlegte für einen Moment, eine kurze Rast einzulegen, denn noch zog es ihn nicht heim. Er entschied sich dann jedoch dagegen und trieb sein Pferd wieder in den Trab. Die morgendlichen Momente vollkommener Freiheit waren zu rar, zu kostbar.

Nachdem sie fast eine Stunde durch den Wald geritten waren, verließen sie das dichte Unterholz, und der Weg wurde wieder breiter. Vor ihren Augen erhob sich ein weißes, säulenbestandenes Haus mit Giebeln, Erkern, Balkonen, Mansarden, kleinen Türmchen und einer großen Veranda. Hohe, filigran wirkende Fenster durchbrachen die Fassade. Ruhig lag es da und verriet nichts von der emsigen Geschäftigkeit, die bereits lange vor Morgengrauen eingesetzt hatte, während die Gäste noch in tiefem Schlaf lagen. Das Hotel

Hohenstein – nahe genug am Rhein, um den Gästen eine Anreise ohne Beschwerlichkeiten zu ermöglichen, und doch weit genug abgelegen, um das Bedürfnis der erholungssuchenden Gäste nach Idylle und Abgeschiedenheit zu stillen.

Als sich die Brüder dem Haus näherten, bemerkte Karl einen Mann, der im Schatten einer Baumgruppe stand und zum Hotel sah. Er hatte – unabsichtlich oder nicht – einen Platz gewählt, der ihn vor neugierigen Blicken vom Haus her schützte, jedoch nicht so versteckt war, dass man ihn fragwürdiger Absichten verdächtigen konnte. Seine Kleidung wirkte weltmännisch-elegant, der Mantel war nach neuester Mode geschnitten, die Hosen ebenfalls. Der Mann hatte die Hände hinter dem Rücken verschränkt und trug einen steifen Hut auf seinem dunklen Haar. Er schien die Reiter gehört zu haben, denn er drehte sich zu ihnen um und musterte sie eingehend. Dann neigte er den Kopf und lächelte.

»Guten Morgen, die Herren.«

Karl und Alexander erwiderten den Gruß und zügelten die Pferde.

»Ein sehr schönes Anwesen«, sagte der Mann. »Das Hotel Hohenstein, nicht wahr?«

»Ja, es gehört unserem Vater, Maximilian Hohenstein«, antwortete Karl.

»Ah, Karl und Alexander Hohenstein, vermute ich?«

»Sie vermuten richtig.«

Der Mann nickte, unterließ es jedoch, sich seinerseits vorzustellen, was für Karl nur den Schluss zuließ, dass seine Kinderstube unzureichend gewesen sein musste. Gut gekleidet, aber keine Erziehung. Neureich, womöglich gar einer dieser Emporkömmlinge aus Amerika, da konnte es ja jeder Bauer zu etwas bringen, um sich hernach in seiner alten Heimat als reicher Herr aufzuspielen. Bis ihn dann seine Manieren, oder besser gesagt, das Fehlen selbiger enttarnte.

»Sind Sie Gast bei uns, oder können wir Ihnen in irgendeiner Weise behilflich sein?«

»Sie könnten mir sagen, wie ich am schnellsten zurück nach Königswinter komme. Ich gestehe, ich bin ordentlich durchgefroren und habe auf meinem Spaziergang wohl einige Umwege gemacht.«

Karl überließ es Alexander, eine genaue Wegbeschreibung zu liefern, und musterte den Mann. Süddeutsch gefärbter Dialekt und eine Haltung, die andeutete, dass der Mann in Karl und Alexander seinesgleichen zu erkennen schien. Der Mann bedankte sich.

»Es war mir ein Vergnügen«, antwortete Alexander mechanisch. »Einen schönen Aufenthalt wünsche ich Ihnen.« Gelegentlich kam er doch hervor, der höfliche Sohn eines Hoteliers. »Vielleicht begegnet man sich ja auf der einen oder anderen Feierlichkeit.«

Wieder lächelte der Mann. »Gewiss sogar.« Dann drehte er sich um und schlug den von Alexander beschriebenen Weg ein.

Die letzten Klavierklänge zerstoben in der Luft, beinahe gewaltsam, als hätten sie nur darauf gewartet, entfesselt zu werden, ehe sie erstarben. Johannas Hände ruhten auf den Tasten. Sie senkte den Kopf, die Augen geschlossen, und atmete tief ein. Der Sturm, den die Musik in ihr entfacht hatte, legte sich wieder.

Das Klappern von Hufen war zu hören, und Johanna erhob sich, um aus dem Fenster zu sehen. Ihre Brüder kehrten zurück, das hieß, es war bereits Zeit fürs Frühstück, und Johanna war noch nicht einmal angekleidet. Eilig verließ sie das Musikzimmer und lief in ihre eigenen Räumlichkeiten.

Sich für ein Kleid zu entscheiden, ging schnell, da war die passende Frisur schon aufwendiger. Nicht zum ersten

Mal stellte Johanna sich vor, wie Karls weizenblondes Haar zu ihrem Gesicht wirken würde. Oder Alexanders nur um wenige Nuancen dunkleres. Ihr eigenes war kupferrot, was ihr großen Kummer bereitete. Die Hoffnung, es könne sich in ein Kastanienbraun verwandeln wie bei Julia, deren Haar als Kind auch rot gewesen war, hatte sie längst zu Grabe getragen. Seufzend öffnete sie ihren Haarknoten am Hinterkopf, und die dichten Strähnen fielen ihr glatt auf den Rücken. Aus Zeitgründen entschied sie sich für einen schlichten Zopf, zog ein hellblaues Tageskleid an und verließ ihr Zimmer.

Eine schwere Eichenholztür trennte den privaten Wohnbereich vom Hotelbetrieb. Karl und Julia bewohnten die Bel Étage, wobei die Mahlzeiten meist gemeinsam im großen Speisezimmer des Erdgeschosses in der Wohnung von Maximilian Hohenstein eingenommen wurden. Die Hotelküche verköstigte nicht nur die Gäste, sondern auch die Familie, sodass im Wohnbereich keine weitere Küche gebaut worden war.

Als Johanna das Speisezimmer betrat, war bereits die ganze Familie versammelt, lediglich die Kinder frühstückten zusammen mit ihrem Kindermädchen im Spielzimmer. An den beiden Schmalseiten der Tafel saßen Johannas Eltern, Maximilian Hohenstein und seine Gattin Anne. Zur Linken des Hausherrn hatten Karl und Julia ihren Platz, gegenüber saßen Alexander und Johanna. Das Frühstück wurde von den beiden Lakaien aufgetragen, streng überwacht durch den Hausverwalter, der neben der Tür zum Speisesaal stand. Kurz darauf erschien eines der Stubenmädchen mit einem silbernen Tablett, auf dem die Post lag. Drei Briefe, alle für Maximilian Hohenstein.

Johanna aß nur wenig und trank dafür umso mehr Kaffee, was ihre Mutter stets tadelte. Als sie gerade nach einer Scheibe Toast greifen wollte, schob ihr Vater seinen Stuhl mit einem Ruck zurück und erhob sich ungestüm. In der Hand hielt er einen der Briefe, sein Gesicht war aschfahl geworden.

»Albert«, er winkte den Ersten Lakai zu sich. »Schick einen der Botenjungen nach Bonn zu Herrn Rechtsanwalt Schürmann.«

Nun sah auch Karl vom Frühstück auf. »Sagte er nicht, er sei bis Januar verreist?«

Ihr Vater hielt inne, und seine Hand ballte sich in einer Faust um den Brief. »Ist die Kanzlei über die Feiertage nicht besetzt? Was ist mit seinem Sozius?«

»Der ist auf verspäteter Hochzeitsreise.«

Maximilian Hohenstein murmelte etwas über den Verfall einer Gesellschaft, in der keiner mehr arbeiten wollte, und wandte sich Richtung Tür.

»Was ist passiert?«, fragte nun auch Johannas Mutter.

»Nichts von Bedeutung. Ich muss nur rasch ein paar Briefe schreiben und etwas …« Der Rest des Satzes verlor sich in Gemurmel, als Maximilian Hohenstein raschen Schrittes aus dem Zimmer eilte.

Johanna sah Karl an, aber der zuckte nur mit den Schultern und widmete sich wieder seinem Frühstück. Sie selbst schlang den Toast sehr undamenhaft hinunter, spülte mit Kaffee nach und erhob sich ebenfalls. Noch ehe ihre Mutter Einwände erheben konnte – der Moment war gut abgepasst, denn mit vollem Mund sprach diese nie –, hatte Johanna das Speisezimmer bereits verlassen.

Betrat man das Hotel durch den Haupteingang, gelangte man zunächst in das weitläufige, in weißgoldenem Marmor gehaltene Vestibül, in dem sich auch die Rezeption befand. Clubsessel gruppierten sich um niedrige Tische, verborgen hinter Säulen und umgeben von Farnen und kleinen Palmen, sodass für wartende Gäste der Eindruck von privater Abgeschiedenheit entstand. In der Mitte stand ein marmorner Brunnen, in dem Wasser aus fein ziselierten Blütenkelchen floss.

Auch an diesem Morgen trafen neue Wintergäste ein, und täglich wurden weitere erwartet. Das Hotel war bis in den Februar hinein komplett ausgebucht. Pagen in dunkelgrünen Livreen luden Gepäck aus den Hoteldroschken, während die Angestellten an der Rezeption den Gästen ihre Zimmer zuwiesen. Zwei breite, geschwungene Treppen führten hinauf zur Galerie der Bel Étage.

Als Kinder hatten Johanna und Alexander das Hotel gründlich erforscht, natürlich ohne das Wissen ihres Vaters, der es nicht geduldet hätte, wenn die Ruhe der Gäste gestört worden wäre. Und was Maximilian Hohenstein sagte, war normalerweise Gesetz in der Familie, das hatte auch Karl feststellen müssen, der sich nach Jahren der Freiheit plötzlich in den Fesseln einer Ehe wiederfand, die er nicht gewollt hatte. Wenn Alexander nicht auf der Hut war, drohte ihm dasselbe Schicksal. Um sich selbst machte Johanna sich wenig Sorgen, sie wusste mit ihrem Vater umzugehen, auch wenn dieser der Meinung war, er gebe den Ton an.

Das Haus befand sich in emsiger Geschäftigkeit, um die große Silvesterfeier vorzubereiten. Es war der letzte Tag des Jahres, und feiern, das wusste Johanna, konnten ihre Eltern. Sie selbst würde in einem smaragdgrünen Abendkleid die breite Treppe hinunterschreiten, eine Prinzessin in Maximilian Hohensteins Königreich.

Draußen vor dem Hotel dagegen herrschte Stille. Das imposante Gebäude schmiegte sich in die dichten Wälder des Siebengebirges und wirkte um diese Jahreszeit, wenn man es aus der Ferne sah, wie eine weiße Perle auf rotbraunem Samt. Natürlich hatte man den Baumbestand in unmittelbarer Nähe des Hauses roden müssen, um den weitläufigen Garten anlegen zu können. Außerdem gab es hinter den Stallungen einen Auslauf für die Pferde, und an schönen Tagen brachten die Stallburschen sie an langen Hanfleinen durch den Wald zu einer Koppel, die auf einer Lichtung angelegt war. Ein Teil des angrenzenden Waldgebiets gehörte der Familie Hohenstein und wurde von den Urlaubern gerne für kleinere Ausflüge mit den Kindern genutzt.

An diesem frostigen Vormittag jedoch sah Julia Hohenstein nur Mabel Ashbee am Waldesrand stehen. Die Engländerin war in einen dicken Mantel gehüllt und starrte auf Wege, die von wirrem Geäst überspannt waren und sich in winterlicher Stille verloren. Seit ihre Tochter vor gut neunzehn Jahren in den Wäldern verschollen war, kehrte sie Jahr für Jahr mit ihrem Mann hierher zurück. Und immer stand sie am Jahrestag des Verschwindens am Wald und sah ins schattige Dunkel. Julia wusste, dass Freunde und Bekannte oftmals mit Ungeduld auf die fortwährende Trauer der Frau reagierten, aber sie mochte sich nicht vorstellen, wie es ihr erginge, wenn sie Valerie verlor und das Schicksal ihrer Tochter auch fast ein Vierteljahrhundert später noch im Ungewissen läge.

Ihr Bruder Philipp hatte sich in einem Brief angekündigt, und Julia freute sich auf sein Kommen. Eine vertraute Person in ihrem nahen Umfeld würde ihr guttun, gerade am Ende des Jahres, wenn Julia ihre Familie besonders vermisste. Anne Hohenstein, Karls Mutter, mochte ihre Schwiegertochter nicht, aber das beruhte auf Gegenseitigkeit. Und Julia spielte ihre Rolle tadellos, ließ keinen Zweifel daran, *wer* später die Hausherrin sein würde, und hatte zudem zwei Kinder zur Welt gebracht: einen Sohn als Erstgeborenen – beinahe jeder Mann hatte Karl auf die Schulter geklopft, als sie kurz nach ihrer Hochzeit schwanger geworden war, als seien die Momente lustvoller Verzückung eine grandiose Leistung seinerseits gewesen – und eine Tochter, die gleichfalls hinreißend war. Karl war zwar stolz auf seinen Sohn, bevorzugte aber seine Tochter, die er auf den Schultern herumtrug und überall als das schönste Mädchen in deutschen Landen pries. Dafür konnte man ihm schon so einiges verzeihen.

Natürlich bekam Julia mit, was die Leute so redeten, genauso wie sie die Blicke bemerkte, die die Stadtmädchen Karl und seinem Bruder Alexander zuwarfen. »Die reinste Landplage!«, riefen die Mädchen lachend, ihre zwinkernden Augen verrieten jedoch, dass ihnen diese Landplage gar nicht so unlieb war. Dieses Jahr trieben die beiden es wieder besonders schlimm, vor allem Karl, der über die Wiesen jagte und brachliegende Felder mit Pferdehufen aufwühlte. »Wie sein Vater früher«, stöhnten die Frauen und sorgten dafür, dass ihre Töchter nicht unbeaufsichtigt waren, wenn die hohe schlanke Gestalt des jungen Reiters auftauchte.

Julia hätte gerne gewusst, ob sich am Vorabend außer ihr noch jemand gefragt hatte, wo Karl in der einen Stunde gewesen war, in der er die Abendgesellschaft verlassen hatte, ehe er entspannt lächelnd wieder durch die Flügeltüren in den Salon getreten war. Sie hatte auf ihre Art reagiert und die Gesellschaft schweigend verlassen, hatte im Mondschatten der Bäume gestanden und erbärmlich gefroren. Aber sie musste Haltung wahren, und dies war die einzige Art, auf die ihr dies möglich war.

Von Weitem sah Julia Charles Avery-Bowes, amerikanischer Geschäftsmann und ebenfalls ein Stammgast des Hotels, den es Winter für Winter wieder hierher zog. Zwar war er in Begleitung seiner Ehefrau angereist, aber er ging immerzu allein spazieren. Niemanden verwunderte das mehr, Personal wie Gäste hatten sich bereits daran gewöhnt. Helena Avery-Bowes dagegen bekam man kaum zu Gesicht. Sie verließ ihr Zimmer fast nie, nahm auch die Mahlzeiten dort ein und ging ab und zu in den Abendstunden spazieren. Die Menschen ergingen sich bereits seit Jahren in den wildesten Vermutungen, einige behaupteten gar, sie sei ein Vampir.

Als Julia zum Haus zurückkehrte, trugen Dienstboten eine schwere Kiste in den Garten, wo später das Feuerwerk stattfinden würde. Julia mied den Hoteleingang und ging stattdessen durch die Tür, die zum privaten Familientrakt führte. Zur gleichen Zeit betrat Karl den Korridor von der gegenüberliegenden Seite und wirkte für einen Moment überrascht, als sei es ungewöhnlich, seine Ehefrau hier anzutreffen.

»Was hat deinen Vater so aufgeregt?«, fragte sie.

Karl zuckte mit den Schultern. »Irgendeine lästige Rechtsangelegenheit, er wollte nicht näher darauf eingehen.«

Unwillkürlich suchte sie seine Hemdbrust nach verräterischen Spuren ab. Karl schien es zu bemerken, denn ein spöttisches, kleines Lächeln spielte um seine Mundwinkel. Julia starrte auf seinen Hals. Dann auf seine Krawatte. Sie war tadellos gebunden gewesen beim Frühstück, nun war der Knoten locker, als hätte jemand daran herumgezerrt. Unwillkürlich stieg das Bild von Karl und einer anderen Frau in ihr auf, beide in leidenschaftlicher Umarmung verschlungen, die Hände einer anderen Frau festgekrallt in seinen Kragen. Wortlos zog Julia den Knoten an seiner Krawatte auf und band sie neu. Er musste wissen, wie sehr er sie mit seinem Verhalten demütigte. Sie hoffte nur, dass er es nicht schlimmer machte, indem er sich entschuldigte oder gar leugnete. Karl schwieg, beobachtete sie, während ihre weiß behandschuhten Hände die Krawatte banden. Ohne ihm in die Augen zu sehen, drehte Julia sich um und ging die Treppe hinauf.

✯✯ 2 ✯✯

Jahr für Jahr kam Frédéric de Montagney nach Königswinter und ließ bei seinen Aufenthalten nichts unversucht, um Johanna zu verführen. Diese gab sich gelangweilt, genoss aber in Wahrheit die hinreißende Aufmerksamkeit des Franzosen. So stand sie denn auch in dieser Nacht an seiner Seite, während man im Hotel Hohenstein das Jahr 1904 in einem rauschenden Fest verabschiedete.

Das Licht der Kronleuchter brach sich im Kristallglas, ließ den Diamantschmuck der Damen funkeln, verlieh dem Marmorboden einen warmen, cremegelben Schimmer. Die Kapelle spielte einen Tanz nach dem anderen, Herren wirbelten die Damen zu Walzerklängen durch den Festsaal, Gelächter war zu hören, das Klirren hauchdünner Gläser. Die Feier erstreckte sich bis in die beiden angrenzenden kleineren Säle, in denen die Gäste in Gruppen zusammenstanden und sich unterhielten. Büfetts waren auf langen, von weißen Tischtüchern bedeckten Tischen aufgebaut, Kellner in schwarzem Servierfrack trugen Tabletts durch die Menge und achteten darauf, dass es den Gästen an nichts fehlte.

Frédéric de Montagney war sicher der charmanteste Gast, den das Hotel beherbergte, und Johanna konnte nicht leugnen, dass sie sich von seinen fortwährenden Bemühungen um ihre Gunst geschmeichelt fühlte. Ihr Vater wäre von der Aussicht auf einen Schwiegersohn aus dem französischen Adel sicher hingerissen. Wobei Johanna nicht wusste, ob Frédéric wirklich eine Ehe anstrebte oder einfach nur auf der Suche nach Zerstreuung war. Auf jeden Fall konnte es nicht schaden, ihn ein wenig hinzuhalten.

Und dann war da noch Victor Rados, ein ungarischer Schriftsteller auf der Suche nach Inspiration im Siebengebirge, der es Johanna gegenüber ebenfalls nicht an Aufmerksamkeit fehlen ließ. Er kam meist schon im Spätherbst an und verbrachte seine Zeit mit langen Spaziergängen in der Umgebung. Johanna mochte seine Art zu sprechen, die warme, dunkle Stimme, den leichten ungarischen Akzent, der sein Deutsch brach. Seine Mutter stammte aus Österreich, und er kannte die Sprache von Kindsbeinen an. Wer von den Töchtern der Gäste nicht für Frédéric schwärmte, schwärmte für Victor. Er war durchaus anziehend, das war nicht zu leugnen, mit seinem schwarzen Haar, den dunklen Augen und dem gewandten Auftreten. Hätte Johanna nicht diese Schwäche für düstere Byron-Helden, hätte er durchaus im Rennen um ihre Gunst sein können. Byrons Gedicht über den Drachenfels hatte sie wieder und wieder gelesen, beseelt von dem Wunsch, sie hätte damals schon gelebt und es hätte ihr gegolten.

Nur eines fehlt des Rheines Strand:
In meiner deine liebe Hand!

Sie seufzte und sah zur Verandatür, durch die Karl und Julia in den Salon getreten waren. Augenscheinlich standen sie in bester Harmonie beieinander, lächelnd, Julias Hand leicht auf Karls Arm ruhend. Aber da war auch diese Starre in ihren Schultern, die Art, wie Julias Gesicht kaum merklich von ihm abgewandt war.

»*So* würden Sie bei der Aussicht auf eine Nacht mit mir nicht aussehen«, sagte Frédéric, und Johanna gab ihm mit dem Fächer einen Klaps auf den Arm.

»Und ich war der Meinung, die stellten Sie mir fortwährend in Aussicht.« Sie schenkte ihm ein Lächeln, das ihn im Ungewissen darüber ließ, worauf er hoffen durfte. An seinem Blick sah sie, dass es wirkte. *Touché*, dachte sie und wandte sich ab.

Noch vor Mitternacht verschwand das erste Schmuckstück. Als Julia bemerkte, wie sich eine der Damen an den Hals fasste, suchend zu Boden sah, ihren Begleiter ansprach und dieser nun ebenfalls den Kopf senkte, wusste sie, es war wieder so weit. Ein sich jährlich wiederholendes Ritual, wobei der Dieb stets so dreist war, seine Fingerfertigkeiten vor den Augen der Öffentlichkeit zu üben. Es schien, als wolle er beweisen, dass er jedem von ihnen ganz nahe war, und unwillkürlich berührte Julia ihre eigene Halskette, ein Geschenk von Karl zur Geburt ihres zweiten Kindes.

Maximilian Hohensteins Gesicht lief rot an, als ihm der Verlust des Schmuckstücks zugetragen wurde, und kurz darauf schwappte das Wort *Diebstahl* wie eine Welle durch den Salon. Wie jedes Jahr fürchteten die Hohensteins um ihr Renommee. Wer wollte schon in einem Hotel nächtigen, in dem ein Dieb sein Unwesen trieb? Allerdings schien dieser spezielle Dieb – von einer Diebin sprach seltsamerweise nie jemand, obwohl man die Dienstmädchen keineswegs von den Verdächtigungen ausnahm – die Leute zu faszinieren. Es wurde eifrig spekuliert; zahlreiche Gäste legten in dem Bestreben, dem Geheimnis auf die Schliche zu kommen, ein regelrecht detektivisches Gespür an den Tag.

Wer war nicht schon alles verdächtigt worden. Die Dienstboten sowieso, für sie war die Sache sehr unerfreulich, und noch in dieser Nacht stand ihnen wieder die Durchsuchung ihrer Quartiere bevor. Julia bemerkte, dass Maximilian bereits diskret entsprechende Anweisungen gab. Die Detektive, die er eingestellt hatte, um dergleichen Vorfälle zu verhindern, waren offenbar bestrebt, wenigstens *diese* Aufgabe auszuführen. Man munkelte, es könnte sogar ein Gast sein, aber das wurde wieder verworfen. Wer von den gutbetuchten Besuchern des Hotels hatte dergleichen denn nötig? Vielleicht der ungarische Schriftsteller, die waren bekanntlich arm. Doch Victor Rados entstammte einer sehr vermögenden Familie, damit entrückte er wieder der Aufmerksamkeit der achtsamen Beobachter. War es womöglich einer der Hohensteins selbst? Das jedoch brachten die Spekulanten nur flüsternd hervor und fügten sogleich hinzu, dass diese dergleichen erst recht nicht nötig hätten.

»Die Neue.« Maximilian nickte in Richtung einer jungen Frau, deren adrette Haube eine Spur zu kokett auf dem aschblonden Haar saß.

»Sie kann es nicht gewesen sein«, antwortete Karl. »Das würde ja bedeuten, sie schliche sich Jahr für Jahr hier ein.«

Aber Maximilian beobachtete sie dennoch aus leicht verengten Augen. Ein Diebstahl an ihrem ersten Abend war ihm offenkundig verdächtig. »Wer hat sie noch mal empfohlen?«

»Philipp von Landau.«

»Referenzen?«

»Die werden gut gewesen sein, sonst wäre sie nicht eingestellt worden.« Karl zuckte mit den Schultern, und Julia, die schweigend daneben stand, betrachtete die junge Frau. Diese ging mit einem Tablett durch die Menge, war geschickt und anstellig, aber auch ein wenig unsicher. Sie war nicht im Hause von Landau angestellt gewesen, und Julia fragte sich, von welcher Art die Referenzen waren, die Philipp dazu bewogen hatten, sie zu empfehlen.

Karl dachte offenbar dasselbe. »Ich habe sie bei euch nie gesehen.«

»Vielleicht kannte Philipp sie über einen Freund.«

Maximilian nickte abwesend, dann lächelte er und mischte sich wieder unter die Leute. Jede seiner Gesten deutete an, dass er die Situation unter Kontrolle hatte und es keinen Anlass zur Sorge gab. Dennoch hatte sich eine leise Vorsicht in die Gesellschaft geschlichen, man war auf der Hut.

Maximilian Hohenstein würde das Schmuckstück ersetzen, wie er es stets tat. Wobei nicht selten – mit Bedauern, aber dennoch nachdrücklich – betont wurde, der ideelle Wert übertreffe den materiellen bei Weitem, sodass die Bestohlenen das Haus Hohenstein oft reicher verließen, als sie es betreten hatten.

»Rück deine Haube gerade, Mädchen. Du wurdest als Dienstmädchen eingestellt, nicht als Kokotte.«

»Ja, Frau Hansen.« Henrietta stellte das Tablett ab und kam dem Befehl der Haushälterin nach. Eigentlich gehörte die Bewirtung der Gäste nicht zu ihren Aufgaben, aber drei der Kellner waren erkältet, und man konnte den Gästen nicht zumuten, von einem Diener mit roter, verquollener Nase bedient zu werden. Die Lakaien halfen nun aus, aber auf die Schnelle war es nicht mehr möglich gewesen, einen weiteren männlichen Dienstboten zu mieten, und so war der Hausverwalter auf die Notlösung verfallen, das Stubenmädchen servieren zu lassen.

»Jetzt sieh zu, dass du die nächsten Odöwre in den Salon trägst.«

Hors d'œuvre, lag es Henrietta auf der Zunge, aber sie schwieg, da sie ahnte, dass ihre Antwort als vorlaut gelten würde. Abgesehen davon konnte man die Häppchen kaum mehr als Appetitanreger bezeichnen, da das riesige Büfett bereits vor langer Zeit geplündert worden war. Sie nahm jedoch gehorsam das Tablett und ging zurück in den Salon. Auf dem Weg dorthin begegnete sie Alexander Hohenstein, dem jüngeren Sohn der Familie, der ihr unters Kinn griff und ihr sagte, sie habe Prachtaugen. Ein vielsagendes Zwinkern folgte, dann ließ er sie ihrer Wege gehen.

»Und ich dulde kein Anbandeln mit dem jungen Herrn Hohenstein«, fügte Frau Hansen hinzu, die das neue Hausmädchen auf dem Weg durch den Korridor nicht aus den Augen gelassen hatte. »Du wärst nicht die Erste, die mit einem dicken Bauch auf der Straße landet.«

Henrietta hatte von Alexander Hohensteins Abstechern in die Dienstbotenquartiere durchaus gehört. Auch sein Bruder schien trotz seiner hübschen Ehefrau der einen oder anderen Liebschaft nicht abgeneigt zu sein, wobei man munkelte, er hielte sich dabei eher an junge Frauen aus Bonn und Königswinter. Von Maximilian Hohenstein drohte keine Gefahr, der ging seine Affären sehr diskret ein und gewiss nicht im selben Haus, das seine Ehefrau bewohnte. Sie würde sich also hauptsächlich vor Alexander in Acht nehmen müssen. Solange er nur versuchte, sie zu verführen, machte sie sich keine Sorgen. Zwang er sich ihr jedoch auf, sah die Sache anders aus. Aber Philipp hatte versprochen, dass er im Januar kam. Sollte sie in Bedrängnis geraten, würde er den Hohenstein-Spross in die Schranken weisen.

Als sie mit dem Tablett den Salon betrat, atmete sie tief durch. Ihr widerstrebte die Unterwürfigkeit, die ihre Tätigkeit ihr aufzwang, und sie befürchtete, durch eine unbesonnene Handlung oder einen Fehler als Hochstaplerin enttarnt zu werden. Philipp hatte ihr zwar alles gesagt, was es zu wissen gab – und das war mehr, als Henrietta geahnt hatte –, aber sie hatte ein Ziel, das sie um jeden Preis erreichen wollte. Als die Nachricht vom Diebstahl durch den Saal geraunt wurde, war sie furchtbar erschrocken, denn an ihrem ersten Tag würde man sie wahrscheinlich als Erste verdächtigen. Frau Hansen hatte sie jedoch beruhigt, die Diebstähle traten jedes Jahr im Winter auf, weshalb sie gänzlich unverdächtig war.

Henriettas Blick fiel auf Maximilian Hohenstein, der sich elegant inmitten der Menge bewegte, huldvoll mal hierhin, mal dorthin lächelte. Selbst als sie an ihm vorbeiging, nahm er sie nicht wahr, das Tablett ja, die junge Frau, die es trug, nicht. In seiner Welt war sie nicht mehr als ein Möbelstück, sie war ihm keinen Blick wert, es sei denn, es gab einen Grund, sie zu tadeln.

Konrad Alsberg beobachtete die Flut der Gäste, die aus den erleuchteten Sälen hinaus in den Garten strömte. Auch das Personal hatte offenbar die Erlaubnis bekommen, dem Schauspiel beizuwohnen, und reihte sich hinter den Gästen auf. Beiläufig, als sei er ebenfalls ein Gast des Hauses, der einen abendlichen Spaziergang gemacht hatte, schlenderte er durch den Garten. Man bemerkte den fremden Herrn zwar, aber da das Hotel eine Ansammlung von Menschen war, die einander nicht kannten, und er elegante Abendgarderobe trug, kam niemand auf die Idee, ihn zu fragen, ob er eingeladen war oder nicht. Ohne das geringste Zögern mischte er sich unter die Menge.

Selten bekam Konrad ein Feuerwerk zu sehen, das aufwendiger und großartiger war als jenes, mit dem das Haus Hohenstein das Jahr 1905 begrüßte. In dem gerodeten Areal bestand offenbar auch nicht die Befürchtung, man könne den Wald in Brand setzen, und so fuhr man alles auf, was die moderne Feuerwerkskunst zu bieten hatte. Von allen Seiten hörte Konrad Ausrufe des Erstaunens. Sogar einige Kinder, denen man zum Jahresende offenbar die Zügel gelockert hatte, standen zusammen mit ihren Kindermädchen auf den Balkonen und lachten vor Entzücken, während das bunte Farbenspiel über ihre kleinen Gestalten wetterleuchtete.

Das Spektakel dauerte eine halbe Stunde, zurück blieb nur der Geruch nach Rauch und Schwefel. Obgleich alle Leute ihre Mäntel übergezogen hatten, schienen sie genug von der Kälte zu haben, denn frierend beeilte man sich, wieder ins Innere des Hauses zu gelangen.

Konrad sah sich um. Beeindruckend. Dabei war es nicht so, dass dies das erste Luxushotel war, das er betrat, aber es war das erste, das ihm gehörte. Lächelnd ging er zum Büfett, probierte einen Cracker mit Kaviar, wischte sich die Hände an einer Serviette ab, die ihm ein Diener beflissen reichte, und schlenderte durch den Saal. Kurzzeitig zog er in Erwägung, eine der Damen zum Tanz aufzufordern, um den Moment noch ein wenig auszukosten und Maximilian in seiner scheinbaren Unbekümmertheit zu beobachten, die nichts anderes sein konnte als vorgetäuscht, denn Konrad hatte sein Kommen angekündigt. Dann entschied er sich jedoch dagegen und ging auf den Hausherrn zu, der mit einem Lächeln dastand, das nur ein wahrhaft erfolgreicher Mann auf den Lippen führte. Erst sah Maximilian ihn nicht, dann jedoch rutschte ihm das Lächeln von den Lippen, die Farbe wich aus seinem Gesicht.

»Was für ein grandioses Schauspiel, Maximilian.« Konrad neigte in spöttischem Respekt den Kopf.

»Wir haben uns nichts zu sagen«, antwortete Maximilian kalt und wandte seinen Blick ab.

Karl, der an der Seite seines Vaters stand, taxierte ihn, schien aber einen Moment zu brauchen, ehe er ihn einordnen konnte.

»Wir hatten bereits das Vergnügen«, sagte Konrad.

Nun sah Maximilian seinen Sohn an, als vermute er einen feindlichen Überläufer.

»Er fragte uns heute Morgen nach dem Weg«, erklärte Karl.

Maximilians Blick wurde keineswegs gnädiger.

»Darf ich erfahren, worum es geht?«, wollte Karl, nun an Konrad gewandt, wissen.

»Ich bin sozusagen das bestgehütete Geheimnis im Leben deines Vaters.«

Bei der persönlichen Anrede erschien eine kleine Falte zwischen Karls Brauen.

»Wir sind Halbbrüder, wir teilen uns einen Vater mit einer Schwäche für schöne Frauen.« Konrad lachte. »Und dein Großvater war der Meinung, wir sollten uns auch sein Erbe teilen.«

»Ich habe das Testament angefochten«, sagte Maximilian nun mit gepresster Stimme.

»Das ist mir bekannt, doch vergeblich, wie wir beide wissen.«

»Du hast dich all die Jahre nicht um das Hotel gekümmert, damit verlierst du jeden Anspruch.«

»Da würden dir meine Anwälte schwerlich zustimmen, deine eigenen vermutlich ebenfalls nicht, wenn sie etwas von ihrem Handwerk verstehen.«

»Und warum tauchst du genau jetzt auf?«

»Mir gefiel es in den Kolonien nicht mehr. Und da dachte ich mir, warum nicht endlich mal mein Erbe antreten?«

Karl schwieg immer noch und wirkte, als müsse er die Neuigkeit erst einmal verdauen.

»Nun gut, besprechen wir die Einzelheiten später. Ich brauche ein Zimmer.«

»Wir sind bis unter das Dach ausgebucht«, sagte Maximilian.

»Wenn ich mich richtig erinnere, steht mir ein ganzer Wohntrakt zu. Die zweite und dritte Etage.«

»In der Bel Étage wohnen wir.« Offenbar hatte Karl seine Stimme wiedergefunden. »Das Stockwerk darüber ist unbewohnt, es wird einige Zeit dauern, es wohnlich herzurichten.«

Wieder sah sein Vater ihn mit einem Blick an, als habe er einen Verräter in den eigenen Reihen erkannt.

»Oh, darum kümmere ich mich schon.« Konrad nickte ihm und Maximilian grüßend zu und verließ den Saal. Er schlenderte durch die hell erleuchtete Halle, von der aus ein hoher Türbogen in einen breiten Korridor führte. Ein dunkelhaariges Dienstmädchen mit einem Stapel Wäsche kam ihm entgegen, und er hielt es auf, um zu fragen, wo er die Haushälterin oder den Hausverwalter finden konnte.

»Die sind beide im Gesellschaftszimmer neben der Küche.« Das Mädchen beschrieb ihm den Weg. Er dankte ihr und verließ die Halle wieder, um in die Tiefen des Dienstbotenbereichs abzutauchen. Die Gänge wurden karger, und als er an einer hölzernen Hintertreppe vorbeikam, hörte er ein Kichern. Alexander Hohenstein hatte eines der Dienstmädchen aufgehalten und hielt es umschlungen, um ihm einen Kuss zu rauben. Das Mädchen wehrte sich halbherzig, lachte dabei aber immer wieder hell auf. Konrad räusperte sich vernehmlich, und Alexander gab das Mädchen frei, das mit hochrotem Gesicht seine Haube zurechtrückte und über den Korridor floh.

»Neigen wir zu Indiskretionen?« Konrad hob die Brauen.

»Fragt wer?« Alexander zeigte nicht das geringste Anzeichen von Verlegenheit, schien ihn jedoch erkannt zu haben, denn er wirkte überrascht.

»Wo finde ich das Gesellschaftszimmer?«

Der junge Mann musterte Konrads Abendgarderobe und lächelte ein wenig herablassend. »Das für Ihresgleichen liegt auf der entgegengesetzten Seite des Korridors im Bereich der gepflegten Langeweile. Falls Sie auf der Suche nach ein wenig Vergnügen sind, stimmt die Richtung.«

Konrad lachte leise, dankte ihm und setzte seinen Weg fort. Eine kräftige Frau in einem schwarzen Kleid, an dessen Taille ein Schlüsselbund befestigt war, trat eben aus der Küche und scheuchte zwei Lakaien samt Tabletts hinaus: »Beeilt euch ein wenig, die Herrschaften warten.« Dann bemerkte sie Konrad und straffte sich unwillkürlich. »Gnädiger Herr?«

»Ich bin auf der Suche nach der Haushälterin oder dem Hausverwalter.«

»Ich bin Frau Hansen, die Haushälterin. Gibt es ein Problem mit einem der Dienstboten?«

»Nein, keineswegs. Ich brauche ein Zimmer.«

Nun legte sich die Stirn der Frau in Dackelfalten. Das Ansinnen schien ihr seltsam, vor allem, da er dafür extra den Dienstbotentrakt aufsuchte. »Die Zuteilung der Zimmer ist Sache der Angestellten an der Rezeption. Unser Nachtportier...«

»Ich bin kein zahlender Gast«, unterbrach Konrad sie. »Ich benötige eines der Zimmer im privaten Haustrakt, in der zweiten Etage. Richten Sie eines her. Eine Grundreinigung wird um diese Uhrzeit schlechterdings nicht möglich sein, das sehe ich ein, sorgen Sie einfach dafür, dass ich dort schlafen kann.«

»Aber...«

»Morgen trifft mein Kammerdiener ein, auch er muss passend untergebracht werden. Und nun schicken Sie einen Pagen, der mein Gepäck ins Zimmer trägt.«

Frau Hansen holte tief Luft und stieß empört hervor: »Wer sind Sie, dass Sie hier Befehle geben, wie es nur den Herrschaften Hohenstein zusteht?«

»Ich bin Ihr neuer Dienstherr.«

✹✹ 3 ✹✹

Julia hörte das Jauchzen ihrer Kinder, noch ehe sie das Spielzimmer betrat. Gerade stoben der dreijährige Ludwig und seine um ein Jahr jüngere Schwester Valerie kreischend davon, während Karl ihnen auf allen vieren nachjagte. Seinen Gehrock hatte er achtlos über die Lehne eines Stuhls geworfen, seine Krawatte lag auf dem Boden daneben. Mit wildem Gelächter lief Valerie davon, während Karl so tat, als schaffe er es nicht, sie zu fangen. Dann richtete er sich auf, war mit zwei Schritten bei ihr und warf sie hoch in die Luft. Valeries Jauchzen wurde zu einem lauten Kieksen, als Karl sie durchkitzelte und wieder auf den Boden setzte. Während das Mädchen davonlief, stürzte sich Ludwig auf ihn und riss ihn fast zu Boden. Karl befreite sich und machte nun Jagd auf den Jungen, was Ludwig mit lautstarker Begeisterung und einem fortwährenden »Du kriegst mich nicht!« beantwortete.

An der Wand zur Linken standen das Kindermädchen und Frau Hansen, die Karl verliebte Blicke zuwarfen. »Als wäre es erst gestern gewesen, dass er hier herumgetollt ist«, sagte Frau Hansen, und das Kindermädchen nickte mit feuchten Augen. In dem Bild hatte sich vermutlich nur die Größe ihres Schützlings geändert.

Maximilian betrat den Raum nun ebenfalls und beobachtete das Treiben, doch sein Blick entbehrte jeglicher nostalgischen Verklärung. Karl erhob sich vom Boden und strich sich das Haar aus der Stirn. Die Kleinen klammerten sich an seine Beine. »Gnade, Kinder, ich kann nicht mehr.« Er war in der Tat ziemlich außer Atem.

»Noch einmal, Papa!«, bettelte Ludwig, und Valerie steuerte ebenfalls ein »Einmal!« bei.

Karl schien hart zu bleiben, doch dann beugte er sich in einer plötzlichen Bewegung hinunter, packte Valerie und warf sie wieder in die Luft. Das Kind kreischte vor Vergnügen.

»Jetzt ich, Papa!«, schrie Ludwig. »Jetzt ich!« Im nächsten Augenblick flog er Richtung Zimmerdecke. Julia wagte kaum, hinzusehen.

»So, das reicht jetzt.« Karl strich sich erneut das Haar zurück, ein vergebliches Unterfangen, denn einige Strähnen fielen ihm prompt wieder in die Stirn. Dann griff er nach seinem Gehrock, zog ihn über und hob seine Krawatte auf.

»Ah«, sagte Maximilian, »wie ich sehe, besinnst du dich langsam wieder darauf, wie alt du bist. Dann können wir uns ja endlich unserem Problem widmen.«

»Welchem Problem?« Karl drehte sich zu Julia, damit diese ihm die Krawatte binden konnte.

In Maximilians Blick mischten sich Unglauben und Fassungslosigkeit. »Konrad Alsberg, was sonst?«

»Das Testament ist unanfechtbar, dachte ich.«

»Stimmt, daher müssen wir uns etwas anderes überlegen.«

»Nun ja, wenn es unanfechtbar ist, wüsste ich nicht, welchen legalen Weg es geben sollte, ihm seinen Anteil streitig zu machen.«

»Hältst du diese Reaktion auf die Beschneidung deines Erbes für angemessen?«

Seit einer Woche wohnte Konrad Alsberg nun im Hotel, wobei ihn, abgesehen von den Dienstboten, die seinen Wohntrakt herrichteten, niemand zu Gesicht bekam. Er empfing Briefe, schickte den Botenjungen täglich mit Korrespondenz nach Königswinter und war ansonsten damit beschäftigt, sich wohnlich einzurichten. Inzwischen war sein Kammerdiener eingetroffen, ein angenehmer Mann um die vierzig, der sich mit dem übrigen Personal bestens verstand.

»Er kommandiert hier jeden herum, als hätte er das Recht dazu!«, ereiferte er sich.

»Aber er *hat* das Recht. Und wie du ja selbst sagtest, hast du bereits erfolglos versucht, ihm seinen Anteil streitig zu machen.«

Die Haushälterin steckte ebenso wie der Hausverwalter in einer Zwickmühle, denn obwohl sie den Hohensteins nicht in den Rücken fallen wollten, konnten sie Konrad Alsberg als rechtmäßigem Besitzer den Gehorsam nicht verweigern. Da Maximilian und Anne Hohenstein dies wussten, hielten sie das Personal aus dem Disput heraus. Schließlich wollte man nicht, dass die Gäste Anlass zur Unzufriedenheit hatten, wozu es unweigerlich kommen würde, wenn das Personal in den Zwist hineingezogen würde. Da war es besser, die Dinge erst einmal laufen zu lassen und abzuwarten, wie sich alles weiterentwickelte.

»Wir müssen ihn loswerden, egal wie.«

»Oh, sag das doch gleich.« Karl wandte sich an Julia. »Liebes, holst du mir bitte mein Jagdgewehr?«

Maximilian lief dunkelrot an und richtete den Zeigefinger auf seinen Sohn. »Ich warne dich, Karl, es ist mir bitterernst.«

»Was erwartest du von mir? Soll ich da erfolgreich sein, wo deine Anwälte gescheitert sind? Ist Konrad Alsberg nicht sogar selbst Jurist?«

»Ja, offiziell; er hat aber den deutschen Landen vor Jahren den Rücken gekehrt und sich in den Kolonien herumgetrieben. Vielleicht gibt es dort einen Punkt, wo wir ansetzen können, einen Skandal, der ihn hierher getrieben hat.«

»Welche Art von Skandal sollte das wohl sein, die ihn um sein Erbe bringt?«

»Was weiß denn ich? Sieh zu, dass du dich nützlich machst, oder ich überdenke, ob Alexander nicht doch der geeignetere Haupterbe wäre.«

Karl lachte spöttisch, aber Julia hörte den Missklang darin. »Sicher doch, Vater, ich werde tun, was ich kann, damit du das Hotel nicht in Alexanders fähige Hände legst.«

Es schien, als wolle Maximilian noch etwas sagen, besann sich jedoch anders und ließ seinen Sohn einfach stehen. Julia sah, wie es in Karl brodelte.

»Was wirst du tun?«, fragte sie vorsichtig.

Er hob in einer knappen Geste die Schultern. »Du weißt ja, wie oft ich schon mit meinen Ideen gescheitert bin, Vater hört mir ja kaum zu. Vielleicht bringt Konrad Alsberg endlich frischen Wind hier herein.«

»Also wirst du dich nicht gegen ihn stellen?«

»Ich werde mir anhören, was er zu sagen hat. Vater weiß seit Jahren, dass sie zu gleichen Teilen geerbt haben, und hat es nicht für nötig gehalten, auch nur einem von uns etwas davon zu erzählen. Als würde Konrad Alsberg verschwinden, wenn man ihn nur lange genug ignoriert.«

Julia hatte den Neuankömmling nur kurz gesehen und fand, dass er eine interessante Ausstrahlung hatte, gelassen, mondän. Äußerlich hatte er mit Maximilian nicht die geringste Ähnlichkeit. Karl kam nach seinem Vater, hatte – ebenso wie Alexander – dessen Augen, ein fast silbriges Eisblau, und helles Haar. Konrad Alsberg hingegen war dunkelhaarig und hatte braune Augen. Offenbar ein Erbe seiner Mutter, von der Julia nur wusste, dass der alte Hohenstein »sie aus irgendeiner Gosse gezogen hatte«, um bei Maximilians Worten zu bleiben, die freilich nicht für ihre Ohren bestimmt gewesen waren. Zudem war Konrad Alsberg jung, knapp zehn Jahre älter als Karl, was ihn in Maximilians Augen ebenfalls nicht befähigte, mit ihm das Hotel zu leiten. Es passte nicht in sein Weltbild, mit einem Mann gleichgestellt zu sein, der nicht nur ein Bastard war, sondern darüber hinaus kaum älter als seine Söhne, die er an der kurzen Leine führte.

»Wirst du Nachforschungen über ihn anstellen?«, fragte Julia.

»Ja.«

»Und dann?«

»Dann sorge ich dafür, dass er sich vor meinem Vater in Acht nimmt.«

Julias Lippen formten ein lautloses O, ihre Augen weiteten sich überrascht.

»Mein Vater würde es *Nestbeschmutzung* nennen.«

Es war ein seltsamer Moment beinahe kameradschaftlicher Übereinkunft, in dem ihre Blicke sich trafen und Julia wusste, dass er niemand anderem gegenüber so offen sprechen würde, dass er trotz aller Distanz, die zwischen ihnen herrschte, auf ihre eheliche Loyalität setzte. Sie neigte den Kopf leicht. »Und wie wollen wir es nennen?«

Ein kleines Lächeln umschattete seine Augen. »Das Knüpfen neuer Familienbande.«

Die meisten Gäste hatten sich zur Mittagsruhe begeben, das Essen war abgetragen worden, und das Personal nutzte die raren Momente der Ruhe, um sich im Gesellschaftszimmer der Dienstboten einzufinden. Die Kammerzofen der Damen Hohenstein hatten je einen Korb mit Näharbeit vor sich auf dem Schoß, die Zofe einer der weiblichen Gäste ließ sich erklären, wie man Erdbeersoße aus Seide entfernte, ohne dabei das Kleid zu beschädigen.

Das Personal teilte sich auf in Mitarbeiter, die für das Hotel zuständig waren, und solche, die die Familie bedienten. Die Haushälterin hielt Hof über das weibliche Personal, der Hausverwalter über das männliche. Es gab Lakaien,

Zimmermädchen, Pagen, zwei Zofen, zwei Kammerdiener, Küchenmägde, Kutscher, Stallburschen, einen Stallmeister, Wäscherinnen, Weißzeugbeschließerinnen, Etagendiener und zwei Botenjungen, die Briefe für die Gäste nach Königswinter brachten sowie Besorgungen für sie erledigten. Zudem gab es zwei Stubenmädchen, die ausschließlich für die privaten Räume der Hohensteins zuständig waren. Der Concierge, die Kellner und die Rezeptionisten kamen in Schichten ins Hotel und wohnten größtenteils in Königswinter. Der leitenden Köchin, Frau Eichler, unterstanden drei Köche und denen wiederum vier Köchinnen.

Die beiden Lakaien unterhielten sich über einen Wanderzirkus, der in Bonn angekündigt war, und fragten die Küchenmägde und die Zimmermädchen, ob sie mit ihnen hingehen wollten.

»Nur in Begleitung von mir oder Frau Hansen«, mischte sich Herr Bregenz, der Hausverwalter, ein.

»Was ist mit dir?« Einer der Lakaien sah Henrietta über den Tisch hinweg an. Sie wusste nicht genau, ob es Albert oder Johannes war, sie verwechselte sie immerzu. Aber er war ein hübscher Bursche, kaum älter als sie und sehr schmuck in dem eleganten schwarzen Diener-Frack über einem blütenweißen Hemd und den Kniebundhosen.

»Ich weiß es noch nicht«, antwortete sie vage.

»Ach, komm schon, Henrietta, sei nicht so langweilig«, sagte nun auch einer der Pagen.

»Das Mädchen ist vernünftig.« Frau Hansen stemmte ihre massiven Ellbogen auf den Tisch. »Hat mehr Grips als ihre Vorgängerin.«

Ein Mädchen kicherte, wurde aber durch den strengen Blick der Haushälterin zur Ordnung gerufen.

»Was war denn mit ihr?«, fragte Henrietta.

»Wollte zu hoch hinaus«, erklärte Albert-Johannes. »Und

hat eines Nachts vergessen, die Tür zu verschließen.« Er zwinkerte ihr zu.

»Wurde mit Herrn Alexander in der Wäschekammer erwischt«, fügte eine Küchenmagd hinzu.

»Zwischen den Bettlaken«, ergänzte eines der Zimmermädchen, was Gelächter zur Folge hatte.

Herr Bregenz schlug mit der flachen Hand auf den Tisch. »Genug jetzt.«

Henrietta bemerkte, dass eines der Zimmermädchen dunkelrot anlief, vermutlich war ihre Vorgängerin nicht die Einzige, die sich einen Aufstieg an der Seite des jungen Herrn Hohenstein erträumte. Sie erhob sich und strich ihr Kleid glatt. Für Frau Hansen war dies offenbar das Zeichen, die Zimmermädchen und Lakaien ebenfalls hochzuscheuchen.

»An die Arbeit mit euch. Wenn die Herrschaften die Mittagsruhe beendet haben, wünschen sie Kaffee und Kuchen.«

Henrietta nutzte die Aufbruchstimmung und huschte in den Hof. Sie suchte in der Tasche ihrer Schürze nach Zigaretten und fand eine letzte. Ihre Suche nach Streichhölzern war jedoch weniger erfolgreich, und als sie bereits im Begriff war, die Zigarette frustriert zurück in die Tasche zu stecken, hörte sie zu ihrer Linken das vertraute Geräusch, mit dem ein Zündholz angestrichen wurde. Alexander Hohenstein hielt ihr das brennende Hölzchen hin, und sie nahm einen tiefen Zug von der Zigarette.

»Sie verraten mich nicht, oder?«, fragte sie. Ein rauchendes Stubenmädchen entsprach sicher nicht der Vorstellung von Frau Hansen, was gutes Benehmen anging.

»Aber nicht doch.« Alexander lehnte sich mit der Schulter an die Hauswand und zog ebenfalls eine Zigarette aus seiner Brusttasche. »Es gibt schlimmere Laster.«

Ja, das wusste sie durchaus, sie hatte lange genug auf der Straße gelebt, während sie auf den richtigen Moment gewartet hatte. Dieser Moment war schließlich in Person Philipp von Landaus in ihr Leben getreten. Vielleicht ahnte er, dass es etwas gab, das sie hierher getrieben hatte, einen Grund, warum sie gerade hierhin gewollt hatte und nicht in das Haus eines seiner Freunde oder gar das seiner Eltern in Königstein im Taunus.

Henrietta und Alexander rauchten schweigend, ein Einvernehmen, das seltsam erschien angesichts dessen, dass sie sich nicht kannten. Nach einem letzten Zug ließ Henrietta den Stummel ihrer Zigarette in den Kies fallen und sah die Glut langsam verglimmen. Als sie den Blick hob, bemerkte sie, wie Alexander sie ansah. So hatte auch Philipp sie angesehen, ehe sie das erste Mal mit ihm geschlafen hatte. Sie wollte dem jungen Hohenstein kein falsches Signal geben, kannte ihn aber nicht gut genug, um ihn einschätzen zu können.

»Ich habe noch zu tun. Entschuldigen Sie mich bitte?«

Er bedrängte sie nicht, sondern trat einen Schritt beiseite, um ihr den Weg freizugeben. Als sie fast an der Tür war, rief er sie noch einmal, und sie drehte sich zu ihm um.

»Ich kann warten«, sagte er.

Sie zögerte. »Dann lassen Sie sich die Zeit nicht allzu lang werden.« Sein leises Lachen begleitete sie, als sie ins Haus eilte.

»Oh, Johanna. So erwachsen?« Johanna wirbelte herum und blickte in das Gesicht Philipp von Landaus. Seit Julias Hochzeit hatten sie sich nicht gesehen, und nun tauchte er so unvermittelt vor ihr auf, Karls Freund aus Jugendtagen, gekleidet in die Uniform eines Offiziers der preußischen Armee.

»So erwachsen, wie man in vier Jahren eben werden kann«, antwortete Johanna mit einem kecken Lächeln.

»Wo sind alle? Ich bin angekommen und fand das Haus praktisch leer vor.« Er reichte ihr den Arm, und Johanna hakte sich bei ihm ein, als sei dies das Selbstverständlichste der Welt.

»Mama ist bei einer Freundin, Alexander und Papa sind irgendwo im Hotel unterwegs, Karl ist in Königswinter und Julia wollte mit den Kindern in den Wald.«

»Wie gut, dass ich nun da bin und dich aus der Einsamkeit erlöse.«

»Vielleicht habe ich insgeheim ja nur auf dich gewartet.« Johanna ging auf seinen scherzenden Tonfall ein, obwohl sie unter dem Blick seiner grauen Augen weiche Knie bekam.

»Ich wäre zutiefst geschmeichelt.« Sein Lächeln hatte etwas Hintergründiges, als wisse er um Geheimnisse, die Johanna nicht einmal erahnte. »Und nun erzähl mir, was es Neues gibt.«

»Letzter Stand der Dinge?«

»Weihnachten.«

»Oh.« Johanna verspürte die Sensationslust, die unweigerlich aufkam, wenn man eine große Neuigkeit als Erste verkünden durfte. »Ein zweiter Erbe ist aufgetaucht, ein unehelicher Bruder von Papa, der behauptet, das halbe Hotel gehöre ihm.«

Philipp hielt inne und sah sie an, die Augen vor Überraschung geweitet, was seine Ähnlichkeit mit Julia unterstrich. »In der Tat, ja? Davon, dass er nicht allein erbberechtigt ist, wusste ich nichts.«

»Das wusste niemand, er hat es tunlichst verschwiegen.«

»Und dieser ... Bruder ist jetzt hier?«

»Ja, bisher haben wir ihn aber kaum zu Gesicht bekommen, er richtet sich gerade ein.«

Philipp grinste. »Das muss deinen Vater hart ankommen.«

»Uns alle. Na ja, so einigermaßen zumindest. Ich finde es ja eigentlich ganz spannend, einen so jungen Onkel zu haben. Du hättest ihn sehen sollen, wie er hier am Silvesterabend aufgetaucht ist. Die Damen haben sich die Hälse nach ihm verrenkt.«

»Konkurrenz für Alexander?«

»Na, das will ich nicht hoffen«, war Alexanders gut gelaunte Stimme zu hören. Er musste das Haus eben betreten haben, denn er trug noch Mantel, Hut und Handschuhe. »Wie ich sehe, liefert dir Johanna gerade eine schlüpfrige Version der Ereignisse?«

»Gar nicht wahr«, widersprach Johanna und überspielte ihre Enttäuschung darüber, dass Philipp sich nun ihrem Bruder zuwandte. Ihre Hand glitt aus seiner Armbeuge.

»Unser neuer Onkel wirkt nicht sehr onkelhaft.« Alexander zog seinen Mantel aus. »Ich weiß ehrlich gesagt noch nicht, was ich von all dem halten soll.«

»Immerhin hat das Auswirkungen auf das zu erwartende Erbe«, bemerkte Philipp.

»Auf Karls Erbe, ich bekomme ohnehin nur eine Rente ausgezahlt. Mein Vater ist nicht so generös wie mein Großvater.«

»Ich finde«, ergriff Johanna wieder das Wort, »Konrad ist nicht besonders freundlich hier aufgenommen worden.« Dabei blickte sie verstohlen zur Tür, als sei zu befürchten, ihr Vater könne dort als heimlicher Zuhörer stehen.

»Er dürfte nichts anderes erwartet haben«, entgegnete Alexander.

»Dass er geerbt hat, ist doch nicht seine Schuld«, platzte es unerwartet heftig aus Johanna heraus. »Hätte er es ausschlagen sollen? Hättest du das getan? Und er kann auch nichts dafür, dass er nicht dieselbe Mutter hat wie Vater. Vermutlich hatte er es nicht leicht.«

Alexander grinste. »Ein düsterer, byronscher Held?«

Zu ihrem Ärger spürte Johanna, wie ihr das Blut ins Gesicht stieg. »Du bist gemein.«

Philipp kam ihr zu Hilfe. »Sie hat ja gar nicht mal unrecht. Und nichts gegen Byron, ich schätze ihn ebenfalls sehr. *Mein höchster Wunsch, hätt ich die Wahl, wär, hier zu bleiben allezeit. In diesem schönsten Erdental mein Leben lang in Seeligkeit.*« Er zwinkerte Johanna zu.

Diese schmolz unter seinen Worten dahin. Ein Lächeln stahl sich auf ihre Lippen, erstarb jedoch unter Alexanders belustigtem Blick.

»Schwesterchen, warum gehst du uns nicht mit gutem Beispiel voran und nimmst unseren Onkel als Erste herzlich in die Familie auf?«

Johanna zögerte, dann hob sie das Kinn. »Ja, warum eigentlich nicht?«

»Keine Angst, dass Vater es dir übelnimmt?«

Dieses Mal dauerte das Zögern etwas länger. »Nein.« Das befürchtete sie in der Tat nicht, ihr Vater war ihr nie lange böse. Aber sie hatte nicht die geringste Ahnung, wie sie Konrad Alsberg begegnen sollte.

Alexander wies mit der Hand zur Treppe. »Na dann, tu dir keinen Zwang an.«

»Lass sie doch in Ruhe«, sagte Philipp. »Warum übernimmst du es nicht als älterer Bruder, deinen Onkel zu begrüßen, wie es sich gehört?«

»Nein, lass nur, Philipp.« Johanna warf Alexander einen giftigen Blick zu. »Es wird Zeit, dass wenigstens einer von uns ein wenig Benehmen zeigt.«

Sie wandte sich ab und ging die Treppe hinauf. Die Blicke der beiden jungen Männer spürte sie noch so lange in ihrem Rücken, bis sie die erste Windung erreichte. Auf Karls Etage gab es eine Galerie, von wo aus sie Alexander und Philipp noch einmal sehen konnte. Sie hatten die Köpfe zurückgelegt und beobachteten sie. Ohne ihnen weiter Beachtung zu schenken, ging Johanna ein Stockwerk höher. Hier war sie seit Jahren nicht gewesen. Als Kind hatte sie die von Laken bedeckten Möbel spannend gefunden, und zusammen mit Alexander hatte sie in den stillen Räumen stundenlang gespielt und sich vor ihrem Kindermädchen versteckt.

Es war nicht ersichtlich, welche Räume bereits hergerichtet waren und welche nicht, und so spähte Johanna vorsichtig in jedes einzelne Zimmer. Der hübsche, holzgetäfelte Salon war offenbar wieder in Gebrauch. Parkett und Möbel glänzten und waren vermutlich in vielen Stunden Arbeit mit Wachs poliert worden. Gleiches galt für das Esszimmer. Die Vorhänge waren frisch gewaschen, Teppiche ausgerollt, die Kronleuchter glänzten, und jeder Winkel war sorgsam von Staub befreit. Das nächste Zimmer, dessen Tür sie nach einem unbeantworteten Klopfen öffnete, war das Schlafzimmer, welches, obwohl aufgeräumt, mehr von Konrad Alsberg verriet als die übrigen Räume. Er hatte einige Bilder aufgehängt, sepiafarbene Fotografien verschiedener Landschaften. Auf der Kommode rechts der Tür stand eine bronzene Schale, grob behauen, außerdem eine afrikanisch aussehende Skulptur aus schwarzem Holz.

»Suchst du mich?«

Johanna fuhr herum und stand ihrem Onkel gegenüber. »Äh... ja, ich... ich wollte...«

Er sah sie abwartend an, und Johanna beendete das unwürdige Gestammel, straffte sich und hob das Kinn. »Ich wollte dich in unserer Familie willkommen heißen.«

Überrascht hob er die Brauen, dann lächelte er. »Und ich nehme an, die Versuchung, dabei in meine Räumlichkeiten zu spähen, war zu groß?«

»Ich habe hier als Kind gespielt und konnte mir nicht recht vorstellen, wie es aussieht, wenn es bewohnt ist.«

»Und? Gefällt es dir?«

»Durchaus, ja.«

»Möchtest du einen Tee trinken? Oder lieber Kaffee?«

Kurz überschlug Johanna die Konsequenzen, die unweigerlich folgten, wenn jemand sie hier sah, im vertraulichen Beisammensein mit dem unerwünschten Verwandten.

Offenbar erahnte Konrad Alsberg ihre Bedenken. »Wenn dir Ärger droht...«

»Nein«, fiel sie ihm rasch und, wie sie zu spät bemerkte, nicht sonderlich höflich ins Wort. »Mir droht kein Ärger. Im Gegensatz zu meinen Brüdern weiß ich, wie man mit meinem Vater umgehen muss.«

Nun lachte er und wies ihr mit der Hand den Weg zu einem Raum, in den sie noch nicht gesehen hatte. Galant öffnete er die Tür und ließ ihr den Vortritt. Der Salon lag über Julias Morgenzimmer und war ebenso klein. Im Gegensatz zu dem größeren, den Johanna kurz zuvor gesehen hatte, flackerte hier ein Feuer im Kamin, und auf dem Tischchen, das zwischen zwei gemütlich aussehenden Sesseln stand, lag ein Buch, aus dem ein Lesezeichen ragte.

»Ich hoffe, ich habe dich nicht gestört«, sagte Johanna.

»Nein, ich war spazieren.« Konrad läutete, und kurz darauf erschien das neue Stubenmädchen. »Tee oder Kaffee?«, fragte er an Johanna gewandt.

»Kaffee bitte.«

Nachdem das Mädchen ihre Wünsche entgegengenommen hatte, verließ es das Zimmer.

»Hast du eine Wette verloren?«, fragte Konrad.

»Nein, ich war wohl nur etwas zu vorlaut und musste meinem Bruder beweisen, dass es nicht nur leeres Geschwätz war.«

Wieder lachte Konrad. »Ich bin leider ohne Geschwister aufgewachsen, solche Zwiste sind mir demnach fremd.«

»Na ja, an der Seite meines Vaters hättest du als Kind vermutlich auch nicht viel zu lachen gehabt.«

Das Stubenmädchen erschien kurze Zeit später mit einem Tablett, auf dem eine Kanne, zwei Tassen, ein Sahnekännchen, Zucker und ein Silberteller mit Kuchen standen. Sie stellte es auf dem Tisch ab, vergewisserte sich, dass die Herrschaften keine weiteren Wünsche hatten, und ging. Johanna wollte Kaffee einschenken, aber ihr Onkel kam ihr zuvor.

»Keine Umstände«, sagte er und befreite die Kanne von der wärmenden Hülle, »immerhin bist du mein Gast. Sahne? Zucker?«

»Ohne Zucker bitte.« Johanna nahm die Tasse aus hauchzartem Porzellan entgegen, der verlockender Kaffeeduft entstieg.

»Papa hat gesagt, du warst in den Kolonien.«

»Ja, in Deutsch-Südwestafrika.«

Johanna war in ihrem Leben nur wenig gereist. Warum durch die Welt reisen, hatte ihre Mutter stets gesagt, wenn die Welt zu einem kommt? Obwohl die meisten Gäste aus England kamen, hatten sie gelegentlich Besuch aus Indien und Amerika. Türkische Geschäftsmänner waren bereits bei ihnen abgestiegen, Männer, die in Australien ein Vermögen mit Opalen gemacht hatten, Familien aus Ägypten, Südafrika und den deutschen Kolonien. Aber Johanna hätte dennoch gerne mehr von der Welt gesehen als Brighton, Florenz und Paris. Und so lauschte sie gespannt, als ihr Onkel von seinem Leben in den Kolonien zu erzählen begann, von einer Welt, die zeitloser schien, bunter und auch grausam. Konrad war kein Romantiker, das ging aus seinen Schilderungen klar hervor, und doch erzählte er so lebendig, dass Johanna sich nichts sehnlicher wünschte, als all das auch sehen zu können. Sie war bei der zweiten Tasse Kaffee, als die Tür aufgestoßen wurde und ihr Vater in den Salon trat. Er deutete mit dem Finger auf sie. »Aufstehen.«

Die Tasse klirrte, als Johanna sie abstellte. »Es gibt keinen Grund, dich zu echauffieren.«

Er beachtete sie nicht, sondern wandte sich an seinen Halbbruder. »Und was dich angeht ...«

»Ja?« Konrad wirkte in der Tat interessiert.

»Untersteh dich, dich hintenherum bei meinen Kindern einzuschmeicheln, denen du ihr Erbe streitig machst.«

»Papa.« Jetzt erhob Johanna sich. »Ich war es, die zu ihm gegangen ist, er war sicher nicht minder überrascht als du.«

Ihr Vater sah sie an, die Augen verengt. »Du fällst mir in den Rücken?«

»Nein, ich wollte nur für Familienfrieden sorgen.«

Sein Blick wurde sanfter. »Das ehrt dich, Liebes. Und nun verlasse diesen Salon.«

Johanna drehte sich zu ihrem Onkel um, der nun ebenfalls aufstand.

»Ich danke dir für deinen Besuch«, sagte er. »Und im Sinne des Familienfriedens solltest du wohl lieber tun, was dein Vater von dir verlangt.«

Johanna nickte, sah ihren Vater an, dann wieder ihren Onkel. »Es war sehr nett, vielen Dank.« Damit drehte sie sich um und rauschte an ihrem Vater vorbei aus dem Zimmer. Er sollte nur nicht glauben, dass sie freiwillig die Segel strich. Sie hörte, wie er die Tür schloss und ihr folgte.

»Johanna!«

Sie wandte sich zu ihm um, sah ihn an mit jenem verletzten Blick, der ihn unweigerlich weich werden ließ. Schwieg. Drehte sich schließlich wieder um und lief die Treppe hinunter, bis ganz nach unten, wo Alexander und Philipp immer noch beieinanderstanden. Sie sah ihren Bruder herausfordernd an.

»Und nun?«

»Respekt«, sagte er. Dann erblickte er seinen Vater, der Johanna mit nur wenigen Schritten Abstand folgte.
»War das etwa deine Idee?«, donnerte dieser.
Philipp hielt es offenbar für ratsam, die Halle zu verlassen, und Johanna tat es ihm gleich, nachdem sie Alexander ein zuckersüßes Lächeln geschenkt hatte.

»Philipp!« Julia kam die Treppe hinuntergelaufen und warf sich ihrem Bruder in die Arme. Philipp umschloss ihre Taille mit beiden Händen und wirbelte sie herum.
»Wo sind meine Nichte und mein Neffe?«, fragte er, nachdem er sie wieder auf den Boden gestellt hatte. Julia nahm seine Hand und zog ihn mit sich die Treppe hoch.
»Ludwig hat schon den ganzen Morgen nach dir gefragt.«
»Ich vermute aber, das liegt weniger an meiner Person als vielmehr daran, dass er auf Geschenke hofft.«
In der Tat war die Frage nach einem Geschenk das Erste, womit Ludwig seinen Onkel bestürmte, als dieser das Zimmer betrat. Philipp lachte und setzte sich zu seinem Neffen auf den Boden. »Ich muss meine Koffer noch auspacken, darin sind deine Geschenke.«
Ludwig allerdings konnte nicht glauben, dass sein Onkel ihm nicht wenigstens eine Kleinigkeit mitgebracht hatte, und durchsuchte eifrig sämtliche Taschen des Uniformrocks seines Onkels. In einer der Taschen wurde das Kind fündig und zog eine Handvoll Münzen hervor, die es in die Tasche seines Matrosenanzugs stopfte.
»Ludwig!«, rief Julia. »Schämst du dich nicht?«
»Lass ihn nur«, antwortete Philipp augenzwinkernd. »Ich sehe schon, er schlägt nach der Familie seines Vaters.«
Julia musste lachen. »Also weißt du!«
»Mein Geschenk, Onkel Philipp«, bettelte Ludwig.
»Na komm, du Quälgeist.« Philipp hob seinen Neffen auf

die Schultern. »Dann wollen wir doch mal sehen, was in meinen Koffern so zu finden ist.«

Das Durchwühlen der Gepäckstücke förderte in der Tat etliches für den Jungen zutage, insbesondere weil Julias Familie es sich nicht nehmen ließ, den erstgeborenen Enkel mit Geschenken zu überschütten. Valerie schnitt da vergleichsweise schlechter ab. Sie bekam eine Puppe, für die sie noch zu klein war, und einige hübsche Kleider für den Sommer. Philipp hatte ihr ein Medaillon mitgebracht, auf deren Rückseite ihre Initialen graviert waren.

»Wenn sie erwachsen ist und zu voller Schönheit erblüht, wird die Familie sie mit Schmuck nur so überhäufen, und dann kann ich damit angeben, dass sie das erste Schmuckstück ihres Lebens von mir bekommen hat«, sagte er.

Da Julia sich in Ruhe mit ihrem Bruder unterhalten wollte, entschieden sie, in das nahegelegene Königswinter zu fahren. Eine Kutsche brachte sie zum Markt, von wo aus sie ihren Weg zu Fuß fortsetzten.

Julias Hand lag in Philipps Armbeuge, als sie langsam durch die Straßen spazierten, die von stuckverzierten Gebäuden und hübschen Fachwerkhäuschen gesäumt war. Das Kopfsteinpflaster bedeckte rußiger Schneematsch, auf der Straße klebte das aufgeweichte Papier einer Varieté-Werbung. Schwere Wolken wälzten von der anderen Rheinseite heran, und die Luft schmeckte nach Schnee. Touristen schlenderten mit dem Baedeker in der Hand durch pittoreske Gassen, Paare gingen engumschlungen spazieren, eine Gruppe englischer Damen wich auf die Straße aus, um ihr eifriges Gespräch nicht unterbrechen zu müssen, während sie entgegenkommenden Spaziergängern Platz machte.

Als die Geschwister am Rhein angelangt waren, blieb Philipp stehen und drehte sich zu seiner Schwester. »Wie geht es dir?«

»Gut. Ich habe neue Zeichnungen gemacht. Möchtest du sie dir später ansehen?«

»Wie es dir *geht*, möchte ich wissen. Du bist blass.«

Julia biss sich auf die Lippen. »Du weißt doch, dass mir der Winter nicht so bekommt.«

»Was machen sie hier nur mit dir? Bei deinem letzten Besuch warst du so erschreckend dünn, dass Mama völlig entsetzt war. Seither macht sie sich Sorgen um dich.«

»Das braucht sie nicht.«

»Ach nein?« Philipp sah auf den Rhein, die Augen ungewohnt ernst. »Ich werde zusehen, dass es dir wieder besser geht, weil *er* dazu ja ganz offensichtlich nicht in der Lage ist.«

»Ich komme gut zurecht, Philipp.«

»Ja, das ist in der Tat nicht zu übersehen.«

»Es ist wirklich besser geworden.«

Sie spazierten weiter, und obwohl Philipp nach wie vor besorgt wirkte, kam seine gute Laune bald wieder zum Vorschein. Nachdem sie beinahe eine Stunde durch die Stadt gegangen waren, tranken sie in einer Konditorei Kaffee und aßen Kuchen. Auf dem Rückweg stießen sie auf der Rheinpromenade auf einen Maler, der versuchte, seine Werke an Touristen zu verkaufen. Philipp sah sich die Bilder an und kaufte zwei der am wenigsten gelungenen, was Julia befürchten ließ, er wolle eigentlich eine Almosengabe kaschieren. Ihr Bruder jedoch war reizend und charmant, und als er auch noch anfing, die Bilder herunterzuhandeln, hatte er das Herz des Malers endgültig gewonnen.

»Dein Bruder ist unwiderstehlich«, sagten Julias Freundinnen stets. Sie hatte dem nichts entgegenzusetzen. Später, als sie auf dem Heimweg waren, fragte sie Philipp, warum er ausgerechnet die misslungensten Bilder gekauft hatte.

»Ja, weißt du«, sagte Philipp gedehnt, »ich dachte mir, dein Mann freut sich sicher über ein Geschenk.«

✲✲ 4 ✲✲

Schon bei seinem ersten Aufenthalt war Victor Rados vom Siebengebirge verzaubert gewesen. Er hatte den alten Sagen nachgespürt, Ruinen aufgesucht, in stundenlangen Spaziergängen seinen Gedanken nachgegangen und sich Notizen für sein Buch gemacht. Er war der einzige Sohn eines ungarischen k.u.k.-Offiziers und einer österreichischen Adligen. Im Alter von fünfzehn Jahren hatte er seine Eltern durch ein Schiffsunglück verloren und ein Vermögen geerbt. Die Familie seines Vaters besaß große Ländereien, die sehr gewinnbringend bewirtschaftet wurden, und seine Mutter war Alleinerbin gewesen. Victor befand sich demnach in der glücklichen Lage, finanziell gänzlich unabhängig zu sein und sich dem zu widmen, was er liebte: Reisen und Literatur. Er konnte sich über Jahre hinweg einer Geschichte widmen, ohne sich Gedanken darum zu machen, wovon er seinen Lebensunterhalt bestreiten musste, und da er sich dieses Privilegs voll und ganz bewusst war, ließ er andere, vom Schicksal weniger Begünstigte, an seinem Reichtum teilhaben und finanzierte unter anderem ein Waisenhaus in Budapest. Niemand wusste, dass er es war, der das Heim betrieb, denn sein Mittelsmann vor Ort korrespondierte ausschließlich über seine Anwälte mit ihm.

Nach einem ausgedehnten Spaziergang im Anschluss an das Mittagessen kehrte er zum Nachmittagskaffee wieder ins Hotel ein. Vor dem Haupteingang stand eine Kutsche, und Pagen luden große Koffer aus. Die Familie an der

Rezeption stammte dem Dialekt nach aus Norddeutschland. Ein Kindermädchen hielt die beiden Sprösslinge der Familie nur mühsam im Zaum, und die nervöse, blasse Mutter sah aus, als stünde sie kurz vor einem Schwächeanfall. Währenddessen ließ sich der Vater, der das fehlende Volumen seiner Frau mit der eigenen Körpermasse mühelos ausglich, den Schlüssel geben und winkte die Pagen mit herrischer Geste heran. Victor kannte diesen Menschenschlag zur Genüge und erwiderte den Gruß des Mannes, der auf einmal erstaunlich ehrerbietig sein konnte, mit einem kühlen Nicken. Jene Art blasierter Arroganz, in der sich der Mann gegenüber dem Personal erfolglos versuchte, beherrschte er in Perfektion, wenn er es wollte.

Im Salon wurden Kaffee, Tee und Gebäck serviert. Zu seiner Freude entdeckte er Johanna, die am Klavier saß und sich mit Frédéric de Montagney – Victors Freude erhielt einen Dämpfer – unterhielt. Sie klappte den Klavierdeckel auf, bemerkte Victor und winkte ihm zu. Er gesellte sich zu den beiden, was von Monsieur de Montagney seinerseits ebenfalls mit wenig Begeisterung zur Kenntnis genommen wurde.

Johanna spielte zum Aufwärmen einige Tonleitern und ließ schließlich ihre Finger in einem schnellen Walzer über die Tasten gleiten. »Wenn ich diese Musik höre, bekomme ich Lust zu tanzen.«

Und wenn ich dich sehe, bekomme ich Lust zu lieben. Victor wusste, dass Frédéric de Montagney Johanna nachstellte, und die Abfuhr, die er Jahr für Jahr von ihr bekam, schien sein Verlangen, sie zu verführen, nur umso mehr anzustacheln. Bisher zeigte Johanna keinerlei Anzeichen dafür, dass sie dem Franzosen nachgeben würde, dennoch beobachtete Victor seinen Widersacher argwöhnisch. Johanna war der Grund, warum er Jahr für Jahr wiederkehrte. Schon vor drei Jahren, als er das erste Mal hier gewesen war, hatte er sich in sie verliebt, wenige Monate ehe sie siebzehn geworden war. Seither kam er jeden Winter und gelegentlich auch im Sommer als Gast ins Hotel, um Johanna zu sehen. Bisher brachte sie ihm jedoch nur freundschaftliche Aufmerksamkeit entgegen.

Als Julia Hohenstein an der Seite ihres Bruders den Salon betrat, erhob sich Johanna. »Entschuldigen Sie mich bitte«, sagte sie zu den beiden Männern, wobei sie Victor einen Moment länger ansah als den Franzosen. »Vertreten Sie mich hier?«

»Gerne.« Victor ließ sich auf dem breiten Klavierhocker nieder, während sich Johanna ihrer Schwägerin anschloss, und spielte Beethovens Mondscheinsonate.

»Großartig«, bemerkte Monsieur de Montagney, als der letzte Ton verklungen war. »Wer sich mit Selbstmordgedanken trägt und noch nicht dazu durchringen konnte, dem wird das jetzt deutlich leichter fallen.«

Victor hob kurz den Blick. »Befürchten Sie nicht, die Leute könnten falsche Schlüsse hinsichtlich unserer Beziehung zueinander ziehen, wenn Sie weiterhin so aufreizend am Klavier lehnen?«

»Was mich angeht, sicher nicht«, antwortete Monsieur de Montagney mit provokantem Lächeln, richtete sich aber dennoch auf und wandte sich kaum merklich ab.

Victors Finger schlugen nun fröhlichere Klänge an, die von den Kindern, die um das Klavier saßen, begeistert zur Kenntnis genommen wurden. Ein halbwüchsiges Mädchen ließ sich an seiner Seite nieder und spielte mit ihm zusammen ein Duett, was die Eltern des Mädchens in stolzen Beifall ausbrechen ließ. Mit strahlendem Lächeln erhob es sich und gesellte sich wieder zu den Kindern. Frédéric de Montagney neigte sich leicht vor und deutete mit dem Kinn zur Tür.

»Sehen Sie mal, der Neue.«

Victors Blick glitt kurz über den Mann, der gerade den Salon betrat, dann zu Johanna. Sie saß neben Philipp von Landau, ein verzücktes Lächeln auf den Lippen.

Obwohl er in seinem Leben schon viele Hotels gesehen hatte und inzwischen nicht mehr leicht zu beeindrucken war, faszinierte Konrad das Ambiente des Hohenstein-Hotels auf Anhieb, jene Mischung aus Weltgewandtheit, Luxus und Abgeschiedenheit. War man im Haus von Dienstboten umgeben, die einem jeden Wunsch erfüllten, so bedurfte es nur weniger Schritte, um das Gefühl zu bekommen, allein auf der Welt zu sein. In den dichten Wäldern hatte sich schon manch einer verlaufen, um erst nach langem Suchen gefunden zu werden. Oder, wie im Fall von Imogen Ashbee, nie wieder.

Das Hotel war in den Dreißigerjahren des neunzehnten Jahrhunderts erbaut worden, ursprünglich als überdimensionierter Feriensitz des Industriellen Hohenstein, der sich damit völlig übernommen hatte. Als das Haus an seinen Sohn fiel, kam dieser auf die Idee, den aufkommenden Tourismus im Siebengebirge zu nutzen und ein Hotel zu eröffnen. Seine Rechnung ging auf, und das Haus wurde eine Goldgrube. Inzwischen war es überall als eine der ersten Adressen für die höhere Gesellschaft und für seine rauschenden Feste bekannt.

In der Bel Étage führten zahlreiche Korridore zu den größten und teuersten Suiten des Hotels. Ein Stockwerk darüber fanden sich weitere Zimmer, ebenfalls hochpreisig, aber deutlich erschwinglicher als die Suiten der Bel Étage. Die Räume im dritten Stock waren die günstigsten und wurden meist von Gästen aus der gehobenen Mittelschicht gebucht. Unter dem Dach befanden sich die Dienstbotenkammern der Dienerschaft, während das Personal der Gäste in einem eigenen Dienstbotentrakt untergebracht wurde. Nur für Kindermädchen gab es eine Ausnahme, sie durften in den Räumen ihrer Schützlinge nächtigen.

Als Konrad am frühen Nachmittag seinen ersten richtigen Rundgang durch das Hotel machte, wurde gerade Kaffee im großen Salon serviert. Er hörte Klavierklänge und sah seine Nichte spielen, umringt von einigen Kindern, die andächtig lauschten, während am Klavier zwei junge Männer standen, einer hochgewachsen, dunkel und sehr elegant, der andere blond, ein wenig kleiner und lässiger. Beide sahen Johanna hingerissen an, die davon nichts zu bemerken schien. Erst als Karl Hohensteins Ehefrau an der Seite eines jungen Mannes den Salon betrat, ging eine Änderung in Johanna vor. Sie erhob sich und schritt mit einem Lächeln auf ihre Schwägerin und deren Begleiter zu. Die beiden Männer am Klavier sahen ihr nach, dann ließ sich der Dunkle auf dem Hocker nieder.

Es war das erste Mal, dass Konrad sich den Gästen zeigte. Noch stand er am Rand des Salons und beobachtete. Hohe Bogenfenster, zwischen denen an den Wänden Kandelaber angebracht waren, ließen das milchige Winterlicht ein, das auf dem grauweißen Marmorboden blasse Schatten schuf. Weder seine Nichte, die er seit ihrem Besuch nicht mehr gesehen hatte, bemerkte ihn noch die Ehefrau seines Neffen. Schließlich ging er durch den Raum, begrüßte die Gäste einzeln und stellte sich als Maximilian Hohensteins Bruder vor, der das Hotel künftig mit diesem gemeinsam leiten würde. Die Leute reagierten überrascht, wirkten jedoch keineswegs ablehnend. Warum auch? Maximilian würde im Interesse des Hotels wohl keine bösartigen Gerüchte über seinen Halbbruder verbreiten.

Nun wurde auch Johanna auf ihn aufmerksam und hob

die Hand, um ihm zuzuwinken. Konrad gesellte sich zu ihr und wurde ihrer Schwägerin, die er bisher nur aus der Ferne gesehen hatte, offiziell vorgestellt. Dabei erfuhr er, dass es sich bei dem jungen Mann um ihren Bruder handelte. Julia lächelte ihn freundlich an und lud ihn ein, Platz zu nehmen.

»Haben ... hast du dich gut eingerichtet?« Offenbar ging ihr der persönliche Umgang mit ihm nur schwer über die Lippen.

»Inzwischen ja. Und nun, denke ich, ist es an der Zeit, mich meinem Bruder in Erinnerung zu rufen.«

»Er dürfte ... dich schwerlich vergessen haben«, antwortete Julia.

»Und ich werde dafür sorgen, dass er es auch künftig nicht tut.« Seine Mundwinkel zuckten, und sie erwiderte das Lächeln zögernd.

Sie schien etwas sagen zu wollen, hielt dann jedoch inne, denn an einem der Tische nur wenige Schritte von ihnen entfernt war hektische Geschäftigkeit ausgebrochen. Ein älterer Mann hatte sich erhoben und tastete seine Taschen ab, während seine Ehefrau das Geschirr auf dem Tisch herumschob, als habe sich der gesuchte Gegenstand womöglich dazwischen versteckt. »Meine goldene Uhr«, sagte der Mann schließlich und hatte augenblicklich die Aufmerksamkeit der übrigen Gäste, was Konrad angesichts eines verloren gegangenen Gegenstandes seltsam erschien.

»Wieder ein Diebstahl?«, fragte eine Frau, die in der Nähe saß. Dann wanderten die Blicke einiger Gäste zu ihm, als erwarteten sie, dass er nun handelte.

Johanna kam ihm zu Hilfe, und in ihren Augen entdeckte Konrad einen Funken Sensationslust, den er für nicht sehr angemessen hielt, bedachte man, dass Johanna die Tochter des Hoteliers war. Für das Hotel stellte ein Diebstahl schließlich nicht gerade ein Aushängeschild dar. »Das passiert jedes Jahr im Winter«, erklärte sie.

»Diebstähle?« Konrad zog ungläubig die Brauen zusammen.

»Ja. Und bisher konnte einfach nicht ermittelt werden, wer der Dieb ist.«

»Oder die Diebin«, ergänzte Julia.

»Wie lange geht das schon so?«

»Seit vier Jahren.«

»Und wie handhabt dein Vater das?«

»Er versichert den Bestohlenen, dass er Nachforschungen anstellen wird, und ersetzt den Wert des Schmuckstücks.«

Konrad stöhnte innerlich und erhob sich, um zu dem Mann zu gehen, der immer noch seine Taschen absuchte und das Gesicht in traurige Dackelfalten gelegt hatte. »Das war ein Geschenk meines Sohnes, ehe er nach Amerika gegangen ist«, sagte er.

»So ein wertvolles Stück«, bestätigte seine Frau.

»Ich werde mich darum kümmern«, versprach Konrad.

Maximilian, dem der Diebstahl vermutlich von einem Dienstboten zugetragen wurde, betrat den Salon nun ebenfalls mit finsterer Miene. Er wandte sich an Konrad, der den Mann ausreichend hatte beruhigen können und gerade im Begriff war, den Salon zu verlassen.

»Wer ist bestohlen worden?«, fragte Maximilian.

»Der Herr dort.« Konrad deutete mit dem Kinn zum Tisch des älteren Ehepaares.

»Baron von Truchsal, wie unerfreulich.«

»Ich habe ihm bereits zugesagt, dass wir den Schaden ersetzen werden.«

»*Wir?* Da wir uns das Hotel teilen, gilt dasselbe natürlich auch für die Kosten. Und da ich Silvester bereits einen großen Betrag leisten musste, bist du nun an der Reihe.«

»Du wirst das Diebesgut wohl mitnichten aus deinem Privatvermögen bezahlen.«

Maximilian schwieg, und Konrad sah, wie er mit den Kiefern mahlte.

»Was tust du eigentlich gegen die Diebstähle?«

»Ich habe zwei Detektive beauftragt.«

Konrad sah sich um. »Und wo sind sie?«

»Sie bewachen meine Gäste natürlich nicht rund um die Uhr. Es ist ihre Aufgabe, die Diebstähle aufzuklären.«

»Was sie bisher, wie ich gehört habe, ja mit durchschlagendem Erfolg getan haben.«

»Hast du einen besseren Vorschlag?«

»Ich denke darüber nach.«

Maximilian nickte knapp und ging auf die bestohlenen Gäste zu, mit denen er ein paar Worte wechselte. Als er wieder zu Konrad zurückkehrte, fragte dieser: »Gibt es wenigstens einen Verdacht?«

»Nein, aber es kann nur ein Dienstbote gewesen sein.«

»Kein Gast?«

»Nein.« Leise Verachtung färbte Maximilians Stimme. »Von diesen Kreisen hast du vermutlich nicht viel Ahnung, aber sie haben es nicht nötig zu stehlen.«

Konrad widersprach nicht. *Wir werden sehen.*

Alexander war gestraft. Die Hände in die Taschen seines Mantels gesteckt, stapfte er über die verschneiten Waldwege, um sich herum eine Horde halbwüchsiger Schnattergänse. Das Hotel bot den Gästen natürlich auch Ausflüge an, und gelegentlich gab es Mädchen und junge Frauen, die gerne spazieren gehen wollten, denen es aber an Begleitung fehlte. Und dann konnte es vorkommen, dass sich Karl als Führer erbot, gelegentlich auch Maximilian Hohenstein selbst, und ab und zu fiel die Wahl eben auf Alexander, so wie an diesem Tag.

In diesem Fall handelte es sich um drei Schwestern im Alter von zehn bis vierzehn, die gerne den Wald erkunden wollten. Ihnen schlossen sich zwei weitere Mädchen an – zehn und elf –, die mit ihren Eltern vor wenigen Tagen angekommen waren. Auch ein sechstes Mädchen – dreizehn – wollte in den Wald. Wäre das nicht ein reizender Ausflug?, schlug daraufhin Anne Hohenstein vor, wenn man auch die fünf Mädchen aus England noch mit hinzunähme? Als ihr Blick auf Alexander fiel, schwante diesem das Unheil schon.

Fünf von ihnen kicherten bereits, als sie sich auf den Weg machten, und stießen ihn scheinbar versehentlich an, um sich dann hochrot wegzudrehen, wenn er sie ansah. Die englischen Mädchen blieben für sich, tuschelten ihrerseits jedoch über die fünf deutschen Mädchen, und ihren Gesichtern zufolge hatten sie wenig Schmeichelhaftes zu sagen. Das sechste Mädchen – dem Dialekt nach stammte es aus dem Osten – wirkte ziemlich altklug. Aus irgendeinem Grund hatte sie entschieden, an seiner Seite zu laufen und in einem fort auf ihn einzureden. Nach einer halben Stunde wusste er, wie ihre sämtlichen Cousins und Cousinen hießen, welche Lehrer sie nicht leiden konnte, dass ihre Tante ihr immer sagte, sie solle mehr essen, selbst aber so dick war, dass sie kaum durch die Tür passte, und dass sie versuchte, ihre Sommersprossen loszuwerden, indem sie sich Buttermilch ins Gesicht strich. Zwischendurch brachte die kichernde Horde sie aus dem Redetakt, den sie jedoch stets umgehend wiederfand.

»Die sind verliebt in Sie«, sagte sie, als Alexander sich nach einem Rempler wieder einmal zu den Mädchen umdrehte.

»Tatsächlich?«

»Ja. Verstehe ich gar nicht.«

»Das Leben geht nun einmal seltsame Wege.«

»Also ich könnte mich ja eher für Herrn Karl begeistern, aber der ist ja leider schon verheiratet.«

»Das ist wirklich bedauerlich, ich bin mir sicher, andernfalls hätte er sich für dich entschieden.«

»Sie brauchen das gar nicht in diesem herablassenden Tonfall zu sagen. Ich wachse schließlich noch, und in vier Jahren bin ich siebzehn.«

Alexander bereute, dass er Johanna nicht gefragt hatte, ob sie ihn begleitete, ihr hätte es garantiert Spaß gemacht, mit den Kindern im Schnee herumzutollen. Er seufzte.

»Denken Sie gerade an Ihre Liebste?«, fragte das Mädchen.

»Nein.«

»Haben Sie denn überhaupt eine?«

Alexander wollte das vorlaute Kind gerade in die Schranken weisen, als ihn eines der englischen Mädchen rief. Er drehte sich um und bemerkte, dass einige Mädchen zurückgefallen waren. Die Engländerin deutete auf den Wald und sagte, dass eines der deutschen Mädchen einen anderen Weg genommen hatte. Auch das noch.

Als er auf jene Gruppe zuging und die einzelnen Gesichter erkennen konnte, ahnte er bereits, dass sie etwas verheimlichten.

»Wo ist das fünfte Mädchen?«

»Sie meinen Magda?«

»Ja.« Als hätte er eine Ahnung, wie sie alle hießen.

Die Mädchen sahen sich an, eines kicherte wieder, und er war kurz davor, sie der Reihe nach zu ohrfeigen. »Wo ist sie?«

»Vielleicht hat sie sich verlaufen.«

Alexander stemmte die Hände in die Hüften. »Ihr sagt mir jetzt, wo sie ist, oder ich sorge dafür, dass ihr für den Rest des Urlaubs Hausarrest bekommt.«

»Das können Sie gar nicht.«

»Du würdest dich wundern.«

Eines der Mädchen zeigte schließlich zögernd auf einen schmalen Waldweg, der sich im Dickicht verlor, die anderen stöhnten. Nun kam das Mädchen hinzu, das die ganze Zeit an seiner Seite gewesen war.

»Vermutlich sollen Sie sie retten oder irgendwas anderes Dummes.«

»Ach, halt doch den Mund, Katharina.«

Im nächsten Augenblick war ein gellender Schrei zu hören, und kurz dachte Alexander, dass das abgesprochen war, dann jedoch bemerkte er, wie erschrocken die Mädchen aussahen. »Ihr wartet hier.« Er winkte auch die englischen Mädchen heran und bedeutete ihnen, sich nicht von der Stelle zu rühren, dann lief er in die Richtung, aus der der Schrei gekommen war. Der Schnee war zertrampelt, sodass sich nicht ausmachen ließ, welche Spuren dem Mädchen gehörten.

»Magda?«

»Ich bin hier«, kam eine weinerliche Stimme ganz aus der Nähe. Alexander kam an eine Bruchkante und sah die Schlitterspuren, in denen sich dunkle Erde mit Schnee mischte. Er kniete sich an den Rand und sah das Mädchen auf einem vorragenden Felsen liegen, das Bein verdreht. Sie war nicht tief gefallen, aber offenbar sehr unglücklich aufgekommen. Alexander hätte gerne gesagt, dass ihn dieses Missgeschick um ihretwillen bekümmerte, aber seine vorrangige Sorge war, dass er nun auch dort hinuntersteigen musste.

»Warte, ich komme zu dir.« Er war hier aufgewachsen und als Kind und Halbwüchsiger unzählige Male mit Karl und Johanna in dem unebenen Gelände herumgeklettert. Wieder wünschte er sich, seine Schwester dabeizuhaben.

Vorsichtig stieg er über die Kante, fand trotz des Schnees guten Halt und war recht schnell bei dem Mädchen angelangt, das mit blassem Gesicht zu ihm aufschaute. Er nahm ihren Arm und half ihr ungnädig wieder auf die Beine, sie knickte jedoch ein und hielt sich haltsuchend an ihm fest. Wäre das Mädchen von Johannas Kaliber, hätte er ihr eine Räuberleiter gemacht, und sie hätte sich hochgezogen, aber das kam in diesem Fall offenbar nicht infrage.

»Leg deine Arme um meine Schultern«, sagte er, »und halt dich gut fest.«

Das Mädchen wurde blutrot und biss sich auf die Lippen, tat aber wie geheißen. Der Aufstieg war mit Ballast deutlich schwerer, vor allem, weil das Mädchen sich dabei mit einer Hand an seinem Hals festklammerte und ihm fast die Luft abdrückte. Als er oben ankam, war seine Kleidung über und über von matschigem Schnee durchnässt. Er setzte das Mädchen unsanfter als nötig ab, und es fiel mit einem leisen Schmerzensschrei zu Boden.

»Ich kann nicht laufen«, jammerte sie.

Wäre sie ein Junge, hätte er sie nun einfach huckepack nehmen können. Ihm blieb wirklich nichts erspart. Ohne ein weiteres Wort hob er das Mädchen hoch und stapfte zurück zu den anderen, die ihn mit großen Augen ansahen.

»Herr Hohenstein hat mich gerettet«, piepste Magda. Sie hatte die Arme um seinen Hals gelegt und lehnte mit dem Kopf an seiner Schulter. Alexander hätte sie am liebsten in den Schnee fallen lassen.

»Werden Sie es meinem Vater sagen?«, fragte sie, als sie den Rückweg antraten.

»Ja.« Und dann bekam sie hoffentlich die Tracht Prügel, die er ihr am liebsten verabreicht hätte.

Links von ihm liefen die vier deutschen Mädchen und stießen sich kichernd an, rechts ging Katharina und erging sich wieder einmal in nicht enden wollenden Redeschwällen. Zudem wurde Magda, je länger sie liefen, nicht gerade leichter. Der Impuls, sie sich einfach über die Schulter zu werfen, war fast übermächtig.

Endlich kam das Hotel in Sicht, und als sie die Halle betraten, kamen ihm die Eltern von einem der Mädchen entgegen und sahen ihn erschrocken an.

»Bist du verletzt, Liebes?«, fragten sie ihre Tochter in einem Ton, als kämen sie gerade aus einem Kriegsgebiet.

»Magda ist gestürzt.« Beschwörende Blicke flogen zu Alexander.

»Was ist passiert?« Magdas Vater kam in die Halle gelaufen, gefolgt von einer hysterischen Ehefrau.

»Magda!«, schrie sie und riss Alexander ihre Tochter fast aus den Armen. Nur zu gerne übergab er ihr das Kind.

»Herr Hohenstein hat mich gerettet«, sagte Magda mit kleinlauter Stimme. »Und ist dabei beinahe selbst in den Abgrund gestürzt.« Die vier anderen Mädchen stimmten ein, Katharina verdrehte die Augen, und die englischen Mädchen verließen die Halle, als ginge sie das alles nun nichts mehr an.

Alexander bemerkte seinen Vater und Karl, die aus dem Arbeitszimmer hinter der Rezeption kamen. »Ah, wie ich sehe, bist du zum Helden geworden«, sagte Maximilian Hohenstein. Er lächelte die besorgten Eltern an. »Ich hoffe, die junge Dame ist wohlauf?«

Magda nickte schüchtern.

»Wenn du erlaubst«, sagte Alexander, »werde ich nun gehen und mich umkleiden.«

Sein Vater nickte, und die Mädchen sahen ihn an, kicherten wieder, während Magda ihn anhimmelte, als habe er *sie* um die Erlaubnis ersucht, gehen zu dürfen. Karl hob die Brauen und klopfte ihm auf die Schulter. »Es scheint, als habest du einige Eroberungen gemacht«, sagte er grinsend. »Aber welche Frau schmilzt nicht dahin, wenn ein Mann für sie durch den Dreck robbt?«

Alexander schluckte die bissige Antwort, die ihm auf der Zunge lag, hinunter und verließ die Halle. Er hatte gerade die Tür zum privaten Wohnbereich geöffnet, als ihm jemand stürmisch um den Hals fiel.

»Oh, mein strahlender Held.« Johanna lachte übermütig. In seinen Mundwinkeln zuckte es nun ebenfalls. Er hob seine Schwester kurzerhand hoch und warf sie sich über die Schulter. Während sie schreiend und lachend protestierte und versuchte, sich zu befreien, lief er durch den Korridor zur Eingangstür des Wohnflügels und riss sie auf.

»Das wagst du nicht!«

»Darauf würde ich nicht wetten.« Er ließ sie über einer riesigen Schneewehe los und hörte, wie seine Schwester nach Luft schnappte, dann rappelte sie sich auf. »Na warte!«

Er wollte etwas erwidern, aber im nächsten Augenblick landete eine Ladung Schnee in seinem Gesicht, und er hörte Johannas triumphierendes Lachen, ehe sie fortlief. Sein Schneeball verfehlte sie, dafür traf ihrer seine Brust.

»Wie alt seid ihr eigentlich?« Die Stimme seiner Mutter kam vom offenen Salonfenster her, just in dem Moment, als Alexander einen Schneeball warf. Johanna duckte sich – der Schnee flog knapp an Anne Hohenstein vorbei und landete mit einem Klatschen auf dem Parkett.

Die Abenddämmerung kroch in blutroten Schlieren hinter den bewaldeten Hügeln hervor. Normalerweise mochte Johanna den Blick von der Bibliothek aus, aber an diesem Abend bedeutete er, durch ein Fenster von der Freiheit getrennt zu sein. Sie wischte den Staub von einem Buch und reichte es Alexander, der es ins Regal zurückräumte.

»Warum muss *ich* eigentlich hier sitzen, wenn *du* es doch warst, der an Alberts Sturz Schuld hat?« Unglücklicherweise war der Lakai im falschen Augenblick in den Salon gekommen, um das Teegeschirr abzuräumen. Er war auf dem tauenden Schnee ausgerutscht und mitsamt Tablett der Länge nach hingeschlagen.

»Du hättest ja nicht lachen müssen«, sagte Alexander.

»Es sah nun einmal so komisch aus. Und es ist ja nichts passiert.«

»Abgesehen von einem Scherbenmeer.«

Johanna entstaubte das nächste Buch – das war die Strafe, die sich ihr Vater für sie ausgedacht hatte. »Für eine Tracht Prügel seid ihr ja leider schon zu alt«, hatte ihr Vater gesagt, dabei aber Alexander angesehen, denn dergleichen Maßnahmen hatten Johanna noch nie ernsthaft gedroht.

Victor Rados betrat die Bibliothek, sah die Geschwister und hob erstaunt eine Braue. »Fehlt es Ihnen an Beschäftigung?«

»Wir haben ungeheuren Spaß«, sagte Alexander. »Möchten Sie nicht an meiner Stelle weitermachen?«

Victor sah Johanna an und schenkte Alexander ein feines Lächeln. »Sie wollen mich mit Ihrer Schwester allein lassen? Befürchten Sie nicht, ich könnte sie auf Abwege führen?«

»Nein.« Alexanders Blick maß Johanna. »Ehrlich gesagt nicht. Ich hätte eher Angst, dass es umgekehrt ist.«

Johanna warf den Staubwedel nach ihm. »Sagt der Mann, der jedem Dienstmädchen gefährlich wird.«

Die Blicke der Männer trafen sich, und Johanna bildete sich ein, eine Art Einvernehmen zwischen ihnen zu bemerken, Alexanders Lächeln und Schulterzucken, Victors wissender Blick, beide Wahrer von Geheimnissen, die sich ihr noch nicht erschlossen hatten. Sie runzelte die Stirn, dann stand sie auf, um den Staubwedel zu holen, aber Victor kam ihr zuvor, hob ihn auf und reichte ihn ihr.

»Nun«, sagte er zu Alexander, »ich bedanke mich für das Angebot, aber meine Antwort muss Nein lauten.« Er lächelte, zwinkerte ihm zu, dann ging er zu einem Regal, zog zielstrebig ein Buch heraus und verließ den Raum wieder.

»Nun mach schon«, drängte Alexander, »ich will hier fertig werden.«

Johanna nahm das nächste Buch vom Stapel. »Was würdest du sagen, wenn ich einen Liebhaber hätte?«

Ihm fiel fast das Buch aus der Hand. »Hast du?«

»Nein.«

Sein Blick blieb argwöhnisch, aber er hakte nicht weiter nach, sondern stieg auf die Leiter, um das Buch ins Regal zu stellen. Damit waren zwei Reihen fertig, sechs hatten sie noch vor sich, bis die gesamte Regalwand entstaubt war.

»Macht die Liebe Spaß?«, fuhr sie fort, nachdem Alexander einen Stapel Bücher vor ihr abgeladen hatte.

»Sie ist ein angenehmer Zeitvertreib«, sagte er nach kurzem Zögern, das er damit überbrückt hatte, sich den Staub von der Kleidung zu fegen. »Falls du vorhast, Dummheiten zu begehen, sag es mir lieber gleich, ich würde es ohnehin herausbekommen.«

»Würdest du nicht.«

Dieses Mal taxierte er sie länger. »Lässt du es drauf ankommen?«

Sie plante nichts dergleichen, aber es machte ihr Spaß, ihn zu ärgern. Und so zuckte sie nur mit den Schultern. Natürlich war sie neugierig, aber sie wusste auch, dass es für sie nur die eine große Liebe geben konnte. Sie dachte an Philipp von Landau, und ihr Herzschlag beschleunigte sich. Mechanisch staubte sie ein Buch ab und reichte es ihrem Bruder.

»Wir haben das Abendessen verpasst«, sagte sie mit Blick aus dem Fenster.

»Ach was?«

Ihre Mutter hatte gesagt, sie dürften an diesem Abend erst bei Tisch erscheinen, wenn die Arbeit getan sei. Bei dem Gedanken daran, mit leerem Magen ins Bett zu gehen, verspürte Johanna auf einmal Hunger. »Meinst du, in der Küche geben sie uns was?«

»Nein«, kam Karls Stimme von der Tür her, »tun sie nicht. Mama hat Anweisung gegeben, euch heute darben zu lassen, wie herzerweichend ihr auch bettelt.« Er trug ein Tablett in den Händen und stieß die Tür mit dem Fuß zu.

»Und sie haben dir trotzdem etwas gegeben?«, fragte Alexander und schob die Bücher beiseite, um Platz zu machen.

»Sie würden es nicht wagen, mir Essen zu verweigern.« Karl stellte das Tablett vor ihnen ab. »Der Kakao ist für dich«, sagte er zu Johanna.

»Und ich?«, fragte Alexander.

»Tja, da du an allem schuld bist, dachte ich mir, Strafe muss sein.«

Alexander wirkte beleidigt.

»Da habt ihr ja noch einiges vor euch«, sagte Karl mit Blick auf die Regalwand. »Was für ein tiefer Fall für den Helden des Tages.«

Johanna lachte und griff nach einem belegten Brot.

»Man sollte eigentlich meinen«, sagte Alexander, »dass ich mit dreiundzwanzig so langsam aus dem Alter raus bin, wo man mich ohne Essen ins Bett gehen lässt.«

»Sollte man meinen«, bestätigte Karl. »Vielleicht wäre es hilfreich, damit anzufangen, dich wie ein erwachsener Mann zu benehmen, dann ersparst du dir diese Maßnahmen künftig.«

»Sagt derjenige, der beim Herumtoben mit den Kindern Julias Lieblingsvase aus Florenz zerbrochen hat.«

»Na ja«, sagte Johanna, »aber Julia kann ihn ja nicht bestrafen.«

»Meine Liebe, Julia kann ihn auf eine deutlich wirkungsvollere Art bestrafen als unsere Eltern uns und hat es vermutlich auch getan. Oder was denkst du, warum Karl Unsummen ausgegeben hat, um die gleiche Vase aus Florenz noch einmal zu bestellen?« Wieder tauschten die Männer einen wissenden Blick, und Karl verzog kurz das Gesicht, als plagten ihn in der Tat unliebsame Erinnerungen.

»Immerhin«, sagte Johanna zu Alexander, »könntest du in die Stadt fahren und dort essen, im Gegensatz zu mir.« Sie stopfte sich das letzte Stück Brot undamenhaft in den Mund.

»Du kannst darauf wetten, dass Papa im Stall die Anweisung gegeben hat, mir weder Kutsche noch Pferd zur Verfügung zu stellen.«

»Dann gehst du eben zu Fuß.«

»Nun, ihr beiden, wie auch immer«, Karl klopfte mit den Fingerknöcheln auf den Tisch, »seht zu, dass ihr fertig werdet. Denkt daran, was ihr heute nicht schafft, wartet morgen auf euch. Alexander, du weißt, dass dein Ausritt ausfällt, wenn du nicht fertig wirst?«

»Ja, aber danke, dass du es noch einmal erwähnst.«

»Versteckt das Tablett unter dem Regal dort.« Karl deutete auf die Wand zu ihrer Linken. »Frau Hansen holt es später ab.« Damit verließ er den Raum.

Johanna stand auf und reckte sich.

»Wo willst du hin?«

»Nur ein paar Schritte gehen.« Sie sah im dunkleren Teil der Bibliothek aus dem Fenster und bemerkte eine Gestalt, die durch den Garten schritt. »Schau mal, Frau Avery-Bowes.«

Alexander erhob sich und kam zu ihr. Die schmale Gestalt im Garten schob sich die Kapuze vom Kopf und hob das bleiche Gesicht zum Himmel.

»Und wenn sie nun doch ein Vampir ist?«, fragte Johanna.

»Sie sieht eher aus, als würde sie gleich den Mond anheulen.«

Die Frau drehte sich um und sah zur Bibliothek, als spürte sie, dass sie beobachtet wurde. Eilig traten die Geschwister vom Fenster zurück. Alexander schob das Tablett unter das Regal und ließ nur Johannas Kakaobecher stehen. Seufzend kehrte Johanna ebenfalls zu ihrem Platz zurück und griff nach dem Staubwedel.

✯✯ 5 ✯✯

Julia fragte sich, ob es der Vollmond war, der sie am Schlafen hinderte, oder die Tatsache, dass sie Karls Schritte bis jetzt nicht gehört hatte. Letzteres ließ nur zwei mögliche Schlüsse zu. Entweder, er war ausgegangen, oder er vergnügte sich mit einem Dienstmädchen. Sie richtete sich auf und sah zu den verhängten Fenstern. Die Begründung mit dem Vollmond hatte sie einmal Karl gegenüber geäußert, der nur den Kopf geschüttelt und etwas von Überspanntheit gemurmelt hatte. Aber er widersprach ihr nicht und ließ ihr ihre Meinung, so wie er ihr alles ließ, von ihren architektonischen Zeichnungen bis hin zu ihren Reisen nach Florenz, mit jener Nachsicht, die nichts anderes sein konnte als Gleichgültigkeit. Sobald Julia sich jedoch Dingen widmete, die seinen Interessen zuwiderliefen, schob er einen Riegel vor. So weit ging es mit der Duldsamkeit dann doch nicht.

Ihr Vater, Baron Richard von Landau, war ein Förderer der schönen Künste gewesen, ungeachtet der immer weiter schwindenden finanziellen Mittel der Familie. Gelegentlich hatte er an der Börse spekuliert, Güter und Geld kamen in seinen Besitz und verließen ihn wieder, bis er eines Tages – Gott allein konnte wissen, welcher Teufel ihn geritten haben mochte – den Familiensitz verlor. Im Glauben, vielversprechende Aktien zu erwerben, hatte er nicht nur das Geld der Familie, sondern auch einen aufgenommenen Kredit verloren – und damit letztlich auch den Familiensitz. Maximilian Hohenstein, ein langjähriger Freund der Familie, der überall seine Finger im Spiel hatte, wo Profit zu wittern war, hatte die Gläubiger ausgezahlt und somit Richard von Landau zu seinem Schuldner gemacht, in der Absicht, ihm anzubieten, anhand einer Ratenzahlung den Familiensitz zu einem höheren Preis zurückzukaufen, als er ihn verloren hatte.

In seiner Verzweiflung hatte Richard von Landau eine Übereinkunft getroffen. Julia wurde mit dem älteren der beiden ungebärdigen Söhne der Hohensteins verheiratet und brachte ein kleines Landgut aus dem Besitz ihrer Mutter als Mitgift in die Ehe ein – ein heruntergekommenes Gut im Kurort Königswinter –, dafür wurden die Raten beträchtlich gesenkt, bis man schließlich handelseinig wurde. Auf diese Weise kam Maximilian Hohenstein in den Besitz einer Ehefrau für seinen Sohn und eines hübschen Stadthauses, das er für Gäste herrichtete, die sich dort bei Ausflügen an den Rhein entspannen konnten. Richard von Landau hingegen hatte die Sicherheit gewonnen, seinen Familiensitz nicht verlassen zu müssen. Wer von den beiden Männern bei diesem Handel gewonnen hatte, lag auf der Hand. Wer bei der ganzen Sache als Verliererin hervorging, ebenfalls.

»Ob ich an Julia gedacht habe?« Richard von Landau versuchte sein Tun vor seiner tobenden Ehefrau zu rechtfertigen: »Sollte sie nicht ohnehin bald heiraten?«

So war Julia von Landau im Sommer 1901, wenige Wochen nach ihrem neunzehnten Geburtstag, Julia Hohenstein geworden, weil ihr Vater auf die falschen Aktien gesetzt hatte.

Julia dachte an ihre erste Nacht mit ihrem Ehemann. Karl Hohenstein hatte erst seinen Namen zu ihrem gemacht, dann ihren Körper zu seinem. Sie hatte allein im Schlafzimmer gestanden, das Haar gelöst auf den Schultern, ein wenig verloren in diesem fremden Raum. Karl war erst später gekommen, hatte nicht viele Worte gemacht und sie zum Bett geführt, kaum dass er das Zimmer betreten hatte. Überhaupt sprach er in jener Nacht nicht viel mit ihr. Als ihr Körper sich trotz seiner Behutsamkeit unter ihm krümmte, fragte er: »Tue ich dir weh?«, wurde auf ihr gestammeltes, wenig glaubhaftes »Nein« hin noch vorsichtiger, während sie mit geschlossenen Augen dalag und hoffte, es möge bald vorbei sein. Später war es angenehmer gewesen, als Karl sich daranmachte, wieder und wieder zu erforschen, was er zuvor erobert hatte. Inzwischen schlief sie gerne mit ihm, und nach wie vor überraschte es sie, wie viel Genuss in der Vereinigung zweier Menschen liegen konnte, die sich oftmals wie Fremde gegenüberstanden.

Immer noch keine Schritte im Korridor. Julia schloss die Augen und versuchte einzuschlafen – auch diesmal erfolglos. Es gab Momente von Vertrautheit zwischen ihnen, aber diese waren selten, und meist schien Karl nicht zu interessieren, was sie tat. Julia fühlte sich zunehmend vernachlässigt, und sie ertrug diese Gleichgültigkeit überhaupt nicht. Er nahm zur Kenntnis, dass sie da war, aber mehr auch nicht. Wenn er sich bei Nacht an sie erinnerte, dann kam er zu ihr und für diese paar Stunden gab es für ihn niemanden außer ihr. Kaum jedoch erhob er sich von ihrem Bett, konnte er ihr tagelang mit Desinteresse begegnen und sie in einen Bereich völliger Bedeutungslosigkeit verbannen. Sie warf ihre Decke beiseite und griff nach ihrem Morgenmantel.

Ohne jedes Geräusch verließ sie ihr Zimmer und schlich den Korridor entlang, auf dem auch die übrigen Schlafgemächer lagen. Sie ging die Treppe hinunter und betrat jenen Bereich des Hotels, in dem sich die Bibliothek befand. Sie passierte erst Maximilian Hohensteins Arbeitszimmer und anschließend Alexanders Studierzimmer. Wie der Raum zu diesem Namen gekommen war, wollte sich Julia nach wie vor nicht erschließen, denn wenn es eines gab, das Alexander ganz sicher nicht tat, dann war es das Betreiben ernsthafter Studien. Der Korridor machte einen Knick nach rechts und führte zu einem ehemaligen Herrensalon, der nun Karls Arbeitszimmer beinhaltete. Licht drang unter dem Türspalt hervor, und einen Moment hielt Julia atemlos inne und lauschte auf verdächtige Geräusche. Sie stieß die Tür auf, und Karl, der hinter seinem Schreibtisch saß – in der einen Hand eine Zigarette, in der anderen einen Brief – sah sie erstaunt an. Dann verfinsterte sich sein Blick.

»Ich hoffe, du hast eine gute Begründung dafür, in diesem schamlosen Aufzug durchs Haus zu geistern.«

Julia schloss die Tür etwas unsanfter als nötig und lehnte sich dagegen. Sie bemerkte das geöffnete Hemd, die Krawatte, die lose um seinen Kragen hing. Sein Gehrock lag nachlässig über der Rückenlehne eines Sessels am Kamin.

»Erwartest du noch jemanden?«, fragte Julia spitz. »Oder ist dein Besuch bereits fort?«

Karl hob die Brauen. »Sag deiner Zofe, sie möchte dir einen Tee zur Beruhigung machen, und dann geh ins Bett.« Sein Blick richtete sich wieder auf den Brief in seiner Hand.

Mit wenigen Schritten war Julia bei ihm und entriss ihm den Brief, was Karl nun seinerseits zornig aufspringen ließ. Sie standen voreinander, nur durch die Barriere des Schreibtisches getrennt, und starrten einander an. Es war offensichtlich, dass Karl trotz seines Zorns so perplex war, dass ihm die Worte fehlten.

»Warst du allein heute Abend?«, fragte Julia. Ihre Stimme bebte.

»Zum Teufel, ja. Was ist in dich gefahren?«

Vorwürfe lagen Julia auf der Zunge, wollten ihr jedoch nicht über die Lippen. Sollte sie ihm vorhalten, dass er sie betrog, oder ihm gar sagen, er vernachlässige sie? Würde sie es ertragen, ihm danach Tag für Tag in die Augen zu sehen? Was erwartete sie von ihm? Dass er ihr schwor, sie nicht mehr zu betrügen, und danach mit ihr auf ihr Zimmer ging? Nun, Letzteres würde er vermutlich tun, aber Julia würde nicht umhinkönnen, darin eine gewisse Gönnerhaftigkeit seinerseits zu sehen, eine Geste, die sie ruhigstellen sollte und für Karl sicher nicht die unangenehmste Art und Weise war, sie in die Schranken zu verweisen. Julia schluckte.

Karl seinerseits war keineswegs milde gestimmt, als er um den Schreibtisch herumkam, nach ihrem Arm griff und ihr den Brief aus der Hand nahm. »Wir reden morgen darüber. Vielleicht sollten wir Dr. Kleist rufen, damit er dich zur Ader lässt. Deine Schwermut scheint einer Art Hysterie zu weichen.«

Julia versuchte, sich aus seinem Griff zu befreien. »Hör auf, mich wie ein Kind zu behandeln, Karl.«

»Dann benimm dich auch nicht wie eines. Du kommst mitten in der Nacht zu mir und möchtest – ja, was eigentlich?«

Um dem erniedrigenden Gerangel ein Ende zu bereiten, stemmte Julia ihre Hand gegen Karls Brust und riss ihren Arm aus seinem Griff. Karl stolperte einen Schritt zurück, und noch während sie die Druckstellen an ihrem Arm rieb, ergriff er ihre Oberarme und zog sie an sich, seine Augen drohend verengt. Julia drückte ihre Hände gegen seine Brust, diesmal jedoch ohne Erfolg.

Sie schwieg, erwiderte seinen Blick, während sie unter ihrer rechten Hand sein Herz schlagen spürte. Als Karl die Lider senkte, ihre Lippen ansah und noch tiefer ihre Brust, spürte sie, wie sein Herzschlag schneller wurde. Langsam hob er die Augenlider, und der Zorn in seinen Augen war nun durchzogen von einem Glimmen, das auf Julia bedrohlich und gleichzeitig erregend wirkte. Sie atmete schneller, und im selben Moment senkte Karl seinen Mund auf ihren, küsste sie hart, während er sie gleichzeitig an sich presste. Ungeduldig zerrte er an ihrem Morgenmantel und drückte sie mit dem Rücken gegen seinen Schreibtisch. Zuerst zuckte Julia erschrocken zurück, irritiert über eine Seite, die sie an ihm nicht kannte. Die Schreibtischkante drückte schmerzhaft in ihre Hüfte, und sie wollte Karl zurückstoßen, dann jedoch bahnten sich ihre Hände einen Weg von seiner Brust zu seinem Hals, zogen ihn enger an sich, während sein Mund ihren immer schneller werdenden Atem aus der Kehle sog und sein Körper in ihren drängte.

Schatten füllten den Raum, als die Dunkelheit grauem Morgenlicht wich, das auch die dunklen Vorhänge nicht gänzlich draußen halten konnten. Konrad war schon früh wach gewesen und hatte sich das Frühstück in sein Speisezimmer bringen lassen. Durch das Fenster hatte er Alexander Hohenstein in aller Frühe ausreiten sehen, dieses Mal allein. Bisher hatte er mit seinen Neffen nur hin und wieder einige Höflichkeiten ausgetauscht, wobei Alexander den Eindruck machte, als sei ihm seine Anwesenheit herzlich egal, während Karl ihn zu beobachten schien. Die Feindseligkeit ihres Vaters teilte keiner der beiden, was Konrad den Aufenthalt ein wenig erleichterte. Aber er hatte von Anfang an gewusst, dass er Maximilian nicht willkommen sein würde. Dennoch dachte er nicht im Traum daran, auf sein Geburtsrecht zu verzichten, er hatte es im Laufe seines Lebens deutlich schwerer gehabt als sein ehelicher, mit allen Privilegien aufgewachsener Bruder. Der alte Hohenstein war gelegentlich zu Besuch gekommen, hatte aber gegenüber Maximilian seine Existenz geheim gehalten, sodass diesen bei der Testamentseröffnung fast der Schlag getroffen hatte. Im Grunde hatte Konrad sogar ein wenig Verständnis für ihn.

Nachdem er einige Briefe verfasst und mit Wachs versiegelt hatte, stand Konrad auf, um sich im Hotel sehen zu lassen. Am Abend zuvor hatte ihm eine überaus hübsche junge Frau einen Zettel mit ihrer Zimmernummer in die Hand gedrückt, eine Suite in der Bel Étage, und Konrad hatte sich, während er nachts allein im Bett lag, eingestehen müssen, dass der Verzicht überaus schwerfiel. Er hatte jedoch nicht einmal für eine Sekunde erwogen, dem Ansinnen nachzugeben, denn das Letzte, was er nun brauchte, war ein Skandal oder sonstigen Ärger, den eine Liebesnacht mit einer fremden Frau unweigerlich nach sich ziehen konnte.

Er verließ seine Wohnung und ging hinunter in die große Halle. Als habe sie auf ihn gewartet, stand die junge Frau vom Vorabend nahe dem Speisesaal, wo einige Gäste ein spätes Frühstück zu sich nahmen. Ein zweijähriges Kind lief auf pummeligen Beinchen hinaus in die Halle, verfolgt von einem Kindermädchen, das es einfing, ehe es mit seinen klebrigen Fingern Konrads Hose erreicht hatte.

»Verzeihung«, sagte das Kindermädchen und hob seinen schreienden Schützling hoch, um ihn zurück an den Frühstückstisch zu tragen.

Die junge Frau lächelte. »Wenn ich das sehe, weiß ich, warum ich keine Kinder möchte.« Sie sah ihn an, legte den Kopf leicht schräg, formulierte eine stumme Frage. Es war schwer, ihr gegenüber unverbindlich zu bleiben, auch wenn Konrad Erfahrung mit dieser Art Frauen hatte. Aber die hatte sie mit Männern wie ihm offenbar auch.

»Ich habe sie ganz gerne um mich«, griff er ihre Bemerkung zu den Kindern auf. »Leider bin ich ohne Geschwister aufgewachsen. Mir haben Kinder immer gefehlt.«

Sie nahm die Zurückweisung mit einem kaum merklichen Heben der Schultern hin. »Ich wünschte, ich könnte dasselbe behaupten«, sagte sie. »Bei uns ging es immer furchtbar trubelig zu. Vermutlich schätze ich daher die Stille.« Ihr Lächeln war ein perfektes Teilen der Lippen, das die unausgesprochene Verheißung kommender Freuden beinhaltete, wenn er sich darauf einließ. Sie war wirklich überaus verführerisch.

Konrad erwiderte das Lächeln, gerade distanziert genug, dass es nicht als gar zu schroffe Zurückweisung zu verstehen war. Ein Anerkennen ihrer Schönheit, der ein bedauerndes Nein folgte.

Bis in die frühen Morgenstunden hatten sie in Karls Arbeitszimmer auf dem Teppich vor dem Kamin gelegen, hatten gehört, wie das Haus zum Leben erwachte. Schließlich erhob Julia sich mit trägen Gliedern, streifte ihr Nachthemd und den Morgenmantel über, während Karl sich ankleidete. Dann hatten sie das Arbeitszimmer verlassen und waren zur Treppe geeilt, in der Hoffnung, weder den Dienstboten noch Karls Eltern zu begegnen.

Sie waren immerhin verheiratet und taten nichts Verbotenes, aber Julia wollte nicht, dass seine Eltern oder sonst wer sie ansah und wusste, dass sie und Karl sich die ganze Nacht auf dem Fußboden geliebt hatten. Aus Sicht ihrer Schwiegermutter hätte dies zweifellos etwas Vulgäres, worüber sie sich im Kreise ihrer Freundinnen dann auslassen konnte. Karl hingegen fand dieses aufgezwungene Versteckspiel offenbar ganz amüsant. Und vielleicht erregte ihn der Gedanke an ihre unkonventionelle Liebesnacht, denn er zog Julia mit in sein Zimmer, verschloss die Türen und erstickte ihr atemlos hervorgebrachtes »Man könnte uns hören« mit einem Kuss.

Als Julia das Frühstückszimmer betrat, war es bereits

nach elf Uhr, und ihre Schwiegermutter begrüßte sie mit einem frostigen: »Ich wollte eben abräumen lassen.«

Julia zuckte lediglich mit den Schultern. »Ich könnte das Frühstück auch in meinem Esszimmer servieren lassen, sei froh, dass ich dem Personal diesen Aufwand erspare.«

Anne Hohenstein presste die Lippen zusammen und widmete sich wieder dem Gesellschaftsteil der Tageszeitung. Julia warf einen Blick auf Karls Platz, der noch unberührt war. Wie es aussah, war sie nicht die Einzige, die sich verspätete. Vermutlich war Karl noch ausgeritten, denn im Bett hatte er nicht mehr gelegen. Er sagte stets, dass er diese morgendliche Stunde in der freien Natur brauchte, was Julia verstehen konnte, auch wenn sie seine Schwäche für Pferde nicht teilte.

Glücklicherweise erhob sich ihre Schwiegermutter recht bald, um sich im Morgenzimmer ihrer Briefkorrespondenz zu widmen, und Julia hatte ihre Ruhe. Sie griff nach der Zeitung, musste aber zu ihrem Ärger feststellen, dass die Seiten über Politik, Wirtschaft und Tagesgeschehen bereits entfernt worden waren. Anne Hohenstein hatte stets Sorge, Johanna könnte Dinge lesen, die nicht für ihre unschuldigen Augen bestimmt waren. Dabei las Johanna ohnehin Karls Zeitung, wenn dieser sie oben im weißen Salon liegen ließ, damit einer der Lakaien sie entsorgte. Vermutlich legte er sie sogar absichtlich für seine Schwester dort ab.

Nach dem Frühstück ging sie ins Hotel. Zu ihren täglichen Pflichten gehörte es, sich dort gelegentlich sehen zu lassen, damit die Gäste fortwährend das Gefühl hatten, dass sich die Hohensteins persönlich um sie kümmerten. Sie sah Konrad Alsberg im Gespräch mit einer jungen Frau, die ihn auf eine Art ansah, die sehr eindeutig war. Natürlich ging es Julia im Grunde nichts an, aber sie mochte ihn, und sie wollte nicht, dass er sich in Schwierigkeiten brachte. So gesellte sie sich zu ihm und der jungen Frau, die ihren Gruß zwar freundlich erwiderte, aber dennoch keinen Zweifel daran ließ, dass ihr ihre Anwesenheit unlieb war. Als sie bemerkte, dass Julia nicht vorhatte, sie wieder mit Konrad allein zu lassen, entschuldigte sie sich und ging in den Damensalon.

»Du solltest dich vor ihr in Acht nehmen«, sagte Julia. »Letztes Jahr hat sie einen verheirateten Mann in ernsthafte Erklärungsnot gebracht. Sie ist verwitwet und so reich, dass ihr egal sein kann, was die Leute reden.«

Feine Lachfältchen erschienen um Konrads Augen. »Danke für die Warnung, ich werde mich daran erinnern.«

Julia taxierte ihn und suchte in seinem Gesicht nach Anzeichen dafür, dass er sie verspottete. »Maximilian hat die Regel aufgestellt, dass die weiblichen Gäste nicht…, also dass die Männer des Hauses nicht…« Sie suchte nach einer Formulierung, die nicht anstößig klang und ihn vor allem nicht denken ließ, dass sie dachte, er habe vor, sich eine Geliebte unter den Gästen zu suchen.

»Mach dir keine Sorgen, ich werde mich von Gästen und verheirateten Frauen fernhalten.«

Julia spürte seinen Blick, und Wärme kroch ihr über den Hals in die Wangen. Er war überaus anziehend, aber der Gedanke an ihn als Liebhaber war Julia gänzlich fern. Sie befürchtete jedoch, er könne den Ursprung ihrer Besorgnis um ihn falsch verstehen. Und zweifellos wusste er, wie er auf Frauen wirkte. Julia wandte sich ab und ging ebenfalls in den Damensalon. Ehe sie durch die Tür trat, warf sie noch einmal einen kurzen Blick zurück und bemerkte, dass Konrad ihr nachsah.

Man hatte das Zimmer Karl Hohensteins erst in den späten Vormittagsstunden aufräumen können, denn der gnädige Herr hatte die Türen verschlossen. Am helllichten Tag, während andere Leute arbeiteten! Nun gut, *ihn* kannte man ja – ein vielsagendes Augenrollen folgte –, aber *sie* war immerhin eine echte Dame.

»Vielleicht hat der gnädige Herr einfach länger geschlafen und wollte nicht gestört werden«, sagte eine der Küchenmägde.

»Nein, der hat nicht geschlafen.« Das zierliche, dunkelhaarige Stubenmädchen, Dora, schüttelte den Kopf. »Wenn man nahe genug an der Verbindungstür in *ihrem* Zimmer stand, war nicht zu überhören, was in *seinem* Zimmer vor sich ging.«

»Lass dich nicht von Frau Hansen dabei erwischen, wie du an Türen lauschst«, sagte die Köchin und stemmte mit strenger Miene die Hände in die Hüften.

»Ich hab Staub von den Fußleisten gewischt.« Dora machte eine unschuldige Miene.

»Und wenn schon«, sagte Ilse, die Erste Küchenmagd, »sie sind immerhin verheiratet.«

»Wer ist verheiratet?« Johannes ließ sich auf einen Stuhl fallen und legte seine Füße auf einen zweiten – nicht ohne sich vorher vergewissert zu haben, dass weder Frau Hansen noch Herr Bregenz in der Nähe waren. Er wartete die Antwort nicht ab. »Ich sage euch, wenn der Neue sich weiterhin in alle Belange einmischt, kracht es bald gewaltig.«

»Der *Neue*«, tadelte die Köchin, »heißt für dich Herr Alsberg. Und ich würde an deiner Stelle meine Zunge hüten, er hat ebenso das Recht, dich auf die Straße zu setzen, wie die Hohensteins.«

»Ich habe ihn vorhin mit der jungen Frau Hohenstein

in der Halle gesehen«, sagte Johannes. »Mit ihr versteht er sich offenbar gut.«

Anne Hohensteins Zofe, die eine Stickarbeit in der Hand hielt, hob kurz den Blick, taxierte Johannes und widmete sich dann wieder der feinen Nadelarbeit.

»Henrietta!« Frau Hansen betrat das Dienstbotenzimmer. »Warum ist der Kaffee für Frau Hohenstein noch nicht serviert? Du weißt, dass sie ihn immer um diese Zeit trinkt.«

Henrietta sah auf die Uhr und beeilte sich, in die Küche zu kommen, wo die zweite Küchenmagd den Kaffee bereits in einer Kanne aufgebrüht und mit einer feinen Porzellantasse auf dem Tablett bereitgestellt hatte. Inzwischen fand Henrietta das Morgenzimmer ohne langes Suchen. Maximilian Hohensteins Ehefrau, blond und attraktiv, war eine Frau, die sich zwar still im Hintergrund hielt, aber alles sehr genau zu beobachten schien. Henrietta war dem kühlen Blick ihrer blauen Augen inzwischen oft genug begegnet, um diese Frau nicht zu unterschätzen. Als sie das Morgenzimmer betrat, sah Frau Hohenstein nicht auf, nickte nur knapp und widmete sich dann wieder ihrer Briefkorrespondenz, während Henrietta den Kaffee einschenkte und die Tasse neben ihr auf dem Sekretär abstellte.

»Das war alles«, sagte Anne Hohenstein, als Henrietta auf weitere Anweisungen wartend neben der Tür stehen blieb. Obwohl diese es nicht sehen konnte, knickste Henrietta und verließ den Raum. Sie strich sich über die Schürze und suchte, während sie den Korridor hinunterging, in der Tasche nach einer Zigarette.

»Und ich dachte, du hättest das Laster aufgegeben.«

Ein kleines Lächeln stahl sich auf ihre Lippen. »Philipp.«

Obwohl er schon fast zwei Wochen im Hotel war, hatte sie ihn nur flüchtig gesehen, die Familie vereinnahmte ihn fast völlig. Da stand er nun, an eine Säule nahe der Treppe gelehnt, und sah zu ihr auf. Er trug die Uniform eines Oberstleutnant mit einem quadratischen, auf die Spitze gestellten goldenen Stern.

»Du bist befördert worden.«

»Das siehst du sogar von dort aus?«

Sie lief das letzte Stück den Korridor hinunter, blieb vor ihm stehen, und er hob die Hand, um ihr eine winzige Strähne, die für ihren Knoten am Hinterkopf zu kurz war, zurückzustreichen.

»Hast du Zeit?«, fragte er.

Sie nickte. »Ja, ein wenig.«

Um nicht dabei gesehen zu werden, wie sie an seiner Seite das Haus verließ, ging sie durch den Dienstboteneingang und traf ihn hinten im Hof neben der Remise, in der die Kutschen standen. Sie lehnte sich gegen das hohe Kutschrad, zündete eine Zigarette an, nahm einen genießerischen Zug und stieß den Rauch aus.

»Wie kommst du zurecht?« Philipp stellte einen Fuß auf eine verwitterte Holzkiste und stützte sich mit einem Arm auf seinem Knie ab.

»Recht gut. Bisher scheint niemand zu merken, dass ich das noch nie gemacht habe.«

Er nickte. »Willst du mir immer noch nicht sagen, warum du gerade hierher wolltest?«

Schweigen.

»Nun gut.« Er nahm es ihr nicht übel, das tat er nie. »Lässt Alexander dich in Ruhe?«

»Er versucht es gelegentlich.«

»Soll ich mich darum kümmern?«

»Nein.« Die Spitze der Zigarette glomm rot auf.

Sie hatten sich in Köln kennengelernt, und es war ihr nicht schwergefallen, seine Aufmerksamkeit auf sich zu lenken. Der junge, schmucke Leutnant wurde von den Frauen umgarnt, und sie tat genau das Richtige, sie hielt sich zurück. Genau das war es, was dazu führte, dass er sie bemerkte. Nun war er es, der sich um sie bemühte, bestrebt, sie aus ihrer reservierten Haltung zu locken. Nie zuvor hatte sie sich auf Männer eingelassen, diese Macht wollte sie niemandem über sich geben, zudem wusste sie um das Risiko einer unehelichen Schwangerschaft. Um Philipps Aufmerksamkeit jedoch zu halten, war es unumgänglich gewesen, seine Geliebte zu werden.

Nachdem sie das erste Mal mit ihm geschlafen hatte, hatte sie die halbe Nacht geweint. Danach war es ihr leichter gefallen, und sie mochte es, die Abende mit ihm in dem warmen, gemütlichen Hotelzimmer zu verbringen. Er war ein geduldiger Liebhaber und ihr gegenüber stets überaus höflich. Und so genussübersättigt er war, schien er dennoch stets das Ausmaß dessen zu begreifen, was sie ihm durch ihre körperliche Hingabe geschenkt hatte.

So waren sie Freunde geworden, und eines Tages hatte sie ihn gebeten, ihr zu helfen. Sie wollte eine Anstellung in einem Haus, und er habe doch erzählt, dass seine Schwester in das Hotel Hohenstein eingeheiratet hatte. Dass sie das bereits vorher gewusst hatte und nur deshalb mit ihm im Bett lag, davon ahnte er nichts. Als sie auf Philipp getroffen war, hatte sie bei einer Putzmacherin gearbeitet, und das Geld hatte kaum zum Überleben gereicht. Philipps finanzielle Zuwendungen hatte sie nicht angenommen. Eine Geliebte war eine Sache, eine bezahlte Hure eine andere.

»Wann musst du zurück?«, fragte Henrietta.

»Ich habe einen Monat Urlaub.«

Henrietta ließ den Zigarettenstummel in den nassen Kies fallen und trat ihn aus, dann hob sie ihn auf und verstaute ihn in ihrer Schürzentasche.

»Treffen wir uns noch, ehe ich abreise?«

Sie zögerte. Unzählige Male hatte sie gesehen, wie seine grauen Augen unter bebenden Lidern erloschen, während sie ihn in den Armen hielt. Und jedem dieser Momente war ein Blick vorausgegangen wie jener, mit dem er sie nun ansah. »Nicht«, sie hielt kurz inne, straffte sich dann jedoch, »nicht auf diese Art.«

Er wartete schweigend, als müsse sie sich noch weiter erklären. Und sie tat es unweigerlich.

»Ich muss achtgeben, Philipp. Was, wenn man uns erwischt?«

»Das werden sie nicht.«

»Und wenn ich schwanger werde?«

»Ich passe auf, genau wie bisher.«

»Und wenn ich den Wunsch habe, ehrbar zu werden?«

Natürlich konnte er ihr nicht anbieten, sie zu heiraten, seine Eltern würden das nie erlauben. Aber dennoch hätte Henrietta sich gewünscht, er würde dies wenigstens mit Bedauern äußern. Sie berührte seinen Arm, ging an ihm vorbei und eilte über den Hinterhof ins Haus.

»Musst du wirklich schon gehen?« Magdalena von Heeresfeld – natürlich wusste Maximilian, dass sie nicht wirklich so hieß – schenkte ihm eine weitere Tasse Tee ein, wobei der Träger ihres Nachthemdes verrutschte, was einen großzügigen Blick auf ihren Brustansatz bot. Sie war weder adelig noch guter Herkunft, sondern lediglich eine Kokotte, die Dame spielte. Aber sei's drum.

So befriedigend die Nächte mit ihr jedoch waren, so wenig würde Maximilian sich mit ihr tagsüber irgendwo sehen lassen. Mochte sie auch versuchen, sich einen Anstrich von Erziehung zu geben, sie konnte nicht verbergen, wo sie herkam; und was im Bett so aufregend war, wirkte im Tageslicht billig und stillos. Sie konnte kein Französisch sprechen, tat aber gerne so, als könnte sie es. Vielleicht hatte es auf ihre bisherigen Liebhaber anregend gewirkt, wenn sie mit auswendig gelernten Worten um sich warf, aber wenn sie noch einmal fragte, ob er ein Petti Deschönee haben wollte, konnte Maximilian für nichts mehr garantieren. Um zu verhindern, dass es dazu kam, schlug er ihr an diesem Morgen vor, die französische Sprache dort zu lassen, wo sie hingehörte – in Frankreich.

Möglicherweise war es an der Zeit, sich von dieser Frau zu trennen. Es war ja nicht so, dass es keine Auswahl an Damen gab: adlige Witwen, die die Freuden der körperlichen Liebe nicht missen wollten, alleinstehende Frauen, die leicht zu verführen waren, Edelkurtisanen. Aber noch konnte er sich nicht dazu durchringen, sich von Magdalena zu trennen; sie war bildhübsch und eine großartige Geliebte, bei all ihren sonstigen Mängeln. Und so hütete er sich tunlichst, sie die leise Verachtung spüren zu lassen, die ihn von Zeit zu Zeit überkam.

»Erwartet deine Frau dich?«

»Nein.« Anne hatte vermutlich nicht einmal bemerkt, dass er die Nacht über fort war, sie schliefen seit jeher in getrennten Zimmern. Sein Leben außerhalb der Familie war gänzlich anders geartet, fernab jeglicher Strenge, die er Anne und den Kindern gegenüber zeigte. Er brachte seine Geliebten gerne zum Lachen, und auch wenn er ihrer irgendwann überdrüssig wurde, trennte er sich von ihnen ohne verletzende Worte. Keine dieser Frauen repräsentierte sein Haus, es war leicht, ihnen gegenüber nachgiebig zu sein.

Aber auch wenn es ihn oft zu seinen Geliebten zog, so war er doch stets froh, zu Anne zurückzukehren. Im Gegensatz zu Magdalena hatte sie Stil, und ihre nächtlichen

Umarmungen, die er dann und wann genoss, auch wenn der jugendliche Überschwang vorbei war, waren wie ein heimatlicher Hafen, in dem man sich erholen und Kraft schöpfen konnte.

Magdalena beugte sich weiter vor, und ihr Nachthemd klaffte an der Brust auf, ein Gehabe, das, so erregend es bei Nacht sein mochte, im hellen Licht des Tages nur abstoßend war. Er erhob sich, schenkte ihr ein bedauerndes Lächeln, und sie forderte ihn kein weiteres Mal zum Bleiben auf, sondern begnügte sich damit, ihn zum Abschied zu küssen.

»Auf bald«, sagte er und ging zur Wohnungstür. Das Haus, in dem sie wohnte, war teuer, aber es war ein Luxus, den er gern finanzierte. Er wollte seine Geliebten exklusiv für sich, sonst konnte er gleich in ein Bordell gehen.

Es versprach ein schöner Tag zu werden. Bei Nacht hatte es gefroren und den Schnee mit Frostreif überzogen. Maximilian mochte es, wenn das Eis unter seinen Füßen knackte. Pferdekutschen ratterten über das Kopfsteinpflaster sowie eines dieser neuen, stinkenden Automobile. Mit einer gewissen Schadenfreude bemerkte Maximilian, dass der Motor stotternd versagte, und der mit einer lächerlichen Kappe bekleidete Fahrer musste aussteigen und an einer Kurbel drehen, um sein Vehikel wieder zum Laufen zu kriegen.

»Papa!«

Er fuhr herum, als er Johannas fröhliche Stimme hörte. Sie hob die Hand und winkte ihm zu, während Karl, der sich offenbar erboten hatte, sie nach Königswinter zu begleiten, die Hände in die Taschen geschoben hatte und ihn ansah, als wolle er sagen, er wisse genau, woher er kam. Johanna war hübsch und elegant in dem langen, dunkelblauen Mantel und dem mit weißen Blumen und einem Schleier verzierten Hut, der leicht schräg auf ihrem Kopf saß.

»Was machst du so früh in der Stadt?« Johanna kam zu ihm, zog eine Hand aus ihrem Muff und schob sie in seine Armbeuge.

»Ich gehe ein wenig spazieren und sehe bei der Gelegenheit in dem Stadthaus nach dem Rechten.« Er bemerkte das spöttische Zucken um Karls Mundwinkel und nahm sich vor, seinem Sohn später unter vier Augen zu sagen, was er von dergleichen Respektlosigkeiten hielt.

Johanna sah mit ihren blauen Augen, die denen ihrer Mutter so ähnlich waren, zu ihm auf, und Maximilian dachte, dass diese Tochter das Beste war, was seine Ehe hervorgebracht hatte. So streng er mit allen, einschließlich Anne, verfuhr, so nachgiebig war er mit Johanna. Bei dem Gedanken daran, wie sich Konrad in sein Leben gedrängt und sogar seine Tochter auf seine Seite gezogen hatte, stieg eine verzehrende Wut in ihm auf. Er würde sich dieses Mannes entledigen, ob mit oder ohne die Hilfe seiner gänzlich nutzlosen Söhne.

✹✹ 6 ✹✹

Konrad fand die Familie in ihrem Salon vor, wo sie sich zu Kaffee und Kuchen versammelt hatte. »Ich hoffe, ich komme nicht ungelegen«, sagte er, ließ dabei jedoch anklingen, dass ihm dies herzlich egal war.

»Ich wüsste nicht, was wir in meinen privaten Räumen zu besprechen hätten.« Maximilian bot ihm keinen Platz, bemerkte dann jedoch, dass es für ihn selbst ungünstig war, wenn er zu seinem Halbbruder aufblicken musste.

»Nun, ich könnte die Änderungen, die mir vorschweben, auch allein in Angriff nehmen, aber ich würde mich lieber mit dir absprechen.«

Mit starrer Miene deutete Maximilian auf einen leeren Sessel und lehnte sich zurück, als sei er des Zuhörens jetzt schon überdrüssig.

»Ich habe mich hier gründlich umgesehen«, begann Konrad, was Maximilian mit einem verächtlichen Schnauben beantwortete, und fuhr dessen ungeachtet fort: »Dabei musste ich feststellen, dass ihr nicht ganz auf der Höhe der Zeit seid. Warum besitzt das Hotel immer noch kein Telephon?«

»Ein *Telephon*?« Maximilian legte gerade genug Verachtung in seine Stimme, um den Vorschlag als gänzlich lächerlich abzutun. »Bisher ging es sehr gut ohne *Telephon*.«

Karl jedoch hob interessiert den Kopf, und Konrad erkannte auf Anhieb einen Gleichgesinnten. »Wir könnten beispielsweise Zimmer per Telephon reservieren. Es gibt

Hotels, die das bereits so machen«, sagte er, mehr an Karl als an Maximilian gewandt.

»Das sage ich Papa auch schon seit über einem Jahr«, antwortete der junge Mann prompt.

»Und ich sage seit über einem Jahr, dass das neumodischer Firlefanz ist, der sich nicht lange halten wird. Die Menschen werden recht schnell begreifen, dass es unhöflich ist, sich zu unterhalten, ohne einander dabei ins Gesicht sehen zu können.«

»So ein Unsinn«, widersprach Konrad. »Das Telephon ist auf dem Vormarsch, das haben viele bereits begriffen. Die Vorteile sind nicht von der Hand zu weisen.«

»Ich könnte mit meiner Freundin Sarah in Brighton sprechen«, sagte Johanna, »Isabellas Eltern haben schon ein Telephon, und sie sagt, man hört Menschen, die weit entfernt wohnen, als stünden sie neben einem.«

»Philipp liegt meinen Eltern schon lange damit in den Ohren«, mischte sich nun auch Julia ein. »Und wenn wir eins hätten, würden sie sich vielleicht auch endlich dazu durchringen, weil meine Mutter dann jederzeit mit mir sprechen könnte.«

Maximilian fühlte sich ausmanövriert, das war ganz offensichtlich. Er drehte sich zu seiner Ehefrau um, als erwarte er wenigstens von dieser Beistand. Und Anne Hohenstein enttäuschte ihn nicht.

»Ich sehe keinen Nutzen darin. Die Briefkorrespondenz war bisher immer ausreichend und ist sicher höflicher, als Menschen durch schrilles Läuten zu belästigen und ihnen Gespräche aufzuzwingen.«

Konrad lächelte nachsichtig. »In einigen Jahren wird fast jeder Haushalt ein Telephon haben, und irgendwann werdet ihr euch der Neuerung nicht mehr verschließen können. Warum also nicht gleich?«

»Unsere Gäste schätzen an uns das Althergebrachte«, sagte Maximilian. »Was kommt als Nächstes? Ein qualmendes Automobil anstelle einer stilvollen Kutsche?«

»Warum fragst du deine Gäste nicht, was sie davon halten?« Konrad machte eine vage Handbewegung zur Tür hin. »Ich bin mir sicher, die meisten würden es begrüßen, wenn das Hotel auf der Höhe der Zeit ist.«

»Ich soll meine Gäste mit diesem Unsinn belästigen?«

»Man könnte es subtil in ein Gespräch einfließen lassen.« Karl begeisterte sich zusehends für die Idee. »Warum eigentlich nicht? Vielleicht bestätigen sie ja deine Abneigung, damit wäre das Thema vom Tisch.« Daran glaubte er jedoch nicht, das war offensichtlich.

Maximilian zuckte mit den Schultern. »Nun gut, von mir aus. Aber danach möchte ich nichts mehr davon hören.«

»Meine Freundin besitzt eins und ist begeistert«, sagte Mabel Ashbee. »Wenn wir auch eins hätten, könnte uns das Hotel jederzeit erreichen, falls meine Kleine wieder auftaucht.«

Die Kleine wäre mittlerweile schon über vierzig, so sie denn überhaupt noch lebte, was Karl bezweifelte. Dennoch pflichtete er ihr bei.

»Mumpitz«, ereiferte sich Ralph Ashbee jedoch direkt. »Was ist verkehrt an einem guten Brief?«

»Mit dem Telephon dauert es nicht Tage wie bei einem Brief.«

»Dann eben ein Telegramm«, widersprach Ralph Ashbee.

Charles Avery-Bowes, den sie kurz darauf ansprachen, bestätigte, längst eins zu besitzen, und zeigte sich erstaunt, dass sich nicht jeder dieses moderne Wundergerät zulegte. »Bedenken Sie nur die Möglichkeit, jederzeit mit jedem sprechen zu können.«

»Ich denke auch schon länger darüber nach«, sagte Frédéric de Montagney, als sie ihn beiläufig danach fragten.

Karl bemerkte den zunehmenden Unwillen auf dem Gesicht seines Vaters und lächelte. Sie wandten sich an Victor Rados, den »Mann des geschriebenen Wortes«, wie Maximilian Hohenstein betont hatte. »Ich besitze schon länger eins«, sagte der junge Ungar.

Nun konnte Maximilian Hohenstein nicht mehr gut darauf beharren, dass eine derartige Neuerung zum Nachteil des Hotels wäre, und versank in dumpfes Brüten.

Obwohl es erst kurz nach drei war, kam es Karl vor, als ginge es bereits auf den Abend zu. Wolken verdunkelten den Himmel so stark, dass die großen Kronleuchter in der Halle entzündet werden mussten, und das weiche Licht schimmerte auf dem honigfarbenen Parkett und den marmornen Säulen, die die Halle teilten. Hinter der Rezeption standen zwei Angestellte in dunklen Anzügen und weißen Hemden, distinguiert und mit einem höflichen Lächeln auf den Lippen, bereit, sich jedes Anliegens der Gäste anzunehmen.

»Wir könnten doch erst einmal eins für die Rezeption holen und sehen, wie wir damit zurechtkommen«, sagte Karl.

Sein Vater warf ihm nur einen kurzen Blick zu und schwieg, sah jedoch zu dem Rezeptionstisch, als müsse er die Möglichkeiten zunächst ausloten.

»Ich sehe schon vor mir, wie sich meine Leute nicht mehr um die Gäste kümmern, sondern bei jedem Schrillen zu diesem Apparat laufen.«

»Er wird sicher nicht ununterbrochen läuten.«

»Und wenn sie im Gespräch sind, und dann das Telephon dazwischen schrillt? Kannst du dir etwas Unhöflicheres vorstellen?«

»Sie müssen nicht jedes Gespräch annehmen.«

»Ja, natürlich, und dann stört das Ding weiter und macht

jedes Gespräch unmöglich, und der Anrufer denkt darüber hinaus, hier sei niemand zu erreichen.«

»Er wird es später noch einmal versuchen. Niemand ist ununterbrochen erreichbar.«

»Das sind alles Probleme, die es mit Briefen und Telegrammen nicht gibt.«

»Aber das ist nun einmal nicht zeitgemäß.« Karl bemerkte die Blicke einiger Hotelgäste, die die Halle durchquerten und offenbar im Begriff waren, spazieren zu gehen. Er senkte die Stimme. »Es ließe sich sicher eine Lösung finden. Stell drei Männer für die Rezeption ab, dann ist einer ausschließlich für das Telephon zuständig.«

»Und der muss nicht bezahlt werden, ja?«

»Es wird uns sicher nicht arm machen. Du könntest auch die Lakaien entsprechend schulen und dann im Wechsel hier hinstellen.«

Karl sah, wie es in seinem Vater arbeitete. Zwar war dieser nach wie vor nicht gänzlich überzeugt, was jedoch eher in persönlicher Abneigung begründet war. Allerdings war er auch Geschäftsmann und als solcher durchaus bereit, auch mal etwas zu wagen, das auf Dauer erfolgversprechend erschien. Und Konrad Alsbergs Hinweis darauf, dass andere Hotels bereits per Telephon reservierten, war sicher nicht so unbeachtet untergegangen, wie Maximilian Hohenstein den Anschein gab.

»Gnädiger Herr?« Erst dachte Karl, sein Vater sei gemeint, aber das Stubenmädchen sah ihn an. »Dieser Brief wurde gerade für Sie abgegeben.«

Karl griff danach und öffnete ihn, wobei er darauf achtete, dass sein Vater nicht mitlas. Aber diesen interessierte die Korrespondenz seines Sohnes offenbar nicht, er schien mit seinen Gedanken woanders zu sein und sah nachdenklich zur Rezeption. Noch ehe Karl den Brief las, wusste er, von wem er war. Billiges, dünnes Papier, eine ungeübte Handschrift: *Es geht ihr sehr schlecht. Bitte komm.*

Er steckte den Brief in die Tasche. »Entschuldigst du mich?«

Sein Vater sah ihn an, als erinnere er sich erst jetzt wieder an seine Anwesenheit, und winkte mit einer Hand ab. »Ja, geh nur.«

Mit langen Schritten durchmaß Karl die Halle und verließ das Haus. Er hatte den Hof noch nicht überquert, als er Julia sah, die mit Valerie an der Hand auf das Haus zukam. Offenbar kehrten sie von einem Spaziergang zurück. Das Mädchen lachte und winkte ihm zu, und etwas in ihm zog sich zusammen. Er hob die Hand, winkte zurück, und Valeries Lachen wurde zu einem übermütigen Glucksen, als sie sich von der Hand ihrer Mutter löste und zu ihm lief.

»Jetzt nicht, mein Herz«, sagte er, als sich die Kleine an sein Bein hängte. Er wandte sich an Julia. »Kümmerst du dich bitte um sie?« Das Lachen glitt aus Valeries Gesicht, als Julia sie hochhob, und ihr kleiner Mund zitterte. »Papa?«

»Wo willst du hin?« Diese Frage musste ja unweigerlich kommen.

»Fort.«

»Ach was?« Julia hielt Valerie in den Armen, die sich mit den Händen gegen ihre Brust stemmte und zu ihrem Vater wollte.

Karl winkte einen der Stallburschen heran und wies ihn an, sein Pferd zu satteln. Er strich Valerie über den dunklen Schopf. »Ich bleibe nicht lange weg.«

»Wohin?« Offenbar hatte Julia beschlossen, ihm lästig zu fallen.

»Ich habe etwas in Bonn zu erledigen.«

Sie nickte nur, als wisse sie, was ihn forttrieb. Er wandte sich ohne eine weitere Erklärung ab und ging zum Stall.

»Oh, Himmel!« Johanna versuchte vergeblich, auf dem Weg in das Speisezimmer ihr Kleid im Rücken zu schließen. Sie hatte sich den ganzen Nachmittag in der Bibliothek aufgehalten und nach einem Buch gesucht, sich dann aber in einem anderen festgelesen, worüber sie die Zeit vergaß. Nun war sie spät dran und hatte sich darüber hinaus allein ankleiden müssen. Julias Zofe hatte ihren freien Nachmittag, und die ihrer Mutter mochte sie nicht.

»Möchte ich den Grund wissen, warum du hier halb angezogen durch die Wohnung läufst?«, fragte Karl, der eben zur Tür hineinkam.

»Möchte ich wissen, wo du um diese Zeit herkommst?«

Karl hob spöttisch einen Mundwinkel, dann schob er ihre Hände beiseite und schloss die Häkchen des Kleides so rasch, als habe er dies ausgiebig geübt.

»Du solltest über Zofendienste nachdenken, falls Papa dich enterbt«, stichelte sie.

Sie betraten den Speisesaal, und Karl sagte leichthin: »Entschuldigt unsere Verspätung.« Dadurch entstand offenbar der Eindruck, es gäbe einen gemeinsamen Grund für ihr spätes Erscheinen bei Tisch. Ein Geheimnis ihrerseits oder eine Zurechtweisung seinerseits. Ihr Vater war damit offenbar mit Karls Verspätung versöhnt, ihre Mutter mit Johannas. Nur Julia hob kaum den Kopf, schenkte ihrem Mann lediglich einen kurzen Blick, als er ihre Schulter berührte und sich neben sie setzte. Philipp war zu Johannas Bedauern nicht anwesend.

Wie immer ging es beim Essen ausschließlich darum, wie lästig die Einmischung Konrad Alsbergs in sämtliche Belange des Hotels war. Maximilian Hohenstein hatte seinen Anwalt inzwischen erreicht, aber es war in der Tat nichts zu machen, Konrad besaß sämtliche Rechte, die er für sich in Anspruch nahm, und es blieb nichts anderes übrig, als sich damit zu arrangieren.

»Es geht aber nicht, dass er weiterhin das Personal herumkommandiert«, ereiferte sich Anne Hohenstein.

»Mutter«, Alexander wirkte nachsichtig, »*sämtliche* Rechte heißt, dass er eben *sämtliche* Rechte hat. Er darf das Personal herumkommandieren. Eigentlich darf er alles, was Papa auch darf, abgesehen von Dingen, die sein Privatleben angehen.«

»Er ist nichts als ein Bastard von fragwürdiger Herkunft. Das kann rechtlich einfach keinen Bestand haben.«

»Es ist rechtlich nicht relevant«, erklärte Alexander. »Und somit auch völlig gleichgültig, wo Großvater seine Mutter bestiegen hat.«

»Alexander!« Maximilian Hohenstein schlug mit der flachen Hand auf den Tisch, dass das Geschirr klirrte, und alle fuhren zusammen. »Du vergisst wohl, dass deine Schwester mit am Tisch sitzt!«

Johanna allerdings war eher interessiert als entsetzt.

»Es tut mir leid«, sagte Alexander, ohne wirklich danach zu klingen. »Vielleicht sollte sie im Kinderzimmer essen, während wir Erwachsenen-Themen erörtern.«

»*Sie* soll den Raum verlassen, weil *du* dich nicht zu benehmen weißt?« Wieder landete die Hand ihres Vaters auf dem Tisch, aber dieses Mal waren sie darauf vorbereitet, und niemand erschrak. »Sieh ihre Anwesenheit als Anreiz, dich in gutem Benehmen zu üben.«

»Natürlich.« Alexander neigte den Kopf zu Johanna. »Ich wollte dich nicht beschämen.«

Davon war Johanna weit entfernt, aber sie verzichtete darauf, die Entschuldigung huldvoll anzunehmen, und senkte den Blick über ihr Essen, als sei sie zu verlegen, um aufzublicken. Mal sehen, wer hier den Tisch zu verlassen hatte, während Erwachsenen-Themen erörtert wurden.

»Alexander«, sagte ihr Vater auch schon im nächsten Augenblick, »ich halte es für das Beste, wenn du den Tisch nun verlässt, um deiner Schwester weitere Peinlichkeiten zu ersparen.« Er berührte Johannas Arm.

Alexander erhob sich und wollte seinen Teller mitnehmen, als sein Vater die Hand hob. »Du wirst erst wieder Essen von meinem Tisch bekommen, wenn du dich zu benehmen weißt.«

Nun überkam Johanna doch ein schlechtes Gewissen. Als sie entschuldigend aufblicken wollte, hatte Alexander ihr jedoch bereits den Rücken zugewandt und verließ den Raum.

»Diesem Bengel ist nicht beizukommen.« Maximilian Hohenstein griff nach seinem Besteck. »Hätte er sich ein wenig mehr in seinem Studium der Rechtswissenschaften geübt, wäre er jetzt zumindest zu etwas nutze.«

»Ich habe dir gesagt, schick ihn zum Militär«, sagte Anne Hohenstein, »dort hätte man ihn in den Griff bekommen.«

»Er wäre nie ein Offizier vom Kaliber Philipp von Landaus geworden.«

»Ich bin noch in Hörweite«, war Alexanders Stimme zu vernehmen.

Über Karls Lippen flog ein Lächeln, und auch Anne Hohenstein konnte offenbar nicht mehr ernst bleiben. In Johannas Mundwinkeln zuckte es ebenfalls. Albert, der reglos am Kamin gestanden hatte, erschien, um Alexanders Teller abzuräumen. Johanna warf ihm einen Blick zu, von dem sie hoffte, dass er ihn verstand. Kaum merklich bewegte sie ihr Kinn zur Tür hin. Albert nickte leicht. Sie würde den Teller später in der Küche abholen.

✶✶ 7 ✶✶

Karl beugte sich über das vierjährige Mädchen und legte ihm die Hand auf die schweißglänzende Stirn, dann richtete er sich auf und sah die junge Frau an, die mit verschränkten Armen hinter ihm stand, die Lippen trotzig geschürzt.

»Warum um alles in der Welt hast du keinen vernünftigen Arzt geholt?«, fragte Karl.

»Die sind teuer.«

»Was machst du mit dem ganzen Geld, das ich dir gebe?«

Sie machte eine ausgreifende Bewegung, die den ganzen Raum umfasste.

»So teuer ist die Wohnung nicht.«

»Aber Essen.« Sie wickelte sich ihr Schürzenband um den Finger. »Essen ist teuer.«

Das Kind schlug die Augen auf. »Papa?«

»Ja. Wie geht es dir?«

»Der Hals tut immer noch so weh.«

Eine starke Erkältung, hatte der Arzt gesagt, nichts Ernstes. Angesichts dessen, dass die Genesung so schleppend voranging, zweifelte Karl jedoch so langsam an der Befähigung des Arztes.

»Warum schickst du mir nicht euren Hausarzt?« Der Blick der jungen Frau bekam etwas Listiges. »Hast du Angst, dass die Frau *von und zu* hiervon erfährt?« Sie deutete auf das Mädchen.

Karl ging nicht darauf ein. »Ich schicke dir einen Arzt. Und vielleicht wäre es nicht schlecht, wenn du selbst ein wenig häufiger daheim wärst, anstatt dich ständig bei den Nachbarn herumzutreiben. Mach ihr heiße Milch, erzähl ihr Geschichten. Was bist du überhaupt für eine Mutter?«

Rote Flecken prangten auf den Wangen der jungen Frau. »Ich habe nicht darum gebeten«, zischte sie. »*Du* wolltest nicht, dass ich es wegmachen lasse.«

Rasch warf Karl einen Blick auf das Kind, um zu sehen, ob es diese Worte gehört hatte, aber es hatte die Augen bereits wieder geschlossen, und seine Brust hob und senkte sich in flachen Atemzügen. Carlotta war Zimmermädchen im Haus Hohenstein gewesen, und obwohl er sich von dem Personal meist fernhielt, hatte sie ihn gefesselt mit ihrem übersprudelnden Lachen, den wilden Locken, die sie nur mühsam in einem Knoten gebändigt hatte, und ihrer offen gezeigten Sinnlichkeit. Irgendwann waren sie sich abends auf dem Flur begegnet – Karl zweifelte nach wie vor daran, dass dies zufällig geschehen war –, und sie hatte sich überaus willig in eine Kammer ziehen lassen. Auf diese eine Nacht waren weitere gefolgt, und als sie gemerkt hatte, dass sie schwanger war, wollte sie Geld von ihm, um das Kind entfernen zu lassen. Das wiederum wollte Karl nicht – abgesehen davon, dass die Schwangerschaft schon zu weit fortgeschritten war, um einen gefahrlosen Abbruch zu wagen. Sie kündigte, ehe die Wölbung ihres Bauches zu auffällig wurde, und Karl bezahlte ihr die Wohnung und ihren gesamten Lebensunterhalt.

Carlotta lehnte mit dem Rücken an der Wand, die oberen Knöpfe an ihrem Kleid waren geöffnet, und ihr Brustansatz zeichnete sich ab. Noch immer züngelte der Zorn in ihren Augen, und aus ihrem hochgesteckten Haar hatten sich Locken gelöst, die auf ihre Schultern fielen und die weiche Linie ihres Halses betonten.

Karl sah auf die Uhr. Er musste zurück, an diesem Abend

gaben seine Eltern eine Feier, und es wurde bereits knapp. Ein sardonisches Lächeln erschien auf Carlottas Lippen.

»Erwartet dich die Frau *von und zu*?«

»Nicht nur sie.«

»Und deine Kinderchen ebenfalls, die sie in ihrem kostbaren Leib für dich austragen durfte?«

Er verengte die Augen, antwortete jedoch nicht. Carlotta kam auf ihn zu und legte ihm die Arme um den Hals, kostete die Macht aus, die sie in diesem Moment über ihn hatte, denn sein aufkeimendes Verlangen entging ihr nicht. »Und wenn ich dich bitte zu bleiben?«

»Ein anderes Mal.« Er umfasste ihre Handgelenke, um ihre Arme von seinem Hals zu lösen, aber sie presste ihre Lippen auf seine und schmiegte sich an ihn. Sein Widerstand bröckelte, und sie löste sich von ihm, nur ein winziges Stück, gerade weit genug, dass ihre Lippen sich nicht mehr berührten.

»Du hast doch wohl kein schlechtes Gewissen?« Sie ließ ihm keine Zeit für eine Antwort, sondern küsste ihn erneut. Obwohl Karl ahnte, dass es von ihrer Seite aus weniger Lust war, die sie antrieb, sondern vielmehr der Wunsch, ihn gefügig zu machen, konnte er ihr nicht widerstehen. Sie zog ihn in das angrenzende Zimmer, und er hörte das leise Klacken, mit dem die Tür ins Schloss fiel.

Karl kam so spät zu der Feier, dass es schon an Unverschämtheit grenzte. Zuvor hatte Julia ihn in ihrer Wohnung und in der seiner Eltern gesucht, war sogar im Hotel gewesen, weil sie vermutete, dass er dort unterwegs war. Am Abend fand eine jener privaten Feiern statt, die die Hohensteins von Zeit zu Zeit gaben und zu denen hochrangige Gäste aus der Umgebung eingeladen wurden. Für diesen Zweck wurde der private Festsaal der Familie geöffnet, der vom Hotelbetrieb getrennt war. Da diese Feste als sehr exklusiv galten, waren Einladungen begehrt, umso mehr wunderte es Julia, dass Karl sich ausgerechnet an diesem Tag so verspätete.

Die Feier war bereits in vollem Gang, als er erschien, formvollendet gekleidet und so gelassen, als befände er sich bereits seit Langem hier und käme nicht mit fast zwei Stunden Verspätung. Er gesellte sich zu Julia, legte ihr leicht den Arm um die Mitte und beteiligte sich nonchalant an dem Gespräch, das sie gerade mit einigen Bekannten führte. Kaum merklich versteifte Julia sich unter seiner Hand, ihre Haltung wurde starr, ihr Lächeln bemüht. Sobald es ihr möglich war, entschuldigte sie sich und verschwand zielstrebig in der Menschenmenge. Sie trat durch geöffnete Flügeltüren, durchquerte die angrenzende kleine Halle und verließ das Haus. Korinthische Säulen hielten einen Bogen, der sich über der Loggia wölbte. Sie trat hindurch und gelangte in jenen Bereich des Gartens, der von Rosenbüschen gesäumt vom Hotelgarten abgetrennt war. Im Mondschatten karger Bäume stand ein Pavillon, in der Dunkelheit von einem grauen Schleier überzogen. Wäre es Sommer, wäre der Garten mit Lampions geschmückt, und es gäbe diesen Rückzugsort nicht. Julia zog fröstelnd die Schultern hoch und wandte sich auch nicht um, als sie Schritte auf dem steinernen Boden hörte.

»Möchtest du mir erklären, was dieser abrupte Abgang zu bedeuten hatte?«

»Möchtest du mir erklären, wo du gewesen bist?«

Er schwieg, und Julia schloss die Augen.

»Komm rein, ehe die Leute reden.«

»Sollen sie reden«, murmelte sie.

Sie hörte, wie er den Atem in einem tiefen Zug ausstieß, unduldsam, ungeduldig.

»Warum gehst du nicht allein zurück? Es ist dir doch sonst auch gleich, ob ich an deiner Seite bin oder nicht. Erzähl den Leuten, mir sei unwohl.«

»Würdest du bitte aufhören, dich wie ein bockiges Kind aufzuführen?« Er umfasste ihren Arm, nicht fest, aber bestimmt. »Willst du dich wirklich über zu wenig Aufmerksamkeit beklagen?«

»Du erinnerst dich doch nur an mich, wenn es darum geht, deinen ehelichen Pflichtübungen nachzukommen.«

»Pflichtübungen, ja?«

Ein Räuspern ließ Julia zusammenfahren. Sie drehte sich um und sah Konrad Alsberg, der sich aus den Schatten löste. »Ich wollte euch eigentlich nicht in Verlegenheit bringen, aber ehe ihr weiter ins Detail geht, wollte ich euch wissen lassen, dass ihr nicht allein seid.«

Karl nickte knapp, während Julia vor Peinlichkeit am liebsten im Boden versunken wäre. »Danke, wir sind ohnehin fertig«, sagte er und zog sie mit sich ins Haus. In der Halle ließ er sie los, und sie schloss die Augen, atmete konzentriert, um sich wieder zu fangen und aufkommende Tränen zurückzudrängen. Karl wartete. »Geht es?«, fragte er schließlich, und Julia nickte.

»Ja«, sagte sie, um zu überprüfen, ob sie sprechen konnte, ohne dass ihr die Stimme brach.

Er reichte ihr seinen Arm, und sie legte die Hand darauf, zwang ein Lächeln auf ihre Lippen und ging an seiner Seite in den Saal zurück. Karl tanzte mit ihr, was sie der Verpflichtung entzog, sich mit jemandem unterhalten zu müssen. Nach dem Tanz mischte Julia sich unter die Gäste, plauderte freundlich, beherrschte sich, bis ihre Kehle schmerzte und ihre Mundwinkel in dem erzwungenen Lächeln zitterten. Wieder verließ sie den Saal, dieses Mal nicht hastig, sondern ruhig, als triebe sie nichts hinaus.

Erneut betrat sie die Loggia, stützte die Hand an eine Säule und tat mehrere tiefe Atemzüge. Als sie eine Bewegung aus dem Augenwinkel vernahm, zuckte sie zusammen.

»Bist du immer noch hier draußen?«, war das Einzige, was ihr zu sagen einfiel.

»Nein, schon wieder, ebenso wie du. Ich ertrage diese Gesellschaft auch nur schwer, vor allem, da Maximilian es sich nicht nehmen lässt, mich seinen Freunden mit einer Beiläufigkeit vorzustellen, als sei ich der arme Verwandte, den er aus der Gosse gezogen hat.«

»Und das lässt du dir gefallen?«

»Nein.« Er zog eine Zigarette hervor, steckte sie sich zwischen die Lippen, und die Flamme eines Streichholzes beleuchtete sein Gesicht.

»Gibst du mir bitte auch eine?«

Er sah sie überrascht an, kam ihrer Bitte jedoch nach und zündete ein weiteres Streichholz an. Sie paffte, und die Spitze ihrer Zigarette glomm rot auf, während ein bitterer, metallener Geschmack ihren Mund füllte. Tabak roch eindeutig besser, als er schmeckte. Sie ließ den Rauch aus dem Mund quellen, dann tat sie einen tiefen Lungenzug und hustete, bis ihr die Tränen in die Augen traten.

»Du hast das noch nie gemacht, hm?«

Julia schüttelte hustend den Kopf und wischte sich die Tränen aus den Augen. Dann tat sie entschlossen einen weiteren Zug, und dieser war schon etwas weniger schlimm.

»Betrügt er dich schon lange?«

»Ich glaube«, wieder hustete sie, »seit wir verheiratet sind. Er wollte mich nicht heiraten und wurde von seinem Vater in diese Ehe gedrängt. Und da ich vermutlich nicht schlechter war als mögliche Alternativen, hat er sich gefügt, er konnte ja sein Leben mehr oder weniger weiterleben wie zuvor.«

»Und du?«

»Mein Vater hat auf die falschen Aktien gesetzt und brauchte Geld.«

»Verstehe.« Er atmete den Rauch langsam aus.

Julia sah ihn an, dann wandte sie sich ab, starrte eine Weile schweigend in den Garten, bis sie aufschrak, weil die vergessene Zigarette die Fingerspitzen ihrer weißen Handschuhe versengte. Rasch ließ sie den Stummel fallen. Konrad trat ihn aus und schob ihn mit der Schuhspitze unter einen der Kübel, in denen Anne im Sommer Pflanzen arrangierte.

»Komm«, sagte er und berührte flüchtig ihren Ellbogen. »Du wirst ihn nicht ändern, indem du vor ihm fliehst.«

»Er wird sich nicht ändern.«

»Doch, das wird er, wenn du den richtigen Augenblick abpasst.«

»Und wann kommt der?«

»Das weißt du, wenn es so weit ist.«

»Ich werde ihn nicht betrügen.«

»In der Tat wäre dies das Dümmste, was du tun könntest. Es sind deine Stärken, die du nutzen musst, nicht die Schwächen. Du bist eine verheiratete Frau, ich muss dir nicht erklären, wie verletzlich die körperliche Liebe macht, nicht wahr?«

Sie nickte nur, zu verlegen, um zu antworten. Er ging ihr voran und öffnete die Tür zum Saal.

»Ah, sieh an.« Anne Hohenstein lächelte, sah von Julia zu Konrad und wieder zu ihr zurück. »Da steckst du also, meine Liebe.«

»Ich brauchte ein wenig frische Luft«, sagte Julia und ärgerte sich im nächsten Augenblick darüber, dass es so klang, als müsse sie sich rechtfertigen.

Anne wandte sich an Konrad. »Und ich nehme an, du bist geflohen, weil du es nicht gewöhnt bist, dich unter unseresgleichen zu bewegen?«

Ein kühles Lächeln umschattete Konrads Lippen. »Ich

bin in der Tat Stilvolleres gewöhnt als diese Verschwendung ohne jedes Maß. Auch das angemessene Zurschaustellen von Reichtum will gelernt sein.«

Annes Lächeln verblasste, und mit einem knappen Gruß verabschiedete Konrad sich und ging zurück in den Saal. Julia folgte ihm, ehe ihre Schwiegermutter noch etwas sagen konnte. Karl bemerkte sie und kam auf sie zu.

»Wirst du mir nun den ganzen Abend davonlaufen?«

»Keine Sorge, ich werde dich nicht vor den Gästen in Verlegenheit bringen.«

Er schnupperte und blähte die Nasenflügel leicht. »Hast du geraucht?«

»Und wenn schon.«

Für einen Moment schien er nicht recht zu wissen, was er davon halten sollte, dann tanzte ein Ausdruck echter Erheiterung in seinen Augen. »Der kleine rebellische Ausbruch sei dir gegönnt.«

Zorn brandete jäh in ihr auf. »Woher willst du wissen, dass es allein dabei geblieben ist?«

Nun flackerte sein Blick kurz, und die Belustigung schwand. »Ich denke, für mehr hätte die Zeit deiner Abwesenheit kaum gereicht.«

»Was weißt du denn?« Rasch wandte sie sich ab und mischte sich wieder unter die Gäste. Dabei spürte sie nicht nur Karls Blick im Rücken, sondern auch diejenigen Annes, die wohl ihre ganz eigenen Schlüsse zog. Das kurze Triumphgefühl erstarb.

In Philipps Armen glitt Johanna über das Tanzparkett, die Augen halb geschlossen, während ihre Bewegungen sich in perfekter Harmonie ergänzten. Sie hatte fast den ganzen Abend durchgetanzt, zuerst die Pflichttänze mit ihrem Vater und ihren Brüdern, dann mit Konrad, der sich ebenfalls als brillanter Tänzer entpuppte, wenngleich er es bei dem einen Tanz mit seiner Nichte beließ. Frédéric war mit katzenhafter Geschmeidigkeit auf sie zugeglitten, kaum dass ihr Onkel sie freigegeben hatte, danach hatte Victor sie aufgefordert, mit jener gelassenen Eleganz, die ihm stets anhaftete. Und irgendwann war schließlich Philipp auf sie zugetreten, der Moment, auf den sie die ganze Zeit gewartet hatte. Nun ließ sie sich von den Walzerklängen tragen, und viel zu rasch mussten sie sich wieder voneinander lösen. Philipp führte sie von der Tanzfläche, bedankte sich bei ihr, und sie musterte sein Mienenspiel genau, um auszuloten, ob er den Moment der Trennung gleichfalls bedauerte.

Konrad betrat den Saal, gefolgt von Julia und Anne Hohenstein. Während Konrad eine Maske kühler Gleichgültigkeit trug, waren Julias Wangen gerötet, ebenso die von Johannas Mutter. Vermutlich hatten sie sich gestritten, das war ja nichts Neues. Karl trat auf Julia zu, sprach mit ihr, wirkte amüsiert, während sie sichtlich verärgert war, ihm schließlich den Rücken zudrehte und sich in die Menge mischte.

Johanna merkte, dass Philipp die Szene ebenfalls beobachtet hatte, und zwischen seinen Brauen erschien eine kleine Kerbe. Sie berührte sacht seinen Arm, und er wandte sich ihr wieder zu.

»Entschuldige, ich bin wohl kein sehr aufmerksamer Kavalier.«

»Oh, doch, ich meinte nur…«

»Nein, schon gut.« Er ließ ein kleines Lächeln in seinen Mundwinkeln spielen. »Was würdest du jetzt gerne tun? Ich sollte mich ein wenig ablenken, ehe ich auf den Gedanken komme, deinem Bruder zu sagen, was ich von seiner Art, mit meiner Schwester umzugehen, halte, und das könnte dem Abend eine recht unschöne Wendung geben.«

»Vermutlich würde es ihn nicht beeindrucken.«

»Das ist anzunehmen, ja.« Er bot ihr seinen Arm. »Also, wonach ist dir?«

»Ich würde gerne ein wenig an die frische Luft gehen. Es ist so stickig hier.« Der Einfall war ihr spontan gekommen, als sie die anderen aus der Halle hatte kommen sehen. Von dort aus ging es entweder in die privaten Räume der Familie oder aber in den Garten. Letzteres schien ihr eine passende Gelegenheit, ihren Tanzpartner noch ein wenig für sich zu haben.

Philipp nickte und führte sie aus dem Saal. Sie durchquerten die Halle und traten hinaus in die Loggia. Im ersten Moment war die eisige Kälte erfrischend, dann jedoch drang sie mit Nadelstichen durch die feine Seide von Johannas Abendkleid, und auch die Handschuhe, die ihr bis über die Ellbogen reichten, boten keinen nennenswerten Schutz vor der Kälte.

Philipp sah hinaus in den Garten. »Ich habe bei ihren Besuchen ja schon gemerkt, dass sie nicht glücklich ist, aber dass er sie mit einer solchen Gleichgültigkeit behandelt, wusste ich nicht.«

Eigentlich hatte Johanna nicht die Absicht, sich hier draußen in der romantischen, mondlichtversponnenen Dunkelheit über die Ehe ihres Bruders zu unterhalten. »Diese Hochzeit war sicher nicht die beste Idee unserer Väter.«

»Das habe ich ihm unzählige Male gesagt, und sosehr ich Karl als Freund schätze, so weiß ich doch, wie leichtfertig sein Umgang mit Frauen ist.« Er hielt inne, als würde ihm gerade bewusst, dass diese Andeutungen mitnichten für Johannas unschuldige Ohren geeignet waren. Dabei wusste sie durchaus, was über ihre Brüder geredet wurde, sie war ja nicht taub. Zitternd schlang sie die Arme um ihren Oberkörper und hoffte, dass ihr beim Sprechen die Zähne nicht aufeinanderschlugen. Wie Julia es schaffte, sich bei diesen Temperaturen oftmals nur im Abendkleid im Freien aufzuhalten, war ihr wirklich ein Rätsel.

»Oh, verzeih mir. Ich rede, und du frierst.« Er legte die Hand auf ihren Arm. »Wir gehen besser wieder ins Haus.«

»Nein, es geht schon.« Um keinen Preis würde sie diesen Moment romantischer Einsamkeit nun beenden. Er sollte sie an sich ziehen, sie wärmen, ihr den ersten Kuss rauben. Konnte der Moment günstiger sein?

»Johanna! Du willst dir wohl den Tod holen!« Die Stimme ihrer Mutter durchschnitt die Stille mit der Schärfe eines Dolchs. Johanna fuhr herum. Ob Philipp sie deshalb nicht geküsst hatte? Weil er befürchtete, sie zu brüskieren? »Was ist nur los mit euch jungen Frauen, dass es euch bei dieser Kälte hinaus in die Nacht zieht? Denkst du, eine Lungenentzündung ist ein Spaß?« Mit einer knappen Handbewegung scheuchte ihre Mutter sie ins Haus. »Philipp, du solltest es besser wissen und dergleichen Narreteien nicht auch noch unterstützen.«

»Natürlich. Verzeihung.«

Das war nicht ganz die Antwort, die Johanna sich gewünscht hatte, aber was hätte er auch sagen sollen? Sie warf ihm einen kurzen Blick über die Schulter zu, und hinter dem Rücken ihrer Mutter verdrehte er die Augen und zwinkerte ihr zu.

✭✭ 8 ✭✭

Konrad bewunderte den Innenhof, der von einer prachtvollen Kuppel überdacht war und umgeben von offenen Galerien mit gläsernen Jugendstil-Balustraden. Im Sommer musste es hier wunderschön sein. Ein langer, von schmalen Säulen bestandener Korridor führte geradewegs in den Garten, sodass sich der Innenhof auch für Feste anbot. Jetzt, im Winter, war es jedoch zu kalt, um sich länger hier aufzuhalten.

»Mein Vater«, hörte Konrad eine Stimme hinter sich und wandte sich um, »wird ein Telephon in der Rezeption legen lassen.« Karl war ebenfalls in den Innenhof getreten. Es war das erste Mal, dass der Hohenstein-Spross ihn ansprach, wobei Konrad die distanzierte Aufmerksamkeit, die Karl seiner Anwesenheit schenkte, nicht entgangen war. »Ich sage schon länger, dass wir mit der Zeit gehen müssen.«

»Aber er hört dir nicht zu?«

»Das hat er noch nie.«

Konrad dachte an sein Gespräch mit Julia. Die Ehe der beiden ging ihn nichts an, wenngleich ihm die junge Frau natürlich leidtat. »Es gibt einiges, das geändert werden sollte, ich möchte deinen Vater nur nicht mit allem auf einmal überfallen.«

»Elektrisches Licht?«

Konrad lächelte. »Ich sehe, wir verstehen uns.«

»Auf dem Ohr ist er taub, das kann ich dir versichern.«

»Nun, das werden wir sehen.«

Langsam wurde es Konrad zu kalt, um sich noch länger hier aufzuhalten, und so deutete er auf die Tür, die in die Halle führte. Karl nickte und ging ihm voran. Eine englische Familie brach eben zu einem Ausflug auf, und der halbwüchsige Sohn war damit beschäftigt, hinter dem Rücken des Kindermädchens seine kleine Schwester zum Weinen zu bringen. Ein Italiener kam mit seiner Ehefrau die Treppe hinunter, beide so dick angezogen, als stünde der Aufbruch nach Sibirien an. Ihnen folgte die junge Witwe, Gräfin von Lichtenberg, deren Lippen sich zu einem Lächeln teilten, als sie Konrad erblickte. Auch Karl sah sie an.

»Herr Alsberg«, sagte sie, »und Herr Hohenstein, wie reizend.«

»Ganz unsererseits«, entgegnete Karl galant. »Ich hoffe, es ist alles zu Ihrer Zufriedenheit.«

»Ja, ganz so wie jedes Jahr.« Ihre Zähne schimmerten zwischen den leicht geöffneten Lippen. »Wobei es ein klein wenig unterhaltsamer sein könnte.« Wieder dieser Blick zu Konrad, freundliche Aufmerksamkeit, hinter der jedoch zu lesen war, welche Art von Unterhaltung sie sich wünschte. Konrad lächelte unverbindlich. Sie hob in einer eleganten Geste ihre Schultern, und in ihren Augen las er, dass die Angelegenheit vorerst nur aufgeschoben war.

»Wenn du darauf eingehen möchtest«, sagte Karl, »dann tu es gleich, das erspart dir ihre Spielchen. Ansonsten sag ihr deutlich, dass du nicht interessiert bist.«

»Hast du das getan?«

»Ja, letztes Jahr, danach hat sie ein anderes Opfer gefunden – war auf Hochzeitsreise, der arme Kerl.« Karl lächelte spöttisch.

»Vielleicht wollte er die Frau nicht heiraten und war daher ein leichter Fang.«

»Hm, das glaube ich kaum. Die Frau war recht hübsch, und am Anfang ist es doch noch aufregend.« Karl sah in die Richtung, in die die junge Witwe verschwunden war. »Sie hat die beiden erwischt. Er wähnte sie auf einem Ausflug und war so dumm, die Gräfin von Lichtenberg in seinem Zimmer zu beglücken, anstatt in ihres zu gehen. Es folgte eine sehr unschöne Szene.« Karl verzog leicht das Gesicht, als sei allein die Erinnerung daran unangenehm. »Die Ehefrau hat das ganze Hotel zusammengeschrien, es hat wirklich jeder mitbekommen. Danach ist sie abgereist – ohne ihn.«

Sie gingen durch die Halle in den Speisesaal, wo die Zimmermädchen die Reste des Frühstücks abräumten, die Tischtücher abnahmen und den Boden fegten. Die Küchenmagd kniete vor dem Kamin und schichtete neue Holzscheite hinein. Ein Zimmermädchen kam mit einem Stapel frischer Tischtücher hinein. Sie sah Karl an, und ein Anflug von Röte stieg ihr in die Wangen, dann eilte sie weiter. Offenbar war der Hohenstein-Erbe den Dienstmädchen nicht ganz so abgeneigt, wie es immer hieß.

»Sehr gut geschultes Personal«, bemerkte Konrad.

»Ja, an den Abläufen ist nichts auszusetzen. Frau Hansen und Herr Bregenz wählen die Dienstboten sehr genau aus, mein Vater lässt ihnen da weitgehend freie Hand.«

Sie gingen weiter. Im Salon war um diese Zeit noch niemand, daher war der Raum noch ungeheizt, die Fenster standen offen, und die zweite Küchenmagd fegte den Kamin aus, damit er nach dem Mittagessen befeuert werden konnte, wenn sich die Gäste auf einen Kaffee hier zurückzogen. Aus dem Herrensalon waren Stimmen zu hören. Einige Männer hatten sich zum Rauchen eingefunden, während der Damensalon noch leer war. Es gab außerdem ein großes Spielzimmer für die Kinder, das auch zu dieser frühen Stunde schon rege besucht war.

Sie sahen zu, wie Kleinkinder auf pummeligen Beinchen durch den Raum liefen und auf Schaukelpferde kletterten, wie Jungen Türme aus Bauklötzen bauten und Mädchen mit ihren Puppen Teepartys feierten. Drei Jungen stritten um eine große Holzlokomotive, obwohl eine weitere unbeachtet nur wenige Schritte entfernt stand, ein kleines Mädchen fütterte hingebungsvoll eine Puppe mit einem Fläschchen, aus dem Milch lief und in den blonden Puppenzöpfen versickerte, während die offensichtliche Besitzerin der Milchflasche laut zeternd daneben stand. Die Debatte um das Milchfläschchen verlief unbemerkt, denn die dazugehörigen Kindermädchen waren in ein angeregtes Gespräch versunken. Ein vielleicht zweijähriger Junge rannte durch den Raum, stolperte und fiel der Länge nach hin. Noch ehe sein Kindermädchen reagieren konnte, war Karl bereits in die Knie gegangen und half ihm auf.

»Danke, Herr Hohenstein.« Das Mädchen nahm ihren Schützling auf die Arme und tröstete ihn.

»Was befindet sich im Keller?«, fragte Konrad.

»Die Vorräte. Außerdem gibt es noch ein altes Gewölbe, das verschlossen ist. Man hat dort früher Wild abhängen lassen, inzwischen wird es nicht mehr genutzt. Als das Haus erbaut wurde, hat man den Keller offenbar angelegt, um zu Zeiten, in denen die Wege schlecht befahrbar sind, eine große Menge an Vorräten unterzubringen.« Sie gingen weiter in Richtung privater Wohntrakt. »Stimmt es«, fuhr Karl fort, »dass du in den Kolonien warst?«

»Ja.«

»Und ist dort etwas vorgefallen, das dich hierher zurückgetrieben hat? Etwas Persönliches?«

Konrad hielt inne und musterte ihn misstrauisch. »Nein«, sagte er schließlich.

»Ich möchte gar keine Details wissen, wenn es so wäre.

Aber«, Karl sah sich flüchtig um, »mein Vater forscht in deiner Vergangenheit, und er wird alles, was er findet, gegen dich verwenden.«

»Warum erzählst du mir das?«

»Weil es Zeit wird, dass jemand meinem Vater die Stirn bietet, und ich habe hier im Grunde nichts zu sagen.«

»Er wird nichts finden.«

Sie standen vor der Tür, die das Hotel von den Wohnungen trennte.

»Dann ist es ja gut.«

Konrad dachte daran, was er selbst über Maximilian Hohenstein wusste, ein Wissen, das er nicht einzusetzen gedachte, denn er wollte die Feindschaft lieber aus der Welt schaffen, als sie zu vertiefen. Aber das Wissen darum war beruhigend. Er nickte, dann lächelte er. »Ja, das ist es.«

»Johanna!«

Es war gar nicht so leicht, sich ungesehen davonzuschleichen, aber Johanna hatte beschlossen auszureiten und wollte sich nicht davon abhalten lassen.

Wieder hallte die Stimme ihrer Mutter über den Hof. »Johanna!«

Mit raschen Schritten führte Johanna ihr Pferd hinter ein hohes Gebüsch, das nahe dem Stall wucherte. Sie lugte durch die Zweige und sah ihre Mutter auf der breiten Treppe vor dem Haus stehen. So kam sie nicht über den Hof, sie musste hinten herum und sich von dort aus in den Wald schleichen. Langsam wandte sie sich ab, zog das Pferd am Zügel mit sich und stand plötzlich Alexander gegenüber, der gerade aus dem Stall kam. Als er ihre Mutter hörte, hob er die Brauen und grinste.

»Untersteh dich!«, formte Johannas Mund stumm.

Er trat neben sie, half ihr aufs Pferd und gab dem Tier

einen Klaps auf die Kruppe. Dann ging er zum Haus, und Johanna hörte ihn noch sagen: »Hier ist niemand.«

Das war nicht einmal gelogen, da war in der Tat niemand mehr, denn Johanna trieb ihren Wallach an, damit sie möglichst schnell in den Schutz der Bäume gelangte. Der Schnee knirschte unter den Hufen des Pferdes, und weiß gepuderte Zweige verflochten sich über dem Weg. Ein Rabe flatterte auf, im Gebüsch raschelte es, kleine Zweige knackten. Es war nicht nur die langweilige Nachmittagsgesellschaft, der Johanna aus dem Weg gehen wollte. Vielmehr hatte sie das Wissen darum, dass Philipp von Landau einen Ausritt in die Wälder unternahm, aus dem Haus getrieben. Diese Gelegenheit eines romantischen Zusammentreffens konnte sie sich nicht entgehen lassen.

Die erste Person, auf die sie traf, war jedoch Julia, die von einem Spaziergang zurückkehrte. Ludwig lief ausgelassen vor ihr her, rief sie immer wieder, um ihr etwas zu zeigen, aber sie hatte nur ein blasses Lächeln für ihn und folgte ihm lediglich mit den Blicken. Etwas Dunkles umgab sie, das sie ätherisch und geheimnisvoll wirken ließ, vermutlich aber schlicht Traurigkeit war. Karl ließ es sich ja nicht nehmen, mal wieder den gestrengen Ehemann herauszukehren. Ein Wunder, dass sie überhaupt spazieren gehen durfte, während sie ja eigentlich auf der Gesellschaft präsent sein sollte. Julia blickte kurz auf, lächelte ein wenig angestrengt und grüßte sie.

»Tante Johanna!«, kreischte Ludwig. »Darf ich mit?«

»Nein«, antwortete Julia rasch, als stünde zu befürchten, ihre Schwägerin könnte der Bitte nachkommen.

»Nächstes Mal«, versprach Johanna.

Der Kleine verzog den Mund und stimmte ein quengeliges »Bitte« an, das er in verschiedenen Tonlagen wiederholte. Obwohl Johanna wusste, dass es eigentlich gemein war, trieb sie ihr Pferd an und überließ es ihrer Schwägerin, sich mit dem kleinen Schreihals herumzuplagen.

Die Pferdehufe schlugen in rhythmischem Takt auf den Boden, als Johanna über den Waldweg trabte. Als es steiler bergauf ging, zügelte sie den Wallach. Immer wenn sich die Bäume lichteten, gaben sie den Blick frei auf braune, felsige Bruchkanten und bewaldete Schluchten.

In dem mit dunkler Erde vermischten Schneematsch waren keine Spuren mehr zu erkennen, denn dieser Weg war beliebt bei den Urlaubern. Johanna konnte sich nur auf die vage Hoffnung verlassen, dass Philipp ebenfalls hier entlanggeritten war. Der Wallach fiel in einen gemächlichen Trab, und weil der Weg an dieser Stelle breit und einigermaßen sicher schien, ließ Johanna das Pferd seine Gangart selbst wählen. An einer Weggabelung gab es einen Weg, der ebenerdig durch den Wald und in einem großen Bogen zurück zum Hotel führte, wenn man nicht entschied, weiter zum Ölberg zu reiten. Ein anderer Weg führte hoch zur Drachenburg, beide waren beliebt und wurden rege frequentiert. Johanna entschied sich für den Aufstieg. Wenn Philipp ihre Leidenschaften teilte, musste ihn die Drachenburg einfach magisch anziehen.

Als sie auf dem Plateau ankam, stieg sie vom Pferd und führte es an die Kante, von wo aus sie einen phantastischen Ausblick hatte. Der Rhein wälzte sich träge durch das Tal, eine silbrige Schlange, die die winterkarge Landschaft teilte. Es war so kalt, dass Johanna der Atem vor dem Mund stand, und offenbar war außer ihr niemand auf die Idee gekommen, den Aufstieg bei diesen Temperaturen zu wagen.

Auf dem Plateau gab es keine mittelalterlichen Bauten mehr, stattdessen waren die Wirtschaftsgebäude des nahezu hundert Jahre alten Gasthauses vergrößert worden. An diesem Tag jedoch blieb der Andrang aus. Auch der unterhalb des Plateaus erbaute Saal stand leer. Am Aufgang zur Ruine gab es ein kleines Häuschen für Post und Telegraphie sowie eine Photographiebude, beides verwaist und still in der Kälte.

Johanna führte das Pferd den steilen, schmalen Pfad, der sich zwischen Mauerresten herum wand, hoch zur Ruine, und als sie ein Wiehern hörte, dem ihr Wallach antwortete, spürte sie ein erwartungsfrohes Flattern im Magen. Ihre Freude fiel jedoch jäh in sich zusammen, als sie bemerkte, dass es nicht Philipp war, sondern Victor, der ebenso wie sie dieses Ausflugsziel gewählt hatte. Er hatte sein Pferd angebunden, saß auf einem Mauervorsprung und schrieb in eine Kladde. Obwohl er sie gehört haben musste, hielt er nicht inne, und der Bleistift glitt über das Papier, als stände zu befürchten, dass der Gedanke, den er gerade festzuhalten suchte, ihm auf Nimmerwiedersehen entglitt. Schließlich hob Victor den Kopf und lächelte, als sei es für ihn keine Überraschung, dass sie hier war. Johanna hingegen war noch zu beseelt von der Enttäuschung, diese Einsamkeit nicht mit Philipp zu teilen, als dass sie imstande gewesen wäre, das Lächeln zu erwidern.

»Fräulein Johanna«, sagte Victor. »Ich dachte schon, ich wäre der Einzige, den es bei dieser Witterung hierher zieht. Und Sie wirken, als hätten Sie gerade gemerkt, dass eine Suche vergeblich war.«

Johanna band ihr Pferd neben seines. »Was hätte ich hier denn suchen sollen?«

»Die Einsamkeit? Oder die große Liebe?«

Mit einem Schulterzucken ging Johanna darüber hinweg.

»Vielleicht«, sagte er, »hat uns beide dasselbe hergetrieben.«

»Das bezweifle ich.«

»Also doch die Suche nach der Liebe?«

»Wieso, suchen Sie danach etwa nicht?«

»Hier oben? Mitnichten.« Er lächelte.

»Nun gut.« Johanna ging nicht weiter darauf ein. »Jetzt sind wir nun einmal beide hier, machen wir das Beste daraus.«

Victors Lächeln bekam etwas Belustigtes und leicht Anzügliches, das sich bei ihm so gänzlich ungewohnt ausnahm, dass Johanna, die eigentlich nicht so schnell verlegen wurde, spürte, wie ihr die Wärme ins Gesicht stieg. Sie machte jedoch keinen Versuch, das Gesagte in eine unverfängliche Richtung zu leiten, sondern erwiderte sein Lächeln in einer Art, von der sie hoffte, es würde geheimnisvoll wirken. Bei Frédéric hatte sie damit in der Regel Erfolg, Victor jedoch schien sie zu durchschauen.

»Begnügen wir uns also mit dem Zweitbesten.« Er erhob sich.

»Woran denken Sie?«, fragte Johanna, die an diesem Spiel langsam Gefallen fand. Es war aufregend, auch wenn sie das Gefühl hatte, dass ein wenig Vorsicht durchaus angebracht war. Das war etwas anderes als Frédérics offene Avancen, die keinen Zweifel daran ließen, worauf er es abgesehen hatte.

»An etwas gänzlich Unverfängliches, das weder Ihren Ruf noch Ihre Tugend in ernsthafte Gefahr bringt.«

»Mir kam nie der Gedanke, dass ich in Ihrer Gegenwart um meine Tugend fürchten müsste.«

Wieder dieses kleine, vieldeutige Lächeln. Johanna neigte den Kopf und sah ihn abwartend an.

»Waren Sie schon einmal bei Sonnenuntergang hier oben?« Das waren nicht ganz die Worte, die Johanna erwartet hatte, daher war sie im ersten Moment irritiert.

»Nein«, sagte sie schließlich, »dann müsste ich im Dunkeln zurück, und das würden meine Eltern nicht erlauben.«

»Aber da Sie nun einmal hier sind und nicht bei der Nachmittagsgesellschaft, die Ihre Mutter anberaumt hat, steht Ihnen ohnehin Ärger ins Haus.«

Johanna sah ihn erwartungsvoll an.

»Ich habe eine Laterne dabei, es ist nicht das erste Mal, dass ich im Dunkeln ausreite. Wenn Sie also möchten, können wir gemeinsam den Sonnenuntergang genießen, und ich begleite Sie hernach zurück.«

Das klang zu verlockend, als dass Johanna es ablehnen konnte. Kurz flackerte Bedauern in ihr auf, dass es nicht Philipp war, mit dem sie diesen romantischen Moment teilte, aber man konnte nicht alles haben. Dennoch ließ sie der Gedanke nicht los, dass es ein solcher Augenblick sein konnte, in dem sie ihren ersten Kuss bekam. Im Gegensatz zu Frédéric, für den die Liebe nur ein Spiel war, hatte sie für Johanna etwas Wahrhaftiges.

Silbrig-rote Schleier legten sich über das wolkenschwere Grau des Himmels, vor denen die bewaldeten Hügel sich in Scherenschnitte verwandelten, schwarze Silhouetten, an deren Ränder sich kleine Flammen entzündeten. Flammendes Rotgelb, zartes Rosa und dann ein langsames Ausbluten des Himmels zu einem Bleigrau, unter dem der Wald im Dunkeln lag.

Johanna hörte das Ratschen, mit dem ein Zündholz entflammt wurde, dann roch sie den Geruch von Brennöl, und schließlich mischte sich der milchig-gelbe Lichtschein einer Laterne in das bläuliche Abendlicht. Sie drehte sich zu Victor um, der gerade die Pferde losband. Bei dem Gedanken, durch den finsteren Wald zu reiten, wurde Johanna nun doch etwas mulmig, aber sie trat, ohne zu zögern, auf Victor zu und nahm ihm die Zügel aus der Hand.

»Möchten Sie lieber, dass wir die Pferde führen?«, fragte

er, als habe er ihre Gedanken gelesen. »Das würde kaum länger dauern.«

»Ja, vermutlich ist es das Beste.« Sie war Reiten im Dunkeln nicht gewöhnt und hatte Sorge, dass sich ihre Unsicherheit auf das Pferd übertragen konnte. Ein falscher Tritt, und es konnte ausgleiten oder stürzen. Sie nahm es am langen Zügel, folgte Victor den schmalen Pfad hinab und schloss dann zu ihm auf. Er leuchtete den Weg aus, und der Wald bekam ein neues, unvertrautes Gesicht. Natürlich war Johanna nicht das erste Mal im Dunkeln unterwegs. Es gab Nachtwanderungen für die Gäste, die sie begleitet hatte, und einmal hatten Karl und Alexander sie allein mitgenommen. Aber das hier war etwas anderes, es war aufregender, und weil niemand wusste, wo sie war, haftete dem Ganzen etwas Abenteuerliches an. Frédéric hätte diesen Moment zweifellos genutzt, um seine Versuche, sie zu verführen, fortzusetzen. Victor tat nichts dergleichen, aber täte er es, war sich Johanna nicht sicher, ob sie seinem Werben gänzlich widerstehen würde. Nein, dachte sie im nächsten Augenblick, denn es kam ihr wie ein Verrat an Philipp vor, dem allein dieser Moment gehören durfte. Und doch blieben ihre Gedanken bei dem Mann hängen, der vor ihr ging und sie heimführte.

Keiner von beiden sprach, es war jedoch ein angenehmes Schweigen, in dem jeder seinen eigenen Gedanken nachhing. Nur die Geräusche des Waldes waren zu hören, das leise Knacken und Rascheln, in das sich der Hufschlag der Pferde mischte. Die Laterne warf eine dunstige Lichtpfütze, außerhalb derer die Dunkelheit noch undurchdringlicher wirkte.

Johanna war beinahe überrascht, als sie schon den Waldrand erreichten und sie die Lichter des Hotels erkennen konnte. Mit einem Schlag waren die Geheimnisse des Waldes und ihre intime Zweisamkeit entschwunden.

»Ich schlage vor, Sie reiten jetzt zum Haus.« Es war das erste Mal, dass Victor sprach, seit sie aufgebrochen waren, und in seiner Stimme lag nicht einmal ein Abglanz jener vibrierenden Spannung, die sie selbst die ganze Zeit empfunden hatte. »Es wäre Ihrem Ruf sicher abträglich, sähe man uns gemeinsam aus dem Wald kommen.« Philipp oder sogar Frédéric hätten ihr an dieser Stelle zugezwinkert, Victor jedoch sah sie nur an, die Augen dunkler Glanz in den Schatten, die das Laternenlicht in sein Gesicht malte.

»Ja, natürlich.« Johanna ließ sich von ihm auf ihren Wallach helfen, nahm die Zügel auf und trieb das Pferd auf das Haus zu. Alexander war der Erste, dem sie in die Arme ritt. Er griff nach dem Zügel, dann reichte er ihr die Hand, um ihr beim Absitzen zu helfen. »Ich hoffe, du hast den Ausritt genossen, es dürfte vorläufig der letzte gewesen sein.«

»War Mama so wütend?«

»Nicht nur sie, sogar Vater fand es unpassend.«

»Ach ...« Johanna seufzte.

»Geh ins Haus und bring es hinter dich, ich kümmere mich um dein Pferd. Sie wollten schon jemanden auf die Suche nach dir schicken.«

Wieder seufzte Johanna, dann ging sie zum Seitenflügel, in dem die privaten Wohnungen untergebracht waren. Sie warf einen flüchtigen Blick zum Waldrand. Victor war nicht zu sehen, und für einen Augenblick war sie versucht, wieder in jenes geheimnisvolle Dunkel zu fliehen, dem sie eben entstiegen war.

Karl war sehr ungehalten darüber gewesen, dass Julia die nachmittägliche Gesellschaft verpasst hatte. Nachdem auch Johanna nicht anwesend war, fiel Julias Abwesenheit natürlich umso stärker auf, war doch keine weitere Dame des Hauses an Annes Seite gewesen. Karl hatte Julia mit Unwohlsein entschuldigt, was peinlich wurde, da sie das Haus betreten hatte, als die Gäste gerade im Aufbruch waren. Und Johanna war trotz der anbrechenden Dunkelheit immer noch nicht zurück gewesen, was die Stimmung im Haus nicht gerade gehoben hatte.

Nun saß Julia in ihrem privaten Salon an einem Sekretär, hatte ein aufgeschlagenes Buch vor sich, das architektonische Skizzen von Renaissance-Häusern in Florenz zeigte. Wäre sie als Junge geboren, hätte sie Architektur studiert, ihre Noten in Mathematik waren immer hervorragend gewesen, besser noch als die Philipps. Aber als Mädchen war ihr dieser Weg natürlich verschlossen gewesen. Sie fragte sich, was Valerie erwartete, wenn sie heranwuchs. Noch stieß ihre Wissbegierde auf Begeisterung, wurde gefördert, und niemand aus der Familie wurde müde zu betonen, wie schnell sie lernte. Würde Karl irgendwann entscheiden, dass es nun an der Zeit war, ihr Zügel anzulegen? Ludwig hätte es leichter, für Jungen war die Welt dazu da, erobert zu werden.

Die Tür wurde leise geöffnet. Um diese Zeit gab es nur eine Person, die ihr Zimmer betreten würde. Julia blickte starr in ihr Buch, nicht bereit, sich weitere Anklagen anzuhören. »Du könntest es nun langsam gut sein lassen«, sagte sie, noch ehe Karl das erste Wort herausgebracht hatte. »Vor allem angesichts dessen, dass du zu einer Familienfeier zwei Stunden zu spät erschienen bist und nicht sagen wolltest, wo du gewesen bist. Und dann hast du allen Ernstes die Nerven, mir einen Spaziergang zum Vorwurf zu machen?«

Karl schloss leise die Tür und kam zu ihr, lehnte sich an die Wand hinter ihrem Sekretär. »Fertig?«, fragte er schließlich.

Sie antwortete nicht.

»Eigentlich bin ich nicht hier, um dir Vorwürfe zu

machen«, sagte er. »Ich habe unter dem Türspalt Licht schimmern sehen. Warum bist du so spät noch wach? Fehlt dir etwas?« Er senkte den Blick auf das Buch, dann sah er Julia wieder an, und sie wartete auf einen herablassenden Kommentar. In einem schwachen Moment hatte sie ihm von ihrem Wunsch erzählt, Architektin zu werden. Daraufhin war er in schallendes Gelächter ausgebrochen. Frauen an der Universität, hatte er sich mokiert, was käme als Nächstes? Hosen und kurze Haare? Am Ende wollten sie vielleicht sogar raufen und sich betrinken wie die Studenten?

»Dann sollten Frauen also nicht studieren, nur weil die Männer sich nicht zu benehmen wissen?«, hatte Julia gefragt, was von Karl nur mit einem Schulterzucken beantwortet worden war.

»Konrad«, sagte Karl nun, »wird ein Telephon für seine privaten Räume bestellen. Ich konnte meinen Vater davon überzeugen, eines für die Rezeption zu kaufen. Was hältst du davon, wenn wir eines in deinen Salon stellen? Dann kannst du jederzeit ungestört mit deiner Familie sprechen.«

Ihre Augen weiteten sich, irritiert über diese unerwartete Wendung des Gesprächs. »Musst du etwas gutmachen?«, war die einzige Antwort, die ihr einfiel.

Nun zupfte ein Lächeln an Karls Mundwinkeln. Er strich ihr eine gelöste Haarsträhne hinter das Ohr, dann umfasste er ihre rechte Hand, die kalt in seiner lag. »In diesem Fall«, sagte er, »möchte ich dir lediglich eine Freude machen. Du hattest in letzter Zeit recht wenig Anlass dazu, möchte ich meinen.«

Nach wie vor argwöhnisch nickte Julia lediglich. In letzter Zeit spürte sie immer häufiger, wie eine Lethargie nach ihr griff, die auch nach dem Abschütteln Spuren hinterließ, fein wie Spinnweben, in denen man sich immer weiter verfing, je mehr man sich daraus zu befreien versuchte. Über diese großzügige Geste Karls vermochte sie kaum, mehr zu empfinden als einen schwachen Abglanz von Freude. Sie bemühte sich um ein Lächeln. »Danke, das ist reizend von dir.«

Er taxierte sie, wirkte, als warte er auf etwas, schließlich zuckte er mit den Schultern und machte Anstalten zu gehen.

»Warum bist du so zu mir, Karl?«

»Wie bin ich denn?«

»So gleichgültig und dann wieder so großzügig, als wäre dir daran gelegen, mich glücklich zu sehen.«

»Wenn ich ganz ehrlich bin«, antwortete Karl nun ziemlich kühl, »weiß ich das selbst nicht so genau.«

»Ich bin modern«, sagte Dora, während sie ihr Kissen zurechtklopfte. »Und ich denke, wir steuern auf Zeiten zu, in denen nicht mehr nach Dienern und Herren unterschieden wird.«

Henrietta lag in ihrem Bett, die Arme hinter dem Kopf verschränkt, und starrte an die schräge Decke der Dachkammer.

»Elsbeth, deine Vorgängerin«, fuhr Dora fort, »hat es ganz falsch angefangen. Sie dachte, wenn sie mit Herrn Alexander ins Bett geht, steigt sie auf. Und am Ende ist sie auf der Straße gelandet, weil sie noch dazu so dumm war, sich erwischen zu lassen.« Dora flocht ihr langes Haar ein, setzte ihre Nachthaube auf und legte sich dann ebenfalls hin.

»Wie würdest du deinen Aufstieg anstellen?«, fragte Henrietta, weniger aus Interesse, sondern weil sie vermutete, Dora warte auf diese Frage.

»Ich lerne Stenographie, und dann werde ich als Sekretärin arbeiten.« Stolz schwang in Doras Stimme mit. »Ich muss mit keinem Mann ins Bett gehen, um dorthin zu kommen, wo ich hin möchte.«

Henrietta dachte an Philipp und schwieg.

»Alexander Hohenstein meint es nicht ernst, das tut er nie. Schön blöd, wer sich darauf einlässt und glaubt, dadurch in seine Kreise zu gelangen.«

»Es ist nicht abwegig, durch eine Ehe aufzusteigen.«

Dora lag auf der Seite und stützte ihren Kopf auf die Hand. »Bei diesen Männern ist der Gedanke an eine Veränderung noch nicht angekommen, sie sehen in Frauen wie uns lediglich etwas zum Herumspielen. Ich möchte in der Stadt arbeiten und dann einen Mann heiraten, der es ebenfalls durch Arbeit zu etwas gebracht hat.«

Henrietta hatte mitbekommen, wie in der Wohnung ihrer Mutter die Männer ein und aus gegangen waren. »Ich habe etwas Besseres verdient«, hatte sie stets gesagt. »Wenn du nur wüsstest, Henrietta, wenn du wüsstest.« Vor etwas mehr als einem Jahr war sie elend an der französischen Krankheit gestorben.

»Ich meine«, fuhr Dora fort, »es ist natürlich in Ordnung, wenn du gerne Dienstmädchen bist.«

»Na dann«, murmelte Henrietta, »ist ja alles bestens.«

»Bist du jetzt beleidigt?«

»Nein.« Philipp würde bald abreisen. Obwohl Henrietta selbst es war, die ihn zurückgewiesen hatte, vermisste sie ihn, die Wärme seines Bettes vor einem behaglichen Kaminfeuer, die vermeintliche Sicherheit, die seine Arme geboten hatten, wenn er sie umfangen hielt, während dicke Vorhänge die Nacht mit all ihren Schrecken draußen hielt.

»Hast du eigentlich einen Liebsten?«

»Nein.«

»Ich meine nur, weil du dich überhaupt nicht für die Männer hier interessierst. Gut, Alexander Hohenstein zurückzuweisen ist ja gar nicht mal dumm. Aber Johannes ist doch ein hübscher Kerl, Albert auch, und er ist Erster Lakai, er wird es sicher mal zum Hausverwalter bringen.«

»So, wie es jetzt ist, ist es erst einmal gut.« Henrietta hüllte sich in ihre Decke. Es war kalt, die Dienstbotenquartiere wurden nicht geheizt. Es wäre zu teuer, in jede Kammer einen Ofen zu stellen und diesen zu befeuern. Im Haus, wo sie die meiste Zeit des Tages verbrachten, war es warm, und im Gesellschaftszimmer gab es einen Ofen, der ebenfalls behagliche Wärme verbreitete. Räume zu heizen, in denen nur geschlafen wurde, war nicht vorgesehen. Vorausgesetzt natürlich, es handelte sich nicht um die Schlafräume der Herrschaften.

Dora löschte das Licht, und im Mondschein wirkten die Eisblumen am Dachfenster silbrig. Obwohl sie wusste, dass jede Minute Schlaf kostbar war und die Nacht zu rasch vorbei sein würde, starrte Henrietta an die Decke und dachte an ihre Mutter. Viel zu früh verblüht und gezeichnet von der schrecklichen Krankheit hatte sie im Bett gelegen, schwärende Wunden an ihrem Körper, welcher langsam auf den Tod zutrieb. Und stetig erzählte sie von einem Leben, das so anders hätte verlaufen können, führte immer wieder dieselben Worte auf den Lippen, die blutleer waren, ausgetrocknet und verdörrt wie die einer alten Frau.

✷✷ 9 ✷✷

»Scharlachfieber«, hatte der von Karl hinzugezogene Arzt diagnostiziert. Karl sah Marianne an, die immer noch so elend aussah, ihr kleines Gesicht rotgefleckt und um Mund und Nase erschreckend blass. Die blonden Locken klebten ihr an den Schläfen und in feuchten Schlingen um den Hals. Behutsam entwirrte Karl das Haar und strich es zurück.

»Hast du ein schlechtes Gewissen, weil du so selten hier warst in den letzten Tagen?«, fragte Carlotta.

Nein, dachte er, sondern weil ich es im Nebenzimmer mit dir getrieben habe, während es der Kleinen hier zunehmend schlechter ging. Wieder strich er Marianne über das Haar, dann erhob er sich. »Gib ihr regelmäßig ihre Medizin.«

»Ich sehe gar nicht ein, dass die ganze Arbeit immer an mir hängen bleiben soll.«

»Du bist ihre Mutter, lieber Himmel!«

»Und du ihr Vater, aber du feierst ja lieber hochherrschaftlich, anstatt hier zu sein. Und so weit her kann es mit der Frau *von und zu* ja im Bett nicht sein, wenn man bedenkt, wie leicht du immer rumzukriegen bist. Was das angeht, müsstest du hier sicher nicht darben.«

»Halt den Mund.«

Marianne sah aus großen Augen von einem zum anderen, und Karl lächelte sie beruhigend an.

»Ich komme morgen wieder«, sagte er.

»Hoffentlich lebt sie dann noch«, fauchte Carlotta.

Mariannes Blick flackerte. »Muss ich sterben, Papa?«

»Nein, natürlich nicht.« Karl wandte sich an Carlotta, griff nach ihrem Handgelenk, packte gerade fest genug zu, um sie zusammenzucken zu lassen. »Wenn sie stirbt«, sagte er nur für sie hörbar, »siehst du von mir keinen Pfennig mehr.« Er ließ sie los, und obwohl es sichtlich in ihr tobte, schien sie keinen Widerspruch zu wagen. »Also, auf morgen. Und wenn es schlimmer wird, benachrichtige mich.« Er küsste Marianne auf die Stirn, dann ging er.

Alexander hatte als Kind Scharlach gehabt. Eine sehr blasse Erinnerung an viel Bettruhe und seine Mutter, die den Bruder zusammen mit dem Kindermädchen rund um die Uhr betreute, stieg in Karl auf. Margaretha war seit seinen frühesten Kindheitstagen im Hause Hohenstein angestellt und kümmerte sich nun um Ludwig und Valerie. Als sie in den Dienst der Familie getreten war, hatte sie gerade das siebzehnte Lebensjahr erreicht. Obwohl es Männer gegeben hatte, die sie heiraten wollten, hatte sie alle abgelehnt und gesagt, die Hohenstein-Kinder seien ihr so lieb, als wären es ihre eigenen. Und so hielt sie es nach wie vor. Bei ihr wäre Marianne in liebevollen Händen. Aber wie sollte er die ganze Sache ohne Skandal lösen?

Im Grunde genommen konnte es ihm gleich sein, was Julia dazu sagte, sie hatte sich ohnehin zu fügen. Aber verletzen wollte er sie nur ungern, denn ihm lag durchaus etwas an ihr. In den vier Ehejahren war eine gewisse Vertrautheit entstanden, zu der es wohl unweigerlich kam, wenn man zusammenlebte und das Bett teilte. Keine seiner Geliebten war ihm so nah wie Julia.

Auf Dauer würde er eine Lösung finden müssen, denn Marianne hatte ein Anrecht auf ein unbeschwertes Leben, in dem es ihr an nichts fehlte, ebenso wie seine anderen Kinder. Wie das zu bewerkstelligen war, wusste er noch nicht, aber er würde beizeiten darüber nachdenken.

Julia fragte sich, was der Grund für Karls üble Laune war. »Ich wüsste ja zu gern, was mit dir los ist. Gibt es in Königswinter keine Frau mehr, die du noch nicht hattest?« Karl warf ihr einen Blick zu, der es ratsam sein ließ, nichts weiter zu sagen. Da sie sich derzeit aus dem Weg gingen und Karl sich an diesem Tag auch nicht lange daheim aufhielt, war es nicht weiter schwer, ihn und seine Stimmungen zu ignorieren. Ohnehin hatte Julia andere Sorgen, denn Ludwig ging es schon den ganzen Tag nicht gut. Am Vorabend hatte er etwas angeschlagen gewirkt, so als brüte er eine Erkältung aus, hatte über Schluckbeschwerden und Kopfschmerzen geklagt. Nun lag er im Bett, die Wangen rot und die Augen glasig. Ansonsten wirkte er recht munter und war auch keineswegs damit einverstanden, liegen zu müssen.

»Es ist noch gar nicht Abend, Mama«, sagte er.

Julia setzte sich zu ihm ans Bett und legte ihm die Hand auf die Stirn. »Du bist krank, und kranke Kinder müssen im Bett liegen.«

Bockig zog Ludwig die Stirn kraus.

»Wenn du brav bist und liegen bleibst, dann kannst du morgen wieder spielen, so viel du möchtest.«

Obwohl es allem Anschein nach nur eine simple Verkühlung war, ließ Julia den Hausarzt rufen, der ausrichten ließ, er werde am frühen Abend kommen.

»Du machst dir immer zu viele Sorgen«, sagte Philipp, als Julia zum Kaffee im Salon erschien.

»Ich habe dir doch gesagt, mach keine langen Spaziergänge mit den Kindern bei dieser Kälte«, bemerkte Anne spitz. »Da ist es kein Wunder, wenn sie krank werden.«

Julia nippte an ihrem Kaffee und schwieg.

Dr. Kleist kam wie angekündigt, und Julia begleitete ihn in Ludwigs Zimmer. Inzwischen ging es dem Kleinen deutlich schlechter, aus dem bockigen Jungen, der unbedingt hatte aufstehen wollen, war ein krankes Kind geworden, in dessen Augen ein Fieberglanz lag und das in raschen Zügen atmete. Auf den aufmunternden Gruß des Arztes hin hatte er nur ein mattes Lächeln gezeigt. Dr. Kleist untersuchte ihn, tastete seinen Hals ab und wurde zunehmend ernster. Er hieß Ludwig den Mund öffnen und die Zunge herausstrecken.

»Sehen Sie«, sagte er und wandte sich zu Julia, »den tiefroten Gaumen und die belegte Zunge?«

»Was heißt das?«

»Ich vermute, der Junge hat Scharlach.«

»Gott steh uns bei!«, rief Margaretha und schlug sich die Hand vor den Mund.

Dr. Kleist legte das Holzstäbchen weg und bat Julia, Ludwig das Hemd auszuziehen, dann besah er sich Achselhöhlen und Leisten. Auch ohne den Hinweis des Arztes sah Julia die stecknadelkopfgroßen roten Flecken, und wie um sich selbst vor dem zu schützen, was Dr. Kleist sagte, schlang sie die Arme um den Oberkörper und beobachtete die Handgriffe des Arztes. Margaretha zog Ludwig wieder an und drückte ihn behutsam zurück in sein Kissen.

»Die Mandeln und der Rachen sind entzündet«, sagte Dr. Kleist, »daher die Beschwerden beim Schlucken. Ich lasse Ihnen ein leichtes Schmerzmittel hier. Leider kann ich nicht viel mehr machen, das Kind braucht nun vor allem Ruhe. Und Sie sollten Vorkehrungen treffen wegen der Ansteckungsgefahr, immerhin gibt es hier etliche Gäste mit Kindern.«

Julia nickte nur und begleitete den Arzt aus dem Zimmer. Im Korridor drehte sich Dr. Kleist zu ihr um und sah sie ernst an. »Ich will es nicht verharmlosen, Sie wissen selbst, dass Scharlach eine hochgefährliche Krankheit ist.«

»Aber«, Julia schluckte, »aber es gibt doch auch einen milderen Verlauf?«

»Ja, durchaus. Wir müssen abwarten, wie es für Ihren Sohn aussieht. Wissen Sie, wo er sich die Krankheit geholt haben könnte? Sind möglicherweise Kinder in seinem Umfeld erkrankt?«

»Nein, davon weiß ich nichts.«

»Hatte er Kontakt mit den Eltern erkrankter Kinder?«

Julia schüttelte den Kopf. »Er war in den letzten Tagen nur mit uns zusammen.«

»Da die Krankheit überaus ansteckend ist, sollten entsprechende Vorkehrungen getroffen werden.«

»Ich werde mit meinem Schwiegervater sprechen.«

Dr. Kleist berührte ihre Schulter, eine beruhigende Geste. »Ich komme morgen früh wieder und sehe ihn mir an. Wenn sich sein Zustand verschlechtert, benachrichtigen Sie mich, ich komme dann sofort.«

Wieder nickte Julia nur. Sie brachte den Arzt persönlich zur Tür, dann ging sie in den Salon ihrer Schwiegereltern, wo die Familie normalerweise den Tag ausklingen ließ, Maximilian mit einem Buch, Anne mit einer Handarbeit und Johanna am Klavier. Sie hätte jetzt gerne ihren Bruder an ihrer Seite gehabt, aber Philipp war mit Karl und Alexander ausgegangen.

»Was gibt es, Julia?« Maximilian sah von seinem Buch auf. »Was hat der Arzt gesagt?«

»Scharlach.«

Ein Schreckenslaut kam von Anne, sie legte die Handarbeit hin und erhob sich. »Wie schlimm? Hat er gesagt, wie schlimm?«

»Nein.«

Maximilian erhob sich. »Wir müssen Vorkehrungen treffen wegen der Gäste.«

»Das sagte Dr. Kleist auch.«

»Ludwigs Zimmer steht unter Quarantäne«, entschied

Maximilian. »Nur Margaretha darf es betreten, sonst keiner von den Dienstboten. Julia, solange Ludwig so krank ist, wäre es besser, wenn auch du dich von ihm fernhältst.«

»Das ist unmöglich.«

»Dann wirst du solange das Hotel nicht betreten, immerhin ist nicht ausgeschlossen, dass du dich ansteckst. Alexander hatte es schon, um ihn müssen wir uns keine Sorgen machen.« Er wandte sich an seine Tochter, die reglos am Klavier saß, die Finger immer noch stumm auf den Tasten. »Johanna, für dich gilt dasselbe: Du wirst Ludwigs Zimmer nicht betreten, solange er krank ist.«

Johanna wirkte, als habe sie Einwände, aber offenbar sah sie ein, dass es in diesem Fall klüger war, dem Verbot Folge zu leisten. Julia überließ es Maximilian, sich um alles Weitere zu kümmern, und ging zurück zu ihrem Sohn. Ihr war übel vor Angst. Als sie das Zimmer betrat, war ihr, als lauerte der Tod bereits in den dunklen Winkeln.

Ohne das Wissen ihrer Eltern hatte sich Johanna aus dem Haus geschlichen und wartete auf der vorderen Veranda auf ihren Bruder und Philipp. Sie hatte sich in einen warmen Mantel gehüllt, dennoch bebten ihre Glieder in der frostigen Kälte. Die Sorge um Ludwig brachte sie um den Schlaf, und da sie sonst nichts tun konnte, wollte sie wenigstens, dass Karl es von ihr erfuhr und nicht von einem der Dienstboten.

Es musste schon weit nach Mitternacht sein, als sie das Schnauben der Pferde hörte und den Hufschlag auf dem gefrorenen Boden. Sie richtete sich auf und spähte durch die Finsternis zum Wald, aus dem sich die Silhouetten zweier Reiter lösten. Im Näherkommen erkannte sie Karl und Philipp, und ihr Herz machte einen kleinen Satz. Ein Stallbursche kam mit einer Laterne aus den Stallungen und nahm beide Pferde entgegen, als die Männer absaßen.

»Du kannst schlafen gehen«, hörte Johanna Karl sagen. »Mein Bruder übernachtet in Bonn.«

»Ja, gnädiger Herr.«

Mit einem leisen Schnalzen führte der Stallbursche die Pferde in Richtung Stalltor. Johanna verließ die Veranda und lief ihrem Bruder und Philipp entgegen. Die Männer hielten inne.

»Johanna?« Karl, erst irritiert, dann besorgt. »Ist etwas passiert?«

»Ludwig ist krank, er hat Scharlach. Und jetzt darf Julia nicht mehr ins Hotel, weil Papa Angst hat, sie würde die Krankheit unter die Gäste tragen.«

Karl umfasste ihre Schultern. »Was sagst du da? War Dr. Kleist hier?«

»Ja, er hat gesagt, man könne noch nichts Genaues sagen, sagte Julia. Nur dass es Scharlach ist. Aber hier war doch niemand mit Scharlach, Karl. Wie kann ...«

Karl jedoch hörte ihr nicht mehr zu, sondern lief mit großen Schritten zum Haus. Zögernd wandte Johanna sich an Philipp, dessen Gesicht sie im Dunkeln nur schemenhaft wahrnehmen konnte.

»Papa hat Ludwigs Zimmer unter Quarantäne gestellt, niemand darf zu ihm«, sagte Johanna, ehe Philipp auf die Idee kam, ebenfalls zu seinem Neffen zu laufen. »Ich durfte auch nicht hinein.«

Philipp umfasste sacht ihr Handgelenk. »Du solltest zurück ins Haus gehen.«

»Ich kann jetzt unmöglich schlafen. Und im Haus habe ich das Gefühl zu ersticken.«

Er nickte, als käme ihm dies bekannt vor. »Möchtest du, dass ich bei dir bleibe, oder wärst du jetzt lieber allein?«

Johannas Herz setzte einen kleinen Takt lang aus und schlug dann umso schneller. »Nein, bitte bleib.«

Sie gingen zur Veranda und setzten sich jeder in einen Sessel. Nach wie vor hielt Philipp Johannas Handgelenk umfasst, legte ihre Hand nun in seine behandschuhte. Und obwohl Johanna sich große Sorgen um Ludwig machte, war sie für die Romantik der Situation nicht unempfänglich. Sie saß leicht seitlich, Philipp zugewandt. Für einen Augenblick überlagerte das Hochgefühl die Angst um ihren kleinen Neffen. Dann stieg das Bild des Kindes wieder vor ihr auf, der pausbäckige, blonde Junge, der immer so wild herumtobte und sich stets freute, sie zu sehen. Und dann das Bild eines Kindes, das bleich in weiße Seide gebettet lag, ehe man den Deckel seines kleinen Sarges schloss. Johanna stieß ein leises Ächzen aus, und Philipp sah sie an.

»Er wird wieder gesund«, sagte er, und seine Hand schloss sich fester um ihre.

Johanna schloss die Augen, dachte an Alexander, der diese Krankheit ebenfalls durchgemacht hatte. Er war fünf gewesen, sie erst zwei, eine Zeit, die jenseits ihrer Erinnerungen lag und die sie nur aus Margarethas Erzählungen kannte. Glaubte man ihr, so war ihr kleiner Schützling dem Tode nahe gewesen. Als Johanna die Augen wieder öffnete, bemerkte sie, dass Philipp sie immer noch ansah, und sie bemühte sich um Haltung.

»Du hast sicher recht«, sagte sie, vermochte jedoch nicht, daran zu glauben.

»Komm.« Philipp erhob sich und zog sie mit sich. Ohne zu fragen, wohin er wollte, folgte Johanna ihm, die Hand immer noch in seiner. Dann sah sie das laubenartige Gebäude, das hinter dem Hotel lag, eingebettet in den Wald am Rande des Gartens. Die hauseigene Kapelle.

Klamme Luft schlug ihnen entgegen, als Philipp die Tür öffnete, und der Geruch nach Kerzenwachs und Holz. Gemeinsam gingen sie zwischen den Bänken nach vorne, knieten auf dem frostig kalten Steinboden, lösten ihre Hände voneinander und beteten um die Gesundheit des kleinen Jungen.

Margaretha wollte Julia die Arbeit abnehmen und an ihrer Stelle bei Ludwig wachen, aber Julia weigerte sich, ihren Platz zu verlassen. Ludwig verfiel immer wieder in einen kurzen Dämmerschlaf, wachte dann auf und weinte. Geduldig flößte sie ihm Flüssigkeit ein, wobei er mehr als die Hälfte davon ausspuckte, weil er vor Halsschmerzen nicht schlucken konnte. Als er kurz vor Mitternacht endlich eingeschlafen war, richtete Julia sich erschöpft auf und steckte ihr halb gelöstes Haar wieder fest. Dann schloss sie die Augen.

»Julia«, flüsterte eine Männerstimme dicht an ihrem Ohr, und sie schreckte auf, war einen kurzen Moment lang benommen vor Müdigkeit. »Karl. Bist du gerade gekommen?« Sie sah auf die Uhr. Es war kurz vor eins.

»Ja. Was ist mit Ludwig? Johanna sagt, er sei krank.«

Statt einer Antwort wandte Julia sich von ihm ab und befühlte Ludwigs Stirn. Karl griff nach ihrer Schulter und zog sie recht unsanft herum.

»Was sagt Dr. Kleist?«

»Scharlach.« Julia befreite ihre Schulter aus seinem Griff. »Und jetzt sei still, ich bin froh, dass er schläft.«

Karl runzelte die Stirn und bedeutete ihr, ihm hinauszufolgen. Widerwillig stand Julia auf und folgte ihrem Mann auf den Korridor. Als sie die Tür geschlossen hatte, lehnte sie mit dem Rücken gegen die Wand und sah ihn an.

»Ist es ganz sicher Scharlach?«

»Ja, und ehe du fragst, ich weiß auch nicht, bei wem er sich angesteckt haben könnte, er hatte keinen Kontakt zu kranken Kindern. Dr. Kleist sagte, es könne in seltenen Fällen auch über die Eltern eines kranken Kindes übertragen werden, aber auch da kennen wir niemanden.« Sie hob in einer erschöpften Geste die Schultern.

Karl wirkte bleich im milchigen Lichtschein, der den Korridor erhellte, und seine Augen waren dunkel umschattet, was es unmöglich machte, darin zu lesen. Er wandte sich ab und blickte in den Gang, der sich zur Treppe hin in der Dunkelheit verlor. Dann sah er Julia wieder an. »Wie schlimm ist es?«

»Dr. Kleist sagt, das kann man nie so genau sagen.« Sie hörte selbst, wie klein ihre Stimme war, heiser vor Angst und Müdigkeit.

Karl tat einen tiefen Atemzug, als wolle er etwas sagen, schwieg jedoch.

»Dein Vater macht sich Sorgen um den Hotelbetrieb. Er befürchtet, dass die Leute abreisen, wenn herauskommt, dass unser Sohn Scharlach hat. Er sagte, Ludwigs Zimmer stehe unter Quarantäne, womit er jedem untersagt, sich unter die Gäste zu mischen, der sich hier aufgehalten hat.«

Karl neigte kaum merklich den Kopf und wirkte, als wäre er mit den Gedanken woanders. Er hob die Hand, rieb sich die Augen, sah zum Zimmer und wieder zu Julia.

»Alexander hatte es als Kind auch.«

»Das weiß ich.«

»Ludwig hatte immer eine robuste Gesundheit, für Kinder wie ihn ist es nicht so gefährlich wie für jene, die schlecht genährt und von schwacher Gesundheit sind.« Er klang, als wolle er eher sich selbst zureden als ihr. »Geh schlafen«, sagte er dann. »Ich bleibe bei ihm.«

Sie schüttelte den Kopf und legte die Hand auf den Türgriff, entschlossen, sich nicht wegschicken zu lassen.

»Du bist zum Umfallen müde, was willst du denn so für ihn tun?«

»Es reicht, wenn er weiß, dass ich da bin.«

Karls Gesichtsausdruck wurde weicher, nachgiebiger. »Ja, du hast recht. Ich ...«

Sie umfasste seine Hand. »Wir bleiben beide bei ihm.« Kurz erwiderte er den Druck ihrer Finger, dann folgte er ihr ins Zimmer.

Als Karl erwachte, war es immer noch dunkel. Er saß auf einem Sessel, die Beine auf einen Hocker gebettet, die Arme seitlich auf den Lehnen. Sein Nacken schmerzte. Er sah zu Julia hin, die halb aufgerichtet auf Ludwigs Bett saß, den Rücken an den Bettpfosten gelehnt. Ihr Kopf war zur Seite gesunken, ihr linker Arm ruhte ausgestreckt auf dem Kissen, und ihre Fingerspitzen berührten das blonde Haar des Kindes. Leise, um sie und Ludwig nicht zu wecken, ging er zu ihnen und betrachtete seinen Sohn, dessen Brust sich in kurzen Atemzügen hob und senkte.

Da an Schlaf nicht mehr zu denken war, verließ er den Raum und ging durch den stillen, dunklen Korridor in sein Zimmer. Ein Blick auf die Uhr sagte ihm, dass es kurz nach sechs war. Er zog seinen Gehrock aus und warf ihn achtlos beiseite. Das Hemd folgte. Dann ging er ins Badezimmer und spritzte sich kaltes Wasser ins Gesicht. Die Hände auf den Beckenrand gestützt stand er da, leicht vornübergebeugt, starrte in die Emaille, während ihm Wasser vom Kinn und aus den Haaren tropfte.

In dem Viertel, in dem Marianne lebte, waren inzwischen mehrere Kinder erkrankt. Er dachte an das kleine Mädchen, das er umarmt hatte, das an seine Brust geatmet hatte, an seine Schulter. An Ludwig, den er hochgehoben hatte, das Gesicht an seiner Schulter geborgen. Nicht im Traum hätte Karl gedacht, dass er die Krankheit in sein Heim tragen konnte. Und was war mit Valerie? Konnte es sie auch getroffen haben? Für einen Moment schloss er die Augen, sah das kleine Gesicht seiner Tochter in Fieberkrämpfen zucken. Rasch schüttelte er die Vorstellung ab und richtete sich auf, griff nach einem Handtuch und trocknete sich das Gesicht ab.

Zurück in seinem Zimmer, war er eben im Begriff, ein frisches Hemd aus dem angrenzenden Ankleideraum zu holen, als er das gedämpfte Geräusch einer schließenden Tür vernahm. Offenbar hatte Julia sich von Margaretha ablösen lassen. Er öffnete behutsam die Verbindungstür zwischen ihren Zimmern und sah Julia mit dem Rücken an eine Kommode gelehnt, leicht nach vorn geneigt, mit hängenden Schultern. Ihre Hände waren vor dem Rock gefaltet, die Augen geschlossen. Sie musste ihn gehört haben, gab jedoch keine Regung preis.

Erst als er zu ihr trat und ihre Schulter berührte, sah sie auf, mutlos, erschöpft. Er zog sie an sich, was sie ohne jedes Widerstreben geschehen ließ. Ihr Kopf lag an seiner Schulter, und er spürte ihren Atem, der über seine Brust strich. »Ich lasse etwas zu essen für dich kommen«, sagte er in ihr Haar.

Sie schüttelte kaum merklich den Kopf. »Ich kann nichts essen.«

»Ludwig braucht dich jetzt bei Kräften.«

Das wirkte offenbar, denn sie widersprach nicht mehr. Er hielt sie noch einen Moment, dann ließ er sie los und läutete nach einem Dienstboten. Anschließend half er Julia aus ihrem zerknitterten Kleid, da sie die Dienste ihrer Zofe nicht in Anspruch nehmen konnte.

»Wie lange dauert es, bis eine Scharlach-Erkrankung als überstanden gilt?«, fragte sie, während sie mit müden Bewegungen ihr Unterkleid abstreifte.

»Bei Alexander hat es über einen Monat gedauert, so richtig erinnere ich mich aber nicht mehr daran.«

Julia holte tief Luft und stieß einen langen Seufzer aus. »Und so lange bleibt man im Ungewissen?«

»Nein, ich glaube, die Krise tritt schon vorher ein.«

Sie ging in ihr Ankleidezimmer, und Karl zog ein weiteres Mal am Klingelstrang. Während er auf eines der Dienstmädchen wartete, kam Julia zurück ins Zimmer und knöpfte eine hellgelbe Bluse zu, die sie zu einem dunkelgrünen Rock angezogen hatte. Das Haar, das ihr halb gelöst auf den Schultern lag, band sie mit einer raschen Bewegung zusammen und steckte es mit einigen Nadeln fest. Es war, als lege sie mit der Normalität eine Rüstung an, die sie für den Tag wappnete.

Wieder zog Karl am Klingelstrang, deutlich ungehalten nun. Hatte sein Vater den Dienstboten gar Anweisung gegeben, die Etage gänzlich zu meiden? Wie stellte er sich das vor? Kurz darauf klopfte es an der Tür.

»Herein!«, rief Karl, und seine Augen weiteten sich erstaunt, als Alexander, der allem Anschein nach eben erst heimgekommen war, den Raum betrat.

»Ich hoffe, es ist wichtig«, sagte er. »Ich wollte eben ins Bett, da sagte Vater mir allen Ernstes, dass ich jetzt der Vermittler zwischen euch und dem Personal bin. Am besten fasst ihr direkt zusammen, was ihr heute so braucht, denn ich werde mitnichten den ganzen Tag bei jedem Klingeln zur Stelle sein.«

»Ludwig geht es nach wie vor schlecht, danke der Nachfrage«, erwiderte Karl kalt.

Ein Anflug von schlechtem Gewissen glitt über Alexanders Züge. »Er wird es schaffen, das habe ich doch auch.« Er lächelte in Julias Richtung, schaffte es, Unbeschwertheit in seine Stimme zu legen. Julia entspannte sich ein wenig.

»Gib in der Küche Bescheid, dass in unserem Esszimmer Frühstück aufgetragen wird. Ach ja, und bring Valerie zu Mutter.«

Alexander nickte und verließ den Raum wieder. Während sie warteten, ging Karl in sein Zimmer und kleidete sich an. Es dauerte nicht lange, da erschien Alexander wieder in Julias Zimmer.

»Vater sagte tatsächlich, ich soll das Essen für euch anrichten. Ich habe alles auf einem Tablett ins Esszimmer gebracht, nehmt euch einfach, was ihr braucht. Und bitte, läutet nicht vor heute Mittag wieder nach mir, ich muss jetzt ins Bett.«

»Zur Strafe für deinen Egoismus sollte ich jede Stunde nach dir klingeln«, sagte Karl.

»Vater fragt gerade unter den Dienstboten, wer schon Scharlach gehabt hat.«

»Ja, das erscheint mir in der Tat am sinnvollsten.«

»Valerie will bei Johanna schlafen und hat ein lautes Geschrei angestimmt, als Mutter ihr sagte, sie bekäme ihren eigenen Raum.«

»Dann quartiert sie eben bei Johanna ein, lieber Himmel!«

Alexander hob beschwichtigend die Hände. »Johanna wird sich schon durchsetzen, da bin ich sicher. Ich soll euch von ihr ausrichten, dass sie an euch denkt und am liebsten selbst bei Ludwig Wache halten würde. Sie hat die halbe Nacht in der Kapelle verbracht und für seine Gesundheit gebetet.«

Hinter Karls Stirn begann ein dumpfer Schmerz zu hämmern. Er sah Julia an, dann berührte er ihren Rücken und führte sie an seiner Seite aus dem Raum.

Victor hörte in den frühen Morgenstunden davon. Er war unter den ersten Gästen, die sich im Frühstückszimmer einfanden, als Maximilian Hohenstein erschien und erklärte, sein Enkel sei an Scharlach erkrankt. Das Zimmer des Jungen stehe unter Quarantäne, und dem Personal sei das Betreten der Wohnung seines Sohnes strikt untersagt. Die Folge war der fluchtartige Aufbruch aller Familien mit Kindern, und die Pagen waren den ganzen Morgen damit beschäftigt, Koffer in die Halle zu tragen, wo man auf die Hoteldroschken wartete, die jeweils nur sechs Leute zur Fähre bringen konnten. Die kinderlosen Gäste blieben, ebenso eine Familie mit einer Tochter, die die Erkrankung bereits durchgemacht hatte, und eine mit zwei halbwüchsigen Jungen. Maximilian Hohenstein gab sich diplomatisch. Zu den Gästen, die abreisten, wurden neue erwartet, teilweise mit Kindern, und es war sicher kein Vergnügen, ihnen bei ihrer Ankunft mitzuteilen, dass sie Scharlach im Haus hatten.

Als Victor das Vestibül durchschritt, begegnete er Johanna, die blass und übernächtigt wirkte. Zu gerne hätte er ihr Trost geboten, aber er wusste, dass dies in einer solchen Situation nicht anders als aufdringlich wirken konnte. Und so begnügte er sich damit, sie freundlich anzulächeln und sich nach dem Befinden des kleinen Ludwig zu erkundigen.

»Unser Hausarzt ist bei ihm«, sagte sie, und ihr Blick zuckte kurz zum Korridor, der in den Wohntrakt der Hohensteins führte. »Wir können nur hoffen. Ich möchte so gerne zu ihm, aber mein Vater erlaubt es nicht.«

»Verständlich.«

»Ja, schon, aber...« Johanna sah kurz zu Boden und hob den Blick wieder. »Ich würde so gerne helfen.«

»Sie betreuen die kleine Valerie, habe ich gehört.«

Ein Lächeln flog über Johannas Lippen. »Das ist eher ein Vergnügen als eine richtige Hilfe. Und sie schläft ja nur bei mir, tagsüber kümmert Dora sich um sie.«

Victor deutete zum kleinen Salon. »Möchten Sie mir Gesellschaft leisten? Einen Kaffee trinken? Ein wenig spazieren gehen?«

Wieder lächelte Johanna. »Beides, sehr gerne. Ich muss ja doch nur grübeln, wenn ich in unserer Wohnung sitze.«

An seiner Seite ging sie in den Salon, erlaubte ihm, einen der zierlichen Stühle für sie zurechtzurücken, ehe er ihr gegenüber am Tisch Platz nahm. Er bestellte für sie beide Kaffee und betrachtete sie aufmerksam. Sie war hinreißend in dem cremeweißen Kleid, das an Rüschen, Ärmelaufschlägen, Kragen und Saum in einem samtigen Braun abgesetzt war. Das Haar trug sie lose aufgesteckt, sodass feine Locken Gesicht und Hals umspielten. Zu gerne hätte Victor ihr das Haar zurückgestrichen, ihre Wange berührt. Nicht zum ersten Mal stellte er sich vor, wie es sein würde, sie zu küssen.

Der Kaffee wurde serviert, und Johanna griff nach dem Sahnekännchen. »Sie trinken ihn immer noch schwarz?«

»Ich bin entzückt, dass Sie sich daran erinnern«, antwortete er.

»Bei bestimmten Gästen schon.« Sie lächelte und goss Sahne in ihren Kaffee. Im nächsten Augenblick erstarb ihr Lächeln wieder. »Ich komme mir ein wenig frivol vor, hier mit Ihnen zu sitzen und zu scherzen, während es dem Sohn meines Bruders so schlecht geht. Karl und Julia müssen krank sein vor Sorge.«

»Sie ändern aber nichts daran, wenn Sie sich nun jedes Lächeln versagen. Und erst recht helfen Sie ihm nicht.«

»Ich werde versuchen, Karl ein wenig hier im Hotelbetrieb zu ersetzen, auf diese Weise kann ich wenigstens irgendetwas tun.« Johanna nippte an ihrem Kaffee. »Papa hat es bereits erlaubt.«

Als sie ausgetrunken hatten, erhoben sie sich, und Victor reichte Johanna seinen Arm.

»Ich muss nur eben meinen Mantel holen«, sagte Johanna, als sie auf die Tür zugingen. Im gleichen Augenblick sahen sie Frédéric de Montagney, der an einem Tisch hinter einer

Säule saß und ihrem Blick entzogen gewesen war. Er war gerade im Begriff, eine Bestellung aufzugeben, als er auf Johanna und Victor aufmerksam wurde. Johanna grüßte mit einem zerstreuten Lächeln. Frédéric seinerseits – das war nur zu offensichtlich – hätte nichts lieber getan, als aufzustehen und sich ihnen anzuschließen, konnte das aber nicht gut, da der Kellner samt seiner Bestellung bereits gegangen war. Und ihm nachzustürzen und die Bestellung zu widerrufen wäre peinlich gewesen. Victor lächelte und zwinkerte ihm zu.

Dr. Kleist empfahl, Ludwig mit Kamille und Salbei gurgeln zu lassen, weil dies die Ausbreitung der Keime verhinderte und die Schmerzen linderte. Ludwig würgte und spuckte, aber Margaretha gelang es mit viel Geduld, ihm alles einzuflößen und ihn damit gurgeln zu lassen. Hernach waren ihre Kleiderbrust und Ludwigs Nachthemd zwar durchnässt vom Tee, aber darüber lachte sie nur. »Ich habe deinen Onkel da durchgebracht«, sagte sie zu Ludwig, »dann schaffe ich es auch bei dir.« Ihre Ruhe und Sicherheit übertrugen sich auf Julia, die an Karls Seite den Anweisungen des Arztes lauschte.

»Ich habe ihm heute Morgen Halswickel mit Zitrone und Quark gemacht«, sagte Margaretha an Dr. Kleist gewandt.

»Das wäre auch meine Empfehlung gewesen«, lobte der Arzt und wandte sich an Julia und Karl. »Ihr Sohn ist in den besten Händen. Sorgen Sie dafür, dass er ausreichend trinkt, und verabreichen Sie ihm Nahrung nur in Form von Brühe, alles andere wird er nicht schlucken können. Wenn es ihm schlechter gehen sollte, lassen Sie nach mir schicken. Die Ansteckungsgefahr besteht ungefähr drei Wochen, solange sollten Sie ihn von seiner Schwester fernhalten.«

»Ja, natürlich«, murmelte Julia, und während Karl den

Arzt verabschiedete, ging sie in das angrenzende kleine Zimmer, um ein trockenes Hemd für Ludwig zu holen. Der Anblick des kleinen Kleidungsstücks trieb ihr Tränen in die Augen, und die Verzweiflung vertrieb jeden Anflug vermeintlicher Sicherheit. Die Tochter ihrer Cousine war vor zwei Jahren an den Folgen von Scharlach gestorben. Sie schien das Schlimmste überstanden zu haben, als plötzlich rheumatisches Fieber auftrat und ihr Herz so sehr schwächte, dass das Kind nicht mehr lange lebte. Ein Schauer durchlief sie, und es brauchte mehrere zittrige Atemzüge, damit sie sich wieder so weit gefasst hatte, dass sie zurück ans Krankenbett gehen konnte. Ludwig sollte sie nicht mutlos erleben, er brauchte ihre Kraft.

Es klopfte, und Ilse, die Küchenmagd, betrat das Zimmer, ein Tablett mit Fleischbrühe in den Händen, das sie nur mühsam balancierte. Als sie versuchte, die Tür zu schließen, wäre ihr beinahe alles vom Tablett gerutscht. Karl eilte zu ihr, stieß mit einer Hand die Tür ins Schloss, während er mit der anderen das Essen stützte.

»Verzeihung, gnädiger Herr«, stammelte Ilse. »Ich mache das zum ersten Mal. Herr Hohenstein hat gesagt, dass nur jemand zu Ihnen darf, der schon Scharlach gehabt hat, und da war ich die Einzige.«

»Schon gut«, sagte Karl, und Margaretha erhob sich, um dem Mädchen das Tablett aus der Hand zu nehmen.

»Ach, der arme Kleine«, sagte Ilse. »Ich erinnere mich noch so gut daran, wie es mir damals ging. Meine Schwestern sind alle daran gestorben.« Dann, als würde ihr bewusst, was sie da gerade gesagt hatte, schlug sie sich eine Hand vor den Mund und starrte sie aus großen Augen an. »Verzeihung«, stammelte sie.

»Nun geh schon, du dumme Gans«, sagte Margaretha und machte eine unwirsche Handbewegung.

»Muss ich sterben?«, kam Ludwigs dünnes Stimmchen vom Bett her, und Ilse wirkte, als sei sie den Tränen nahe. Abrupt verließ sie den Raum. Margaretha und Karl versicherten Ludwig, dass er wieder gesund würde, und das Kindermädchen drückte ihn an sich. Julia betrachtete die Szene, und nach den Ängsten der letzten Nacht überkam sie plötzlich eine fast überirdische Ruhe. Gleich, was der Arzt sagte, das Schlimmste war überstanden, das spürte sie. Sie sah Karl an, als könne sie dieses Gefühl durch Blicke an ihn weitergeben, aber er wirkte nach wie vor niedergedrückt, schuldbewusst gar, als hätte er etwas auf sich geladen, von dem sie nichts ahnte.

✳✳ 10 ✳✳

Drei Tage blieb das Fieber gleichbleibend hoch, drei Tage, während derer Karl, Julia und Margaretha neben Ludwigs Bett Wache hielten, drei Tage, in denen Karl nicht wusste, wie es Marianne ging. Dr. Kleist kam täglich morgens und abends, um nach seinem Schützling zu sehen, und obschon Ludwig noch sehr schwach war und unter starken Halsschmerzen litt, schien die Krankheit in seinem Fall milde zu verlaufen. Karl und Julia wachten weiterhin im Wechsel mit Margaretha Tag und Nacht an seinem Bett.

An Karl nagte die Unruhe, weil er nichts von Marianne hörte. Er konnte nur hoffen, dass Carlotta sich meldete, wenn es ihr schlechter ging oder sie – Gott bewahre – verstarb. Dennoch ließ ihm der Gedanke an das Kind keine Ruhe, denn gleich, wie es Marianne ging, sie würde sich fragen, warum er nicht kam, obwohl sie so krank war.

»Wohin gehst du?«, fragte Julia mit einer Stimme, die schleppend war vor Müdigkeit. Seit der Diagnose des Arztes hatte sie so gut wie nicht geschlafen, und auch jetzt, wo es Ludwig etwas besser ging, verbrachte sie die Nächte lieber bei ihm als in ihrem Bett, aus Angst, es könne etwas Schlimmes geschehen, während sie schlief. Karl teilte diese Sorge, auch ihm fiel es schwer, sich vom Bett seines Sohnes zu lösen. Und doch musste er nach Marianne sehen, es ließ ihn einfach nicht los.

»Ich muss eine Kleinigkeit in Bonn erledigen«, antwortete er. »Es dauert nicht lange.«

Julia runzelte kaum merklich die Stirn, war aber offenbar zu erschöpft zum Streiten. Sie nickte nur und wandte sich wieder Ludwig zu, der eben eingeschlafen war. In der Art, wie sie Karl die Schulter zudrehte, der Starre in ihrem Nacken, dem angespannten Zug um ihren Mund, war zu erkennen, dass ihr sein Aufbruch missfiel, und vermutlich glaubte sie, dass es ihn selbst in diesem Moment wieder zu einer anderen Frau zog.

»Ich bin in spätestens zwei Stunden wieder zurück.«

Ein knappes Nicken war die einzige Antwort, die er bekam. Aber sei es drum. Karl verließ das Haus durch den privaten Eingang und ging direkt in die Stallungen, um einspannen zu lassen.

»Du gehst aus?« Philipp stand neben der Remise und rauchte.

Karl ging zu ihm und ließ sich eine Zigarette geben, während er auf die Kutsche wartete. »Nur kurz nach Bonn, ich muss eine Kleinigkeit erledigen.«

Philipp fragte nicht weiter. »Ich habe gehört, Ludwig geht es besser?«

»Ja, seit vorletzter Nacht ist das Fieber gesunken. Über den Berg ist er laut Dr. Kleist noch nicht, aber es sieht gut aus. Wie viele Gäste sind abgereist?«

»So einige. Und etliche kommen gar nicht erst, nachdem ihnen telegrafiert wurde, dass hier Scharlach ausgebrochen ist.«

»Mein Vater ist begeistert, nehme ich an?«

»Er kann kaum an sich halten.«

Karl nahm einen Zug von der Zigarette und beobachtete ein älteres Ehepaar, das zu einem Spaziergang aufbrach. Johanna kam eben aus dem Garten, mal wieder belagert von Frédéric de Montagney. Ausdauer hatte der Kerl, das musste man ihm lassen. Aber ganz offenbar überschritt er die Grenzen nicht, die Johanna ihm setzte, und so sah Karl keinen Grund einzugreifen. Als seine Schwester ihn sah, hob sie die Hand, um ihm zuzuwinken, und beschleunigte ihre Schritte.

»Wann darf ich endlich zu Ludwig?«

Frédéric de Montagney, der ihr mit einigem Abstand gefolgt war, grüßte förmlich, was Karl und Philipp erwiderten.

»Sobald Dr. Kleist es erlaubt.«

Johanna sah sich rasch um, dann umfasste sie Karls Hand, führte die Zigarette an den Mund, nahm einen Zug und stieß den Rauch durch die halb geöffneten Lippen wieder aus. Frédéric de Montagney starrte sie hingerissen an.

»Lass das nicht Vater sehen«, sagte Karl.

Ein Lächeln spielte um Johannas Mundwinkel. »Der würde höchstens dich ausschimpfen, weil du es mir erlaubst.«

»Und damit hätte er vollkommen recht«, bestätigte Philipp.

»Gnädiger Herr«, der Stallbursche war unbemerkt zu ihnen getreten. »Die Kutsche steht bereit.«

»Danke.« Karl verabschiedete sich und folgte dem Stallburschen. Der Kutscher hielt den Schlag auf und schloss ihn, als Karl sich in das Sitzpolster sinken ließ. Es war nicht so, dass er kein schlechtes Gewissen hatte, aber um Ludwig kümmerten sich das Kindermädchen und seine Eltern, ihm fehlte es an nichts. Marianne hingegen war allein von Carlotta abhängig, und die versorgte sie nur, weil sie wusste, dass Karls Zuwendungen in dem Moment endeten, in dem Marianne nicht mehr bei ihr war.

Die Kutsche brachte ihn zur Fähre; auf der anderen Rheinseite nahm er eine Droschke von Godesberg nach Bonn. Es hatte über Nacht wieder geschneit, und der Schnee lag pudrig über dem überfrorenen Matsch der Vortage. Karl ließ sich in Bonn vor dem Haus, in dem Carlottas Wohnung lag, absetzen, zahlte und schloss die Tür auf. Im Flur roch es schwach nach Seife, und die Treppe glänzte feucht. Carlottas Wohnung lag im ersten Stock, die zweite Tür in einem düsteren Korridor mit zerschlissenem Teppich, der nur schwach von einem Fenster am Ende des Ganges erhellt wurde.

Auf Karls Läuten hin öffnete niemand, und so schloss er selbst auf und betrat mit einer unguten Vorahnung die Wohnung. Marianne konnte es unmöglich schon so gut gehen, dass sie mit ihrer Mutter das Haus verlassen hatte. Und dass Carlotta zu dieser Stunde noch schlief, vermochte er sich nicht so recht vorzustellen. Wobei es nicht ganz ausgeschlossen war, führte sie doch ein Leben in völligem Müßiggang.

»Carlotta?« Karl schloss die Tür hinter sich. Ein kurzer Blick in die Küche sagte ihm, dass Carlotta entweder sehr ordentlich geworden oder an diesem Tag hier noch kein Essen zubereitet worden war. Er ging weiter, durchquerte das Wohnzimmer und kam zu einem kleinen Flur, von dem die beiden Schlafzimmer abgingen. Carlottas Tür stand offen, und der Raum dahinter war offenkundig leer.

»Marianne?« Sein Herz schlug schneller, als er die Tür aufstieß und den kalten Raum betrat. Der Ofen, sollte er am Vorabend überhaupt befeuert worden sein, war längst ausgebrannt. Karls Blick flog zu dem Bett, in dem die reglose Gestalt seines Kindes lag, die Wangen fieberrot, die Lippen leicht geöffnet. Er eilte zu ihr und ging neben dem Bett in die Knie. »Marianne.« Sanft tätschelte er ihre Wange, dann etwas fester, als keine Regung kam. Er nahm ihre Hand, fühlte nach dem Puls, konnte ihn nicht ausmachen und tastete dann an ihrem Hals danach. Da war er, flatternd, leicht wie Schmetterlingsflügel.

Karl wickelte Marianne in ihre Decke und hob sie hoch. Mit dem Kind in den Armen eilte er aus der Wohnung und hinaus auf die Straße. Die Leute starrten ihn an.

»Kann ich Ihnen helfen, gnädiger Herr?«, erkundigte sich ein Mädchen, das einen Bauchladen mit Pasteten trug.

»Das Kind muss ins Krankenhaus, ich brauche sofort eine Droschke.«

»Ich mache das!«, rief ein Junge und lief los.

Eine ältere Frau kam näher. »Grundgütiger! Was hat die Kleine?«

»Scharlach«, antwortete Karl.

Die Menschen wichen einen Schritt zurück.

»Wo sind die Eltern des Kindes?«

»So eine Unvernunft!«

Man ging offenbar davon aus, dass er nur half. Nicht seine Kreise, nicht seine Gegend.

»Dort kommt eine Droschke«, sagte ein junger Mann und deutete in die Richtung, und Karl sah den Jungen, der nun neben einer motorisierten Kraftdroschke herrannte. Kaum hatte sie gehalten, riss der Junge, nach Atem ringend, die Tür auf. Karl kletterte hinein, und der Wagen fuhr an, noch ehe die Tür geschlossen war.

»Wohin soll es gehen?«, fragte der Fahrer, während Karl die Tür zuzog und mit der anderen Hand Marianne an sich drückte.

»Ins nächstgelegene Krankenhaus.« Hoffentlich kam dieses stinkende, ratternde Gefährt überhaupt an, ohne liegen zu bleiben. Karl brachte sein Gesicht nahe Mariannes, um ihren Atem zu spüren. Das Rumpeln des Wagens ließ ihn nicht erkennen, ob sich ihre Brust hob und senkte.

Einmal geriet der Wagen auf dem matschigen Kopfsteinpflaster ein wenig ins Schleudern, aber der Fahrer hatte ihn bald wieder im Griff. Karl brach der Schweiß aus, und er bereute bereits, in dieses Gefährt gestiegen zu sein. Aber auf eine Pferdedroschke zu warten, war ihm schlechterdings nicht möglich gewesen, keine Sekunde länger hatte er mit dem kranken Kind in der Kälte stehen wollen.

Der Wagen hielt vor dem Marienhospital am Venusberg, das durch seine Spezialisten einen ausgezeichneten Ruf genoss. Karl zahlte und stieg mit Marianne im Arm aus. Er lief zum Eingangstor, wo eine Nonne hinter einem Tisch saß und die Patienten aufnahm.

»Sie hat Scharlach, und ich weiß nicht, wie lange sie schon ohne Bewusstsein ist«, brach es aus Karl heraus.

Die Frau warf einen raschen Blick auf das Kind, dann erhob sie sich. »Schwester Monika!« Sie winkte eine junge Nonne in Krankenschwesterntracht herbei.

»Das Mädchen muss sofort in die Isolation. Scharlach.«

Die junge Nonne nickte. »Folgen Sie mir bitte.«

Sie gingen einen langen Gang entlang, Treppen hoch, durch Türen, ehe sie vor einer hielt, an der die junge Frau an einem Klingelstrang zog. »Scharlach«, sagte sie der korpulenten Frau, die die Tür öffnete.

Die Krankenschwester hatte die Situation mit einem Blick erfasst. »Kommen Sie.« Sie eilte Karl voraus bis zu einer doppelflügeligen Tür, durch deren Butzenfenster Karl einen Saal sehen konnte, in dem mehrere Betten durch Wandschirme voneinander getrennt standen.

»Hier dürfen Sie nicht rein«, sagte sie. »Da liegen die scharlachkranken Kinder.«

Die Frau deutete auf ein Bett, das im Flur stand, bezogen mit weißen, gestärkten Laken. Sie schlug die Decke zurück. »Legen Sie sie hinein, ich hole Dr. Kleist.«

Karl erstarrte. Dr. Kleist. Natürlich, ihm war vollkommen entfallen, dass er als Belegarzt hier tätig war. Aber sei es drum, als Arzt unterlag er der Schweigepflicht. Karl ließ Marianne behutsam auf das Bett gleiten und tastete nach ihrem Puls. Da war er, schwach, aber deutlich. Er hörte ein

Kind leise weinen, ein anderes hustete, dazwischen mischte sich beruhigendes Gemurmel von Erwachsenen.

»Herr Hohenstein?« Dr. Kleists Stimme hinter ihm. »Was ist passiert?«

Karl wandte sich um. »Ich weiß nicht, wie lange sie schon bewusstlos ist. Sie hat Scharlach.«

Routiniert untersuchte der Arzt das Kind. Ruhige, geübte Handgriffe. Dann drehte er sich zu der korpulenten Krankenschwester um, die ihm wieder in den Saal gefolgt war. »Wir müssen das Fieber senken. Bereiten Sie Wickel vor für Handgelenke, Beine und Stirn und einen Quarkwickel für den Hals. Außerdem benötige ich Kamillenextrakt.« Er sah Karl an. »Wo sind die Eltern des Kindes?«

Karl holte tief Luft. »Ich weiß nicht, wo die Mutter ist, das Mädchen lag allein in seinem Bett.«

»Und der Vater?«

Ein kurzes Zögern ging Karls Worten voraus. »Sie ist meine Tochter.«

Es gab sicher nicht viel, was Dr. Kleist erschüttern konnte, und der Bastard eines reichen Mannes zählte garantiert nicht dazu. Der Arzt nickte nur. »Ich nehme an, Ihre Familie weiß nichts davon?«

»Ja, und so soll es auch bleiben.«

»Was hier geschieht, verlässt das Krankenhaus nicht, das wissen Sie.« Er winkte eine Nonne herbei. »Schwester Erika, schieben Sie das Bett in den Saal.« Dann wandte er sich wieder an Karl. »Dort können Sie nicht rein.«

»Ich weiß. Wie steht es um sie?«

»Ernster als um Ihren Sohn. Deutlich ernster. Sie hören von mir.« Dr. Kleist ließ ihn stehen und folgte der Schwester, die das Krankenbett in den Saal schob. Hinter ihm fiel die Tür ins Schloss.

Zunächst stand Karl nur da und sah durch das kleine

Fenster in den Saal. Dann drehte er sich um, ging durch die verwirrenden Gänge, bis er die richtige Treppe fand, und verließ das Krankenhaus. Genau in dem Moment, als er auf die Straße trat, fuhr eine Droschke vor und entließ einen Fahrgast. Karl stieg ein und gab als Adresse Carlottas Wohnung an. In seine Sorge um Marianne mischte sich die Wut auf deren Mutter – eine unheilvolle Mischung.

Als die Droschke vor dem Mietshaus hielt, stieg er aus, zahlte den Fahrpreis und ging zur Tür. Er hielt sich nicht damit auf, zu läuten und darauf zu warten, dass Carlotta öffnete, sondern schloss selbst auf. Dann lief er, immer zwei Stufen auf einmal nehmend, die Treppe hinauf. Das Erste, was er sah, war, dass die Tür halb offen stand. Er hatte sich nicht darum geschert, sie zu verschließen, als er Marianne in den Armen gehalten hatte. Offenbar war Carlotta noch nicht heimgekommen. Nach kurzem Zögern stieß er die Tür auf und betrat den Flur. »Carlotta?« Keine Antwort. Er stieß die Tür hinter sich zu. Irgendwann würde sie heimkommen. Und dann konnte sie sich auf etwas gefasst machen.

»Das arme Würmchen.« Frau Hansen seufzte tief und ließ sich auf ihren Stuhl am Kopfende des Tisches sinken. Die Dienstboten nahmen gerade ihren nachmittäglichen Kaffee zu sich. Sie wandte sich an Ilse. »Wie geht es der gnädigen Frau Julia?«

»Sie ist sehr blass und müde.«

»Kein Wunder«, sagte Frau Hansen. »Wacht Tag und Nacht bei ihrem Sohn.«

Henrietta verbrühte sich die Oberlippe an dem Kaffee und sog sie zwischen die Zähne. Über den Tisch hinweg beobachtete Albert sie und zwinkerte ihr zu. Das entging wiederum Johannes nicht, der sie nun auch ansah. »Ich habe morgen meinen freien Nachmittag. Begleitest du mich in die Stadt?«

»Morgen hat Dora frei, nicht ich«, antwortete Henrietta.
»Dann tausch doch mit ihr.«
»Dora tauscht mit niemandem«, sagte diese, als sie durch die Tür in das Dienstbotenzimmer trat. »Ich bin froh, wenn ich die kleine Nervensäge einen Nachmittag lang nicht um mich habe.«
»Du solltest nicht so über das kleine Fräulein Valerie sprechen«, sagte Frau Eichler, die Köchin.
»Oh, dann verbringen Sie mal einen ganzen Tag mit ihr. Der einzige Satz, den das kleine Fräulein von früh bis spät wiederholt, ist ›ich will, ich will, ich will‹.« Dora lehnte sich zurück und legte die Füße auf den Sims vor dem Ofen.
»Ihr Bruder ist schwer krank«, tadelte Frau Hansen.
»Das versteht sie doch noch gar nicht«, entgegnete Johannes.
»Und der gnädige Herr verwöhnt sie wirklich«, sagte eines der Zimmermädchen.
»Soll er doch«, mischte sich Alice, die Zofe der jungen Frau Hohenstein, ein. »Kleine Mädchen muss man verwöhnen.«
»Was viel wichtiger ist«, Frau Eichler stützte sich mit den Fäusten auf den Tisch und sah in die Runde, »ich brauche morgen einiges vom Markt, und Ilse wird immer noch als Dienstmädchen für die Bel Étage gebraucht.«
»Aber doch nicht rund um die Uhr«, sagte Albert.
»Ich muss auf Abruf bereitstehen«, widersprach Ilse.
»Soll ich gehen?«, bot Henrietta an.
»Wo denkst du hin?« Frau Hansen schüttelte den Kopf. »Ich muss schon auf Dora verzichten. Wer soll die Räume der Herrschaften morgen herrichten, wenn du auch noch weg bist? Johannes kann gehen.«
»Ich bin doch kein Laufbursche!«
»Und Dora kein Kindermädchen und Ilse kein Lakai«,

setzte Herr Bregenz den Satz fort. »Wir müssen uns angesichts der Situation irgendwie behelfen.«

»Eines der Zimmermädchen kann gehen.«

»Und wer kümmert sich um die Räume der Gäste?«

Johannes verdrehte die Augen. »Aber ich muss morgen früh den Herrschaften servieren.«

»Das schaffe ich schon«, antwortete Albert und lächelte gönnerhaft.

»Henrietta kann dir zur Hand gehen«, sagte Herr Bregenz und erhob sich. Alle anderen standen ebenfalls auf.

Als Henrietta den Raum verließ, folgte Johannes ihr. »Ich könnte Herrn Bregenz und Frau Hansen fragen, ob sie uns nächste Woche erlauben, abends auszugehen.«

Henrietta zögerte.

»Ich habe gesehen, dass Herr Alexander dir nachstellt. Es geht mich nichts an, aber ...«

»Du hast recht«, fiel ihm Henrietta ins Wort. »Es geht dich nichts an. Aber keine Sorge, ich bin vorsichtig.«

»Fehlt es dir an Arbeit?«, fragte Albert an Johannes gewandt, als er an ihnen vorbeiging.

Henrietta nutzte den Augenblick und setzte ihren Weg fort. Sie musste noch in die Räumlichkeiten von Herrn Alsberg, die waren an diesem Morgen zu kurz gekommen. Wenn Dora länger ausfiel, würde sie Frau Hansen darum bitten, ihr eines der Zimmermädchen morgens an die Seite zu stellen.

Entweder war Konrad Alsberg grundsätzlich ein sehr ordentlicher Mensch, oder er wollte einfach keine Umstände machen. Henrietta strich die Decke auf dem eilig gemachten Bett glatter, wischte Staub, nahm ein Tablett mit einem Glas vom Nachtschrank und ging in den kleinen Salon. Ein Feuer flackerte im Kamin, und der Raum war warm und gemütlich. Vermutlich hatte Herr Alsberg den

Salon nur kurz verlassen und würde jeden Moment zurück sein, also beeilte sie sich.

Als sie den Sekretär abstaubte, sah sie einige Fotografien auf der Arbeitsplatte liegen. Sie hatte gehört, dass Herr Alsberg in den Kolonien gewesen war, und diese Bilder waren offenbar aus Afrika. Henrietta legte den Staubwedel weg und nahm die Bilder zur Hand. Es waren sepiafarbene Aufnahmen, die einen jungen Afrikaner zeigten. Er war europäisch gekleidet, wirkte darin aber irgendwie verloren, als habe man ihm ein Kostüm angezogen, das nicht für ihn bestimmt war. Henrietta war bisher noch nie einem dunkelhäutigen Menschen begegnet. Sie kannte nur die Zeichnungen, die Eingeborene in den Kolonien mit Baströcken, Lendenschurzen, um den Kopf gewickelten Tüchern und einem leicht tumben Gesichtsausdruck zeigten. Dieser Mann jedoch blickte offen und stolz in die Kamera. Sie sah sich das nächste Bild an. Eine afrikanische Frau, die ein Kind vor der Brust hielt. Dann ein Mann, so alt, dass er ganz klein und verwittert wirkte, mit Augen, die um alle Geheimnisse der Welt zu wissen schienen. Wer auch immer die Bilder gemacht hatte, hatte ein sehr feines Gespür dafür, die jeweilige Persönlichkeit einzufangen. Auf dem nächsten Foto waren Kinder zu sehen, die offenbar im Schlamm gespielt hatten, denn ihre Beine waren über und über davon bedeckt, das Kleinste schien sich gar darin gewälzt zu haben. Alle lachten mit blitzenden Zähnen in die Kamera.

»Das war vor den Aufständen der Herero und Nama.«

Henrietta fuhr herum, und der Bilderstapel fiel ihr aus der Hand. Konrad Alsberg lehnte im Türrahmen, Gott allein wusste, wie lange schon. Hastig ging sie in die Hocke und sammelte die Bilder vom Boden auf. »Ich bitte vielmals um Verzeihung, Herr Alsberg.« Sie erhob sich rasch und legte den Stapel zurück auf den Sekretär. »Ich wollte nicht neugierig sein.«

»Nun, dennoch warst du es, nicht wahr?«

Henrietta spürte, wie ihr die Hitze ins Gesicht stieg. »Ich... Ich habe nur noch nie Menschen gesehen wie sie.« Sie deutete vage zu den Fotos.

»Es ist in Ordnung, da waren keine Geheimnisse dabei. Ich hoffe nur, ich muss mich nicht in Acht nehmen, wenn meine Briefkorrespondenz hier liegt.«

»Natürlich nicht. Verzeihen Sie mir bitte.« Henriettas Wangen brannten, und sie griff fahrig nach ihrem Staubwedel. Mit einer weiteren Entschuldigung verließ sie den Raum und eilte die Treppe hinunter und lief Philipp in die Arme, der offenbar eben heimkehrte.

»Ist etwas passiert?«, fragte er.

»Ich habe Fotos in Herrn Alsbergs Salon angeschaut, Bilder aus den Kolonien, und er hat mich dabei erwischt. Bestimmt werden sie mich jetzt hinauswerfen.« Henrietta war den Tränen nahe.

Beruhigend drückte Philipp ihre Hand, aber seine Stirn war leicht gefurcht. »Warum hast du in seinen Sachen herumgesucht?«

»Das habe ich nicht, die Bilder lagen offen da, und ich habe noch nie Eingeborene aus den Kolonien gesehen. Oh, es war unverzeihlich, Philipp. Ich wäre vor Scham fast im Boden versunken, als Herr Alsberg mich fragte, ob er seine Briefe nun in Zukunft nicht mehr offen liegen lassen darf.«

»Nun, das war auch nicht gerade freundlich von ihm. Mach dir keine Sorgen, dich wirft niemand hinaus. Noch bin ich ja da, und wenn ich abgereist bin, wird die Sache ohnehin vergessen sein.« Er lächelte sie an.

»Was stehst du da und schäkerst mit Oberstleutnant von Landau?« Frau Hansen stand an der Treppe und sah zu ihr hoch. »Uns steht die Arbeit bis zum Hals, und Madame führt Gespräche mit den Herrschaften.«

»Entschuldigung.« Henrietta lief die Treppe hinunter. »Ich bin mit den Räumen von Herrn Alsberg fertig«, sagte sie.

»Dann kümmere dich jetzt um das Morgenzimmer von Frau Hohenstein. Und«, Frau Hansen sah zur Treppe, auf der nun niemand mehr stand, »bleib auf Abstand zu den jungen Herren.« Sie klang nicht unfreundlich, aber die Warnung war offenkundig.

Karl hörte, wie die Wohnungstür geöffnet und geschlossen wurde, hörte, wie Carlotta ruhig und ohne Eile das Wohnzimmer durchquerte, erst in ihr Zimmer ging, dann zurück ins Wohnzimmer.

»Ich bin wieder da!«, rief sie, als erwarte sie eine Antwort von Marianne. Es war fast sechs Uhr, und die Wohnung lag im Dunkeln. Karl überlegte, ob er Licht machen sollte, unterließ es aber, um Carlotta nicht zu früh auf ihn aufmerksam zu machen.

»Marianne?« Carlotta wartete, entschied dann vermutlich, dass das Kind wohl schlief, und ging weiter. Kurz darauf klapperte Geschirr in der Küche. Irgendwann waren ihre Schritte wieder zu hören, und die Tür wurde geöffnet. Licht fiel aus dem Flur in den Raum und bildete ein helles Dreieck.

»Marianne? Ich koche dir gerade eine Suppe.« Carlotta drehte das Licht auf und starrte auf das leere Bett, keuchte, wandte sich um, bemerkte Karl und stieß einen spitzen Schrei des Erschreckens aus. »Bist du von Sinnen?« Sie presste die Hand auf ihre Brust. »Was tust du hier? Wo ist Marianne?«

»Ja, wo könnte sie sein?«

»Hör mit den Spielchen auf. Wo ist sie?« Karl schwieg, und sie ging in Verteidigungsstellung. »Ich war nur kurz aus.«

»Ah ja?« Karl erhob sich von seinem Stuhl und kam auf sie zu, woraufhin sie zurückwich. »Hast du getrunken?«

Carlotta hob das Kinn. »Und wenn schon. Wo ist Marianne?«

»Seit wann war sie allein?«

Ein kurzes Zögern ging ihren Worten voraus. »Ich wollte nur kurz fort und habe dann eine alte Freundin getroffen.«

»Seit wann?«, wiederholte Karl.

»Als ich heute Morgen ging, schlief sie noch.«

Karl taxierte sie aus verengten Augen.

»Himmel, Karl, wo ist sie?«

»Im Krankenhaus. Als ich kam, war sie nicht mehr bei Bewusstsein.«

Carlotta starrte ihn an und hob die Hand an den Mund. »Aber sie schlief doch so ruhig.«

»Vielleicht war sie da schon bewusstlos. Wann warst du das letzte Mal bei ihr?«

»Ich habe ihr gestern Abend etwas zu essen gebracht, da hat sie noch mit mir gesprochen.«

Karl erhob sich, verschränkte die Hände hinter dem Rücken und trat ans Fenster. »Es ist erbärmlich kalt in dem Raum. Wann hast du hier das letzte Mal geheizt?«

»Spielst du dich jetzt als mein Richter auf? Wann warst du denn das letzte Mal überhaupt hier?«

Karl drehte sich halb zu ihr um. »Mein Sohn ist krank.«

»Ach?« Spott troff aus ihrer Stimme. »Deine Tochter ebenfalls. Die Tochter, von der du unbedingt wolltest, dass ich sie bekomme.«

»Wärest du lieber bei einer Abtreibung gestorben?«

Carlotta schwieg und knabberte an ihrer Unterlippe, das Kinn angriffslustig gehoben.

»Ich konnte nicht fort, du jedoch hättest bei ihr bleiben müssen.«

»Ich habe auch noch ein eigenes Leben«, fauchte Carlotta.

Karl trat auf sie zu, und sie zuckte zurück, wirkte auf einmal ängstlich, was ihn noch wütender machte. Als hätte er sie je geschlagen. »Also gut«, sagte er. »Pack deine Sachen. Ich suche jemanden, der sich um das Kind kümmert. Derzeit ist Marianne ohnehin im Krankenhaus, das gibt mir ausreichend Zeit, ein fähiges Kindermädchen zu finden.«

Carlotta starrte ihn aus geweiteten Augen an. »Du meinst, ich soll gehen? Einfach so?«

»Ja. Die Kleider kannst du mitnehmen. Streng genommen gehören sie dir nicht, aber was soll ich damit?«

»Das kannst du nicht tun.«

»Oh doch, meine Liebe, ich kann. Du sagtest ja, du hast ein eigenes Leben.«

Furcht verdrängte die Fassungslosigkeit aus Carlottas Blick. »Ich…« Sie fuhr sich mit der Zungenspitze über die Lippen und schluckte. »Ich war in den letzten Tagen bei ihr.«

»Sie lag in einem kalten Zimmer und war nicht mehr bei Bewusstsein.«

»Ich hatte einer Nachbarin gesagt, sie solle gelegentlich nach ihr sehen.« Sie ging zu ihm und klammerte sich mit beiden Händen an das Revers seines Mantels. »Bitte setz mich nicht auf die Straße, Karl.«

Ohne ihr zu antworten, löste er ihre Hände von seinem Mantel und ging an ihr vorbei.

»Karl!« Sie lief ihm nach. »Sieh mich wenigstens an, wenn ich mit dir rede.«

Er hielt inne, wandte sich aber nicht zu ihr um. Sie griff nach seinem Arm, trat vor ihn und sah ihn mit einem Blick an, in dem sich Zorn und Angst mischte.

»Du darfst mich nicht einfach vor die Tür setzen«, sagte sie. »Marianne hängt an mir, gleich, was du denkst.«

Sie standen in dem kleinen Wohnzimmer, in dem die Luft

kalt und klamm war. »Hast du noch genügend Kohle zum Heizen?«, fragte er.

Der Themenwechsel irritierte sie sichtlich. »Ja.«

»Dann sieh zu, dass die Wohnung im Winter durchgehend warm ist, vor allem lass Marianne nie wieder allein, ohne dich zu vergewissern, dass jemand bei ihr ist. Wenn du merkst, dass es ihr schlecht geht, holst du einen Arzt, ohne erst auf Antwort von mir zu warten. Dem Arzt sagst du, dass ich die Rechnung begleiche. Wenn du merkst, dass du nicht mehr genug Kohle zum Heizen hast, schreibst du mir. Hast du das verstanden?«

Sie nickte zögernd.

»Sieh täglich im Krankenhaus nach Marianne. Ich versuche, so bald wie möglich, wiederzukommen.«

Etwas blitzte in Carlottas Augen auf, Widerstand, Aufbegehren, aber sie schwieg und nickte nur. Er verließ sich auf sie. Zumindest dieses eine Mal noch.

Julia hielt Ludwigs fiebrige Hand in der ihren und sah zum Fenster, in die gläserne Dunkelheit, in der sich der Raum spiegelte. Sie erkannte Karls Schritte, drehte sich aber nicht zur Tür um, als er eintrat. Nahezu neun Stunden war er fort gewesen, ohne ihr zu sagen, wo er hinwollte. Selbst jetzt, da ihr Sohn in diesem Zustand war, zog es ihn fort.

»Es ist spät geworden, entschuldige bitte«, sagte er.

»Was hat so lange gedauert?«

»Jemand, den ich kenne, war in Schwierigkeiten.«

»Ich verstehe.« Nun wandte sie sich doch um und betrachtete ihn. Seine Kleidung wirkte derangiert und verknittert. Aber nicht so, als habe er sie aus- und rasch wieder angezogen, sondern als laufe er bereits den ganzen Tag darin herum. Die Anspannung wich ein wenig aus ihren Schultern.

»Schlaf ein wenig«, sagte er. »Ich bleibe bei Ludwig.«
Sie schüttelte den Kopf.

»Ich sage dir Bescheid, wenn es ihm schlechter geht.«
Er berührte ihre Wange mit dem Rücken seiner Finger. Ihm haftete nicht der Geruch einer anderen Frau an. Stattdessen verströmte seine Kleidung Kälte und einen leicht rußigen Geruch, vermischt mit etwas, das wie scharfe Reinigungsseife roch. Wenn sie ihn fragte, ob er bei einer Frau gewesen war, würde er nicht antworten, das tat er nie. Aber dieses Mal war sie sich sicher, dass es in der Tat andere Umstände waren, die sein langes Fortbleiben begründeten. Sie erhob sich.

»Ich glaube, es geht ihm besser. Er atmet ruhiger und schläft schon seit einer Stunde.«

Karl lächelte und beugte sich vor, um Ludwig über das verwuschelte Haar zu streichen. »Wir können so dankbar sein, dass sie unbeschwert und beschützt aufwachsen. Es gibt Viertel in Bonn, da liegen die Kinder bewusstlos im Bett, und niemand merkt es.«

Was auch vorgefallen war, es schien ihn mitgenommen zu haben, und so ersparte Julia ihm weitere Vorwürfe – abgesehen davon, dass sie ohnehin zu müde war, um sich zu streiten. Ihre Finger schlossen sich um seine, drückten sie kurz, ehe sie sich wieder lösten. »Kleide dich um, ich warte hier auf dich«, sagte sie. »Ich werde nachher nebenan in Valeries Bett schlafen, dann bin ich in der Nähe, wenn etwas sein sollte.«

✷✷ 11 ✷✷

Der März begann, und mit ihm reisten auch die letzten Winter-Stammgäste ab. Ludwig ging es zunehmend besser, und nach der langen Zeit im Bett war er kaum zu bremsen, als man ihm erlaubte, wieder in den Garten zu gehen. Schmal und blass ging er an Julias Hand hinaus, von ihr fortstrebend, so weit es ihr Griff zuließ.

»Tante Johanna, schau mal!«, rief er, und Johanna, die von einem morgendlichen Spaziergang zurückkehrte, kam zu ihm, drückte ihn an sich und küsste seine kühle Wange.

»Großartig!«, sagte sie. »Bald tobst du wieder durch die Gegend.« Valerie war inzwischen in ihr Zimmer zurückgezogen, und Ludwig hatte sich darüber gefreut, nicht mehr ohne Spielgefährtin zu sein. Johanna wandte sich an Karl, der nun ebenfalls das Haus verließ und in den Garten trat. »Was ist los mit dir?«, fragte sie. »Freust du dich gar nicht?«

Er sah sie zerstreut an. »Doch, natürlich.«

»Du siehst aber nicht danach aus.«

Nun drehte sich auch Julia zu ihnen um. »Das sage ich seit Tagen, aber er erwidert jedes Mal, dass alles in bester Ordnung sei.«

Johanna sah ihn zweifelnd an, und als Julia mit Ludwig durch den harschen Schnee ging und das Kind jauchzend an Julias Hand zerrte, fragte sie ihn erneut: »Was stimmt denn nicht, Karl?«

»Es waren einfach keine leichten Wochen. Belass es bitte dabei.«

Sie zuckte mit den Schultern. Ganz wie er wollte. Als sie später Alexander darauf ansprach, wiederholte er das, was Karl gesagt hatte. »Es war eben keine leichte Zeit für ihn.«

»Für Julia auch nicht, und sie sieht nicht so mitgenommen aus.«

»Jeder geht eben anders damit um.«

Johanna argwöhnte, dass Alexander mehr wusste, als er sagte, aber sie insistierte nicht. Sie ahnte, dass es sinnlos war. Überhaupt hatte sie derzeit andere Sorgen. Zu ihrem Kummer war Philipp abgereist, ohne sich ihr gegenüber zu erklären, und wurde erst im Sommer wieder erwartet. Natürlich waren die Umstände denkbar ungeeignet gewesen, um eine Liebesbeziehung zu beginnen, aber enttäuscht war sie dennoch.

Johanna hatte Karl würdig vertreten, wie ihr Vater sagte. Sie war an seiner Seite gewesen, wenn er durch das Hotel ging, hatte sich vergewissert, dass es den Gästen an nichts fehlte, und mit dem Concierge an der Rezeption wichtige Gäste begrüßt, die allesamt betonten, wie entzückt sie waren, so charmant empfangen zu werden.

Nun kam Karl selbst wieder seinen Pflichten nach, wenngleich er dabei etwas angestrengt wirkte. Da Johanna nach Philipps Abreise der Liebeskummer plagte und sie nicht viel mit sich anzufangen wusste, war sie über jede Ablenkung froh und gesellte sich oft zu Karl, wenn dieser im Hotel war. Der schien über ihre Gesellschaft ebenfalls froh zu sein.

»Für den Sommer hat sich hoher Besuch angemeldet«, erzählte er ihr an diesem Abend. »Der französische Kulturattaché mit seiner Familie.«

Johanna hob die Brauen. »Tatsächlich? Das wird interessant.«

»Zumindest dürfte sein Benehmen besser sein als das von Frédéric de Montagney.«

Johanna versuchte sich an jenem geheimnisvollen Lächeln, das ihre Brüder bei pikanten Themen tauschten. Karl ließ sich jedoch nicht so leicht hinters Licht führen wie Alexander.

»Meine Liebe, er benimmt sich wie ein Mann, der sein Ziel noch in weiter Ferne ahnt. Und nichts anderes möchte ich ihm geraten haben.«

»Keine Sorge, ich habe ja dich als moralisches Vorbild.« Johanna grinste.

Da von Julia erwartet wurde, sich nach Ludwigs Genesung wieder den Gästen zu zeigen und ihre Rolle als Ehefrau des Haupterben zu spielen, blieb es ihr nicht erspart, die Nachmittage beim Kaffee im Damensalon zu verbringen, mit den weiblichen Gästen zu plaudern und jeden wissen zu lassen, dass es ihr ein Vergnügen war, sich höchstpersönlich um sein Wohlergehen zu kümmern.

Karl leistete nur seine Pflichtzeiten im Haus ab und war wieder einmal nicht da. Seinem Vater missfiel das vermutlich ebenso wie Julia, aber solange Karl sich ansonsten untadelig verhielt, sah er darüber hinweg. Für Julia hingegen war es deutlich schwerer, seine ständige Abwesenheit hinzunehmen. Die Ungewissheit, wo er sich herumtrieb, nagte an ihr. Zudem hatte sie das Gefühl, dass ihre Schwiegermutter jede ihrer Bewegungen mit Argusaugen im Blick behielt, bereit zuzustoßen, wenn sie auch nur den kleinsten Fehler entdeckte. Sei es, dass ihr Lächeln den Gästen gegenüber eine Nuance zu distanziert war, sei es ihr um Sekunden verspätetes Auftauchen im Salon bei den Damen.

Da Karl nicht verfügbar war, klagte sie gelegentlich Konrad ihr Leid. Der wiederum hatte zwar tröstende Worte für sie, aber helfen konnte er ihr natürlich nicht. Zudem schien Anne Hohenstein diese neue Freundschaft mit Missbilligung zu betrachten, und Julia, die sich nur selten einen

Anflug von Rebellion leistete, gab sich keine Mühe zu verbergen, dass sie die anregenden Unterhaltungen mit Konrad durchaus genoss.

Die Nachmittage verbrachte Julia in der Regel mit den Kindern, und wenn das Wetter es erlaubte, ging sie mit ihnen hinaus. Es war einer dieser Tage, als Hilde, Anne Hohensteins Zofe, zu Julia in den Garten kam. Ludwig spielte mit Valerie und sprang in die harschigen Schneereste, die über den Rasen getupft waren. Obwohl es immer noch winterlich kalt war, lag schon der Geruch des nahenden Frühlings in der Luft, gemischt in das harzige Aroma der umliegenden Wälder.

»Frau Hohenstein.« Hilde neigte respektvoll den Kopf, und Julia sah sie fragend an. »Es geht um Herrn Karl.« Hilde blickte sich um, als wolle sie sich der Abwesenheit möglicher Lauscher versichern. »Es geht mich nichts an, und ich möchte nicht respektlos erscheinen, aber natürlich bekommen wir mit, dass er selten im Haus ist und dies auf...«, sie schien nach dem richtigen Wort zu suchen, »...Unwillen stößt. Von seinem Kammerdiener weiß ich, wo er sich derzeit aufhält.«

Julia wollte die Kammerzofe prompt maßregeln, dass diese sich deutlich zu viel herausnahm. Aber dann hielt sie sich doch zurück. Sie wollte unbedingt wissen, was Karl trieb, und so nickte sie Hilde aufmunternd zu.

»Es gibt ein Haus am Rande der Kuhl, dort lebt eine junge Frau...« Hilde verstummte, und eine leichte Röte stieg ihr in die Wangen.

»Wo genau?«

Hilde nannte ihr die Adresse, und Julia nickte erneut. »Danke«, sagte sie und wandte sich wieder den Kindern zu. In ihr arbeitete es. »War das alles?«, fragte sie Hilde, weil diese keine Anstalten machte zu gehen.

»Ja. Ich hoffe nur, ich habe mich damit nicht in Schwierigkeiten gebracht.«

»Keine Sorge.« Julia rief die Kinder zu sich. »Wir gehen rein«, sagte sie. Ludwig maulte erwartungsgemäß, und Valerie, die sonst immer sehr fügsam war, tat es ihm nach. Im Haus übergab Julia die Kinder Margaretha und ging dann unschlüssig hinunter in die Halle. Die von Hilde genannte junge Frau kreiste beständig in ihren Gedanken und hinterließ kleine Schlieren eines diffusen Unwohlseins. Und wenn sie Karl nun bei ihr ertappte? Wie würde sie sich herausreden? Gar nicht, dachte sie. Sie würde sich gar nicht herausreden. Immerhin war nicht sie diejenige, die einen Fehler begangen hatte. Entschlossen läutete sie nach einem Lakai und wies diesen an, die Pferde einspannen zu lassen.

Konrad bemühte sich um Schadensbegrenzung, während der Concierge mit einer Miene völliger Verzweiflung daneben stand und aussah, als sei alles, was geschah, allein ihm anzulasten. Das Mädchen – kaum achtzehn – stand mit ungerührter Miene an die Rezeption gelehnt und spielte mit den Fransen seines Schals, während der Mann, in dessen Begleitung es war, mit rotem Gesicht dastand und wirkte, als würde er gleich platzen vor Wut.

»Eine solche *Ungeheuerlichkeit*«, er betonte jede Silbe mit enervierendem Nachdruck, »ist mir in all den Jahren, in denen ich hier als Gast logiere – und ich war das erste Mal hier, als *Sie*«, er deutete mit einem Zeigefinger auf den Concierge, »noch an der Brust Ihrer Mutter hingen – noch nie vorgekommen. Und *du*«, er wandte sich an das Mädchen, das ihn ihrerseits ansah und die Brauen hob, »hättest mir sagen können, dass du die Tochter von Baron von Grafenwald bist und keine… keine…«

»Hure?«, half sie ihm aus und legte den Kopf schief, als sei sie an seiner Antwort ehrlich interessiert.

Der Mann wurde, so es denn möglich war, noch dunkler im Gesicht. Konrad befürchtete, er könne jeden Moment kollabieren.

»Wenn wir uns alle nun beruhigen könnten«, sagte er.

Das Mädchen lächelte ihn an. »Ich bin die Ruhe selbst.« Dann sah sie an ihm vorbei, und ihr Lächeln wirkte mit einem Mal bemüht. »Nun, Papa, ich habe dir doch gesagt...«

»*Sie!*« Die Stimme Barons von Grafenwald hallte durch das Vestibül, und wer vorher noch nicht mitbekommen hatte, was sich an der Rezeption abspielte, der wurde spätestens jetzt aufmerksam. Die Gäste verlangsamten ihren Schritt, besahen sich interessiert die Marmorsäulen, blätterten blind in Zeitschriften, die auf den niedrigen Tischen auslagen, oder blieben in kleinen Gruppen stehen, einander zugewandt, aber ohne sich zu unterhalten. Baron von Grafenwald jedoch kannte kein Halten. Er stürzte sich auf den Mann, in dessen Begleitung seine Tochter gewesen war, und ging mit ihm zu Boden.

»Meine Herren!« Der Concierge fiel beinahe in Ohnmacht. Konrad trat zu ihnen und trennte sie mühsam, indem er den Baron von dem anderen Mann herunterzog. Der Baron riss sich los und trat auf seine Tochter zu, die ihn mit einem kleinen Lächeln ansah.

»Der Leutnant von Harenberg nimmt mich jetzt vermutlich nicht einmal geschenkt, nicht wahr?«

»Oh, Grundgütiger«, stöhnte der Concierge.

Baron von Grafenwald umfasste den Arm seiner Tochter und zerrte sie hinter sich her, nicht ohne sich noch einmal nach dem Mann umzudrehen, der sich mit Mühe vom Boden aufgerappelt hatte. »Das wird ein Nachspiel haben!«

Der Mann sah erst Konrad, dann den Concierge an, als sei die ganze Misere dessen Schuld. »*Diskretion*, meine Herren.« Damit verließ er das Vestibül.

»War das Mädchen die ganze letzte Nacht bei ihm?«, fragte Konrad.

»Ja. Einer der Etagendiener hat sie erkannt, weil er wohl mit einem Hausdiener der von Grafenwalds befreundet ist. Er hat es leider erst diesem erzählt und dann mir. Und ich machte den Fehler, Herrn Kamp darauf anzusprechen, als er eben mit dem Mädchen hier erschien.«

»Sind Prostituierte in den Räumen nicht ohnehin verboten?«

»Er sagte letzte Nacht, sie sei seine Nichte und habe Ärger daheim, weshalb sie zu ihm geflüchtet sei. Nun, das mit dem Ärger stimmte wohl auch.«

»Was passiert mit dem indiskreten Etagendiener?«

»Er wird entlassen. Dergleichen können wir hier nicht dulden.«

Konrad nickte.

»Wenn Herr Hohenstein hier wäre...«

»Hätte er auch nichts ändern können.« Konrad lächelte dem Concierge aufmunternd zu. »Sie haben sich recht gut geschlagen.«

»Danke, Herr Alsberg.«

Als Konrad durch die Verbindungstür in den privaten Wohntrakt trat, kam ihm die Zofe von Anne Hohenstein entgegen. Hilde, wenn er sich recht erinnerte.

»Herr Alsberg?«

Er hielt auf seinem Weg zur Treppe inne und sah sie an. »Was gibt es?«

Ihr Hals war rotfleckig, was ihrem Gesicht einen seltsam teigigen Ton verlieh, und ihre Finger waren nervös ineinander verflochten. »Frau Julia...« Die Frau zögerte. »Ich möchte mich in nichts einmischen, aber ich glaube, sie ist im Begriff, sich in Schwierigkeiten zu bringen.«

»Wie das?«

»Sie hörte wohl von einem der Dienstboten, dass sich Herr Karl in einem Haus aufhält, in dem Frauen von sehr fragwürdiger Moral leben.«

»Und?«

»Sie hat einspannen lassen und ist nun schon seit einer Stunde fort. Ich mache mir Sorgen, dass sie…« Die Frau beendete den Satz nicht.

»Wissen Sie, wohin sie genau wollte?«

Hilde nannte ihm eine Adresse. »Das zumindest sagte der Kammerdiener von Herrn Karl.«

Konrad ließ sie stehen und ging zum Stall.

Die Fähre setzte von Königswinter nach Mehlem über, einer Gemeinde der Bürgermeisterei Godesberg, wo Julia eine Droschke nach Bonn zur Kuhl nahm. Das Licht der schrägen Sonnenstrahlen schuf lange Schatten, die die Straßen zwischen den stolzen Fassaden der Villen düster wirken ließen. Hier und da lagen buttergelbe Lichtpfützen auf dem Kopfsteinpflaster. Julia sah aus dem Fenster und erkannte das eine oder andere bekannte Gesicht. Heute aber war sie dankbar für die Anonymität, die ihr das Innere der Droschke bot. Sie hätte auch einen Fiaker nehmen und damit übersetzen können, aber das hätte zur Folge gehabt, dass die Geschichte im Dienstbotentrakt seine Runde machte und möglicherweise ihren Schwiegereltern zugetragen wurde, und das wollte sie unbedingt vermeiden. Ohnehin wusste sie noch nicht so recht, was sie Karl sagen sollte, wenn sie ihn sah, aber das würde sie sich überlegen, wenn es so weit war. Sie wollte nur endlich Gewissheit haben über das Leben, das er neben ihrem gemeinsamen führte.

Die Umgebung veränderte sich langsam, aber stetig. Diesen Stadtteil, an dessen Rand die Stiftskirche lag, kannte sie nicht, es war keine Gegend, in der Bekannte von ihnen lebten. Die Häuser wurden schlichter, schmaler, schäbiger, die Straßen glitschig. In den Rinnen am Rand bildeten Obst- und Gemüseabfälle schimmlige Haufen, in denen Hunde und Katzen nach Essbarem suchten. Alles schien von einer grauen Patina überzogen, die Farben geschluckt von den Schatten, die aus Hauseingängen und Kellern krochen. Zwischen den eng beisammenstehenden Häusern wanden sich Gassen entlang, die kaum breit genug waren für zwei aneinander vorbeifahrende Droschken – von sonstigen Fuhrwerken ganz zu schweigen. Die Dunkelheit schien hier schon früher hereinzubrechen, da die dichte Bebauung jeden Lichtstrahl erstickte. Kinder liefen trotz der Kälte barfuß herum und gingen neben den Hunden in die Hocke, um im Unrat zu wühlen. Frauen in zerschlissenen Mänteln eilten vorbei, Männer saßen auf den Stufen vor den Häusern in Kleidern, die ihnen wie Säcke am Leib hingen.

Die Droschke blieb vor einem hohen und für diese Gegend relativ breiten Haus stehen. Die Tür wurde rechts und links von Laternen beleuchtet, die Fensterläden waren geschlossen, und alles in allem machte es einen deutlich gepflegteren Eindruck als die gesamte Nachbarschaft.

»Sind Sie sicher, dass Sie hierher möchten, gnädige Frau?«, fragte der Kutscher, als er den Schlag öffnete.

Julia trat zögernd auf die Straße. »Diese Adresse wurde mir zumindest genannt.«

Der Kutscher sah zu dem Haus, dann wieder zu Julia, schien sie einordnen zu wollen. »Wenn Sie in Schwierigkeiten sind, gibt es sicher andere Wege.«

Julia verstand nicht so recht. »Es ist alles in bester Ordnung, ich möchte nur zu meinem Mann.«

»Oh.« Der Kutscher schien zu verstehen, und ein Grinsen breitete sich auf seinem Gesicht aus. »Na, dann heizen Sie dem Kerl mal tüchtig ein.« Er nahm ihr Geld entgegen und tippte sich an die Mütze. »Falls Sie ihn verpasst haben sollten oder er sich verleugnen lässt, bekommen Sie an der nächsten Hauptstraße wieder eine Droschke.«

»Vielen Dank.«

»Alles Gute.« Er grinste immer noch, stieg wieder auf den Kutschbock, nahm die Zügel in die Hand und schnalzte mit der Zunge.

Julia wurde sich indes der Blicke der Umstehenden bewusst, die der Frauen ablehnend, die der Männer lüstern. Einer trat näher, musterte sie vom Gesicht bis zum Saum und sagte: »Wenn die so was nun dort anbieten, lohnt es sich, dafür zu sparen.«

Die Männer lachten, in den Augen der Frauen glomm Härte. In Julia keimte eine Ahnung auf. Sie konnte sich einiges vorstellen, sogar, dass Karl in solchen Etablissements verkehrte. Aber dass er seinem Kammerdiener die genaue Adresse nannte, noch dazu von einem Freudenhaus in so einem Viertel? Bei einer Geliebten wäre das etwas anderes, das wäre etwas Kontinuierliches, und dafür sprach ja auch, dass er regelmäßig für eine gewisse Zeit außer Haus war. Davon konnte sein Kammerdiener durchaus wissen. Aber hätte er so leichtfertig davon erzählt? Jetzt, wo sie hier stand und in dem Wissen – der Ahnung –, was sie vor sich hatte, kam ihr die ganze Geschichte seltsam vor. Aber dann gab sie sich einen Ruck. Warum sollte Hilde sie hierher schicken?

Ein Mann kam auf das Haus zugeschlendert, die Hände in den Taschen. Er sah Julia an, legte den Kopf schief und verengte die Augen ein wenig, dann pfiff er anerkennend durch die Zähne. »Na, das lohnt sich ja heute Abend.« Er zwinkerte ihr zu. Das fahlgraue Licht verlieh ihm etwas

Verwegenes. Er war nicht ärmlich gekleidet, aber auch nicht gut genug für die Mittelschicht. Nun trat er neben sie, und ihr wurde bewusst, dass ihre Hand noch immer auf dem Türklopfer lag, ohne dass sie ihn betätigt hatte.

Julia wog ab. Hilde konnte sie nicht belogen haben, das würde sie ihre Stelle kosten. »Ich habe mich vermutlich in der Adresse geirrt«, sagte sie zu dem Mann, der ihrem Stand von allen Anwesenden am nächsten war und ihr deshalb ein gewisses Vertrauen einflößte. »Mein Mann soll sich hier mit jemandem treffen.«

Nun grinste der Mann ebenso breit wie der Kutscher zuvor. »Ach ja? Wie delikat. Kommen Sie, suchen wir ihn. Sein Gesicht möchte ich sehen, wenn *Sie* auf einmal vor ihm stehen.«

Julia trat einen Schritt zurück. »Ich glaube, es war ein Fehler zu kommen.«

»Aber nun sind Sie schon einmal hier. Los, gönnen wir uns den Spaß.« Er hob die Hand und betätigte den Türklopfer.

Julia wandte sich um, sah sich immer noch beobachtet. Es war das einzige beleuchtete Haus in der Straße, und sie stand inmitten des gelblichen Lichtkegels in der langsam zunehmenden Dunkelheit. In einer halben Stunde würde sie vermutlich kaum mehr die Hand vor Augen sehen. Wie sollte sie da die Hauptstraße finden?

Die Tür wurde geöffnet, und eine Frau um die vierzig, deren Gesicht eine im Verblühen begriffene Schönheit zeichnete, stand vor ihnen. Sie trug ein erstaunlich geschmackvolles, hochgeschlossenes Kleid, sah erst den Mann an, dann Julia und runzelte die Stirn. »Heute in Begleitung?«, fragte sie den Mann. »Zu zweit kostet es extra.«

Julia starrte sie an, und der Mann lachte. »Leider gehört sie nicht zu mir.«

Jetzt wirkte die Frau geschäftsmäßig interessiert. »Sie wollen zu mir? Jemand wie Sie kann doch auch in besseren Häusern unterkommen.«

»Sie sucht ihren Gemahl«, sagte der Mann, ehe Julia antworten konnte.

»Und Sie denken, er ist hier?« Die Frau musterte Julia, nun jedoch bedauernd. »Tut mir leid, wir fangen gerade erst an.«

Julia spürte die Blicke aller Umstehenden so deutlich, dass es ihr auf der Haut kribbelte. Das Blut stieg ihr ins Gesicht, und nun war sie beinahe froh um die zunehmende Dunkelheit. »Es war ein Missverständnis«, sagte sie. »Offenbar hat sich jemand einen Spaß erlaubt.«

Der Mann umfasste ihr Handgelenk, nicht fest, aber deutlich vertraulicher, als es ihm zustand. Julia hielt in ihrer Bewegung inne und sah ihn mit einem Blick an, der ihn in die Schranken weisen sollte, jedoch an seinem Grinsen abprallte. »Warum so eilig? Ich habe Ihnen die Geschichte ohnehin nicht geglaubt. Wenn Sie auf ein Abenteuer aus sind, das kann ich Ihnen bieten.«

»Aber nicht hier«, sagte die Bordellbetreiberin. »Wir vermieten keine Zimmer.«

Julia machte einen Versuch, sich zu befreien, aber der Griff um ihr Handgelenk wurde ein wenig fester. »Bitte«, sagte der Mann. »Sie werden es nicht bereuen, das verspreche ich Ihnen.«

»Lassen Sie die Dame los«, kam eine vertraute Stimme von der Straße her.

Julia fuhr herum. »Konrad?«

Der Mann lockerte den Griff so weit, dass sie ihm ihren Arm entwinden konnte. »Wer sind Sie? Ihr Ehemann?«

»Ihr Onkel.«

»Natürlich. Und ich bin ihr Bruder.« Der Mann lachte. »Los, stell dich hinten an, ich war zuerst da.«

Konrad trat von der Straße ins Licht der Laternen, und sein Gesicht war so kalt und hart, wie Julia es noch nie zuvor gesehen hatte. Das Gesicht eines Mannes, der seinen Worten zur Not auch mit Gewalt zum Nachdruck verhalf. Offenbar verfehlte das seine Wirkung nicht.

»Schon gut.« Der Fremde hob beide Hände in einer begütigenden Geste. »Was soll ich denn denken, wenn eine Frau wie sie an so einem Ort herumsteht?« Er drehte sich zur Tür, die die Frau eben wieder zustoßen wollte. »He, ich möchte rein.«

»Dann los. Schlägereien dulde ich nicht vor meinem Haus.«

Der Mann sah Julia an und neigte den Kopf. »Wie bedauerlich, ich bin sicher, es wäre schön geworden.« Damit verschwand er im Haus.

Konrad hob die Hand und winkte Julia zu sich. »Komm«, sagte er, keineswegs freundlich. Sie trat zu ihm, und er legte die Hand an ihren Ellbogen und führte sie von dem Haus weg. »Was um alles in der Welt hast du dir dabei gedacht?«, fragte er nur für sie hörbar, mit einer Stimme, die den Zorn in mühsame Beherrschung kleidete. »Bist du verrückt geworden?«

»Woher wusstest du, dass ich hier bin?«, stellte Julia die Frage, die ihr drängender schien als alles andere.

»Die Zofe deiner Schwiegermutter sagte mir, du seiest im Begriff, ein Freudenhaus aufzusuchen, um dort deinen Ehemann zu finden.«

»Hilde?« Julia blieb stehen, und Konrads Hand glitt von ihrem Arm. »Hilde hat das gesagt?«

»Ja, glücklicherweise. Wer weiß, was sonst noch passiert wäre.«

»Aber Hilde war es, die mich praktisch hierher geschickt hat. Sie sagte, Karl sei hier im Haus seiner Geliebten.«

Konrad runzelte die Stirn. »Du wirst sie missverstanden haben.«

»Wohl kaum. Sie sagte, sie habe das von seinem Kammerdiener, das kam mir im Nachhinein seltsam vor.«

Ohne eine Antwort zu geben, spähte Konrad in die Dunkelheit, in die sich Schlieren von Licht mischten, das aus Fenstern fiel. Straßenlaternen gab es in dieser Gasse nicht. »Seltsam. In der Tat. Wir klären das zu Hause. Lass uns erst zurück zu meiner Droschke gehen. Ich habe den Fahrer gebeten zu warten.«

»Warum hast du die Droschke nicht mitgebracht?«

»Ich wollte kein Aufsehen erregen. Aber das hast du ja bereits geschafft.«

Es war unheimlich in den finsteren Gassen, und zu allem Übel schien die Dunkelheit allerlei lichtscheues Gesindel aus den Häusern und Kellern zu treiben.

»Ist es noch weit?«, fragte Julia, als die Straße breiter wurde.

»Kann eigentlich nicht sein.« Konrad hielt inne und sah sich auf der Kreuzung um. »Hier sollte er warten.«

»Tja.« Julia blickte sich ebenfalls um.

Konrad stieß ein entnervtes Seufzen aus. »Also gut. Gehen wir eben zu Fuß.«

»Mein Fahrer hat gesagt, auf der Hauptstraße kriegt man eine Droschke.«

»Ja, und bis dahin ist es ein gutes Stück.«

Sie hatten die Kreuzung gerade hinter sich gelassen, als drei Männer aus einer kleinen Gasse traten. Einer hielt einen kräftigen Stock, den er mit einem dumpfen Klatschen in seine Hand schlagen ließ. Die beiden, die ihn flankierten, hatten die Köpfe schief gelegt und taxierten Konrad und Julia aus zusammengekniffenen Augen.

»Habt euch verlaufen, ja?«

Eine Straßenlaterne, die schon bessere Tage gesehen hatte, warf einen schmierigen Lichtkegel auf den Weg.

»Habt noch keinen Wegzoll bezahlt«, sagte der mit dem Knüppel.

»Wollt ihr Geld?«, fragte Konrad.

»Fürs Erste.« Zwei weitere Männer traten aus der Gasse, und einer löste sich von der dunklen Hausfassade zu ihrer Rechten. »Alles, was ihr habt.«

Konrad diskutierte nicht, sondern holte seine Börse hervor und warf sie ihnen zu. Einer der Männer griff danach, stieß ein anerkennendes Grunzen aus, als er Geldscheine und Münzen erblickte. Er ließ die lederne Börse in die Tasche seines zu großen Mantels gleiten. Julia ging das Herz so heftig, dass ihr Blut in den Ohren rauschte. Ihr Atem kam stoßweise über die leicht geöffneten Lippen.

»Und sie?« Jemand deutete auf Julia, und Konrad zog ihr das Täschchen aus den kraftlosen Fingern, entnahm ihm die Geldbörse und warf sie den Männern zu. Auch sie verschwand in der Tasche des Mantels.

»So.« Der Mann mit dem Knüppel deutete auf Julia. »Jetzt noch eine kleine Zulage, weil wir so was Feines hier nicht jeden Tag zu sehen bekommen. Sie kann sich aussuchen, wer sie nimmt. Wenn sie sich weigert, kommt jeder mal dran.«

Konrad umfasste ihre Hand. »Der Schmuck, den sie trägt, ist einiges wert.«

»Den können wir uns so oder so nehmen.« Der Mann schnalzte. »Aber so was Edles wie die da muss unsereins sich nehmen, wenn es ihm schon mal vor die Füße fällt. Also los, zier dich nicht so.«

Julias Griff um Konrads Hand wurde fester, und ihr Atem ging so rasch, dass ihr schwindlig vor Augen wurde.

»Nicht ohnmächtig werden«, raunte Konrad ihr zu.

»Das Angebot steht nur noch so lange, wie ich brauche, um bis drei zu zählen.« Der Mann mit dem Knüppel zählte langsam, ließ die Zahlen genüsslich über die Zunge rollen.

»Was soll ich tun?« Julias Stimme wurde verschluckt von hektischen Atemzügen.

Konrad beugte den Kopf leicht zu ihr. »Lauf, so schnell du kannst.« Er gab ihr keine Zeit zu antworten, sondern warf sich herum und rannte los, zerrte sie hinter sich her, und Julia raffte im Laufen ihre Röcke bis zu den Knien. Ihre Schritte hallten durch die Gassen, gefolgt von dem Getrampel und Gegröle ihrer Verfolger, die in der Hetzjagd eher einen Spaß sahen. Sie kamen näher, das hörte Julia. Schmerzhafte Stiche setzten in ihrer Seite ein, sie stolperte, aber Konrad riss sie gnadenlos mit sich. Sie bogen um eine Häuserecke, und Konrad zog Julia in einen Kellergang, wo sie es gerade eben noch schafften, sich zu ducken, als die Männer ebenfalls in die schmale Straße einbogen.

»Wo sind sie hin?«

»Hier irgendwo.«

Wie Bluthunde nahmen die Männer die Witterung auf, und Julia wurde ganz schwach vor Angst. Sie hörte ein leises Schaben, dann gab die Wand hinter ihr nach, und sie stieß ein erschrecktes Keuchen aus, das sofort von Konrads Hand erstickt wurde. Jetzt erst erkannte sie, dass es nur eine Tür gewesen war, die sich geöffnet und ihr den Halt genommen hatte. Sie kletterte nun ganz in den klammen, finsteren Raum, und Konrad schloss die Tür wieder mit einem Schleifen, das bis ans Ende der Straße zu hören gewesen sein musste. Dann schob er den Riegel vor, der ein rostiges Knirschen von sich gab, aber darum scherte Konrad sich nicht mehr. Draußen waren die Männer zu hören, einer begann an der Tür zu rütteln. Julia schloss die Augen. Grundgütiger, wo war sie hier hineingeraten?

»Wo, um alles in der Welt, ist Julia?« Karl war selbst erst spät auf der abendlichen Gesellschaft aufgetaucht. Marianne lag immer noch im Krankenhaus. Sie genas nur sehr langsam, aß zu wenig, und Getränke mussten ihr mit viel Mühe eingeflößt werden. Das Fieber hielt sich hartnäckig, und wann immer Karl sie besuchte – inzwischen war ihm dies gestattet, da man sie verlegt hatte –, bat sie ihn inständig, sie endlich mitzunehmen. Bei Carlotta wollte er sie in diesem Zustand jedoch nicht lassen, auch wenn sie sich inzwischen durchaus bemühte und die Kleine einmal am Tag besuchte. Im Grunde genommen schien sie die neue Freiheit jedoch zu genießen. Ihre einzige Sorge war, dass Marianne starb und sie dann kein Geld mehr von ihm erhielt.

Daheim hatte er sich in aller Eile umgekleidet und war in den großen Festsaal des Hotels gegangen, in der Gewissheit, dort auf seine Ehefrau zu treffen.

»Ich habe nicht die geringste Ahnung«, sagte seine Mutter. »Wir wundern uns auch schon. Gesehen habe ich sie heute Abend noch nicht.«

»Seltsam.« Karl sah sich um, als könne Julia sich irgendwo verbergen. Eine leise Unruhe stieg in ihm auf, aber er verwarf den Gedanken, einen der Dienstboten in ihr Zimmer zu schicken. Stattdessen entschied er, selbst nach dem Rechten zu sehen. Wenn Julia krank war oder gar bewusstlos auf dem Boden lag, hätte ihre Zofe das mitbekommen müssen. Dennoch war Karl unbehaglich zumute, als er den Festsaal verließ und den breiten, mit einem orientalischen Teppichläufer ausgelegten Korridor durchquerte.

Der private Teil des Hauses lag still da, die Kinder schliefen bereits, und das Personal war im Hotel beschäftigt. Karl lief die Treppe hinauf in Julias Zimmer und stieß die Tür auf. Leere. Er zog am Klingelstrang, woraufhin ihre Zofe Alice eintrat und ihn erstaunt ansah. »Herr Hohenstein?«

»Wissen Sie, wo meine Frau ist?«

Alice wirkte befremdet. »Nein, gnädiger Herr. Sie hat, seit ich sie zum Mittagessen umgekleidet habe, nicht nach mir verlangt. In der Küche sagt man, sie sei heute Nachmittag ausgefahren.«

»Wer sagt das?«

»Hilde hat es mitbekommen.«

»Schick sie zu mir.«

Karl stellte sich ans Fenster und sah in den beleuchteten Hof hinaus, beobachtete das Eintreffen weiterer Gäste und das beflissene Herbeieilen des Stallpersonals.

»Gnädiger Herr?« Hilde war unbemerkt eingetreten, und Karl wandte sich zu ihr um.

»Haben Sie mitbekommen, dass meine Frau heute Nachmittag ausgegangen ist?«

»Ja, gnädiger Herr.«

»Wissen Sie, wohin sie wollte?«

»Nein, ich habe es nur vom Fenster aus gesehen, und sie erzählt mir natürlich nicht, wohin sie fährt.«

Nein, natürlich nicht. Karl machte sich nun ernsthaft Sorgen. Er bedankte sich und verließ das Zimmer, um in den Saal zurückzukehren.

»Und du hast wirklich keine Ahnung?«, fragte sein Vater.

»Sie hat nichts davon gesagt, dass sie heute länger fortwollte.« Karl kramte in seinem Gedächtnis, aber er konnte sich an kein Gespräch mit Julia erinnern. Ein »Guten Morgen« am Frühstückstisch, damit erschöpfte es sich bereits.

»Konrad ist ebenfalls nicht da«, sagte seine Mutter beiläufig, als sie sich zu ihnen gesellte.

»Konrads Verbleib ist mir gleich«, winkte Karl ab.

»Vielleicht ist sie mit ihm unterwegs«, mutmaßte seine Mutter. »Sie mag ihn doch offenbar sehr.«

»Zu deinen Gunsten möchte ich annehmen, dass du es

nicht so meinst, wie es klingt«, antwortete Karl. »Ich gehe jetzt in den Stall und frage den Kutscher, ob Julia eine Andeutung gemacht hat, wo sie hinwollte.«

»Konrad hat Pflichten hier im Haus«, hörte er seinen Vater noch sagen, ehe das stete Summen der Stimmen im Saal weitere Worte schluckte.

»Ich habe keine Ahnung, gnädiger Herr«, beschied ihm der Kutscher, als Karl ihn befragte. »Sie wollte zur Fähre. Und ich war kaum wieder zurück, als Herr Alsberg sich ebenfalls und in aller Eile zur Fähre hat bringen lassen.«

Karl nickte nur und sah zum Tor.

»Und was nun?« Julia hörte selbst, wie klein ihre Stimme klang, zittrig und gebrochen von Tränen, die sie nur mühevoll zurückhielt.

»Wir warten.«

»Aber ich muss heim. Karl wird sich fragen, wo ich bin.«

»Das dürfte derzeit unsere geringste Sorge sein.«

Sie hörten die Männer draußen herumlaufen und beratschlagen, dann schlug wieder jemand gegen den Keller. Schließlich war Ruhe. Julia schloss die Augen und spürte, wie die Spannung aus ihren Schultern wich. Sie waren fort. Hoffentlich waren sie fort. Den Kopf an die feuchtkalte Wand hinter ihr gelehnt verharrte sie und konzentrierte sich darauf, dass ihre Atmung wieder ruhiger wurde. Erst als Konrads Hand sich wieder um ihren Arm schloss, warnend, öffnete sie die Augen, ihr Herzschlag wurde schneller, und der Atem ging ihr in kurzen Stößen.

Ein Lichtschimmer, milchig gelb, der durch den schmalen, türlosen Durchlass kroch, warf bizarre Schatten in den Raum. Dann tauchte ein Junge auf, neun oder zehn Jahre alt, mit einer Kerze in der Hand. Er hob den Arm und leuchtete Julia und Konrad in die Gesichter.

»Hier ist tatsächlich jemand«, sagte er leise, als bestätige er sich selbst etwas, an dem er noch Zweifel gehegt hatte. »Sogar echte Herrschaften.« Erstaunen lag in seiner Stimme. »Heinrich sucht Sie.« Er sagte das in einem Ton, als müssten sie den Erwähnten kennen. »Ich hab ihm gesagt, hier ist niemand.« Er ließ sich auf einer Kiste aus schmierig aussehendem Holz nieder. Es war bitterkalt in dem Raum, und Julia fror in ihrem Mantel schon erbärmlich, wie mochte es da dem Kind in seinem fadenscheinigen Pullover gehen? Offenbar war dies ein Kohlenkeller, wovon die Rampe unter dem Fenster und ein armseliger Haufen Briketts zeugten.

»Wird er sich gewaltsam Zugang verschaffen?«, fragte Konrad.

»Nein. Er hat meine Schwester letztes Jahr geschwängert, und sie ist gestorben. Der tut mir nichts, sonst bringt Papa ihn um.«

Julia wusste nicht, was sie darauf sagen sollte.

»Können wir hier jetzt wieder raus?«, fragte Konrad.

»Würde ich lassen. Die suchen Sie noch, die ganze Nacht, wenn's sein muss.« Der Junge ließ etwas Wachs auf den Boden tropfen und drückte die Kerze darauf, dann schob er die Hände in die Hosentaschen.

»Bist du allein?«, fragte Konrad.

»Ja. Meine Mutter und meine beiden anderen Schwestern machen Nachtschicht in der Zündholzfabrik, mein Vater und mein Bruder verladen Ware auf Frachtschiffe.«

»Du musst noch nicht arbeiten?«, fragte Konrad im Plauderton.

»Ich darf noch ein Jahr zur Schule gehen.«

»Wir können hier unmöglich die ganze Nacht bleiben«, brachte Julia das Gespräch wieder auf das eigentliche Thema. »Es muss doch einen Weg geben, hier ungesehen wegzukommen.«

»Wenn *der* Sie sucht?« Der Junge feixte. »Nein, auf keinen Fall. In zwei oder drei Stunden vielleicht, aber auch dann nur, wenn man sich hier auskennt, und das tun Sie nicht.«

»Aber du doch sicher«, sagte Konrad.

»Klar.«

Sie warteten.

»Dieser Heinrich hat mein ganzes Geld genommen.«

Schweigen.

»Wir haben noch ihren Schmuck, der ist einiges wert.«

»Zu heiß. Werd ich nicht los. Den meldet Ihresgleichen dann womöglich noch als gestohlen, und ich lande im Bau. Nee, auf keinen Fall.« Der Junge taxierte ihn, dann Julia. »Ich möchte ihren Mantel, daraus macht meine Mutter zwei. Und Ihren«, er deutete auf Konrad, »möchte ich auch.«

»Du sollst beide haben, aber erst, wenn du uns hier rausgebracht hast.«

»Vergessen Sie es! Dann hau'n Sie mich übers Ohr. Ich möchte einen jetzt schon, den anderen bekomme ich dann später.«

»Gut, darauf können wir uns einigen.«

Der Junge hob die Kerze auf. »Aber Sie warten besser hier unten, falls Heinrich noch mal zurückkommt.«

Damit verließ er den Keller.

Julia vermutete, dass Mitternacht bereits vorbei war, als der Junge mit der Kerze in der Hand wieder im Keller auftauchte. »Sind ins Wirtshaus gegangen«, sagte er. »Wir können.« Er blieb jedoch stehen und sah Konrad an. Der seufzte, leerte seine Taschen und ließ den schweren Mantel von den Schultern gleiten, um ihn dem Jungen zu reichen. Der nahm ihn und drückte ihn an sich. »Ist der warm.« Erstaunen lag in seiner Stimme. »Und ehrlich verdient isser auch noch. Mein Vater wird Augen machen.«

Konrad warf im Schein der Lampe einen Blick auf seine Uhr. »Gleich halb eins«, sagte er.

Sie stiegen eine schmale Stiege hoch und gelangten direkt in einen Raum, der offenbar als Wohn- und Schlafstube genutzt wurde. Die kahlen Wände schwitzten Feuchtigkeit, und ein zerschlissener Vorhang teilte das Zimmer. Rechts neben der Haustür lag eine kleine Küchennische, links führte eine enge Treppe hinauf.

»Seid froh, dass die von oben heute nicht da sind«, sagte der Junge. »Die hätten Sie für eine warme Mahlzeit verkauft.«

Konrad umfasste Julias Arm, als sie das Haus verließen. Eisige Kälte schlug ihnen entgegen, und sie sah, wie er fröstelnd die Schultern hochzog. Der Atem stand ihnen vor dem Mund, als sie die leeren Gassen entlangeilten. Julia sah Mädchen mit blutroten Wangen an Laternenpfähle gelehnt stehen. Männer kamen ihnen lärmend entgegen, pfiffen bei Julias Anblick durch die Zähne, ließen sie aber unbehelligt weiterziehen. Einer fragte Konrad, wie viel er für sie nähme, ging aber weiter, ohne die Antwort abzuwarten. Ein Mann wankte auf sie zu, so betrunken, dass er von einer Seite zur anderen schwankte und sich immer gerade wieder fing, wenn Julia dachte, er kippe seitlich über.

Als sie auf der Hauptstraße ankamen, musste Julia sich von ihrem Mantel trennen. Die Kälte fuhr ihr in die Glieder, und sie begann, heftig zu zittern. Sie breitete ihren Schal um die Schultern, fror aber nichtsdestotrotz so sehr, dass ihr die Zähne aufeinanderschlugen.

»Nichts für ungut«, sagte der Junge. »Jeder muss sehen, wo er bleibt.« Er tippte sich an die Mütze, drehte sich um und verschwand im Gewirr der Gassen.

Reif glitzerte auf den Straßen, und die frostige Kälte drang durch Julias Schuhsohlen. »Bis wir im Hotel sind, haben wir uns den Tod geholt«, sagte sie.

»Hast du Freunde in Bonn, bei denen du bis morgen unterkommen kannst?«

»Ehefrauen von Karls Freunden, aber dort kann ich nicht mitten in der Nacht mit dir aufschlagen.«

Konrad hob die Hand und winkte eine Droschke heran. »Zum Fähranleger in Mehlem«, sagte er und half Julia in die Kutsche, in der es zwar ebenso kalt war wie auf der Straße, aber wenigstens windgeschützt.

»Was erzähle ich Karl?«, fasste Julia ihre drängendste Sorge in Worte.

»Die Wahrheit?«

»Dass ich ihn in einem... einem Freudenhaus gesucht habe? Du beliebst zu scherzen.«

»Sag, dass Hilde dich zu einer fragwürdigen Adresse geschickt hat.«

»Und wie erklärst du deine Anwesenheit und dass wir keine Mäntel mehr haben?«

»Sie hat mich hinter dir hergeschickt, und wir sind überfallen worden. Damit bleiben wir nahe genug an der Wahrheit, ohne uns zu verstricken.«

»Er wird Hilde fragen.«

»Und ihr Wort steht gegen unseres. Die Sache ist sicher unerfreulich, aber im Grunde genommen kann dir nichts passieren.«

Kutschen säumten den Hof, hinter dem sich das Hotel hell erleuchtet erhob. Noch ehe sie am Hotel angekommen waren, hörte Julia die Musik. Die Feier. Sie hatte die Feier vergessen. Vermutlich war niemandem entgangen, dass sie und Konrad nicht zugegen waren. Und ebenso wenig, dass sie just in diesem Augenblick ankamen. Die Kutscher hatten sie bereits erblickt, ebenso einige Gäste, die plaudernd draußen gestanden hatten oder im Aufbruch waren. Julia tastete nach dem einen Ohrring, den sie noch hatte. Mit dem anderen hatte Konrad die Fahrt bezahlt. Sie nahm ihn aus ihrem Ohr und steckte ihn in ihr kleines Täschchen. Nachdem sie den Aufstieg zu Fuß hatten bewältigen müssen, konnte Julia sich vor Erschöpfung kaum noch auf den Beinen halten. Konrad, der ihren Arm gehalten und sie gestützt hatte, ließ sie nun los. Aber natürlich hatte man die Geste gesehen, sie konnte niemandem entgangen sein.

Um nichts in der Welt würde Julia das Haus nun durch das Vestibül betreten, gleich, ob Konrad darauf bestand, damit klar wurde, dass sie nichts zu verbergen hatten. Sie war durchgefroren, ihr Kleid war schmutzig und zerknittert, und ihr stand vermutlich der schlimmste Ehestreit ihres Lebens bevor. Konrad gab sich nonchalant, und Julia hörte ihn die Leute grüßen, während sie um das Haus herum eilte. Sie öffnete die Tür, und die Wärme überflutete sie wie eine Welle, trieb ihr das Blut in die Wangen und Tränen in die Augen. Ohne innezuhalten, lief sie die Treppe hinauf in ihr Zimmer. Ihre Ankunft hatte sich offenbar wie ein Lauffeuer herumgesprochen, denn sie hatte gerade die Tür hinter sich geschlossen und war im Begriff, nach ihrer Zofe zu läuten, als Karl ohne Vorankündigung den Raum betrat.

Offenbar hatte er nicht vor, viele Worte zu machen. »Wo bist du gewesen?« In seiner leisen, ruhigen Stimme vibrierte der Zorn.

Julia schluckte, spürte, wie er ihren Aufzug mit einem raschen Blick maß. »Hilde hat mich zu einer fragwürdigen Adresse geschickt und mir gesagt, du seiest dort mit einer anderen Frau.«

Karls Augen verengten sich kaum merklich. »Du spionierst mir nach? Und das hat bis in die Nacht gedauert? Mit Konrad Alsberg an deiner Seite?«

»Hilde hat ihn hinter mir hergeschickt mit der Begründung, ich würde mich in Bonn aufhalten und bräuchte Hilfe.«

»Du hörst selber, wie absurd das klingt, nicht wahr?«

»Aber es ist die Wahrheit.«

»Warum seid ihr ohne Mäntel zurückgekehrt?«

»Wir ...« Julia stockte, als sie an die Männer dachte, an ihre Blicke, daran, was sie von ihr gewollt hatten. »Wir sind überfallen worden.«

»Seid ihr bei der Polizei gewesen?«

»Nein ...«

Karl taxierte sie schweigend. »Welche Adresse?«, fragte er schließlich.

Als Julia ihm keine Antwort gab, wandte er sich zur Tür. »Zieh dich um und dann komm in den Salon meiner Eltern. Wir klären das noch heute Abend.«

»Ich habe dich nicht angelogen.«

»Das wird sich zeigen.« Er zog die Tür mit Nachdruck hinter sich ins Schloss.

Julia läutete am Klingelstrang, um Alice zu rufen. Sie brauchte ein Bad, dringender als alles andere. Erst danach würde sie sich dem Tribunal stellen.

»Hier war was los«, sagte Alice, während sie Julia nach dem Bad in ihr Kleid half. Im Grunde genommen war es Unsinn, in den anbrechenden Morgenstunden noch eine komplette Garderobe anzulegen, aber sie konnte der Familie ja nicht im Nachthemd gegenübertreten. »Herr Karl war so in Sorge um Sie.«

Ja, das glaubte Julia ihr aufs Wort.

»Wir sind so froh, dass Sie wohlbehalten wieder daheim sind, gnädige Frau.« Alice klang aufrichtig, und Julia lächelte sie an. Sie mochte die junge Frau, die an dem Tag in ihre Dienste getreten war, als Julia Einzug in das Haus Hohenstein gehalten hatte.

»Ich nehme an, es wird eine Menge Gerede geben«, sagte Julia.

Alice wirkte verlegen. »Nun, zumindest im Dienstbotentrakt zweifelt niemand an Konrad Alsbergs Integrität. Wenn er bei Nacht in Ihrer Begleitung war, wird er einen Grund gehabt haben. Und Sie sind ohnehin über jeden Zweifel erhaben.«

Julia stieß den Atem in einem tiefen Zug aus. Ihr war die Rolle, die sie nun zu spielen hatte, zuwider, das Rechtfertigen, das fortwährende Bestätigen ihrer ehelichen Treue – als nähme Karl es damit so genau. Was um alles in der Welt hatte Hilde dazu getrieben? Reine Boshaftigkeit? Nun, wie auch immer, man würde die Sache nicht auf sich beruhen lassen, und Anne Hohenstein tat wohl gut daran, sich bald nach einer neuen Zofe umzusehen.

Julia erhob sich, als Alice ihr das Haar zu einem schlichten Knoten geschlungen hatte. »Also, auf in die Schlacht«, sagte sie und verließ das Zimmer.

Neben Karl wurde Julia von Maximilian, Anne und Konrad im Salon erwartet. Zwischen den Halbbrüdern schwelte es, und Maximilian schien seinen Zorn nur mühsam im Zaun zu halten.

»Leutnant von Harenbergs Verlobte! Entehrt in unserem Haus?«

»Das ist jetzt wohl nicht die eigentliche Frage, möchte ich annehmen«, antwortete Karl anstelle von Konrad.

Anne Hohenstein sah Julia an, die Lider halb gesenkt, abwartend. Nun drehten sich auch die Übrigen zu ihr um, allein Konrad mit einem aufmunternden Nicken. Julia holte tief Luft und erzählte die Geschichte von Neuem. Auch beim zweiten Mal klang sie nicht glaubhafter, aber niemand widersprach ihr.

»Und warum warst du bei ihr?«, wandte sich Karl an Konrad.

Dieser erzählte die Geschichte so, wie sie es abgesprochen hatten. Karl runzelte die Stirn, ungläubig, irritiert. »Und warum schickt sie ausgerechnet dich hinterher?«

»Sonst war ja niemand daheim.« Konrad schaffte es, einen leisen Vorwurf in seine Worte zu legen, der an Karl jedoch abprallte.

»Und ihr seid überfallen worden, ja?«, fragte Maximilian und sah Julia an. Die nickte nur, und bei dem Gedanken an die Männer, ihre Blicke und die Angst fuhr ihr erneut das Entsetzen in die Glieder. Ihre Hände zitterten, und die Kälte, die ihr auch nach dem heißen Bad noch in den Knochen saß, ließ sie frösteln. Maximilian nickte.

»Die Sache mag ungeschickt gewesen sein, aber ich möchte Karl ein gewisses Maß an Mitschuld nicht absprechen, immerhin könnte er öfter daheim sein.«

Karl sah aus, als traute er seinen Ohren nicht.

»Die Sache hat nur einen Haken.« Anne Hohenstein hatte die Lider immer noch halb gesenkt, jetzt hob sie sie langsam und fixierte Julia. »Hilde ist den ganzen Nachmittag über bei mir gewesen. Wann also sollte sie dich irgendwohin geschickt haben?«

Teil II

Irrlichter

✯✯ 12 ✯✯

Mit seinen Türmen, Balkonen, den Mansardendächern und der prachtvollen Fassade bildet das im sagenumwobenen Siebengebirge gelegene Hotel Hohenstein einen imposanten Anblick.

Konrad stellte die Postkarte, die neben dem Text eine Aufnahme des Hotels aus dem letzten Sommer schmückte, zurück in den Ständer an der Rezeption. Nahezu drei Monate war sie nun her, die gesamte, ärgerliche Geschichte. Und man konnte wahrlich nicht behaupten, dass das Gerede weniger geworden war. Für ihn brachte man noch ein gewisses Verständnis auf, denn wer würde bei einer schönen Frau nicht gelegentlich schwach? Dass sie die Ehefrau seines Neffen war, war natürlich verwerflich, aber nichtsdestotrotz – man hatte Verständnis. Nicht so für Julia. Wie konnte sie nur? Herrn Karl hintergehen, nach dem sich jede junge Frau die Finger leckte? Mit seinem Onkel gar?

Die Fronten waren unklar. Karl stand zwar nicht direkt auf Seiten seines Vaters, aber auf Konrads stand er auch nicht mehr. Anne stand hinter Karl und ihrem Mann. Und an Julias Seite stand Maximilian. Der war allerdings schon aus Prinzip gegen Konrad und ließ keinen Zweifel daran, wer die untadelige Schwiegertochter auf Abwege geführt hatte. Karl war natürlich ebenfalls schuld, daran ließ Maximilian keinen Zweifel. Alexander und Johanna wiederum taten, als ginge sie das alles nichts an, und hielten sich raus.

An Maximilians Seite begrüßten Karl und Konrad die ersten Gäste, die zur Sommerfrische anreisten. Pagen trugen das Gepäck ins Vestibül, kleine Mädchen in Sommerkleidern hingen an den Händen von Kindermädchen und Eltern, kleine Jungen in Matrosenanzügen spielten am Brunnen. Schlüssel wurden über die Rezeption gereicht, Koffer in die oberen Etagen getragen – das Haus war bis unter das Dach ausgebucht. Eine schöne junge Frau mit blauen Augen, sehr blasser Haut und schwarzem Haar schritt in einem mondänen Kleid zur Rezeption. Annemarie Heer, Konrad kannte sie aus verschiedenen Stummfilmen. Noch ehe er etwas sagen konnte, hatte Maximilian sie bereits galant begrüßt und ließ es sich nicht nehmen, ihr persönlich einen schönen Aufenthalt zu wünschen. Konrad wandte sich einem gerade eintreffenden Mann zu, der mit seiner Ehefrau und zwei Töchtern das Vestibül betrat.

»Henri-Georges Rémusat«, stellte er sich vor. Der französische Kulturattaché.

Konrad lächelte. »Ich heiße Sie in unserem Haus herzlich willkommen.« Der Mann mochte ein wenig älter sein als er selbst, seine Ehefrau kaum jünger, aber mit einer Persönlichkeit, die raumgreifender war als die ihres Mannes. Sie nickte Konrad hoheitsvoll zu und wandte sich dann an ihre Kinder. »Hélène, Désiré, se comporter!«

Die beiden Mädchen, die ungeduldig herumgezappelt hatten, stellten sich wieder artig an ihre Seite.

Während Konrad zusah, wie zwei Pagen das Gepäck hinauftrugen, dachte er wieder daran, wie nützlich ein Aufzug wäre. Und elektrisches Licht. Es konnte doch nicht sein, dass sie im zwanzigsten Jahrhundert ein modernes, weltoffenes Haus mit Gas beleuchteten. Derzeit focht er jedoch einsame Kämpfe aus, denn von Karl kam keinerlei Unterstützung. Immerhin stand auf der Rezeption nun ein Telephon, das war wohl alles an Fortschritt, was derzeit durchzusetzen war.

Anne Hohenstein hatte das ausgeheckt, daran bestand zumindest für ihn und Julia nicht der geringste Zweifel. Mit einem schlichten Satz hatte sie das gesamte Konstrukt von Erklärungen zum Einsturz gebracht. *Hilde ist den ganzen Nachmittag über bei mir gewesen.*

Und natürlich zweifelte niemand ihre Worte an. Welchen Grund sollte sie haben, Julia in Schwierigkeiten zu bringen? Aber Konrad wusste, dass er es war, dem die Intrige gegolten hatte, die ungeliebte Schwiegertochter war lediglich ein Mittel zum Zweck gewesen. Anne Hohenstein hatte einen Keil zwischen ihn und Karl getrieben und Konrads Position im Hotel damit vermeintlich geschwächt. Aber sie kannte ihn nicht. Geschadet hatte sie letzten Endes nur der Ehe ihres Sohnes, Konrad würde sich auch ohne Karl behaupten.

Julia hatte alles zu verlieren, das hatte ihr Anne Hohenstein mehr als einmal gesagt. *Alles.* Nicht nur ihren Ruf, der ohnehin schon gelitten hatte, sondern auch die Kinder. Ihre Funktion, so wurde Anne nicht müde zu sagen, sei rein repräsentativ. Als erzählte sie Julia damit etwas Neues, als wäre ihr nicht klar, dass sie ohne Karls Zustimmung weder über ihr Geld verfügen noch ihren Wohnort bestimmen durfte. Selbst das Recht auf ihre Kinder konnte er ihr streitig machen. Die Schlüsselgewalt über die Wirtschaftsräume würde ihr eines Tages obliegen, aber darin erschöpfte es sich bereits. Anne Hohenstein wusste natürlich, dass Julia die Wahrheit gesagt hatte, und begegnete ihrem hilflosen Zorn lediglich mit einem Lächeln, zog das Gängelband enger und sorgte dafür, dass die Schwiegertochter sich in alles widerspruchslos fügte.

Karl hatte sie mehrmals ins Verhör genommen, aber sie war bei ihrer Version der Geschichte geblieben. Vielleicht hätte sie betteln und flehen sollen, dass er ihr glaubte, aber sie war zu erschöpft und wütend gewesen. Irgendwann hatte sie ihm gesagt, wo Hilde sie hingeschickt hatte, und hinzugefügt, er könne ruhig hingehen und fragen, ob man sich dort noch an sie erinnerte. Er hatte sie entgeistert angestarrt. »Ich soll in ein Bordell gehen und fragen, ob man meine Frau dort gesehen hat? Bist du närrisch?«

»Vielleicht glaubst du mir dann endlich!«

»Oh, dass du an dieser fragwürdigen Adresse warst, glaube ich dir auch jetzt. Das erklärt jedoch noch nicht, warum du dort gewesen bist und weshalb in Konrads Begleitung.«

Es war sinnlos, sie drehten sich im Kreis. Und er glaubte ihr nicht, nicht nachdem Hilde als Übeltäterin ausschied. Wer stellte schon die Worte Anne Hohensteins infrage? Seltsamerweise war Maximilian eher auf Karl und Konrad wütend als auf sie. Zwar war ihr Vergehen zweifelsfrei bewiesen – was auch sonst? –, aber Schuld trugen die Männer: Karl, weil er ein schlechter Ehemann war, und Konrad, weil er sie angeblich verführt hatte.

Es kehrte jedoch eine gewisse Normalität in den Alltag zurück, und Karl, der sie zunächst ganz gemieden hatte, räumte ihr einen festen Platz in seiner Abendplanung ein, indem er jeden Donnerstag nachts in ihr Bett kam. Das war demütigend, vor allem, da er ihr ansonsten gleichgültig begegnete. Nicht einmal, wenn sie sich nachts in seinen Armen wand, atemlos unter Küssen und Zärtlichkeiten, bestand mehr als körperliche Nähe zwischen ihnen. Beischlaf mit Julia war zu einer wöchentlichen Pflicht geworden, deren Erfüllung durchaus angenehm war.

Wenn sie sich mit Konrad unterhielt, war ihr, als beobachtete sie das ganze Haus mit Argusaugen. Anfangs war ihr dabei höchst unbehaglich zumute gewesen, aber inzwischen ignorierte sie die Blicke, ließ sie an sich abperlen.

Schwerer zu ertragen waren Karls außereheliche Eskapaden, denn dass diese mitnichten weniger geworden waren, daran zweifelte sie keinen Augenblick.

»Die Welt mag sich im Wandel befinden«, sagte Konrad, als er eines Abends auf einer Feier neben ihr stand, »einige Dinge jedoch ändern sich nicht.«

Julia nickte, während sie den Tanzenden zusah. Die schöne Schauspielerin Annemarie Heer war der Mittelpunkt männlicher Aufmerksamkeit, und auch Johanna war sichtlich beeindruckt. Dann sah Julia wieder zu ihrem Ehemann. Karls offenkundige Untreue war entschuldbarer als ihre vermeintliche. Diese Ungerechtigkeit löste stets dieselbe Wut in ihr aus, ein Kribbeln, das vom Bauch in ihre Kehle stieg und den Drang auslöste, laut zu schreien. Sie beobachtete ihn, wie er sich mit einigen Bekannten unterhielt, ging zu ihm und legte ihm die Hand leicht auf den Arm. Er lächelte sie an, sie lächelte zurück. All ihre Sorgen und Konflikte unter einer Firnis von Unbekümmertheit.

Karl schien an diesem Abend generöser Stimmung zu sein, denn er führte Julia sogar auf die Tanzfläche. Während er sie zu den Walzerklängen herumwirbelte, bemerkte Julia, wie sich Anne Hohenstein mit einigen Damen unterhielt, zufrieden, selbstsicher. Wieder kroch die Wut in ihr hoch, und Julia geriet für einen Augenblick aus dem Takt, was Karl geschickt abfing. Die Leute beobachteten sie, das wusste Julia, und als sie ihre Schwiegermutter erneut sah, hatte sich die Damengruppe ihnen zugewandt. Wieder geriet Julia aus dem Takt, stolperte, und dieses Mal konnte Karl sie nicht unauffällig abfangen.

»Was ist los mit dir?« Eine kleine Falte hatte sich zwischen seinen Brauen gebildet.

»Ich habe in letzter Zeit viel über die Ereignisse jener Nacht nachgedacht.«

»Ach was? Und mit welchem Ergebnis?«

»Da du mich ohnehin behandelst, als hätte ich dich betrogen, hätte ich mir das kleine Vergnügen durchaus gönnen dürfen.«

Nun war es Karl, der aus dem Takt geriet.

Alexanders Blick flog über die Menge, glitt träge über einige junge Frauen, lotete die Möglichkeiten aus, inmitten all dieser Eintönigkeit ein wenig Unterhaltung zu finden. Er hatte seine Pflichttänze absolviert, hatte das ein oder andere Mädchen aufgefordert – seine Mutter neigte dazu, ihn zu jenen Töchtern der Gäste zu schicken, mit denen keiner tanzen wollte. Aus gutem Grund. Und Alexander, ganz wohlerzogener Sohn des Hoteliers, tat, was er tun musste. Aber nun war es langsam an der Zeit, die Flucht anzutreten.

Unauffällig schob er sich durch die Gäste, lächelte mal hierhin, mal dorthin, bemerkte Karl, der Julia mit starrem Gesicht von der Tanzfläche führte, während auf den Lippen seiner Schwägerin ein kaum merkliches Lächeln spielte. Kurz hielt er inne und beobachtete die beiden. Lief es jetzt gar andersherum? Er würde Julia den kleinen Triumph durchaus gönnen, allein, um Karl ein wenig zu bestrafen. Als hätte Onkel Konrad sich keine bessere Ausrede überlegt, wenn er denn vorgehabt hätte, die Ehefrau seines Neffen zu verführen. Aber Karl sah vor Eifersucht offenbar nicht mehr klar.

Die Flügeltüren, die aus diesem Elend lähmender Langeweile führten, waren zum Greifen nahe. Alexander plauderte im Vorbeigehen mit einer hübschen jungen Frau aus England, die gerade Deutsch lernte und deren Akzent geradezu entzückend war. Die Hände hinter dem Rücken verschränkt schlenderte er nonchalant auf die Tür zu.

»Du willst doch wohl nicht fort?« Johanna.

»Tu einfach so, als hättest du mich nicht gesehen.«

Johanna hakte sich bei ihm ein. »Mama wird so bitter enttäuscht sein. Wer soll denn nun mit den Mauerblümchen tanzen?« Sie grinste.

»Keine Sorge, Karl fordert dich bestimmt auf.«

Sie kniff ihn unauffällig in den Arm, und er zuckte zusammen. »Werd nicht frech. Was ist, wenn Mama nach dir fragt?«

»Dann kannst du guten Gewissens sagen, du hättest nicht die geringste Ahnung.«

Sie zog die Hand aus seiner Armbeuge. »Sag mal«, sie war plötzlich ernst geworden, »denkst du, Karl trennt sich von Julia?«

»Natürlich nicht.«

»Ich habe gehört, wie Mama so etwas zu Papa gesagt hat. Der wollte davon allerdings nichts wissen.«

»Wenn Karl nicht enterbt und auf die Straße gesetzt werden möchte, wird er sich tunlichst hüten.« Alexander ließ sie stehen und beeilte sich, aus dem Saal zu kommen, ehe seine Mutter auf ihn aufmerksam wurde.

Offiziell hatte der Sommer bereits begonnen, aber die Nächte konnten immer noch sehr kalt sein. Alexander dachte kurz daran, wieder ins Haus zu gehen und seinen Mantel zu holen, aber womöglich lief er dann seiner Mutter in die Arme. Da fror er doch lieber. Er schob die Hände in die Taschen und spazierte über den Kiesweg, überlegte, wie er dem weit fortgeschrittenen Abend noch eine angenehme und vor allem unterhaltsame Wendung geben könnte. Vielleicht sollte er einen kleinen Streifzug durch das Dienstbotenquartier unternehmen und sehen, ob eines der hübschen Zimmermädchen abkömmlich war. Andererseits war das Versteckspiel immer so anstrengend, und irgendwie stand ihm danach gerade nicht der Sinn. In die Stadt fahren konnte er allerdings auch nicht, ohne vorher seinen Mantel zu holen.

Als er um die Hausecke bog und auf die Remise zuging, hörte er ein Keuchen und Ächzen, das auf eine sehr eindeutige körperliche Betätigung hinzuweisen schien. Er hielt inne und wollte sich schon zurückziehen, als er einen Missklang vernahm, ein erstickter Laut, wie hastig abgewürgt, ein Zischen, dann das Rascheln von Kleidung. Alexander trat näher, sah das Gerangel zwischen zwei Gestalten, die sich in der Finsternis nur als Silhouetten abzeichneten. Die größere der beiden hielt die andere umschlungen, presste ihr offenbar einen Kuss ab, während die andere Hand sich in ihre Kleidung wühlte. Ein Mann, der offenbar im Begriff war, sich einem Mädchen aufzuzwingen.

»Was geht hier vor?«

Alexanders Stimme ließ den Mann zurückfahren, er stieß das Mädchen von sich und suchte das Weite. Alexander ging zu dem Mädchen und wollte ihm aufhelfen, aber es ignorierte seine hilfreich dargebotene Hand und rappelte sich auf.

»Mistkerl!«, fauchte sie.

»Wer war das?«

»Einer von den Kammerdienern der Gäste. Dachte wohl, wenn ich über seine Witze lache, gefalle er mir.« Das Mädchen schien eher wütend als erschrocken.

»Soll ich mich darum kümmern?«

Jetzt wirkte das Mädchen belustigt. »Sie?«

»Ich bin Alexander Hohenstein.«

»Ich weiß, das pfeifen die Spatzen von den Dächern.« Das Mädchen hatte seine Kleidung geordnet und wollte nun an ihm vorbei, aber Alexander folgte ihr.

»Wie wäre es mit ein wenig mehr Freundlichkeit?«, fragte er.

Sie drehte sich zu ihm um. Nun, wo das Licht vom Hof

her auf ihr Gesicht fiel, konnte Alexander erkennen, dass sie ausgesprochen hübsch war mit dunklen Locken und feinen Gesichtszügen. Sie trug ein graues Kleid und einen bunten Schal mit langen Fransen um die Schultern. Zum Hauspersonal gehörte sie offensichtlich nicht, die Dienstbotenuniform der Zimmermädchen sah anders aus.

»Welche Art von Freundlichkeit erwarten Sie denn?«, fragte sie. »Falls es jene ist, die in Ihrem Bett endet, muss ich Sie enttäuschen.«

Alexander hob die Brauen.

Das Mädchen verschränkte die Arme vor der Brust und zog frierend die Schultern hoch. »Als ich hier eingestellt wurde, hat man mich vor Ihnen gewarnt.«

»Ah ja?«

»Zu Recht?« Sie taxierte ihn.

»Ich habe Sie gerettet, nicht wahr?«

»Ich wäre schon mit ihm fertiggeworden.« Ein leises Kältezittern hatte sich in ihre Stimme geschlichen.

»Wo arbeiten Sie?«

»In der Wäscherei.«

Wäscherin. Die Niedrigsten der Niedrigen. Für die Wäscherinnen hatte Alexander sich bisher nicht interessiert, aber bei dieser lohnte es sich womöglich. »Wie heißen Sie?«

»Agnes Roth.«

»Agnes. Sehr hübsch.«

Das Mädchen lächelte. »War das freundlich genug?«

»Für den Anfang schon.«

»Und mehr wird es auch nicht. Gute Nacht, Herr Hohenstein.« Sie ging an ihm vorbei in Richtung Wäscherei; im oberen Stock des Gebäudes lagen die Quartiere der Wäscherinnen.

Welche Art von Freundlichkeit erwarten Sie denn? Falls

es jene ist, die in Ihrem Bett endet, muss ich Sie enttäuschen. Na, das werden wir ja noch sehen, dachte Alexander. Deutlich besser gestimmt ging er in den Tanzsaal zurück.

✶✶ 13 ✶✶

Die Kinder des französischen Kulturattachés waren eine Landplage, stellte Johanna fest. Sie mochte selbstbewusste Kinder, aber eine solch verzogene Brut fand sich auch unter den verwöhnten Söhnen und Töchtern der Hotelgäste nur selten. Unter den Augen der Mutter verhielten sich die beiden Mädchen untadelig, aber sobald diese ihnen den Rücken zukehrte, verwandelten sich die entzückenden *filles de bonne famille* – man wurde nicht müde, es zu betonen – in kleine Teufelsbraten.

Die Ältere, Désiré, war elf und ärgerte Alexander, indem sie ihm nachschlich und ihn dann aus dem Hinterhalt erschreckte. Einmal war ihm dabei sein Pferd durchgegangen, und Karl hatte Schlimmeres verhindert. Johannas rote Haare hatten es ihnen ebenfalls angetan. »Unsere Scheune fängt auf dem Dach auch schon an zu rosten«, sagte Désiré, und die neunjährige Hélène hatte die Hand vor den Mund geschlagen und gekiekst.

»Wehe, du lachst«, fauchte Johanna Alexander an, der neben ihr stand und sich aufrichtig um eine ernste Miene bemühte.

Was allerdings keineswegs mehr komisch war, war, dass erneut Dinge verschwanden. Nachdem eine englische Gräfin im Speisesaal verwirrt festgestellt hatte, dass ihr kleines Handtäschchen fort war, ließ Maximilian Hohenstein alles absuchen, befragte das Personal, aber niemand hatte etwas gesehen. Einige Stunden darauf erschien eine ältere Dame an der Rezeption, den Tränen nahe, und erzählte, sie habe eine fremde Geldbörse in ihrer Tasche entdeckt und nein, sie habe nicht die geringste Ahnung, wie sie dorthin gelangt sein könne.

Der Concierge informierte Johannas Vater, und Konrad sorgte diskret dafür, dass die Börse wieder in die richtigen Hände gelangte.

»Die Baronin von Barnim ist über jeden Zweifel erhaben«, sagte Maximilian Hohenstein. »Irgendjemand erlaubt sich geschmacklose Scherze mit uns.«

Auch die kleine Handtasche tauchte wieder auf, ein junger Mann fand sie in der Tasche seines Mantels. Sie wurde ebenfalls ohne viel Aufhebens ihrer Besitzerin übergeben. Es gab weitere Vorfälle dieser Art, und da sie stets zur Kaffeezeit stattfanden, kam Johanna zu dem Schluss, dass es ein sehr unerfahrener Dieb sein musste, und keinesfalls war es jener, der im Winter sein Unwesen trieb, denn der hatte es auf echte Wertgegenstände abgesehen, die danach nie wieder auftauchten. Und vor allem richtete er sich nicht nach festen Zeiten. Das Personal wurde zur Wachsamkeit angehalten – obschon die Vermutung nahelag, dass der Täter oder die Täterin selbst unter den Bediensteten zu finden war. Neid, vermutete Maximilian Hohenstein, Neid auf die Bessergestellten, die man zu bedienen hatte. Aber, so betonte er, er würde hart dagegen vorgehen.

Johanna saß im Kaffeesalon und ließ ihre Blicke durch den Raum schweifen. Der Kulturattaché war hier, ebenso seine Frau und seine verzogenen Töchter. *Möchten Sie nicht hören, wie wundervoll Hélène Klavier spielt? Oh, aber unbedingt. Ah, Désiré, ma chère, komm doch mal zu mir, Kind. Quel charme.* Johanna verdrehte die Augen. Das Mädchen konnte passabel spielen, mehr nicht. Und die Ältere ging durch den Salon, grüßte mal hier, mal dort, schenkte den

Leuten ein bezauberndes Lächeln. Sie verstand sich bereits auf diese koketten Blicke, die die halbwüchsigen Jungen gehörig in Verwirrung stürzten.

Und dann bemerkte Johanna es. Der Griff im Vorbeigehen, mit dem Désiré eine silberne Taschenuhr vom Tisch nahm, sie in der hohlen Hand versteckte und dann in die Manteltasche eines jungen Mannes gleiten ließ. Es war derselbe, der bereits die Handtasche in seinem Besitz gefunden hatte. Johannas erster Impuls war es, aufzustehen und das Mädchen vor allen bloßzustellen, aber das würde vermutlich gehörig nach hinten losgehen. Désiré würde alles empört leugnen, der Kulturattaché wäre konsterniert, Maximilian Hohenstein um Schadensbegrenzung bemüht, und Johanna stünde vermutlich der Hausarrest ihres Lebens bevor. Sie erhob sich und ging zu Karl.

»Und du bist dir sicher?« Er saß in seinem Arbeitszimmer und machte die Buchhaltung.

»Ich habe es genau beobachtet. Warte ab, der Mann wird diese Uhr finden.«

Karl lehnte sich in seinem Stuhl zurück. »Ich befürchte, wir können da zunächst überhaupt nichts machen. Wenn wir es den Eltern sagen, werden sie uns kein Wort glauben.«

»Ich erzähle es Papa. Wenn der Mann die Uhr findet und dem Concierge gibt, haben wir ja den Beweis.«

Maximilian Hohenstein hätte es vermutlich nicht geglaubt, hätte jemand anders als Johanna diese Beobachtung geäußert. So jedoch nahm er ernst, was sie sagte, und Konrad, der ebenfalls zugegen war, sagte, er werde sich etwas überlegen.

Der Mann tauchte jedoch nicht an der Rezeption auf, weder an diesem Tag noch am nächsten oder übernächsten. Vielleicht war es ihm zu peinlich, oder er vermutete, dass man ihm den Zufall nicht noch einmal abnehmen würde.

Oder aber, die Uhr gefiel ihm. Der Bestohlene, ein älterer Mann, der sie von seinem Vater geerbt hatte, lehnte jede finanzielle Entschädigung ab, da er sagte, kein Geld der Welt könne ihm diesen ideellen Wert ersetzen. Glücklicherweise tauchte sie dann doch wieder auf. Jemand hatte sie in einem unbeobachteten Moment an der Rezeption hinterlassen.

»Ich kümmere mich darum«, sagte Konrad.

»Das wirst du bleiben lassen«, widersprach Johannas Vater. »Dergleichen muss mit Fingerspitzengefühl gelöst werden, was dir angesichts deiner Herkunft vermutlich gänzlich abgeht.«

»Und welche Lösung legt dir deine Herkunft nahe?« Maximilian Hohenstein schwieg, und Konrad lächelte spöttisch. »Also regeln wir es auf meine Art?«

»Wenn du einen Skandal heraufbeschwörst ...«

Die Drohung prallte an Konrad ab. »Das ist auch mein Hotel. Vergessen?«

»Wie könnte ich?«

Sie wurden sich nicht einig, und so blieb die Sache vorerst an Johanna hängen. Wieder saß sie im Salon, beobachtete die Mädchen – dieses Mal mit Karl an ihrer Seite. Das Mädchen hatte eine erstaunliche Fingerfertigkeit, und hätte Johanna nicht so genau darauf geachtet, wäre ihr wohl entgangen, dass erneut eine Uhr verschwand, dieses Mal die einer älteren Dame, einem wahren Drachen, der beim Erkennen des Verlusts vermutlich nicht so besonnen reagieren würde.

»Warum lassen die Leute dergleichen auch offen auf dem Tisch liegen, wenn sie wissen, dass gerade ein Dieb umgeht?«, fragte Johanna.

»Wenn man in unserem Haus seine Wertsachen selbst beim Kaffee unter Verschluss halten müsste, wäre es schlimm bestellt um uns.« Karl lehnte sich zurück und folgte dem Mädchen mit den Blicken. Wieder traf es den Mann, der bereits zweimal Diebesgut in seiner Tasche gefunden hatte. Dieses Mal jedoch schien er auf der Hut, denn er reagierte rasch, noch ehe Karl und Johanna dies konnten, umfasste das Handgelenk des Mädchens, dessen Finger in der Tasche seines Gehrocks steckten.

»Was soll das werden?«

Désiré schrie erschrocken auf, und sofort waren ihre Eltern auf den Beinen, funkelten den Mann an, der ihr Kind festhielt.

»Monsieur!«, rief der Kulturattaché. »Lassen Sie augenblicklich meine Tochter los!«

»Sie hat mir Diebesgut in die Tasche gesteckt!« Der junge Mann zog die Uhr hervor, während deren Besitzerin einen Laut ausstieß, der an eine misshandelte Sau denken ließ.

Désiré stieß einen Schwall französischer Unschuldsbeteuerungen aus. Sie habe bemerkt, wie der Mann die Uhr genommen habe, und habe sie ihm nur abnehmen wollen. Es verschwänden doch ständig Dinge, und sie sei nur wachsam gewesen. Der Mann konnte offenkundig kein Französisch und sah wiederum den Vater des Mädchens an, als erwarte er eine sofortige Sanktionierung des Vorfalls.

Karl erhob sich und ging zu dem jungen Mann, gefolgt von Johanna, die eine gewisse Genugtuung nur schwer verbergen konnte. Aufmerksam und unverhohlen sensationsheischend beobachteten die Leute den Vorfall, und wer nicht verstand, was gesagt wurde, ließ es sich von den Gästen am Nachbartisch übersetzen.

»Ich bin mir sicher, wir können die Sache diskret lösen«, sagte Karl und trat vor den aufgebrachten Kulturattaché, der offenbar im Begriff war, seine Tochter gewaltsam aus den Händen des jungen Mannes zu lösen. Karl berührte Désiré an der Schulter und sah den Mann an. »Lassen Sie sie bitte los.«

Der Mann löste seine Finger vom Handgelenk des Mädchens, das sich schluchzend in die Arme seines Vaters warf. Mitfühlende Worte waren zu hören, und es war offenkundig, wem gerade die Sympathien im Raum gehörten.

»Sie hat mir Diebesgut in die Tasche gesteckt«, wiederholte der Mann.

»Das stimmt«, bestätigte Johanna, »ich habe es gesehen.«

Karl wandte sich zu ihr um und warf ihr einen verärgerten Blick zu. »Das ist nicht sehr hilfreich.«

»Du hast es doch auch gesehen.«

Die Bestohlene kam zu ihnen und starrte auf die Uhr in der Hand des jungen Mannes. »Auf jeden Fall war *er*«, sie deutete mit dem Kinn auf den Mann, »nicht an meinem Tisch. *Sie*«, das Kinn ruckte in Richtung des Kulturattachés, der immer noch seine schluchzende Tochter beruhigte, »hingegen schon.«

»Es war ein Streich«, sagte Karl, »machen wir keine große Geschichte daraus. Ich bin mir sicher, dass es nicht wieder vorkommen wird.«

»Soll das alles sein?«, fragten der Kulturattaché, der junge Mann und die Bestohlene nahezu gleichzeitig.

Johanna sah Karl an und hob eine Braue. *Na, dann mal los.*

Ein wenig tat er ihr leid, wie er sich wand, um einen diplomatischen Weg zu finden. Und dann doch ihrem Vater das Feld überlassen musste, den die Szene herbeigerufen hatte.

»Was ist geschehen?«

»Dieses Mädchen«, sagte die Frau, »hat meine Uhr gestohlen.«

»Und mir«, fuhr der junge Mann fort, »in die Tasche gesteckt.«

»Das ist eine ungeheuerliche Unterstellung«, empörte sich Monsieur Rémusat.

Maximilian Hohenstein wandte sich mit seinem charmantesten Lächeln an die Frau. »Ihre Uhr, meine Gnädigste.« Er reichte ihr das Schmuckstück, das sie mit verkniffener Miene entgegennahm, dann winkte er einen der Kellner heran. »Kümmern Sie sich darum, dass es Frau Eschberg an nichts fehlt. Was auch immer sie bestellt, es geht aufs Haus.«

Die Frau wirkte zwar nicht versöhnt, schien die Geste aber als angemessen zu empfinden und nickte huldvoll.

»Herr Weiz, ich entschuldige mich für die Unannehmlichkeiten, natürlich geht alles, was Sie bestellen, aufs Haus.«

»Das Mädchen hat mich als Dieb hingestellt.«

»Das haben Sie durch die Szene ja nun strenggenommen selbst«, sagte Johanna und wurde von ihrem Vater mit einem strafenden Blick bedacht.

»Meine Tochter entschuldigt sich natürlich in aller Form bei Ihnen«, sagte Maximilian Hohenstein. »Karl«, er wandte sich zu Johannas Bruder und sah dann wieder den Mann an. »Mein Sohn kümmert sich darum, dass alles zu Ihrer Zufriedenheit ist. Für den Rest Ihres Aufenthaltes logieren Sie als mein Gast.«

Dann ging er zum Kulturattaché, der immer noch seine Tochter tröstete, die ihre Arme um seine Mitte geschlungen hatte und sich mit gerötetem Gesicht nun zu ihnen wandte, die Augen tränennass. Maximilian Hohenstein ließ sich in die Hocke nieder. »Du hättest für diesen Streich nicht so bloßgestellt werden dürfen, nicht wahr?«

Désiré presste die Lippen zusammen und schwieg. Ihr Vater sah sie nun an, furchte die Stirn. »Était-ce vous avez réellement?«

»C'était l'idée d'Hélène«, brachte Désiré schließlich hervor.

»Ce n'est pas vrai!«, schrie die Jüngere nun. »Elle était seule.«

»Wir klären das«, sagte Monsieur Rémusat und nickte Maximilian Hohenstein, der sich aus der Hocke erhoben hatte, zu. »Entschuldigen Sie bitte vielmals die Umstände.« Er nahm Désirés Arm und führte sie mit sich aus dem Salon, gefolgt von seiner Ehefrau und der jüngeren Tochter. Blicke und Getuschel folgten ihnen.

»Musstet ihr die Dinge unbedingt selbst in die Hand nehmen?«, fragte ihr Vater sie, als er mit Johanna in der Halle stand.

»Aber das haben wir doch gar nicht. Wir haben nur beobachtet. Diesen Aufruhr hättest selbst du nicht verhindern können. Hättet du und Onkel Konrad …«

»Ja, schon gut.« Ihr Vater sah zum Salon, die Stirn leicht gerunzelt. »Sehr ärgerliche Geschichte, aber sei's drum, ich denke, wenigstens in diesem Sommer müssen wir uns um weitere Diebstähle keine Sorgen mehr machen.«

Henrietta bemerkte Maximilian Hohensteins Blicke, die ihr folgten, während sie Vorhänge in seinem Salon löste und den Raum für den Abend vorbereitete. In Kürze würden seine Ehefrau, Fräulein Johanna und Herr Alexander hier erscheinen, dann würde die Familie beisammensitzen. Die Tochter würde Klavier spielen, der Sohn sich langweilen und die Eltern Konversation betreiben. Ein Bild häuslicher Harmonie.

Als Henrietta den Hausherrn flüchtig anblickte, bemerkte sie das kleine Lächeln, das in seinen Mundwinkeln lag. Sie hatte gehört, dass er sich um die Dienstmädchen nicht scherte, aber das hinderte ihn offenbar nicht daran, ihre körperlichen Vorzüge mit intensiven Blicken zu würdigen. Oder aber er verhielt sich nur in ihrem Fall so. Sie senkte die Lider, gab sich schüchtern und zurückhaltend, dann verließ sie den Raum.

Auf dem Korridor kam ihr Alexander Hohenstein entgegen, erstaunlich pünktlich. Seine Blicke waren offener, bewundernd und ein klein wenig anzüglich. »Ist außer meinem gnädigen Herrn Vater schon jemand da?«

»Nein, Herr Hohenstein.«

Alexander seufzte. »Dann vertreib mir doch ein klein wenig die Zeit, ja? Wenigstens bis Johanna kommt.«

Henrietta zog die Brauen kaum merklich zusammen. »Wenn Sie mir sagen, an welche Art von Zerstreuung Sie dachten, dann sehe ich, was ich tun kann.«

»Oh, da gäbe es so einiges, aber nichts davon ist tauglich für diesen Moment.«

»Ich ahne, was Ihnen vorschwebt, aber man hat mich gewarnt.«

»Ach je, dich auch? Wie langweilig. Offenbar will Frau Hansen mir das Leben schwer machen.«

»Nun, es erhöht den Reiz der Jagd, nicht wahr?«

»Ja, aber nur bei Frauen, die das nicht so rasch durchschauen wie du.«

»Alexander!« Anne Hohensteins Stimme durchschnitt die Stille und verhinderte jegliche weitere Kommunikation. Die Hausherrin kam in einem eleganten blauen Kleid durch den Korridor und nickte ihrem Sohn auffordernd zu, sie zu begleiten. Dann machte sie mit der Hand eine Bewegung, als wolle sie eine Fliege verscheuchen. »Geh wieder an die Arbeit, Mädchen.«

»Ja, gnädige Frau.« Henrietta holte tief Luft, wandte sich ab und stellte sich Anne Hohenstein auf ihrem Nachttopf vor. Das half, die siedende Wut erlosch langsam wieder.

Auf dem Weg in die Küche begegnete ihr Dora, deren leicht gerötete Wangen und glänzende Augen darauf schließen ließen, dass es Erfreuliches zu berichten gab.

»Frau Hansen hat erlaubt, dass ich für den Unterricht in

Stenographie einmal die Woche einen Vormittag nach Bonn darf. Und es wird mir nicht von meinen freien Tagen abgezogen.«

»Das ist ja wunderbar.«

»Ich hatte Angst, Frau Hohenstein wäre dagegen, aber Frau Hansen hat direkt Herrn Alsberg gefragt, und der hat es erlaubt.«

Die Tür öffnete sich, und Albert trat zu ihnen. »Schon gehört?«, fragte er. »Die verzogene kleine Französin ist verschwunden.«

»Welche?«, wollte Dora wissen. »Es gibt zwei davon.«

»Die Ältere, die heute diesen peinlichen Auftritt hatte.«

Dora verdrehte die Augen. »Vermutlich versteckt sie sich irgendwo. Habe ich als Kind auch, wenn ich was ausgefressen hatte.«

»Gut möglich. Ihre Eltern tun allerdings so, als sei sie einem Entführer zum Opfer gefallen. Als nehme jemand diese Brut freiwillig mit.«

Dora zuckte mit den Schultern. »Wer weiß, hübsch ist sie ja. Müssen wir jetzt alle mitsuchen?«

»Bisher nur das Hotelpersonal.« Albert sah Frau Hansen aus der Küche kommen und ging eilig weiter. »Ich muss dann mal, die Herrschaften warten.«

Henrietta sah ihm nach, dann ging sie ins Dienstbotenzimmer, wo Hilde saß und den Knopf an einer Bluse wieder festnähte. Seit der Sache mit Julia Hohenstein hatten sich nahezu unmerklich zwei Fronten gebildet: eine, die der Meinung war, Hilde hätte ihre Hände irgendwie im Spiel, und eine, die auf Seiten der Zofe stand. Es wäre schließlich nicht das erste Mal, dass eine Angestellte beschuldigt wurde, um vom eigenen Fehlverhalten abzulenken. Henrietta wusste nicht recht, auf wessen Seite sie war, da sie die Geschichte einerseits absurd fand, Hilde andererseits aber nicht mochte.

Sie ignorierte die Zofe und gestattete sich ein wenig Ruhe zum Nachdenken. Philipp hatte gesagt, er würde in diesem Sommer kommen, und obwohl sie einander fast nur im Vorbeigehen sahen, freute sie sich auf ihn. Dann dachte sie an Maximilian Hohenstein, an seine Blicke und an das, was sie so unverhohlen dahinter lesen konnte. Ein Lächeln umspielte ihre Mundwinkel.

Karl hatte sich nach der ärgerlichen Geschichte einen Abend fern vom Hotel gegönnt, war mit Freunden ausgegangen, hatte Carlotta besucht und nach Marianne gesehen. Dem Kind ging es nach der Scharlacherkrankung wieder gut, aber die Genesung hatte lange gedauert. Obschon er vorgehabt hatte, nur kurz zu bleiben, hatte er sich von Carlotta verführen lassen und war erst zwei Stunden später wieder gegangen. Sie war in den letzten Wochen sehr distanziert gewesen, sodass er sich über diesen plötzlichen Wandel ein wenig gewundert hatte. Aber wer war er, in einer solchen Situation noch Fragen zu stellen?

Die Entspannung verflog jedoch direkt, kaum dass er das Hotel betreten hatte. Ein Kind war verschwunden, nicht irgendeines, sondern jenes, welches an diesem Nachmittag so bloßgestellt worden war. Sein Vater wurde nicht müde, Karls Rolle in dem ganzen Spektakel zu betonen. »Und nun ist das Mädchen fort«, schloss er in einem Ton, als sei dies allein das Verschulden seines unfähigen Sohnes.

Das gesamte Personal suchte das Mädchen, Konrad hatte die Polizei alarmiert. Die meisten Gäste waren noch wach, beobachteten und kommentierten die Ereignisse, während Madame Rémusat in Tränen aufgelöst eine verstörte Hélène in den Armen hielt und ihr Ehemann jeden in diesem »unnützen Haufen von Personal« beschimpfte. Karl wünschte, er wäre bei Carlotta geblieben.

Johanna war sehr blass, als sie zu ihm eilte. »Was, wenn ihr etwas zugestoßen ist? Oder wenn sie sich vor Kummer etwas angetan hat?«

»Sie ist elf, natürlich hat sie sich nichts angetan«, antwortete Karl. Vermutlich bockte das Mädchen, saß schmollend irgendwo in einem Versteck und genoss die Sorgen, die es auslöste. Dergleichen Regungen waren ihm aus seiner eigenen Kindheit nicht fremd. Und gerade Johanna sollte das wissen, sie konnte schon als Kind sehr pathetisch sein, wenn sie glaubte, ihr geschähe ein Unrecht.

Er ging in sein Zimmer, wusch sich Carlotta vom Leib und kleidete sich um, eine einfache Hose, ein Hemd und darüber ein Rock, der für die Jagd geschneidert war, fester Stoff, dem es nicht schadete, wenn er sich damit durch die Büsche schlug. Er war dabei, die Knöpfe zu schließen, als er Schritte auf dem Korridor hörte. Dann ging die Tür im angrenzenden Zimmer. Julia. Offenbar aus den Fängen seiner Mutter entlassen, die ihr in den letzten Wochen fortwährend das Leben schwer machte.

Vermutete er wirklich, dass sie ihn mit Konrad betrog? Sie mochte seinen Onkel, das war offensichtlich, aber würde sie sich tatsächlich hinreißen lassen? Eigentlich glaubte er selbst nicht daran. Nichtsdestotrotz hatte sie sich bis in die Nacht mit ihm herumgetrieben, und noch jetzt war die Sache undurchsichtig. Und wenn seine Mutter log? Aber welchen Grund sollte sie für eine solche Intrige haben? Dass sie Konrad schaden wollte, konnte er nachvollziehen, aber Julia? Und warum sollte sie seine Ehe zerstören wollen? Andererseits war es überhaupt nicht Julias Art, Dienstboten zu Unrecht zu beschuldigen, schließlich hätte Hilde im schlimmsten Fall auf die Straße gesetzt werden können.

Konrad zeigte sich ihm gegenüber eher wütend als schuldbewusst. *Mein Lieber, glaub mir, wenn ich es wirklich auf deine Frau abgesehen hätte, hättest du nie auch nur das Geringste davon erfahren. Kein Flüstern wäre über sie laut geworden.*

Danke, das ist sehr beruhigend.

Tatsächlich war es unvorstellbar, dass der weltgewandte Konrad Alsberg so offensichtlich vorging und eine so lächerliche Entschuldigung dafür vorbrachte, sich mit der Frau seines Neffen bis in die Nacht herumzutreiben. Karl beschloss, der Sache noch einmal intensiver auf den Grund zu gehen.

»Du willst doch nicht wirklich mit in den Wald gehen?« Anne zog die Brauen zusammen.

»Ich kann nicht daheim herumsitzen und andere suchen lassen, wenn ein Kind aus meinem Haus verschwindet.« Maximilian warf einen Blick durch das Fenster in den Hof, wo sich bereits ein Pulk von Männern gebildet hatte, die mit Fackeln die Dunkelheit erhellten. Was für eine unerfreuliche Geschichte! Und natürlich würde man Parallelen zu dem Fall von vor nahezu zwanzig Jahren ziehen. Das konnte der Todesstoß sein. *Im Haus Hohenstein verschwinden Mädchen.*

»Du solltest morgen Julia zur Ordnung rufen. Ich habe ihr gesagt, sie soll Tee für die Frauen zubereiten lassen, aber sie ist einfach in ihr Zimmer gegangen.«

»Natürlich ist sie das. Wir haben Dienstboten für so etwas.«

»Ich habe ihr nicht gesagt, sie solle sich selbst in die Küche stellen. Aber…«

»Aber den Klingelstrang betätigen und Tee zubereiten lassen, kannst du sicher selbst.«

Auf Annes Wangen zeichneten sich rote Flecken ab, und ihre Augen sprühten vor Zorn. Hinreißend. Ihren Wutausbrüchen waren in ihrer Jugend die leidenschaftlichsten Nächte gefolgt.

»Wir sollten überlegen«, fuhr sie fort, »wie es mit ihr und Karl weitergehen wird. Wenn er sich von ihr trennt ...«

»Wenn er auch nur in Erwägung zieht, sich von ihr zu trennen«, fiel Maximilian ihr ins Wort, »breche ich ihm jeden Knochen im Leib einzeln.«

»Du kannst nicht von ihm erwarten, mit einer Frau zusammenzuleben, die ihn mit seinem Onkel betrügt. Er sollte sich vorsehen, dass das nächste Kind wirklich von ihm ist.«

»Werde bitte nicht geschmacklos.« Maximilian verließ den Raum, ohne sich noch einmal umzusehen.

Johanna hatte einen dunkelbraunen Rock angezogen, dazu eine schlichte Bluse, und sie trug einen Schal gegen die abendliche Kühle um die Schultern, den eine Brosche zusammenhielt. Sie sah Karl im Hof stehen und lief zu ihm.

»Ich bin so weit.«

Er sah sie fragend an.

»Für die Suche.«

Ihr Vater hatte sie gehört und wandte sich zu ihr um, noch ehe Karl antworten konnte. »Geh auf dein Zimmer. Wenn du helfen möchtest, frag deine Mutter, was zu tun ist.«

Johanna blieb. »Du weißt selbst, dass ich nicht gut darin bin, sinnlose Worte zu machen. Wenn das Kind weg ist, kommt es nicht wieder, nur weil ich die Damen beruhige.«

»Du wirst dich auf keinen Fall nachts im Wald herumtreiben.«

Trotzig warf Johanna den Kopf zurück und machte keine Anstalten, zum Haus zu gehen.

»Lass sie doch«, kam es von Alexander, der sich in seiner

Jagdkleidung zu ihnen gesellte. »Karl und ich sind bei ihr, was soll schon geschehen?«

Die Männer wollten aufbrechen, und ihr Vater sah sich offenbar einen langen Kampf ausfechten. Also nickte er. »Wenn ihr etwas passiert, möchte ich nicht an eurer Stelle sein«, sagte er an seine Söhne gerichtet, dann drehte er sich um und teilte die Männer ein.

Karl hatte schweigend danebengestanden und sah nicht begeistert aus. Aber das sah er in letzter Zeit eigentlich nie.

»Wo ist Julia?«, fragte Johanna. »Vielleicht möchte sie auch mit.«

»Möchte sie nicht«, antwortete Karl. »Los, gehen wir.« Er nahm eine Fackel, reichte sie Alexander und griff nach einer weiteren. »Du bleibst zwischen uns.«

»Bekomme ich keine Fackel?«

»Na, und wer soll uns dann auffangen, wenn wir stürzen?«, fragte Karl, und nun grinste er doch.

Obschon Johanna der Ernst der Lage durchaus bewusst war, war sie empfänglich für die Dramatik und das Abenteuerliche, das eine Suche im nächtlichen Wald mit sich brachte. »Was machen wir, wenn wir auf die Leiche von Imogen Ashbee stoßen?«

»Schreien und weglaufen?«, schlug Alexander vor. Johanna stieß ihn in die Seite, sodass er stolperte.

»Wenn sie wirklich im Wald liegt, ist von ihr wohl nur noch ein Haufen Knochen übrig. Den Rest werden die Tiere für uns erledigt haben«, sagte Karl.

Es war wie früher, als die Brüder Johanna mit in den Wald genommen hatten. Wenn sie eine Steigung, behindert durch ihre Röcke, nicht bewältigen konnte, ergriffen Karl und Alexander rechts und links ihre Hand, sodass sie jedes Hindernis mit Leichtigkeit überwand. Es raschelte und knackte im Unterholz, eine Eule flog über ihnen auf, und in die Geräusche der Nacht mischten sich die Stimmen der Suchenden. »Désiré!«, hallte es durch den Wald, ein Ruf, der von Mund zu Mund aufgenommen und weitergegeben wurde. Johanna hörte die anderen Suchtrupps, sah gelegentlich flackernde Punkte zwischen den Bäumen, die von den Fackeln herrührten.

»Glaubt ihr wirklich, sie ist so weit in den Wald gelaufen?«

»Nein«, sagte Karl. »Sie versteckt sich irgendwo im Haus und amüsiert sich königlich.«

»Wenn du das denkst, warum hilfst du dann überhaupt bei der Suche?«, fragte Alexander.

»Kannst du dir vorstellen, was los wäre, wenn ich es nicht täte? Und es kann ja auch sein, dass ich mich irre. Würde es sich um Valerie handeln, gäbe es vermutlich keinen Ort im Umkreis, an dem ich sie nicht suchen würde.«

Johanna atmete das harzige Aroma des Waldes und dachte, dass sie selbst sich keinen anderen Ort ausgesucht hätte, um sich zu verbergen, als ein Lager aus Moos und Zweigen in dieser sommernächtlichen Waldidylle.

»Ich habe gehört, Philipp kommt demnächst?«, fragte sie beiläufig.

»Ja«, antwortete Karl. »Noch in diesem Sommer.«

»Erst besucht er uns jahrelang gar nicht, dann alle paar Monate«, sagte Alexander.

»Vielleicht hat er die Liebe zum Siebengebirge entdeckt«, erwiderte Karl, wobei seine Stimme verriet, dass ihm die wahren Gründe herzlich egal waren.

»Oder er stellt hier einem Mädchen nach«, mutmaßte Alexander.

»Oder so.«

Johanna gönnte sich ein kleines Lächeln, und in ihrer Brust tanzte ein wilder Schwarm Hummeln.

Zweige knackten ganz in der Nähe. Das laute Geräusch stammte eindeutig von Schritten, die zu schwer waren für die eines zierlichen Mädchens. Die Geschwister hielten inne, und Karl hob die Hand mit der Fackel. Aus dem Dunkel trat der Wildhüter Franz Groth. Er rieb die Klinge seines langen Jagdmessers mit einem Tuch ab und sah die drei fragend an, Johanna hatte jedoch nur Augen für die bräunlichen Flecken auf seiner Kleidung. Der Mann hatte ihr schon als Kind Angst gemacht, nie hatte er einen Hehl daraus gemacht, dass er diese »Aristokraten-Bagage« – wobei es für ihn keine Rolle zu spielen schien, dass die Hohensteins keinen Adelstitel trugen – als überflüssig für die Gesellschaft betrachtete.

»Wir suchen ein elfjähriges Mädchen«, sagte Karl, und der Mann sah ihn an, als zweifle er an seinem Verstand.

»Und das sucht ihr hier?« Er war nie dazu übergegangen, sie zu siezen, als habe er nicht mitbekommen, dass sie das Kindesalter inzwischen hinter sich gelassen hatten.

»Sie ist fortgelaufen.«

»Ah, wieder eine, ja? Na, hier ist sie nicht.« Franz Groth steckte das Messer in eine Lederscheide, die an seinem Gürtel hing. »Bin schon eine Weile hier unterwegs.«

»Was haben Sie im Wald gemacht?«, wollte Johanna wissen.

Die Augen des Mannes verengten sich leicht. »Das geht dich zwar nichts an, du Rotzgöre, aber ich habe Kaninchen geschlachtet. Hab die Sauerei nicht gerne direkt vor meiner Hütte.«

»Und wo sind die Kaninchen?«

»Johanna!«, zischte Alexander.

»Na was denn? Du hast mich ertappt, du kleine Hexe, in Wahrheit will ich mir das Balg morgen auf den Grill legen.«

»Das ist wohl mitnichten ein Gegenstand zum Scherzen«, sagte Karl.

»Nein, und nun verschwindet, ihr naseweisen Flegel, oder ich mache euch Beine!«

Johanna wurde mit einem mulmigen Gefühl im Bauch bewusst, dass sie die anderen Suchtrupps schon länger nicht gehört hatte. Und wenn der Mann nun mit dem Messer auf sie losging? Sie stellte sich vor, wie sie sich todesmutig vor ihre Brüder warf, um den Kerl abzulenken, und Karl und Alexander diesem dann mit den Fackeln ...

»Ich bedaure die Störung«, kam es von Karl, dessen Stimme ihren dramatischen Kampfszenen ein abruptes Ende setzte. »Sollten Sie das Kind sehen, geben Sie uns bitte Bescheid.«

»Natürlich.« Der Mann war nun etwas freundlicher geworden und sah Johanna an, als habe er ihre Gedanken durchschaut, was ihm eine diebische Freude zu bereiten schien. Johanna hob das Kinn und erwiderte seinen Blick kalt.

»Er hatte Blutflecken an der Kleidung und ein Messer in der Hand«, flüsterte Johanna, als sie außer Hörweite des Mannes waren.

»Er hat Kaninchen geschlachtet«, erklärte Alexander sehr langsam, als sei sie nicht recht bei Verstand.

»Sagt er.«

»*Ich bot die Stirn dem Tod*«, proklamierte Alexander theatralisch. »*Und harmlos wich der Mord. Mit kalter Hand hielt mich ein mitleidloser Dämon fest, an einem Haar fest, das nicht reißen wollte.*«

»Du bist gemein!« Johanna beschleunigte ihre Schritte, aber die Brüder hielten mühelos mit.

»*Die langverfolgte überird'sche Kunst ist sterblich hier. Ich wohn' in meinem Jammer.*«

»Hör jetzt auf«, befahl Karl, aber ihm war anzuhören, dass er nur mit Mühe ernst blieb.

Johanna war den Tränen nahe. Sie mochte Byrons Manfred, dessen Züge sie in Philipp wiederfand, und es tat weh, ihren Lieblingsdichter so verlacht zu sehen. Sie presste die Lippen zusammen und ging stumm weiter.

Halbherzig stapften sie durch den Wald, Karl und Alexander riefen gelegentlich nach dem Mädchen, aber niemand glaubte, dass sie sie wirklich hier fanden. Zudem war die gute Stimmung zwischen ihnen dahin, denn Johanna schwieg weiterhin stoisch.

»Kehren wir heim«, sagte Karl. »Ich höre auch von den anderen niemanden mehr.«

»Ist gut. Ich bin auch elend müde«, stimmte Alexander ihm zu.

Johanna zuckte nur mit den Schultern.

»Ach, komm schon.« Alexander nahm ihren Arm. »Sei mir wieder gut, ja?«

Aber so leicht war Johanna nicht zu versöhnen, und sie schwieg, bis sie das Hotel erreichten. Im Hof standen die Männer verstreut in kleinen Gruppen, und Lakaien gingen mit Tabletts herum, auf denen belegte Brote drapiert waren. Der rauchige Geruch von verbranntem Holz lag in der Luft.

Als Johanna das Vestibül betrat, hörte sie das Schluchzen der verzweifelten Mutter, und sie bereute, nicht hinten herum ins Haus gegangen zu sein. Nun keimte das schlechte Gewissen in ihr auf. Warum hatte sie die Eltern des Mädchens nicht direkt angesprochen, als sie den Diebstahl das erste Mal gesehen hatte? Dann wäre es zu dem peinlichen Auftritt nicht gekommen, und das Mädchen wäre nicht bloßgestellt worden. Und hätte sich nicht versteckt, um sich hernach zu amüsieren, weil alle in Sorge waren. Johannas schlechtes Gewissen verflog.

✶✶ 14 ✶✶

Als Konrad übernächtigt am folgenden Morgen das Vestibül betrat, war es, als seien die Leute zwischenzeitlich überhaupt nicht zu Bett gegangen. Nur gesellten sich noch Polizisten hinzu, etwas, das nicht nur Maximilian gerne vermieden hätte. Die Polizei im Haus. Was kam als Nächstes?

»Man hat jemanden verhaftet«, erzählte der Concierge.

»Hier im Haus?«

»Natürlich nicht.« Der Concierge war die personifizierte Empörung. »Im Wald. Franz Groth. Ist wohl blutbeschmiert herumgelaufen, mit ganz irrem Blick und einem Jagdmesser, von dem das Blut des armen Kindes troff.«

Konrads Augen weiteten sich. »Man hat das Mädchen gefunden?«

»Nein, das nicht. Aber wird nicht lange dauern.«

Nach einem kurzen Blick zu den Polizisten, die sich diskret in einem palmbestandenen Erker des Vestibüls mit den Gästen unterhielten, ging Konrad in Maximilians Wohnung und stürzte ohne weitere Umschweife in dessen Esszimmer. Konsterniert blickte sein Halbbruder auf.

»Falls du etwas zu besprechen hast, kann das sicher bis nach dem Frühstück warten«, fertigte Maximilian ihn ab.

»Mitnichten.«

Maximilian stieß einen schweren Seufzer aus und knallte seine Serviette auf den Tisch. »Dann sprich.«

»Was ist das für eine wilde Geschichte über Franz Groth?«

»Das wüsstest du, wärest du früher aufgestanden.«

Konrad spürte, wie ihn langsam die Contenance verließ. »Ich war bis in die Morgenstunden im Wald auf den Beinen und erst zurück, als du schon seit Stunden im Bett lagst.«

Maximilian ignorierte das. »Einer der Suchtrupps ist auf Franz Groth gestoßen, und es gab Anlass zur Vermutung, dass er mit dem Tod des Mädchens zu tun hat.«

»Wir haben ihn auch gesehen«, mischte sich Johanna ein.

Ihr Vater starrte sie an. »Und das erzählt ihr mir erst jetzt?«

»Er hat Kaninchen geschlachtet«, fügte Karl hinzu.

»Kaninchen geschlachtet!« Maximilian lief dunkelrot an. »Hast du die Kaninchen auch gesehen?«

»Nein, aber ich ...«

»Während hier ein Kind vermisst wird, sichten meine Söhne einen Mann mit Messer und blutbefleckter Kleidung und vermuten, er schlachte Kaninchen.«

»Das hat er auf unsere Frage hin gesagt«, wandte nun auch Alexander ein.

»Ach, er hat nicht direkt gestanden, ein Mädchen ermordet zu haben?« Maximilians Stimme nahm an Lautstärke zu. »Wir suchen die halbe Nacht nach einer Spur, finden irgendwann diesen Mann, auf den meine Söhne schon deutlich früher gestoßen sind, es aber nicht für nötig hielten, etwas zu sagen. Kaninchen geschlachtet. Na großartig!«

»Wir ...«, setzte Karl an.

»Schweig! Kein Wunder, dass deine Ehefrau sich mit diesem Kerl herumtreibt, wenn du nicht einmal imstande bist, einen Mörder zu erkennen, wenn er blutbeschmiert vor dir steht und ein Messer in der Hand hält.«

Karl wurde bleich, Julia zog die Schultern hoch und senkte den Blick. Aber Maximilian war noch nicht fertig. »Von Alexander erwarte ich ehrlich gesagt nichts anderes, aber dir hätte ich noch ein Mindestmaß an Verstand zugetraut.«

»Das ist vollkommen unangebracht«, sagte Johanna nun. »Du solltest froh sein, dass er mit dem Messer nicht auf uns losgegangen ist, falls er wirklich ein Mörder ist.«

»Natürlich, mein Liebes«, sagte ihr Vater nachgiebig. »Dich trifft selbstverständlich keine Schuld. Und immerhin haben deine Brüder umsichtig genug gehandelt, keinen Disput vom Zaun zu brechen, sondern dich sicher nach Hause zu bringen, wenngleich dies nicht aus Vorsicht, sondern aus reiner Dummheit geschah.«

»Es reicht«, fuhr Konrad ihn an. »Was um alles in der Welt ist los mit dir?«

Johanna erhob sich. »Danke, dass du es ausspricht, Onkel Konrad. Ich höre mir das nicht länger an.« Sie wandte sich ab und verließ den Raum.

Auch Karl stand nun auf und bedeutete Julia mit einer knappen Handbewegung, es ihm gleichzutun. »Wir frühstücken künftig in unserem eigenen Esszimmer«, sagte er, umfasste Julias Arm und führte sie mit sich aus dem Raum.

»Das kannst du mir nicht antun«, rief ihm Alexander nach. Dann wandte er sich um. »Onkel Konrad, würdest du mich bitte adoptieren?«

»Verlasse sofort meinen Tisch«, sagte Maximilian kalt.

Alexander erhob sich augenblicklich. »Danke. Ich bin schon weg.«

Konrad sah seinen Bruder an, der nun mit seiner Ehefrau allein am leeren Esstisch saß. »Das Bild eines liebenden Vaters, wie ich es vorher nie sah«, höhnte er. »Aber um auf das Anliegen zurückzukommen, wie gehen wir weiter vor?«

»Wir warten ab. Und nun verschwinde. Ehe du gekommen bist, war dies ein harmonisches Frühstück im Kreise der Familie.«

»Ich war es nicht, der deine Söhne beleidigt hat.«

Anne drehte den Kopf zu ihm, sah ihm jedoch nicht in die

Augen. »Geh doch endlich. Dich will hier niemand, merkst du das nicht?«

Konrad lächelte. »Das ist mir tatsächlich entgangen«, spöttelte er, neigte grüßend den Kopf und verließ den Raum.

Im Vestibül ging es derweil hoch her. Die Gäste gaben ihre Theorien zum Besten, die Pagen steckten die Köpfe zusammen, und zwei Zimmermädchen ließen sich darüber aus, dass ihnen Franz Groth ja schon immer merkwürdig vorgekommen sei. Der Concierge war nicht zu sehen. Es wurde wohl Zeit, hier wieder etwas Ordnung zu schaffen. Konrad räusperte sich und trat auf die Pagen zu, die sogleich Haltung annahmen. Für die Zimmermädchen reichte lediglich ein Blick, und sie ließen von dem Geplauder ab. Dann hieß es Kräfte sammeln, denn schon strömten die Gäste auf ihn zu, allen voran ein älterer Herr aus Weimar, dessen volle Wangen beim Laufen zitterten. Die Polizei habe ihn verhört. Ob man *ihn* etwa verdächtige. Wisse man denn nicht, wen man vor sich habe?

»Ich hoffe, deine Ankündigung vorhin war nicht nur eine leere Drohung«, sagte Julia und betrat das Vestibül.

Karl folgte ihr. »Keine Sorge. Wir werden in Zukunft alleine frühstücken«

Sie beobachteten den Ansturm der Gäste auf Konrad und hielten sich zurück. Julia war es müde, die immer gleichen Floskeln zu wiederholen, die ohnehin keinen Trost spendeten. In ihrem Fall zumindest wäre es so gewesen. Wer wollte schon lächerliche Trostworte hören, wenn das eigene Kind verschwunden war.

»Und er stand wirklich blutbefleckt und mit einem Messer vor euch?«, fragte sie.

»Ja.«

»Und das kam dir nicht verdächtig vor?«

»Vom Gefühl her nein. Warum um alles in der Welt sollte er das Mädchen im Wald niedermetzeln, wo er doch gehört haben musste, dass Suchtrupps unterwegs waren? Und wie hätte er überhaupt an sie kommen sollen?«

»Sie wird fortgelaufen und ihm in die Hände gefallen sein.«

»Und er hat zufällig ein Messer dabei und tötet sie?«

»Sie war zu diesem Zeitpunkt doch schon seit Stunden vermisst.«

»Er musste damit rechnen, dass man sie sucht, warum sie nicht in seiner Hütte erwürgen, wenn er sie schon töten möchte?«

Julia zuckte mit den Schultern. »Denkst du immer noch, sie versteckt sich irgendwo?«

»Ich denke, das hat sie getan, und die Sache ist irgendwie aus dem Ruder gelaufen. Sie wäre nicht das erste Mädchen, das im Siebengebirge spurlos verschwindet.«

Es fühlte sich beinahe wieder normal an, wie sie dastanden und sich unterhielten. Das hatten sie seit Monaten nicht getan. Julia holte tief Luft, wollte etwas sagen, stieß den Atem dann jedoch mit einem Seufzer aus.

Einer der Polizisten kam ins Haus, sah, dass kein Durchkommen zu Konrad war, und wandte sich an Karl. »Ich muss mit Frau Rénard sprechen. Wir haben vielleicht etwas gefunden.«

Der Fund, so stellte sich heraus, war ein Taschentuch aus Batist. Madame Rénard sagte, sie erkenne es nicht, könne jedoch nicht ausschließen, dass es Désirés sei, sie habe etliche Batisttüchlein in ihrem Besitz. Franz Groth, so wurde erklärt, habe es angeblich im Wald gefunden und es seiner Enkelin schenken wollen.

»Klingt einleuchtend«, sagte Karl zu Julia, als der Polizist und die Frau des Kulturattachés nicht mehr in Hörweite waren.

»Du würdest das alles weniger großzügig bewerten, wenn es Valerie wäre, die vermisst würde.«

»Das verhüte Gott«, murmelte Karl.

Johanna gesellte sich zu Karl, Konrad und ihrem Vater, die an der Rezeption standen und ein Bild geschlossener familiärer Einheit boten. Sie hatte vormittags ein paar Besorgungen in Königswinter getätigt und mit einer Freundin einen Tee getrunken. Um sie herum hatte es nur ein Gesprächsthema gegeben: der Mord an dem kleinen Mädchen.

Am besten, man hätte Franz Groth direkt aufgehängt. Was soll so einer noch im Gefängnis? Kostet doch nur Geld, den auch noch durchzufüttern. Den Prozess kann man sich direkt sparen, die Schuld ist so eindeutig.

»Man hat übrigens keine Spur von geschlachteten Kaninchen gefunden«, ließ es sich ihr Vater nicht nehmen, mit süffisanter Miene zu raunen, gerade laut genug, dass nur sie vier es hören konnten.

»Weil er sie an arme Leute verschenkt hat«, sagte Johanna, die nach dem Vormittag in Königswinter bestens informiert war.

»Von denen er nicht einen einzigen Namen nennen konnte«, antwortete ihr Vater.

»Na, wenn er sie auf der Straße verschenkt hat.«

»Liebes, es ehrt dich, dass du immer an das Gute im Menschen glaubst, aber in dem Fall kannst du meiner Erfahrung und Menschenkenntnis trauen. Und den Ermittlungsergebnissen der Polizei.«

»Haben sie das Mädchen denn gefunden?«

»Das werden sie früher oder später.«

Johanna verließ die Männer und ging auf die Terrasse, wo das Mittagessen für die Gäste serviert wurde, die draußen zu speisen wünschten. Das Hotel war auch für Tagesgäste geöffnet und für Wochenendausflügler, die zwar in Königswinter nächtigten, im Siebengebirge wanderten und sich aber für ein Mittagessen oder zum Kaffee im Hotel einfanden. Zwischen den Hotel- und den Tagesgästen war stets eine gewisse Konkurrenzsituation zu beobachten, und es bestand eine unsichtbare Trennlinie zwischen dem gehobenen Publikum, das hier logierte, und den Vergnügungstouristen.

Das Hotel Hohenstein warb im Sommer für seine großen Terrassen mit den weinumrankten Lauben, dem marmornen Brunnen und dem Blick auf den herrlichen Garten mit seinen Bachläufen und Brücken, den beschatteten Wegen und labyrinthartig angelegten Hecken sowie dem Rosenhain. Einmal in der Woche gab es ein Militärkonzert, bei schönem Wetter draußen, bei Regen im großen Salon.

Alles war erstaunlich normal, bedachte man, dass ein kleines Mädchen vermisst wurde und man den vermeintlichen Mörder soeben gefasst hatte. Natürlich gab es kaum ein anderes Gesprächsthema, dennoch frühstückte man, aß zu Mittag und genoss das herrliche Wetter – selbstverständlich nicht, ohne angemessen betroffen zu wirken.

Johanna dachte an die Begegnung vom Vortag zurück. Sie mochte Franz Groth nicht, und die Sache war ihr ein klein wenig unheimlich gewesen, aber im hellen Licht des Tages war der Schrecken, den ihr sein Anblick eingejagt hatte, nicht mehr so richtig greifbar. Und er lebte von seinen Schlachtkaninchen, so unwahrscheinlich war die Antwort nicht. Wenngleich die nächtlichen Stunden eine eigenartige Zeit zum Schlachten waren, aber er war ja auch ein eigenartiger Mensch.

»Wir kommen aus den Skandalen nicht mehr heraus«, sagte Maximilian Hohenstein, als Johanna zurück ins Vestibül trat. »Erst die Sache mit Julia und Konrad und jetzt ein

Mädchenmörder, der sich ausgerechnet ein Kind aus unserem Haus holen muss.«

Die Familie Rémusat reiste am selben Tag ab, die Mutter bleich mit rotumrandeten Augen, Hélène weinend, der Vater mit grimmiger Miene, stoisch schweigend auf die Verabschiedung von Maximilian, Konrad und Karl hin.

»Die Polizei wird mit euch sprechen wollen«, sagte Maximilian anschließend an seinen Sohn gewandt. »Franz Groth hat erzählt, er sei euch begegnet. Jetzt will man natürlich wissen, warum ihr geschwiegen habt. Leider fällt mir keine Begründung ein, Karl, die dich und deinen Bruder nicht gar so närrisch dastehen lässt. Am besten sagt ihr, ihr hättet Johanna schützen wollen, daher wäret ihr so rasch zurück zum Haus gegangen. Und dann kam euch die andere Gruppe mit ihrem Bericht zuvor.«

Karl nickte kaum merklich.

✱✱ 15 ✱✱

Mit der Flut neuer Gäste zur Sommerfrische rückte die Geschichte um Franz Groth und die kleine Désiré immer weiter in die Ferne und war nur mehr eine blasse Erinnerung, die einen mit einem leichten Stich des Unbehagens begleitete. In Alexanders Welt passte ohnehin keine anhaltende Grübelei.

Es kam selten vor, dass er Agnes Roth sah, und meist war sie in Begleitung anderer Wäscherinnen. Aber eines frühen Nachmittags hatte er Glück, und die junge Frau kam allein aus der Wäscherei, gekleidet in einen dunkelbraunen Rock und eine einfache Bluse, die etwas heller war. Das Haar hatte sie mit Spangen gebändigt und einen Strohhut darübergestülpt, nur einige vorwitzige Strähnen hatten sich befreit und ringelten sich um ihre leicht geröteten Wangen.

»Eine Wäscherin?«, hatte Karl ungläubig gefragt. »Die haben verquollene, raue Hände.«

»Was interessieren mich ihre Hände?«

Alexander konnte jedoch nicht umhin, einen Blick darauf zu werfen, als die hübsche Agnes nun vor ihm stand. Die schmalen Finger lagen um den Griff eines Korbes, den sie vor sich hielt, als sei er zu schwer, um mit einer Hand getragen zu werden. Sie hatte erstaunlich hübsche Hände, wenngleich in der Tat rot und rissig. Außerdem kurze Fingernägel, die sich seltsam weiß abhoben. Wie bei einem Kind, das zu lange in der Badewanne gesessen hatte.

»Was für eine erfreuliche Überraschung«, sagte er.

Agnes Roth blieb stehen. »Nun gut, ich spiele mit und tue so, als wüsste ich nicht, dass Sie mir seit Tagen auflauern.«

Kurz war Alexander aus dem Konzept gebracht, aber er fing sich rasch wieder. »Dein freier Nachmittag?«

»Ja. Und er wird nicht länger, indem ich hier mit Ihnen herumplaudere.«

»Darf ich dir beim Tragen helfen?«

»Erwarten Sie dafür eine Gegenleistung?«

»Nur ein wenig deiner Zeit.«

Sie reichte ihm den Korb. »Ich möchte nach Königswinter. Bis dahin gehört meine Zeit Ihnen.«

Sie verließen den Hof und tauchten in das schattige Grün des baumbestandenen Weges ein. Vögel zwitscherten in den Zweigen, durch die sich das Sonnenlicht in fein gesponnenen Fäden stahl. Alexander empfand sich nicht gerade als romantische Natur, aber wenn es Bilderbuchmomente sommerlicher Idylle gab, dann war dies gewiss einer davon.

»Wohnst du in Königswinter?«, fragte er und versuchte das Bild einer sich auf Waldmoos räkelnden Agnes aus seinem Kopf zu verbannen. In diesem Fall hieß es behutsam vorzugehen.

»Ja. Meine Eltern haben ein wenig außerhalb eine Bäckerei. Keine von der Art, wo Ihresgleichen verkehrt.«

»Und trotzdem bist du Wäscherin geworden?«

»Ich habe fünf ältere Schwestern und einen Bruder, wir können die Bäckerei ja nicht alle übernehmen.«

Alexander wechselte den Korb von einer Hand in die andere. Was hatte sie darin? Steine?

»Arbeiten deine Schwestern alle hier?«

»Nein, sie sind als Dienstmädchen in verschiedenen Haushalten in Bonn.«

Die Wärme trieb Alexander den Schweiß ins Gesicht, und

er spürte kleine Rinnsale seinen Rücken hinunterlaufen. Der Korb schien zunehmend schwerer zu werden, Romantik und Sommeridylle schmolzen mit jedem Schritt dahin. Und diese Last wollte die zierliche Agnes allein schleppen? Entweder war sie kräftiger, als sie aussah, oder aber sie hätte alle paar Schritte eine Rast einlegen müssen. Keuchend nahm er den Rest des Weges, unfähig, die Unterhaltung fortzuführen. Agnes schritt leichtfüßig neben ihm her, und er hätte gerne behauptet, sie machten diesen Spaziergang in einvernehmlichem Schweigen, aber vielmehr war es so, dass nur Agnes schwieg, ihm selbst war die Luft ausgegangen.

»So«, sagte Agnes. »Sie können den Korb abstellen. Ab hier gehe ich besser allein, ehe es zu Gerede kommt.«

Alexander stellte den Korb ab, legte seine Hand auf die Schulter und ließ diese kreisen. »Du kannst das doch unmöglich bis nach Hause schleppen.«

Agnes jedoch ging in die Hocke, hob eine Klappe des Korbes und räumte – Alexander traute seinen Augen nicht – Wackersteine aus, die sie nachlässig an den Wegesrand legte. Übrig blieben zwei Gläser Eingemachtes.

»Bist du toll?«, fragte er.

»Nein, aber Sie hoffentlich davon geheilt, mir aufzulauern.« Agnes hob den Korb auf und schenkte Alexander ein freches Grinsen.

»Es hätte die Möglichkeit bestanden, dass ich mich nicht zum Tragen anbiete«, sagte er, als er die Sprache wiedergefunden hatte.

»Hätte«, antwortete sie. »Aber Sie sind ein Mann mit einem Ziel vor Augen.« Immer noch grinsend wandte sie sich ab und ging davon.

»Na warte«, murmelte er, während er ihrer schmalen Gestalt nachsah.

Karl hatte eben die Buchhaltung beendet, als es an die Tür seines Arbeitszimmers klopfte und Hilde eintrat. Er nickte ihr zu und ermunterte sie damit, näher an seinen Schreibtisch zu kommen. Er selbst blieb sitzen und lehnte sich zurück.

»Sie wollten mich sprechen?«, fragte die Zofe überflüssigerweise.

»Ganz recht. Wie genau war das denn jetzt im März?«

Hilde sah ihn verständnislos an. »Ich verstehe nicht, gnädiger Herr.«

»Ist Ihnen der Vorfall mit meiner Frau und Herrn Alsberg tatsächlich nicht mehr im Gedächtnis?«

»Oh, das ... Ja, darüber hatten wir doch schon gesprochen.«

»Nein, hatten wir nicht. Meine Gattin hat gesagt, wie es gewesen ist, und Sie haben sie als Lügnerin dastehen lassen.«

Hilde wurde rot. »Aber das ist nicht wahr. Ich war bei Frau Hohenstein, das hat sie Ihnen doch gesagt.«

»Also lügt meine Frau?«

»Das wollte ich damit nicht sagen.«

»Lügen Sie?«

»Das muss ich mir nicht länger anhören!« Hilde schob empört das Kinn vor.

»Was, wenn jemand Sie im Garten gesehen hat, während Sie mit meiner Frau gesprochen haben?«

»Dann hat diese Person gelogen.«

»Was, wenn es kein Dienstbote war, sondern jemand, der über jeden Zweifel erhaben ist?«

»Warum hat derjenige nicht früher etwas gesagt?«

»Vielleicht aus Achtung vor meiner Mutter.« Karl sah, wie es in Hilde arbeitete. Es war nicht einfach, jemanden als Lügner hinzustellen, wenn man nicht wusste, um wen es sich handelte.

»Klären Sie das bitte mit der gnädigen Frau Anne. Ich habe dazu nichts mehr zu sagen.«

»Also haben Sie meine Frau in ein Bordell geschickt, um mich zu suchen, und Herrn Alsberg hinterher?«

Das Blut schoss Hilde ins Gesicht und hinterließ hässliche rote Flecken. »Natürlich nicht.«

»Also lügt die Person, die Sie gesehen hat?«

»Nein...«

»Demnach waren Sie im Garten?«

Verwirrt schwieg die Zofe, dann schüttelte sie den Kopf.

»Lügt meine Frau? Lügt Herr Alsberg?«

»Ihre gnädige Frau Mutter hat gesagt, was zu sagen war.«

Karl nickte. »Nun gut, das sollte reichen. Sie können gehen.«

Kurz flog ein Ausdruck ängstlicher Vorsicht über ihre Züge, dann wandte sie sich ab und verließ den Raum. Karl wartete einen Augenblick, dann ging er ebenfalls und schlug den Weg ins Boudoir seiner Mutter ein. Im Korridor, in dem die Räume seiner Eltern lagen, überholte er Hilde, die offenbar das gleiche Ziel hatte. Sie hielt inne, und Karl spürte regelrecht, wie sie ihm nachsah. Vermutlich hatte sie Angst um ihre Stelle, was nach seinem Dafürhalten mehr als berechtigt war. Er stieß die Tür zu den Räumen seiner Mutter auf.

Anne Hohenstein saß an einem zierlichen Schreibtisch und blätterte in einem Modemagazin. Als sie Karl bemerkte, lächelte sie. »Was für ein schöner Besuch, mein Lieber. Um diese Zeit verschlägt es dich sonst nie hierher.«

Karl ließ sich in einen Sessel sinken und sah seiner Mutter zu, wie sie ihm Tee einschenkte. Als er die Tasse entgegennahm, lächelte sie ihn warm an und nahm wieder Platz.

»Was führt dich zu mir?«, fragte sie. »Ich befürchte beinahe, dass du nicht nur zum Plaudern gekommen bist.«

Karl zögerte, suchte nach den richtigen Worten. »Warum Julia?«, fragte er dann. »Ich meine, ich kann verstehen, wenn du Konrad schaden möchtest – verstehen, wohlgemerkt, nicht gutheißen –, aber Julia ist meine Ehefrau. Warum also sie ins Gerede bringen?«

Die feinen Brauen zogen sich zusammen. »Mein Lieber, ich habe keine Ahnung, wovon du sprichst.«

»Ich hatte vorhin eine Unterhaltung mit Hilde, und es hat ein wenig gedauert, aber letzten Endes ist sie eingeknickt.«

Anne Hohenstein nahm einen Schluck Tee und sah Karl aufmerksam über den Rand der Tasse an. »Sie hat mich eine Lügnerin genannt?«

»Sie war so erpicht darauf, niemanden der Lüge zu bezichtigen, dass sie sich dadurch letzten Endes verraten hat.«

»So.« Seine Mutter nippte erneut an ihrem Tee, dann stellte sie die Tasse ab. »Ich bedaure, mein Liebling, aber ich habe dir dazu nichts zu sagen.«

»Warum Julia?«

Anne Hohenstein seufzte. »Ich bin deinem Vater meine unbedingte Loyalität schuldig, und wenn Konrad Alsberg ihm im Weg ist, ist er auch mir im Weg.«

»Und was ist mit mir?«

»Wenn Konrad fort ist, ist dein alleiniges Erbe gesichert. Das ist mir noch wichtiger, als den Besitz deines Vaters zu bewahren.«

»Und dafür bist du bereit, meine Ehefrau zu opfern?«

Aus Anne Hohensteins Lächeln sprach echte Erheiterung. »Mein Lieber, ich würde selbst mich für dich opfern. Warum also nicht sie?«

Henrietta drehte das Buch zwischen ihren Fingern. *Violets Berufssprachführer. Französisch für Hotel- und Restaurantangestellte.* Sie hatte es gekauft, als sie beschlossen hatte, dass ihr Weg sie ins Hotel Hohenstein führen würde. Philipp hatte gelegentlich die Aussprache mit ihr geübt.

»Was liest du da?« Dora kam in die Kammer und ließ sich erschöpft auf ihr Bett fallen. »Ich muss nachher zu einigen Lieferanten nach Königswinter, Frau Hansen fühlt sich nicht wohl. Möchtest du mit?«

»Darf ich denn?«

»Ich soll jemanden mitnehmen. Johannes würde gerne mit, aber vermutlich nur, weil er mich dann ausfragen kann, wie er am besten an dich herankommt.«

Henrietta verdrehte die Augen und legte das Buch in die Schublade des kleinen Tischchens neben ihrem Bett. »Ich komme gerne mit.«

»Hilde ist ganz seltsam«, erzählte Dora, während sie den Korridor durchquerten. »Herr Karl hat sie vorhin zu sich gerufen, seitdem stimmt etwas nicht mit ihr.«

»Hmhm«, machte Henrietta beiläufig, während Dora die Geldbörse und die Listen für die Lieferanten sorgfältig verstaute.

Sie meldeten sich bei Frau Hansen ab, dann verließen sie das Hotel über den Dienstboteneingang. Eine Gruppe von Ausflüglern brach eben ins Siebengebirge auf, begleitet von einem der vier Touristenführer, die das Hotel zur Verfügung stellte. Alexander Hohenstein kam ihnen entgegen, ein wenig derangiert. Er zwinkerte Henrietta zu und setzte seinen Weg zum Haus fort.

»Na, mit wem der sich wohl im Gras herumgewälzt hat?«

»Vielleicht war er auch einfach spazieren.«

»Allein?«, spöttelte Dora.

Henrietta antwortete nicht und hob das Gesicht der Sonne entgegen. Stechginster umrankte den Weg, und Kletten verfingen sich in ihren Rocksäumen. Es war das erste Mal, dass Henrietta einen Sommer außerhalb der Stadt erlebte. Gelegentlich hatte einer der Liebhaber ihrer Mutter sie beide mit an den Rhein genommen, aber das war nicht dasselbe.

In Königswinter reihten sich die Lebensmittelgeschäfte auf der Hauptstraße aneinander. Ihr Weg führte sie zunächst zu »Mellesch Wellem«, Ecke Bungertstraße, wo Molkereiprodukte von Müller angeboten wurden. Sie gaben ihre Liste ab und gingen weiter. Es folgte »de Döppchens Stang«, wo es Lebensmittel in Steintöpfen, Gläsern und Dosen zu kaufen gab. Hochwertige Milchprodukte für teure Desserts bestellten sie bei Hugo Klein. Besonders gut gefiel Henrietta die Kolonialwarenhandlung, in der es Salatöl, Schweizer Käse und Zuckerhüte gab. So einen Laden hatte sie noch nie zuvor betreten, staunend sah sie sich um.

»Sei nicht zu auffällig beeindruckt«, sagte Dora, als sie den Laden wieder verließen. »Das wirkt provinziell.«

Nachdem sie bei Peter Krebs Spezereien bestellt hatten, lud Dora Henrietta in den Laden der Witwe Josef Trimborn ein, wo es für fünf Pfennige ein großes Stück gefüllte Schokolade gab, die in der sommerlichen Wärme zwischen den Fingern schmolz.

In Kaiser's Kaffee-Geschäft roch es herrlich nach frisch gemahlenem Kaffee. Außer diesem standen auf der Liste noch Kakao, Zuckerwaren, Tee und Biskuits, die sie dort ebenfalls bekamen. Küchenchef Clemens Lennarz warb mit herzhaften Delikatessen, und Dora gab auch hier eine Liste für Geflügel und Wild ab.

»Wir sind fast fertig«, sagte sie anschließend bedauernd. »Nur noch zur Witwe Urban Stang, die bestellten Hausschürzen abholen, dann müssen wir zurück.«

Im Modewarenhaus trafen sie auf Karl Hohensteins Kammerdiener, der gerade dabei war, Krawatten und Manschetten in Papier einschlagen zu lassen. Er mochte um die vierzig sein und war einer der wenigen Dienstboten, von denen Henrietta bislang so gut wie kein Wort gehört hatte. Auch dieses Mal lächelte er sie nur unverbindlich an, zahlte und verließ das Haus.

»Arroganter Kerl«, sagte Dora.

Der Verkäufer wandte sich dienstbeflissen an die beiden Frauen, schäkerte ein wenig mit Dora, indes Henrietta sich umsah. Sie bewunderte Reisehüte, Schleier und Handschuhe, strich sanft über Spitzenborten und Bänder und stellte sich vor, wie es sich anfühlen mochte, so feine Damenunterwäsche zu tragen.

Als sie kurz darauf wieder auf der Straße standen und Dora nach einem Blick auf die Uhr feststellte, dass sie gut in der Zeit lagen, beschlossen sie, noch einen Spaziergang zu machen, ehe sie zum Hotel zurückgingen.

»Eigentlich ist es nicht erlaubt, herumzutrödeln«, sagte Dora.

»Bekommen wir Ärger?«

»Wer sollte uns denn verraten? Wir bleiben ja nicht lange fort.«

Sie schlenderten an der Uferstraße entlang, während Henrietta ihren Blick über den Rhein gleiten ließ. Einfach nur spazieren war sie nie gewesen, stets war sie mit einem konkreten Ziel unterwegs. Doch nun erschien ihr auf einmal die Vorstellung überaus reizvoll, einfach draufloszugehen, ohne zu wissen, wohin ihr Weg sie führen würde.

»Sieh mal dort«, riss Dora sie aus ihren Gedanken.

Henrietta folgte ihrem ausgestreckten Finger und bemerkte ein Automobil, das auf der viel zu schmalen Uferstraße feststeckte – zur Belustigung der Umstehenden und zum Ärger eines Droschkenkutschers hinter ihnen. Schließlich erhob sich dieser murrend vom Kutschbock, um den beiden Männern zu Hilfe zu kommen, die versuchten, das Vehikel aus seiner prekären Lage zu befreien.

»Oh, aber das ist doch Oberstleutnant von Landau!«, rief Dora.

Henrietta hatte ihn ebenfalls erkannt, und ein Lächeln glitt über ihre Lippen. Die beiden Männer trugen Mäntel, die viel zu warm zu sein schienen für diesen Sommertag, worauf auch ihre erhitzten Gesichter hindeuteten. Vielleicht war ihnen jedoch auch nur das Aufsehen, das sie erzeugten, unangenehm.

Als habe Philipp erraten, was sie dachte, ließ er den staubigen Mantel von den Schultern gleiten, warf ihn achtlos in den Wagen und glänzte nun in seiner Uniform. Er wollte sich eben wieder dem Auto zuwenden, da bemerkte er Henrietta, stutzte kurz, dann lächelte er. »Ihr beide seid der erste erfreuliche Anblick, seit ich mich darauf eingelassen habe, dieses Gefährt zu besteigen.«

Sein Freund blickte nun auch auf und warf den beiden jungen Frauen einen anerkennenden Blick zu. »Ich würde mein Automobil ja gerne verteidigen, das ist mir gerade aber schlechterdings nicht möglich.«

»Dort«, der Kutscher lenkte die Aufmerksamkeit wieder auf das Wesentliche, »ist die Straße etwas breiter.« Inzwischen hatten sich weitere Droschken eingefunden, und man beschwerte sich bereits lauthals.

»Ich sag schon lange, dass das nichts ist mit diesem neumodischen Kram«, sagte eine ältere Frau.

Philipps Freund – Hans Schmal, wie er sich vorstellte und was angesichts ihrer derzeitigen Situation zu einiger Erheiterung führte – drehte sich zu der Frau um. »In Berlin haben wir bereits seit zwei Jahren motorisierte Omnibusse.«

»Mit so was fahre ich ohnehin nicht«, erklärte die Frau.

Zwei weitere Kutscher boten ihre Hilfe an, und irgendwie schafften sie es mit vereinten Kräften, das Automobil zu befreien, was mit einigem begleitendem Gelächter vonstattenging.

»So, weiter geht's«, rief Hans Schmal.

»Na, besten Dank«, antwortete Philipp. »Ohne mich. Ich begleite die beiden reizenden Damen zu Fuß.«

»Du weißt einfach nicht, was gut ist.«

Dora berührte scheu den Wagen. »So etwas habe ich vor Kurzem erst in Bonn gesehen. Als ich zu meinem Stenographie-Kurs gegangen bin«, fügte sie mit unüberhörbarem Stolz hinzu.

»Na, da hast du doch eine reizende Begleitung«, sagte Philipp.

»Oh, aber Herr Oberstleutnant, das wäre zutiefst ungehörig. Frau Hansen würde das nie erlauben.«

»Sag Frau Hansen, ich bestehe darauf, damit sich der gute Herr Schmal nicht wieder verfährt«, antwortete Philipp. »Und da ich im Hotel wohne, bin ich Gast, und dieser ist bekanntlich König. Also los, steig schon ein. Ich sehe doch, dass du geradezu darauf brennst.«

Hans Schmal hielt ihr galant die Tür auf, und Dora ließ sich nun nicht mehr lange bitten, sondern stieg ein. Ihre Einkäufe nahm Hans ihr ab und legte sie auf den Rücksitz, dann stieg er selbst ein und hob die behandschuhte Hand zum Gruß. »Bis später. Ich warte bei einem Kaffee auf dich.«

Als er losfuhr, drückte Dora sich an die Tür und wirkte doch etwas ängstlich. Henrietta hatte gehört, dass diese Gefährte bis zu dreißig Stundenkilometern fuhren. Da konnte einem in der Tat himmelangst werden.

»Und was machen wir zwei, hm?«

»Heimgehen, wie sich das für ein anständiges Dienstmädchen und den ehrbaren Oberstleutnant von Landau gehört.«

Philipp seufzte schwer, aber er insistierte nicht weiter, sondern plauderte über die Monate bei seiner Truppe, wusste die eine oder andere Anekdote zu erzählen und ließ keinerlei Missstimmung erkennen, was Henrietta erleichtert zur Kenntnis nahm.

Selbstverständlich hatte das Hotel Stellplätze für Droschken und Kutschen der Gäste oder der Haudereien, die in Königswinter neben Ausflugsfahrten auch Fahrdienste in die Hotels anboten. Was da jedoch laut und staubaufwirbelnd den Weg hinaufkam, war – auch wenn man dergleichen gelegentlich in der Stadt sah – hier doch ein reichlich ungewohnter Anblick. Gäste wie Hotelpersonal starrten das Gefährt an, das kiesspritzend die Auffahrt nahm und sich in die Fuhrwerke einreihte.

Aus dem Wagen kletterten ein staubbedecktes Dienstmädchen mit roten Wangen und derangierter Frisur und ein fein gekleideter junger Mann, dessen ehemals schwarzer Mantel nun mehrere Facetten von Grau aufwies. Ein Page eilte herbei, um das Gepäck des Gastes entgegenzunehmen. Die große Schachtel auf dem Rücksitz überreichte der junge Mann Dora, die sie ihm rasch abnahm und mit gesenktem Blick ins Haus eilte. Der Mann lächelte breit und sah sich um, als böte er nicht den Anblick eines Menschen, der eben aus einer Sandgrube geklettert war. Als er sich durch das Haar fuhr, flog eine Staubwolke auf.

»Und da sagst du mir, wir sollten motorisieren«, sagte Maximilian verächtlich zu Konrad.

»Und was spräche dagegen, Vater?«, kam es von Karl, der unbemerkt hinter sie getreten war.

Maximilian und Konrad sahen ihn erstaunt an. Von dieser Seite hätte keiner der beiden Zuspruch für Konrads Ideen erwartet.

»Modernisierungen sind dringend notwendig«, fuhr Karl fort. »Wir verpassen den Anschluss an die Zeit.«

»Ich habe gerade Telephone gekauft.«

»Ein guter Anfang«, stimmte Karl zu. »Onkel Konrad, was waren das noch für Vorschläge, die du hattest? Ein Lift? Zentralheizung?«

»Ja, durchaus.« Konrad hatte sich von seiner Überraschung erholt. »Vor allem jedoch Strom.«

»Darüber haben wir gesprochen«, antwortete Maximilian. »Und wie ich gesagt habe, bleibt es beim Leuchtgas. Das hat sich bewährt.«

»Fritz Dreesen«, bemerkte Karl beiläufig, »warb bereits vor Jahren damit, dass sein Hotel über elektrisches Licht verfügt.«

Maximilians wunder Punkt, das hatte Konrad inzwischen auch schon mitbekommen. Godesberg war bereits um die Jahrhundertwende zum bevorzugten Treffpunkt wohlhabender Kreise geworden. Das Hotel Dreesen, unmittelbar am Rhein gelegen, wurde zum Besuchsziel für Politiker, Hoch- und Geldadel. Was Rang und Namen hatte, gab sich hier die Klinke in die Hand. Maximilian Hohensteins stetiger Konkurrent. Und nun arbeitete es in ihm, das war unübersehbar. Konrad beschloss, sich über alle Neuerungen im Hotel Dreesen zu informieren. Es konnte nicht schaden, gelegentlich ein wenig Salz in die Wunde zu streuen, wenn es den Zielen der Modernisierung dienlich war.

Konrad blieb draußen stehen, während Maximilian zurück ins Hotel ging. Er drehte sich um, sah Karl an. »Welchem Umstand verdanke ich diese erfreuliche Kehrtwende?«

Karl hob in einer knappen Geste die Schultern, wirkte schuldbewusst, auch wenn er dies zu überspielen suchte. »Meine Mutter hat zugegeben, die Sache ausgeheckt zu haben. Hilde hat ihr geholfen.«

»Das hat sie so ohne Weiteres zugegeben?«

»Nicht ohne Weiteres, nein.«

»Und was geschieht nun?«

»Hilde wird nicht entlassen, das lässt sie nicht zu.«

»Ich meine, mit Julia.«

Karl sah an ihm vorbei zum Wald. »Julia…«, seine Stimme war kaum hörbar. »Ja, Julia…«

»Ist sie schwer zu versöhnen?«

»Nein, das nicht. Aber das Ausmaß dessen, was ich ihr in den letzten Monaten zugemutet habe, ist weder mit einer simplen Entschuldigung noch mit einem Schmuckstück abgegolten.«

»Nun, dann lass dir etwas einfallen.« Konrad klopfte ihm auf die Schulter und ging nun ebenfalls zurück in die Kühle des Vestibüls, wo der Neuankömmling stand, dem offenbar nicht einmal die Tatsache, dass einer der Dienstboten bei den Reinigungsversuchen Staub und Vogelkot gleichmäßig über den Mantel gebürstet hatte, die gute Laune verdarb. Der Concierge entschuldigte sich wortreich, und Maximilians Miene sprach Bände – jedoch weniger zu Ungunsten des Dienstboten als des Gastes.

»Herr Schmal ist mit Philipp von Landau hier«, sagte Maximilian, als sei das eine Begründung für diesen Auftritt.

»Ah ja?«, antwortete Konrad. »Und wo ist er?«

»Treibt sich mit unserem anderen Stubenmädchen im Wald herum.« Das Automobil war offenbar nicht nur ein Ausdruck schlechten Geschmacks, es verdarb auch die guten Sitten.

Henrietta und Dora standen wie gescholtene Kinder vor Frau Hansen in der Kaffeeküche.

»Die eine kommt *hochherrschaftlich*«, die Haushälterin stolzierte mit wackelnden Hüften und imitierte mit ihrer pummeligen Hand einen Federbusch über dem Kopf, »mit dem *Automobil* angereist. Die andere *flaniert* mit Oberstleutnant von Landau durch den Wald. Während uns hier die Arbeit über den Kopf wächst. Ja, bin ich in einem Tollhaus gelandet?« Sie blieb stehen und baute sich vor ihnen auf. »Und dann muss *ich* mir von Herrn Hohenstein anhören, ich hätte das Personal nicht im Griff.«

»Aber Oberstleutnant von Landau hat gesagt…«, setzte Dora an.

»Oberstleutnant von Landau hat gesagt«, äffte Frau Hansen sie nach. »*Ich* habe gesagt, trödelt nicht herum. Ihr könnt euch sicher sein«, sie richtete einen dicken Finger auf sie, »noch so ein Vorfall, und ihr landet beide auf der Straße.«

Dora wurde blass. »Es tut mir leid, Frau Hansen. Es wird nicht wieder vorkommen.«

Die Haushälterin nickte und sah Henrietta erwartungsvoll an.

»Ich bedaure den Vorfall ganz außerordentlich«, presste diese hervor.

»Mamsellchen, bei dir bin ich mir sicher: Es wird noch böse enden mit dir und den Söhnen der Herrschaften. Denk an meine Worte.« Frau Hansens Ton wurde ein wenig wohlwollender. »Nun, dann geht wieder an eure Arbeit. Die freien Nachmittage sind in den kommenden beiden Wochen gestrichen.«

Keine von ihnen widersprach, Henrietta, weil an ihren freien Tagen ohnehin niemand auf sie wartete, Dora, weil sie vermutlich heilfroh war, dass man ihr nicht die Besuche beim Stenographie-Kurs strich.

»Die Fahrt war mir den Ärger aber wert«, vertraute Dora Henrietta an, als sie später allein auf dem Dienstbotenkorridor standen. »Es war großartig.«

Inzwischen fand sich Henrietta in den unzähligen Fluren des Hotels gut zurecht. Sie lief nicht mehr versehentlich ins Office, das Arbeitszimmer der Kellner, wenn sie ins Speisezimmer für die Dienerschaft wollte, sie wusste, dass es vom Dienstbotenkorridor aus linker Hand zur Plätterei und durch einen langen Gang zu Waschhaus und Wäscheraum ging. Auch fand sie mittlerweile die richtige Servicetreppe, um direkt in den privaten Wohnbereich der Hohensteins zu gelangen und nicht versehentlich unter den verblüfften Blicken der Kellner im Frühstückssaal aufzutauchen. Es wurde klar getrennt zwischen Personal, das in direkten Kontakt mit den Gästen trat, jenem, das auch der Familie diente, und dem, das nur in den Wirtschaftsräumen tätig war. Man hatte sie – mal mehr, mal weniger freundlich – zurechtgewiesen, war einigermaßen geduldig geblieben, und Henrietta lernte schnell.

Da an diesem Tag Dora für Herrn Alsbergs und Herrn Karls Räume zuständig war und Henrietta für die der Hohensteins und Frau Julias, trennten sie sich an der Dienstbotentreppe, die in die Wohnungen führte. Kleidung räumten grundsätzlich Kammerdiener und Zofen weg, sodass es nur galt, die Schlafzimmer aufzuräumen und für den Abend vorzubereiten.

Henrietta betrat Maximilian Hohensteins Zimmer und fand den in dunklem Holz gehaltenen Raum still in der spätnachmittäglichen Sonne liegen. Schräg einfallendes Licht tauchte alles in buttriges Gold und schuf Schatten, die sich langgezogen und filigran auf das Parkett legten. Ein Sekretär stand verschlossen an der Wand zu ihrer Linken, und so neugierig Henrietta auch war, sie hätte nie gewagt, ihn zu öffnen. Ein Konrad Alsberg mochte über Indiskretionen hinwegsehen, ein Maximilian Hohenstein wäre da sicherlich weniger gnädig.

Henrietta rückte einen Sessel gerade, nahm ein Kaffeegedeck vom Tisch und stellte es auf das silberne Tablett auf der Anrichte. Dann schob sie die Hauspantoffeln neben das Bett, strich die Tagesdecke glatt, hob Seidenpapier auf, in das vermutlich Krawatten eingeschlagen gewesen waren, und ließ ihre Blicke rasch noch einmal prüfend durch den Raum gleiten.

In just diesem Moment öffnete sich die Tür, und der Hausherr trat ein. Maximilian Hohenstein bemerkte Henrietta, hob kurz die Brauen, dann lächelte er. Es war ein Lächeln, das Henrietta schwer einschätzen konnte. Wohlwollend, freundlich, ein klein wenig anzüglich. Sie senkte den Blick und knickste.

»Ich bin hier fertig, gnädiger Herr.«

»Ah, tatsächlich?«

Henrietta wusste nicht, wie sie die Antwort deuten sollte, fand sie zweideutig, vor allem angesichts Maximilian Hohensteins Blick, der zum Bett wanderte. Sie hielt die Luft an. Er würde nicht so eindeutig …

»Das nennst du aufgeräumt, ja?«

Verwirrt sah Henrietta nun ihrerseits zum Bett und bemerkte, dass sie beim Glattziehen der Tagesdecke ein Kissen zu Boden geworfen hatte. Sie spürte, wie ihr das Blut ins Gesicht stieg. »Verzeihung«, sagte sie und hob das Kissen auf, um es aufs Bett zurückzulegen.

»Nicht schlimm«, antwortete Maximilian Hohenstein. »Und? Wie gefällt es dir bei uns?«

Henrietta, die sich mit dem Tablett in der Hand bereits zum Gehen gewandt hatte, hielt inne. »Sehr gut, gnädiger Herr. Vielen Dank.«

Nun maß sein Blick sie ganz offen, richtete sich auf ihre Brust, nahm Maß von ihrer Mitte, glitt langsam tiefer und wieder hoch zu ihrem Gesicht. »Das freut mich zu hören.«

Henrietta zwang ein scheues Lächeln auf ihre Lippen.
»Wünschen Sie sonst noch etwas, gnädiger Herr?«

Sein Blick sagte Ja. »Nein«, antwortete er gedehnt.

Mit einem raschen Knicks verließ sie den Raum. Als sie die Tür hinter sich geschlossen hatte, atmete sie das Unbehagen weg und versuchte sich an Siegesgewissheit.

»Philipp!« Johanna ging so gemessenen Schrittes wie möglich durch das Vestibül, wo Julias Bruder stand und sich mit dem Concierge unterhielt. Zu gerne wäre sie zu ihm gelaufen, um von ihm hochgehoben und herumgewirbelt zu werden. »Wie schön, dass du da bist.«

Er lachte. »Ich freue mich auch.«

»Philipp!« Julias Begrüßung war deutlich überschwänglicher, und mit einem Anflug von Neid beobachtete Johanna, wie Philipp seine Schwester einmal um die Mitte fasste und sie im Kreis herumwirbelte. Den Gästen entlockte die Begrüßung ein Lächeln, Johanna ein Seufzen.

»So begrüßt sie mich nie«, sagte Karl, der eben durch den Haupteingang trat.

Philipp setzte Julia ab. »An wem das wohl liegt?« Er und Karl begrüßten sich mit Handschlag. »So, und nun entschuldige uns, wir werden jetzt im Garten Kaffee trinken, wo Julia mir in aller Ausführlichkeit von deinen Untaten seit meinem letzten Besuch berichten kann.«

Karl hob die Brauen.

»Das dauert gewiss länger«, sagte Johanna und bekam von Karl einen spielerischen Stoß gegen den Arm.

»Du bist auf meiner Seite, verstanden?«

»Ah, ich sehe schon«, sagte Philipp, »das wird ein spannender Aufenthalt. Auf deine Darstellung der Ereignisse bin ich auch gespannt, wir zwei reden später.« Er neigte leicht den Kopf und lächelte Johanna an. Ihre Knie drohten nachzugeben. Als sie sich abwandte, bemerkte sie Karls Blick, die leicht hochgezogene rechte Braue.

»Begleitest du mich auf einen Ausritt?«, fragte sie, um jeder Anspielung zuvorzukommen.

»Bedaure, aber ich habe noch zu tun.«

»Na gut.« Johanna lief in ihr Zimmer und verließ kurz darauf das Haus in elegantem Reitkostüm. Im Hof bemerkte sie Victor Rados, der beschlossen hatte, die Sommerfrische im Siebengebirge zu verbringen und bereits seit einigen Tagen hier war. Sie waren sich bisher nur flüchtig im Vorbeigehen begegnet. Nun sah er sie ebenfalls, und ein Lächeln erschien in seinen Augen.

»Ein kleiner Spaziergang, Fräulein Johanna?«

»Ein Ausritt.«

»Da hatten wir offenbar dieselbe Idee. Darf ich mich als Begleitung anbieten?«

»Sehr gerne. Mein Bruder hat mir einen Korb gegeben.«

»Wie ungalant.«

»Ja, in der Tat.«

Sie traten in das dämmrig-kühle Stallgebäude, wo es so herrlich nach Heu, Leder und Pferd roch. Fliegen schwirrten umher, edle Köpfe streckten sich über die Boxentüren, und Schweife schlugen träge nach Bremsen. Fast alle Pferde waren auf der Weide, nur einige wenige ließ man in den Ställen, unter anderem die privaten Pferde der Hohensteins. Erst am Abend würde man sie ebenfalls hinausbringen.

»Haben Sie ein bestimmtes Ziel?«, fragte Victor Rados.

»Einfach drauflos.« Johanna wollte sich vorstellen, dass Philipp sich an ihrer Seite aufs Pferd schwang, aber so recht gelang ihr dies nicht. Für einen verwirrenden Moment schien Victor Rados präsenter. Johanna schob Philipps Bild über seines, dachte daran, wie er ihr zugelächelt hatte, und seufzte.

»Alles in Ordnung?« Victor war zu ihr getreten, um ihr aufs Pferd zu helfen.

»Alles bestens.« Johanna zog sich hoch, schob den Fuß in den Steigbügel, nahm die Zügel auf und wartete darauf, dass auch Victor aufsaß.

Ihr Weg führte sie mitten durch den Wald. Sie stießen auf Wanderer und Familien, die sich zu nachmittäglichen Ausflügen einfanden. Zwei junge Engländerinnen wurden auf Eseln den Eselspfad hinaufgeführt, der zum Schloss und von da aus zur Burgruine führte. Den Wegesrand säumten wilder Kerbel, Schierling und Brombeersträucher. Gräser und Farne bogen sich im leichten Sommerwind, warfen zitternde Schatten, und zwischen den Bäumen im lichten Unterholz wuchsen Buschwindröschen und Waldreben. In das Gezwitscher der Vögel mischte sich das träge Brummen von Hummeln, Bienen saßen auf den bunten Farbtupfern der Blüten.

Der im letzten Jahr fertiggestellte Burghof kam in Sicht. Seit zehn Jahren bewirtschaftete der Pächter Peter Josef Kalt das als Berghotel geführte Haus. Man hatte nur das Wirtschaftsgebäude stehen lassen und das Hauptgebäude abgerissen, um es anschließend im Stil eines Schweizer Berghotels neu aufzubauen.

Einst war dies der Wirtschaftshof des Burggrafen von Drachenfels gewesen, und angeblich gab es ihn schon im zwölften Jahrhundert. Aber so richtig wusste das niemand. Nun gehörte der Burghof, 1811 noch als Kaffeewirtschaft und Treffpunkt der Bonner Studentenschaft bekannt, Stephan von Sarter, der ihn zunächst als Wohnsitz genutzt hatte. Auch wenn ihr Vater nur verächtliche Worte für das Hotel übrig hatte – Schweizer Chalet im Siebengebirge! –, fand Johanna den Burghof sehr hübsch, er gefiel ihr deutlich besser als Schloss Drachenfels, das Stephan von Sarter erst einige Jahre nach Erwerb des Burghofs fertiggestellt hatte. Sie mochte den altdeutschen, gemütlichen Charme, das Dach mit seinen Giebeln, Gauben und dem Fachwerk, die Außenanlagen, auf denen Maronenbäume und ein Mammutbaum gepflanzt worden waren, und den Pavillon, von dem aus man bis zum Rhein sehen konnte.

»Es gibt jetzt einen neuen Weg durch das Nachtigallental hierher«, sagte sie, »auf dem es keine Photographie- oder Verkaufsbuden gibt.«

Sie ritten in Richtung des Schlosses und folgten dann dem Weg links durch den Bahnviadukt in Richtung Drachenfelser Fahrstraße. Da ihnen immer wieder Wanderer entgegenkamen, konnten sie zeitweise nur hintereinander reiten. Nach einer Weile gelangten sie an eine Biegung mit Geländer, von der aus sich ihnen eine überwältigende Sicht auf den Rhein und die Inseln Grafenwerth und Nonnenwerth, Oberwinter mit seinem Winterhafen und Rolandseck bot. Links strebten Felswände in die Höhe; dort waren zu früheren Zeiten Steine gebrochen und über die Ebene direkt zum Rhein befördert worden. Sie saßen ab und führten die Pferde zum Plateau, vorbei an schroffen Felsen, durch die sich hier und da die Zweige kleiner Bäume streckten.

Am Gasthaus herrschte ein reger Andrang, und auch die Verkaufsstände für Postkarten und Andenken am Ende des Reitweges waren gut besucht. Unwillkürlich musste Johanna an das letzte Mal denken, als sie mit Victor hier gewesen war, den Abstieg im Dunkeln, ihre eigenen verwirrenden Gefühle, die so gar nicht im Einklang mit ihrem Herzen gestanden hatten. Victor hielt sein Pferd am langen Zügel und ließ sich auf einem Felsen nieder, Johanna tat es ihm gleich, sodass sie einander gegenübersaßen, nahe genug, um sich unterhalten zu können, aber nicht so nahe, dass ihre

Knie sich berührt hätten. Hier, inmitten der Ausflügler, war die Vorstellung an eine intime Nähe, wie sie sie bei ihrem Abstieg im Dunklen umgetrieben hatte, vollkommen abwegig. Und doch reichte der bloße Gedanke, um einen irritierenden Moment lang eine seltsame, kribbelige Wärme in ihrer Brust aufsteigen zu lassen. Sie senkte rasch den Blick.

»Wie ist die Sache mit der kleinen Französin eigentlich ausgegangen?«, fragte Victor ganz unvermittelt. »Ich habe davon in der Zeitung gelesen und dass ein möglicher Mörder gefasst wurde. Hat man das Kind inzwischen gefunden?«

»Nein.« Energisch schob Johanna die Erinnerung an eine Nähe, die es nie gegeben hatte, von sich. »Und Franz Groth wartet auf seinen Prozess.«

Victor hob fragend die dunklen Brauen. »Einfach so?«

»Na ja, man geht davon aus, dass er das Kind getötet hat, weil er das Messer hatte und die Blutflecken an seiner Kleidung. Ich bin ihm ja nachts mit meinen Brüdern begegnet.«

»Tatsächlich?«

»Ja, und ich hatte schon ein wenig Angst vor ihm.«

Victor lächelte. »Verständlich.«

Nachdenklich wickelte Johanna den Zügel um ihre Hand. »Ehrlich gesagt kam es mir am nächsten Morgen etwas töricht vor. Und was, wenn er es nicht gewesen ist? Dann hängt man ihn womöglich auf, obwohl er unschuldig ist. Désiré ist ja nicht das erste Mädchen, das hier verschwunden ist.«

Victor schien etwas sagen zu wollen, als sich eine Gruppe von vier Frauen zu ihnen gesellte. »Fräulein Johanna«, sagte eine von ihnen mit norddeutschem Dialekt. »Was für eine erfreuliche Überraschung!«

Gäste aus dem Hotel, erkannte Johanna und grüßte freundlich zurück.

»Ich fürchte, wir haben uns verlaufen«, fuhr die Frau an Johanna gewandt fort.

»Weil *du* ja unbedingt ohne Führer los wolltest«, sagte eine der anderen Frauen mit sauertöpfischer Miene.

»Wir sind angekommen, oder?«

»Nützt uns ja viel, wenn wir den Weg zurück nicht mehr finden oder gar Sittenstrolchen in die Hände fallen.«

Johanna fing Victors belustigten Blick auf und las seine Gedanken, als wären es ihre eigenen. *Die Gefahr droht gewiss nicht.*

»Wir wollten ohnehin gleich zurück«, sagte Johanna und erhob sich. »Sie können uns begleiten.«

Die Frauen sahen Victor an, und eine kniff ihn gar in die Wange. »Was bin ich froh, in einem Alter zu sein, wo ich so einem hübschen Burschen sagen darf, dass er eine Augenweide ist.«

Johanna lachte.

✲✲ 16 ✲✲

Julia war dabei, sich fürs Abendessen umzukleiden, als Karl das Zimmer betrat. Mit einem knappen Nicken schickte er ihre Zofe hinaus.

»Du hast gesehen, dass ich noch nicht fertig bin?«

»Durchaus, ja.« Er trat hinter Julia und schloss die kleinen Häkchen ihres Kleides, war ihr dabei so nahe, dass sie seinen Atem in ihrem Nacken spürte. Als er fertig war, zog er seine Hände nicht zurück, sondern ließ sie einen Moment um ihre Taille liegen.

Julia war schon vor einigen Tagen aufgefallen, dass er sich aufmerksamer zeigte. Philipp hatte ihm sehr drastisch gesagt, was er von seinem Verhalten ihr gegenüber hielt, aber dergleichen prallte an Karl für gewöhnlich ab, darin konnte die Ursache daher nicht liegen. Er gab sich wieder normal, nicht mehr so distanziert und zurückweisend.

»Essen wir heute Abend im Hotel?«, fragte er.

Erstaunt sah sie ihn an. »Haben wir etwas zu feiern?«

»Nein.«

Sie zuckte mit den Schultern. Ihr Groll war von all den zermürbenden Tagen aufgezehrt, in denen ihr entweder seine Mutter zugesetzt hatte oder er selbst mit seinem offen gezeigten Misstrauen. Aber allzu leicht wollte sie es ihm auch nicht machen. Ein wenig von der Wut schwelte nach wie vor in ihr, nur allzu bereit, wieder aufzuflammen, wenn er ihr einen Grund dazu bot. Karl jedoch zog seine Hände zurück und ging durch die Verbindungstür in sein

Zimmer. Kurz darauf kehrte er zurück mit einem flachen, rechteckigen Paket in der Hand, das offenbar recht schwer war. Er legte es auf dem Bett ab.

»Leider ist es erst heute angekommen.«

Fragend sah Julia ihn an, aber als er nichts sagte, ging sie zögernd zum Bett, löste erst die Verpackung des Paketes und schob dann das Seidenpapier beiseite. Zum Vorschein kam ein wunderschöner Bildband über die Architektur von Florenz. Die Seiten bestanden aus weichem, gekreidetem Papier und beinhalteten detaillierte Zeichnungen und Fotos. Florentinische Paläste, deren Gärten und Brunnen sowie sakrale Bauten waren in Querschnitten abgebildet, ihre architektonischen Besonderheiten ausführlich erklärt. Julia sah auf.

»Vielen Dank«, sagte sie leise. »Und wofür ist das?«

»Ich wusste nicht, was angemessen ist, um dem Ausmaß dessen zu entsprechen, wofür ich mich zu entschuldigen habe.«

Julia schwieg. Tränen stiegen ihr in die Augen, Tränen der Wut und Hilflosigkeit. »Du hast mich behandelt, als hätte ich dich mit deinem Onkel betrogen.«

»Es tut mir leid.«

»Und du hast mich vor deiner Familie wie eine Lügnerin dastehen lassen, die ihren Fehltritt durch eine absurd-dumme Geschichte zu verleugnen sucht.« Sie ballte die Fäuste und blinzelte Nässe aus ihren Wimpern. »Ausgerechnet du!«

Er sah sie an, schwieg.

»Und du hast zugesehen, wie deine Mutter mich demütigt, ohne auch nur einmal einzuschreiten.« Als keine Antwort kam, lösten sich ihre Finger langsam, und sie wischte die Tränen von ihren Wangen. »Was hat deine Meinung geändert?«

Er schob die Hände in die Taschen und lehnte sich mit dem Rücken an die Anrichte. »Ich habe erst Hilde so lange zugesetzt, bis sie mehr oder weniger gestanden hat. Und dann habe ich meine Mutter gefragt, was es mit dieser Geschichte auf sich hat.«

Julias Augen weiteten sich. »Und sie hat es zugegeben.«

»Ja.«

»Was geschieht nun?«

»Hilde wird nicht entlassen, und meine Mutter ist unangreifbar. Ich könnte die Sache meinem Vater erzählen, aber selbst wenn dieser sie zurechtweisen würde, würde sie sich niemals bei dir entschuldigen.«

Langsam nickte Julia. »Ich möchte, abgesehen von den Festtagen, keine einzige Mahlzeit mehr an einem Tisch mit ihr einnehmen.«

Zu ihrer Überraschung widersprach Karl nicht. »Wie du wünschst.«

»Bist du ihr böse?«

Für einen Moment glomm ein Funke in seinen Augen auf, und seine Lider verengten sich kaum merklich. »Na, was denkst du wohl?«

»Weiß sie es?«

»Es dürfte ihr nicht entgangen sein.«

Julia beließ es dabei und beendete unter Karls Blicken ihre Abendgarderobe. Ihre Hände zitterten leicht, als sie die Ohrringe anlegte, und beim Verschluss ihrer Kette kam Karl ihr zu Hilfe. Als er ihren Nacken mit den Fingern streifte, sich zu ihr neigte und langsam mit dem Mund darüberglitt, ahnte Julia, welchen Fortgang die Nacht nehmen würde. Das Essen war eine Formalität, eine Art, den Abend stilvoll ausklingen zu lassen, ehe Karl seine Abbitte fortsetzen würde.

Julia löste sich von ihm, und gemeinsam verließen sie das Ankleidezimmer, gingen hinab in den in Ahorn und Silber gehaltenen Speisesaal des Hotels, der einen edlen Glanz versprühte. Sie grüßten hier und da, und Julia wusste, dass noch am selben Abend die Nachricht die Runde machen würde, dass im Hause Hohenstein der Haussegen wieder gerade hing. Vielleicht war genau dies der Grund, warum Karl entschieden hatte, dass sie hier speisten. Aber sei es drum, dachte Julia.

Als Karl am kommenden Vormittag im Vestibül erschien, war es schon nach zehn. Julia hatte noch geschlafen, als er sie verlassen hatte, und er war nur zu versucht gewesen, es ihr gleichzutun. Aber angesichts des Blickes, den sein Vater ihm zuwarf, als er endlich an der Rezeption erschien, war es sicher die richtige Entscheidung gewesen, aufzustehen.
»Die Post liegt auf deinem Schreibtisch«, sagte sein Vater. »Und kümmere dich darum, dass zwei neue Kellner eingestellt werden, heute Morgen haben zwei gekündigt.«
»Warum?«
»Einer geht nach Berlin, der andere heiratet die Erbin einer Bäckerei.«
Karl nickte nur und unterdrückte ein Gähnen. Sein Vater sah ihn missbilligend an und verließ die Rezeption. Konrad, der ebenfalls im Vestibül gestanden hatte, lächelte zu ihm hinüber. »Versöhnung gefeiert?« Dann wandte sich dieser wieder den Gästen zu, da es dem Concierge offenbar nicht gelang, einen Mann mit ausladendem Leibesumfang davon zu überzeugen, dass er eine Suite reservieren musste, wenn er eine bewohnen wollte.
Alexander, der sich nun zu ihm gesellte, drückte es drastischer aus: »Hast du Julia ebenso erschöpft wie sie dich?«
»Das geht dich überhaupt nichts an.«
Alexander feixte. »Ein klein wenig beneide ich dich ja. Irgendwie kommt die Liebe bei mir arg kurz in letzter Zeit.«

»Lässt deine Wäscherin dich nicht ran?«

»Nicht annähernd.«

»Du hast mein Mitgefühl.« Karl nickte einem jungen Ehepaar, das den Weg aus dem Vestibül hinaus nahm, grüßend zu. »Und das, obwohl du einen Korb Steine für sie nach Königswinter geschleppt hast.«

»Ich hätte es dir nicht erzählen sollen.«

Ein spöttisches Lächeln umspielte Karls Mundwinkel. Gleichzeitig beobachtete er, wie die Gräfin von Dormagen, eine Frau um die fünfzig, die vor einigen Tagen angereist war, mit suchendem Blick durch das Vestibül schritt. Als sie ihn sah, hellte sich ihre Miene auf.

»Ach, Herr Hohenstein. Ich würde so gerne einige Briefe in die Post geben.«

Karl lächelte verbindlich. »Geben Sie sie an der Rezeption ab, unser Bote wird sie später wegbringen.«

»Ach, ich wollte aber so gern...« Sie verstummte, als sei sie im Begriff, einen unerhörten Wunsch vorzutragen. »Wissen Sie, ich bin nicht mehr so gut zu Fuß, und lange Wanderungen kann ich nicht mehr machen. Aber eine Fahrt in die Stadt...« Wieder verstummte sie. »Ich möchte nur nicht allein gehen. Und einen Reiseführer zu bitten, mich in die Stadt zu bringen...« Sie hatte eine seltsame Angewohnheit, Sätze nicht zu Ende zu bringen.

Mit einem gewinnenden Lächeln wandte Karl sich an Alexander, dem jeder Anflug von guter Laune aus dem Gesicht rutschte. »Mein Bruder wird sicher zu gerne bereit sein, Sie zu begleiten«, sagte er.

Alexander warf seinem Bruder noch einen vernichtenden Blick zu, ehe er mit der Gräfin am Arm, die plötzlich wie ein Wasserfall plaudern konnte, das Vestibül verließ. Als Karl in sein Arbeitszimmer ging, schlang jemand von hinten die Arme um seine Mitte, und als er sich erstaunt umwandte –

dies passte nicht zu Julia –, sah er in das Gesicht von Hanne, einem Zimmermädchen, mit dem er einige Male geschlafen hatte. »Denkst du nicht, du nimmst dir gerade etwas viel heraus?«, sagte er kühl und löste ihre Arme von seiner Taille.

Sie zupfte an seiner Krawatte und drängte ihn fast rückwärts durch die Tür. »Einige Mädchen erzählen, du hättest etwas mit Irma gehabt.«

Irma? Ah ja, fiel es Karl im nächsten Moment ein. Das hübsche, dunkelhaarige Zimmermädchen, das seither immer rot wurde, wenn es ihm begegnete. »Und wenn schon.«

Sie wollte ihre Hände einfach nicht von ihm lassen, und allmählich wurde sie ihm lästig. Karl zog den Krawattenknoten wieder zu und brachte die Knöpfe seines Gehrocks in Sicherheit.

»Wirst du etwa zum treusorgenden Ehemann?«

»Hanne, ich habe zu tun. Wenn du kein Anliegen hast, das mit dem Hotel zusammenhängt, dann geh bitte.«

»Du hast versprochen, ich bekomme diesen elfenbeinernen Haarkamm, von dem ich dir erzählt habe.«

Hatte er? »Ich kaufe ihn dir bei nächster Gelegenheit.«

»Ich würde das ja selbst machen, ich habe heute meinen freien Nachmittag.«

Umso besser. Er kramte Geld hervor und legte es ihr hin. »Gut. War's das?«

Die junge Frau nahm das Geld, schien noch etwas sagen zu wollen, entschied sich angesichts seiner Miene aber dagegen und verließ sein Arbeitszimmer. Mit einem Seufzen ließ er sich an seinem Schreibtisch nieder und ging die Post durch. Sein Vater hatte die Kündigungen der beiden Kellner so hingelegt, dass er sie unmöglich übersehen konnte. Also machte er sich daran, das Inserat aufzusetzen.

Henrietta war die Erste, die die schrillen Schreie aus dem Keller hörte. Sie stand am Treppenabgang und war im Begriff gewesen, einen Stapel Laken in die Wäscherei zu bringen, als sie innehielt. Dann kam Johannes hinzu, er verharrte mit seinem Tablett in der Hand, die Augen eher vor Erstaunen als Erschrecken geweitet. »Ist das Frau Hansen?«

Henrietta löste sich aus ihrer Erstarrung, warf die Laken beiseite und lief die Treppe hinab, hörte das wilde Summen von Fliegen. Ein leises Klirren sagte ihr, dass Johannes das Tablett abgestellt hatte, kurz darauf hörte sie auch seine Schritte auf der Treppe. Die Gewölbedecken des Kellers waren spärlich erleuchtet. Henrietta erkannte eine verwirrende Anzahl von Nischen und abzweigenden Gängen und brauchte einen Moment, um auszumachen, woher die Schreie kamen. Johannes schlug nach den Fliegen, die sie wütend umsummten. »Wo kommt das Geschmeiß her?«

Sie gingen weiter, dann hielt Johannes inne. »Dort.« Er deutete in einen Gang, der sich im Dunkeln des Kellers verlor und an dessen Ende ein Lichtschein flackerte. Hier unten war die Beleuchtung offenbar nicht bis in alle Winkel gedrungen.

Frau Hansen stand vor einer weit geöffneten Tür. Sie verstummte, drehte sich um und starrte sie aus aufgerissenen Augen an. Das Licht des Leuchters tanzte auf ihrem kreidebleichen Gesicht. Im nächsten Moment übergab sie sich auf Johannes' Schuhe, der mit einem Laut des Ekels zurückwich. Henrietta ging noch einen Schritt nach vorn, roch den durchdringenden Geruch von Erbrochenem und noch etwas anderes, Süßliches, Übelkeiterregendes. Henrietta kannte diverse Gerüche aus ihren Jahren auf der Straße, und so schnell drehte ihr nichts den Magen um. Frau Hansen hingegen stützte sich seitlich an der Wand ab, taumelte.

»Das Kind«, keuchte sie. »Das arme Kind.«

Nun sah auch Henrietta es. Eine von Fliegen umschwirrte kleine Gestalt in weißem Sommerkleid, auf dem Boden liegend, die Arme zur Tür gestreckt, das blonde Haar gelöst auf dem, was von ihrem Gesicht übrig war.

»Ach«, sagte Johannes so ruhig und erstaunt, dass Henrietta versucht war, an seinem Verstand zu zweifeln. »Da war sie also die ganze Zeit.«

Schlimmer ging es nicht. Maximilian sah überall Polizei. Im Vestibül, in der Halle, in den Korridoren, die zum Keller führten, auf dem Hof – es war wie eine Invasion, losgeschickt, um ihn in den Ruin zu treiben. Niemand hatte ernsthaft damit gerechnet, dass das Mädchen noch lebte. Aber hatte sie ausgerechnet *hier* gefunden werden müssen?

Er sah Konrad mit den Polizisten sprechen, souverän und ohne das geringste Anzeichen von Beunruhigung. Nun gut, in den Kreisen, aus denen er kam, kam man wahrscheinlich regelmäßig in Konflikt mit dem Gesetz.

Alexander schlenderte zu ihm, die Hände in den Taschen.

»Nimm etwas Haltung an«, sagte Maximilian kalt. »Du bist hier nicht auf einem Studentencampus.«

»Was denkst du, wie hat Franz Groth es geschafft, sie in unserem Keller zu verstecken? Ich frage mich außerdem, warum er anschließend mit dem blutigen Messer durch den Wald gelaufen ist. Glaubst du, er ist nicht ganz gescheit?«

»Deine Schadenfreude ist angesichts der Situation gänzlich unangemessen.«

Einer der Polizisten kam auf sie zu, Maximilian bemühte sich nicht einmal um eine freundliche Miene.

»Wir haben uns den Kellerraum angesehen. Man kann diese Tür nur von außen öffnen?«

»Der Griff innen ist kaputt, das ist richtig.«

»Dann können Sie vermutlich froh sein, dass nicht auch Ihre Angestellten dort verloren gegangen sind.«

»Der Raum wird selten aufgesucht, die Angestellten wissen um die Sache mit der Tür, und für gewöhnlich legen sie einen Keil hinein, damit sie nicht zufällt.«

»Hmhm.« Der Assistent des Kommissars, der hinzugekommen war, machte sich Notizen.

»Sie lagern dort Eingemachtes?«

»Ja. Sobald die Bestände in den Vorratsräumen der Küche zur Neige gehen, wird Neues aus dem Keller geholt. Frau Hansen kontrolliert regelmäßig, ob etwas nachgekauft werden muss, ich vermute, daher war sie auch heute dort.«

Der Kommissar nickte. »Herr Hohenstein, wir brauchen einige Adressen. Es gab ja diesen Vorfall mit den Diebstählen vor dem Verschwinden des Mädchens.«

»Das ist aber doch längst aufgeklärt.«

»Ja, so schien es. Nun jedoch stellt sich alles anders dar. Was, wenn der Mann, dem das Mädchen die Diebstähle angehängt hat, sich an ihr rächen wollte? Oder wenn die Bestohlenen der Meinung waren, dass eine Strafpredigt durch die Eltern nicht reichte?«

Maximilian spürte, wie ihm das Blut ins Gesicht stieg. »Das ist doch lächerlich«, blaffte er.

»Nun, meiner Erfahrung nach leider nicht. Wenn ich um die Privatadressen bitten dürfte?«

Nun wurde es Maximilian kalt. Die Sache fing an, ernst zu werden. »Sie können doch meine Gäste nicht mit einem so ungeheuerlichen Vorwurf belästigen. Das sind wichtige Leute und nicht der Pöbel, mit dem Sie sonst zu tun haben.«

Die Miene des Kommissars kühlte sich um einige Grad ab. »Darf ich Ihre Weigerung so verstehen, dass Sie etwas zu verbergen haben?«

Alexander grinste, das war doch nicht zu fassen. Maximilian musste an sich halten, dem Bengel nicht hier im Vestibül eine ordentliche Backpfeife zu verpassen. Mit einer unwirschen Handbewegung winkte er den Concierge herbei und nickte dem Polizisten knapp zu. »Herr Stehle wird sich um Ihr Anliegen kümmern.«

Der Kommissar lächelte übertrieben freundlich. »Vielen Dank.«

»Diese Skrupel hattest du bei Franz Groth nicht«, bemerkte Alexander, als der Polizist mit dem Concierge an der Rezeption stand.

»Wenn du den Unterschied zwischen ihm und unseren Gästen nicht selbst siehst, ist dir nicht zu helfen. Nur gut, dass das Hotel an Karl geht und nicht an dich. Er mag unfähig sein, aber du wärst bei Weitem die schlimmere Alternative.« Maximilian verschränkte die Hände hinter dem Rücken. »Wo ist dein Bruder eigentlich?«

Alexander zuckte mit den Schultern.

»Dann geh und such ihn. Ich sehe nicht ein, dass wir hier Spalier stehen für diese ... Polizisten«, er legte so viel Verachtung in das Wort, wie ihm nur möglich war, »und Karl im Salon seinen Tee genießt.«

Alexander gab keine Antwort, sondern drehte sich auf dem Absatz um und ging davon.

Als Julia die Tür zum Kinderzimmer öffnete, sah sie Karl mit dem Rücken an der Wand sitzen, ein Bein angezogen und den Arm über das Knie gelegt. Neben ihm stand Valerie und versorgte ihn mit einer Teetasse aus ihrem kleinen Service.

»Mama!« Ludwig kam auf sie zugelaufen, die Stimme schroff vor Empörung. »Papa will keine Bauklötzchentürme bauen, nur öde Teepartys mit Valerie spielen.«

Julia strich ihm über das Haar und versprach ihm, dieses Versäumnis selbst nachzuholen. »Ich muss nur eben mit Papa sprechen.« Sie ging zu Karl und ließ sich an seiner Seite auf dem Boden nieder.

Frustriert kickte Ludwig mit dem Fuß gegen das Teegeschirr, sodass zwei Tassen gegen die Wand rollten. Valeries Unterlippe zitterte, und ein Blick seines Vaters reichte, damit er die Tassen – wenngleich murrend – wieder einsammelte.

»Ich habe vor einem Jahr schon gesagt, dass die Tür repariert werden muss«, sagte Karl.

»Wie ist die Kleine überhaupt in den Keller gekommen?«

»Das kann man nur vermuten. Wahrscheinlich wollte sie sich verstecken, um uns allen einen gehörigen Schrecken einzujagen, und hat einen Moment abgepasst, in dem jemand hinuntergegangen ist, da ist die Tür ja unverschlossen.«

Julia nahm eine Teetasse von Valerie entgegen. »War überhaupt jemand zum Suchen im Keller?«

»Ja, man hat reingeschaut und gerufen, aber da der Keller ja normalerweise abgeschlossen ist, hat man ihn wohl vernachlässigt.«

»Hätte sie die Rufe nicht hören müssen?«

Karl zuckte mit den Schultern. »Vielleicht saß sie zu dem Zeitpunkt einfach nur da und hat sich diebisch über den erfolgreichen Streich gefreut. So zumindest hätte ich es gemacht. Irgendwann wird sie dann gemerkt haben, dass sie nicht mehr rauskam.«

»Aber niemand hat sie rufen hören. Oder gegen die Tür schlagen.«

»Oben hört man das auch nicht, und sie konnte ja nicht wissen, wann jemand hinunterkam, der Gang liegt relativ weit im Keller, und die Tür ist sehr dick. Sie wird sicher gerufen haben. Aber sie war ein Kind und vermutlich recht bald entkräftet.« Kaum hörbar fügte er hinzu: »Und verzweifelt.«

»Du machst dir Vorwürfe, nicht wahr?«

Er nickte und starrte auf die Teetasse, die er in der Hand hielt. »Ich habe von Anfang an vermutet, dass sie sich nur versteckt. Wenn ich dafür gesorgt hätte, dass man gründlicher im Keller sucht...«

»Du konntest nicht ahnen, dass sie dort ist. Und man *hat* ja gesucht.«

»Ich habe nicht an den Raum mit der kaputten Tür gedacht. Warum um alles in der Welt hat sie sich gerade den ausgesucht?« Groll und Hilflosigkeit zitterten in seiner Stimme. »Als die Diebstähle passierten, war Johanna bei mir, ich hätte mit den Eltern des Kindes reden sollen, ganz diskret.«

»Du hast diese Szene doch nicht heraufbeschworen.«

»Aber ich hätte sie verhindern können, anstatt mit Johanna dort zu sitzen, zu beobachten und mir dann mein Vorgehen zu überlegen.«

Julia stellte die Teetasse ab und nahm aus den Händen ihrer Tochter einen winzigen Teller mit einem Stück Kuchen aus Holz entgegen. »Den Vorwurf müssten sich eher dein Vater und Konrad machen.«

Die Tür wurde geöffnet, und Ludwig sprang auf. »Onkel Alexander! Baust du mit mir einen hohen Turm?«

»Sicher.« Alexander ließ sich neben der Kiste mit den Bauklötzen nieder, dann wandte er sich an Karl. »Papa sucht dich. Falls er noch einmal nach mir schicken sollte, ich habe gerade Wichtigeres zu tun.«

»Schlimm?«

»Frag nicht.«

Karl erhob sich und strich seine Kleidung glatt, dann reichte er Julia die Hand und half ihr auf.

»Ich komme mit«, sagte sie.

»Mutig«, bemerkte Alexander, ohne aufzusehen.

»Ignorier doch einfach, was er sagt.« Karl öffnete die Tür.

»Das tue ich unaufhörlich.«

Als sie auf dem Korridor standen, zupfte Julia sich einen Faden von ihrem Kleid. »Es scheint ihm dieses Mal wirklich nahe zu gehen.«

»Das tut es immer, er verstellt sich nur gut.«

Johanna wischte sich die Tränen weg, aber es war vergebliche Liebesmüh, immer wieder quollen sie hervor, rannen in kitzligen Rinnsalen über ihre Wangen und trübten ihr den Blick. Sie hatte sich den Gartenpavillon ausgesucht, der am weitesten vom Haus entfernt war, aber offenbar reichte nicht einmal das, um ungestört zu sein. Sie blickte nicht auf, als sie Schritte hörte, auch nicht, als ihr jemand ein Taschentuch reichte.

»Falls du lieber allein sein möchtest, gehe ich wieder«, sagte Philipp, und Johanna, die Hand halb nach dem Taschentuch ausgestreckt, hielt inne und sah ihn an. Dann nahm sie ihm das Tuch aus der Hand und tupfte sich damit die Nase ab.

»Nein, bleib nur.«

»Ich bin in den Garten gegangen, um dem Trubel dort«, er deutete mit dem Kinn in Richtung Haus, »ein wenig zu entgehen.« Er trat in die Laube, zögerte. »Und dann habe ich dich gehört.«

»Bevor das Mädchen verschwunden ist, haben Karl und ich...« Wieder quollen Tränen hervor, und Johanna presste sich das Taschentuch vor den Mund, um nicht aufzuschluchzen. »Ich war so schadenfroh, weil das Kind wegen der Diebstähle einen Dämpfer bekommen hat. Und als wir sie gesucht haben, dachte ich noch, sie sei ja selbst schuld, wenn sie sich verläuft.« Johanna verstummte und wandte den Blick vorsichtig zu Philipp, um zu sehen, wie er auf eine so schockierende Enthüllung reagierte, aber seine Miene war unbewegt. »Und dabei lag sie die ganze Zeit im Keller. Ich darf gar nicht daran denken, wie verzweifelt sie gewesen sein muss...« Sie wrang das Taschentuch zwischen ihren Fingern zu einer Wurst.

»Es ist weder deine noch Karls Schuld.«

»Wir hätten die Sache von vornherein diskreter lösen können, aber ich war regelrecht froh über diese Szene – das Mädchen hatte sie in meinen Augen wirklich verdient.«

»War sie so unausstehlich?«

»Ja«, antwortete Johanna im Brustton der Überzeugung und brach im nächsten Moment wieder in Tränen aus. »Nein. Ich meine, doch, schon, aber...«

»Sie hat dumm und unüberlegt gehandelt, weil sie den Leuten nach der verdienten Abfuhr eine Lektion erteilen wollte, und die Sache ist schiefgegangen. Daran trägst du keine Schuld. Und Dinge zu stehlen, die man dann anderen unterschiebt, ist ja nun auch kein besonders liebenswerter Zug.«

Johanna holte tief Luft, hielt sie an und atmete dann in einem langen Seufzer wieder aus. »Das nicht, nein.«

»Und immerhin kommt Franz Groth jetzt aus dem Gefängnis. Stell dir mal vor, man hätte ihn wegen der Sache hingerichtet.«

Das war ein so entsetzlicher Gedanke, dass Johanna prompt wieder anfing zu weinen. Sie rieb sich mit dem Taschentuch die unaufhörlich fließenden Tränen von den Wangen, putzte sich die Nase und presste den feuchten Stoff zu einem Ball in ihrer Hand zusammen. Seltsamerweise hatte sie das Verschwinden des Mädchens nur wenig berührt. Es war so abstrakt gewesen, und gleichzeitig war es ihr leichtgefallen, sich vorzustellen, das Kind irre irgendwo im Wald herum und tauche früher oder später wieder auf. Aber tot im Keller unter ihren Füßen, verhungert und verdurstet, während es verzweifelt versucht haben musste, aus dem Gefängnis zu entkommen... Johanna hatte selbst zu pathetischen Handlungen geneigt, wenn sie sich ungerecht behandelt gefühlt hatte, daher konnte sie nachvollziehen, was das Mädchen dazu getrieben hatte. Sie seufzte erneut.

Philipp legte ihr behutsam den Arm um die Schultern und drückte sie leicht an sich. Inmitten ihres Kummers glomm ein anderes Gefühl in ihr auf, eine kribbelige Wärme in ihrem Bauch, die in ihre Brust stieg und ihr Herz rascher schlagen ließ.

»Ich lasse dich jetzt allein«, sagte Philipp, »wein dich aus und schlaf eine Nacht darüber. Du wirst sehen, morgen sieht alles weniger düster aus.« Er beugte sich vor und gab ihr einen Kuss auf die tränennassen Lippen, eher eine flüchtige Berührung als ein richtiger Kuss, aber nichtsdestotrotz der erste, den Johanna je erhalten hatte. Sie sah Philipp nach, als er ging, und hob die Finger an die Lippen, auf denen sie immer noch die seinen fühlte, so sacht, als hätten Schmetterlingsflügel sie berührt.

✲✲ 17 ✲✲

Der Kulturattaché reiste erneut an, seine Ehefrau an seiner Seite. Hélène hatte man bei der Großmutter gelassen, das Kind sei zu verstört über den Verlust der großen Schwester. Die Eltern waren erstaunlich gefasst, vielleicht, weil sie sich mit dem Unausweichlichen bereits abgefunden hatten und eine grausame Gewissheit besser war als gar keine. Nein, es handelte sich nicht um ein Verbrechen. Hélène hatte unter Tränen gestanden, dass sie gewusst hatte, dass Désiré sich hatte verstecken wollen, um alle zu erschrecken.

»Warum um alles in der Welt hat dieses dämliche Gör dann nicht schon eher den Mund aufgemacht?«, tobte Maximilian, als er später mit Karl und Konrad in seinem Arbeitszimmer stand.

»Weil sie ein Kind ist«, sagte Karl. »Und weil sie Angst gehabt haben muss, als Désiré nicht wieder aufgetaucht ist. Sie wird ihr versprochen haben zu schweigen, und wir wissen, wer bei den Schwestern den Ton angegeben hat. Irgendwann hatte sie wahrscheinlich Angst, dass Désiré etwas zugestoßen ist, und hat sich gar nicht mehr getraut, etwas zu sagen. Und jetzt wird sie sich vermutlich für den Rest ihres Lebens die schlimmsten Vorwürfe machen.«

»Zu Recht«, sagte Maximilian kalt.

»Wenn du das denkst«, antwortete Karl, dessen Stimme kein Deut wärmer war, »dann stell dir vor, es sei Johanna gewesen.«

»Dann wären du oder Alexander das verschwundene

Kind gewesen, ein Verlust, der wahrhaft zu verschmerzen gewesen wäre.«

»Grundgütiger!«, sagte Konrad. »Ich kann nicht glauben, was ich da höre.«

Karl lächelte freudlos. »Du wirst dich daran gewöhnen. Wenn ihr mich nun entschuldigt?« Er verließ das Arbeitszimmer und zog die Tür geräuschvoll hinter sich zu.

Maximilian deutete auf einen Stapel Pläne, die auf seinem Tisch lagen. »Was ist das hier?«

»Die Unterlagen für den Lift. Es gibt nur eine Stelle, wo er angebracht werden kann, wenn er in alle Etagen führen soll.«

»Solche Firlefanzereien kommen mir nicht ins Haus. Seit jeher schreitet man über prachtvolle Treppen.«

»Ja, das genießen sicher gerade deine älteren Gäste und die, die nicht gut zu Fuß sind.«

»Wie auch immer.« Maximilian warf die Unterlagen achtlos beiseite. »Wir haben gerade andere Sorgen. Nahezu ein Viertel der Gäste ist wegen dieser Geschichte abgereist.«

»Du wirst es verschmerzen. Es wurden nur drei gebuchte Zimmer storniert, der Verlust erscheint mir überschaubar. Und die Polizei ist aus dem Haus, das war es doch vor allem, was dich bekümmert hat.«

»Die Leute werden monatelang reden. Hotel Hohenstein – das Hotel mit der Kinderleiche im Keller. Ich habe wahrlich andere Sorgen als einen Lift.«

»Deine tiefe Betroffenheit in Ehren, aber als man Franz Groth verdächtigt hat, das Mädchen hingemetzelt zu haben, war das Einzige, was dich bekümmert hat, die Tatsache, dass deine Söhne ihn nicht auf Anhieb für einen blutrünstigen Mörder gehalten haben.«

»Der Schluss war naheliegend für jeden, der halbwegs bei Verstand ist.«

Konrad nahm eine Mappe aus dem Stapel Papiere, die er auf dem Arm trug, und legte sie vor Maximilian ab. Der starrte ihn verständnislos an. »Und was ist das nun wieder?«

»Das stete Läuten nach Personal bringt einige Unruhe mit sich, findest du nicht?«

»Es wird seit jeher geläutet, und ich habe nie beobachten können, dass das auch nur von einem einzigen Gast beanstandet wurde.«

»Es gibt das System der Lichtsignale. Anstatt zu läuten, drückt man auf einen Knopf, der das elektrische Signal weitergibt. Auf einem Brett sieht man dann, welches Zimmer gerade einen Dienstboten braucht. Über dem Zimmer selbst wird ein farbiges Licht angebracht, das zum entsprechenden Zeitpunkt aufleuchtet. So muss man sich nicht merken, wer gerade geläutet hat, sondern findet das richtige Zimmer auf Anhieb, was gerade bei Hochbetrieb sicher hilfreich ist.«

Maximilian war so dunkelrot geworden, dass zu befürchten stand, er würde platzen. »*Farbiges Licht?* Sind wir hier in einem Bordell? Ein Diener, der Schwierigkeiten damit hat, sich eine Zimmernummer zu merken, oder bei Hochbetrieb in die Räume des falschen Gastes platzt, hat hier ohnehin nichts verloren.«

»Sieh es doch einmal von der praktischen Seite. Die Lichter leuchten so lange, bis der Auftrag des Gastes zur Zufriedenheit ausgeführt wurde. In dem Moment erlischt es auch auf dem Kontrollbrett. Leuchtet es übermäßig lange, bemerkt der Etagenkontrolleur sofort, dass hier nachlässig bedient wurde.«

»In diesem Haus wird nicht nachlässig bedient.« Der Einwand kam jedoch nur mehr halbherzig. Kontrolle. Damit bekam man Maximilian eigentlich immer.

»Du kannst ja wenigstens darüber nachdenken.«

»Kein farbiges Licht in meinen Korridoren!«

Nun gut, darüber konnte man ja noch sprechen, es klang zumindest nicht mehr ganz so entschieden. Konrad legte die restlichen Unterlagen auf den Tisch. »Hier sind noch die Pläne, die ich habe kommen lassen, um das Hotel mit Elektrizität auszustatten.«

»Lass es einfach hier liegen. Ich schaue darauf, wenn es sich ergibt.«

Konrad gab sich damit zufrieden. Auf dem Weg ins Vestibül sah er eine junge Frau, die etwas zu suchen schien. Sie trug ein Kostüm aus festem Tuch und dazu Wanderschuhe. Das dunkelbraune Haar rutschte seitlich bereits wieder aus den Nadeln, die es hinten zusammenhielten.

»Kann ich Ihnen behilflich sein?«

Sie sah auf, verengte die Augen, als falle es ihr schwer, ihn zu fokussieren. »Mir ist ein Ring vom Finger gerutscht. Ich habe ja schon beim Kauf gesagt, er sitzt zu locker, aber...« Sie sah zu Boden, dann wieder zu Konrad und verengte erneut die Augen. »Haben Sie mir den Obstkorb schon aufs Zimmer gebracht?«

»Den Obstkorb?«

»Sie sind gar nicht der Etagendiener, den ich gerade losgeschickt habe, oder?«

Ein Lächeln echter Erheiterung flog über Konrads Lippen. »Ich bedaure.«

Sie kam ein paar Schritte näher. »Nein, tatsächlich. Aber ähnlich sehen Sie ihm schon.«

Auf dem orientalischen Läufer, der im Gang ausgelegt war, glitzerte es, und Konrad bückte sich, um den Ring aufzuheben. »Das verlorene Kleinod, nehme ich an.«

»Vielen Dank.« Sie nahm ihn entgegen und schob ihn auf ihren Ringfinger. »Nun, Herr...?«

»Alsberg.«

Rote Flecken erschienen auf ihren Wangen. »Ach je, entschuldigen Sie bitte. Ich bin ohne Brille einfach blind wie ein Maulwurf. Aber mit sehe ich so gouvernantenhaft aus.« Sie streckte ihm die Hand entgegen. »Katharina Henot. Wie die Hexe.«

Konrad ergriff ihre Hand. »Die Hexe?«

»Aus Köln. Irgendwann um 1580. Sie wissen schon.«

Nein, er wusste nicht, aber das machte nichts, er fand sie entzückend. »Darf ich Sie zu einer Tasse Kaffee einladen?«

Wieder wurde sie rot, dieses Mal offensichtlich vor Freude. »Oh, aber gerne.«

Während sie zum Salon gingen, erzählte Katharina Henot, dass dies ihre erste Reise ins Siebengebirge war. »Letztes Jahr war ich in der Türkei und bin von dort aus nach Ägypten gereist.«

Konrad rückte ihr einen Stuhl zurecht und nahm ihr gegenüber an dem kleinen, runden Tisch Platz. »Tatsächlich? Da sind Sie ja schon gut herumgekommen.«

»Nun ja, bis auf diese beiden Länder war ich überwiegend in Europa unterwegs, Italien, Frankreich, Portugal, Ungarn, die Schweiz – da fällt mir ein, dass ich gestern erst ein reizendes Hotel gesehen habe, es sieht aus wie ein echtes Chalet.«

»Der Burghof?«

»Ja, gut möglich.«

»Ihre Familie ist offenbar sehr reiselustig.«

»Leider nicht. Nur meine Mutter, aber sie schafft es gesundheitlich nicht mehr so gut. Ich reise meistens allein.«

»Sehr mutig.«

»Ach, gar nicht. Eigentlich habe ich immer ein wenig Angst davor, was mich in der Fremde erwartet, doch die Neugier ist einfach zu groß. Zweimal hat mich mein Bruder begleitet, aber ich musste feststellen, dass er sich höchstens als Gepäckträger eignet. Da ich für gewöhnlich mit wenig Gepäck reise, hatte ich leider keine Verwendung für ihn.«

Konrad grinste.

Der Kellner brachte Kaffee und Kuchen, und bei dem Geplauder über Konrads Zeit in den afrikanischen Kolonien und Katharina Henots Reiseplänen für die Zukunft verflog eine ganze Stunde wie im Flug. Die junge Frau sah auf die Uhr und erhob sich so hastig, dass sie beinahe den Tisch umgestoßen hätte. »Ach je, mein armer Touristenführer wartet seit einer halben Stunde im Vestibül auf mich.« Sie kramte in ihrer Tasche, offenbar suchte sie nach etwas.

»Doch nicht ganz so unabhängig unterwegs?« Konrad erhob sich ebenfalls.

»Unabhängig ja, dumm nein. Ich erkunde unbekannte Wälder nie allein.«

»Sehr vernünftig.«

»Nun denn.« Ihr Händedruck war fest und resolut. »Beim nächsten Mal geht der Kaffee auf mich.«

»Es wäre mir ein Vergnügen. Und künftig werden Sie mich ja an meiner Stimme erkennen.«

Sie hob die Brauen. »Oh, ein Charmeur.« Dann zog sie ein Etui aus der Tasche, entnahm ihm die Brille und setzte sie auf. »Ich will ja schließlich etwas von der Landschaft sehen, da hilft alle Eitelkeit nichts.« Sie sah Konrad an und nickte anerkennend. »Ja, das ist ein Anblick, der durchaus eine gewisse Vorfreude aufkommen lässt.«

Wieder musste Konrad grinsen. Er begleitete sie ins Vestibül, wo er sich von ihr verabschiedete.

Maximilian stand mit hinter dem Rücken verschränkten Händen an der Rezeption und musterte ihn ungnädig. »Auch wenn du dir für deine Avancen den größten Bauerntrampel unter meinen Gästen ausgesucht hast – Gast bleibt Gast. Liaisons sind auch mit sitzen gebliebenen Mauerblümchen nicht erlaubt.«

Konrad befand sich in einer eigenartigen Hochstimmung, sodass es ihm leichtfiel, den Kommentar seines Halbbruders zu ignorieren. Als er das Vestibül durchquerte, um auf den Hof zu gehen, sah er etwas auf dem weißgoldenen Marmorboden glitzern. Katharina Henots Ring. Konrad nahm ihn an sich, warf ihn im Gehen hoch, fing ihn auf und steckte ihn in die Tasche. Das Hochgefühl hielt an.

Fünf Zimmermädchen lagen mit Sommergrippe im Bett, und so mussten Henrietta und Dora im Hotel aushelfen.

»Wir haben ja auch mit den Räumen der Herrschaften noch nicht genug zu tun«, schimpfte Dora, während sie Kopfkissen und Baumwolldecken in einen großen Korb stopfte. Henrietta nahm das Plumeau aus dem Schrank, das dort im Sommer gelagert wurde, falls ein Gast auch außerhalb der kalten Jahreszeit auf das mit Daunen gefüllte Oberbett nicht verzichten wollte.

Einmal im Monat wurden die Betten komplett auseinandergenommen, die Matratzen ausgeklopft, die Gestelle gründlich gereinigt und untersucht. Bei den Betten wurde auf glatte, geschmackvolle Formen geachtet, die leicht sauber gehalten werden konnten und Ungeziefer keinen Raum boten. Die Fenster standen weit offen, und das Gezwitscher der Vögel begleitete ihre Arbeit.

»Kann man sich gar nicht vorstellen«, sagte Dora, »dass während all der herrlichen Sonnentage die arme Kleine dort unten lag.«

Henrietta schwieg. Sie konnte es nicht mehr hören. »*Dass du vor Schreck nicht tot umgekippt bist.*« »*Ich würde nie wieder in den Keller gehen.*« »*Ich könnte hier nicht mehr arbeiten.*« »*Ich esse nie wieder Eingemachtes.*« Und zu guter Letzt Johannes. »*Die Schuhe kann ich wegschmeißen.*«

»Ich meine, man soll ja nicht schlecht über Tote reden«, fuhr Dora fort, »aber sie war schon ein kleines Biest.«

»Gut möglich.«

Immerhin war die Tür endlich repariert worden. Karl Hohenstein hatte dies veranlasst, sobald der Raum freigegeben worden war.

Zwei Dienstboten erschienen, um das Bett aus dem Raum zu tragen. Einmal im Jahr wurden nacheinander alle Betten für einige Stunden in die Sonne gestellt. Danach mussten die Matratzen wieder aufgelegt, der Drillich auf Flecken untersucht werden. Dann wurde alles neu bezogen und die Betten waren bereit für ihre nächsten Gäste, denn mehr als einen Tag sollten die Zimmer nicht leer stehen.

Es war später Nachmittag, als sie endlich fertig waren. Henrietta ging in den Hinterhof zur Remise hinab, nahm den ersten Zug von ihrer Zigarette und atmete genießerisch aus.

Plötzlich hörte sie Männerstimmen und wollte die Zigarette rasch verbergen, aber es war zu spät: Maximilian Hohenstein, der gemeinsam mit Philipp aus der rückwärtigen Tür der Stallungen trat, hatte sie bereits gesehen. Langsam senkte Henrietta die Hand mit der Zigarette, wollte sie nicht fallen lassen – was für eine Verschwendung –, aber sie in der Hand zu behalten schien auch nicht richtig. Indes lächelte Maximilian Hohenstein sie an.

»Das kleine Vergnügen sei dir gegönnt, ich habe gehört, ihr musstet für die kranken Zimmermädchen einspringen.«

»Das ist richtig, ja.«

Sein Blick hielt den ihren fest, und in seinem Lächeln schwang erneut Zweideutigkeit mit. Henrietta erwiderte das Lächeln zurückhaltend. Dann wandte sich Maximilian

Hohenstein an Philipp. »Ich muss zurück ins Haus. Komm doch später zum Essen.«

»Sehr gerne.« Da war ein Missklang in Philipps Stimme, und erst jetzt sah Henrietta ihn an. Er hatte die Stirn leicht gerunzelt, wirkte irritiert, ungläubig.

»Maximilian Hohenstein?«, sagte er, als der Ältere außer Hörweite war. »Im Ernst?«

Henrietta nahm einen Zug von ihrer Zigarette, um Zeit zu gewinnen. »Nein... Zumindest nicht so, wie du denkst.«

»Ach ja? Ich könnte es ja noch verstehen, wenn es Alexander wäre, aber...«

»Könntest du?«, fiel Henrietta ihm ins Wort. »Danke, aber deine Absolution brauche ich nicht.«

»Warum er?«

Henrietta seufzte. »Ich sagte doch schon, es ist nicht, wie du denkst. Außerdem bin ich dir keine Rechenschaft schuldig.«

»Was bietet er dir, was ich dir nicht bieten kann?«

»Das ist es also, worum es hier geht?« Henrietta konnte den Hohn in ihrer Stimme nur schwer unterdrücken. »Keine Sorge, Philipp, was deine Qualitäten als Liebhaber angeht, stellt er dich gewiss nicht in den Schatten.«

Philipp sah sie an, ohne zu antworten, und das erste Mal, seit sie ihn kannte, war nichts als Kälte in seinen Augen. Und es erschütterte sie, wie sehr es sie traf. Er schien etwas sagen zu wollen, und Henrietta wappnete sich, zog unwillkürlich die Schultern hoch. Doch Philipp schwieg, und was immer ihm an verletzenden Worten auf der Zunge gelegen hatte, blieb ungesagt. Stattdessen wandte er sich ab und ging. Henrietta ließ den Zigarettenstummel fallen und sah diesem beim Verglimmen zu. Auf einmal war sie den Tränen nahe.

Mochte die Welt im Allgemeinen sich trotz der tragischen Ereignisse weiterdrehen, Johannas Welt war gänzlich aus den Fugen. Sie durchlebte ein ständiges Auf und Ab zwischen tiefer Betrübnis wegen des toten Kindes und eines geradezu frivolen Hochgefühls, wenn sie an Philipps Kuss dachte. Leider waren sie seither nicht wieder allein gewesen, es war einfach zu viel los, und wenn er Zeit fand, um spazieren zu gehen, war meist Julia an seiner Seite.

Allmählich wurde der Trubel weniger, die Rémusats waren abgereist, die Polizisten hatten die Ermittlungen abgeschlossen, sodass im Hotel wieder alles seinen gewohnten Gang nahm. Ein Hauch von Skandal blieb natürlich, aber das hielt die Gäste nicht davon ab, im Hotel Station zu machen, ganz im Gegenteil. Wilde Mutmaßungen machten die Runde. Was, wenn die arme Imogen Ashbee hier auch irgendwo im Haus lag?

Johanna stand im Hof und sah einigen Ausflüglern nach, als sie Philipp bemerkte, der aus Richtung der Remise kam und überaus verstimmt wirkte. Johannas Herz machte einen kleinen Stolperer und schlug dann so heftig, dass es schmerzte. Nach kurzem Zögern ging sie auf ihn zu. Er jedoch schien sie gar nicht zur Kenntnis zu nehmen. Er war stehen geblieben und schien zu überlegen, zurückzugehen, entschied sich dann aber dagegen. Erst als er sich umwandte, sah er Johanna, und der finstere Zug um seine Augen hellte sich ein wenig auf, die harte Linie seines Mundes wurde weicher.

»Guten Tag, Johanna. Dich habe ich heute noch gar nicht gesehen.«

»Ich bin heute Morgen ausnahmsweise mit meinen Brüdern ausgeritten und danach habe ich Karl im Hotel geholfen.«

Jetzt lächelte er. »Nimm ihm nur nicht zu viel Arbeit

ab, sonst hat er wieder mehr Zeit, um meine Schwester zu ärgern.«

Johanna sah auf seinen Mund, dachte an den Kuss, und schon war es wieder da, dieses flaue Gefühl in ihrem Magen. »Was...«, ihre Stimme klang seltsam belegt, und sie musste sich räuspern, ehe sie weitersprach. »Hast du Pläne für den Nachmittag?«

»Nein, bisher nicht. Wenn du es wünschst, bin ich also ganz und gar der Deine.«

Wieder machte Johannas Herz diesen seltsamen kleinen Stolperer. Sie schob ihre Hand um Philipps dargebotenen Arm und spazierte an seiner Seite über den Hof. »Ein Spaziergang nach Königswinter?«, fragte sie. »Und dann mit der Fähre nach Godesberg?«

»Was immer du möchtest«, antwortete er galant. »Musst du noch im Haus Bescheid geben?«

Und riskieren, dass Julia oder gar ihre Mutter auf die Idee kam, sich ihnen anzuschließen? »Sie werden es schon merken, wenn ich zum Tee nicht da bin.«

Philipp zwinkerte ihr zu. »Und wenn sie schimpfen, werde ich natürlich mannhaft jede Schuld auf mich nehmen.«

Sie lachten und schlugen den Weg nach Königswinter ein. Johanna vermeinte, in seinem Scherzen einen leisen Missklang zu hören, beschloss jedoch, diesen zu ignorieren. Vermutlich bildete sie sich das ohnehin nur ein. Dieser wundervolle Sommertag war perfekt, um romantische Erinnerungen zu schaffen, die das Schreckliche der letzten Zeit überlagerten. Vielleicht war das der Grund für Philipps untergründige Missstimmung – das Gefühl, dass Freude und Verliebtheit nicht zu der Tragödie passte, vor deren Hintergrund sie agierten.

Johannas Gedanken kreisten jedoch beständig um diese

Themen, und da sie krampfhaft versuchte, sie im Gespräch zu vermeiden, kam ihr nur allerlei belangloses Geplauder über die Lippen, keine tiefergehende Konversation über ihre Gefühle, über die Liebe, über das, was im Garten geschehen war. Und Philipp nahm die zugeworfenen Bälle verbaler Leichtigkeit offenbar nur zu gern auf und warf sie in derselben Tonart zurück.

»Wie lange bleibst du?«, fragte Johanna, obwohl sie Angst vor der Antwort hatte.

»Noch gute zwei Wochen.«

»Ach«, antwortete sie, ohne ihre Enttäuschung verbergen zu können, »so kurz nur?«

»Länger habe ich leider keinen Urlaub bekommen. Aber ich war ja hoffentlich nicht das letzte Mal hier.«

Die Fähre legte an, und Philipp ließ Johanna den Vortritt, zückte seine Brieftasche und löste ein Billett für sie beide. Sie stellten sich an die Reling, und Johanna sah, dass neben Fußgängern auch zwei Droschken und ein Fiaker an Bord kamen. Zwei lange Schiffe – eines beladen mit Kohlen, das andere mit der Aufschrift eines süddeutschen Handelskontors – fuhren langsam vorbei, und die Fähre wartete, bis diese passiert hatten, ehe sie ablegte. Obschon die Fahrt zur anderen Rheinseite nur wenige Minuten dauerte, genoss Johanna es, an der Reling zu stehen und den Wind im Gesicht zu spüren. Gischt benetzte ihre Lippen.

»Ich würde so gerne einmal mit dem Schiff verreisen, aber meine Eltern sind leider überhaupt nicht reiselustig.«

Philipp lehnte sich mit dem Rücken an die Reling und stützte sich mit beiden Ellbogen darauf. »Na ja, du wirst ja nicht ewig bei deinen Eltern wohnen, nicht wahr?«

Bildete sie es sich ein, oder wurde sein Blick vielsagend? Ein stummes Versprechen? »Das hoffe ich doch«, antwortete sie, und er lächelte.

In Mehlem verließen sie die Fähre wieder und machten einen Spaziergang über die Rheinpromenade in Richtung Rheinallee. Auch hier waren viele Menschen unterwegs, Familien, Paare jeden Alters, Touristengruppen, von denen gelegentlich Sprachfetzen aus dem Englischen oder Französischen zu hören waren. Jungen und einige Mädchen in weißen Sommerkleidern rollten Holzreifen vor sich her, begleitet von Rufen, die zur Vorsicht mahnten. Eine junge Frau, sichtlich in anderen Umständen, hatte ihr Kleid bis kurz über die Knöchel angehoben und ging über eine Landzunge zum Wasser, das in kleinen Wellen über die Kieselsteine schwappte. Einige Schritte von ihr entfernt stand ein junger Mann – offenbar ihr Gemahl – vor dem Stativ einer Kamera und war im Begriff, die Szene auf Papier zu bannen.

Als sie am Hotel Dreesen ankamen, schlug Philipp eine kurze Pause vor und lud sie zu Kaffee und Kuchen ein. Die Terrasse war gut besucht, und es war schwer, einen Tisch zu bekommen.

»Guten Tag, Fräulein Johanna«, begrüßte der Oberkellner sie. »Wie geht es den werten Eltern?«

»Sehr gut, vielen Dank.«

»Dort wird ein Tisch frei«, sagte der Kellner und führte sie an einen Platz, von dem aus sie einen schönen Blick auf den Rhein hatten. Philipp gab die Bestellung auf, dann lehnte er sich zurück und legte ein Bein über das andere. Der Wind auf der Fähre hatte seine Haare in Unordnung gebracht, und Johanna wollte nichts mehr, als es ihm aus der Stirn zu streichen und ihn wieder zu küssen.

Innerhalb der nächsten halben Stunde aß Johanna zwei Stücke Apfelkuchen mit frischer Schlagsahne und trank dazu drei Tassen Kaffee. Jetzt schlug ihr Herz Purzelbäume, und Philipp wirkte belustigt. »Trinkst du dir Mut an?«

»Sollte ich?«

»Nun, ich weiß ja nicht, was du geplant hast.«

Johanna versuchte sich an einem geheimnisvollen Lächeln, das vermutlich eine Spur zu strahlend ausfiel.

Alexander hatte den Tag damit verbracht, eine Frau und ihre altjüngferliche Tochter im Wald spazieren zu führen, und dabei den Alleinunterhalter gespielt. Und als wäre es damit noch nicht genug, war er daheim mit seinem Vater aneinandergeraten. Der Auslöser war eine unbedeutende Kleinigkeit gewesen, aber das war es ja meistens. Wie so oft hatte Alexander die kalte Verachtung seines Vaters mit beißendem Spott pariert und anschließend das Haus verlassen. Für heute war er bedient.

Er sah Philipp, der lachend mit Johanna den Hof verließ und den Weg nach Königswinter einschlug. Kurz überlegte Alexander, sich ihnen anzuschließen, entschied sich dann jedoch dagegen. Victor Rados, der eben in den Hof getreten war, blickte den beiden ebenfalls nach. *Tja, mein Lieber, wo die Liebe hinfällt. Mein Mitgefühl hast du.* Alexander ließ seiner Schwester und Philipp ein wenig Vorsprung, dann machte er sich ebenfalls auf den Weg, in der Absicht, in Oberdollendorf die Fähre zu nehmen und einen alten Freund in der Rheinallee zu besuchen. Vielleicht bot wenigstens der Abend ein klein wenig Unterhaltung.

Je weiter er voranschritt, umso geringer wurde seine Vorfreude auf einen geselligen Abend mit seinen Freunden. Sollte er zurückgehen und eines der Zimmermädchen verführen? Danach war ihm eigentlich auch nicht. Alexander kickte einen Stein aus dem Weg und stützte die Arme auf die Überreste eines Weidezauns, der im Schatten der Bäume von allerlei Geäst und Grün umrankt war und langsam im Laubwerk zu verschwinden drohte. Ein Rotkehlchen saß auf einem Ast und traute sich erstaunlich nah an Alexander heran. Aufmerksam beobachtete es ihn mit seinen schwarzen Vogelaugen.

»Glaub mir, Vögelchen, in manchen Momenten würde ich gerne mit dir tauschen. Es muss großartig sein, einfach davonfliegen zu können.«

Das Rotkehlchen legte den Kopf schief, schien seine Worte abzuwägen.

»Obwohl es natürlich lästig wäre, ständig vor Katzen und Raubvögeln auf der Hut sein zu müssen.«

Nun schien das Rotkehlchen zuzustimmen.

»Andererseits die Freiheit der Lüfte …«

Großartig, er fing an, sich mit Vögeln zu unterhalten. Das Rotkehlchen dachte offenbar ähnlich, denn es schien genug gehört zu haben und flog davon.

»Na so was, gnädiger Herr«, hörte Alexander eine fröhliche Frauenstimme. »So ganz und gar betrübt?«

Langsam drehte er sich um. Agnes Roth stand hinter ihm, einen Korb in den Händen, die Mundwinkel amüsiert hochgezogen.

»Suchst du jemanden, der dir den Korb in die Stadt trägt?«, war alles, was ihm zu sagen einfiel.

»Nein, dieses Mal kann ich's selbst.«

Alexander deutete mit dem Kinn den Weg hinunter. »Na dann, nur zu.«

»Sie schicken mich weg? Tatsächlich?«

»Ich nehme nicht an, dass du auf ein paar vergnügliche Stunden aus bist?«

»Vergnüglicher, als Sie ein wenig zu ärgern?«

Gegen seinen Willen musste Alexander lächeln. »Touché, meine Liebe. Aber ich bin tatsächlich nicht in Stimmung, also geh ruhig deines Weges. Ich kümmere mich ein anderes Mal um dich, schließlich bin ich dir noch was schuldig.«

An ihrem Blick erkannte er, dass sie Spaß an dem Geplänkel hatte. Sie schlenkerte den Korb leicht hin und her, sah Alexander an, die Brauen zwei perfekte Bögen über einem herausfordernden Blick.

»Wartet daheim niemand auf dich?«, fragte er.

»Meine Eltern, aber denen ist es gleich, ob ich pünktlich komme oder überhaupt nicht.«

»Willkommen in meinem Leben«, murmelte Alexander.

»Ah, da drückt der Schuh? Streit mit dem werten Herrn Papa?«

»Nicht der Rede wert.«

»Meiner vererbt die Bäckerei meinem Bruder, obwohl ich viel besser backe und besseres Zuckerwerk herstelle als er.«

»Das Hotel geht an Karl, aber er ist in der Tat geeigneter als ich für diese Aufgabe. Ich möchte es gar nicht haben, und Karl hatte immer schon ein größeres kaufmännisches Geschick.«

»Und was bekümmert Sie dann so? Immerhin müssen Sie nicht anderer Leute Wäsche waschen.«

Diese Vorstellung war so absurd, dass Alexander lachen musste. »Immerhin.«

»Also geht es Ihnen bestens.«

»Na ja, wenn man es so sieht, stimmt das wohl.«

Agnes stellte den Korb ab und kletterte auf den Weidezaun, saß jedoch mit ausreichend Abstand, sodass sich ihre Körper nicht berührten. »Wissen Sie, im Grunde genommen verachte ich Sie.«

Alexander sah sie an, die Brauen leicht erhoben.

»Wissen nicht, was Sie mit all der Zeit anfangen sollen, die Ihnen geschenkt wird. Tändeln von einem Vergnügen ins nächste und tun nichts, was von echtem Wert ist.«

»Du scheinst mich erstaunlich gut zu kennen, dafür, dass wir erst zweimal miteinander gesprochen haben.«

Agnes zuckte mit den Schultern. »Man hört so dieses und jenes.«

»Und nicht viel Schmeichelhaftes, nehme ich an?«

Sie schien zu überlegen und schüttelte dann den Kopf.

Alexander zuckte mit den Schultern, schloss die Augen und bot sein Gesicht der Sonne dar, die in feinen Strahlen das Blattwerk durchbrach. Agnes hätte dies zum Anlass nehmen können zu gehen, aber stattdessen blieb sie.

»Ich habe Steine für dich in die Stadt getragen«, sagte er, die Augen weiterhin geschlossen. »Das spricht doch wohl für mich.«

»Ach, hätten Sie das etwa auch getan, ohne hoffen zu dürfen, mit mir ins Bett zu gehen? In Ihren Augen erfülle ich ja doch nur den gleichen Zweck wie jede andere Frau, mit der Sie näher zu tun bekommen.«

Nun lächelte er. »Lass es doch drauf ankommen, vielleicht gefällt es dir ja.« Als er die Augen öffnete, sah er, dass Agnes vom Zaun gerutscht war und den Korb aufnahm.

»Vielleicht gefällt mir der Gedanke, ein unerfüllter Tagtraum zu sein, viel besser.« Sie winkte ihm zu und setzte ihren Weg fort.

Julia kam sich schrecklich frivol vor, als sie sich über Karl beugte und ihn küsste, indes die Strahlen der spätnachmittäglichen Sonne lange Schatten in den Raum warfen. Eigentlich hatte sie sich umkleiden wollen für die Teestunde, zu welcher sie meist im Salon zugegen war. Dann war Karl erschienen, um zu fragen, ob sie den Tee ausnahmsweise bei seinen Eltern einnehmen könnten. Seine Mutter hatte darum ersucht, um die Unstimmigkeiten aus dem Weg zu räumen. Julia wollte nicht, Karl insistierte, und da seine Nerven wegen des toten Mädchens immer noch angespannt waren, stritten sie heftig. Und schließlich schliefen sie miteinander.

»Ich glaube, es ist zu spät für den Tee, nicht wahr?«, fragte Julia, als sie sich von Karl löste.

»Ja. Jetzt können wir auch gleich im Bett bleiben.« Karl drehte sich mit ihr so, dass sie auf dem Rücken unter ihm lag. Er stützte sich auf einen Ellbogen und spielte mit ihrem Haar.

»Bis morgen früh?« Julia streckte sich träge.

»Warum eigentlich nicht? Vater und Konrad schaffen die Arbeit im Hotel für heute schon allein. Und meine Mutter kann ruhig mal sehen, was sie an dir hat.«

»Sag das morgen bitte noch einmal, wenn ich nicht mehr mit dir im Bett liege. Und am besten in ihrer Gegenwart.« Julia schlang die Arme um seinen Nacken.

Sie spürte sein Lächeln, als er sie küsste, dann hob er den Kopf. »Haben wir eigentlich abgeschlossen?«

»Ich nicht, und du hattest es vorhin viel zu eilig, um noch daran zu denken.«

»Ist jetzt schon Zeit für die Stubenmädchen?«

Julia warf einen kurzen Blick auf die Uhr. »Ja. Und in einer Stunde kommt Alice, um mich fürs Abendessen umzukleiden.«

Karl murmelte etwas über private Räume, die gänzlich unprivat waren. »Unser nächster Urlaub führt in eine Waldhütte, ganz ohne Personal.«

»Ja, und ich sehe dir zu gern zu, wie du die Betten machst und aufräumst.«

»Du wirst das Bett gar nicht lange genug verlassen, um in das Vergnügen zu kommen, zuzusehen.«

»Und wer kocht das Essen?«

»Das stellt uns der Bauer jeden Morgen vor die Tür.«

Frauenstimmen waren zu hören. Dora und Henrietta.

»Also«, sagte Karl, »jetzt schnell. Wer steht auf?«

»Du.«

»Nein, ich finde, wenn du es tust, ist es unterhaltsamer für mich.«

»Oh, tatsächlich?« Julia wickelte sich in ihre Decke und stand auf, dann sah sie Karl an und hob die Brauen. »Unterhaltsam genug?«

»Nein, du Spielverderberin, aber das wird es, wenn du zurück im Bett bist.«

Die Tür war kaum verschlossen, da wurde die Klinke hinuntergedrückt. Julia verriegelte sicherheitshalber auch die Verbindungstür zu Karls Zimmer, dann ging sie zurück ins Bett.

»Sie werden sich denken können, warum sie verschlossen ist«, sagte Julia.

»Das soll uns nicht kümmern.«

»Julia!« Ein energisches Klopfen folgte. Anne Hohenstein. »Mach die Tür auf.«

Julia, die sich eben zu Karl geneigt hatte, hielt in der Bewegung inne. »Das ist nicht ihr Ernst, oder?«

Karl antwortete nicht, sondern sah an ihr vorbei zur Tür. Es klopfte erneut. Karls Brauen waren unheilvoll zusammengezogen, und er hatte sich halb aufgerichtet. Schließlich schien seine Mutter es aufgegeben zu haben, man hörte, wie sich ihre Schritte entfernten. Julia ließ sich auf ihr Kissen sinken. »Kann das denn wahr sein?«

Karl blieb keine Zeit für eine Antwort, denn nun wurde die Klinke der Verbindungstür gedrückt, wieder gefolgt von einem Klopfen. »Also, ist es zu fassen?« Er richtete sich auf und griff nach seiner Kleidung, währenddessen wurde das Klopfen lauter.

»Julia, mach die Tür auf!«

Die ruckartigen Bewegungen, mit denen Karl sich das Hemd zuknöpfte und in die Hosen stopfte, kündigten seinen lodernden Zorn an. Julia wusste, wie vernichtend er sein konnte, wenn er in dieser Stimmung war. Sie nahm ihren Morgenmantel und zog ihn über, dann stand sie ebenfalls auf. Karl war mit wenigen Schritten an der Tür, entriegelte, riss sie auf und trat offenbar zeitgleich mit Anne Hohenstein auf den Korridor. Obwohl er die Tür hinter sich wieder ins Schloss gezogen hatte, konnte Julia ihn hören.

»Was gibt es, Mutter?«

»Du bist hier? Das wusste ich nicht.«

»Selbst wenn ich es nicht wäre! Dies ist meine Wohnung, und wenn meine Ehefrau ihre Tür verschließt, dann wirst du das hinnehmen und keinesfalls versuchen, durch mein Zimmer in ihres einzudringen.«

»Wie sprichst du überhaupt mit mir?«

Der Streit wurde fortgesetzt, aber die Stimmen entfernten sich von Julias Zimmer. Sie gab ihren Lauschposten auf und ging ins Bad. Die Stimmung war dahin, daran würde sich auch nichts ändern, wenn Karl zurückkäme, und so drehte Julia die Flamme im Heizkessel auf, damit sie heißes Wasser zum Duschen hatte. Sie ließ ihren Morgenmantel von den Schultern gleiten und stellte sich auf das flache Emaillebecken. Das Wasser rann über ihr Haar, ihren Körper hinab, und Julia stand einen Moment einfach nur da, die Augen geschlossen.

Als sie in ein Handtuch gewickelt in ihr Zimmer zurückging, hörte sie die Tür nebenan ins Schloss fallen. Offenbar hatte Karl den Disput beendet. Sie rieb sich das Haar trocken, zog sich Leibwäsche an, knöpfte das Mieder zu und war eben damit beschäftigt, ein Kleid für den Abend herauszusuchen, als Karl eintrat. Er maß sie mit einem kurzen Blick.

»Es tut mir leid«, sagte er.

»Schon gut.«

»Dergleichen wird sich nicht wiederholen.«

Julia nickte nur. »Hilfst du mir mit dem Kleid? Dann muss ich Alice nicht rufen.« Sie hatte sich für ein sattgelbes entschieden, dessen Ärmelaufschläge, Ausschnitt und Rüschen einen haselnussbraunen Rand hatten. Karl schloss es in ihrem Rücken, dann küsste er ihren Nacken.

»Ich werde ein wenig ausgehen«, sagte er, und sein Atem streifte ihr Ohr.

Sie zögerte mit der Antwort. »Eine andere Frau?«

»Selbst wenn ich das wollte, wäre ich dazu heute mitnichten imstande.« Er ließ sie los. »Ich besuche einen Freund in Bonn. Es wird nicht spät.«

Julia setzte sich an ihren Frisiertisch und bürstete ihr Haar, das an den Spitzen bereits trocknete. Sie wäre auch lieber ausgegangen, anstatt sich im Salon bei den Gästen sehen zu lassen und Anne Hohenstein zu begegnen. Mit einem Kuss verabschiedete sich Karl und ging hinüber in sein Zimmer, überließ Julia der Überlegung, welche Frisur sie an diesem Abend tragen sollte. Julia legte die Bürste auf den Frisiertisch und sah ihr Spiegelbild an. Stellte sich vor, wie es aussähe, wenn sie ihrem Drang nachgab, sich den Frust von der Seele zu schreien.

Mittlerweile war der Himmel nicht mehr gar so blau, die Schleierwolken hatten sich verdichtet und schluckten das Sonnenlicht. Ein leichter Wind kam auf, und obwohl es nicht nach Regen aussah, beschlossen Johanna und Philipp, dass es Zeit war, sich auf den Heimweg zu machen. Sie waren bis zur Bastei am Ende der Rheinallee spaziert und gingen nun zurück zum Anleger der Fähre in Mehlem. In den lichten Flecken, die die Sonne auf den Weg malte, wann immer die Wolken sie freigaben, war es immer noch angenehm warm, doch im Schatten hatte es merklich abgekühlt.

Johannas Hand lag in Philipps Armbeuge, und so nett der

Nachmittag gewesen war, er war eben nur... nett. Ereignislos. Freundliches Geplauder, aber nichts, was Klarheit in Johannas verwirrte Gefühle gebracht hätte. Wenn nicht bald etwas geschah, musste sie die Dinge wohl selbst in die Hand nehmen.

Die Fähre legte gerade an, als sie den Anleger erreichten, und nachdem Fußgänger und Droschken ans Ufer gelangt waren, gingen Johanna und Philipp an Deck. Als die Fähre wieder ablegte, zog Johanna frierend die Schultern hoch. Philipp, der es in der Öffentlichkeit nicht wagen durfte, ihr den Arm um die Schultern zu legen, trat näher an sie heran, schirmte den Wind mit seinem Körper ab, sodass ihre Schultern sich berührten. Johanna senkte den Blick auf das Wasser, das vor der Fähre aufschäumte.

Den Weg zum Hotel legten sie langsam zurück, und noch während Johanna sich damit abfand, dass sie diesem Tag keinen Funken Romantik mehr entlocken konnte, blieb Philipp stehen. »Johanna, ich weiß, ich bin im Garten damals zu weit gegangen. Eigentlich wollte ich es nicht mehr erwähnen, um dich nicht in Verlegenheit zu bringen, aber das wäre...«

»Nein«, fiel sie ihm hastig ins Wort. »Ich... ich hätte es nicht zugelassen, wenn ich es nicht gewollt hätte.«

Philipp sah sie an, schien in ihrem Blick zu forschen, wie ernst es ihr war. Er war ihr so nahe, dass Johanna die kleinen blauen Sprenkel in seinen grauen Augen sehen konnte. Sie nahm all ihren Mut zusammen. »Wir sind doch Freunde, oder?«

Er lächelte. »Ja, das sind wir.«

»Und was wäre das Leben ohne ein wenig Abenteuer?« *Romantik* hatte sie sagen wollen, aber das schien dem Moment irgendwie nicht angemessen. Überhaupt lief die Sache nicht ganz so, wie sie sich das vorgestellt hatte.

Philipps Lächeln vertiefte sich. »Und es ist diese Art von Abenteuer, die dich reizt?«

Johanna wusste nichts dazu zu sagen, aber er schien keine Antwort zu erwarten, sondern zog sie an sich, dann senkte er den Mund auf ihren, küsste sie behutsam und spielerisch, löste sich wieder von ihr, sah sie an, als wolle er ihre Reaktion ausloten, und küsste sie erneut. Es war dieser eine Moment, auf den Johanna so sehr gewartet hatte. Und nun stand sie hier, fröstelnd, und konnte ihn kaum genießen. Inzwischen machte sich der viele Kaffee bemerkbar, und Johanna musste so dringend, dass sie ernsthaft überlegte, sich mit einer Ausrede in die Büsche zu schlagen. Außerdem hielt Philipp sie so eng umschlungen, dass ihr Bauch gegen den Rockaufschlag seiner Uniform gedrückt wurde, was die Pein nur noch verschlimmerte.

Als er sie losließ, seufzte sie auf. Er hatte sie geküsst, wirklich und wahrhaftig. Und sie konnte an nichts anderes denken als daran, das nächste Klosett zu erreichen. Das war doch zum Verzweifeln. Glücklicherweise schien ihn ihre Wortkargheit auf dem Heimweg nicht zu verstimmen, und er wirkte auch nicht irritiert, als sie sich hastig verabschiedete und ins Haus lief. An der Tür stieß sie mit Karl zusammen.

»Hoppla.« Er fing sie auf. »Keine Sorge, bis zum Abendessen ist noch Zeit.«

»Dann ist ja alles gut.« Sie ließ ihn stehen und eilte in die Wohnung. Es war in der Tat zum Verzweifeln.

»Und wie Herr Karl mit seiner Mutter gesprochen hat!« Sie saßen im Dienstbotenzimmer beim Abendbrot, und Dora unterhielt die ganze Tischgesellschaft. »Es ist seine Wohnung und das Schlafzimmer der gnädigen Frau, aber dennoch. Wer rechnet denn damit, dass er und sie... Ich meine, es war am Nachmittag. Und immerhin haben sie Verpflichtungen.«

»Als würde ihn die Tageszeit kümmern«, warf ein dunkelhaariges Zimmermädchen ein.

»Na, davon kann unsere Irma ja ein Liedchen singen, nicht wahr?«, entgegnete ein weiteres Zimmermädchen – Hanne, wenn Henrietta sich richtig erinnerte. Die Dunkelhaarige lief rot an.

»Es reicht jetzt«, mischte sich Frau Hansen ein. »Hanne, ich möchte dergleichen Unterstellungen nicht hören. Und was die Herrschaften in ihrem Schlafzimmer tun, ist allein ihre Sache und hat hier bei Tisch nichts verloren.«

»Es war keine Unterstellung«, sagte Hanne.

»Na, dann sag doch mal, wo du den feinen Elfenbeinkamm herhast«, erwiderte Irma.

»Ruhe!« Frau Hansen schlug mit der flachen Hand auf den Tisch.

Henrietta und Dora hatten im Korridor gestanden, als Karl Hohenstein aus dem Zimmer seiner Frau gekommen war und seine Mutter zeitgleich aus dem seinen trat. Erst waren Henrietta und Dora stehen geblieben, aber ein Blick des jungen Hohenstein hatte gereicht, damit sie sich eilig zurückzogen. Da Dora aber sensationsheischend darauf bestanden hatte, die Tür des Raumes, in den sie gegangen waren, nicht gänzlich zu schließen, hatten sie den Streit haarklein mitbekommen, ehe Anne Hohenstein die Fortsetzung des Disputs in ihre Wohnung verlegt hatte. Karl Hohenstein hatte sehr unmissverständlich dargelegt, was er davon hielt, dass seine Mutter seine Ehefrau mit einer solchen Respektlosigkeit behandelte. *Du hast in unseren Räumen nichts verloren. Du hast in Julias Schlafzimmer nichts verloren.* So ging es in einem fort.

»Was hat er eigentlich gemeint, als er sagte, er habe die

Angelegenheit mit Hilde noch nicht vergessen?«, fragte Dora und sah erst Henrietta an, dann in Richtung der Zofe von Anne Hohenstein.

»Ich habe keine Ahnung«, antwortete Hilde und beugte sich wieder über ihr Essen.

»Ich konnte sowieso nicht verstehen, dass du ausgerechnet der jungen Frau Hohenstein so übel mitgespielt hast«, sagte Albert. »Sie ist doch reizend.«

Zustimmendes Gemurmel. Hilde schwieg stoisch.

Henriettas Gedanken schweiften ab. Sie dachte an Philipp, konnte nicht vergessen, wie er sie angesehen hatte. Dachte er, sie sei nur mit ihm ins Bett gegangen, damit er sie hierher brachte und sie sich einen noch reicheren Geliebten angeln konnte? Und wenn sie nun Hilfe brauchte, konnte sie dann überhaupt noch auf ihn zählen? Blieb er ihr Freund, oder überließ er sie nun Maximilian Hohenstein, den sie ja so offensichtlich als neuen Bettgefährten auserkoren hatte? Als er vor einer Stunde heimgekehrt war, war Johanna Hohenstein an seiner Seite gewesen, was an und für sich nicht ungewöhnlich war. Aber etwas war zwischen ihnen vorgefallen, das hatte sie an der Art gemerkt, wie sie sich angesehen hatten.

Und wenn schon, dachte sie. Fräulein Johanna und Philipp entstammten denselben Kreisen und verstanden sich ganz offensichtlich gut. Es war naheliegend, dass daraus eine Ehe werden konnte. Henrietta schenkte sich noch etwas Tee nach und versuchte, die Sache ganz vernünftig zu betrachten und Ordnung in das wirre Geflecht von Gefühlen zu bekommen, diese verzehrende Eifersucht, der sie auch mit noch so viel Vernunft nicht beikommen konnte.

✶✶ 18 ✶✶

»Herr Alsberg!« Ohne sich um die Blicke der Umstehenden zu kümmern, eilte Katharina Henot die Treppe ins Vestibül hinunter und winkte Konrad dabei zu, der sich gerade mit dem Concierge unterhielt. Sie kam durch die Halle auf ihn zu. »Ich habe Ihnen noch gar nicht dafür gedankt, dass Sie meinen Ring gefunden haben – zum zweiten Mal.«

Er hatte ihr den Ring durch einen Etagendiener bringen lassen. »Das war doch eine Selbstverständlichkeit.«

Katharina Henot trug an diesem Tag ihre Brille, durch deren Gläser ihre blauen Augen größer wirkten, und ihr Haar war straff am Hinterkopf zu einem Knoten aufgesteckt. Als sie ihn jetzt ansah, war ihr Blick erwartungsvoll. »Ich schulde Ihnen noch eine Einladung.«

Er hatte befürchtet, sie habe es vergessen oder nur so dahingesagt, und es war ein seltsames Gefühl, das nun in seiner Brust aufstob. »Wann immer Sie wünschen.«

»Jetzt?«

Ein Lächeln schlich in seine Mundwinkel, und er hielt ihr seinen Arm hin, in den sie sich mit gespielter Koketterie einhakte.

»Eigentlich«, vertraute sie ihm an, »kassiert jeder Mann eine Abfuhr, der mir als Erstes seinen Arm bietet, als könne ich nicht selbst laufen. Aber in Ihrem werten Fall mache ich eine Ausnahme.«

»Und ich bin Ihnen sehr dankbar, mir den Korb in aller

Öffentlichkeit zu ersparen. Das hätte meinen Stolz arg getroffen.«

»Das sind Sie wohl von den Frauen nicht gewöhnt, was?«

»Ein Ehrenmann schweigt zu dergleichen.«

Katharina lachte und ließ sich zu einem Tisch auf der Veranda führen. Sie nahm die Karte zur Hand, sah kurz darauf und legte sie wieder zurück. »Erdbeeren mit Schlagsahne hätte ich gerne«, sagte sie zum Kellner. »Ist das schottische Buttergebäck zu empfehlen?«, fragte sie an Konrad gewandt.

»Ich kann nun schlecht Nein sagen.«

Sie grinste. »Nun, dann davon bitte auch«, fügte sie der Bestellung hinzu. »Ich hoffe, es schmeckt, sonst muss Herr Alsberg den Rest essen. Und einen Kaffee hätte ich gern.«

Der Kellner lächelte nun ebenfalls breit. »Herr Alsberg?«

»Kaffee bitte.«

Nachdem der Kellner sich entfernt hatte, lehnte Katharina sich zurück und legte die Ellbogen auf die Seitenlehnen der gusseisernen, fein ziselierten Gartenstühle. »Es ist wirklich schön hier. Vielleicht kann ich meine Mutter überreden, doch mal wieder eine Reise zu machen.«

»Wie lange bleiben Sie noch?«

»Achtzehn Tage, danach möchte ich nach Paris und dann heim.«

»Was machen Sie, wenn Sie nicht reisen?«

»Dann helfe ich meinem Vater in seinem Geschäft und mache die Buchhaltung, das kann ich nämlich ganz gut. Er hat einen Handel für Medizinprodukte. Nicht groß, aber doch groß genug, damit wir sozusagen zur *Gesellschaft* gehören.«

»Klingt nicht so, als würde Ihnen das gefallen.«

»Die Leute gefallen mir nicht, aber ich will mich nicht beklagen, mein Vater hat genug Geld, damit ich reisen kann, wohin ich will. Und er ist gerade reich genug, damit meine Unabhängigkeit nicht vulgär, sondern exzentrisch ist.« Wieder lachte sie.

Sie war auf eine sehr eigene Art anziehend, die nichts gemein hatte mit Julias klassischer Schönheit oder Johannas hübscher Erscheinung. Etwas an ihr berührte ihn, und Konrad konnte nicht anders, als sie hingerissen anzusehen. Er dachte an die verführerische Gräfin, die seine Zurückhaltung auf eine harte Probe gestellt und ihm bewusst gemacht hatte, dass er schon zu lange ohne Frau war.

Früher hatte ihm der Ruf eines Draufgängers angehaftet, aber als er sein Erbe angetreten hatte, war ihm klar gewesen, dass mit diesem wilden Treiben Schluss sein musste. Wollte er neben Maximilian bestehen, durfte er keine Angriffsfläche bieten, musste moralisch integer sein, wo sein Bruder es nicht war. Also hatte er sich bislang auf keine der Frauen eingelassen, die ihm schöne Augen gemacht hatten. Was Katharina in ihm weckte, war ein Verlangen gänzlich anderer Art. Irgendwie fühlte er sich nicht nur körperlich zu ihr hingezogen, es war fast so, als würden ihre Seelen zueinander gehören. Was pathetisch und vollkommen absurd war, denn er kannte sie eigentlich ja gar nicht.

»Sie schauen mich an«, sagte sie nun, »als würden Sie mich gerade zum ersten Mal sehen.«

Das tat er auch in gewisser Weise. »Entschuldigen Sie bitte.« Das Lächeln glitt ihm leicht über die Lippen, strahlend, als könne er gar nicht anders. »Dürfen wir Sie denn irgendwann wieder hier begrüßen?«

Sie neigte den Kopf leicht, als müsse sie ihre Antwort überlegen. »Ja«, sagte sie gedehnt, »ich denke schon.«

Der Kellner erschien, platzierte das Bestellte auf dem Tisch und ging – nicht ohne sich zu erkundigen, ob sie noch weitere Wünsche hätten und ob alles zu ihrer Zufriedenheit sei.

»Sehr gutes Personal«, sagte Katharina. »Das habe ich auch schon anders erlebt.« Sie kostete von dem Gebäck. »Hm, ja, das ist in der Tat gelungen. Ich befürchte, ich muss es allein essen.«

»Nur zu.«

Das Gebäck verschwand in einer erstaunlichen Geschwindigkeit, die Erdbeeren folgten. Schließlich seufzte sie zufrieden, nahm ihre Kaffeetasse und nippte daran. »Müssen Sie den ganzen Tag im Hotel anwesend sein?«

»Normalerweise ja, wobei die beiden Herren Hohenstein ja auch da sind.«

»Ich gehe nachher ein wenig spazieren, heute steht keine Wanderung an. Möchten Sie mich begleiten?«

Ja, wollte er. Und wusste doch, dass er damit genau die Fläche zum Angriff bot, die er vermeiden wollte. Maximilian beobachtete ihn ohnehin schon, und wenn er daran dachte, was dessen Ehefrau Julia angetan hatte, nur um ihm zu schaden, dann wollte er gar nicht wissen, was sie mit Katharina tun würden, die nicht mit ihnen verwandt war.

»Sehen Sie mich nicht so an, ich plane keine unsittliche Annäherung. Ich hätte meine Reisen nicht unbeschadet überstanden, wüsste ich nicht, mir die Männer vom Hals zu halten.« Sie zwinkerte ihm zu.

Andererseits, was scherten ihn Maximilian und Anne? Sollten sie versuchen, dieser jungen Frau und damit ihm zu schaden, würde er schon entsprechend reagieren. Auch er hätte die Zeit seiner Reisen nicht unbeschadet überstanden, wenn er nicht wüsste, wie mit Menschen diesen Schlags umzugehen war. Beim letzten Mal hatte er sich noch zurückgehalten, aber irgendwann wären auch bei ihm Geduld und Zurückhaltung erschöpft. *Und glaub mir, mein lieber Maximilian, wozu ich dann imstande bin, möchtest du nicht erleben.* Also nickte er Katharina Henot zu. »Es wäre mir ein Vergnügen.«

»Wo hat Onkel Konrad denn die Bibliothekarin aufgetrieben?«, fragte Alexander, als er sich im Garten zu Julia gesellte, die gerade die beiden neuen Kellner einwies. Sie sah zu dem Tisch, an dem Konrad Alsberg mit einer jungen Frau saß, die in der Tat etwas gouvernantenhaft wirkte. Die beiden unterhielten sich offenbar bestens. »Keine Ahnung«, sagte sie.

»Was machst du hier eigentlich? Servietten anschauen?«

Die Servietten wurden für jede Mahlzeit und für die unterschiedlichen Räumlichkeiten immer anders gefaltet. Fächer im Salon zur Kaffeezeit, Viereck mit Rollen auf der Veranda, wo es auch mal windig werden konnte, Pyramiden beim Mittagstisch, Säulen beim Abendessen, Schwäne bei festlichen Anlässen. Bisher war sie mit den Fertigkeiten der Kellner zufrieden. »Das muss richtig gemacht werden, weißt du?«

»Man faltet sie auf und benutzt sie. Der Aufwand ist verschwendet.«

»Sagte der Sohn eines Hoteliers.«

»Der angehende Jurist.« Alexander zog seine Uhr hervor. »So, meine Liebe, den Rest dieses überaus spannenden Nachmittags muss ich dich leider wieder dir selbst überlassen.«

»Wo gehst du hin?«

»Ich muss noch lernen, die Semesterferien werden ja nicht ewig dauern.«

Julia starrte ihn an. »Ist etwas passiert?«

»Nein, wieso?« Er lächelte nonchalant und spazierte zurück ins Haus.

»Na, so was«, murmelte sie.

Nachdem sie sich davon überzeugt hatte, dass die beiden neuen Kellner mit den Räumlichkeiten vertraut waren und jede gewünschte Serviettentechnik falten konnten, ging sie mit ihnen in das Kellnerzimmer, wo das Inventar, das ihnen anvertraut werden sollte, zur Übergabe bereitlag. Sie nahm die daneben liegenden Listen zur Hand und reichte jedem der Männer eine, damit sie sich überzeugen konnten, dass die aufgeführten Gegenstände ihnen tatsächlich ausgehändigt wurden. Es waren fast einhundertfünfzig Teller, vom Dessert- bis zum Suppenteller, allerlei verschiedene Löffel, Gabeln, Messer, Serviertücher und was sonst noch benötigt wurde. Die Liste war in zwei Spalten gedruckt und in der Mitte perforiert, sodass man einen Teil davon abtrennen konnte. Auf der einen Seite bestätigten die Kellner jeweils, dass sie alles erhalten hatten, auf der anderen Seite unterzeichnete Julia die Übergabe. Als das erledigt war, brachte sie sie zu Herrn Bregenz, der sie in die Abläufe einführte und die Dienstpläne verwaltete.

Sie war im Begriff, in ihre Wohnung zu gehen, als Johanna erschien und fragte, ob sie mit ihr schwimmen gehen wolle. Im Sommer ging sie regelmäßig in die Bade- und Schwimmanstalt der Witwe Reinartz in Königswinter, und gelegentlich begleitete Julia sie.

»Dann kommst du mal auf andere Gedanken«, sagte Johanna. »Auch wenn sich Karl ausnahmsweise mal nicht daneben benimmt.«

»Ich müsste eigentlich noch einige Briefe beantworten.«

»Ach, Papperlapapp, das ist was für Regentage. Jetzt komm schon, ich finde es langweilig, allein zu gehen.«

Julia seufzte, dann lächelte sie. »Gut, warte einen Moment.« Sie ging in ihr Zimmer, nahm eine kleine Tasche und packte ihren Badeanzug, ein Handtuch, eine Bürste, Seife für Körper und Haare sowie einige Haarbänder und

-nadeln hinein. Schließlich steckte sie ihre Geldbörse seitlich dazu und schloss die Tür hinter sich. Karl kam ihr entgegen, offenbar gerade auf dem Weg in sein Zimmer.

»Wohin?«, fragte er, umfasste ihre Taille und küsste sie jedes Mal, wenn sie antworten wollte. Es war derzeit wirklich schön mit ihm, was Julia auf der einen Seite genoss, sie aber auf der anderen Seite stets in leichte Unruhe versetzte, da sie das Gefühl nicht loswurde, dass es so nicht bleiben würde. Das Verhältnis zu seiner Mutter hatte sich seit dem Streit merklich abgekühlt, und Julia mied Anne Hohenstein – abgesehen von repräsentativen Aufgaben im Hotel – nahezu gänzlich.

Doch sie lachte ihre Unruhe weg und wandte den Kopf ab, ehe Karl ihre Worte erneut mit seinem Mund ersticken konnte. »Schwimmen mit Johanna.«

Er raubte ihr noch einen weiteren Kuss, dann ließ er sie los. »Viel Spaß. Ich muss die Buchhaltung machen. Sind die beiden Kellner anstellig?«

»Ja, es gab nichts auszusetzen.«

»Gut.« Mit einem letzten Kuss entließ er sie.

»Das hat aber gedauert.« Johanna lehnte am Treppengeländer, zu ihren Füßen eine kleine Tasche aus Segeltuch. »Gehen wir zu Fuß?«

»Dann bin ich ja vorher schon ganz erschöpft. Wir fahren mit der Kutsche und lassen uns später abholen.«

Das Schwimmbad befand sich unterhalb der Knabenstraße am Rheinufer, und an diesem Nachmittag war es gut besucht. Julia und Johanna zogen sich um und banden sich das Haar auf dem Kopf zu festen Knoten, über die sie ihre Badekappen stülpten. Julias Badeanzug hatte ein blusenartiges Oberteil, reichte knapp über die Schulter, war an der Taille zusammengefasst und ging in eine pluderige Hose über, die ihr bis unter die Knie reichte. Johanna hatte sich in diesem Sommer offenbar einen neuen anfertigen lassen, blau-weiß wie ein Matrosenanzug mit breiten Trägern und bis knapp über die Knie.

Es war angenehm im Wasser, und als Julia sich bei den Schwimmzügen streckte, merkte sie, wie sehr ihr die Bewegung gefehlt hatte. Sie sollte das viel öfter machen, nahm sie sich vor. Johanna war da konsequenter, und meist ging Julia letzten Endes dann doch nur, weil ihre Schwägerin insistierte.

Als sie mehrere Bahnen geschwommen war, ruhte sie sich einen Moment auf den Stufen aus. Johanna kam zu ihr und ließ sich an ihrer Seite nieder. »Unternimmst du heute noch etwas mit Philipp?«, fragte sie.

»Geplant ist nichts. Warum?«

»Ach, nur so.«

Julia streifte sie mit einem kurzen Blick. Ihr war nicht entgangen, dass Johanna sich in Philipp verguckt hatte, aber wie sie ihren Bruder kannte, war das eine einseitige Sache. Sie hoffte nur, er würde nicht so töricht sein, sich auf Spielchen mit ihr einzulassen. Aber hatten sie dazu überhaupt die Gelegenheit gehabt? Julia überlegte. Meist verbrachte er die Tage mit ihr oder Karl und Alexander. Und die übrige Zeit traf er Freunde in Köln. War er überhaupt mal allein mit Johanna gewesen? Möglicherweise, aber das reichte sicher nicht, um ihre Schwägerin auf Abwege zu führen.

»Er reist in ein paar Tagen ab.«

»Ja, ich weiß.« Schlecht verhohlene Betrübnis hatte sich in Johannas Stimme geschlichen.

Sie und Julia standen sich nicht so nahe, wie das bei engen Freundinnen der Fall war. Obschon sie ein gutes Verhältnis zueinander hatten, das daher rührte, dass sie einander von Kindesbeinen an kannten und nun verschwägert waren. Aber sie waren nicht vertraut genug, um dergleichen sensible Themen anzuschneiden, und so begnügte Julia sich mit ihrer Beobachtung und beschloss, die Sache im Auge zu behalten. Sie würde Karl nichts davon erzählen, aber falls Philipp Johannas Gefühle ausnutzte, um sich ein wenig die Zeit zu vertreiben, würde sie ihm ernsthaft ins Gewissen reden müssen.

»Komm«, sagte Johanna, nun wieder munter. »Wer zuerst am anderen Ende der Bahn ist.« Sie warf sich ins Wasser und hatte bereits die ersten Schwimmzüge getan, als Julia sich von den Stufen abstieß.

»Leutnant von Harenberg, wie erfreulich, Sie bei uns begrüßen zu dürfen.« Karl lächelte gewinnend, obwohl er den Kerl nicht ausstehen konnte.

»Ja, dass Sie sich freuen, glaube ich Ihnen aufs Wort.« Der Offizier stand in einer Haltung an der Rezeption, als gelte es, angesichts einer drohenden Schlacht standhaft zu sein. »Nachdem meine *ehemalige* Verlobte hier zur Hure gemacht wurde.«

Ein junges Ehepaar, das gerade zu einem Ausflug aufbrechen wollte, wurde hellhörig, und die Bewegungen, mit denen sie ihre Taschen festschnallten, verlangsamten sich sichtlich. Zwei ältere Männer, die sich in einigen Schritt Entfernung unterhielten, ließen das Gespräch erlahmen, während eine Frau, die gerade ihren Schlüssel in Empfang genommen hatte, gar nicht erst so tat, als interessiere sie das alles nicht.

»Der Vorfall, so betrüblich er sein mag, ist mitnichten unser Verschulden.« Karl behielt das freundliche Lächeln bei. »Wenngleich ich Ihren Verlust natürlich bedaure.«

Der Leutnant schnaubte. »Der Baron von Grafenwald hat das Mädchen in ein Schweizer Internat gesteckt, damit die Sache in Vergessenheit gerät, aber die nimmt hier kein Mann mehr, nicht mal geschenkt, dafür habe ich gesorgt.«

Reizender Mensch. Karl fiel das Lächeln zunehmend schwerer. »Was können wir für Sie tun?«

»Ich möchte ein Zimmer haben. Bis morgen. Der Zimmerkellner soll in einer halben Stunde erscheinen und meine Bestellung aufnehmen.«

Da der Concierge nicht da und die beiden Rezeptionisten im Gespräch waren, sah Karl selbst nach, ob sie noch Zimmer frei hatten. »Eines hätten wir in der Bel Étage.« Er sah den Mann fragend an.

»Ja, ist recht.« Der Leutnant kam näher. »In einer Stunde wird eine Dame kommen. Ich möchte Sie bitten, sie diskret in mein Zimmer zu führen.«

Karl spürte, wie sein Lächeln verrutschte. »Ihre Ehefrau?«, fragte er, obgleich er es besser wusste.

»Die müsste ich mir wohl mitnichten diskret zuführen lassen.«

»Ich muss Ihnen zu meinem Bedauern sagen, dass wir unsere Zimmer nicht für eine Nacht mit Prostituierten vermieten. Entsprechende Etablissements finden Sie zuhauf in der Stadt.«

Der Leutnant lief dunkelrot an. »Und das sagen ausgerechnet *Sie*? Nachdem meine Verlobte hier entehrt wurde?«

»Ein Fehler, der auf einem groben Missverständnis beruht und sich nicht wiederholen soll. Wer weiß, wessen Verlobte es das nächste Mal trifft.«

»Hören Sie mir mal zu, junger Mann!«

»Ich bedaure zutiefst.« Karl nutzte die Pause, die der Leutnant zum Luftholen brauchte. »Aber in unserem Haus verkehren Familien mit Kindern. Natürlich können wir unmöglich Prostituierte ihren Freiern zuführen, diskret oder nicht.«

»Drücken Sie sich nicht so schäbig aus! Es handelt sich nicht um eine Straßenhure.«

»Gleiches gilt auch für Edelkurtisanen und ihre... Liebhaber.« Karl war sich der Blicke der Umstehenden nur zu bewusst. Er hoffte, dass der Kerl bald die Segel streichen und verschwinden würde.

»Nun, angesichts der Vorfälle der letzten Wochen haben Kinder hier offenbar Schlimmeres zu befürchten, als Zeugen unmoralischer Handlungen zu werden.«

»Dergleichen Unterstellungen verbitte ich mir.« Aber da war es wieder, das Ziehen in seiner Brust, wenn er an die kleine Désiré dachte.

Dem Offizier entging dies offenbar nicht. »In diesem Haus werden nicht nur unschuldige Mädchen entehrt, sie laufen im Kindesalter sogar Gefahr zu sterben. Oder verschwinden ganz einfach.« Er machte sich nicht die Mühe, leise zu sprechen. »Nicht gerade die beste Werbung für Sie, nicht wahr?« Er kam näher und hielt Karl seinen Finger vor das Gesicht. »Wissen Sie, um welch hohe Mitgift Sie mich gebracht haben?«

Karl ersparte es sich, die Sache ein weiteres Mal richtigzustellen. »Leutnant von Harenberg, wenn Sie ein Zimmer möchten, stellen wir Ihnen gerne eines zur Verfügung. Suchen Sie einen Ort, um sich mit Damen zweifelhaften Rufes zu vergnügen, muss ich Sie leider an andere Häuser verweisen.«

Der Offizier lächelte kalt. »Sie werfen mich hinaus? Nun gut, Sie hören noch von mir.« Er drehte sich abrupt um und marschierte durch das Vestibül. Karl atmete auf.

»Sehr gut gemacht, mein Junge«, sagte einer der beiden alten Männer. »Schimpft sich Offizier, so etwas. Das hätt's in meinem Regiment nicht gegeben.«

Karl sah ihn an, lächelte wieder und versuchte, ihn einzuordnen.

Der Mann zwinkerte ihm zu. »Oberst von Eschwehr. In

meinem ehemaligen Regiment dient der junge Oberstleutnant von Landau. Ich war damals auf Ihrer Hochzeit.«

Noch immer keine Erinnerung, auf der Hochzeit waren an die fünfhundert Gäste gewesen, und Karl hatte nicht einmal die Hälfte davon persönlich gekannt. »Verzeihen Sie mir bitte«, sagte Karl. »Umso erfreulicher ist es, Sie bei uns begrüßen zu dürfen.«

Der alte Mann tätschelte ihm in Großvatermanier die Schulter und verließ mit seinem Kameraden nun ebenfalls das Vestibül. Karl sah auf die Uhr. Noch eine Stunde, dann würde sein Vater ihn ablösen. Mit der Buchhaltung war er fertig, er hatte demnach ein wenig Zeit für die Kinder und würde anschließend ausgehen. Ihm war nach wildem Nachtleben, Getümmel, in das er sich stürzen konnte und das, wenn es nach ihm ging, in den Armen einer Frau ausklang.

✸✸ 19 ✸✸

Johanna hatte Philipp seit ihrem Ausflug nach Königswinter nur einmal allein getroffen. Sie war gerade im Garten gewesen und hatte dem Gärtner bei den Rosen geholfen. Philipp war von einem Ausflug aus Köln zurückgekehrt und hatte sich zu ihr gesellt. Da Hotelgäste und Ausflügler im Garten spazieren gingen, ein wenig ausruhten oder einfach nur mit einer Tasse Kaffee in der Hand ihren Kindern beim Spielen zusahen, ergab sich keine Gelegenheit, einander nahezukommen. Philipp hätte nicht einmal den Arm um sie legen können, ohne dass die Leute es bemerkt hätten. Andererseits – warum die Sache verheimlichen? Vielleicht, weil die Heimlichkeit ihrer Liebe etwas Romantisches gab.

Und keine Stunde ist gesunken
So tief, als da die Liebe dein
Floh wie der Kuss, den ich getrunken,
Doch floh aus deiner Brust allein.

Man konnte schier darüber verzweifeln. Sie und Philipp gingen nebeinanderher spazieren, Johanna hielt einige Rosen in den Händen, in ihrem Kopf schwirrten die passenden Zeilen entsprechender Gedichte herum. Aber es kam kein Vorschlag, den Spaziergang in den Wald auszudehnen – und wer war Johanna, dass *sie* beständig dazu einlud, schließlich war *er* der byronsche Held –, dafür wusste Philipp sehr unterhaltsam amüsanten Gesellschaftsklatsch zu verbreiten. Ab und zu berührten sich ihre Hände, sie lachten zusammen, und Johanna genoss das Zusammensein mit ihm. Aber es war so... *belanglos.*

Die Möglichkeit einer weiteren Zusammenkunft bot sich nicht, und Johanna konnte nicht anders, als sich unablässig zu ärgern, dass der große Moment ihres ersten Kusses so grandios gescheitert war. Ein weiterer würde sich – wie es aussah – während dieses Sommers wohl nicht mehr ergeben. Bis zum Herbst oder gar Winter blieb ihr nur die Erinnerung.

Der Kuss, den deine Lippe mir
Geschenkt, soll dort verbleiben,
Bis schön're Stunden wieder dir
Ihn auf die Lippen schreiben.

Während Johanna sich ihrer Trübsal hingab, verflogen die Tage bis zum Tag von Philipps Abreise. Als sie am Nachmittag einsam auf der Terrasse saß und ein Schälchen Erdbeeren löffelte, gesellte sich Victor Rados zu ihr.

»Darf ich?« Er deutete auf den freien Platz ihr gegenüber.

»Gerne.« Johanna stellte das Schälchen ab und ließ das Gefühl melodramatischer Verlorenheit von ihren Schultern gleiten. Victors charmante Aufmerksamkeit war genau der Seelenbalsam, den sie nun brauchte.

»Haben Sie Pläne für den heutigen Nachmittag?«

Johanna schüttelte den Kopf.

»Nun, dann kommen Sie, ich lenke Sie ein wenig von Ihrer Trübsal ab.«

»Ich glaube nicht, dass Sie das können.«

»Stellen Sie mich auf die Probe.« Victor erhob sich, und Johanna tat es ihm zögerlich nach.

Sie traten zeitgleich mit einer Horde von mindestens

zehn Eseln samt Führern auf den Hof. Etliche Gäste standen um die Tiere herum, eine Dame hatte sich bereits entschieden und ließ sich in den Sattel helfen. Geführte Eselsritte zur Drachenfelsruine standen hoch im Kurs. Normalerweise führte der Weg von Königswinter aus auf den Berg, aber man brachte die Tiere auch zu den Hotels, wo die Gäste sich ein passendes Reittier aussuchen konnten.

»Na«, sagte Victor, »das sieht mir doch nach der perfekten Ablenkung von jeglicher Trübsal aus.«

»Das ist doch wohl nicht Ihr Ernst!«

»Ich muss mich noch für den Abstieg bei unserem letzten Ausflug revanchieren.«

Johanna musste lachen. »Ich erinnere mich an eine ganze Reihe von Komplimenten.«

»Der sehr zweideutigen Art, ja.«

Nun wurde Johanna tatsächlich ein wenig rot, aber sie ging mit einem amüsierten Schulterzucken nonchalant darüber hinweg. »Ich denke, Sie sind in dieser Welt kein Fremder.«

»Ah, tatsächlich?« Er sah sie auf eine Art an, die ihren Herzschlag beschleunigte. Sie war ja närrisch. Um diese seltsame Gefühlsanwandlung rasch zu vertreiben, sah sie zu den Gästen, die mit den Eseltreibern sprachen.

Victor ging nun ebenfalls hin und winkte einen der Treiber zu sich. Er meinte das wirklich ernst. Johanna stand erst wie erstarrt, dann lief sie ihm nach. Doch es war zu spät, er bezahlte bereits, und als sie die Begeisterung sah, mit der einige Hotelgäste – Frauen wie Männer – die Esel bestiegen, würde ihr Sträuben vermutlich unangenehmer auffallen als der Ritt an sich.

Sie ließ sich von Victor in den Sattel helfen, und als der Esel sich dabei drehte, sah sie Karl und Alexander, die mit vor der Brust verschränkten Armen zu beiden Seiten einer

Säule lehnten und sie grinsend beobachteten. »Ach, verdammt noch mal«, entfuhr es ihr.

Auch Victor grinste. »Keine Sorge, es ist noch kein Meister vom Himmel gefallen, das gilt auch für Eselreiter.«

»Das wird die schlimmste Rache aller Zeiten geben«, drohte Johanna.

»Ich kann es kaum erwarten.«

Erst galt es jedoch, den Ritt vom Hof einigermaßen würdevoll hinter sich zu bringen. Johanna war eine gute Reiterin, das konnte auf dem Rücken eines Esels nicht nennenswert anders sein. Victor ging neben ihr her, während Johanna immer noch nach dem richtigen Sitz im Sattel suchte.

Als sie endlich bequem saß und der Führer das Tier über den Eselspfad führte, fand sie es eigentlich doch ganz nett. Vor allem, da es sehr steil hinaufging und Victor außer Atem geriet. Sie lächelte ihn an. »Anstrengend, hm?«

Ein schräger Blick war die einzige Antwort, die sie erhielt.

Sie legte den Kopf zurück und genoss die Sonnenstrahlen, die ihr ins Gesicht fielen. Es mochte albern aussehen, wenn die Ausflügler auf den Eseln saßen, aber es fühlte sich nicht albern an, im Gegenteil. Sie konnte den Weg zur Ruine erklimmen, ohne die geringste Anstrengung und ohne darauf achten zu müssen, dass ihr Pferd den richtigen Tritt fand.

»Ich vermute«, stichelte sie, »wenn wir oben angekommen sind, sind Sie nicht mehr imstande, mich zu ärgern, nicht wahr?«

»Sie würden sich wundern, zu was ich noch imstande bin.«

Wieder dieses seltsame Flattern im Magen. Was war nur los mit ihr? Sie sehnte sich so sehr nach Philipp, nach einem weiteren Kuss von ihm. Und doch fiel es ihr in diesem Moment schwer, sich sein Gesicht auch nur vor Augen zu rufen, dem Moment in seinen Armen nachzuspüren. Sie senkte den Blick auf den Hals des Esels und legte die Hände daran, spürte das raue Fell, die Muskeln, die Wärme. So ein liebes Tier, dachte sie.

Als sie auf der Plattform angekommen waren, nahm Victor dem Eseltreiber die Zügel aus der Hand. »Machen wir ein gemeinsames Foto?«, fragte er.

»Warum nicht?« Johanna gab sich betont munter, erstickte jede Herzensverwirrung im Keim. Sie nahm die Zügel auf, während Victor das Tier am Gebissstück auf einen der Fotografen zulenkte. Adrett ordnete sie ihre Röcke um sich herum und vergewisserte sich, dass ihr großer Hut richtig saß. Victor stellte sich neben sie, die eine Hand am Zaumzeug des Esels, die andere hinter dem Rücken. Der Fotograf verschwand hinter dem schwarzen Tuch und bediente die Kamera. Das Magnesium verbrannte mit blitzartigem Zischen. Victor half Johanna vom Esel herunter und gab diesen dem Führer zurück.

»Auf dem Foto sieht man glücklicherweise nicht, dass Sie völlig außer Atem sind«, neckte Johanna ihn. »Kommen Sie, ich lade Sie zu einem kühlen Getränk ein.«

Sie steuerten die Wirtschaft an und ließen sich an einem der Tische nieder. Es war immer noch sehr warm, aber die Sonne verschwand immer wieder hinter vorbeiziehenden Wolken.

»Wie kommen Sie mit Ihrem Buch voran?«, fragte Johanna.

»Ich bin zur Hälfte fertig.«

»Wie lange schreiben Sie jetzt daran?«

»Ein Jahr.«

»Und worum geht es?«

Nun wirkte er etwas zögerlich. »Ich gebe es Ihnen, wenn ich fertig bin.«

Sie lächelte. »Gut. Ich freue mich. Das ist Ihr erstes Buch?«

Victor gab die Bestellung auf, dann wandte er sich Johanna wieder zu. »Mein erster Roman. Bisher habe ich nur einige literaturwissenschaftliche Werke veröffentlicht.«

Johanna war überrascht. »Ah, in der Tat?«

»Einige Abhandlungen über Dichter des neunzehnten Jahrhunderts in England und Ungarn.«

Schatten flogen über das Plateau, die Sonne verschwand, tauchte kurz auf und wurde wieder geschluckt. Während Johanna und Victor an ihren Getränken nippten, unterhielten sie sich über seine Heimat Budapest, und er verstand ihr alles in so zauberhafter Lebendigkeit zu erzählen, dass sie wünschte, sie könnte es selbst sehen.

Schließlich gaben sie ihre Plätze für ein wartendes Ehepaar mit Kindern frei und machten sich an den Abstieg. Es war jedes Mal ein Abenteuer für phantasiebegabte Menschen, durchs Siebengebirge zu wandern mit seinen Rebenhügeln, Burgtrümmern und Klosterruinen, in deren Winkel die Geister der Vergangenheit nisteten und wo man Sagen und Geheimnissen nachspüren konnte. Johanna und Victor passierten Gut Elsigerfeld, das in der Nähe des Burghofs und nordöstlich der Wolkenburg gelegen war. Dunkle Wolken schoben sich über den Himmel, und in den bewaldeten Abschnitten des Wegs war es nahezu düster.

»Wenn es nur nicht anfängt zu regnen«, sagte Johanna und bekam just in diesem Moment den ersten Tropfen auf die Nase.

»Vielleicht hätten Sie besser von Sonnenschein gesprochen.«

»Spotten Sie nur!«

Aus vereinzelten Tröpfchen wurde binnen einer Minute ein heftiger Regenguss, und Johanna und Victor mussten sich beeilen, einen Unterstand zu finden. Sie drückten sich an eine Böschung, über der sich dichtbelaubte Äste verflochten, sodass die Stelle einigermaßen regengeschützt war. Um sie herum suchten andere Ausflügler ebenfalls nach einem Regenschutz und drängten sich unter Bäumen zusammen, einige lachend, andere schimpfend.

Während der Regen an ihnen vorbeirauschte, standen Johanna und Victor dicht beieinander. Ihre Schultern berührten sich, und Johanna nahm den Moment in einer Intensität wahr, die sie zutiefst bestürzte. Es war ein Verrat an Philipp und dem, was sie für ihn empfand, dem, was sie einander stumm versprochen hatten, als er sie in den Armen gehalten und geküsst hatte.

Inzwischen ging der Regen sturzbachartig nieder, und schon bald bot der Unterstand keinen rechten Schutz mehr. Johannas Rock war bereits vollkommen durchnässt. Es war ein Schauer, der vermutlich ebenso unvermittelt aufhören würde, wie er begonnen hatte. Johanna schlang die Arme um ihren Oberkörper, streifte dabei mit der Hand Victors Arm. Eng presste sie die Hände an ihre Oberarme, als müsste sie verhindern, dass ihr wild schlagendes Herz sie in tausend Teile zerspringen ließ.

Victor drehte den Kopf zu ihr, sah sie an, und Johanna versuchte, in seinen dunklen Augen zu lesen, ob er um die erschreckend sinnlichen Gedanken ahnte, die sie umtrieben. Und ob er ähnlich empfand oder dies gar als Einladung für eines jener Abenteuer sah, nach denen es Frédèric stets so gelüstete. Er neigte leicht den Kopf, blickte auf ihre Lippen, dann wieder in ihre Augen.

Wenn er mich jetzt küsst, bin ich verloren. Vielleicht bemerkte er ihre verwirrten Gefühle, ihre Verletzlichkeit, den Zwiespalt, der in ihr tobte. Vielleicht hatte er tatsächlich nie vorgehabt, sie zu küssen. Er richtete sich auf und trat aus dem schützenden Unterstand hinaus. Und erst jetzt bemerkte Johanna, dass es aufgehört hatte, zu regnen.

Philipps Zug ging in den frühen Abendstunden, und bis dahin sah Henrietta ihn nicht. Eine Stunde zuvor war Fräulein Johanna zurückgekehrt, die ganz offensichtlich mitten in den Regenschauer geraten war. Erst als Philipps Abreise unmittelbar bevorstand, stahl Henrietta sich aus der Küche und wartete im Hof auf ihn. Sie lehnte sich an eine niedrige Mauer, die den Hof vom Garten trennte. Die Koffer waren bereits hinausgetragen und auf dem Kutschdach festgeschnallt worden. Philipp trat in den Hof, bemerkte sie und kam auf sie zu.

»Ich wollte mich von dir verabschieden«, sagte sie, »da du das ja offenbar nicht vorhattest.« Seit ihrem Streit hatten sie nicht mehr miteinander gesprochen. »Ich möchte nicht, dass du fährst, ohne dass wir uns versöhnt haben.«

»Es ist alles in Ordnung, Henrietta. Wie du schon sagtest, du bist mir keine Rechenschaft schuldig.«

»Bleiben wir Freunde?«

Er sah sie eigentümlich an, dann nickte er. »Ja.«

»Ich schreibe dir.«

»Tu das.«

Sie zögerte, die folgende Frage zu stellen, tat es dann aber doch. »Ist da etwas zwischen dir und Fräulein Johanna?« Sein Blick sagte ihr, dass es tatsächlich besser gewesen wäre, nicht zu fragen.

»Und wenn?«

»Nichts. Es hat mich nur interessiert.«

Er antwortete nicht, und Henrietta sah Julia Hohenstein in den Hof treten. Ihr folgten Fräulein Johanna und die Herren Karl und Alexander sowie deren Eltern.

»Ich muss los«, sagte er. »Das offizielle Abschiedszeremoniell hinter mich bringen.« In diesem Moment schwang etwas in seiner Stimme mit, das wieder die alte Vertrautheit verriet, Belustigung und Überdruss. Aber in seinen Augen fand sich nichts davon, sodass Henrietta schon vermutete, sich diesen veränderten Tonfall eingebildet zu haben.

»Komm gut heim«, sagte sie. »Auf bald.«

»Auf bald.« Er wandte sich ab und ging, während Henrietta den Weg in die andere Richtung einschlug, durch den Dienstboteneingang zurück ins Haus trat und es durch den Eingang zur Remise hin wieder verließ. Dort sank sie auf einen Stapel Brennholz und weinte. Vornübergebeugt, ein Arm um ihren Bauch geschlungen, bebte ihr Körper in abgehackten Schluchzern.

»Ist alles in Ordnung?«

Henrietta blickte auf, wandte sich zur Remise, in der Annahme, dort Alexander Hohenstein zu sehen. Es war jedoch sein Bruder Karl. Sie richtete sich rasch auf und tastete mit der rechten Hand nach einem Taschentuch. Karl Hohenstein trat näher und reichte ihr eines, ein ordentlich gefaltetes Herrentaschentuch mit eingesticktem Monogramm. Zögernd nahm Henrietta es und tupfte sich die Augen ab.

Er betrachtete sie, ließ den Blick zu ihrem Arm gleiten, den sie um den Bauch geschlungen hatte, und seine Augen weiteten sich kaum merklich. »Hat mein Bruder dich in Schwierigkeiten gebracht?«

Verwirrt sah sie ihn an, dann verstand sie. »Nein, er hat mich nie angerührt.« Sie zögerte, da sie das Gefühl hatte, er erwarte eine Erklärung. »Ich bin einfach nur traurig.«

»Brauchst du Hilfe?«

Es war das erste Mal, dass Karl Hohenstein mit ihr sprach, meist nickte er ihr nur knapp zu, wenn sie sich sahen, und nach dem, was sie über ihn gehört hatte, hatte sie ihn für recht arrogant gehalten. »Nein, mir kann niemand helfen.« Sie richtete sich auf. »Es geht mir auch schon wieder gut.«

Ganz offensichtlich glaubte er ihr nicht, aber er nickte. »In Ordnung. Wenn dir jemand zu nahe getreten ist oder dir Kummer verursacht hat, wende dich an Frau Hansen. Sie ist weniger ruppig, als es den Anschein hat.« Jetzt lächelte er.

»Ja. Vielen Dank, gnädiger Herr.«

Mit einem freundlichen Kopfnicken wandte er sich ab und ging wieder in die Remise. Kurz darauf hörte Henrietta ihn mit jemandem – vermutlich einem der Kutscher – sprechen. Sie starrte auf das Taschentuch, das sie immer noch in der Hand hielt. Da sie es ihm nicht benutzt zurückgeben wollte, steckte sie es ein, um es in der Wäscherei abzugeben. Dann erhob sie sich und kehrte ins Haus zurück.

✹✹ 20 ✹✹

Es war Karls Tonfall, diese vollkommene Fassungslosigkeit, die Julia aufmerken ließ, als sie durch den Korridor ging, im Begriff, ihre Wohnung aufzusuchen. Die Tür von Karls Arbeitszimmer war angelehnt, und obschon Julia lauschen zuwider war, blieb sie stehen.

»Und du kommst nicht auf den Gedanken, mich zu benachrichtigen, ehe du mit dem Kind hier aufkreuzt?«

»Hättest du es mir denn erlaubt?« Die Frauenstimme war Julia gänzlich unbekannt.

»Wir hatten eine Vereinbarung.«

»Und die ist hinfällig, ich brauch dein Geld nämlich nicht mehr.«

Julia legte die Hand auf ihr wild pochendes Herz, während sich das Wenige, das sie gehört hatte, zu einem sehr konkreten Bild formte. Etwas in ihr zerbrach, ließ ihre Welt von einem Moment auf den anderen in Stücke bersten. Sie legte eine zitternde Hand an die Tür, drückte sie leicht auf und betrat den Raum. Karl stand mitten im Zimmer, ihm gegenüber eine ausgesprochen hübsche Frau, deren üppiges Lockenhaar nur mühsam in eine Frisur gebändigt war. Beide drehten sich zu Julia um, Karl, in dessen Zorn sich nun Bestürzung mischte, und die Frau, deren volle Lippen sich zu einem hämischen Lächeln verzogen. Julia sah an ihnen vorbei zu einem kleinen Mädchen, das sich in eine Ecke drückte und eine Puppe eng an sich gepresst hielt. Sie mochte in Ludwigs Alter sein, vielleicht ein wenig älter, und sah ihm so frappierend ähnlich, dass Julia nicht lange rätseln musste, wer der Vater war. Für einen kurzen Moment wurde ihr schwindlig, einige Lidschläge lang verharrte die Welt in lähmender Stille.

»Ah, die Frau *von und zu*, nehme ich an?« Die Frau legte den Kopf schief, als Julia sich ihr zuwandte. »Er erzählt gelegentlich von Ihnen. Meist *danach*, wenn ihn das Gewissen plagt.«

Julias Haltung war starr, als sie sich Karl zuwandte, ihm die stumme Frage stellte, was hier los war, als sei dies nicht allzu offensichtlich. Aber ihr Verstand weigerte sich, die Sache hinzunehmen, suchte Erklärungen, Ausflüchte.

»Ich werde heiraten«, sagte die Frau, ehe Karl zu Wort kam, »und mein Verlobter will das Kind nicht. Nun ist es an Karl, für seine Tochter zu sorgen.«

Tochter. Nun, da es ausgesprochen war, wurde es real: das Kind, der Betrug, die Illusionen, in die Karl die Wirklichkeit gewoben hatte.

»Carlotta«, setzte Karl nun an, und Julia bemerkte, wie schwer es ihm fiel, mit ihr zu sprechen, »ist schwanger geworden, einige Monate bevor wir geheiratet haben.«

»Aber damit war die Sache nicht beendet«, antwortete Julia kaum hörbar.

»Ach je, Karl«, sagte die Frau, »sie ist entzückend. Die Unschuld in Person.« Sie verschränkte die Arme vor der Brust. »Nein, mein liebes Kind, es war nicht beendet, ganz und gar nicht. Der Gute war richtiggehend ausgehungert, wenn er zu mir kam.«

Julia spürte, wie die Kälte von ihren Fingern langsam die Arme hochwanderte. Sie sah das Kind an, das nun ängstlich wirkte und dessen Blick von einem Erwachsenen zum anderen huschte, dann wieder Karl. »Und nun?«, fragte sie. »Was wird nun?«

»Marianne bleibt bei uns.«

»Ich möchte sie nicht bei meinen Kindern haben.«

Karl sah sie an, als glaubte er, sich verhört zu haben. »Dir wird leider nichts anderes übrig bleiben. Dass du mir grollst, sei dir unbenommen, aber Marianne kann nichts dafür.«

Wieder sah Julia das Kind an, dann zuckte ihr Blick zu dessen Mutter, und unvermittelt erschien vor ihr das Bild dieser Frau, innig umschlungen von Karl inmitten zerwühlter Laken. Für einen Moment schloss Julia die Augen, und als sie sie wieder öffnete, bemerkte sie, dass die Frau sie ansah, als ahne sie sehr genau um ihre Gedanken.

»Seien Sie ihm nur böse, er hat es verdient. Er wird heute Nacht sicher alles tun, um Sie zu versöhnen. Und Sie wissen vermutlich ebenso wie ich, dass er darin ziemlich gut ist.« Ein vertrauliches Zwinkern folgte, und die Demütigung nahm Julia beinahe den Atem.

Sie ging zu Karl, bemerkte, wie er dazu ansetzte, etwas zu sagen, holte aus und schlug ihm mit einer Kraft ins Gesicht, die sie sich selbst nicht zugetraut hätte. Dann wandte sie sich mit einem Ruck ab und lief aus dem Raum.

»Alle Wetter!«, hörte sie die Frau begeistert rufen. »Offenbar muss man mit dir verheiratet sein, um das wagen zu dürfen.«

»Halt endlich den Mund!«

Dann war Julia außer Hörweite. Sie hielt sich die brennende Hand an den Mund gepresst, erstickte jedes aufkommende Schluchzen und hoffte nur, dass ihr auf dem Weg in den privaten Wohntrakt niemand begegnete. Sie wusste ja, dass er sie betrogen hatte, seit sie verheiratet waren – sah man von den Flitterwochen ab, aber selbst für die würde sie ihre Hand nicht ins Feuer legen. Aber ein Kind? Eine Tochter, die er aufsuchte und mit deren Mutter er bei dieser Gelegenheit auch gleich schlief? *Der Gute war richtig-*

gehend ausgehungert, wenn er zu mir kam. Julias Blick trübte sich – Zorn, Demütigung, Scham und eine tiefe Verletzlichkeit rangen in ihr.

Ausgerechnet Maximilian lief sie in die Arme, als sie das Treppenhaus betrat.

»Was ist passiert?«, fragte er.

Julia antwortete nicht, da sie befürchtete, in Tränen auszubrechen, und schüttelte nur den Kopf. Dennoch konnte sie nicht verhindern, dass mit dem nächsten Blinzeln Nässe ihre Wimpern benetzte.

»Schon gut, ich verstehe. Soll ich mir Karl vornehmen?«

Julia brauchte mehrere Versuche, ehe sie antworten konnte. »Nein, ist schon gut.«

»Ja, ganz so sieht es aus.«

»Er soll mich nur für die nächsten Stunden in Ruhe lassen.«

»Ich werde ihm ausreichend zu tun geben.«

Julia nickte nur, dann wandte sie sich ab und lief die Treppe hoch. In ihrem Zimmer warf sie die Tür ins Schloss, lehnte sich dagegen und presste die Hände vors Gesicht. Ihre Tränen waren jedoch versiegt. Vielmehr gewann langsam der Zorn die Oberhand, als sie daran dachte, wie Karl sie wegen ihres nächtlichen Ausflugs mit Konrad ins Verhör genommen und wie er ihr hernach zugesetzt hatte. Die ganze Zeit über war sie duldsam gewesen, hatte die vorbildliche Ehefrau gespielt, hatte seine außerehelichen Eskapaden hingenommen. Aber damit war nun Schluss. Julia richtete sich auf. Maximilian würde Karl von ihr fernhalten, daran zweifelte sie nicht. Sie hatte Zeit. Und sie wusste, was sie nun tun würde.

Carlotta hatte plötzlich vor ihm gestanden, hatte dreist den Weg durch den Haupteingang genommen, vorbei an dem verdutzten Portier, die kleine Marianne an der Hand. Sie war auf Karl, der sie entsetzt anstarrte, zugegangen und hatte gesagt: »Wir müssen reden.« Gefolgt von Mariannes freudigem »Papa!«.

Unter dem überraschten Blick von Konrad und den konsternierten des Concierge und einiger Gäste hatte Karl die beiden eilig zur Seite genommen und war mit ihnen in sein Arbeitszimmer gegangen. Natürlich war es nur eine Frage der Zeit gewesen, bis Julia davon erfuhr, aber dass es *so* rasch ging und sie hier auftauchte, kaum dass er und Carlotta einige Worte gewechselt hatten, damit hatte er nicht gerechnet.

»Ich muss schon sagen, sie hat einen ordentlichen Schlag drauf.« Carlotta machte kein Hehl aus ihrer Belustigung.

Da musste Karl zustimmen, seine Wange brannte wie Feuer, so viel Kraft hätte er Julia nicht zugetraut. »Warum hast du mir nicht geschrieben?«

Carlotta zuckte mit den Schultern. »So fand ich's amüsanter.«

»Auch für Marianne?«

»Du wirfst mir doch ständig vor, mich nicht ausreichend um sie zu kümmern. Jetzt darfst du's besser machen.«

Karl fuhr sich mit beiden Händen durch das Haar. »Seit wann weißt du, dass du heiraten wirst? Doch sicher nicht erst seit gestern.«

»Seit drei Monaten.«

Karl runzelte die Stirn. »Und trotzdem hast du mit mir...« Er führte den Satz Mariannes wegen nicht zu Ende, aber Carlotta verstand auch so.

»Ein kleiner Abschied, immerhin muss ich sagen, dass es wirklich Spaß macht mit dir. Wer weiß, ob Thomas da mithalten kann.«

»Dein zukünftiger Mann ist ja ein echter Glückspilz«, ätzte Karl.

Wieder zuckte Carlotta nur mit den Schultern.

Um das Maß vollzumachen, betrat nun auch noch sein Vater das Arbeitszimmer. Mit einem Blick erfasste er die Situation. Er sah erst Marianne finster an, die zu weinen begann und sich in eine Ecke des Raumes zurückzog, dann Carlotta. »Was ist das?« Kopfnicken zu dem Kind.

»Meine Tochter«, antwortete Karl und ging zu Marianne, um sie auf den Arm zu nehmen. Das Mädchen ließ die Puppe fallen, schlang die Arme um seinen Hals und barg das Gesicht an seiner Schulter.

»Und das ist die Mutter?« Maximilian Hohenstein deutete mit dem Kinn knapp zu Carlotta.

»Ja«, erwiderte Karl.

»Und sie hat dir heute eröffnet, dass du dieses Kind hast?«

»Nein«, sagte Carlotta, »er weiß es schon von Anfang an. Sie erinnern sich vielleicht, dass ich hier mal gearbeitet habe«, fügte sie patzig hinzu.

Nun sah Maximilian Hohenstein sie länger an, maß sie abschätzig vom Gesicht bis zum Saum. »Nein, tue ich nicht.«

»Dann wissen Sie's jetzt. Ich hab das Kind versorgt, obwohl ich es nicht wollte, und er hat gezahlt. Und jetzt heirate ich, und Marianne muss weg.«

Karl spürte, wie sich das Mädchen in seinen Armen verkrampfte.

»Also wolltest du sie hier nur abliefern?«, fragte Maximilian.

»Ja, ich ...«

»Gut, das hast du getan. Nun scher dich raus.«

Carlotta starrte ihn an.

»Was denn? War ich nicht deutlich genug?«

»Also gut.« Carlotta lächelte kalt. »Ich habe hier ohnehin

nichts mehr zu tun. Karl, ich nehme nicht an, dass wir uns wiedersehen. Also leb wohl.«

Marianne hob den Kopf und streckte die Arme aus. »Mama!«

Kurz drehte Carlotta sich um, sah in das tränennasse Gesicht ihrer Tochter. »Tut mir leid, meine Kleine, aber ich eigne mich nicht zur Mutter. Zumindest nicht unter diesen Umständen.« Sie wandte sich ab und ging.

»Mama!«, rief Marianne und presste sich weinend an Karl.

Maximilian Hohenstein sah das Kind an. »Nun weiß ich wenigstens, was mit Julia los war. Und wie ich sehe, hat sie ihrem Zorn sehr schlagkräftig Ausdruck verliehen. Dazu kann ich sie nur beglückwünschen, mir wäre auch das eine oder andere Mal danach.«

»Du hast mit Julia gesprochen?«

»Ja, sie ist mir vorhin in die Arme gelaufen.«

Auch das noch. Karl verlagerte das Gewicht des Kindes auf seinen Armen. Er musste mit Julia reden, aber erst einmal galt es, Marianne zu beruhigen.

»Ich hoffe, du willst hier nicht noch mehr Zeit vertrödeln. Ich ändere nicht die Abläufe im Hotel, nur weil du deine Geliebte nicht im Griff hast. Beruhige das Kind, gib es jemandem, der es betreut, und dann geh an die Arbeit.«

Karl lag ein heftiger Widerspruch auf der Zunge, aber angesichts dessen, dass Marianne ohnehin schon verstört war, wollte er nicht auch noch lautstark streiten, und so nickte er nur knapp.

Sein Vater hatte die Arme vor der Brust verschränkt und beobachtete ihn. »Du solltest das Kind vielleicht nicht gerade Margaretha übergeben, ehe du mit Julia gesprochen hast.«

»Danke, so weit kann ich selbst denken. Wenn du mich

nun entschuldigst?« Karl verließ das Arbeitszimmer mit Marianne im Arm. »Möchtest du in den Garten?«, fragte er dicht am Ohr des Kindes und spürte ihr Nicken.

Er ging durch die hinter dem Vestibül gelegene Halle in den Innenhof, wo er Marianne für einen Moment absetzte, vor ihr in die Hocke ging und ihr mit einem Taschentuch das Gesicht abwischte. »Magst du nachher Eiskrem essen?«

Marianne schniefte. »Eis?«

»Ja. Und danach bringe ich dich in ein Zimmer, das voll ist mit Spielsachen.«

»Ist da auch die böse Frau, die dich geschlagen hat?«

»Nein. Und sie ist auch gar nicht böse, weißt du, sie ist nur ein wenig wütend.«

»Und holt Mama mich heute Abend ab?«

Karl holte tief Luft und seufzte. »Hör mal, Marianne, du hast doch schon ganz oft gesagt, dass du es nicht magst, wenn ich weggehe und dann erst Tage später wiederkomme, nicht wahr?«

Sie nickte.

»Und nun wohnst du bei mir, das heißt, wir können uns sehen, wann immer du möchtest.«

»Und Mama?«

»Deine Mama heiratet, deshalb wohnst du jetzt bei mir.«

Mariannes Unterlippe zitterte. »Hat sie mich nicht mehr lieb?«

Als sei das je der Fall gewesen. Karl wischte die erneut fließenden Tränen mit einem Taschentuch ab. »Doch, natürlich hat sie das. Deshalb hat sie dich ja hierher gebracht, weil es hier viel schöner ist als in eurer Wohnung und weil du nicht so viel allein sein sollst.« Er hob sie wieder hoch und ging mit ihr durch einen breiten Gang in eine kleine Halle, in der sich von Farnen beschattete Sitznischen befanden. Von hier gelangte man durch breite Flügeltüren auf den terrassenförmig angelegten Garten. Die meisten Gäste befanden sich an diesem Tag in jenem Teil des Gartens, den sie als Zypressenhain bezeichneten, denn dort spielte die Militärkapelle. So war Karl einigermaßen ungestört. Er setzte Marianne ab, die sich staunend umsah.

»Gehört der Garten dir?«

»Er gehört meiner Familie.« Karl winkte einen Kellner heran. »Bringen Sie mir ein Schälchen Erdbeereis mit Sahne.«

»Natürlich, gnädiger Herr.« Der Kellner lächelte das Kind an und ging zurück ins Haus. Das Hotelpersonal war hervorragend geschult, und wenn man erstaunt war über den plötzlichen Familienzuwachs – Karl zweifelte nicht daran, dass dem so war –, dann zeigte man dies nicht.

»Es stimmt also.« Alexander betrat den Garten von der Hofseite her mit Johanna.

»Ich fasse es nicht, dass du es die ganze Zeit wusstest«, sagte Johanna zu Alexander, »und kein Wort gesagt hast.«

»Ich hab's versprochen.«

Johanna funkelte ihn verärgert an, dann wandte sie sich an Karl. »Sieht aus, als sei Julia *ziemlich* wütend gewesen. Ich an ihrer Stelle hätte gleich den Briefbeschwerer genommen.«

»Ich kann es mir lebhaft vorstellen«, antwortete Karl.

»In Zukunft verschweige ich euch auch alles Wichtige in meinem Leben.«

Karl und Alexander tauschten einen belustigten Blick, der Johanna offenbar noch mehr auf die Barrikaden brachte. »Ha, ihr würdet euch wundern, wenn ihr wüsstet, *was* es zu erzählen gibt.« Johanna drehte ihnen den Rücken zu und ging in die Hocke. »Und wer bist du, hm?«

»Marianne«, fiepte das Mädchen und drückte sich gegen Karls Beine.

»Ich bin deine Tante Johanna.«

Das Mädchen sah sie unverwandt an und schwieg. In ihren Wimpern hingen noch Tränen, und die runden Wangen waren gerötet. Johanna streckte dem Kind die Hand entgegen. »Möchtest du ein wenig mit mir im Garten spazieren gehen?«

Das Mädchen drückte sich noch enger an Karl und schüttelte den Kopf.

»Sie wartet auf ihr Eis«, erklärte Karl und hockte sich ebenfalls hin. Marianne schlang die Arme um seinen Hals und kletterte auf sein Knie. Als der Kellner mit dem Eis zurückkam, leuchtete ihr Gesicht auf, und zum ersten Mal, seit sie hierhergekommen war, flog ein kurzes Lächeln über ihre Züge. Karl nahm das Eis entgegen und reichte es ihr, dann erhob er sich mit ihr zusammen und ging zu einem der zierlichen Tische, die um einen marmornen Brunnen herum gruppiert waren.

»Soll ich mich um sie kümmern?«, fragte Johanna, als sie sich auf den Stühlen niederließen. »Dann kannst du mit Julia sprechen.«

Karl überlegte kurz, und sein Blick traf sich mit Mariannes besorgtem. Sie hatte beim Essen innegehalten, und das Eis tropfte ihr vom Löffel. Gerade erst hatte ihre Mutter sie hier abgeliefert, was verstörend genug war – Carlotta hatte das Ganze offenbar dem Kind gegenüber als Besuch ausgegeben, damit es nicht schon auf dem Weg Tränen gab. Karl wusste nicht, ob es klug war, sie nun gleich an eine ihr fremde Frau zu übergeben. Andererseits konnte er unmöglich für die nächsten Tage unaufhörlich an ihrer Seite sein. Er strich ihr über das gescheitelte Blondhaar. »Bleibst du ein wenig bei deiner Tante, ja?«

Marianne schüttelte den Kopf.

»Nicht lange, ich muss mich um einiges kümmern.«

»Ich will nicht, dass du weggehst.«

»Ich gehe ja gar nicht weg, ich bin die ganze Zeit in der Nähe. Wenn etwas ist, lässt du mich einfach holen.«

Nun widersprach Marianne nicht mehr, aber glücklich sah sie nicht aus. Und als sie blinzelte, hingen schon wieder Tränen in ihren Wimpern.

»Schon gut«, sagte Karl. »Ich bleibe.«

Alexander winkte den Kellner heran und bestellte Kaffee.

»Kuchen?«, fragte er an seine Geschwister gerichtet.

»Nein«, antwortete Karl.

»Apfeltorte«, kam es von Johanna.

Nachdem der Kellner die Bestellung aufgenommen hatte, ließ sich Alexander ebenfalls am Tisch nieder. Doch in just diesem Moment kam ihr Vater über die Terrasse, in der Hand einige Papiere.

»Die Pflicht naht«, sagte Alexander, und Karl drehte sich um.

»Ah, hier vertrödelst du also deine Zeit.« Sein Vater blieb stehen, sodass sie zu ihm aufsehen mussten. »Hatte ich nicht gesagt, es gibt einiges zu tun?«

»Ich möchte Marianne noch nicht allein lassen.«

Ein kurzer Blick seines Vaters streifte die Kleine. »Du hast dich in den letzten Jahren auch nicht den ganzen Tag um sie gekümmert.«

»Da hatte sie ja auch ihre Mutter.«

»Ah ja, das vulgäre Geschöpf. Welch ein Verlust.« Maximilian Hohenstein warf die Papiere vor Karl auf den Tisch, sodass der Kellner, der eben mit Kaffee und Kuchen kam, alles um die Unterlagen herum abstellen musste.

»Was ist das?« Karl nickte zu den Papieren hin.

»Die Aufschlüsselung der Kosten, wenn wir alle Räumlichkeiten mit elektrischem Licht ausstatten. Sieh dir das durch und schau, wo man Abstriche machen kann, es wird mir sonst zu teuer. Und dann kümmere dich um die Umsetzung.«

Karl sah ihn erstaunt an. »Nun doch?«

»Fritz Dreesen ist uns in dieser Hinsicht um einige Jahre voraus.«

»Aber das weißt du doch nicht erst seit heute.«

»Ja, aber damals hatten wir noch keine Kinderleiche im Keller. Jetzt muss ich zusehen, das Hotel wieder attraktiver zu machen, und einige Neuerungen bieten.«

Karl zog die Unterlagen zu sich. Er konnte nach wie vor nicht gut an das tote Kind denken, ohne dass sich etwas in seiner Brust zusammenzog.

»Willst du die Dokumente *hier* durchsehen?«, fragte sein Vater.

»Ja.«

»Ah, wird seit Neuestem im Garten gearbeitet?«

»Heute ja, ausnahmsweise. Lesen kann ich hier ebenso gut wie in meinem Arbeitszimmer.«

Maximilian Hohensteins Lippen wurden zu einem schmalen Strich. »Das wird nicht zur Gewohnheit!«

Karl legte das Blatt, in dem er gelesen hatte, hin. »Ich muss ohnehin gleich erst einmal zu Julia. Das hier kann bis morgen warten.«

»Kann es nicht. Und Julia möchte dich vorerst nicht sehen.«

»Ach? Und woher weißt du das?«

»Sie hat es mir gesagt.«

Das verschlug Karl die Sprache.

Maximilian Hohenstein neigte sich zu Marianne. »Wenn ich sie mir recht ansehe, kommt sie ein wenig nach Johanna.«

Mit viel Phantasie vielleicht, dachte Karl.

»Hübsches Kind«, sagte Maximilian Hohenstein, dann ging er zurück zum Haus.

Marianne sah ihm nach und löffelte dann ihr Eis weiter.

»Julia lässt dir über Vater ausrichten, sie wolle dich nicht sehen.« Alexander streckte die Beine aus. »*Das* würde mich tatsächlich alarmieren.«

»Ich gehe nachher zu ihr. Ein wenig Zeit lasse ich ihr noch, damit sie sich beruhigt.«

»Man sieht den Handabdruck übrigens immer noch«, sagte Johanna.

»Man *spürt* ihn auch noch«, antwortete Karl. Er blätterte in den Papieren, konnte sich aber nicht konzentrieren. Was für eine absurde Idee seines Vaters, ihm gerade jetzt damit zu kommen.

Als Johanna ihren Kuchen aufgegessen hatte, erhob sie sich. »Kommt, wir gehen spazieren. Nimm den Kram mit, Karl, damit Papa nicht denkt, du würdest dich vor der Arbeit drücken.«

»Was gänzlich abwegig wäre«, ergänzte Alexander feixend.

»Das sagt der Richtige.« Karl nahm die Unterlagen, faltete sie, steckte sie in die Innentasche seines Gehrocks und erhob sich ebenfalls.

Sie verließen den Garten, überquerten den seitlich gelegenen Hof, der mit Bänken und Blumenrabatten angelegt war, und gingen in den Wald. Nahezu zwei Stunden waren sie unterwegs, und für Marianne, die nur die Stadt kannte und noch nie in ihrem Leben in der freien Natur gespielt hatte, gab es so viel Neues zu sehen und zu erleben, dass sie ihren Kummer für eine ganze Zeit vergaß.

Nachdem Johanna im Wald mit dem Mädchen durch die Büsche gerobbt war, hatte Marianne sich so weit mit ihrer Tante angefreundet, dass sie Karls Abwesenheit akzeptierte. Er musste ihr jedoch versprechen, nicht lange fortzubleiben. Das tat er, auch wenn er vermutete, dass das Gespräch mit

Julia länger dauern würde. Aber Johanna würde die Kleine schon beschäftigen, das bestätigte sie ihm lächelnd.

Drei Stunden waren vergangen, seit Julia und Carlotta aufeinandergetroffen waren, Zeit genug, sich zu beruhigen. Im Grunde genommen hatte sie keine andere Wahl, als sich mit dem Unvermeidlichen abzufinden, aber Karl hätte die Sache dennoch gerne anders gelöst. Angesichts dessen, wie ungerecht er sie behandelt hatte, aufgrund einer Intrige, die von seiner Mutter eingefädelt worden war, war ihr Zorn nur zu verständlich. Außerdem war es eine Sache, seine ständige Untreue zu ertragen, aber eine gänzlich andere, ein Kind verschwiegen zu bekommen.

Karl betrat Julias Zimmer, musste jedoch feststellen, dass sie nicht da war. Sie war weder im angrenzenden Ankleidesalon noch in einem der anderen Räume, die Karl der Reihe nach aufsuchte. Vermutlich war sie spazieren gegangen, dafür sprach auch, dass die Kinder nicht da waren. Er zog den Klingelstrang, um nach Margaretha zu rufen. Stattdessen trat wenige Minuten später Dora ein.

»Ja, Herr Hohenstein?«

»Wo ist Margaretha?«

Dora sah ihn verwirrt an. »Die begleitet doch die gnädige Frau.«

»Spazieren?«

Nun wurde der Blick befremdet. »Sie wissen doch, dass sie heute abgereist ist.« Unsicher fügte sie hinzu: »Oder nicht?«

Karl ahnte, dass ihm seine Irritation deutlich anzusehen war, aber er hatte andere Sorgen, als das Gesicht vor der Dienerschaft zu wahren. »Wohin?«

»Das weiß ich nicht, gnädiger Herr.«

Karl nickte. »Hat sie sonst noch jemanden mitgenommen?«

»Alice, gnädiger Herr.«
Also beabsichtigte sie, länger fortzubleiben.
»Wann ist sie abgereist?«
»Vor gut zwei Stunden.«
Wäre Karl direkt zu ihr gegangen, hätte er noch mit ihr sprechen und ihre Abreise verhindern können. Nun war auch klar, warum sie ihn aus dem Weg hatte haben wollen.
»Gut, du kannst gehen.« Er winkte sie ungeduldig fort. Mit Streit hatte er gerechnet, heftigen Szenen, möglicherweise auch einer längeren Unversöhnlichkeit, aber doch niemals damit, dass sie einfach davonlief. Mit den Kindern gar. Das passte nicht zu ihr. Und doch hatte sie es getan.

Rasch ging er in Julias kleinen Salon, wo das Telephon stand – ein schmuckes Gerät, das neueste Modell der deutschen Reichspost, schwarz und elegant mit dem Reichsadler auf dem rechteckigen Gehäuse. Der Hörer war mit einer Sprechmuschel ausgestattet und bot somit den Komfort, nicht mehr zwei Geräte in der Hand halten zu müssen.

Karl hob den Hörer hoch, ließ ihn dann jedoch wieder sinken. Selbst wenn sie zu ihrer Familie gereist war – was er hoffte, denn sonst musste er die gesamte Verwandtschaft kontaktieren –, konnte sie jetzt unmöglich schon in Königstein sein. Er hängte ein und verließ den Salon, um mit dem Kutscher zu sprechen.

»Und ich sage euch, der gnädige Herr wusste von nichts!« Wieder einmal sonnte sich Dora in der allgemeinen Aufmerksamkeit, während sie im Dienstbotenzimmer beim Abendbrot saßen.

»Ich habe immer schon geahnt, dass es mit Carlotta kein gutes Ende nimmt«, sagte Frau Hansen. »Die war so hinter den Männern her, dass es ein Wunder ist, dass ihr nicht schon vorher einer einen Bastard angehängt hat.«

»Hat das denn wirklich niemand gewusst?«, wunderte sich die jüngere Küchenmagd, die nur wenig länger als Henrietta im Dienst des Hotels stand.

Eines der Zimmermädchen wusste zu erzählen, dass sie Carlotta vor einigen Jahren mit dickem Bauch in Bonn gesehen hatte. »Da dachte ich mir schon, dass sie nicht ohne Grund hier aufgehört hat. Allerdings trug sie die Nase so hoch, dass sie mich nicht einmal gegrüßt hat.«

»Klar«, sagte Dora, »wenn der gnädige Herr all die Jahre für sie gezahlt hat, hat es ihr ja auch an nichts gefehlt.«

»Und jetzt heiratet sie und liefert das Mädchen hier ab«, schloss Albert. »Sie fällt offenbar immer auf die Füße.«

»Unser Albert ist ein wenig eifersüchtig«, erklärte Dora Henrietta, »weil sie *ihn* nicht rangelassen hat.«

»Als hätte ich *die* gewollt.«

Das Grinsen, das einigen auf den Lippen lag, sowie der Blick, den Frau Hansen und Herr Bregenz tauschten, straften seine Aussage Lügen.

»Sei froh«, Frau Hansen nickte Albert aufmunternd zu, »dass du sie nicht bekommen hast. Diese Art von Frauen bringt nur Ärger, lass dir das von einer alten Henne wie mir gesagt sein.«

Alle am Tisch brachen in Gelächter aus. Das Glöckchen für den privaten Salon der jungen Hohensteins wurde angeschlagen, und Frau Hansen erhob sich. »Vermutlich der gnädige Herr, der mit mir die Aufgabenverteilung durchsprechen möchte, nun, wo unsere Frau Julia nicht da ist.« Sie verließ das Speisezimmer und schloss die Tür hinter sich.

Das Geplauder wurde fortgesetzt, sprang von Carlotta zu dem Stubenmädchen, das vor Henrietta hier tätig gewesen war und es offenbar weniger glücklich getroffen hatte. Das Personal erging sich in Spekulationen über ihren Verbleib, bis Herr Bregenz dem ein Ende setzte.

»Ärgerlich ist nur, dass Margaretha ebenfalls fort ist«, wechselte Dora das Thema.

»Die gnädige Frau konnte ja schlecht die lange Reise ohne Kindermädchen antreten«, antwortete Johannes.

»Und an wem bleibt die Arbeit mit dem neuen Kind nun hängen, wenn Margaretha nicht da ist? An mir! So sieht's doch aus.«

»Dann kannst du schon mal für deine eigenen üben«, stichelte Albert.

»Ha, so seh ich aus! Du kannst das Üben gern selbst übernehmen, schönen Dank auch.«

Albert setzte zu einer Antwort an, als Frau Hansen zurückkehrte. »Dora, Herr Hohenstein hat angeordnet, dass du die kleine Marianne ins Bett bringst. Bis auf Weiteres kümmerst du dich um sie.«

Dora erhob sich. »Und soll Henrietta jetzt alles allein machen? Oder soll ich gar Kindermädchen *und* Stubenmädchen sein?«

»Irma.« Frau Hansen wandte sich an eines der Zimmermädchen. »Du wirst Henrietta in den privaten Räumen helfen.«

»Ja, Frau Hansen.«

Dora erhob sich, die Mundwinkel missmutig verzogen. »Und was ist mit meinem Stenographiekurs? Ich kann das Kind doch nicht allein lassen?«

»Da findet sich eine Lösung«, sagte Frau Hansen und scheuchte sie aus dem Speisezimmer. Dann wandte sie sich an die übrigen Dienstboten, die an dem großen Tisch saßen. »Auf geht's, meine Herrschaften, die Arbeit ruft.«

Karl und Johanna hatten Marianne mit Dora bekannt gemacht, und glücklicherweise hatte das Kind sie sofort akzeptiert. Die Vorstellung, dass eine Frau nur dafür da war, sich um sie zu kümmern und ihre Wünsche zu erfüllen, war selbst für ein kummergeplagtes Mädchen eine große Sache. Inzwischen lag die Kleine im Bett, und Karl ging in den Salon, in dem das Telephon stand.

Er hatte mit dem Kutscher gesprochen, der Julia gefahren hatte. Ja, war seine Antwort gewesen, zum Bahnhof in Bonn habe er die gnädige Frau gebracht. Wohin sie gewollt habe? Ein erstaunter Blick. Das könne er leider nicht sagen, Alice habe sich um die Billetts gekümmert.

Wenn sie zu ihren Eltern gefahren war, musste sie inzwischen angekommen sein. Karl nahm den Hörer ab und ließ sich mit Richard von Landau in Königstein im Taunus verbinden. Hoffentlich lag er richtig mit seiner Vermutung, und sie war nicht zu irgendeiner Großtante gereist, die möglichst weit von ihm entfernt wohnte.

Philipp meldete sich, und seine Stimme kühlte um mehrere Grad ab, als Karl ihn begrüßte.

»Dass du es überhaupt wagst, hier anzurufen.«

Sie war wohl in der Tat in Königstein. »Ist Julia bei euch?«, fragte er dennoch, sicherheitshalber.

»Ist sie.«

»Kann ich sie sprechen?«

»Ich glaube nicht, dass sie das will.«

Karl atmete tief durch. »Fragst du sie bitte trotzdem?«

Es klapperte, dann herrschte Stille. Kurz darauf kam Philipp zurück. »Sie möchte nicht.«

Im Grunde genommen hätte er damit rechnen müssen.

»War's das?«, fragte Philipp.

»Ja, für heute schon. Ich melde mich morgen wieder.«

»Wie du meinst.« Damit hängte Philipp auf.

Karl legte den Hörer auf und stand mit gesenktem Kopf da, betrachtete die Maserungen im Schreibtisch, als läge dort die Lösung für sein Problem verborgen.

»Sie will nicht mit dir sprechen, ja?«

Karl blickte auf, als er die Stimme seiner Schwester hörte, und drehte sich um. Die Tür, die er nur halb angelehnt hatte, wurde aufgeschoben, und Johanna trat ein.

»Hast du gelauscht?«, fragte er.

»Seh ich so aus?«

»Ja.«

»Also gut.« Johanna schob die Tür ins Schloss und kam zu ihm. »Und was wirst du nun tun?«

»Nach Königstein reisen.«

Johanna seufzte tief und sah ihn an, als habe sie einen schweren bis hoffnungslosen Fall vor sich. »Nein, wirst du nicht. Du wirst dich um Marianne kümmern, sie braucht dich.«

»Julia wird erwarten, dass ich ihr nachreise und mich mit ihr aussöhne.«

»Karl, sie hat die Kinder mitgenommen. Weißt du, wie anstrengend diese Reise für sie gewesen sein muss? Das nimmt sie doch nicht auf sich, wenn sie möchte, dass du morgen kommst und sie wieder abholst. Wenn sie das wollte, wäre sie in das Haus in Königswinter gefahren. Oder hätte einen Spaziergang gemacht. Oder sich in ihrem Zimmer eingeschlossen.«

»Ich soll sie also in Ruhe lassen?«

»Ja. Wäre ich Julia, würde ich das wollen.«

Karl nickte zögernd, wollte nur ungern eingestehen, dass seine kleine Schwester recht hatte.

»Lass sie den Sommer über ein wenig zur Ruhe kommen und über alles nachdenken.«

»Den ganzen Sommer gleich?«

»Ja.« Johanna hakte sich bei ihm ein. »Und Alexander und ich sorgen dafür, dass dir nicht langweilig wird.«

»Es ist ja nicht nur Julia. Sie hat Valerie und Ludwig mitgenommen. Soll ich sie den ganzen Sommer über nicht mehr sehen dürfen?«

»Mein Lieber, ein klein wenig Strafe muss sein, findest du nicht?«

Er hob die Brauen.

»Nun sieh mich nicht so an. Du weißt selbst, dass du nicht gerade ein mustergültiger Ehemann bist. Wohingegen *sie* ...«

»Ja, schon gut, ich habe es verstanden.«

Sie neigte sich zu ihm und sah ihm tief in die Augen. »Soll ich dich ein wenig allein lassen, damit du weinen kannst?«

Er löste seinen Arm aus dem ihren und scheuchte sie weg. »Verschwinde bloß, du freche Göre!«

Johanna grinste. »Ich muss sowieso nach unten. Inzwischen dürften Mama und Papa es erfahren haben, und das wird spannend.«

Karl stöhnte auf.

»Das können wir ihr unmöglich durchgehen lassen!« Anne stand im Salon, die Wangen rot vor Erregung, die Hände zu Fäusten geballt.

Maximilian saß in seinem Sessel und wünschte, er hätte noch eine weitere Zigarre geraucht, ehe er sich auf das Gespräch eingelassen hatte. »Du wolltest doch, dass Karl sich von ihr trennt und sie endlich fort ist.«

Anne starrte ihn an, als glaubte sie, sich verhört zu haben. »Dass *er* sich von *ihr* trennt, ganz recht. Nicht, dass sie die Kinder nimmt und davonläuft. Wer weiß, ob wir Ludwig und Valerie je wiedersehen.«

»Jetzt wird es lächerlich, meine Liebe. Natürlich sehen wir sie wieder.«

»Karl muss augenblicklich nach Königstein und die Kinder holen. Und du solltest ihn begleiten, um die Formalitäten zu regeln.«

Maximilians Braue hob sich kaum merklich, doch Anne reagierte sofort: »Die offizielle Trennung. Unter diesen Umständen kann die Ehe natürlich nicht weitergeführt werden.«

»Bei den Hohensteins gibt es keine Ehescheidungen.«

»Es gibt auch keine Frauen, die ihren Männern davonlaufen.«

Wie ermüdend das alles war. »Aber selbst du wirst zugeben, dass Karl nicht ganz unschuldig daran ist, wie sich die Dinge entwickelt haben.«

»Karl ist ein Mann, und er ist nicht der Erste, der ein uneheliches Kind hat. Eine vernünftige Frau handelt besonnen und achtet darauf, wie ihr Verhalten in der Öffentlichkeit wahrgenommen wird. Keinesfalls nimmt sie die Kinder, läuft davon und stellt ihren Ehemann vor allen bloß. Und das, nachdem ihr eigener Ruf schon beschädigt ist.«

Diese Geschichte wieder. Maximilian stopfte seine Pfeife, um sie später auf der Veranda zu rauchen, und sah seine Ehefrau dann streng an. »Ihr Ruf«, sagte er überdeutlich, »ist tadellos, möchte ich meinen.«

Nun war es an ihr, zu schweigen. »Die Sache mit Konrad«, sagte sie schließlich, nicht ganz so entschieden wie vorher, vielmehr vorsichtig, als wolle sie ausloten, was er wusste. »Sie war die halbe Nacht mit ihm fort und hat hernach gelogen.«

»Meine Liebe, da sind mir ganz andere Dinge zu Ohren gekommen.«

Unsicher hielt sie inne, sah ihn an.

»Es ehrt dich zweifellos, mir meinen Rivalen vom Hals schaffen zu wollen, aber Julia habe *ich* für Karl ausgesucht, und bisher war sie eine der lohnenswertesten Investitionen, die ich je getätigt habe. Ich erlaube dir nicht, sie jemals wieder in Verruf zu bringen.«

Nun zauderte sie, schien nach den richtigen Worten zu suchen. »Hat Karl es dir gesagt?«

»Nein. Aber mir reicht eine Andeutung hier und da. Und euer Streit letztens, den ihr so lautstark im Korridor ausgetragen habt – was, unter uns gesagt, unsagbar vulgär gewesen ist –, hat das Bild der damaligen Vorfälle abgerundet.«

Anne schürzte die Lippen, dann ließ sie sich auf einem Sessel nieder. Sie saß aufrecht, eine Hand auf der Seitenlehne, die andere im Schoß. »Es geht doch um mehr, Maximilian. Es ist das Erbe deines Sohnes. Dafür würde ich *alles* tun. Ich will diesen Kerl aus dem Haus haben, so weit fort wie nur möglich.«

»Aber ja, Liebes, das will ich doch auch.«

»Du tust aber nichts dafür. Forschst in seiner Vergangenheit, die so gänzlich makellos ist. Keine Frauengeschichten, seit er hier ist. Vielleicht begehrt er gegen die Natur?«

»Es gab Frauen in seinem Leben, aber er war diskret, und keine davon war verheiratet.«

Anne biss sich auf die Unterlippe. »Du musst es konkreter angehen«, sagte sie schließlich. »Lass seine Vergangenheit in Ruhe, das fördert nichts zutage. Konzentrieren wir uns auf die Zukunft. Es muss etwas sein, das keine Deutungen zulässt, etwas, das endgültig ist.«

»Aha, und an was dachtest du?«

Sie antwortete nicht, sondern lächelte nur, und ihre Augen glänzten im warmen Licht der Lampen. Und in diesem Moment wollte Maximilian sie mit einer Intensität, die er lange nicht mehr verspürt hatte.

✯✯ 21 ✯✯

»Sie ist ja irgendwie doch ganz reizend«, sagte Dora, als sie mit Irma und Henrietta eine kurze Pause im Dienstbotenzimmer machte. »Überhaupt nicht verwöhnt.«

»Klingt, als könntest du dich daran gewöhnen«, neckte Irma sie.

»Nein, ich eigne mich nicht zum Kindermädchen. Wird Zeit, dass Herr Hohenstein jemand anderen findet.«

»Henrietta«, Johannes steckte den Kopf zur Tür hinein. »Frau Hansen sucht dich.«

Dora und Irma sahen Henrietta fragend an, aber die zuckte nur mit den Schultern, dann erhob sie sich und verließ den Raum. Frau Hansen war, wie immer um diese Zeit, in ihrer eigenen, großzügigen Kammer, die neben einem kleinen Schlafraum auch über ein Wohnzimmer verfügte. Im Gegensatz zu den Räumen von Herrn Bregenz, in denen ein großer Schreibtisch auf Geschäftstüchtigkeit hindeutete, wirkte das Zimmer von Frau Hansen viel heimeliger und gemütlicher. Vielleicht, um den Frauen in ihrer Obhut das Gefühl zu geben, dass kein Geheimnis oder Kummer die Geborgenheit dieses Raumes verließ.

Dieses Mal jedoch war es kalt und düster, obwohl das Licht in bleigrauen Fächerstrahlen ins Zimmer fiel. In der Raummitte stand Frau Hansen, die Miene von einem Ernst, dass Henrietta der Mut sank, obgleich sie sich keiner Schuld bewusst war.

»Sie wollten mich sprechen?«

»Ganz recht. Mach die Tür zu.«

Gehorsam schob Henrietta die Tür ins Schloss, dann sah sie die Haushälterin an, den Kopf fragend geneigt, die Hände vor den Hüften verschränkt und hoffend, dass man ihr nicht ansah, dass ihr das Herz vor Sorge bis zum Hals schlug.

»In deiner Schürzentasche hat eine der Wäscherinnen das hier«, Frau Hansen hielt ein Stück Stoff hoch, das unzweifelhaft als Taschentuch erkennbar war, »gefunden. Das Monogramm sagt sehr eindeutig, wem es gehört.«

»Herrn Karl«, sagte Henrietta und atmete auf vor Erleichterung.

»Du gibst es also zu?«

Nun runzelte Henrietta verwirrt die Stirn. Vermutete Frau Hansen, dass sie und Karl Hohenstein...

»Diebinnen«, sprach Frau Hansen in ihre Gedanken hinein, »werden von uns der Polizei gemeldet und ohne Zeugnis entlassen.«

Das war so absurd, dass Henrietta fast lachen musste. »Aber ich bin doch keine Diebin!«

»Und wie kommt das Tuch dann in deinen Besitz?«

»Herr Karl hat es mir gegeben.«

»Geliehen, nehme ich an?«

»Ja, ich denke schon. Er hat nichts weiter gesagt. Ich war traurig, er hat es bemerkt, mir das Tuch gegeben und ist wieder gegangen.«

»In diesem Haus ist es üblich, Leihgaben der Herrschaften zurückzugeben, sofort und unmittelbar. Keinesfalls zu verstecken und zu hoffen, dass es vergessen ist.«

»Grundgütiger, es handelt sich doch nur um ein Taschentuch.«

»Nur ein Taschentuch, das ist richtig. Aber ab wann ist es ein ernsthafter Diebstahl? Wenn es zwei Taschentücher sind? Zehn? Eine silberne Uhr?«

Ärger stieg in Henrietta auf. »Ich wollte es in die Wäsche geben, benutzt konnte ich es ihm wohl kaum aushändigen. Also habe ich es eingesteckt und dann schlicht vergessen.«

»Dergleichen Pflichtvergessenheit können wir hier nicht dulden. Auf unser Personal muss Verlass sein, in jeder Hinsicht.«

Man würde sie auf die Straße setzen. Und jetzt gab es keinen Philipp, der es verhinderte. Henrietta spürte, wie ihr die Tränen kamen, blinzelte jedoch rasch, und der Anflug weinerlichen Selbstmitleids verflog so schnell, wie er gekommen war. »Werfen Sie mich nun hinaus?«

»Wegen eines Taschentuchs? Red kein dummes Zeug! Aber ich ermahne dich offiziell. Sollte dergleichen wieder vorkommen, wird es entsprechende Konsequenzen haben.«

Henrietta stieß die angehaltene Luft aus und brachte sogar noch ein »Danke, Frau Hansen« hervor, obwohl sie ihre Vorgesetzte am liebsten geschüttelt hätte. So ein Theater um eine Nichtigkeit!

Frau Hansen nickte, nun etwas freundlicher. Sie würde sich die Geschichte von Herrn Karl bestätigen lassen, daran zweifelte Henrietta keinen Augenblick, aber sei's drum, sie hatte sich nichts vorzuwerfen. Henrietta ging nicht zurück ins Speisezimmer, sondern trat hinaus in den kleinen Hof hinter der Remise, zog eine Zigarette hervor und zündete sie an. Den Kopf zurückgelegt sah sie zu, wie der Rauch sich kräuselnd vor dem mattblauen Himmel auflöste.

»Sie lauern mir auf?« Agnes zog die Brauen zusammen und hielt auf dem Weg inne.

»Ja.« Alexander tat nicht einmal so, als habe er deswegen ein schlechtes Gewissen. »Ich möchte dich zum Haus begleiten.«

Mit einem Schulterzucken ging Agnes weiter. »Ich kann

Ihnen ja schlecht verbieten, neben mir herzulaufen.« Sie beschleunigte ihren Schritt jedoch nicht, was Alexander als Ermutigung ansah.

»Ein schöner Sommerabend«, sagte er.

Agnes hob kurz den Blick zum Himmel, als müsse sie sich vom Wahrheitsgehalt seiner Worte überzeugen, dann lächelte sie. »Es stimmt also. Wenn Ihresgleichen nichts zu sagen weiß, quatscht man übers Wetter.«

»Ein unverfängliches Thema.«

»Ja, und tödlich langweilig.«

Alexander fragte sich, was sie sagen würde, wenn er ihr anvertraute, was ihm wirklich durch den Kopf ging. Dass er sie küssen wollte, bis ihr die Sinne schwanden, dass er sie in das duftende Sommergras drücken und lieben wollte, bis die Nacht hereinbrach und der kommende Morgen. Dass er das mehr wollte, als er es je bei einer anderen gewollt hatte, die gar so leicht zu bekommen war. »Ich habe für mein Examen gelernt«, sagte er stattdessen.

Nun war sie in der Tat überrascht, blieb stehen und sah ihn an. »Aber nicht um meinetwillen?«

Ein klein wenig unbehaglich zuckte Alexander mit den Schultern.

Agnes warf den Kopf zurück und lachte, ein helles, silbriges Lachen, ganz ohne Stichelei, nur reine Erheiterung. »Sie verstehen sich wirklich auf die Kunst der Verführung.«

»Soll das heißen ...«

»Nein, heißt es nicht. Aber ehrlich gesagt finde ich Sie jetzt geradezu hinreißend, ich wäre fast gewillt, mich küssen zu lassen, müsste ich nicht befürchten, dass Sie sich dann mehr erhoffen.«

»Oh, ein Kuss reicht für den Anfang vollkommen.«

Sie lächelte, nun wieder ganz Spott und Hohn. »Wie ich es mir dachte: für den *Anfang*. Was soll das für ein Geschenk sein, das nur für den *Anfang* genügt? Nun, werter Herr, ich bedaure, aber Sie müssen ungeküsst zu Bett gehen. Wer meine Geschenke nicht zu würdigen weiß, ist ihrer nicht wert.«

Alexander seufzte frustriert.

»Es spricht für Sie, mich nicht zu bedrängen«, sagte sie, als sie weitergingen.

»Ich weiß vielleicht nicht, welcher Weg bei dir ans Ziel führt, aber dass es *dieser* nicht ist, weiß ich gewiss.«

Sie antwortete nicht, lächelte jedoch. Irgendwie war es ja ganz schön, einfach nur spazieren zu gehen, zu schweigen, die hübsche Agnes von der Seite anzusehen und zu wissen, dass man das Abendessen im Kreis der Familie verpasst hatte. Alexander hatte das Lernen als seltsam befriedigend empfunden, eine Flucht aus der stetigen Langeweile des Nichtstuns, das ihm sonst immer um so viel reizvoller erschienen war. Und er hatte – vor allem in Dingen, die Konrad betrafen – in letzter Zeit oft gemerkt, wie viel es wert war, der Wut seines Vaters die klaren Regeln der Rechtsprechung entgegenzusetzen und diesen damit zum Schweigen zu bringen. Konrads Stellung war unangreifbar, und Alexander gefiel der Gedanke, dies auch vor seinem Vater in Stein zu meißeln. Und so lernte Alexander mit derselben überbordenden Leidenschaft, mit der er sich in alles stürzte, was sein Interesse weckte. Ein ungewöhnliches Mittel, eine Frau zu erobern. Aber diese Eroberung war es wert.

»Stimmt es«, setzte sie an, »dass die junge Frau Hohenstein davongelaufen ist?«

»Wie bitte?« Dergleichen Fragen vom Personal waren so ungewöhnlich, dass es Alexander die Sprache verschlug.

»Nun, man erzählt es sich. Und Sie sehen mich an, als hätte ich gefragt, wo Sie das Familiensilber verwahren.«

»Nun ja, es sind äußerst private Belange.«

»Oh, ich denke, der Bereich, in den Sie bei mir vordringen wollen, ist noch deutlich privater.«

Alexander spürte, wie er rot wurde. War das denn zu fassen? Und Agnes amüsierte sich königlich, das war unübersehbar.

»Ja, sie ist fortgelaufen«, antwortete Alexander. »Zu ihren Eltern.«

»Und denken Sie, Herr Karl hat es verdient?«

Jetzt sah er sie mit leicht gerunzelter Stirn an.

»Was denn? Gehe ich zu weit? Darf ich Sie erinnern, dass *Sie*...«

»Ja, schon gut, ich weiß. Er hat es verdient, ja.«

»Obwohl er nur das tut, was Sie ebenfalls tun?«

Es war ja klar, dass die Sache *darauf* hinauslief. »Ich bin nicht verheiratet. Und mir würde mein Vater wohl auch kaum eine Ehefrau suchen, die so schön ist und obendrein noch Klasse hat. Für meinen Vater wäre lediglich wichtig, dass ich an der Kandare bin und vielleicht auch noch ein klein wenig bestraft werde.«

»Sie tun mir so leid, dass ich keine Worte finde.«

»Ich könnte mir vergnüglichere Situationen vorstellen, in denen du keine Worte findest.«

Sie neigte den Kopf und verdrehte die Augen. »Wie auch immer, das Kind wurde *vor* der Ehe gezeugt.«

»Es klingt beinahe so, als fändest du, meine Schwägerin sei im Unrecht.«

»Wer innerhalb Ihrer Kreise heiratet, muss doch mit dergleichen rechnen.«

»Sie muss es nicht dulden. Und erst recht nicht, dass man ihr ein Kind verschweigt. Meine Schwägerin nimmt das alles schon viel zu lange hin, es war klar, dass irgendwann damit Schluss ist.«

»Was wurde aus dieser Geschichte, die die Zofe Ihrer

Mutter eingefädelt hat? Es hat die Runde sogar bis zu uns gemacht.«

Alexander hob kurz die Schultern. »So recht kam es nicht mehr zur Sprache.«

Der Waldweg lichtete sich, und das Hotel kam in Sicht. Agnes blieb stehen und drehte sich zu ihm um, hielt ihren Korb mit beiden Händen vor sich fest, schwenkte ihn leicht. »Ich mag es, wenn Sie mit mir sprechen, als sei ich Ihnen ebenbürtig.«

»Das bist du doch.«

»Sie wissen selbst, dass dem nicht so ist. Ich bin ein Dienstmädchen und Sie ein Mann der Oberschicht.«

»Und das ist es, was du möchtest? Teil dieser Gesellschaft zu sein?«

Agnes zuckte mit den Schultern. »Und wenn dem so wäre? Führt der Weg über Ihr Bett gar dorthin?«

»Nein, dafür müsstest du mich heiraten.«

»Herr Hohenstein, soll das etwa ein Antrag sein?« Noch ehe er sich von seiner Verblüffung erholt hatte und eine Antwort fand, stieß Agnes ein helles Lachen aus, ließ ihn stehen und lief die letzten Schritte aus dem Wald heraus auf die Einfahrt zu.

Kleines Biest, dachte er. Dann: Warum eigentlich nicht? Sein Vater würde vor Zorn explodieren. Das wäre ein Spaß.

Es war einer jener Tage. Erst stolperte sein Pferd während des Ausritts und verstauchte sich so schwer das Fesselgelenk, dass Karl es nach Hause führen musste. Dann weigerte sich Julia abermals, mit ihm zu sprechen. Nachmittags scheuchte sein Vater ihn durchs Hotel, weil irgendeine wichtige Dame ihre Brille verloren hatte, die sich letzten Endes in ihrer Handtasche fand. Und zu guter Letzt erschien Frau Hansen und stellte ihm bizarre Fragen um irgendein Taschentuch, das er verliehen und dessen Existenz er bereits vergessen hatte.

Als er Marianne aufgesucht hatte, bemerkte er außerdem, dass Dora ihrer neuen Aufgabe mit einiger Lustlosigkeit nachging. Das konnte er ihr natürlich nicht zum Vorwurf machen, sie war eben kein gelerntes Kindermädchen. Auf Dauer musste er wohl eine andere Lösung finden, denn wer wusste schon, wann Margaretha zurückkam?

Doch die Lösung für dieses Problem wurde ihm beinahe auf dem Silbertablett präsentiert. Auf dem Korridor, in dem die Schlafzimmer lagen, begegnete er Irma, und ihm fiel etwas ein. »Hast du mir nicht mal erzählt, dass deine Schwester damals als Kindermädchen gearbeitet hat?«, fragte er.

Irma blieb stehen und wurde rot, vermutlich, weil ihr einfiel, bei welcher Gelegenheit sie ihm davon erzählt hatte. »Ja, gnädiger Herr.«

Sie war wirklich entzückend, und diese höfliche Distanz, die sie trotz ihrer gemeinsamen Nacht aufrechterhielt, war anziehender als Hannes plumpe Intimität. Es war bei einer Liebesnacht mit Irma geblieben, sie verdiente etwas Besseres als ein flüchtiges Abenteuer. »Ist sie wieder in Lohn und Brot?«

»Leider nicht. Nachdem sie unseren Vater so lange gepflegt hat, hat niemand sie mehr eingestellt, sie wohnt bei unserer Großtante.«

»Referenzen?«

Nun schien Irma zu ahnen, worauf er hinauswollte, und ein kleiner Funke freudiger Überraschung entzündete sich in ihrem Blick. »Sie war Kindermädchen bei den drei Töchtern von Professor Braun in Köln. Er ist Arzt an der Universitätsklinik.«

»Und warum hat sie dort aufgehört?«

»Weil mein Vater krank wurde.«

»Zeugnis?«

»Ja, das hat sie. Man war sehr zufrieden mit ihr und hat sie nur ungern gehen lassen.«

»Sei so lieb und schreib ihr. Sie soll sich hier vorstellen, bei Frau Hansen und auch bei mir persönlich.«

Ein Lächeln zuckte über Irmas Mund. »Sehr gerne, gnädiger Herr. Haben Sie vielen Dank.«

»Oh, ich danke dir. Du rettest mich gerade aus ziemlicher Bedrängnis.« Das war sicher übertrieben, aber ihr Lächeln und die Röte, die ihr in die Wangen stieg, waren hinreißend. Für einen Moment war Karl versucht, seine guten Vorsätze wieder über Bord zu werfen. Was machte schon ein Mal mehr oder weniger? Aber dann siegte sein moralisches Bewusstsein, und er verabschiedete sich von ihr.

Julia fehlte ihm, mehr, als er gedacht hätte. Sie fehlte ihm als Gesprächspartnerin, sie fehlte an seiner Seite im Hotel und in seinem Bett. Die Begegnungen mit anderen Frauen waren in den letzten Wochen rar geworden, und nun erschienen sie ihm wie ein schaler Ersatz und wenig begehrenswert.

Darüber hinaus vermisste er die Kinder. So wütend Julia auch auf ihn sein mochte, es war nicht recht, ihm Ludwig und Valerie zu entziehen. Und doch hätte sie ohne sie nicht abreisen können.

Als er in sein Arbeitszimmer ging, sah er Alfred Weitzmann, der die Hohenstein-Konten bei der Bank betreute, gemeinsam mit seinem Vater auf dessen Räume zugehen. Herr Weitzmann grüßte in Karls Richtung, dann verschwanden beide in der Zimmerflucht, die zu Maximilian Hohensteins Arbeitszimmer führte. Da Karl eine Vollmacht für die Konten des Hotels hatte, konnte er all die Bankgeschäfte erledigen, zu denen sein Vater keine Lust hatte – was vermutlich der einzige Grund gewesen war, warum er diese Vollmacht überhaupt erhalten hatte –, und so begegnete er Alfred Weitzmann, dessen schmierig-devote Beflissenheit er nicht ausstehen konnte, recht häufig.

»Herr Hohenstein?«

Karl hatte die Tür zu seinem Arbeitszimmer offen stehen lassen und blätterte an seinem Schreibtisch einige Unterlagen durch, auf der Suche nach den Formularen für den Stromanbieter. Nun blickte er auf und sah den Concierge an der Tür stehen. »Herr Stehle. Was gibt es?«

»Der Illusionist, der für heute Abend bestellt ist, sagt, sein Assistent sei erkrankt.«

Karl legte die Unterlagen zurück auf den Tisch. Auch das noch. »Sagt er den Auftritt ab?«

»Nein, er meinte, man könne die Sache auch etwas amüsanter für alle aufziehen und einen der Gäste als Freiwilligen hinzuziehen, als Teil des Auftritts sozusagen.«

»Ja, das klingt gut. Gibt es sonst noch etwas?«

»Fräulein Johanna steht an der Rezeption und bedient das Telefon, weil einer der Rezeptionisten krank geworden ist. Wir haben ihn heimgeschickt, ehe er die Gäste ansteckt.«

Karl musste lächeln. »Ist der Auftritt für Kinder geeignet?«, fragte er dann.

»Ja, das wurde ausdrücklich gesagt – für Groß und Klein.«

Nachdem der Concierge gegangen war, entschied Karl, dass die Unterlagen für den Stromanbieter bis zum nächsten Tag warten konnten. Er würde Marianne holen und sie bei dem Auftritt zusehen lassen, dergleichen hatte sie noch nie erlebt. Bei dem Gedanken an ihr strahlendes Kindergesicht hob sich seine Laune ein wenig.

Konrad beschloss sein Abendessen eben mit einer Tasse Kaffee in seinem Lieblingssessel, als Maximilian ohne jede Vorankündigung die Tür zu seinem Salon aufstieß. Er war rot im Gesicht und gleichzeitig seltsam blass um die Nase – offenbar war eine neue Stufe des Zorns erreicht. Konrad hatte mit seinem Erscheinen gerechnet, wenngleich nicht so bald.

»Herr Weitzmann war eben bei mir. Persönlich! Um mich davon in Kenntnis zu setzen, was sich heute ereignet hat.«

»Ein Brief hätte es vermutlich auch getan, aber der Mann schien einen Hang fürs Dramatische zu haben.« Konrad deutete auf einen Sessel. »Möchtest du dich nicht setzen?«

Maximilian ignorierte die Aufforderung, drohte ihm gar mit dem Finger, als sei er ein ungezogenes Kind. »Ich werde es nur einmal sagen: Du hast dich aus den Finanzen des Hotels herauszuhalten.«

»Mitnichten. Es gehört mir zur Hälfte, schon vergessen?«

»Das Geld habe ich in den letzten Jahren erwirtschaftet…«

»Ja, und unser werter Vater in den Jahren davor. Die Hälfte gehört mir, du kannst es drehen und wenden, wie du willst.« Es war eine ermüdende Auseinandersetzung mit diesem Herrn Weitzmann gewesen, der ihn zunächst von oben herab behandelt hatte, als liege ein bedauerliches Missverständnis vor – zu Konrads Ungunsten. Mit diesem Schlag Menschen konnte Konrad jedoch umgehen, und es dauerte nicht lange, da war von dem überheblichen Getue nicht mehr viel übrig. Konrad hatte eine Aufstellung aller Summen gefordert und der Beträge, die regelmäßig vom Geschäftskonto abgingen.

»*Mein* Konto…«

»Nein«, fiel ihm Konrad ins Wort, »nicht *deins*, sondern das des Hotels. Dein privates habe ich selbstverständlich nicht angerührt.«

»Es reicht, dass du dich hier schon überall einmischst, aber dass du auch noch anfängst, die Nase in meine Geldangelegenheiten zu stecken, geht zu weit.«

»Es mag dir passen oder nicht, aber das Testament war eindeutig. Und somit bin ich nicht nur am Gewinn beteiligt, sondern mir steht freier Zugang zu *allen* Geschäftsfinanzen zu.«

Maximilian hatte den Mund geöffnet, schien nach Worten zu suchen, die vernichtend genug waren, um ihn in die Schranken zu weisen, brachte dann jedoch nichts hervor. Wieder hob er den Finger, eine stumme Drohung, dann wandte er sich abrupt ab und ging, nicht ohne die Tür mit einem Knall ins Schloss zu werfen. Konrad trank seinen Kaffee aus, stellte die Tasse ab und beschloss, einen kleinen Spaziergang zu machen. Er war nie ein streitlustiger Mensch gewesen, ging einem heftigen Disput jedoch auch nicht aus dem Weg, wenn dieser angebracht war. Und für seine Rechte zu kämpfen, das hatte Konrad schon früh gelernt.

Er trat aus dem privaten Eingang am rechten Flügel des Hauses in den Hof und schlenderte um das Hotel herum. Nach dem Abendessen fanden sich noch etliche Gäste draußen ein, die einfach nur spazieren gingen oder zu einem abendlichen Ausflug aufbrachen, ausgerüstet mit Laternen, die erst zu späterer Stunde notwendig sein würden, und begleitet von Führern. Die Kutscher standen im Hof, gekleidet in elegante Livreen, bestehend aus dunkelgrauem Fahrrock, grau-weiß gestreiften Hosen, hohen Stulpenstiefeln und Zylinder.

Ein hübsches Mädchen kam von der Einfahrt her auf den

Hof gelaufen, schwenkte einen Korb, wirkte erheitert. Als sie ihn bemerkte, verlangsamte sie ihren Schritt, als besinne sie sich darauf, was sich für ein Dienstmädchen gehörte. Dann ging sie in die Wäscherei, nicht ohne sich noch einmal um sich selbst zu drehen, als tanze sie. Verliebt, dachte Konrad. So verschwenderisch jung und verliebt. Er lächelte. Dann sah er Alexander den Hof betreten, die Hände in den Taschen, ungewohnt nachdenklich. Als er Konrad bemerkte, hielt er auf ihn zu, und um seinen Mund zeigte sich die Andeutung eines Lächelns.

»Gehört das Mädchen, das hier gerade mit verliebten Blicken durch den Hof gelaufen ist, zu dir?«, fragte Konrad.

»Verliebt? Wenn eine nicht in mich verliebt ist, dann sie.«

Konrad nickte verständnisvoll. »Nicht leicht zu verführen?«

»So schwer war es noch nie.«

»Dann lohnt es sich, nicht wahr?«

»Das will ich hoffen.«

»Hast du vor, das arme Mädchen danach wieder fallen zu lassen?«

Alexander sagte nichts, senkte den Blick.

»Liebst du sie?«

Nun sah sein Neffe ihn an, als sei ihm dieser Gedanke noch gar nicht gekommen. »Und wenn?«

»Dann lohnt sich das Warten.«

»An derart weitreichenden Entscheidungen hängt mehr als ein paar Nächte.«

Konrad nickte. Vielleicht brachte es eine Welt zum Einsturz, die woanders wieder neu aufgebaut werden konnte. »Gibt es derzeit andere Frauen in deinem Leben?«

Alexander zögerte, dann schüttelte er den Kopf.

»Victor!« Johanna fand ihn nach einigem Suchen im Garten, wo er sich mit einer späten Tasse Tee niedergelassen hatte und in ein ledergebundenes Notizbuch schrieb.

Er blickte auf und lächelte. »Höre ich da einen Anflug von aufgeregter Freude?«

»Ja.« Sie blieb an seinem Tisch stehen. »Legen Sie das weg, ein Illusionist tritt in einer halben Stunde im großen Salon auf.«

»Ich bedaure zutiefst, aber ohne mich. Dergleichen Spektakel sind mir ein Gräuel.«

»Das dachte ich mir schon, daher habe ich Sie als freiwilligen Assistenten vorgeschlagen.«

Sie hatte ihn aus der Fassung gebracht, das konnte er nicht gut verbergen. »Ich hoffe, Sie scherzen.«

»Keineswegs. Ich sagte doch, meine Rache wird fürchterlich.« Johanna wollte sich ausschütten vor Lachen. »Wenn Sie absagen, stellen Sie mich furchtbar bloß, und das würden Sie als Ehrenmann doch nie tun, nicht wahr?«

Victor taxierte sie, als suche er nach Anzeichen dafür, dass sie nicht im Ernst sprach. Dann legte er sein Notizbuch hin, schraubte langsam den Füllfederhalter zu und seufzte. »Nun, dann soll es mir nicht einfallen, Ihnen den Spaß zu verderben.«

Endlich war da wieder diese ungezwungene Leichtigkeit zwischen ihnen. »Dann los, kommen Sie.«

Der Salonmagier Dr. Heinrich Farina war lange im Voraus gebucht worden, denn obgleich er nicht die Stufe eines Houdini, Ludwig Döbler oder Dr. Nepomuk Hofzinser erreicht hatte, galten seine Auftritte als sehr unterhaltsam und waren stets ausgebucht.

»Ich sage Ihnen gleich, dass ich kein albernes Kostüm anziehen werde.«

»Ach, Victor, nicht einmal den Kindern zuliebe? Aber

vermutlich wird er das gar nicht verlangen. Leider.« Sie seufzte.

Sie gingen ins Hotel, wo Johanna einen Kellner heranwinkte. »Bringen Sie Herrn Rados bitte zu Dr. Farina?«

»Ja, sehr gerne, gnädiges Fräulein.« Er wandte sich an Victor. »Gnädiger Herr, wenn Sie mir folgen möchten?«

Victor war im Begriff, sich abzuwenden, hielt dann jedoch inne. »Da fällt mir ein, ich habe das Foto abgeholt.« Er zog einen Umschlag aus seiner Rockinnentasche und reichte ihn Johanna.

»Vielen Dank.« Sie öffnete ihn und zog das Foto hervor. Es war eingefasst in eine Karte mit der Aufschrift *Erinnerung an den Drachenfels*. Sepiafarbene Motive von der Ruine, dem Rhein, dem Nachtigallental, Blätterranken und Weintrauben umrahmten das Bild. Johanna machte auf dem Foto keineswegs die lachhafte Figur, die sie erwartet hatte, sondern wirkte vielmehr, als unternähme sie eine große Reise. Sie saß aufrecht im Sattel, der große Hut warf einen Schatten auf ihr Gesicht, ausreichend, um ihr etwas Geheimnisvolles zu geben, ohne sie unkenntlich zu machen. An ihrer Seite Victor Rados, eine Hand am Zaumzeug des Esels, die andere hinter dem Rücken, dunkel und elegant. So ein Foto musste sie unbedingt mit Philipp machen. Sie blickte auf. »Eine gelungene Erinnerung.«

Victor sah den wartenden Kellner an. »Also dann, auf in die Schlacht.«

»Sie machen das schon.« Johanna grinste. »Ich werde laufend Zugaben verlangen.«

»Unterstehen Sie sich.« Er wandte sich ab und folgte dem Kellner den Korridor entlang.

Johanna sah ihm nach, dann machte sie sich auf den Weg in den großen Salon, der bereits für den Auftritt vorbereitet war. Kandelaber zauberten ein geheimnisvolles Licht, und die roten Samtvorhänge hatte man vor die Fenster gezogen. Vorne an den Wänden standen nachtblaue Kisten mit Mond- und Sternsymbolen, außerdem zwei hohe Spiegel in silbernen Rahmen, in die orientalisch anmutende Ornamente gemeißelt waren. Auf einem Tisch in der Mitte der Bühne stand ein Kästchen aus poliertem Holz, bemalt mit goldenen Symbolen. Johanna hatte ihre Garderobe gewechselt, ehe sie Victor geholt hatte, und sie trug ein pastellblaues Kleid mit weißen Rüschen, in dem sie sich fühlte wie der Sommerabend selbst.

Es hatten sich schon etliche Gäste eingefunden, und Kinder drängten sich um die Tische ganz vorne, indes die ganz Kleinen bei ihren Eltern saßen. Johanna machte Karl und Marianne aus und gesellte sich zu ihnen. Die Kleine hatte rote Wangen vor Aufregung, und ihre Augen glänzten.

»Papa sagt, gleich kommt ein Zauberer«, rief sie und klatschte begeistert in die Hände.

»Möchtest du nicht auch vorne bei den größeren Kindern sitzen?«, fragte Johanna.

Marianne umklammerte Karls Hand. »Nein. Sonst merkt Papa nicht, wenn der Zauberer mich in eine Taube verwandelt.«

»Das wäre natürlich tragisch«, antwortete Johanna ernst. »Aber eine Taube hat auch ein schönes Leben und kann fliegen und die Welt von oben ansehen.«

»Hier wird niemand verwandelt.« Karl warf Johanna einen bösen Blick zu. »Liebes, möchtest du Limonade oder Kakao?«, fragte er dann an die Kleine gewandt.

»Limonade.« Marianne beugte sich zu Johanna, kicherte und legte sich die Hand vor den Mund. »Eigentlich darf ich abends gar nichts Süßes mehr trinken, aber das weiß Papa nicht«, kiekste sie, während Karl tat, als habe er nichts gehört.

Die letzten freien Plätze füllten sich, und dann verstummte das Gemurmel allmählich. Hier und da war ersticktes Kinderlachen zu hören, und schließlich trat Heinrich Farina ein. Schlank und hochgewachsen, wie er war, bot er mit seinem grauen Haar und dem Spitzbart eher den Anblick eines Hochschulprofessors. An seiner Seite ging Victor Rados in schwarzem Gehrock und Zylinder. Irgendjemand seufzte, und Johanna versuchte, durch das Halbdunkel zu erspähen, wer das war.

»Victor Rados meldet sich freiwillig als Assistent eines Magiers?« Karl war erstaunt. »Das hätte ich nicht erwartet.«

»Er schuldete mir noch etwas für den Eselsritt.«

Der Magier öffnete den Kasten auf dem Tisch und entnahm ihm ein schwarzes Tuch und eine goldene Münze, dann streckte er die Hand aus, und Victor reichte ihm eine gläserne Flasche. Alles vollzog sich in vollkommenem Schweigen, für das Heinrich Farina bekannt war. Er machte nicht viele Worte, ließ Zaubertrick um Zaubertrick in die erwartungsvolle Stille fallen.

Der Anfang war recht unspektakulär. Die Münze fiel mit einem deutlichen Klirren in die Flasche, wurde anschließend mit dem Tuch bedeckt, und als der Magier das Tuch fortzog, war die Münze verschwunden. Er wiederholte den Trick, indem er zwei Münzen aus der Flasche verschwinden ließ, die in einem vormals leeren, verknoteten Taschentuch wieder auftauchten. Von dort verschwanden sie, als der Magier mit den Fingern schnippte.

Victors Aufgabe bestand darin, die Utensilien zu reichen und als dritte Hand zu fungieren, wenn der Magier eine solche benötigte.

Gänzlich in Verzückung gerieten die Kinder, als Heinrich Farina drei flauschige Kaninchen aus der hölzernen Kiste zog und sie allesamt Victor reichte, der sie mit sichtlich wenig Begeisterung entgegennahm und in einen Käfig setzte. Über diesen legte der Magier ein Tuch, machte eine Pause, in der die Stille nahezu atemlos wirkte, zog das Tuch fort, und die Kaninchen waren verschwunden.

»Oh nein!« Marianne klang, als sei sie den Tränen nahe.

Langsam wurden die Darstellungen dramatischer. Gegenstände verschwanden in Rauchwolken und tauchten in Victors Händen wieder auf, andere Gegenstände schwebten über die Bühne, und schließlich dirigierte der Magier mit knappen Handbewegungen einen Tanz von silbernen Bechern um sich herum. Dann schnippste er, ein gleißender Blitz erschien, und alles löste sich in Rauch auf. Begeisterter Applaus folgte.

»Und nun lasse ich eine junge Dame verschwinden...«

»Dafür braucht's hier keinen Magier«, witzelte jemand.

»...und an anderer Stelle wieder erscheinen. Mein Assistent wird jetzt durch die Reihen gehen und eine der Damen auswählen.« Er wiederholte seine Worte auf Englisch und Französisch, damit ihn auch die ausländischen Gäste verstanden, und Johanna wurde bewusst, dass sie ihn gerade das erste Mal etwas sagen hörte.

Etliche junge Frauen sahen Victor an, lächelten mal aufreizend, mal schüchtern. Anderen hingegen stand es im Gesicht geschrieben, dass sie hofften, auf gar keinen Fall die Erwählte zu werden. Johanna lehnte sich zurück und beobachtete. Sie wusste, dass Victor den weiblichen Gästen nicht den Spaß verderben würde, indem er sie auswählte. Und tatsächlich steuerte er auf ein junges Mädchen zu, vielleicht siebzehn oder achtzehn Jahre alt, das schüchtern und ein wenig unscheinbar wirkte und aussah, als rechne es nicht damit, dass er ausgerechnet auf sie zukam. Als er es dennoch tat, wirkte sie erstaunt, sah sich um, ob ein Missverständnis möglich sei, und ergriff schließlich seine ausgestreckte Hand, um sich zum Zauberer führen zu lassen. Der nahm galant ihre Finger und führte sie zu einer großen Kiste, die zwei Zimmerdiener eben mitten auf der Bühne abgestellt hatten.

Die Frau ließ sich in der Kiste nieder, und der Magier schloss den Deckel. Darüber legte er ein großes, nachtblaues Tuch mit goldenen Ornamenten. Eine lange Stille, die gänzlich ohne Effekte verstrich, folgte. Dann zog er das Tuch fort, öffnete die Kiste, und die junge Frau war fort. Ein Raunen ging durch die Menge.

Dann deutete Heinrich Farina auf eine Kiste am anderen Ende des Saals. Victor ging dorthin und klappte den Deckel auf: Ein weißgekleideter Arm legte sich um seinen Hals, dann hob er das junge Mädchen unter dem Applaus und den begeisterten Rufen der Kinder hinaus. Er setzte sie ab und reichte ihr seinen Arm, um sie auf die Bühne zu führen. Der Magier winkte beide an einen Tisch, legte ein Tuch darüber, zog es fort, und eine Schale Sorbet sowie zwei Gläser kamen zum Vorschein. Unter dem amüsierten Gelächter der Gäste ließen sich Victor und das nun sichtlich verlegene Mädchen daran nieder.

Der Magier lachte ebenfalls, bedankte sich in einer großen Geste, schnippte mit den Fingern der rechten Hand, ein gleißender Blitz erschien, Rauch breitete sich aus, und als dieser verzogen war, war der Magier ebenfalls fort. Donnernder Applaus folgte, indes Johanna Victor und die junge Frau beobachtete. Sie verschränkte die Arme vor der Brust und knabberte an ihrer Unterlippe. Als sie sich abwandte, begegnete sie Karls Blick und sah das Lächeln, das nahezu unmerklich um seine Lippen spielte.

✶✶ 22 ✶✶

Es reichte. Seit drei Wochen versuchte Karl nun, Julia zu erreichen. Vergeblich. Er rief schon nicht mehr täglich an, sondern ließ zwei bis drei Tage zwischen seinen Anrufen verstreichen. Das Gespräch mit Julias Mutter hatte ihm von allen am meisten Unbehagen verursacht. Ihre Stimme war so frostig gewesen, dass selbst der Hörer in Karls Hand zu gefrieren schien. Beim letzten Mal hatte er dann Richard von Landau am Apparat gehabt.

»Sie möchte nicht mit dir sprechen«, hatte sein Schwiegervater nach einer wütenden Tirade geschlossen. »Oder erwartest du etwa, dass ich sie an den Haaren ans Telefon schleife?«

Natürlich erwartete Karl das nicht.

»Dann ist ja gut.« Der Hörer wurde eingehängt.

Wenn sie ihn an diesem Tag wieder abwies, würde er alle guten Vorsätze fallen lassen und persönlich nach Königstein fahren, beschloss Karl. Und das Gespräch würde dann deutlich unerfreulicher werden als das, das sie am Telefon erwartet hätte.

Aber seine persönlichen Belange würden warten müssen, denn zunächst hieß es, der Beschwerde eines Zimmermädchens nachzugehen. Es behauptete, einer der Gäste würde sein Zimmer absichtlich verwüsten und ihren Bemühungen, Ordnung in den Raum zu bringen, unzureichend bekleidet beiwohnen. Karl hatte einen raschen Blick auf den Namen geworfen. Hans von Kleinsorg, um einige Ecken verwandt mit der grundanständigen Baronin von Barnim.

Karl nahm einen der Zimmerdiener mit sich. »Friedrich Kalt, richtig?«, erkundigte er sich.

»Ja, gnädiger Herr.«

»Du wirst mit Emilia gemeinsam Baron von Kleinsorgs Zimmer aufräumen. Es ist zu viel für sie allein, und wir haben momentan ohnehin ein Zimmermädchen zu wenig.« Er führte nicht weiter aus, warum die Anordnung nur für dieses Zimmer galt, denn die Sache hatte sich vermutlich längst herumgesprochen.

»Ist gut, gnädiger Herr.«

Karl klopfte an die Zimmertür, und eine Männerstimme bat ihn hinein. Der Mann trug tatsächlich nur Unterwäsche und starrte ihn entsetzt an, dann zog er sich rasch einen Morgenmantel über. »Herr Hohenstein?« Er sagte das mit so viel Würde, wie dies angesichts seines Aufzugs möglich war. »Ich hatte nicht mit Ihnen gerechnet.«

Nein, das hast du in der Tat nicht. Karl lächelte verbindlich. »Entschuldigen Sie bitte die Umstände. Sie haben sicherlich mitbekommen, dass wir einen kleinen personellen Engpass haben. Unser hervorragender Zimmerdiener Friedrich Kalt wird Ihr Zimmermädchen bei der Arbeit unterstützen. Ich hoffe, das ist zu Ihrer Zufriedenheit?«

War es nicht, das Gesicht des Mannes sprach Bände. »Ja, natürlich.«

»Das freut mich.« Karl nickte freundlich. Mochte der Mann aus der Sache seine eigenen Schlüsse ziehen, Karl Hohenstein hatte sich der Ordnung seines Zimmers persönlich angenommen, da gab es nun nichts zu beanstanden.

Auf dem Weg hinunter dachte er, dass ein Lift wirklich eine gute Investition sei. Die Treppe mochte schön und repräsentativ sein, aber für ältere Leute doch schwer zu bewältigen, vor allem für jene, die sich nur die Räume in der dritten Etage leisten konnten. Er musste das noch einmal detailliert mit Konrad besprechen.

An der Rezeption stand Johanna, die Gefallen daran gefunden hatte, das Telephon zu bedienen, wenn viel los war. Nun jedoch winkte sie ihn eifrig zu sich.

»Julia hat angerufen. Du sollst sie zurückrufen.«

Karls Herz ging schneller. »Halte die Stellung für mich, ich bin gleich wieder zurück.« Wenn sie die Rezeption anwählte, hatte sie es vermutlich schon vergeblich bei ihrem privaten Telephon versucht. Er ging in den Salon, schloss die Tür hinter sich, hob den Hörer ans Ohr, bediente die Kurbel und ließ sich mit dem Haus Richard von Landau in Königstein im Taunus verbinden.

Julia nahm den Anruf entgegen. »Das ging ja schnell«, sagte sie, klang dabei weder kühl noch abweisend. »Ich dachte mir schon, dass du im Hotel zu tun hast.«

Als sei sie nur kurz aus dem Haus gegangen. »Du fehlst mir«, war das Erste, was Karl zu sagen einfiel. »Du und die Kinder.«

Julia schwieg. Dann: »Du fehlst mir auch. Aber ich merke, dass diese Trennung richtig ist, mir geht es so gut wie seit Langem nicht mehr. Ich brauchte das, Karl. Und ich brauche es noch.«

»Die Sache mit dem Kind...«

»Es ist nicht nur das Kind, das war lediglich der Tropfen, der das Fass zum Überlaufen gebracht hat.«

»Wie lange wirst du fortbleiben?«

»Das weiß ich noch nicht.«

»Einer dauerhaften Trennung werde ich nicht zustimmen, das weißt du.«

»Ja, ich weiß.«

Wieder Schweigen. »Die Kinder möchten mit dir sprechen, ich habe sie holen lassen.« Kurz darauf krähte Ludwig fröhlich »Papa!« in den Hörer und erzählte dann aufgeregt von all den Abenteuern, die er mit seinem Großvater erlebte. Und dass Onkel Philipp ihn auf seinem Pferd mitgenommen hatte. Während er in allen Details seine Erlebnisse darlegte, quengelte Valerie im Hintergrund, sie wolle auch einmal drankommen. Als die Sache in Weinen ausartete, wurde Ludwigs Geplauder mitten im Satz unterbrochen – offenbar hatte Julia ihm den Hörer weggenommen und ihn Valerie gereicht. »Papa?«, schluchzte sie, und Karl brach es das Herz. »Ja, mein Liebstes«, sagte er. Und dann erzählte sie ebenfalls, unterbrochen von Schluckauf, was sie erlebt hatte und dass sie ihn vermisste. »Ich auch!«, brüllte Ludwig aus dem Hintergrund.

Zum Schluss nahm Julia das Gespräch wieder an sich. »Ich dachte, du würdest mir nichts als Vorwürfe machen«, sagte sie, »weil ich gegangen bin.«

»Ich wünschte, du hättest vorher mit mir gesprochen. Ich hätte dir niemals verboten, zu deiner Familie zu reisen.«

»Ich hatte meine Gründe, es nicht zu tun.«

»Hast du den Kindern von Marianne erzählt?«

»Nein. Es ist nicht der rechte Zeitpunkt.« Sie zögerte. »Du kannst mich jederzeit anrufen, wenn du möchtest. Aber bitte, komm nicht nach Königstein.«

Karl stieß einen langen Seufzer aus. »Ja, ist gut«, sagte er dann.

»Danke. Auf bald.«

»Auf bald.«

Sie hängte ein. Karl senkte langsam die Hand mit dem Hörer und starrte ins Leere.

Schon in seiner Jugend war Konrad gerne spazieren gegangen, hatte die Umgebung um das Haus seiner Mutter erkundet, das in der Nähe von Konstanz am Bodensee gelegen hatte. Sein Vater hatte ihr das Häuschen mit dem kleinen Garten geschenkt und sie mit einer Rente ausgestattet, damit sie nicht gänzlich mittellos war. Sie war Gast in seinem Hotel gewesen, eine junge Witwe ohne Familie, die als Gesellschafterin einer älteren Dame gekommen war. Eine Tätigkeit, die ein rasches Ende fand, als sie schwanger geworden war.

Das Haus hatte Konrad verkauft, als seine Mutter gestorben war, viel hatte es jedoch nicht abgeworfen. Er war mit dem Geld in die Kolonien gereist und hatte dort für eine deutsche Handelsgesellschaft als Jurist gearbeitet. Dann hatte er von seinem Erbe erfahren und war für einen Monat zurück nach Deutschland gekommen, um den Termin für die Testamentseröffnung wahrzunehmen. Dort hatte er das erste Mal Maximilian Hohenstein getroffen, den er ohne viel Federlesens als arroganten Schnösel einstufte. Die Erbschaft war für sie beide überraschend gewesen, hatte auf Konrad zu diesem Zeitpunkt jedoch keinen großen Reiz ausgeübt. Maximilian jedoch hatte getobt. Und ihm hernach durch seine Anwälte das Leben schwer zu machen versucht.

Kurz nach der Schlacht am Waterberg hatte Konrad beschlossen, dass es Zeit wurde, seine Zelte in den Kolonien abzubrechen. Mit den Verbrechen, die unweigerlich folgen würden, wollte er nichts zu tun haben. Generalleutnant von Trotha hatte den Aufstand der Herero niedergeschlagen und die in die Wüste geflüchteten Menschen mitsamt ihren Kindern verdursten lassen. Als Konrad von dem Vernichtungsbefehl hörte, der besagte, dass Überlebende in die Wüste zurückgetrieben wurden, wusste er, dass es richtig gewesen war, den Kolonien den Rücken zuzukehren.

Mit seiner Entscheidung, das Erbe anzutreten und sich nicht nur die Erträge überweisen zu lassen – was jedes Mal ein Akt langer Streitigkeiten durch die Anwälte gewesen war –, ging auch der Wunsch einer, endlich sesshaft zu werden. Er mochte den Kurort Königswinter, der als bequemste Eingangspforte zum Siebengebirge galt. Und er verbrachte gerne Zeit an der Rheinpromenade, wo die Ausflugsdampfer am Steg lagen und auf Fahrgäste warteten.

Am liebsten jedoch ging Konrad in den Wäldern spazieren, die sich im Sommer wie ein sattgrüner Teppich über Berge und Täler zogen. Er hatte einen festgelegten Spazierweg auserkoren, den er stets vor dem Nachmittagskaffee nahm, wenn er den Kopf freibekommen wollte. Nach dem Streit wegen des Kontos hatte sich das Verhältnis zu Maximilian noch weiter verschlechtert, und das bisschen Land, das er gewonnen hatte, war wie auf Eis gebaut, auf dem ein falscher Schritt ihn zu Fall bringen konnte.

Konrad atmete die frische, harzig riechende Luft ein. Es hatte sich in den letzten Tagen ein wenig abgekühlt, die Sonne verschwand immer wieder hinter vorbeiziehenden Wolken, und gelegentlich gab es Regenschauer. An diesem Tag jedoch schien es trocken zu bleiben, und der Boden federte unter Konrads Schritten, indes Pfützen unter den spärlichen Sonnenstrahlen langsam versickerten.

Der Knall eines Schusses ließ Vögel hastig aus dem Geäst aufsteigen. Konrad spürte einen Stoß in die Seite und wankte, ehe er merkte, dass er getroffen war. Eine Frau schrie, dann ein weiterer Schuss, der ihn knapp verfehlte. Jemand warf sich auf ihn, ließ ihn unsanft zu Boden gehen, und im nächsten Augenblick krachte es erneut. Rinde spritzte vom Baum vor ihm. Ein Mann stieß einen lauten Ruf aus, als wolle er einen unachtsamen Jäger aufmerksam machen, und nun bemerkte Konrad, dass die Stelle gar nicht so einsam war, wie er gedacht hatte, denn er hörte die hastigen Stimmen weiterer Menschen.

Katharina Henot richtete sich auf, einen roten Fleck auf

der Brust. Entsetzt starrte Konrad sie an, wollte sich ebenfalls aufrichten, aber ein heftiger Schmerz zwang ihn wieder zu Boden.

»Bleiben Sie liegen, Sie wurden getroffen.« Katharina Henot stand rasch auf, zu rasch für eine Frau, die tödlich in der Brust verletzt war. »Erkennen Sie keinen Schuss, wenn Sie getroffen werden? Bleiben auch noch stehen wie ein verwirrtes Reh und lassen sich fast zwei weitere Male abschießen?« Sie war außer sich vor Wut. Dann winkte sie jemanden herbei, und Konrad erkannte einen der Bergführer des Hotels.

»Lassen Sie nur, Herr Alsberg«, sagte er, als Konrad erneut aufstehen wollte. »Ich helfe Ihnen.«

»Nein«, Katharina Henot winkte mit einer raschen Handbewegung ab. »Ich will erst einmal sehen, wie schlimm es ist.« Sie kniete sich neben Konrad und knöpfte seinen Rock auf.

»Was…«

»Keine Sorge, ich weiß, was ich tue.«

»Aber, Frau Henot«, sagte der Bergführer, »das ist eine Schusswunde, das sollte sich ein Arzt ansehen.«

Konrad war derselben Meinung. »Ich dämpfe Ihren Tatendrang nur ungern…«

»Jetzt halten Sie schon still.« Sie knöpfte sein Hemd auf und legte die Wunde frei. Mit einem leisen Schmatzen löste sich der Stoff von der Wunde. »Es wäre schlimm um mich bestellt auf meinen Reisen«, sagte sie, während sie den Kopf über Konrads Flanke neigte, »wenn ich mit dergleichen nicht umzugehen wüsste. Schließlich weiß man nie«, sie schob ihre Hand vorsichtig unter seine Brust und gab ihm durch eine Bewegung zu verstehen, er solle sich in ihre Richtung drehen, »was einem passiert. So, reicht schon. Ah, die Kugel ist hinten wieder ausgetreten.« Sie ließ ihn los und richtete sich auf. »Die gute Nachricht ist, Sie werden das hier sicher überleben. Die schlechte: Den Weg zum Hotel wird es höllisch schmerzen.«

»Das tut es jetzt bereits.«

Einige Wanderer gesellten sich zu ihnen, drei Frauen und zwei Männer sowie eine Familie mit Kindern. Während die beiden Kleinsten, zwei Mädchen, sich von den Eltern losrissen und begeistert »Lebt er noch?« krähten, brach die Älteste in Tränen aus, und ihr Bruder, der sicher kaum zehn Jahre zählte, war sehr blass und rang um Fassung.

»Emma, Constanze, hierher!« Die Mutter zog die Mädchen eilig zu sich und hielt ihnen die Augen zu. »Entschuldigen Sie bitte, dass wir keine Hilfe anbieten ...«

»Wir sind genug«, sagte einer der beiden Wanderer. »Kommen Sie, Herr Alsberg, mit vereinten Kräften schaffen wir das.«

Während die Familie sich eilig entfernte, zogen einer der Wanderer und der Bergführer Konrad auf die Beine, indem sie seine Arme um ihre Schultern legten. Katharina Henot hatte recht gehabt, die Schmerzen waren überwältigend. Konrad entfuhr ein Stöhnen, das er rasch erstickte, indem er die Zähne zusammenbiss. Katharina zog das Hemd wieder zu und schloss einige Knöpfe.

»Es muss ja nicht noch mehr Dreck dran kommen.« Sie wandte sich an den anderen Wanderer. »Können Sie schon einmal vorgehen und dafür sorgen, dass ein Arzt gerufen wird?«

»Natürlich, gnädiges Fräulein.« Der Mann marschierte los und legte ein zügiges Tempo vor.

Es war ein mühsamer Rückweg. Konrad brach der Schweiß aus, lief ihm über die Stirn und tropfte in seine Augen. Die Schmerzen schienen bei jedem Schritt schlimmer zu werden.

»Sie halten sich gut«, sagte Katharina Henot. »Da habe ich schon ganz andere Fälle gesehen.«

»Besten Dank«, presste Konrad hervor. Es schien eine Ewigkeit zu dauern, bis die Giebeldächer des Hotels endlich in Sicht kamen.

Karl hatte Dr. Kleist angerufen, kaum dass der Wanderer ihnen die schockierende Nachricht überbracht hatte. Nun stand Johanna mit ihm und Alexander im Hof und wartete.

»Sollen wir ihnen nicht lieber entgegengehen?«, fragte sie.

»Um was zu tun?«, entgegnete Alexander. »Wir wissen ja nicht einmal genau, aus welcher Richtung sie kommen.«

Johanna zupfte an einem Zierknopf, der vorne an ihrem Kleid angebracht war, drehte ihn hin und her. Sie hatte sich eben von Victor verabschiedet, der an diesem Tag abgereist war, als sie hörte, wie ein Etagendiener erzählte, jemand habe Herrn Alsberg angeschossen. Sofort war Johanna ins Haus gelaufen und hatte sich die Geschichte von Karl bestätigen lassen.

»Wir müssen die Polizei rufen«, sagte sie nun.

»Ich möchte auf keinen Fall wieder diese Leute im Haus haben«, widersprach ihr Vater, der von der Remise her kam und sich zu ihnen gesellte.

»Jemand hat versucht, Onkel Konrad zu erschießen.«

»Die verirrte Kugel eines Jägers«, sagte ihr Vater. »Das ist wohl kaum ein Grund, die Polizei zu rufen.«

Karl starrte ihn an. »Das ist doch wohl hoffentlich nicht dein Ernst.«

»Mein voller Ernst.« Maximilian Hohenstein sah zum Haupteingang, auf den neue Gäste zustrebten, die eben mit einer der Hoteldroschken angekommen waren. »Nicht schon wieder die Polizei im Haus.«

Johanna sah, wie es in Karl brodelte, aber er schwieg und sah zum Wald, von dessen Saum sich eine kleine Menschengruppe löste: zwei Männer, die Konrad mit sich schleppten, der sich kaum auf den Beinen halten konnte, und vier Frauen, die neben ihnen hergingen. Eine von ihnen trug ein blutbeflecktes Kleid, sodass Johanna zunächst erschrak, sich dann aber sagte, dass eine so energisch ausschreitende Person unmöglich getroffen sein konnte.

»Onkel Konrad!« Sie lief auf die Männer zu, befürchtete, dass ihr Onkel mehr tot als lebendig sei. Sein Gesicht war tatsächlich so kreidig, dass Johanna befürchtete, jeden Moment weiche das Leben vollkommen daraus.

»Keine Sorge, Fräulein Johanna«, sagte die Frau mit der riesigen Brille und dem blutbefleckten Kleid. »Es geht ihm bestens.«

»Ja, absolut«, presste Konrad hervor.

Johanna begleitete die Gruppe zurück zum Hof, wo sie von Karl und Alexander in Empfang genommen wurde.

»Doktor Kleist muss jeden Moment hier sein«, sagte Karl und ging voran zum privaten Eingang am Seitenflügel. »Ich wusste nicht, was wir brauchen, daher habe ich Frau Hansen in der Küche Wasser abkochen lassen.«

Sie brachten Konrad Stufe um Stufe hoch in seine Etage und in sein Zimmer. Drei der vier Begleiterinnen hatten sich entfernt, doch die in dem blutigen Kleid war noch immer an Konrads Seite.

»Haben Sie etwas Hochprozentiges?«, fragte sie, als Konrad mit einem Stöhnen auf sein Bett sank. Einer der Männer stützte seinen Oberkörper, der andere hob seine Beine hoch.

Karl sah sie an. »Ja.«

»Gut, dann das und saubere Tücher. Keine Sorge, Ihr Onkel ist weniger schwer verletzt, als es den Anschein hat.«

»Ah ja? Sie sind Ärztin?«

»Nein.«

»Nun, ich weiß Ihre Mühen zu schätzen«, antwortete Karl, »aber ein Urteil über die Schwere der Verletzung hätte ich lieber aus berufenem Munde.«

Johanna wollte ihn eben für seine unfreundliche Arroganz zur Ordnung rufen, als sie das spöttische Lächeln um die Lippen der Frau bemerkte. Diese Frau war Karl durchaus gewachsen. Sie ging zum Bett und knöpfte Konrads Hemd auf. »Wenn Sie nun bitte für saubere Tücher und hochprozentigen Alkohol sorgen würden?«, sagte sie an Karl gewandt. Der zögerte, zog dann jedoch den Klingelstrang.

»Und nun sehen Sie mich nicht so entsetzt an. Ihr Onkel war auch schon der Meinung, mich lasse der Anblick seiner Brust in Ohnmacht fallen. Aber so ansehnlich seine Erscheinung auch ist – helfen Sie ihm bitte, seinen Oberkörper aufzurichten? Danke! –, so bin ich doch noch immer Herrin meiner Sinne. Und derzeit befindet er sich mitnichten in einem Zustand, in dem er mir gefährlich werden könnte.«

Karl half Konrad aus dem Rock und schließlich aus seinem Hemd. »Na, die nimmt dir den Wind aus den Segeln, nicht wahr?«, scherzte Konrad mühsam.

»Ich tue nur so, damit sie Ruhe gibt«, antwortete Karl.

»Also weißt du!«, rief Johanna.

Die Frau lächelte. »Da ich Ihnen gegenüber im Vorteil bin und weiß, mit wem ich es zu tun habe – mein Name ist Katharina Henot.«

»Wie die Hexe von Köln?«, fragte Alexander.

»Eben die.«

»Wie passend«, kam es von Karl.

Jetzt reichte es Johanna, und sie trat ihm so derb gegen den Knöchel, dass er einen Schmerzenslaut ausstieß.

Die junge Frau sah ihn aufmerksam an. »Sie sind der, dem die Frau davongelaufen ist, nicht wahr?«

Karl hob eine Braue.

»Wie passend«, sagte sie, und Konrad stieß ein hustendes Lachen aus.

Als er sich wieder beruhigt hatte, fragte er: »Wo ist eigentlich mein besorgter Bruder?«

Die Geschwister sahen sich um und bemerkten erst jetzt, dass ihr Vater nicht mitgekommen war.

»Hatte wohl im Hotel zu tun«, sagte Alexander.

Die Tür ging auf, und Henrietta erschien mit einer dampfenden Schüssel in den Händen. An ihrer Seite ging Dora, die ein silbernes Tablett mit gefalteten Handtüchern und einer verkorkten Flasche trug. Beide Dienstmädchen warfen einen raschen Blick auf Konrad und ihre Augen weiteten sich. Dann stellten sie alles auf dem Tisch an der rückwärtigen Wand ab.

»Benötigen Sie sonst noch etwas, gnädiger Herr?«, fragte Dora an Karl gewandt.

»Nein.«

Die Stubenmädchen verließen das Zimmer, und Katharina Henot erkundigte sich, wo das Bad war. Karl fand ihre Frage gänzlich unpassend, wie ihm nur unschwer anzusehen war.

»Ich möchte mir die Hände waschen«, erklärte sie mit einem kühlen Lächeln.

Karl deutete mit dem Kinn auf eine Tür links von ihm.

»Dafür, dass ich Ihr Gast bin und Ihren Onkel gerettet habe, sind Sie ziemlich von oben herab und unfreundlich«, bemerkte Katharina Henot, als sie ins angrenzende Bad ging.

»Sie hat recht«, fauchte Johanna. »Du führst dich unmöglich auf.«

»Nehmen Sie es ihm nicht übel«, sagte Alexander, als die Frau zurückkam und sich die Hände mit einem der sauberen Tücher abtrocknete. »Seit seine Frau weg ist, ist er unleidlich. Das liegt wohl an dem eklatanten Mangel an ... Zerstreuung.«

Karl taxierte ihn finster. »Ich bitte um Verzeihung«, sagte er dann an Katharina Henot gewandt.

»Akzeptiert.« Sie tauchte ein Tuch halb in das heiße Wasser, wrang es vorsichtig aus und ging zu Konrad, um die Wundränder sanft abzutupfen. Dann entkorkte sie die Flasche und tränkte ein weiteres Tuch mit dem Alkohol, um sich damit wieder der Wunde zuzuwenden. Konrad keuchte auf und stöhnte mit zusammengepressten Zähnen.

»Ja, ich sehe schon, Sie tragen es wie ein Mann«, sagte Katharina Henot, ohne von ihrer Arbeit aufzusehen.

Johanna grinste.

Die Tür ging auf, und Doktor Kleist trat ein, erfasste die Situation mit einem Blick und machte eine knappe Handbewegung, mit der er sie alle hinausscheuchte. »Raus«, ordnete er knapp an. »Sie nicht«, sagte er an Katharina Henot gewandt. »Sie scheinen die Einzige zu sein, die sich hier nicht sinnlos die Beine in den Bauch steht.«

Die Geschwister verließen das Zimmer und warteten im Korridor. »Wo ist eigentlich Konrads Kammerdiener?«, fragte Alexander. »Man sollte doch meinen, dass wenigstens er sich Sorgen macht, wenn es Vater schon nicht tut.«

»Hat seinen freien Nachmittag, wenn mich nicht alles täuscht«, antwortete Karl.

»Was sollte das da drin eigentlich?«, fragte Johanna, die ihn nicht so leicht davonkommen ließ. Erneut trat sie ihn vor den Knöchel.

»Wenn du das noch einmal machst...«, drohte er.

»Was dann? Schlägst du mich?«

»Hört jetzt auf, alle beide.« Alexander spielte ausnahmsweise den Vernünftigen. »Als hätten wir gerade keine anderen Sorgen. Und sie hat recht. Du *warst* unmöglich.

Wie es aussieht, mag Onkel Konrad die Frau, also benimm dich entsprechend.«

Karl zuckte mit den Schultern, widersprach jedoch nicht.

»Wer ruft die Polizei? Denn Vater wird es nicht tun.«

»Das mache ich«, antwortete Karl. »Am besten direkt, vielleicht finden sie Spuren im Wald oder wie immer das auch läuft.«

Johanna sah ihm nach, dann umschlang sie ihren Oberkörper. Plötzlich fröstelte sie. »Denkst du wirklich, jemand wollte Onkel Konrad erschießen?«

»Laut Aussage des Wanderers wurde dreimal geschossen, und Onkel Konrad wurde ja schon beim ersten Mal getroffen. Eine verirrte Kugel mag ja sein, aber gleich drei in seine Richtung?«

»Aber wer sollte so etwas Grauenvolles tun?«

Alexander hob in der gleichen Geste die Schultern wie Karl kurz zuvor und schwieg.

Besorgt sah Johanna zur Tür. »Die Frau war ja offenbar bei ihm, vielleicht galt es ihr.«

»Wir werden es erfahren.«

Karl ließ die Schimpftirade seines Vaters, in der »Nestbeschmutzer« noch die freundlichste Bezeichnung für ihn war, schweigend über sich ergehen. Die Polizei nahm die Sache sehr ernst, die Gäste ebenfalls, das war unübersehbar. Nach dem toten Mädchen jetzt ein Anschlag auf einen der beiden Geschäftsführer. Noch dazu auf den ungeliebten Bruder. Das werfe Fragen auf, sagte der leitende Ermittler.

Maximilian Hohenstein war außer sich, dass die Polizei ein weiteres Mal über sein Hotel herfiel, und das alles wegen der verirrten Kugel eines Jägers. Als die Polizisten gar sehen wollten, wo er seine Jagdwaffen aufbewahrte, wirkte er, als träfe ihn der Schlag. Mit zornbleichem Gesicht führte er die Ermittler in sein Jagdzimmer, wo Gewehre und Munition in einem Waffenschrank verwahrt wurden. Zu diesem Schrank gab es zwei Schlüssel. Den einen trug er stets bei sich, zu dem anderen, der in seinem Zimmer verwahrt wurde, hatte nur die Familie Zugang. Die Waffen reinigte sein Jagdmeister, aber auch der holte sich den Schlüssel von ihm.

»Dürfen wir bitte hineinsehen?«, fragte der Kommissar, und Maximilian schloss den Schrank auf. Sechs Gewehre.

»Fehlt da nicht eins?«, fragte der Ermittler und zeigte auf die leere Halterung.

»Der Schrank ist auf sieben Gewehre ausgelegt, aber es sind mittlerweile nur noch sechs«, entgegnete Maximilian Hohenstein.

Karl runzelte die Stirn. Obgleich er sich gut im Griff hatte, konnte sein Vater die Irritation nur mühsam verbergen. Der Polizist bemerkte dies offenbar ebenfalls.

»Sicher?«

»Ich werde ja wohl wissen, wie viele Gewehre ich besitze. Es waren mal sieben, eines habe ich kürzlich entsorgt, da es einen defekten Abzug hatte.«

»Kann Ihr Jagdmeister das bestätigen?«

»Davon gehe ich aus.«

Der Ermittler notierte sich die Adresse des Mannes und verließ gemeinsam mit Maximilian Hohenstein das Zimmer, um nun Konrad zu den Ereignissen zu befragen. Später erfuhr Karl, dass dieser in der Tat allein gewesen war und Katharina Henot erst nach dem ersten Treffer hinzugekommen war und ihn zu Boden gerissen hatte. Er wusste nicht, ob er selbst die Geistesgegenwart dazu gehabt hätte. Die Frau verdiente seinen Respekt, er würde sich wirklich bei ihr entschuldigen müssen.

Sie waren alle gute Schützen, aber der beste von ihnen

war sein Vater. Er hätte gewiss schon beim ersten Mal getroffen, spätestens jedoch beim zweiten. Johanna war aus der Übung, weil sie nicht auf die Jagd ging, aber sie konnte er ohnehin ausschließen. Alexander hatte den Nachmittag in seinem Studierzimmer verbracht und sich regelmäßig mit Kaffee versorgen lassen – das Stubenmädchen, das er mit seinem halbstündigen Läuten wahnsinnig gemacht hatte, würde das bestätigen können. Abgesehen davon war der Gedanke, er könne sich auf die Lauer legen und Konrad erschießen, gänzlich absurd. Er selbst war es auch nicht. Wer blieb also? Seine Mutter? Nein, auf gar keinen Fall. Die nahm kein Gewehr zur Hand, und bei allem, was er ihr sonst zutraute – aber ein Mord?

Man befragte die Wanderer und Katharina Henot sowie ihren Bergführer. Wie ein Lauffeuer sprach sich die Geschichte herum, und die Gäste schienen kein anderes Thema zu kennen als den Anschlag auf Konrad Alsberg. Ein schießwütiger Mörder trieb in den Wäldern sein Unwesen – diese Meinung wurde mal mehr, mal weniger einhellig vertreten. Jedenfalls reichte es, damit etliche Gäste ihre Ausflüge in den Wald für die nächsten Tage absagten, »bis der Mörder gefunden wird, der uns hinter den Bäumen auflauert«. Einige reisten ab, bei den meisten jedoch siegte die Sensationslust.

»Die Sache hätte ohne Weiteres als Unfall abgetan werden können«, sagte sein Vater. »Aber offenbar hat mein ältester Sohn sich vorgenommen, das Hotel in den Ruin zu treiben. Wenn du auch sonst zu nichts taugst, in *der* Sache scheinst du gründlich zu sein.«

Karl ignorierte ihn und zog sich in sein Arbeitszimmer zurück. Er hatte der Polizei nicht viel sagen können, er wusste ja selbst nichts. Und ob es sechs oder sieben Gewehre waren? Ja, eigentlich waren es sieben. Aber dass sein

Vater eines aussortiert hatte, war durchaus möglich. Er informierte ihn nicht über alles, was er tat. Da Karl aus Sicht der Polizisten über jeden Zweifel erhaben war – immerhin hatte er den ganzen Nachmittag im Hotel verbracht und war ständig von Gästen und Angestellten gesehen worden –, diskutierte man seine Antworten nicht weiter.

Maximilian Hohenstein war in Königswinter gewesen, man ließ sich das von dem Kutscher bestätigen, der ihn gefahren hatte. Natürlich hatte dieser nicht die ganze Zeit ein wachsames Auge auf den gnädigen Herrn gehabt, während dieser seine Besorgungen tätigte – seine Geliebte aufsuchte, wie Karl vermutete –, aber es bestand kein Anlass zur Vermutung, dass er sich durch die Wälder zurück zum Hotel geschlagen und heimlich ein Gewehr geholt habe, Konrad gefolgt sei, versucht habe, diesen zu töten, das Gewehr und seine zweifellos verdreckte Kleidung entsorgt habe, um sich anschließend umzuziehen und zurück nach Königswinter zu laufen. Gänzlich abwegig, das befand auch Karl, wenngleich er seinem Vater die Tat ohne Weiteres zugetraut hätte. Aber der hätte, wie gesagt, auf Anhieb einen tödlichen Treffer gelandet. Und wenn es tatsächlich ein Unbekannter war?

Konrad saß mit einem Berg von Kissen hinter seinem Rücken im Bett und gab den Versuch auf, lesen zu wollen. Jemand hatte auf ihn geschossen, ganz klar und offensichtlich, das hatte auch der Kommissar, mit dem er sich lange und ausführlich unterhalten hatte, nicht anders gesehen. Hätte Katharina Henot sich nicht auf ihn geworfen... Eine glückliche Schicksalsfügung, für die er nicht dankbar genug sein konnte. Erst im Nachhinein wurde ihm bewusst, *wie* knapp die Sache gewesen war. Inzwischen hatten die Schmerzen nachgelassen, das Morphium wirkte.

Als die Tür geöffnet wurde, erwartete Konrad erneut,

seinen tief betroffenen Kammerdiener zu sehen, der ihn die ganze Zeit umsorgte und unentwegt fragte, ob er noch etwas brauchte. Die Geschwister waren vorhin noch einmal bei ihm gewesen, und sogar Maximilian hatte sich sehen lassen und ein knappes »Wie geht's?« von sich gegeben.

Es war jedoch nicht sein Kammerdiener, sondern Katharina Henot, und im ersten Augenblick glaubte er, das Morphium vernebele ihm die Sinne. Sie kam näher, die schönste Erscheinung, die er jemals gesehen hatte, und ließ sich behutsam auf der Kante seines Bettes nieder.

»Wie geht es Ihnen, Herr Alsberg?«

»Konrad«, sagte er, »ich denke, angesichts der Umstände besteht zu Förmlichkeiten kein Anlass mehr.«

»Konrad.« Sie sagte seinen Namen langsam, als müsse sie ihn auf den Lippen schmecken. *Konrad und Katharina.* »Es interessiert dich vielleicht«, fuhr sie fort, »dass dein impertinenter Neffe sich vorhin formvollendet entschuldigt hat.«

»Für eine Tracht Prügel ist er ja leider schon zu alt. Obwohl ich durchaus versucht wäre.«

Sie lächelte. »Ja, ich musste mich auch beherrschen.«

Ihre Finger fanden sich auf der Bettdecke. »Ich kann dir also nicht gefährlich werden, ja?«, fragte Konrad.

Sie neigte sich leicht vor, strich ihm das Haar aus der Stirn und ließ ihre Hand an seiner Wange liegen. »Zumindest derzeit nicht auf *die* Art.«

Langsam drehte er den Kopf und küsste ihre Handinnenfläche, eine zarte Berührung, und doch erschien sie Konrad intimer als alles, was er je getan hatte. »Zu meinem Bedauern ist eine ... vertraute Beziehung zu weiblichen Gästen des Hauses streng untersagt«, sagte Konrad und legte ihr den Arm um die Mitte, zog sie ein winziges Stück näher an sich heran.

»Ah, ein Mann mit Prinzipien.« Sie war nur noch eine halbe Armlänge von ihm entfernt. »Ich habe vorhin meinen Schlüssel abgegeben. Mein Urlaub hier ist beendet, das heute war mein Abschiedsspaziergang, den du so abenteuerlich gestaltet hast.«

»Wir sind eben immer um die Zufriedenheit unserer Gäste bemüht. Und dass du nicht mit einem simplen Dampferausflug zu beeindrucken bist, dachte ich mir gleich.« Er beugte sich vor, und Katharina kam ihm entgegen, neigte sich vor, zögerte kurz und ließ dann zu, dass er sie küsste, ein langer Kuss, den Konrad bis zur Sättigung auskostete.

Als sie sich voneinander lösten, lächelte Katharina und lehnte sich weit genug zurück, um nach ihrer Tasche greifen zu können, der sie einen kleinen, gefalteten Zettel entnahm. Sie nahm seine Hand, bog die Finger auseinander und schloss sie um den Zettel. »Meine Adresse. Dort bin ich, wenn ich nicht auf Reisen bin. Ich hoffe, du schreibst mir. Ansonsten müsste ich denken, dass du meine Unschuld gerade furchtbar ausgenutzt hast.«

Konrad lachte, dann zog er sie erneut an sich und küsste sie. »Ich werde dir schreiben, meine liebe Unschuld.«

Sie erhob sich. »Gib auf dich acht, mein Lieber. Bis wir uns wiedersehen.« Damit drückte sie seine Hand und verließ das Zimmer.

Teil III

Wegesgabelungen

✯✯ 23 ✯✯

In diesem Herbst kehrte Johannas liebste Freundin Isabella nach Königswinter zurück. Mehr als ein Jahr lang war sie mit ihrer Tante auf Reisen gewesen, hatte in den Salons und Ballsälen der Aristokratie Europas verkehrt, und wie sie nun auf der Veranda mit Johanna saß, konnte diese sich nur zu gut vorstellen, wie sie allen Männern des Hoch- und niederen Adels mit ihrem goldblonden Haar und dem Schwanenhals den Kopf verdreht hatte. Bella Isabella hatte Alexander sie immer genannt, wenn sie sich sahen und ein wenig miteinander kokettierten. Vermutlich konnte sie sich vor Heiratsanträgen kaum mehr retten.

»Und nun erzähl endlich von dir«, sagte Isabella und stellte ihre Teetasse hin. »Hier war ja einiges los, habe ich gehört. Ein geheimnisvoller Onkel aus Afrika? Da bin ich ja neugierig, mehr zu erfahren.«

Johanna erzählte von Konrads Auftauchen zur letzten Silvesterfeier, von dem Skandal mit Julia und davon, dass er angeschossen worden war. Isabellas Augen wurden immer größer. »Das ist ja wie in einem kriminalistischen Theaterstück!«, rief sie. »Großartig!«

»Na ja, das kommt wohl auf den Standpunkt an.«

»Das mit dem Schuss ist aber schon ein wenig her, oder? Ich habe etwas von einer verirrten Jägerkugel gehört.«

»Vor über einem Monat war es, es passierte Mitte August.«

Isabella nickte und schenkte sich eine weitere Tasse Tee ein. Vorsichtig schielte Johanna zur Kuchenplatte und fragte sich, ob es gar zu verfressen wirkte, wenn sie sich das zweite Stück nahm, obwohl Isabella nur halbherzig an dem ersten geknabbert hatte. Ihre Freundin war schlank wie eh und je, und sie achtete sehr genau auf das, was sie aß. Diese Disziplin hatte Johanna nicht.

»Und hast du jemanden gefunden, in den du dich verliebt hast?«, fragte sie ihre Freundin.

Isabella zuckte mit den Schultern. »Da war der ein oder andere, der mir gefiel, aber richtig verliebt war ich eigentlich in keinen. Und du?«

»Du erinnerst dich an Philipp von Landau?«

»Julias Bruder? Ja, natürlich.« Ein Lächeln breitete sich auf Isabellas Lippen aus. »Ich bin ihm erst kürzlich auf einem Diplomatenball begegnet. Schmucker Bursche.«

Johanna beugte sich vor. »Wir haben uns geküsst.«

Allerdings wirkte Isabella nicht so beeindruckt, wie sie erwartet hatte. »Und du bist sicher, er passt zu dir?«

Johannas Euphorie erhielt einen deutlichen Dämpfer. »Ja, das bin ich«, sagte sie.

»Dann ist ja gut.«

»Warum fragst du?«

»Weil ich einfach für dich hoffe, dass er der Richtige ist und es auch ernst meint.«

»Sonst hätte er mich wohl kaum geküsst.«

Isabella sah sie an, dann lächelte sie und drückte ihre Hand. »Du hast ja recht, es tut mir leid. Wenn er wirklich der Richtige ist, freue ich mich sehr für dich. Dein byronscher Held.«

Die gute Stimmung war dahin, auch wenn Johanna das Lächeln erwiderte.

»Ich bin letzten Monat übrigens Victor Rados begegnet«, sagte Isabella übergangslos.

»Ah ja?«

»Auf einem Ball in Wien bei irgendeiner entfernten Tante von ihm. Hat dieser unverschämte Franzose dir eigentlich wieder Avancen gemacht?«

»Frédéric? Ja.«

»Er ist unverbesserlich. In Paris ist er mir zweimal auf einer Feier über den Weg gelaufen.«

Johanna wünschte sich so sehr, auch einmal ein so mondänes Leben zu führen, den Menschen, die sie kannte, in allen Städten Europas zu begegnen. Sie zerkrümelte den Kuchen zwischen ihren Fingern und blickte auf. Dabei bemerkte sie Konrad, der vom Garten aus auf die Veranda zukam. Er bewegte sich immer noch vorsichtig, die Wunde schmerzte ihn nach wie vor, aber dennoch ging er täglich im Garten spazieren, seit er aus dem Bett aufstehen konnte. Damit seine Muskeln nicht steif würden, wie er erklärte.

»Onkel Konrad, wir haben vorhin erst von dir gesprochen. Das ist Isabella von Holm, meine beste Freundin. Sie war ein Jahr lang in ganz Europa unterwegs.«

Konrad neigte den Kopf. »Es ist mir eine Freude«, sagte er zu ihr.

»Ganz meinerseits.« Ein kurzer Blick hinter halb gesenkten Lidern, ein Lächeln, das die weißen Zähne hinter roten Lippen schimmern ließ. Johanna wünschte, sie könnte so lächeln. Kein Wunder, dass Isabella eine Eroberung nach der anderen machte. Ein Anflug von Belustigung spielte um Konrads Augen, und er erwiderte das Lächeln, wechselte ein paar Allgemeinplätze mit ihr und entschuldigte sich schließlich, um ins Haus zu gehen.

»Sehr attraktiv«, stellte Isabella fest.

»Hmhm«, machte Johanna vage und musterte ihre Freundin aufmerksam. Sie würde ihr Glück doch wohl nicht bei Konrad versuchen und dann gar ihre Tante werden?

»Jetzt sieh mich nicht so an.« Isabella winkte ab. »Sprechen wir lieber über dich. Erzähl mir alles über dich und Philipp von Landau.«

Konrad hatte amüsiert festgestellt, dass dieses schöne Kind mit ihm kokettierte. Wäre er jünger, hätte er sich darauf eingelassen, um ihr die Freude nicht zu verderben, aber inzwischen stand ihm nach dieser Art Spielchen nicht mehr der Sinn. Diese Art junger Frauen wäre auch damals für eine kurze Liaison nicht infrage gekommen. Schließlich war sie eine Tochter aus gutem Haus, die ihren Wert auf dem Heiratsmarkt genau kannte und diesen nicht durch eine Unüberlegtheit schmälern würde.

»Wie ich sehe, geht es dir wieder recht gut«, stellte Maximilian fest, als Konrad dessen Arbeitszimmer betrat. Ein eigenes hatte er – mangels Räumlichkeiten, wie Maximilian betonte – bisher noch nicht.

»Es ist auf jeden Fall besser geworden.« Wenngleich die Wunde immer noch schmerzte, was laut Dr. Kleist von der Narbenbildung verursacht wurde.

»Immerhin hat die Polizei aufgehört, uns zu belästigen.«

Die Angelegenheit war zu den Akten gelegt worden, da man keinen Nachweis finden konnte, wer geschossen hatte. Dass der Schuss vorsätzlich geschehen war, vermutete man zwar, aber beweisen ließ sich dies nicht. Konrad setzte sich unaufgefordert auf einen der Besucherstühle. »Ich brauche ein eigenes Arbeitszimmer«, sagte er. »Auf Dauer kann ich nicht ständig das von Karl benutzen.«

»Du hast Räume genug in deinem Wohntrakt, möchte ich meinen.«

Konrad lächelte schmal. »Ich bin Miteigentümer des Hotels, mir stehen die Räumlichkeiten des Hotels ebenso zu wie dir. Verleg Alexanders Studierzimmer in eure Wohnung.«

»Jetzt, wo er es endlich nutzt?«

»Ansonsten teilen wir uns deins.«

Maximilian sah ihn nur wortlos an. »Ich verlege Alexanders Studierzimmer«, sagte er schließlich.

Na also. Konrad streckte die Beine aus und versuchte, sich so hinzusetzen, dass es nicht zu sehr wehtat. »Wie gehen die Pläne bezüglich der Elektrizität voran?«

»Karl kümmert sich darum. Er sagt, es ist wohl noch in diesem Winter, spätestens im Frühjahr damit zu rechnen, dass das Hotel damit ausgestattet wird.«

»Gut. Und die Signallichter?«

»Dazu habe ich noch keine Entscheidung getroffen.«

Konrad stieß den Atem in einem entnervten Seufzer aus. »Was die motorisierten Droschken angeht…«

»Nein!«

»Hör zu, Maximilian, du entscheidest das nicht allein.«

»Du ebenfalls nicht.«

Das brachte nichts, auf diese Weise drehten sie sich im Kreis. Konrad lehnte sich mit einem leichten Ächzen vor und griff nach einer Mappe, die er Maximilian vor einigen Tagen gegeben hatte. »Hast du hier schon hineingesehen?«

»Ich habe die erste Seite gelesen, das reicht, um eine Vorstellung der explodierenden Kosten zu bekommen.«

Die Schlafzimmer wurden mit Porzellanöfen geheizt, während sich in den Suiten und im kleinen Salon zusätzlich noch ein Kamin befand. In Küchen und Wirtschaftsräumen standen Eisenöfen, während das Vestibül sowie die Salons, Speise- und Festsäle mit hohen Kaminen ausgestattet waren. Das alles sah schön aus und konnte durchaus beibehalten werden – ein Kaminfeuer hatte etwas sehr Heimeliges, und auch die Porzellanöfen waren sehr schmuckvoll gestaltet. Es ging jedoch nicht an, dass sie im Jahr 1905 immer noch auf eine Zentralheizung verzichteten. »Wenn du nur die erste Seite gelesen hast, weißt du nicht, dass die

Ventilatoren des Heizsystems im Sommer zur Kühlung der Räume genutzt werden können. Stell dir das im Vestibül vor.«

»Ja, reizend, wenn den Rezeptionisten und Gästen die Papiere um die Ohren geweht werden.«

»Ich sprach von Ventilatoren, nicht von tropischen Stürmen.«

»Meine Antwort lautet Nein.«

Konrad spürte ein Pochen in seiner Wunde und beschloss, sich fürs Erste geschlagen zu geben. Er erhob sich. »Gut, lassen wir das für heute. Aber das letzte Wort ist noch nicht gesprochen.«

Konrad ging zur Rezeption, wo Karl stand und versuchte, einen aufgebrachten Gast zu beruhigen, der sich darüber beschwerte, dass der Page beim Entladen seinen Koffer hatte fallen lassen. Der unglückliche Page stand daneben, und Karls Blick verhieß wenig Erfreuliches für ihn. Als der Gast beruhigt war und sich ein anderer Page seines Gepäcks angenommen hatte, wandte sich Karl an den unglücklichen jungen Mann, der für das Malheur mit dem Koffer verantwortlich war.

»Mitkommen«, sagte er und ging ihm voraus in Richtung des hinter der Rezeption gelegenen Zimmers. Eine der Regeln des Hauses lautete, das Personal nicht in Gegenwart der Gäste zusammenzustauchen.

»Armer Kerl«, sagte der Concierge. »Ist seine erste Woche hier.«

Nach gut zehn Minuten kehrte Karl mit einem sehr blassen Pagen zurück, der wieder Aufstellung bei den anderen nahm.

»Ah, gut«, sagte Konrad, »du hast ihn nicht entlassen.«

»Wegen eines Missgeschicks? Bin ich mein Vater?«

Karl war übel gelaunt in letzter Zeit, ging seine Geschwister rüde an und war mehr als einmal in den vergangenen

Tagen mit Johanna aneinandergeraten. Auch jetzt, als sie mit ihrer Freundin durch das Vestibül flanierte, traf sie nur ein ungnädiger Blick. Er riss sich jedoch zusammen. »Isabella. Wieder im Land?«

»Ja.«

»Und? Viele Eroberungen gemacht?«

»Du ahnst es sicher.« Isabella schenkte ihm ein übermütiges Lächeln. »Leider sah keiner von ihnen so gut aus wie du.«

»Tja, meine Liebe, wir können nicht alles haben im Leben.« Er zwinkerte ihr zu.

»Und wenn du Julia fragst«, mischte sich Johanna ein, »hast du tatsächlich einiges verpasst, möchte ich meinen. Welche Frau ist nicht glücklich darüber, ihren Mann mit allem zu teilen, das einen Rock trägt?«

Offenbar war Johanna immer noch sauer auf ihren Bruder. Und da der Concierge ihr bereits indignierte Blicke zuwarf und auch die Rezeptionisten peinlich berührt schienen, beschloss Konrad, einzugreifen, ehe die Sache in einen handfesten Streit ausartete. »Warum geht ihr nicht gemeinsam einen Kaffee trinken, und ich vertrete Karl hier?«

»Nein danke«, antwortete Johanna kalt.

Konrad wusste nicht, was den Streit am Vortag ausgelöst hatte, aber die Momente zorniger Eskalation, die sich lautstark entluden, konnten niemandem in der Familie entgangen sein. Da es in letzter Zeit jedoch meist so war, dass Karl kleine Fehler zum Anlass vernichtender Kommentare nahm, die Johanna damit parierte, ihm seine aus den Fugen geratene Ehe und seine Frauengeschichten vorzuhalten, vermutete er, dass es am Vortag ebenso gelaufen war.

Isabella hakte sich bei Johanna ein. »Ich bedaure, aber ich bin sicher, wir werden uns wiedersehen«, sagte sie zu Karl und schenkte ihm ein ebensolches Lächeln wie Konrad zuvor. Auf Karl hatte es jedoch eine andere Wirkung als auf ihn, das sah Konrad sofort. Sein Neffe verabschiedete sich von Isabella und nickte Johanna frostig zu, dann nahm er einige Briefe zur Hand, die an Gäste adressiert waren.

»Warum sind die nicht einsortiert?«, fragte er ungehalten.

»Das wollte ich eben tun«, antwortete einer der Rezeptionisten.

»Ah ja, wollten Sie?« Karl reichte ihm die Briefe, und seine Miene sprach Bände.

»Warum fährst du nicht nach Königstein?«, fragte Konrad, als die Männer außer Hörweite waren. »Besuchst Julia und bringst deine Ehe in Ordnung?«

»Sie klang am Telefon nicht sehr zugänglich.«

»Dann lass den Druck auf andere Weise ab, aber hör auf, deine Umwelt zu tyrannisieren.«

Karl sah ihn kurz an und wandte sich ab.

»Ich bin so grundanständig geworden, dass es einen zu Tode langweilen kann«, klagte Alexander. Seit er regelmäßig Vorlesungen und Seminare besuchte, waren gänzlich freie Tage rar geworden.

Agnes lächelte nur und ging weiter, ohne darauf zu achten, ob er an ihrer Seite blieb. Es war zu einer Art Ritual geworden, dass er auf sie wartete, wenn sie sich nach ihrem freien Nachmittag auf den Weg zurück zum Hotel machte. Dass sie ihn nicht fortschickte, empfand Alexander als ermutigend.

»Ich bin mir sicher«, sagte sie nun, »dass die vielen jungen Frauen, die nun Ihren Nachstellungen entgehen, das gänzlich anders sehen.«

»Sehe ich aus wie jemand, der Frauen nachstellt?«

»Sie sehen aus wie jemand, der noch ganz andere Dinge tut.« Agnes schwenkte ihren Korb leicht beim Gehen. »Aber ich gewöhne mich gerade an Sie und muss sagen, Sie haben durchaus auch gute Seiten.«

»Tatsächlich?« Er mochte es, wenn sie beim Grinsen ihre Nase kraus zog.

Sie antwortete nicht, aber er mochte es auch, wenn sie schwieg. Überhaupt war es ein seltsames Gefühl, in ihrer Nähe zu sein, als ob das Leben träger floss und gleichzeitig um so viel aufregender.

»Mein Bruder möchte die Bäckerei eigentlich überhaupt nicht übernehmen«, erzählte Agnes. »Es gab heute einen großen Streit deswegen. Er würde lieber in die Binnenschifffahrt gehen. Mein Vater ist fast explodiert vor Wut.«

»Das wäre bei uns ähnlich, wenn Karl es wagen würde.«

»Aber es gibt auch noch Sie und Ihre Schwester. Und bei uns gibt es mich und meine Schwestern.«

»Warum hast du keine Stellung in der Küche angenommen?«

»Weil ich keine bekommen habe.«

Agnes sah auf ihre freie Hand, die rot und rissig war. »In der Wäscherei ist es ja gar nicht so schlecht, und an die scharfe Seife gewöhnt man sich mit der Zeit.«

Alexander hatte nie darüber nachgedacht, welchen Preis es kostete, täglich frische Hemden aus dem Schrank zu nehmen, sich zweimal täglich umzukleiden, in duftig frische Laken zu legen. Er umfasste Agnes' rechte Hand, während ihre Linke immer noch den Korb hielt. Dann senkte er den Kopf und berührte mit den Lippen die Handfläche, spürte die Rauheit, das Spröde und ließ seinen Mund zu der Innenseite ihres Handgelenks wandern, wo die Haut weich und samtig war. Agnes stand reglos da, aber er konnte am raschen Heben und Senken ihrer Brust sehen, dass sie auf die Berührung reagierte. Er ließ ihre Hand los.

»Ich nehme es immer als selbstverständlich hin.«

»Ja, ich weiß. Und es macht nichts.« Ihre Stimme klang belegt, und er vermutete, dass sie nun weitergehen würde, aber sie blieb stehen, stellte den Korb ab und hob beide Hände in Höhe ihrer Brust, die Handflächen nach oben gekehrt. »Ich kann gut backen und Konditorspezialitäten herstellen, aber ich koche nicht besonders gut. Mein Vater sagte, ich müsse dergleichen nicht können, sondern solle das lernen, wozu man mich einstellt. Hätte ich eine Stelle als Küchengehilfin bekommen, hätte ich kochen gelernt.«

»Es tut mir leid«, war alles, was Alexander zu sagen einfiel.

»Das muss es nicht. Derzeit ist es gut, wie es ist. Und irgendwann wird es sicher neue Abzweigungen auf meinem Lebensweg geben.« Sie bog den Kopf zurück, als würde ihr Lebensweg im Licht der Sonne, die durch die Blätter schien, sichtbar.

Alexander sah auf ihren Hals, in dem es kaum merklich pochte. Nur ein Schritt trennte sie voneinander, und er kam langsam näher, als sei sie ein Vogel, den eine falsche Bewegung verscheuchen würde. Sie neigte den Kopf, sah ihn an, wich aber nicht zurück. Auch nicht, als er so nahe war, dass nur eine Handbreit sie trennte. Behutsam schob er eine Hand um ihren Nacken, spürte ihre weichen Locken, die glatte Haut, sah in ihre geweiteten Augen, dann auf ihren leicht geöffneten Mund. Als er sie schließlich küsste, ging ihm das Herz in raschen Schlägen. Erst war es nur eine zarte Berührung, dann umwarb er ihren Mund spielerisch, ehe er den Kuss vertiefte, ihn auskostete. Er spürte, wie Agnes' Atem sich beschleunigte, und wusste, dass sie ihm verfiel.

Dann löste er sich von ihr, brachte Abstand zwischen sie beide, doch er schmeckte sie immer noch auf den Lippen. Agnes wirkte bestürzt, verwirrt, erwartungsvoll. Als er keine Anstalten machte, sie ein weiteres Mal zu küssen, griff sie nach ihrem Korb, raffte ihr Kleid und lief die letzten Meter durch den Wald auf das Hotel zu. Alexander blieb stehen und sah ihr nach, während ein siegesgewisses Lächeln um seinen Mund spielte.

✶✶ 24 ✶✶

Es war das erste Mal seit vielen Jahren, dass Maximilian sich ernsthaft überlegte, ein Dienstmädchen in sein Bett zu holen. Henrietta war entzückend und das, was das Kleid von ihrem Körper erahnen ließ, eine Augenweide. Den Blicken zufolge, die die junge Frau ihm zuwarf, war sie nicht abgeneigt, wenngleich sie dann wieder Angst vor ihrem eigenen Mut zu haben schien und sich schüchtern zurückzog. Nun, sie sollte es nicht bereuen, wenn es so weit war. Erst jedoch wollte er sichergehen. Nicht, dass er ihre Signale falsch deutete und sie am Ende ein großes Geschrei anstimmte, das er zwar zu ihren Ungunsten darstellen konnte, das aber in jedem Fall unangenehm sein würde.

Eigentlich war sie ihm fast zu jung, sie wäre eher in seinen jüngeren Jahren reizvoll für ihn gewesen. Inzwischen bevorzugte er reifere Frauen mit Erfahrung. Sollte Henrietta noch nie einen Mann gehabt haben, würde er sie nicht nehmen, so verführerisch sie auch sein mochte. Aus dem Alter, in dem er junge Dinger bei ihrem ersten Mal mit der nötigen Behutsamkeit nahm, war er raus. Wenn er sich auf eine Affäre einließ, würde er es bei einigen wenigen Malen belassen, und die wollte er genießen und nicht beständig darüber nachdenken, ob es ihr wehtat oder nicht.

Normalerweise war Anne sein Grund, sich nicht auf Dienstmädchen einzulassen. Welche Frau empfand es nicht als demütigend, in ihrem eigenen Haus mit dem Personal betrogen zu werden? Derzeit jedoch waren ihm ihre Befindlichkeiten herzlich gleichgültig, angesichts der unglaublichen Torheit, die sie begangen hatte. Zwei Monate war das Gespräch nun her, das er mit ihr in ihrem Schlafzimmer geführt hatte.

»Was weißt du über die Schüsse auf Konrad?«

Sie hatte ihn auf die Frage hin nur angesehen, nicht erschrocken oder gar schuldbewusst. Nur ein wenig erstaunt, dass er offenbar so rasch die richtigen Schlüsse gezogen hatte.

»Du wolltest ihn erschießen? Bist du verrückt geworden?« Anne war die schlechteste Schützin in der Familie, glücklicherweise, sonst wäre die Sache ganz anders ausgegangen. Seine Ehefrau als Mörderin. Das wäre dann wirklich das Ende gewesen.

»Du warst damit einverstanden, dass wir ihn loswerden«, hatte sie erwidert.

»Durch eine Intrige, ja. Aber ich lade doch keinen Mord auf mein Gewissen!«

»Was hast du dir denn gedacht? Dass er einfach so geht? Das hat doch schon bei der Sache mit Julia nicht geklappt.«

»Die auch so unglaublich närrisch war, dass ich schon damals keine Worte dafür gefunden habe.«

Anne war rot angelaufen. »Untersteh dich, mich jemals wieder närrisch zu nennen. Was tust du denn, um deinen Besitz und Karls Erbe zu wahren?«

Sie hatte tatsächlich die Nerven, ihm die Stirn zu bieten. Maximilian war sprachlos gewesen und war es noch.

»Man hätte es für die verirrte Kugel eines Jägers halten können«, hatte Anne beharrt.

»Ja, natürlich, und der hat dann noch zweimal nachgelegt, nachdem er beim ersten Mal schon einen Treffer gemacht hat.« Konnte es denn wahr sein, dass seine Frau im Alter ihren Verstand verlor? Oder war sie immer schon so dumm gewesen und hatte es nur gut zu verbergen gewusst?

Wo sie ihre schlammverdreckte Kleidung gelassen hatte, wollte er wissen.

»Im Wald vergraben, zusammen mit dem Gewehr.«

Na, da lag es ja bestens. »Und man wird dein Kleid nicht erkennen, sollte man es finden?«

»Ich hatte Hosen an. Was denkst du denn?«

»Alexanders oder Karls?«

»Natürlich die eines der Stallburschen.«

Wenigstens etwas.

»Ich habe vor, die Sachen zu verbrennen, wenn etwas Ruhe eingekehrt ist.«

»Großartige Idee. Machen wir doch ein Lagerfeuer im Wald, verbrennen alles, einschließlich des Gewehrs, tanzen wie die Irrwische darum herum und applaudieren dir zu deinem grandiosen Plan.«

Nun lief sie rot an vor Zorn. »Mach dich nicht über mich lustig«, zischte sie.

Natürlich würden sie die Sachen nicht verbrennen, sondern sie dort belassen, wo sie waren. Nur das Gewehr würde Maximilian beizeiten im Rhein versenken. Wenn jemand die Kleidung fand, würde er seine Schlüsse ziehen, aber mehr als Vermutungen konnte er kaum anstellen. Was bewies das schon? Jemand hatte verdreckte Kleidung vergraben. Verdächtig, aber mitnichten ein Beweis für eine Straftat.

Anne hatte nichts weiter dazu gesagt, und Maximilian sah keine Veranlassung, ihre Gefühle zu schonen. Er mied ihr Bett – das Letzte, was sie derzeit in ihm auslöste, war Verlangen – und verbrachte nur die Mahlzeiten in ihrer Gesellschaft.

»Hast du einen Augenblick Zeit, Vater?« Karl hatte die Tür zu seinem Arbeitszimmer nahezu lautlos geöffnet und stand nun halb im Türrahmen, bereit, sich zurückzuziehen, wenn Maximilian ihn wieder fortschickte.

»Ja, komm nur rein. Ist Alexanders Studierzimmer mittlerweile geräumt?«

Er hatte seinem Sohn mitgeteilt, dass er das alte Spielzimmer haben könne, das ohnehin größer war. Möbel waren bereits bestellt und würden in den nächsten Tagen geliefert. Eigentlich hatte Maximilian sich auf eine Auseinandersetzung eingestellt, immerhin war Alexander vor vollendete Tatsachen gestellt worden, aber der hatte nur mit den Schultern gezuckt.

Karl ließ sich auf einem der Besucherstühle nieder. »Die Handwerker beginnen in der kommenden Woche mit den Vorbereitungen für die Stromleitungen.«

»Sehr gut. Und weiter?«

»Konrad sprach mich auf eine Zentralheizung an.«

»Abgelehnt. Was noch?«

»Du könntest dir die Idee wenigstens zu Ende anhören.«

»Könnte ich, aber ich bin nicht interessiert.«

In Karl brodelte es, das war unübersehbar. Und in letzter Zeit war dies leider kein ungewöhnlicher Anblick. Maximilian taxierte ihn.

»Wir werden den Anschluss an die Moderne verlieren«, setzte Karl an.

»Wohl kaum.«

Es war offensichtlich, wie mühsam sein Sohn sich beherrschte. »Wie geht es eigentlich Julia?«, wechselte Maximilian das Thema.

»Gut.«

»Wann kommt sie zurück?«

»Ich weiß es nicht.«

Maximilian zog seine Pfeife hervor und stopfte sie. »Ich gebe dir keine Ratschläge in Bezug auf Frauen, das habe ich nie getan und werde es nie tun. Aber eines möchte ich doch sagen: Wenn jemand wie du seine plötzliche Fähigkeit zur Treue entdeckt und dann doch ernsthaft an den Punkt kommt, wo dieser Entschluss ins Wanken gerät, ist es die rechte Zeit, die eigene Ehefrau aufzusuchen. Ich denke ja nach wie vor, dich mit Julia zu verheiraten war die beste Entscheidung, die ich je für dich getroffen habe. Und wie es aussieht, bist du zu derselben Einsicht gekommen.«

Karl sah ihn überrascht an, und zu Maximilians Erstaunen widersprach er nicht und winkte auch nicht unwirsch ab. »Johanna sagte, ich solle ihr Zeit lassen.«

»Du hörst in Frauendingen auf Johanna?« Sein Sohn hatte tatsächlich noch die Fähigkeit, ihn in Verblüffung zu versetzen. »So viel Vernunft hätte ich dir nicht zugetraut.«

Nun flammte ein klein wenig Widerstandsgeist in Karls Augen auf. Maximilian war fast erfreut darüber, denn das zeigte, dass die Welt doch noch normal tickte. Anstatt den Disput weiterzuführen, erhob Karl sich. »Ich bleibe noch bis Ende des Monats, danach sehe ich weiter. Was das Ventilatorensystem angeht ...«

»Nein!«

»Da ist das letzte Wort noch nicht gesprochen.«

Maximilian starrte ihm nach, als er den Raum verließ. Das war mehr seines Onkels Neffe als seines Vaters Sohn.

»Was ist los mit dir? Träumst du?«

Henrietta schrak aus ihren Gedanken auf, als sie Frau Hansens Stimme hörte. »Entschuldigung.« Eilig nahm sie das Tablett mit dem Tee auf, auf den Anne Hohenstein bereits wartete. Sie ging durch den Dienstbotenkorridor zum privaten Wohntrakt der Familie. Maximilian Hohenstein verfing sich langsam in dem Netz, das sie um ihn spann. Aber wirklich wohl war ihr nicht unter seinen Blicken und den Gedanken, die er zweifellos um sie hegte. Und dann war da noch Philipp, dessen Briefe kurz und nichtssagend waren, wenn er ihr denn überhaupt schrieb. Sie schluckte die Bitterkeit hinunter, während sie das Tablett in der einen Hand balancierte und mit der anderen die Tür zum Wohntrakt öffnete. Frau Hohenstein würde ungeduldig sein, und da dies bereits ihre dritte Verfehlung in einer Woche war – sie hatte nicht ordentlich im Salon staubgewischt und vergessen, das Bett der gnädigen Frau neu zu beziehen –, fürchtete sie ernsthaft um ihre Stellung. Und Maximilian Hohenstein wollte sie vermutlich erst in seinem Bett, bevor er ihr Hilfe gewährte. Oder zumindest kurz darauf. Um nicht gar zu spät zu sein, bog Henrietta rasch in den Korridor ein und lief mit dem Tablett in Karl Hohenstein hinein, der aus der anderen Richtung kam.

Karl fuhr mit einem Fluch zurück und riss sich den Rock und das Hemd mit dem dampfenden Tee vom Leib, während Henrietta ihm beides eilig aus den Händen nahm. »Ich bitte vielmals um Verzeihung, gnädiger Herr«, stammelte sie, ging in die Hocke und beeilte sich, die Scherben aufzulesen, die auf dem Parkett in Teepfützen schwammen.

»Du dumme Gans! Kannst du nicht aufpassen?«

»Es tut mir so furchtbar leid.«

Dora, die in einem der Räume beschäftigt gewesen war, hatte der Lärm in den Korridor gerufen, und sie ließ den Staubwedel fallen, um Henrietta zu Hilfe zu eilen. Sie holte ein Tuch und wischte vorsichtig den Tee auf, ehe der Boden Flecke bekam.

Nun trat zu allem Übel auch noch Anne Hohenstein aus ihrem Salon. Sie sah von Karl zu dem Tablett auf dem Boden.

»Hast du dich schlimm verbrüht?«, fragte sie.

»Nicht der Rede wert«, antwortete er, indes er die Hand auf den roten Fleck presste, der ihm von der Brust bis auf den Bauch reichte.

»Wer war das?«

»Ich, gnädige Frau«, antwortete Henrietta.

Anne Hohenstein sah sie an und wandte sich dann an Dora. »Geh und hol etwas zum Kühlen«, befahl sie. »Und du«, sagte sie zu Henrietta, »packst deine Sachen und verschwindest.«

Henrietta richtete sich auf. »Aber gnädige Frau, ich ...«

»Keine Widerrede. Räum das hier weg, bring es in die Küche und sag, sie sollen frischen Tee aufbrühen. Dann lass dir den fälligen Lohn auszahlen.«

Hilfesuchend sah Henrietta zu Karl, aber der erwiderte den Blick nur kühl und drehte sich dann weg. »Schick Dora auf mein Zimmer«, sagte er zu seiner Mutter. »Ich muss mich umkleiden.«

Henriettas Blick verschwamm, als sie am Boden hockte und die Scherben aufsammelte. Dora kehrte zurück, und Anne Hohenstein, die jeden Handgriff Henriettas mit Argusaugen beobachtete, schickte Dora zu Karl. Nachdem das Malheur beseitigt war, erhob Henrietta sich, knickste flüchtig und verließ mit dem Tablett die Wohnung.

»Na, da hast du ja was Schönes angerichtet«, sagte Frau Hansen. Albert, Johannes, Herr Bregenz und mehrere Zimmermädchen standen um sie herum und betrachteten sie mitfühlend. Henrietta antwortete nicht, sondern nahm nur stumm ihre Schürze ab.

»Was soll das werden?«, fragte Frau Hansen.

»Ich gehe. Frau Hohenstein hat mich entlassen«, antwortete Henrietta mit so viel Festigkeit, wie sie aufbringen konnte, und das war nicht allzu viel. Ihre vorherrschende Sorge war, dass sie überhaupt nicht wusste, wohin sie sollte.

Sie hatte kein Zuhause, keine Familie, nicht einmal richtige Freunde, zu denen sie flüchten konnte.

Die anderen schwiegen betroffen, und Frau Hansen tätschelte ihr den Arm. »Ich schreibe dir ein gutes Zeugnis«, versuchte sie, zu trösten. »Und eine Nacht wirst du sicher noch bleiben können.«

Henrietta nickte nur.

»Komm, Mädchen«, sagte Herr Bregenz, »ich stelle dir den Zettel mit dem fälligen Lohn aus. Lass ihn dir von Herrn Karl auszahlen, der macht die Buchhaltung. Oder geh vielleicht lieber zu Herrn Alsberg, Herr Karl könnte heute etwas schlecht auf dich zu sprechen sein.«

Henrietta nickte.

Herr Bregenz nickte ihr aufmunternd zu. »Nur nicht unterkriegen lassen, Mädchen. Manchmal ist das eben so. Wobei ich sagen muss, gerecht ist das nicht. Da hatten wir ganz andere Fälle, und die sind nur geblieben, weil sie Herrn Alexander oder Herrn Karl gerade gut gefallen haben.«

Er ging mit ihr in sein Zimmer und fertigte ein Papier an, auf dem die Summe stand, die ihr ausgezahlt werden sollte. Als er ihr das Blatt aushändigte, lächelte er noch einmal ermutigend. »Noch ist nicht aller Tage Abend, wie meine Mutter immer sagte. Vielleicht hat ja jemand hier im Haus ein Einsehen.« Dann senkte er die Stimme: »Daher ist es nicht verkehrt, wenn Sie sich an Herrn Alsberg wenden.«

Henrietta verließ das Haus durch den Hintereingang, der zu dem Innenhof hinter der Remise führte. Sie kramte nach Zigaretten, doch dann fiel ihr ein, dass sie die letzte am Vorabend geraucht hatte. Frustriert legte sie den Hinterkopf gegen die Hauswand und schloss die Augen. Wohin jetzt?, dachte sie.

»Zigarette?«

Als sie die Lider ein winziges Stück hob, sah sie in

Alexander Hohensteins Gesicht. Zögernd streckte sie die Hand aus und nahm die Zigarette entgegen. Alexander entzündete ein Streichholz, gab erst ihr Feuer und dann sich selbst.

»Warum hast du geweint?«, fragte er.

Henrietta stieß den Rauch aus und spürte die Nässe in ihren Wimpern. »Ich weiß nicht, wo ich hinsoll«, sagte sie.

Er hob die Brauen. »Du verlässt uns?«

»Ihre Mutter hat mich entlassen.« Henrietta erzählte von dem Missgeschick.

»Herrje, Karl soll sich nicht so haben. Das war leider ein ganz ungünstiger Zeitpunkt, meine Liebe. Er ist unausstehlich derzeit. Leider kann ich nichts für dich tun, ich habe überhaupt keine Befugnisse, was die Angestellten betrifft, zumindest nicht ohne Karls Beistand. Wenn ich ein gutes Wort für dich einlege, denkt meine Mutter höchstens, ich wolle mit dir ins Bett.«

Henrietta nickte nur.

»Du bekommst doch sicher ein gutes Zeugnis, nicht wahr? Wenn nicht, spreche ich mit Frau Hansen, mir kann sie meist nicht widerstehen.«

Nun musste Henrietta doch lächeln. Irgendwie war es ganz unmöglich, ihn nicht zu mögen. »Ja, tut sie.«

»Dann wirst du sicher schnell etwas Neues finden. Gute Dienstboten sind begehrt.«

»Ich muss erst einmal eine Bleibe haben.«

»Sie werden dich nicht gleich auf die Straße setzen, ein paar Tage kannst du bestimmt noch bleiben. Der sofortige Rausschmiss würde dir nur drohen, wenn man dich mit mir oder meinem Bruder erwischt hätte.«

»Eine Gefahr, die nie bestand.«

»Tja, ich würde jetzt gerne sagen: leider.«

»Das kommt auf die Sicht der Dinge an.«

Alexander grinste und ließ die Kippe achtlos zu Boden fallen. »Lass mich wissen, wenn ich dir irgendwie helfen kann.«

»Das ist ganz reizend, vielen Dank.«

Ein winziger Hoffnungsschimmer war in Henrietta aufgeglommen, als sie zu den Arbeitszimmern ging. Sie würde nicht sofort auf der Straße nächtigen müssen. Als sie an Karls Raum vorbeiging, rumorte es in ihrem Bauch, obschon sie wusste, dass er nicht darin war. Das Arbeitszimmer von Konrad Alsberg lag direkt neben dem von Maximilian Hohenstein, und als sie zögerlich anklopfte und er sie hinein bat, schlug ihr das Herz schmerzhaft gegen die Rippen. Sie öffnete die Tür. Herr Alsberg saß an seinem Schreibtisch, hatte seinen Rock über einen der Besucherstühle gehängt, die Ärmel über die Handgelenke aufgerollt und seine Krawatte gelöst.

»Was gibt es?«, fragte er.

Wortlos reichte Henrietta ihm den Zettel. Er überflog ihn und sah sie dann an. »Du hörst auf, für uns zu arbeiten?«

Sie nickte nur.

»Für die Auszahlung der Gehälter ist Karl Hohenstein zuständig.«

»Herr Bregenz hat mich zu Ihnen geschickt, da Herr Hohenstein gerade wohl nicht gut auf mich zu sprechen ist.«

»Hat er dich rausgeworfen?«

Wieder nickte sie, dann besann sie sich auf ihre höflichen Umgangsformen. »Frau Hohenstein, gnädiger Herr. Aber sie ist ihm vermutlich nur zuvorgekommen.«

»Warum?«

Sie erzählte es ihm.

»Das reicht nicht, um gekündigt zu werden«, entgegnete er.

»Es ist meine dritte Verfehlung in dieser Woche.«

»Wie schlimm waren die anderen?« Als Henrietta es ihm aufzählte, winkte er ab. »Das rechtfertigt alles nicht, dich einfach so auf die Straße zu setzen. Noch dazu war Letzteres ein Missgeschick, wie es jedem passieren kann. Warte einen Augenblick.« Er erhob sich und verließ das Arbeitszimmer. Sie hörte, wie er die Tür zum angrenzenden Raum öffnete. »Hast du einen Augenblick Zeit, Maximilian?«

Was dann besprochen wurde, konnte sie nicht verstehen, da die Tür wieder geschlossen wurde. Kurz darauf kehrte Herr Alsberg jedoch gemeinsam mit Maximilian Hohenstein zurück. Der sah sie an, als stünde vor dem Schreibtisch ein gescholtenes Kind.

»Ich spreche mit meiner Frau und mit Karl. Du bleibst.« Mehr sagte er nicht, sondern drehte sich um und ging in sein Arbeitszimmer zurück.

Konrad Alsberg sah ihm nach und wirkte überrascht. »Nun gut, scheint so, als sei die Sache aus der Welt.« Er taxierte sie jedoch mit einem Blick, unter dem sie die Schultern hochzog. Dann sah er wieder zur Tür. »Da du nicht direkt zu ihm gegangen bist«, sagte er nun deutlich leiser, »nehme ich an, du hast die Torheit noch nicht begangen. Tu es auch in Zukunft nicht.«

Verwirrt sah Henrietta ihn an, dann spürte sie, wie ihr das Blut heiß ins Gesicht stieg, und sie nickte. Seine Miene ließ nicht erkennen, ob er ihr glaubte, aber er gab ihr mit einer Handbewegung zu verstehen, dass sie gehen konnte.

»Das hier«, er hob das Blatt hoch, »ist ja nun obsolet, nicht wahr?«

✶✶ 25 ✶✶

Julia hatte gerade einen Brief an eine Freundin begonnen, als sie die Tür hörte und sich umdrehte, in Erwartung, ihre Mutter zu sehen. Doch mitten in der Bewegung hielt sie inne und sog in einem raschen Zug Luft ein. »Du?«

Mit einem leisen Klicken fiel die Tür hinter Karl ins Schloss. »Nun, das ist ja immerhin schon besser als das ›Was willst du denn hier?‹ deiner Mutter oder dem ›Sei froh, dass ich dich nicht direkt vor die Tür setze‹ deines Vaters.«

Ein kleines Lächeln hob Julias Mundwinkel. »Philipp ist nicht im Haus, also bleibt dir wenigstens das erspart.«

»Muss ich um meine Zähne fürchten?«

»Nein, inzwischen wohl nicht mehr.«

»Da bin ich beruhigt.« Karl kam näher, und obwohl Julia ihm kühl und gelassen begegnen wollte, konnte sie nicht verhindern, dass ihr Herz heftiger schlug und sich eine erwartungsvolle Wärme in ihrem Bauch ausbreitete. Sie hatte ihn vermisst, hatte ihn all diesen Frauen überlassen, an denen er sich sicher reichlich bedient hatte. Sie hatte ihn sogar in ihrem Bett vermisst, und bei dem Gedanken daran, dass sie diese Nacht ganz sicher nicht in getrennten Zimmern verbringen würden, stob ein Schwarm Hummeln in ihrem Bauch auf.

»Du kannst mich nicht zwingen, zurückzukommen«, sagte sie dennoch, weil ihr widerstrebte, wie er sie überfiel, ohne sein Kommen anzukündigen, mit der nonchalanten Selbstverständlichkeit, mit der er alles tat und erwartete, dass sie sich fügte.

»Doch, das kann ich. Aber deshalb bin ich nicht hier.«

Sie verschränkte die Arme vor der Brust und sah ihn an. »Und warum dann?«

»Um mit dir zu reden. Und um dich zu *bitten*, mit mir zu kommen.«

»Also gut, reden wir.« Sie gab die ablehnende Haltung auf. »Aber nicht hier.« Julia steckte sich eine gelöste Haarsträhne fest. »Wo ist dein Gepäck?«

»Vermutlich in dem Zimmer, das wir hier sonst immer gemeinsam bewohnen.«

Julia nickte, dann ging sie an ihm vorbei zur Tür. »Komm. Ich bringe dich erst mal zu den Kindern.«

Als sie das Spielzimmer betraten, war Ludwig gerade dabei, mit seiner Bahn durch Valeries Teeparty zu fahren. Es kam jedoch zu keinem Streit, denn beide Kinder sprangen auf, als sie Karl sahen. »Papa!«, schrien sie gleichzeitig, rannten auf ihn zu und umarmten seine Beine. Karl ging in die Knie, umschlang die Kinder und fiel unter dem Ansturm beinahe rückwärts über.

Wild lachend rangen sie ihn immer wieder nieder, und er tat, als könne er sich nicht gegen sie zur Wehr setzen. Dann richtete er sich auf, schnappte sich Valerie und kitzelte sie durch, während Ludwig jauchzend auf seinen Rücken sprang. Er ließ jedoch gleich wieder von seinem Vater ab, lief zu einer Kiste und kam mit einem Holzgewehr zurück – eines der Überbleibsel aus Philipps und Julias Kindheit.

»Papa, jetzt bist du der wilde Löwe und ich der Jäger!«, rief Ludwig.

»Nein, Papa ist ein Pferd und ich Reiter«, widersprach Valerie.

»Wilder Löwe!«, brüllte Ludwig.

»Pferd!«, kreischte Valerie.

Julia ging dazwischen. »Euer Vater kommt später noch

einmal und spielt mit euch. Jetzt ist er sicher müde von der Reise.«

Während Ludwig gehorsam das Gewehr sinken ließ, klammerte Valerie sich an Karls Hals.

»Das gilt auch für dich«, sagte Julia und hob ihre Tochter hoch.

»Ich spiele nachher mit euch Pferd und wilder Löwe und was immer ihr wollt«, versprach Karl.

»*Erst* wilder Löwe!«, rief Ludwig.

»Pferd!«

Ehe die Sache wieder zu einem Streit ausarten konnte, wandte Karl sich an Ludwig. »Man lässt immer der Dame den Vortritt.«

»Valerie ist keine Dame, sondern ein Blöd-Mädchen.«

»Ludwig«, tadelte Julia. Sie setzte Valerie ab, die zu ihrem Teegeschirr lief. Just in diesem Moment betrat Margaretha mit einem Tablett Kuchen und Kakao den Raum.

»Guten Tag, gnädiger Herr«, sagte sie. »Wie schön, Sie wiederzusehen.«

»Ach, Margaretha, du bist Balsam für mein Herz«, sagte Karl.

Julia stieß ihn an, während die Kinderfrau lachte und ihn einen Charmeur nannte.

Als sie wieder auf dem Korridor standen, umfasste Karl Julias Handgelenk. »Nicht einmal ein Kuss zur Begrüßung?«, fragte er leise und dicht an ihrem Ohr.

Sie senkte den Kopf. »Wenn ich dich küsse«, antwortete sie ebenso leise, »möchte ich mit dir schlafen.«

»Das möchte ich auch ohne dich zu küssen.«

Ihr Gesicht war so dicht an seinem, dass sie seinen Atem an der Wange spürte. Für einen Moment schloss sie die Augen. »Später«, antwortete sie.

Seine Finger glitten ihren Hals entlang, eine nahezu beiläufige Liebkosung, bei der Julia beinahe schwach geworden wäre. »Gut«, antwortete er. »Reden wir zuerst.«

»Du bist vermutlich in den Monaten meiner Abwesenheit ausgiebig auf deine Kosten gekommen«, sagte Julia, »da schadet dir ein wenig Warten nicht.«

»Mehr als ausgiebig, meine Liebe.« Seine Stimme hatte sich abgekühlt, die liebkosende Hand verharrte nun bewegungslos.

»Also gut.« Julia ließ sich nicht anmerken, dass seine Antwort schmerzte. »Fahren wir.«

»Wohin?«

»Das entscheide ich spontan.« Sie gingen hinunter in die Halle. »Warte kurz hier.«

Ihre Mutter und ihr Vater saßen im kleinen Salon und wirkten, als hätten sie nur auf sie gewartet. »Und?«, fragte ihre Mutter.

»Wir gehen aus und reden.«

»Gut, tut das.«

Ihr Vater nickte nur, und Julia zog die Tür wieder hinter sich ins Schloss. Sie fragte sich, ob ihr Vater die Entscheidung, sie mit Karl zu verheiraten, irgendwann bereut hatte. Als sie in Königstein im Taunus angekommen war, schien es, als plagte ihn das Gewissen. »Immerhin hast du reizende Kinder von ihm«, hatte er ein ums andere Mal gesagt.

»Gut, du bist warm genug angezogen«, sagte Julia, als sie in die Halle zurückkam und Karl in seinem Mantel sah. »Der Fahrtwind wird kalt.«

»Fahren wir offen?«

Sie antwortete nicht, sondern zog sich selbst Mantel und lederne Handschuhe an. Im Hof steuerte sie auf ein Automobil zu, das in der Remise stand. Ein Mercedes-Simplex 40/45 PS, das neueste Modell. »Ich habe Autofahren gelernt.«

»Du scherzt.«

»Keineswegs.« Julias Hand glitt über die polierte Motorhaube. »Ist er nicht schön? Er kann bis zu 111 Stundenkilometer fahren.«

Karl sah sie so entgeistert an, dass Julia lachen musste. »Nehmen wir lieber den Fiaker«, schlug er vor.

»Abgelehnt. Du bist mir etwas schuldig.«

»Ja, aber diese Schuld muss ich nicht mit meinem Leben begleichen.«

Wieder lachte Julia. »Du hast ja tatsächlich Angst.«

»Nein, ich bin nur vorsichtig.«

»Keine Sorge, ich habe nicht vor, mich umzubringen und dich mit in den Tod zu reißen.«

»Das beruhigt mich ganz außerordentlich.«

Julia stieg ein und wartete, bis Karl ebenfalls saß, dann startete sie den Motor. »Der Mann von Welt fährt Automobil. Du solltest es unbedingt lernen.« Sie setzte zurück und lenkte den Wagen vorsichtig vom Hof. Auf der Straße, die in die Stadt führte, beschleunigte sie leicht.

»Ich fahre heute das erste Mal, ohne dass mein Vater mitfährt.«

»Erzähl mir so etwas bitte erst, wenn wir wieder zurück sind.«

Julia streifte ihn mit einem kurzen Blick. Er wirkte unentspannt und war sogar ein wenig blass. »Mein Vater sagt, ich fahre schon sehr gut.«

»Das würde ich zu Valerie auch sagen, um ihr eine Freude zu machen.« Dann richtete er sich abrupt auf. »Julia, der Hund!«

Julia bremste ab, und der Hund lief eilig von der Fahrbahn. »Du musst nicht so schreien, ich habe ihn gesehen.«

»Du hast direkt darauf zu gehalten.«

»Habe ich nicht. Aber wenn du mich weiterhin so

erschreckst, dann bauen wir garantiert noch einen Unfall, ehe wir angekommen sind.«

Karl schloss für einen Moment die Augen, widersprach ihr aber nicht mehr.

Der Wagen holperte über das Kopfsteinpflaster der Straßen, aber die Federung war so weich, dass die Stöße aufgefangen wurden, und sogar Karl schien inzwischen etwas entspannter. Julia lenkte den Mercedes behutsam um Kurven und schlängelte sich an wartenden Droschken vorbei. Sie fuhren aus der Stadt hinaus.

»Von wem hast du es gelernt?«, fragte Karl schließlich.

»Von meinem Vater, er hat es mir und Philipp beigebracht.«

»Ich dachte, Philipp hält nicht viel davon.«

»Er ist während der Reise mit seinem Freund Hans Schmal auf den Geschmack gekommen. Hans hat ihn auch mal fahren lassen und ab da war es um ihn geschehen.«

Karl schwieg und sah aus dem Fenster. »Und das Automobil gehört deinem Vater?«, fragte er schließlich.

»Nein, mir.«

»Wer hat es bezahlt?«

»Du.«

»Gut zu wissen.«

Julia bremste ab, als eine Katze die Straße überquerte. »Die Rechnung kommt sicher in den nächsten Tagen. Könntest du Konrad anrufen, damit sie zeitnah beglichen wird?«

»Mache ich morgen.«

Danach schwiegen sie wieder, bis sie an einem Waldweg nahe der Burgruine Königstein angekommen waren, wo Julia das Auto parkte. »Komm.« Sie stieg aus.

An den waldreichen Hängen des Taunus gelegen, galt Königstein im Taunus als Kurort mit einem überaus heilsamen Klima. Für Ludwig war der Aufenthalt hier nach seiner Scharlacherkrankung im Grunde genommen genau das Richtige, auch wenn er wieder gänzlich genesen war. Langsam schlenderten sie den Weg entlang, sprachen zunächst nicht, sondern gingen einfach nur miteinander spazieren, ohne sich jedoch zu berühren. Julia hatte ihre Hände in einen Muff gesteckt, denn die Herbsttage konnten schon recht kalt sein.

»Wie geht es der Kleinen?«, fragte sie schließlich. Die Worte fühlten sich zerbrechlich an. Noch immer fiel es ihr schwer, das Kind zu akzeptieren.

»Marianne? Sie hat ihre Mutter anfangs vermisst, aber mittlerweile hat sie sich gut eingelebt. Hast du den Kindern von ihr erzählt?«

»Nein.«

»Julia, das Kind kann nichts dafür. Und sie braucht eine Mutter.«

Julia antwortete nicht. »Ich gebe ihr ja gar nicht die Schuld«, sagte sie schließlich. »Wenn du es mir nur erzählt hättest...«

»Es tut mir leid. Ich wollte, aber es war nie der rechte Zeitpunkt.«

»Diese Frau... wie viel Genuss es ihr bereitet hat, mir zu erzählen, wie *ausgehungert* du zu ihr gekommen bist.«

»Das hat sie gesagt, um mich zu provozieren.«

»Und während du dich mit diesen Frauen austobst«, fuhr Julia unbeirrt fort, »machst du mir einen Fehler zum Vorwurf, für den ich nicht einmal etwas kann. Ich bin so wütend auf dich.«

»Ich habe mich dafür entschuldigt.«

»Und mich dennoch immer weiter betrogen.« Julia senkte den Blick auf den Weg, lauschte dem Geräusch, das ihre Schritte auf Zweigen und Geröll machten.

»Seit du fort bist«, sagte Karl, »gab es keine andere.«

Julia sah ihn kurz an und ging dann weiter. »Du hast vorhin gesagt...«

»Weil ich mich über deine Worte geärgert habe.«

»Du musst gestehen, gänzlich aus der Luft gegriffen war meine Bemerkung nicht.«

Karl schob die Hände in die Taschen, wirkte, als fange er langsam an zu frieren. »Es hat mich eine Menge Selbstbeherrschung gekostet, das kann ich dir versichern.«

Nun musste Julia lächeln. »Und zweifellos hast du es deine Umwelt sehr deutlich spüren lassen, wie unleidlich du bist.«

»Woher weißt du das?«

»Ich denke, ich kenne dich inzwischen gut genug.«

Karl blieb stehen, umfasste ihren Arm, sodass sie sich zu ihm umdrehen musste. Als er sie zu sich zog, bog sie den Körper leicht zurück und wich aus, als er sich zu ihr neigte. Und dann küsste sie ihn doch.

»Wie geht es allen?«, wollte Julia wissen, als sie am frühen Abend den Wagen zurück auf den Hof lenkte. Sie hatten lange geredet und den Rest des Spazierganges schließlich in einvernehmlichem Schweigen fortgesetzt. Am Ende waren sie beide völlig durchgefroren gewesen. Der Fahrtwind tat sein Übriges, und nun wollten sie nichts mehr als vor ein wärmendes Kaminfeuer.

»Onkel Konrad ist verliebt, wie es aussieht.«

»Ah, tatsächlich?« Julia stellte den Motor ab. »In wen?«

»Ich weiß nicht, ob du sie schon einmal gesehen hast. Sie war Gast in unserem Haus. Wäre sie nicht gewesen, hätte die Sache mit den Schüssen ganz anders ausgehen können.«

Davon, dass eine Frau dabei gewesen war, hatte er ihr überhaupt nichts erzählt. »Wie heißt sie?«

»Katharina Henot, du hast sie sicher schon gesehen, sie wirkt ziemlich burschikos.«

Julia überlegte, dann nickte sie. »Ja, ich glaube, ich weiß, wen du meinst. Das musst du mir alles genauer erzählen.«

»Später, am Kamin«, versprach er.

Sie stiegen aus dem Wagen und gingen zum Haus.

»Johanna hat die ganze Sache natürlich von der romantischen Seite gesehen«, fuhr er fort. »Die große Liebe, die rechtzeitig zur Stelle war. Und dann fing sie an, ihren unsäglichen Byron zu zitieren.«

Julia lachte.

»Und ich fürchte, ich habe mich einmal zu oft über sie mokiert. Die Sache gipfelte in einem heftigen Streit, den sie mir noch bis zu meiner Abreise übel nahm. Wobei ich sagen muss, sie hat auch nicht schlecht ausgeteilt.«

Im Haus empfing sie der Lakai und nahm ihnen Mäntel, Hüte und Handschuhe ab. Sie gingen in den inzwischen verwaisten Salon und stellten sich vor das Feuer, das die Küchenmagd aus den glimmenden Kohlen wieder entfachte. Die Wärme kribbelte in Julias Wangen und Händen. Sie lehnte die Stirn an den Kaminsims, auf denen sepiafarbene Fotografien aufgereiht waren. Karl nahm eine davon zur Hand, ein Bild von Julia, als sie gerade siebzehn geworden war.

»Wie viele Männer haben dich damals umworben?«, fragte er.

»Ich weiß es nicht mehr, aber es waren einige.«

Er stellte das Bild zurück, und Julia sah sich die Fotografien nun selbst an. Sie und Philipp als Kinder, als Halbwüchsige, allein, zu zweit, zusammen mit ihren Eltern. Neben dem Hochzeitsfoto ihrer Eltern stand auch das von Julia und Karl. Sie hatten das gleiche in ihrem eigenen Salon stehen. Das Kleid war atemberaubend gewesen, Maximilian Hohenstein hatte es bezahlt. Julia stand an Karls Seite, hatte ihre Hand auf seinen Arm gelegt, während beide ernst in die Kamera blickten.

»Wo sind deine Eltern eigentlich?«, fragte Karl.

»Ich weiß es nicht. Besuche machen vielleicht.«

»Dann bleibt mir das Gespräch mit ihnen ja vorerst erspart.«

Julia umfasste seine Hand mit ihren und lehnte sich an ihn, sodass ihre Brust an seinem Arm lag. »Du hast ohnehin keine Zeit dafür«, sagte sie.

Er sah sie an, lächelte, und als sein Blick auf ihren Mund fiel, war nur zu offensichtlich, woran er dachte.

»Du musst nämlich jetzt noch wilder Löwe und Pferd spielen.« Sie lachte, als er sie an sich zog, umschlang seine Mitte mit beiden Armen und ließ zu, dass er ihr einen Kuss raubte. Dann brachte sie einige Schritte Abstand zwischen sich und ihn. »Du wirst dich gedulden müssen, mein Lieber. Noch ein klein wenig. Hast du eigentlich Hunger? Du musst doch schon seit den Morgenstunden unterwegs sein.« Sie öffnete die Tür und hörte die Stimme ihrer Mutter.

»Sind sie schon zurück?«, fragte diese.

»Im Salon, gnädige Frau«, antwortete der Lakai.

Julia drehte sich um und sah Karl an, dass er es ebenfalls gehört haben musste.

»Na dann, auf in die Schlacht«, sagte er.

Es wurde dann tatsächlich weniger schlimm als erwartet, denn als ihre Eltern sahen, dass Julia und Karl sich versöhnt hatten, verzichteten sie auf Anklagen. Nur die eine oder andere Spitze konnten sie sich nicht verkneifen, die Karl jedoch höflich hinnahm. Als er zu den Kindern ging, sagte Richard von Landau: »Wenigstens ist er ein guter Vater.«

Julia setzte sich zu Margaretha und trank Tee mit ihr, während Karl mit den Kindern tobte und spielte.

»Als wär's gestern gewesen«, seufzte Margaretha ein ums andere Mal.

Schließlich wurde es für Ludwig und Valerie Zeit, schlafen zu gehen. Sie bestanden darauf, dass Karl ihnen an diesem Abend die Gutenachtgeschichte vorlas, was er auch tat. Julia wünschte den Kleinen eine Gute Nacht, küsste sie und trat mit Karl auf den Korridor. Er legte den Arm um ihre Taille und neigte den Kopf zu ihr, sodass seine Stirn an ihrem Haar lag. »Und nun zu uns«, sagte er.

Während Karl Küsse von ihren Lippen trank, bog sich Julias Körper unter ihm, träge und satt. Kaum dass sie in ihrem Zimmer angekommen waren, war Karls Beherrschung gebrochen, und das mühsam niedergerungene Verlangen hatte sich in einem egoistischen Akt entladen. Dafür tat er hernach reichlich Abbitte, als er sich ihr ein zweites Mal zuwandte, dieses Mal geduldiger, jede Berührung und jeden Kuss auskostend.

Sie lagen in Julias Mädchenzimmer. Eigentlich hatte Karl ihr nur helfen wollen, einige Dinge in das gemeinsame Zimmer zu bringen, und dann waren sie doch nicht weiter gekommen als bis zum Bett.

»Das könnte ziemlich eng werden heute Nacht«, sagte Julia.

»Ist mir gleich, ich stehe heute sicher nicht mehr auf.«

Julia drehte ihn auf den Rücken und legte sich mit verschränkten Armen auf seine Brust. »Als mein Vater mir eröffnet hat, dass ich dich heiraten muss, habe ich hier in diesem Bett gelegen und geweint«, gestand sie.

Karls Hand glitt über ihren Rücken. »Und als meiner mir eröffnet hat, ich müsste dich heiraten, dachte ich: wie lästig, aber wenigstens darf ich nun mit ihr ins Bett.«

»Das hast du dir schon im Vorfeld ausgemalt?«

»Was glaubst du wohl?«

Während sie mit dem Zeigefinger ihrer rechten Hand Muster auf seine Brust malte, sagte sie: »Ich hatte Angst. Angst davor, deine Ehefrau zu sein, Angst davor, mit dir schlafen zu müssen.«

»Ich habe es gemerkt.« Sie küssten sich, und Karls Finger verflochten sich in ihrem Haar. »Und du musst gestehen, ich habe mich sehr ausgiebig darum bemüht, dir jede Angst zu nehmen.«

»Hast du. Ein Wunder, dass wir in den ersten Tagen unserer Flitterwochen überhaupt etwas gesehen haben außer unserem Hotelzimmer.«

»Ich kann mich nicht daran erinnern, Klagen diesbezüglich gehört zu haben.«

Julia musste lächeln, dann streckte sie sich und kuschelte sich an ihn, fühlte sich wohlig schläfrig. »Du kannst so reizend sein, wenn du willst«, murmelte sie. »Leider willst du viel zu selten.«

Irgendwann musste sie eingeschlummert sein, denn als sie von Karls Küssen wach wurde, war hinter den Vorhängen der erste blasse Lichtschimmer zu sehen. Sie schlang die Arme um seinen Hals. »Ich bin so müde«, flüsterte sie.

»Nur dieses eine Mal noch«, bat er und setzte seine Bitte unter Liebkosungen und Küssen fort, bis Julia ihm entgegenkam.

Als sie später in seinen Armen lag und langsam wieder zu Atem kam, war die Müdigkeit verflogen, und sie beobachtete, wie es hinter den Vorhängen langsam heller wurde.

»Und du hast wirklich geweint, weil du mich heiraten musstest?«, brach Karl das Schweigen.

Julia musste lächeln, weil ihn das offenbar immer noch beschäftigte. »Tagelang. Ich habe meinen Vater angebettelt, mir das nicht anzutun. Ich kannte ja deinen Ruf in Bezug auf Frauen.«

Karl hatte die Augen halb geschlossen und streichelte in trägen Bewegungen ihre Hüfte. »Ich habe schon früher nicht daran gezweifelt, dass ich es bei diesem Arrangement besser getroffen habe als du.«

Julia trieb in dem Dämmerzustand zwischen Schlafen und Wachsein in den Morgen, und als sie die Lider öffnete, durchflutete bereits Sonnenlicht das Zimmer. Sie hob den Kopf und bemerkte, dass Karl auch wach war. »Hast du gar nicht geschlafen?«, fragte sie.

»Ein wenig.«

Sie streckte sich und stand auf. Unter Karls Blicken zog sie sich ihren Morgenmantel an und sah dabei in den hohen Standspiegel, stutzte und trat näher. Ihren Hals zierte ein deutlich sichtbares rotes Mal. »Kannst du nicht aufpassen?«, fragte sie in seine Richtung.

Er grinste. »Ich war dir noch was schuldig, nachdem ich den ganzen Tag mit deinem Handabdruck im Gesicht herumgelaufen bin.«

»Tatsächlich?« Sie klang unangemessen entzückt. »Aber wie auch immer, *das hier* sieht man länger als einen Tag.«

»Die kleinen roten Male von deiner Ohrfeige auch.«

Julia besah sich ihren Hals. »Wenn ich ein hochgeschlossenes Kleid trage und dazu einen Seidenschal, bemerkt man es vielleicht nicht.«

»Tu das. Zerstören wir nicht das Bild der unberührten Tochter, das deine Eltern zweifelsohne noch von dir haben. Aber vermutlich ahnen sie ohnehin schon, dass du die letzten Jahre nicht enthaltsam gelebt hast.«

Julia nahm ein Kissen vom Stuhl und warf es nach ihm. Sie verfehlte ihn so weit, dass das Kissen neben dem Bett auf den Boden fiel.

»Das mit dem Zielen üben wir noch«, spöttelte er. »Wir könnten für den Anfang euer Scheunentor nehmen.«

Jetzt stand sie auf, hob das Kissen auf und wollte es erneut nach ihm werfen, aber er war schneller, beugte sich vor, schlang seinen Arm um sie und zog sie zu sich aufs Bett.

»Hast du immer noch nicht genug?«, rief sie atemlos, als er ihren Mund endlich freigab.

Er löste den Gürtel um ihren Morgenmantel. »Jetzt nicht und in hundert Jahren nicht.«

Eine Frage stieg in Julia auf, etwas, das sie wissen musste. Sie hielt seine Hand fest, die gerade im Begriff war, sich unter der gefütterten Seide auf Wanderschaft zu begeben. »Deine Mutter machte damals Andeutungen, du würdest mich verlassen. Hast du das jemals in Erwägung gezogen?«

»Nein.«

»Dein Vater sagte, ich müsse mir keine Sorgen machen, deine Pflicht binde dich an mich.«

Karl löste seine Hand aus der ihren und setzte fort, was er begonnen hatte, während ihre Lider sich bebend senkten. »Liebe bindet mich an dich«, sagte er schließlich kaum hörbar.

✳✳ 26 ✳✳

Konrad arbeitete sich durch die Buchhaltung, die nun, da Karl fort war, an ihn übergeben worden war. Wenn er die Finanzen richtig überblickte, waren ausreichend Mittel da, um das System mit den Lichtsignalen zu finanzieren, und die Reserven würden dabei nicht einmal angekratzt. Vielleicht sollte er die Sache einfach in Auftrag geben. Der Zeitpunkt war günstig, jetzt, da ohnehin überall Stromleitungen verlegt werden sollten. Im Grunde konnte er auch nicht so recht einsehen, dass alles von Maximilian abhängen sollte.

Er schob die Unterlagen zusammen und widmete sich seiner privaten Post. Katharina hatte ihm geschrieben und verneinte – zu seinem großen Bedauern – seine Frage, ob sie über Silvester ins Hotel käme. Sie war bei ihrem Bruder und seiner Frau eingeladen. Aber im Januar würde sie gerne kommen, zusammen mit ihrer Mutter. Konrad lächelte beim Lesen. Sie berichtete in dem Brief auch von einem kurzen Abstecher nach London und beschrieb ihre skurrilen Erlebnisse mit so viel Witz, dass Konrad mehrmals auflachte. Es war eine anregende Korrespondenz, die sie in ihren Briefen führten, und ihm kam es oft vor, als würden sie sich schon lange kennen.

Maximilian trat ein, ohne vorher anzuklopfen, ganz so, als spazierte er in seine privaten Räumlichkeiten. »Ich habe mir die Termine für die Stromleitungen noch einmal angesehen«, sagte er. »Und mir wäre der Januar am liebsten, sonst haben wir das Chaos hier über die Feiertage. Und gerade zum Jahresende hin haben wir ein volles Haus, es kommen auch viele Ansässige zu unserer Feier. Da möchte ich, dass das Hotel repräsentativ aussieht, und nicht wie eine Baustelle.«

»Mir soll es recht sein. Sprichst du mit den Handwerkern?«

»Ja.« Maximilian wandte sich zum Gehen, aber Konrad rief ihn zurück.

»Ich habe letztens über etwas nachgedacht«, sagte er.

Es war offensichtlich, dass Maximilian bei dieser Ankündigung nichts Gutes schwante. »Und das wäre?«

»Was hältst du von Haustelephonen?«

»Haustelephone?«

»Wir könnten eines bei mir, bei Karl und bei dir anbringen und eines an der Rezeption. Stell dir vor, man müsste nur eben durchrufen, um etwas mitzuteilen.«

Nun wirkte Maximilian – ganz entgegen Konrads Erwartungen, der sich auf eine lange Auseinandersetzung eingestellt hatte – interessiert. »Das wäre in der Tat eine Neuerung, die ich begrüßen würde. Hast du eine Vorstellung von den Kosten?«

»Ich kann mich erkundigen. Wenn wir direkt alles im Januar machen würden, hätten wir das Durcheinander in einem Rutsch hinter uns. Und was die Lichtsignale angeht...«

»Ich will keine bunten Lichter über den Türen.«

»Und was ist mit normalen Glühbirnen?«

Maximilian überlegte. »Darüber kann ich jetzt noch keine Entscheidung fällen.«

Konrad entfuhr ein Stöhnen.

»Wenn das alles war«, sagte Maximilian. »Ich habe zu tun.«

Nachdem die Tür hinter ihm ins Schloss gefallen war,

lehnte Konrad sich auf seinem Stuhl zurück. Die Wunde schmerzte immer noch, wenn er sich bewegte. Sämtliche Ermittlungen waren im Sand verlaufen, man bekam nicht heraus, wer geschossen hatte. Nur dass es Absicht gewesen sein musste, schien unstrittig. Es waren keineswegs beruhigende Aussichten für die Zukunft, wenn Konrad damit rechnen musste, dass jemand irgendwann den Fehler korrigierte und gründlicher vorging. Er erhob sich, um in seine Wohnung zu gehen. Es gab Unterlagen, Namen und Informationen, von denen Maximilian nicht wusste, dass er sie besaß. Offenbar war es nun doch an der Zeit, klare Worte zu sprechen.

Alexander löste sich von Agnes, deren Lippen von seinen Küssen dunkelrot waren. Es war ein goldener Tag im Herbst, und im Augenblick wollte Alexander nirgendwo anders sein als auf dieser Lichtung. Agnes lag neben ihm im weichen Moos und sah ihn an. Behutsam schob er seine Finger in den Kragen ihres Kleides, berührte die kleine Kuhle zwischen ihren Schlüsselbeinen, küsste sie wieder und öffnete Knopf um Knopf, bis Agnes sein Handgelenk umfasste. Er blickte auf, und sie schüttelte den Kopf.

»Wenn du *das* gehabt hast, lässt du mich fallen wie jede andere vor mir.«

»Nein, werde ich nicht.«

Sie lachte spöttisch. »Natürlich nicht.« Rasch schloss sie die Knöpfe wieder und richtete sich auf. »So endet es mit jeder, die du dir nimmst. Ich bin schon weiter gegangen, als ich wollte.«

»Weil du mich magst.«

Sie hielt inne, sah ihn lange an, dann schloss sie den letzten Knopf. »Ja, leider.«

Alexander zog sie wieder an sich, und nach halbherzigem Widerstreben ließ sie sich erneut küssen. »Oh, bitte, Agnes.«

»Nein.« Dieses Mal klang sie entschlossener und löste sich entschieden von ihm.

Mit einem resignierten Seufzen gab Alexander nach. »Gehen wir spazieren?« Noch wollte er ihre Anwesenheit nicht entbehren.

»Ich muss zurück zum Haus. Es ist noch viel zu tun, und ich bin schon viel zu lange weg. Wenn sie denken, ich arbeite nicht vernünftig, setzen sie mich vor die Tür.«

»Was ist mit deinem freien Nachmittag?«

»Da erwarten mich meine Eltern.« Sie drückte seinen Arm. »Es tut mir leid, aber das, was du möchtest, kann ich dir nicht geben. Ebenso wenig, wie du mir das geben kannst, was ich möchte.«

Alexander sah sie an, während sie ihr Kleid zurechtzog. »Und das wäre?«

Sie hob nur kurz den Blick, dann band sie sich ihre Schürze wieder um. »Ich bin keine, die man sich mal eben schnell auf dem Waldboden nimmt.«

»Dann heiraten wir doch einfach.« Alexander wusste selbst nicht, was ihn da gerade geritten hatte, aber auf einmal gefiel ihm dieser Gedanke ausnehmend gut.

Agnes hielt inne. »Wie war das?«

»Ich sagte…«

»Das habe ich gehört. Aber warum machst du dich über mich lustig?«

»Das tue ich nicht.«

»Du willst mich ernsthaft heiraten, ja? Ich kann mich nicht einmal entsinnen, eine derartige Frage gehört zu haben.«

»Du würdest mich zurückweisen? Kann dir etwas Besseres passieren?«

Für einen kurzen Moment war sie verstummt. Dann lachte sie höhnisch. »Nein, natürlich kann mir nichts Besseres passieren, als dass Sie, gnädiger Herr, mich ungebildetes Mädchen zur Frau nehmen.«

»So meinte ich es nicht. Jetzt lauf doch nicht weg!«

»Ich habe genug gehört, besten Dank. Am besten reagierst du dein... dein Verlangen an einer anderen Frau ab und sprichst mit mir, wenn du wieder bei Verstand bist.«

Agnes raffte ihr Kleid und lief, so schnell es ihr möglich war, zurück zum Haus. Alexander konnte ihr nicht gut folgen, ohne auf die Gäste wie ein Sittenstrolch zu wirken, der eine Flüchtende aus dem Unterholz heraus verfolgte. Vielleicht war es gut, dass sie seinem närrischen Plan eine Abfuhr erteilt hatte. Heiraten. Ein Hohenstein und eine Wäscherin. Andererseits würde er über kurz oder lang heiraten, dafür würde sein Vater schon sorgen. Und wer konnte wissen, was für eine Frau ihn dann erwartete? Garantiert würde das keine Isabella sein. Was hatte er nur für ein verfahrenes und kompliziertes Leben.

Langsam ging er zurück zum Hotel, kurz versucht, der Aufforderung, es bei einer anderen Frau für ein kurzes Abenteuer zu versuchen, nachzukommen. Aber wofür dann die ganzen Mühen vorab? Nein, jetzt galt es, nicht schwach zu werden. Er würde sich an seine Bücher setzen, dabei konnte einem das Verlangen nach einer Frau gründlich vergehen. Außerdem wollte er keine andere, er wollte Agnes. Ganz und gar und für immer.

Es war ein seltsames Gefühl in seiner Brust, das über reines Verlangen hinausging. Ein stetes Hochgefühl im Wechsel mit tiefer Niedergeschlagenheit. Ein Blick von ihr reichte, um ihn innerlich vor Freude jauchzen zu lassen, wohingegen ihre Zurückweisung so sehr schmerzte, dass er sich am liebsten gekrümmt hätte. Es war ein Gefühl, für das er keine Bezeichnung hatte. Er würde zu Johanna gehen, die hatte ja für alles ein Byron-Zitat auf den Lippen. Auf diese Weise würde es wenigstens ein unterhaltsamer Nachmittag werden.

Die Welt war aus den Fugen und Johanna mittendrin. Sie stand an ein hölzernes Gatter gelehnt und sah ins Nachtigallental, dann drehte sie den Kopf leicht zu Alexander, der neben ihr stand. »Du bist verrückt«, sagte sie nur.

»Lieben Dank auch, Schwesterlein. Ich hätte von dir etwas mehr romantischen Zuspruch erwartet. Vielleicht ein Byron-Zitat, über das ich mich lustig machen könnte, um im Gegenzug eines zu zitieren, das ich nur auswendig gelernt habe, um dich zu ärgern.«

Johanna überging das. »Die Sache ist ernst, Alexander. Das ist kein Spaß.«

»Als solcher war es auch nicht gedacht.«

»Eine Wäscherin heiraten. Du musst von Sinnen sein.«

»Gerade von dir hätte ich diese Art bigotter Ablehnung nicht erwartet.«

Johanna stützte sich auf ihre verschränkten Arme und sah in das Gehölz, das sich hinter dem smaragdgrünen Laub erhob. Sie sog die Unterlippe ein und schwieg eine Weile. »Mit Bigotterie hat das nichts zu tun«, sagte sie schließlich. »Was hast du ihr denn für ein Leben zu bieten?«

»Was *ich* ihr zu bieten habe?«

»Ja, ganz recht.« Als keine Antwort kam, fuhr Johanna fort: »Sie hat offenbar erkannt, was du nicht erkennst. Während sie ein einfaches Mädchen ist, bist du ein – einigermaßen – gebildeter Mann. Du bewegst dich in Kreisen, denen sie nicht einmal nahe gekommen ist. Sie kann für ihren Lebensunterhalt sorgen, du – derzeit zumindest – nicht. Dein Leben bestand bisher nur aus Müßiggang, ihres aus harter Arbeit. Also ja, was hast *du* ihr zu bieten?«

»Träumt nicht jede Frau ihres Standes von einem gesellschaftlichen Aufstieg?«

»Der wäre es, wenn sie Karl heiraten würde. Selbst wenn Papa ihn enterbte, käme er in jedem Hotel unter. Aber du wirst vollkommen mittellos sein. Deine Freunde und deren Frauen werden auf deine – wie heißt sie? Agnes? – mit gerümpfter Nase hinabsehen. Die Männer haben vielleicht noch ein wenig Verständnis, wenn sie hübsch ist. Aber die Frauen?«

Alexander starrte sie an, als wäre sie eine Fremde. »Ich erkenne dich nicht wieder.«

»Weil ausnahmsweise *ich* die Vernünftige bin?«

»Nein, weil du über Dinge Bescheid weißt, die ... die du doch eigentlich nicht wissen kannst.«

»Ich kann lesen. Und ich kann zuhören. Ich bin vielleicht nicht unbedingt praktisch veranlagt, aber eine Dummheit erkenne ich durchaus, und die gesellschaftlichen Regeln sind mir vertraut.« Sie knibbelte einen Holzspan vom Gatter. »Du willst Papa bestrafen. Und da fällt dir nichts Besseres ein, als dieses arme Mädchen unglücklich zu machen?«

»Unglücklich? Und was, wenn ich sie liebe?«

»Tust du's?«

Offenbar musste er über die Antwort erst nachdenken. »Ich weiß es nicht.«

Johanna war ein wenig versöhnt mit ihm. »Das ist ja wenigstens etwas.«

»Meinst du ernsthaft, ich soll sie fallen lassen?«

»Wenn es dir nur darum geht, Papa zu ärgern, dann ja. Ansonsten musst du einen Weg finden und ihn mit allen Konsequenzen gehen. Aber das bequeme Leben wäre dann für dich vorbei.«

Alexander seufzte. »Ich kann es nicht ausstehen, wenn du vernünftig bist.«

»Karl wird dir sicher dasselbe sagen.«

»Karl wird mir noch so manches andere sagen.«

Eine Spitzmaus huschte an ihnen vorbei, schlüpfte in ein Loch unter einer Baumwurzel, kam durch ein anderes wieder hervor und reckte neugierig die Nase in die Luft. »Wie geht es ihm eigentlich?«

»Hast du noch nicht wieder mit ihm gesprochen? Er hat gestern angerufen, es ist wohl alles bestens. Er bleibt noch bis Ende Oktober in Königstein. Wahrscheinlich kommt Philipp mit ihnen zurück.«

»So lange noch...«, murmelte Johanna, und ihr Herz machte einen wilden Satz.

»Fehlt er dir?«

Johanna brauchte einen Moment, bis ihr klar wurde, dass Alexander nicht von Philipp sprach. »Ein wenig. Auch wenn er unausstehlich war.«

Nun jedoch dachte Johanna nicht an Karl, sondern ausschließlich daran, dass sie Philipp in Kürze wiedersehen würde. An seinen Kuss. Und an das, was nun werden würde. Ein wildes Kribbeln stieg in ihrem Bauch auf. Dieser Winter änderte alles, das spürte sie einfach.

✶✶ 27 ✶✶

Die Winter-Stammgäste trafen nach und nach ein. Den Anfang machten die Ashbees, die jedes Jahr bereits im November anreisten und bis Anfang Januar blieben. Die Zeit dazwischen nutzte vor allem Mabel Ashbee für lange Waldspaziergänge, als könne sie auf diese Weise die letzten Wege ihrer Tochter nachspüren. In der Regel reiste kurz darauf Frédéric de Montagney an, wobei es bei ihm auch Anfang Dezember werden konnte. Victor Rados war bereits einen Tag nach den Ashbees eingetroffen. Der amerikanische Geschäftsmann Charles Avery-Bowes würde mit seiner Ehefrau in der ersten Dezemberhälfte ankommen und bis Mitte Januar bleiben.

Johanna freute sich auf Silvester, freute sich darauf, dass Philipp dieses Jahr da sein und mit ihr ins neue Jahr tanzen würde. Er war vor einer Woche zusammen mit Julia und Karl eingetroffen. Am Tag seiner Ankunft war er abends ein wenig mit Johanna im Garten spazieren gegangen und hatte sich angeregt mit ihr unterhalten. Er fragte sie, wie es ihr in den letzten Monaten ergangen war, und vertraute ihr auch an, wie wütend ihn die ganze Angelegenheit mit dem unehelichen Kind gemacht hatte. »Das hat Julia nicht verdient.«

»Karl scheint aber Besserung gelobt zu haben.«

»Warten wir es ab«, war Philipps Antwort gewesen. »Vielleicht war es ihm ja tatsächlich eine Lehre.«

Da auch Gäste im Garten waren, kam es zwar zu keiner

Annäherung zwischen den beiden, dennoch war Johanna glücklich gewesen, als sie abends zu Bett gegangen war. Leider blieb es jedoch bei der einen Zusammenkunft, denn die meiste Zeit verbrachte er mit ihren Brüdern, Julia oder Freunden, die aus Köln kamen, um ihn zu sehen.

An diesem Morgen stand sie zeitig auf und schritt in ihrem Reitkostüm über den Hof in Richtung Stall, als Philipp zu seinem morgendlichen Ausritt erschien. Er ritt immer etwas später los als Karl und Alexander, weil er die halbe Stunde allein morgens sehr schätzte. Als er Johanna jedoch bemerkte, lächelte er und fragte, ob sie ihn begleiten wolle.

»Ich dachte, du reitest lieber allein?«

Er grinste. »In deinem Fall mache ich gerne eine Ausnahme.«

Das so vertraute Kribbeln stob in Johannas Brust auf, und sie wies den Stallburschen an, ihren grauen Wallach zu satteln.

Als sie aufbrachen, zogen dunkelgraue Wolken auf, und die Luft schmeckte nach Schnee. Sie lenkten die Pferde auf den Weg, der in den Wald hineinführte. In seinem frostig kalten Schatten lag das Aroma von verrottetem Laub und Erde. Der Hufschlag der Pferde klang dumpf in der morgendlichen Stille und mischte sich mit dem gelegentlichen Schnauben der Pferde sowie dem leisen Klirren der Metallringe in den Gebissstücken.

»Du bist das erste Mal auf unserer Feier zum Jahresende dabei, nicht wahr?«, fragte Johanna.

»Mit sechzehn war ich schon mal mit dabei, als meine Eltern zu Besuch waren.«

Johanna erinnerte sich vage. Sie, Alexander und Julia waren ins Bett geschickt worden, durften vom Balkon aus dann aber doch das Feuerwerk sehen. »Dieses Mal feierst du mit mir«, antwortete sie mit einem munteren Lachen. »Es wird also gänzlich anders.«

»Ich hoffe, du hältst mir mindestens einen Platz auf deiner Tanzkarte frei.«

»Noch hast du die freie Wahl.«

»Den ersten Walzer?«

»Klingt gut.« Johanna war es leicht ums Herz wie schon seit Langem nicht mehr. Alles ließ sich auf einmal so herrlich unkompliziert an.

Sie ritten durch den schattigen Buschwaldpfad unterhalb des Burghofs, der durch das Nachtigallental führte. Bisher waren sie auf keinen Wanderer gestoßen, was auch daran liegen mochte, dass die Witterung derzeit nicht sehr einladend war, um den steilen Aufstieg zu wagen. Am Mennesbach zügelten sie die Pferde, Philipp saß ab und half ihr aus dem Sattel. Johanna ordnete mit einer Hand ihren Rock und führte ihr Pferd mit der anderen Hand am Zügel.

»Und wie hast du die letzten Monate verbracht?«, fragte Philipp.

»Es war nach deiner Abreise ziemlich langweilig. Natürlich abgesehen von dem Schuss auf Onkel Konrad, aber das ist ja nun nicht die Art von Abenteuer, die man gerne erlebt.«

»Nein, allerdings. Und man hat nicht herausgefunden, wer es gewesen ist?«

Johanna schüttelte den Kopf. »Leider nicht. Die Polizei sagte lediglich, dass ein Unfall nahezu ausgeschlossen werden kann. Es sei denn, es war ein besonders stümperhafter Jäger am Werk, der nicht verstanden hat, dass er gerade einen Menschen angeschossen hat und noch zweimal nachlädt.« Johanna zuckte mit den Schultern.

»Dann hoffen wir mal, dass dergleichen kein weiteres Mal passiert.«

Allein der Gedanke war so schrecklich, dass Johanna erschauerte.

»Welche Art von Abenteuer hast du denn vermisst?«, wechselte Philipp das Thema, und Johanna glaubte in der harmlos hervorgebrachten Frage einen Unterton zu hören, der auf eine tiefere Bedeutung hinwies. Sie drehte sich zu ihm um, sah ihn wortlos an. Er lächelte, dann legte er seine freie Hand um ihre Mitte, zog sie an sich und küsste sie sanft, spielerisch. Johanna schloss die Augen, doch im nächsten Moment ruckte ihr Wallach heftig am Zügel und riss sie von Philipp fort. Das Pferd hatte einen Flecken Gras erspäht und strebte darauf zu.

»Ach, du ...«, schimpfte Johanna.

Philipp lachte. »Dein Pferd achtet eben auf Anstand. Bestimmt hat dein Vater es dir deshalb geschenkt.«

Nun musste auch Johanna lachen. »Mit dir ist das Leben tatsächlich abenteuerlicher.«

Philipp neigte galant den Kopf. »Das Kompliment gebe ich gern zurück.«

Sie spazierten eine Weile schweigend nebeneinander her, und zu Johannas Bedauern machte Philipp keinen weiteren Versuch mehr, sie zu küssen. Irgendwann stiegen sie wieder auf die Pferde und ritten in einem weitläufigen Bogen zurück zum Hotel. Währenddessen unterhielt Philipp sie mit kleinen Anekdoten, die so erheiternd waren, dass Johanna mehrmals vor Lachen kaum die Zügel halten konnte.

»Ich werde wahrscheinlich hier in die Region versetzt«, sagte Philipp, als sie in Sichtweite des Hotels kamen.

»Das wäre ja wunderbar.«

»Ja. Ich habe darum ersucht.«

Johannas Herz schlug schneller. *Ich habe darum ersucht.* Bonn gehörte zum Königreich Preußen, daher wäre eine Versetzung in der Tat nur eine Formalität. Johanna atmete reine Glückseligkeit, die ihr die Brust weitete. Sie und Philipp gaben die Pferde im Stall ab und gingen gemeinsam zum Haus. Als sie auf den privaten Eingang zustrebten, bemerkte Johanna Victor Rados, der von seinem morgendlichen Spaziergang zurückkehrte. Sie hob die Hand und winkte ihm zu, was er lächelnd erwiderte.

»Und wie sieht deine Tagesplanung heute aus?«, wandte sie sich wieder an Philipp.

»Ich bin mit einem Freund in Köln verabredet.«

Ein Stich der Enttäuschung durchzuckte Johanna.

»Eigentlich«, fuhr Philipp fort, »habe ich keine große Lust zu fahren. Aber da ich meine Kölner und Bonner Freunde nur sehe, wenn ich mal hier zu Besuch bin, kann ich schlecht absagen.«

Dergleichen gesellschaftliche Verpflichtungen waren Johanna vertraut, weshalb sie trotz ihres Kummers verständnisvoll nickte. Kurz stockte Philipp und sah zum Haupteingang des Hotels. Johanna folgte seinem Blick, aber abgesehen von einer Frau mit Ehemann und vier Töchtern sowie den beiden Stubenmädchen war dort nichts, was Philipps abrupte Aufmerksamkeit hätte fesseln können. Im nächsten Augenblick ging er auch schon weiter, als hätte sich das, was ihn für die Länge zweier Lidschläge gefesselt hatte, als Missverständnis erwiesen.

Julia wünschte, sie könnte der kleinen Marianne mit jener Wärme begegnen, die sie ihren eigenen Kindern entgegenbrachte. Das kleine Mädchen beäugte sie argwöhnisch und war seinerseits ebenfalls distanziert. Karl machte das ärgerlich. »Es kann doch wahrhaftig nicht schwer sein, ein kleines Kind zu mögen.«

Natürlich wusste Julia, dass es nicht richtig war, aber sie konnte dem Mädchen einfach keine Mutter sein, und obwohl sie der Kleinen immer freundlich begegnete, war die Distanz zwischen ihnen unübersehbar.

»Sie kann nichts für das alles«, sagte Karl, aber da Julia das wusste und sich wirklich bemühte, das Mädchen zu mögen, brachte es nichts, dass er es ständig wiederholte.

Ludwig wiederum mochte die Halbschwester, die ein wenig älter war als er, sehr. »Mit der kann man wenigstens richtig spielen.« Und so tobte er mit Marianne herum und ärgerte Valerie, indem er ihre Puppen als Ritterdamen benutzte, die er und Marianne retten mussten. Julia wusste, dass sie ungerecht war, aber es ärgerte sie, dass Valerie nun außen vor war. Zudem war diese jetzt nicht mehr allein Karls erklärter Liebling, sondern teilte sich diesen Platz mit der Halbschwester.

»Er ist nun einmal ihr Vater«, sagte Philipp, der sich nachmittags zu ihr ins Kinderzimmer gesellte. »Wäre es dir lieber, wenn er einer von der Sorte Männer wäre, die mit ihren Bastarden nichts zu schaffen haben wollen?«

»Nein, natürlich nicht.«

Marianne war zu Valerie gelaufen, die frustriert weinte, weil Ludwig ihr schon wieder alle Puppen weggenommen hatte. Julia wollte bereits einschreiten, als Marianne der Kleinen einen seidenen Schal umband und ihr sagte, sie sei jetzt das Burgfräulein, und Ritter Ludwig müsse ihr gehorchen. Das führte wiederum zu heftigen Protesten seitens des Jungen, der sich seiner Verbündeten beraubt sah.

»Lass sie einfach«, sagte Philipp, »das bekommen sie schon selbst hin.«

Erschwerend kam hinzu, dass Margaretha sich nicht mit dem neuen Kindermädchen verstand, dabei war Charlotte wirklich ein reizendes Geschöpf, das von allen Kindern sofort ins Herz geschlossen worden war. Möglicherweise mochte Margaretha sie genau aus diesem Grund nicht.

Anne Hohenstein kam ihnen entgegen, offenbar im Begriff, einen Besuch bei ihren Enkelkindern zu machen. Sie hob die Brauen, als sie Julia und Philipp sah. »Ah, wie ich sehe, kommst du deinen mütterlichen Pflichten nach. Oder zumindest einem Teil davon.«

Julia sah sie fragend an.

»Ich dachte nur«, sagte Anne Hohenstein, »was es wohl über eine Frau aussagt, die nicht fähig ist, ein mutterloses Kind zu lieben.« Sie lächelte und ging an Julia vorbei ins Kinderzimmer.

»Lass sie reden.« Philipp drückte ihren Arm.

»Aber sie hat ja recht. Ich kann die Kleine nicht lieben.«

»Du musst dich erst an die neue Situation gewöhnen.«

»Dazu hatte ich ja nun Zeit genug.« Julia ging durch die Verbindungstür ins Hotel. Sie musste Präsenz zeigen, nachdem sie so lange fort gewesen war. In der Halle verabschiedete sich Philipp von ihr, und sie ging in den Damensalon, plauderte mit einigen Gästen, ließ sich anschließend im Salon zum Kaffee sehen und stand eine Weile bei Konrad an der Rezeption. Sie begrüßte eintreffende Gäste, lächelte mal hierhin, mal dorthin und wünschte einen schönen Aufenthalt.

»Ich muss noch einige Besorgungen in Königswinter erledigen«, sagte sie mit Blick auf die Uhr. »Entschuldigst du mich bitte?«

»Aber natürlich«, antwortete Konrad.

»Nach Königswinter muss ich auch noch«, bemerkte Maximilian. »Lässt du einspannen, Julia? Dann fahre ich mit dir.«

»Ich fahre mit dem Automobil, aber du kannst trotzdem gerne mitkommen.« Seinem Blick entnahm sie, dass er die Anwesenheit des Vehikels bereits verdrängt hatte. »Oder hast du genauso viel Angst davor wie Karl vor seiner ersten Fahrt? Dann sage ich eben dem Kutscher Bescheid.«

Das wiederum konnte er nicht auf sich sitzen lassen, und sein Unbehagen, als er »Natürlich nicht, sei nicht albern« sagte und hinzufügte: »Ich komme gerne mit«, war beinahe mit Händen zu greifen.

Ein feines Lächeln glitt über Julias Lippen. »Bestens.« Sie holte ihren Mantel, und als sie in den Hof trat, wartete Maximilian dort bereits auf sie. Sie gingen zur Remise, wo das Automobil geparkt war. Als sie einstiegen, war da ein kleines Zögern von Seiten Maximilians. Er schien zu überlegen, ob es nicht doch eine Ausrede gab, die ihm diese Fahrt ersparte, ohne dass er dabei das Gesicht verlor.

Julia setzte rückwärts aus der Remise und lenkte das Gefährt vorsichtig über den Hof. Die Fahrt über die steilen Wege nach Königswinter benötigte ihre ganze Konzentration, da es streckenweise glatt war. Aber sie kamen unbeschadet in der Stadt an, und Julia spürte, wie Maximilian sich entspannte. Sie hatte während der Fahrt nicht auf ihn achten können, aber allein die Tatsache, dass er reglos und schweigend dagesessen hatte, sprach Bände.

»Das war sehr ... interessant«, sagte er schließlich.

»Wenn du nicht lange brauchst, nehme ich dich wieder mit hoch.«

»Ähm, ein wenig wird es schon noch dauern, mach dir keine Umstände.«

Julia lächelte.

»Ich bin übrigens sehr froh, dass du dich mit Karl versöhnt hast«, sagte Maximilian übergangslos. »Ein wenig hatte ich darum gefürchtet, dass es zu einer unschönen Szene käme.«

»Anne wäre vermutlich froh gewesen, wenn Karl nur die Kinder mit zurückgebracht hätte.«

»Das mag sein, nur hat Anne in dieser Sache nichts zu sagen.« Maximilian stieg aus dem Automobil. »Was das

Kind angeht, wirst du nicht umhinkönnen, es mit deinen leiblichen aufzuziehen. Karl hängt an der Kleinen, und du solltest nicht anfangen, seine Liebe zu ihr mit der zu euren gemeinsamen Kindern zu messen.«

Julia biss sich auf die Lippen.

»Es ist immer nur das Kind, das er in ihr sieht, nicht die Mutter. Vergiss das nicht«, sagte Maximilian und schloss die Tür. »Bis später, und fahr vorsichtig.«

Julia erwiderte den Abschiedsgruß und fuhr weiter. Seine Worte gingen ihr nicht aus dem Kopf, und sie rief sich wieder Mariannes Gesicht vor Augen, versuchte, Wärme zu verspüren, Zuneigung, aber da war nichts. *Ich frage mich, was es über eine Frau aussagt, die nicht dazu fähig ist, ein mutterloses Kind zu lieben.*

Karl schloss die Bücher und rieb sich die Augen. Konrad hatte seine Aufgaben zwar weitgehend übernommen, aber es war eine Menge liegen geblieben, während er fort gewesen war, und nun saß er seit den frühen Morgenstunden an der Buchhaltung. Er erhob sich, um noch einige offene Posten mit Konrad zu besprechen.

»Ich habe schon gehört, dass du Angst hattest vor deiner ersten Fahrt mit Julia im Automobil«, begrüßte dieser ihn feixend.

»Hat sie das erzählt?«

»Ja, als sie deinem Vater mit ganz harmloser Miene gesagt hat, er könne mit ihr nach Königswinter fahren. Er dachte offenbar, sie meine die Kutsche.«

»Und er ist tatsächlich eingestiegen? Das hätte ich gerne gesehen.« Karl grinste. Dann fügte er hinzu: »Außerdem hatte ich keine Angst.«

»Wenn du es sagst.«

»Sie ist mindestens vierzig Stundenkilometer gefahren.«

»Ich bin ja nach wie vor der Meinung, wir bräuchten einige dieser Gefährte für den Hotelbetrieb. Es haben schon mehrere Gäste gefragt, ob sie sich im Automobil nach Königswinter fahren lassen können anstatt mit der Droschke.«

»Du kennst Vaters Einstellung dazu. Aber vielleicht kommt er heute ja auf den Geschmack.« Karl legte ihm einige Unterlagen hin. »Kannst du mir bitte noch dazu schreiben, was das für Ausgaben sind? Da stehen nur die Summen und irgendwelche Kürzel.«

»Mache ich heute Abend, reicht das?«

»Ja. Für heute bin ich fertig.«

Konrad schob die Unterlagen zurück in die Mappe. »Schön, dass es mit dir und Julia offenbar wieder gut funktioniert.«

»Ja. Ich wünschte nur, sie würde Marianne mit mehr Wärme begegnen. Das Kind braucht eine Mutter.«

»Gib ihr Zeit.«

»Kann es denn so schwer sein, ein kleines Kind zu mögen?«

»Sie mögen und ihr eine Mutter sein, sind zwei grundverschiedene Dinge. Warte ab, das wird sicher noch.«

Karl nickte nur und sah auf das Gästebuch. Seine Mutter hatte das Problem zwischen Julia und dem Kind natürlich auch bereits erkannt und stieß gnadenlos in die Wunde.

»Hat dir ihre Mutter etwas bedeutet?«, fragte Konrad.

»Carlotta? Nein.«

»Vielleicht denkt Julia, es sei anders gewesen?«

»Wir haben ausgiebig darüber gesprochen, und ich habe ihr versichert, dass da keinerlei Gefühle im Spiel gewesen sind.« Karl nickte einer Familie grüßend zu. Es könnte alles so harmonisch sein, wenn nicht die Sache mit Julia und Marianne wäre. Er wusste, dass er in dieser Hinsicht vielleicht zu ungeduldig war, aber er ertrug die Vorstellung einfach nicht, dass sich Marianne nach einer liebenden Mutter sehnte und er sie ihr nicht ersetzen konnte. Sie erwähnte ihre leibliche Mutter zwar nur noch selten, aber sie bekam ja mit, wenn Julia Ludwig und Valerie umarmte, während sie für Marianne nur einige – wenngleich freundliche – Worte zur Begrüßung hatte.

»Was ist eigentlich mit dir und dieser Frau – wie heißt sie gleich?«, fragte er.

»Katharina Henot. Wir schreiben uns.«

»Ist es ernst?«

»Das wird sich zeigen.« Konrads Lächeln jedoch sagte, dass er sich dieser Sache durchaus gewiss war.

Johanna betrat das Hotel, sah die beiden an der Rezeption stehen und kam zu ihnen. Sie strahlte und wirkte überaus gut gelaunt. »Weißt du, Karl, ich habe dich ja fast ein wenig vermisst, auch wenn du fürchterlich warst.«

»Das freut mich zu hören. Warum bist du heute Morgen nicht mit uns ausgeritten?«

»Ach, ihr wart ja schon so früh weg, da habe ich mich Philipp angeschlossen.« Röte stieg ihr in die Wangen, und Karl hob eine Braue, was Johanna jedoch ignorierte. Auch Konrad war aufmerksam geworden und schien sich seinen Teil zu denken, aber er schwieg. Karl hatte ja schon länger den Verdacht, dass sich da etwas anbahnte, und da ihm dergleichen Heimlichkeiten nicht gefielen – vor allem, wenn es um Johanna ging und ein Mann im Spiel war –, beschloss er, die Sache im Auge zu behalten.

✶✶ 28 ✶✶

»Ich sagte Nein!« Maximilian war es leid, die Dinge wieder und wieder zu diskutieren. »Bisher habe ich ausreichend Zugeständnisse gemacht, möchte ich meinen.«

Konrad saß ihm gegenüber in dem Besucherstuhl und wirkte eigenartig gelassen angesichts der klaren Abfuhr. »Du entscheidest hier nicht allein.«

Bei diesen Worten packte Maximilian die kalte Wut, und für einen Moment wünschte er sich fast, Anne hätte getroffen. Oder besser noch, sein Vater hätte nicht die falsche Frau geschwängert. Und anschließend auch noch das Gefühl von Verpflichtung verspürt, seinen unehelichen Sohn mit dem ehelichen gleichzusetzen. »Es ist mein Hotel.«

Mit einem Seufzen nickte Konrad. »Gut. Ich gehe.«

Verwirrt sah Maximilian ihn an. »Wie bitte?«

»Es ist deins, zwar nur zum Teil, aber ich bin diese ständigen Kämpfe leid. Und ich bin es leid, bei jedem Spaziergang befürchten zu müssen, dass der Schütze dieses Mal besser trifft.«

Maximilian spürte, wie ihm die Farbe aus dem Gesicht wich. »Diese Unterstellung ist ungeheuerlich.«

Ein müdes Schulterzucken war die einzige Antwort. Konrad nahm eine Mappe zur Hand, die er mit in das Zimmer gebracht und auf dem Schreibtisch vor sich abgelegt hatte. Maximilian hatte diese geflissentlich ignoriert, da er vermutete, dass sich weitere Ideen darin befanden, die weitere Konflikte nach sich zogen.

»Ich werde mir ein Haus im Grünen kaufen, vielleicht heiraten, eine Familie gründen und von dem Geld leben, das mir das Hotel einbringt.«

»Natürlich werde ich dafür sorgen, dass du jeden Monat pünktlich deinen Anteil erhältst, fünfzig Prozent, wie es das Testament vorschreibt.« Die Erleichterung war so köstlich, dass Maximilian sich gerne großzügig zeigte. »Karl wird sich darum kümmern, dass alles pünktlich angewiesen wird.«

»Mach dir keine Umstände, du bist mir nichts schuldig.«

Nun schlug Maximilians Erleichterung in vorsichtiges Misstrauen um. »Was meinst du damit?«

»Ich verkaufe meine Hälfte.«

»Wie viel willst du dafür?« Kurz überschlug er die Kosten. Das konnte teuer werden, aber sei's drum. Er würde an die Reserven gehen, einen Kredit aufnehmen, wenn es anders nicht ging.

»Ich habe bereits ein Angebot, das ich wohl annehmen werde«, bereitete Konrad jeder Spekulation ein Ende.

»Du wirst es doch wohl mir verkaufen?«

»Nein.«

Maximilian ballte die Faust. »Das Hotel ist ein Familienbesitz seit Generationen. Du kannst deine Hälfte nicht einfach so verkaufen. Überhaupt hättest du zuerst mich fragen müssen.«

»Das Testament schreibt nichts dergleichen vor.«

»Wer ist es?«

Das Lächeln, das nun um Konrads Lippen spielte, ließ Maximilian Böses erwarten. »Friedrich von Caspers.«

Maximilian war wie vom Donner gerührt. »Niemals«, brachte er heiser hervor. Friedrich Caspers. Hotelier in Cöln.

»Er hat sofort ein Angebot gemacht. Ja, er schien regelrecht begeistert«, fuhr Konrad fort. »Fast dachte ich, er fällt mir um den Hals.«

»Nie-mals!«

»Bedaure.« Konrad erhob sich.

»Bleib!« Mit Mühe schaffte Maximilian es, nicht selbst aufzuspringen. Er löste seine Faust, zwang die Finger zu einer entspannteren Haltung. »Wir können doch sicher darüber reden.«

»Ehrlich gesagt bin ich die ständigen Kämpfe leid, Maximilian. Fechte sie mit Herrn Caspers aus.«

»Das ist perfide!«

»Perfider, als mir eine Affäre mit der Frau meines Neffen anzuhängen? Perfider, als auf mich zu schießen?«

»Ich habe nicht...«

»Halte mich nicht zum Narren. Natürlich warst du es nicht selbst. Aber du weißt so gut wie ich, dass das *kein* verirrter Schuss eines Jägers gewesen ist. Also hör auf, mich für dumm zu verkaufen.«

Maximilian, zählte innerlich bis drei und atmete langsam dabei aus. »Lass uns reden«, wiederholte er.

Zögernd ließ Konrad sich auf dem Stuhl nieder. »Dann sprich.«

»Wenn du nicht an Friedrich Caspers verkaufst, bin ich bereit, dir zumindest... zuzuhören, wenn du neue Ideen hast.«

»Abgelehnt.«

»Willst du das alleinige Entscheidungsrecht?«

»Wir stimmen ab.«

»Fünfzig zu fünfzig. Du hättest Mathematik studieren sollen.«

»Was ist mit Karl?«

»Der hat nichts zu sagen.«

»Er bekommt die entscheidende Stimme.«

»Er wird immer gegen mich stimmen, schon aus Prinzip.«

»Hat er je eine weitreichende Entscheidung zu Ungunsten des Hotels getroffen?«

Maximilian überlegte.

»Na also«, antwortete Konrad, als keine Antwort kam.

»Gut, einverstanden.« Es verursachte ihm Bauchschmerzen, aber Friedrich Caspers wäre tausendmal schlimmer. Und da würde es nicht über gleichberechtigte Abstimmung gehen, da wäre ein Dauerkrieg die Folge. Wenn Friedrich das Hotel nicht gleich absichtlich in den Ruin trieb. Was für eine Genugtuung das für ihn wäre.

»Ich muss nicht mehr um mein Leben fürchten?«

»Was mich angeht, nicht.«

Falsche Antwort, das sah Maximilian direkt. »Sollte ich durch einen Unfall oder unter sonstigen ungeklärten Umständen sterben, wird – solange ich kinderlos bin – Alexander mein Alleinerbe.«

Maximilian nickte. Bestens.

»Er bekommt das Erbe nur unter der Bedingung ausgezahlt, dass er an Friedrich Caspers verkauft. Ansonsten fällt es der Allgemeinheit zu. Und ich vermute, Alexander würde sich die Gelegenheit nicht entgehen lassen.«

Wieder ballte Maximilian die Faust. »Es wird keinen Zwischenfall mehr geben.«

»Gut.« Konrad erhob sich. »Dann rufe ich Herrn Caspers an und sage ihm, ich hätte es mir anders überlegt.« Er lächelte, und Maximilian neigte anerkennend den Kopf. Er wusste, wann er eine Schlacht verloren hatte, ebenso, wie er einen Gegner zu schätzen wusste, der ihm ebenbürtig war. Konrad nickte ihm zu, dann verließ er den Raum.

Einige Minuten lang blieb Maximilian noch sitzen, bevor er sich erhob und in seine Wohnung ging. Dort war Anne jedoch nicht, und so suchte er sie im Hotel und fand sie schließlich im Damensalon, wo sie sich mit einigen Frauen unterhielt.

»Kann ich dich einen Moment sprechen?«

Sie entschuldigte sich bei den Damen und kam zu ihm.

»Nicht hier«, sagte er.

Er berührte ihren Arm, und sie folgte ihm in ihre gemeinsame Wohnung. Im Salon schloss er die Tür. »Dein Schuss auf Konrad hat das Fass offenbar zum Überlaufen gebracht. Er hat gesagt, er wolle das Hotel verlassen.«

Annes Gesicht leuchtete auf. »Das ist doch großartig!«

»Und seine Hälfte«, fuhr Maximilian unbeirrt fort, »an Friedrich Caspers verkaufen.«

Nun wurde Anne aschfahl. »Friedrich?«

Als junge Frau war Anne Friedrich Caspers' große Liebe gewesen. Er hatte sie umworben, mit Geschenken überhäuft, und sie hatte schließlich in eine Verlobung eingewilligt. Ins Bett gegangen war sie dann jedoch mit Maximilian. Auf einer Feier schließlich hatten sie zu viel gewagt, hatten sich in aller Hast geliebt, ohne darauf zu achten, die Tür zu verschließen. Die Situation, in der Friedrich sie erwischt hatte, war so eindeutig gewesen, dass sich keiner von beiden mit einem Missverständnis hatte herausreden können. Noch in derselben Nacht hatte Friedrich Caspers die Verlobung gelöst. Die Sache war nie offen ausgesprochen worden. Vielleicht vermutete man etwas, weil sich Anne nach einer Anstandspause gleich mit Maximilian verlobte. Aber da sie so offensichtlich nicht schwanger gewesen und Karls Geburt anständige elf Monate nach der Hochzeit gelegen hatte, beließ man es bei vagen Spekulationen, die ein Jahr später niemanden mehr interessierten. Friedrich jedoch hatte es nicht vergessen.

»Woher weiß Konrad davon?«, wollte Anne wissen.

»Vermutlich hat er über mich ebenso nachgeforscht wie ich über ihn. Nur hat *er*, im Gegensatz zu *mir*, etwas gefunden.«

»Und was tun wir jetzt?«

»Ich konnte ihm die Sache ausreden. Aber ich rate dir nachdrücklich, keine weiteren Intrigen mehr gegen ihn zu planen.«

Sie nickte, aber Maximilian sah ihr an, dass er sie noch nicht überzeugt hatte.

»Wenn er stirbt, geht das Hotel ebenfalls an Friedrich.« Verkürzt ausgedrückt. Aber Anne wäre so töricht, anzunehmen, Alexander würde ihm zuliebe das Erbe ausschlagen.

Ihre Miene veränderte sich. Dieses Mal sah sie es wohl tatsächlich ein. »Also gut.«

Es ging auf Ende November zu, Philipp war bereits seit einem Monat hier. Aber sah man von seinem Kuss auf ihrem Ausritt ab, passierte bemerkenswert wenig. Einmal hatten sie Kaffee im Salon getrunken, aber das hatte eher einer gesellschaftlichen Pflichtkür geglichen, von Vertraulichkeit konnte keine Rede gewesen sein. Vielleicht befürchtete er, sie zu verschrecken, wenn er zu forsch war. Johanna jedoch wollte, dass endlich etwas geschah, wollte eine Liebe, in der Versprechen getauscht und Liebesbriefe geschrieben wurden. Sie wollte wissen, was die Liebe überhaupt war, wollte sie in allen Nuancen kennenlernen.

Und so nahm sie eines Abends ihren ganzen Mut zusammen und ging in Karls Wohnung, als sie wusste, dass dieser mit Julia im Hotel unterwegs war. Philipp war daheim geblieben, das hatte sie durch beiläufiges Fragen erfahren. Und so fand sie ihn schließlich im Salon, wo er am Kamin saß und ein Buch las. Bei ihrem Eintreten blickte er auf. »Guten Abend, Johanna. Karl und Julia sind nicht hier.«

»Das weiß ich.« Johanna knetete ihre Hände, wurde sich dessen bewusst und zwang sie zur Ruhe. Sie ging zum Kamin und ließ sich auf dem Sessel Philipp gegenüber nieder. Der wirkte nun ein wenig besorgt.

»Ist etwas passiert?«

Das Herz schlug ihr in so raschen Schlägen, dass ihr Atem nur stoßweise über die Lippen kam. Unter Philipps erwartungsvollen Blicken sank ihr beinahe der Mut. War es nicht an ihm, etwas zu sagen? Seine Gefühle zu bekunden? »Ich möchte wissen, wie es um uns steht«, sagte sie schließlich.

Er war offenkundig überrascht. Und dann kam langsam das Begreifen, begleitet von einem leisen Unbehagen. »Mit uns?«, wiederholte er.

»Die Küsse im Wald damals im Sommer und jetzt. Das bedeutet doch etwas.«

Nun war das Unbehagen nahezu mit den Händen zu greifen. »Ich dachte«, begann Philipp zögernd, »ich dachte, du wolltest ein kleines Abenteuer.«

Für einen Moment war Johanna sprachlos. »Abenteuer? Aber ich dachte, du wüsstest, dass ich dich…« Ja, was eigentlich… liebe? Aber kein Wort erschien ihr in diesem Moment unpassender, da Philipp sie mit so deutlichem Erschrecken ansah.

»Oh, Johanna, bitte verzeih mir, ich wusste es wirklich nicht. Es waren ein paar Küsse, eine Tändelei, ich dachte, mehr wäre es für dich auch nicht gewesen.«

Kälte kroch in Johanna hoch, obschon das Kaminfeuer ihr die Hitze in die Wangen trieb. Sie erhob sich ruckartig, ertrug die Betroffenheit und das Mitgefühl in Philipps Augen nicht und floh aus dem Raum.

»Johanna, so warte doch!«

Mit gerafften Röcken, um schneller laufen zu können, verließ Johanna die Wohnung. Sie ging rasch die Treppe hinunter, öffnete die Tür zur Wohnung ihrer Eltern und lief in ihr Zimmer. Dort warf sie die Tür hinter sich ins Schloss, ließ sich aufs Bett fallen und brach in Tränen aus. Und so blieb sie liegen, Stunde um Stunde. Sie hörte ihre Eltern im Korridor miteinander reden, hörte Alexander heimkommen, bis sich schließlich nächtliche Stille über das Haus senkte. Dann erst erhob sie sich. Sie musste raus, an die frische Luft, musste wieder einen klaren Kopf bekommen. *Ich dachte, du wolltest ein kleines Abenteuer.* Es war so demütigend.

Als sie im Eingangsbereich der elterlichen Wohnung stand, würgte sie an ihren Tränen und dem Kloß in ihrem Hals, der stetig wuchs und sie zu ersticken drohte. Raus. Sie musste raus, an die frische, klare Luft. Eilig zog sie ihre gefütterten Stiefel aus dem Schuhschrank, nahm ihren Mantel von der Garderobe und verließ die Wohnung erneut, dieses Mal zur anderen Seite hin.

Die frostige Kälte wirkte belebend. Johanna schlang die Arme um den Oberkörper und ging langsam um das Haus herum. Ihr Schmerz war so überwältigend, dass sie am liebsten in die dunklen Wälder gelaufen und nie mehr heimgekehrt wäre. Ob es ein Moment wie dieser gewesen war, der Imogen Ashbee fortgetrieben hatte? Oh, wie gut sie das verstehen könnte!

Der Schnee knirschte unter ihren Sohlen, und es war nichts zu hören außer ihren Schritten und ihrem Atem. Als sei sie ganz allein auf der Welt. Sie blieb stehen und legte den Kopf in den Nacken, sah in den schwarzen Himmel einer sternenlosen Nacht. Nun ließen sich die Tränen nicht mehr zurückhalten, rannen an ihren Wangen hinab. Johanna wischte sich mit dem Ärmel ihres Mantels über die Augen und ging weiter. Dann erstarrte sie, denn sie entdeckte die Silhouette eines Mannes. Er stand nur wenige Schritte entfernt, stumm verharrend wie sie selbst. Ihr Atem ging schneller, und so umfassend ihr Wunsch auch gewesen sein mochte, auf einmal zu verschwinden, war es doch etwas gänzlich anderes, von einem vorbeiziehenden Sittenstrolch geraubt oder gar ermordet zu werden. Dann jedoch kam die Gestalt näher, und sie schalt sich selbst töricht.

»Victor?«

»Fräulein Johanna?«

Sie ging auf ihn zu und blieb gleichzeitig mit ihm stehen,

nur eine halbe Armlänge von ihm entfernt. Wieder schlug ihr Herz schneller, dieses Mal jedoch aus einem gänzlich anderen Grund. Es war Furcht, eine Furcht vor dem Ungewissen, die sie so oft in Victors Gegenwart überkam, die Furcht vor einer diffusen Sehnsucht. Und doch war seine Aufmerksamkeit genau das, was sie in diesem Augenblick brauchte. Als spürte er die Wunden in ihrem Innern und wäre bestrebt, sie zu heilen.

»Ich...« Sie hatte das Gefühl, etwas sagen zu müssen. »Ich bin ein wenig spazieren gegangen.« Gut, das war sicher nicht die intelligenteste Aussage.

»Ich habe es mir fast gedacht.« Ein Lachen war in seiner Stimme, und Johanna entspannte sich, spürte, wie sein Lachen auf sie übersprang. »Und doch habe ich ein klein wenig gehofft, die Sehnsucht treibe Sie hinaus.«

»Nun, das hat sie, gewissermaßen«, antwortete Johanna, ehe ihr bewusst wurde, was sie da gerade sagte. Er ging oft nachts spazieren, das hatte er ihr einmal erzählt.

»Die Sehnsucht nach jahrtausendealten Geheimnissen?«

»Ja«, war alles, was sie hervorbrachte.

Noch ehe er die Hand an ihr Gesicht legte und ihr Kinn hob, wusste sie, dass er sie küssen würde. Er berührte ihre Lippen, schien ihre Reaktion abwarten zu wollen, und als Johanna ihm entgegenkam, den Mund unter seinem verführerischen Locken öffnete, schwindelte ihr. Das war keine spielerische Berührung, kein Herumgetändel wie mit Philipp. Victor legte die Arme um sie und zog sie an sich, ohne den Kuss zu unterbrechen. Johannas Hände schoben sich über seine Arme, seine Schultern und schlossen sich um seinen Nacken.

Die Kälte drang in ihre Schuhsohlen, kroch ihre Beine hoch, und sie erschauerte, wollte sich jedoch nicht von ihm lösen. Sie spürte sein Haar unter ihren Fingerspitzen, streichelte seinen Nacken und hielt ihn eng umschlungen. Seine

Hände glitten über ihren Rücken, eine Hand strich über ihren Nacken und legte sich um ihren Hinterkopf. Als sie die Kälte nicht länger ignorieren konnte, brachte Johanna eine Fingerbreit Abstand zwischen ihre Gesichter.

»Gehen wir irgendwohin, wo es wärmer ist?«, fragte sie.

»Woran dachtest du?«

Sie nahm seine Hand. »Komm«, sagte sie, zog ihn mit sich über den Hof und steuerte auf die Wäscherei zu. Da sie keine Ahnung hatte, ob die Tür verschlossen war, drückte sie auf gut Glück die Klinke, und die Tür schwang widerstandslos auf. Es dauerte einen Moment, ehe ihre Augen die Konturen des Raumes wahrnehmen konnten. Das milchige Licht des Halbmondes fiel durch die großen Fenster, und die dampfige Wärme prickelte auf ihrem Gesicht. Victor schloss die Tür hinter sich und zog Johanna im nächsten Moment wieder an sich, um sie zu küssen.

War die Wärme anfangs wohltuend gewesen, so spürte Johanna nun, wie ihr der Schweiß ausbrach. Sie löste sich von Victor und zog ihren Mantel aus, ließ ihn achtlos zu Boden fallen. Victor tat es ihr gleich. Dann riss Johanna Laken von den Leinen und warf sie auf einen Haufen, spürte Victors Blicke, als sie sich darauf niederließ. Sie streckte die Arme zu ihm aus, und nun ließ er sich nicht lange bitten, sondern kam zu ihr, umfing sie und küsste sie.

Anfangs waren seine Liebkosungen zurückhaltend. Er streichelte ihre Wange, ihren Hals, bereit, aufzuhören, wenn sie ihn darum bat. Das jedoch tat Johanna nicht, und so wurden seine Zärtlichkeiten kühner, gewagter, und es dauerte nicht lange, ehe unter seinen Fingern die ersten Knöpfe geöffnet waren. Aber er blieb weiterhin behutsam, als rechne er damit, dass sie ihn jeden Moment in die Schranken wies. Johanna konnte noch ausreichend klare Gedanken fassen, um zu wissen, dass sie gerade eine große Dummheit beging.

Aber Victors an ihr Ohr gemurmelte Zärtlichkeiten übertönten bald schon jede Stimme der Vernunft, während ihr Körper sich unter seinen Händen bog.

Einen Moment des Innehaltens gab es, einen Augenblick, in dem sie das, was nun folgte, mit all seinen Konsequenzen hätte abwenden können. Victor zögerte, löste sich aus dem Kuss und fragte mit leiser, atemloser Stimme: »Bist du dir wirklich sicher?«

Doch Johanna umschlang ihn, zog ihn an sich, und nun gab er jede Zurückhaltung auf. Ein Schmerz durchzuckte sie, ließ sie aufkeuchen, und Victor verharrte einen Moment, bewegte sich dann vorsichtiger. Es tat immer noch weh, war aber erträglich, und so gebot sie ihm keinen Einhalt, spürte, wie er in ihren Armen erzitterte, als setzte sich jede seiner Empfindungen in ihr fort.

»Ich liebe dich«, brach es aus Victor hervor, als sie später an seiner Brust lag und seinem Herzen lauschte, das langsam wieder zur Ruhe kam. »So lange schon.« Aber sie wollte das nicht hören, wollte nicht reden. Also schob sie sich hoch und küsste ihn. Und das Spiel begann von vorne, dieses Mal wilder und verführerischer als vorher.

Ich muss verrückt geworden sein. Und doch ließ sie zu, dass es wieder und wieder geschah, rauschhaft, wie ein Strudel, der einen unaufhaltsam in sich sog. Sie wusste nicht, wie spät es war, als sie sich aufrichtete, ihr Kleid und Unterkleid wieder richtig anzog, die Knöpfe an der Brust schloss. Und verzweifelt versuchte, sich nicht erbärmlich zu fühlen. Tief in ihrem Inneren pochte der Nachhall eines bittersüßen Schmerzes, als sei Victor immer noch ein Teil von ihr.

»Ich muss zurück ins Haus, ehe jemand merkt, dass ich fort war«, sagte sie hastig. Dann, ohne den Blick zu heben, stand sie auf, öffnete die Tür des Waschhauses und lief in die Dunkelheit hinaus.

✶✶ 29 ✶✶

Johanna tat der Kopf weh. Sie vergrub das Gesicht in ihrem Kissen und versuchte, einzuschlafen. Sie wollte die ganze letzte Nacht vergessen. Die Nacht, in der sie nicht sie selbst gewesen war, sondern ein törichtes, leichtsinniges Ich die Herrschaft über sie gewonnen hatte. Die Nacht, in der sie entdeckt hatte, was Sinnlichkeit war, Leidenschaft. Und in der Victor ein Teil von ihr geworden war. Sie durfte nicht daran denken. Es hätte ihre große Liebe sein sollen, mit der sie diesen Moment, der nun unwiederbringlich dahin war, geteilt hätte.

»Was habe ich bloß getan?«, stöhnte sie in ihr Kissen.

Als ihr die Luft knapp wurde, richtete sie sich wieder auf. Es half ja alles nichts. Zerschlagenes Porzellan ließ sich nicht kitten, aber man konnte wenigstens die Scherben aufsammeln. Johanna strich sich das wirre Haar zurück und stand auf, um ein Bad zu nehmen, in der Hoffnung, sie würde sich danach besser fühlen.

Sie fühlte sich nicht besser, nicht einmal annähernd. Dafür gewann die Verzweiflung nach und nach die Oberhand. Sie war eine liederliche Person, die einen Mann hatte haben wollen und sich, als dieser sie zurückgewiesen hatte, einen anderen nahm, einen, für den sie nur Freundschaft empfand. Aber nun gut, der Vorhang war gefallen, nun musste sie für einen einigermaßen würdevollen Abgang sorgen.

Ihre Eltern und Alexander saßen bereits beim Frühstück,

als Johanna mit einem »Guten Morgen« das Speisezimmer betrat und sich an den Tisch setzte.

»Bist du krank?«, kam es von ihrem Vater, der ihr prompt die Hand auf die Stirn legte. »Fieber hast du nicht?«

»Nur ein wenig Kopfweh und schlecht geschlafen«, murmelte Johanna.

Alexander, der ihr gegenübersaß, betrachtete sie kritisch, und Johanna befürchtete, er könnte ihr ansehen, was passiert war.

»Vielleicht legst du dich wieder hin«, sagte ihre Mutter.

»Nein, es geht mir schon etwas besser. Ich muss einfach an die frische Luft.« Johanna nahm sich Toast und bestrich ihn mit Butter und Kompott, obwohl sich ihr allein beim Gedanken an Essen der Magen hob. Aber wenn sie nun auch noch hungerte, wären ihre Eltern erst recht besorgt. Womöglich holten sie dann noch den Arzt, der ihr Bettruhe verordnete. Ein Aufschub wäre ihr zwar recht, aber sie wusste, sie würde keine Ruhe haben, ehe sie das Gespräch mit Victor hinter sich gebracht hatte. Und was Philipp anging – an ihn dachte sie lieber gar nicht erst. Als sie sich die zweite Tasse Kaffee einschenkte und ihn schwarz trank, bemerkte sie erneut Alexanders Blick, den sie nur kurz erwiderte.

Es klopfte, und Herr Bregenz trat in den Raum. »Entschuldigen Sie bitte vielmals die Störung«, sagte er, »aber die Sache ist dringend. Offenbar waren letzte Nacht Unbefugte in der Wäscherei, haben die Wäsche von den Leinen gerissen, alles auf den Boden geworfen und dort eine Art...«, sein Blick fiel auf Johanna, »Schäferstündchen abgehalten«, formulierte er vorsichtig.

Johanna erschrak so heftig, dass ihr die Tasse beinahe aus der Hand glitt und der Kaffee überschwappte. Ihr Vater erhob sich. »Vielleicht besprechen wir das besser unter vier Augen.«

»Ja. Verzeihen Sie bitte, keinesfalls wollte ich die gnädige Frau und das gnädige Fräulein in Verlegenheit bringen.«

Maximilian verließ zusammen mit dem Hausverwalter den Raum, und Anne Hohenstein erhob sich ebenfalls. Für Johanna war dies das Zeichen, auch aufstehen zu dürfen.

Alexander holte sie ein, als sie gerade zur Tür hinausging. »Möchtest du mit mir ausreiten?«, fragte er.

»Warst du nicht schon?«

»Oh, ich reite gerne ein weiteres Mal aus.«

Und dann wäre ein klärendes Gespräch fällig. »Nein danke«, antwortete sie. »Und nun entschuldige mich bitte.«

Sie eilte aus dem Raum und verließ die Wohnung durch die Tür, die zum Hotel führte. Im Kopf ging sie durch, was sie Victor sagen würde, und malte sich seine Antworten aus. Er würde verständnisvoll sein, sie trösten und er hätte immerhin die eine Nacht, von der er zehren konnte. In einem Liebesgedicht zumindest wäre dies so. Die Wirklichkeit jedoch, das ahnte Johanna, würde anders aussehen.

Verstohlen blickte sie sich um, ob Alexander ihr nicht vielleicht gefolgt war. Wenn er sie nun mit Victor sah, würde er sich alles rasch zusammenreimen. Doch außer einigen jungen Frauen, die gerade plaudernd den Korridor entlang zum Speisesaal gingen, wo das Frühstück serviert wurde, war niemand zu sehen. Johanna spazierte durch das Vestibül, grüßte den Concierge und spähte unauffällig nach Victor. Dann verließ sie das Hotel und traf zu ihrem Unglück auf Philipp, der eben sein Pferd in den Stall führte. Er bemerkte sie, wandte sich eilig ab und ging durch das Stalltor. Das ließ sich ja großartig an.

Johanna schlenderte zur Wäscherei und bemerkte die Aufregung dort. Natürlich, immerhin hatte jemand die Arbeit eines ganzen Tages zunichtegemacht, um sich auf den Laken zu vergnügen. Noch etwas, das ihr Bauchschmerzen verursachte, und für dieses Vergehen konnte sie sich nicht einmal entschuldigen.

Sie wusste nicht, wie lange sie sich in der Kälte die Beine in den Bauch gestanden hatte, als sie Victor endlich das Hotel verlassen sah. Offenbar war er im Begriff, einen Spaziergang zu machen. Als er sie sah, erhellte ein Lächeln sein Gesicht, und Johanna fühlte sich so elend, dass sie den Tränen nahe war. Er schien zu bemerken, dass etwas nicht stimmte, denn das Lächeln verblasste, während sie aufeinander zugingen.

»Victor«, sagte Johanna, ehe er zu Wort kommen konnte. »Bitte verzeih mir die letzte Nacht. Es war ein Fehler und hätte nie geschehen dürfen.«

»Ist etwas nicht in Ordnung?«

»Doch ... nein. Es ist ... Ich hätte ...«

»Es war mir ernst mit dem, was ich gesagt habe. Ich liebe dich.«

»Ich ... ich mag dich auch ... wirklich.« Das lief ja noch schlimmer als erwartet. Kein Liebender wollte hören, dass er gemocht wurde. »Ich ... ich war nicht ich selbst letzte Nacht.«

Victor runzelte leicht die Stirn.

»Es war einfach falsch«, fuhr Johanna eilig fort.

»Wenn ich mich richtig erinnere, wolltest du es ebenso wie ich.«

Wohlwollend ausgedrückt. Johanna wusste sehr genau, dass sie ihn ermutigt hatte, ansonsten wäre es vermutlich nicht so weit gekommen. »Es war eine unvergessliche Nacht, aber dennoch ... ich ...«

»Du bist doch gar nicht die Art Frau, die ihre Unschuld aus einer Laune heraus an den Erstbesten verschenkt. Was also war gestern los, dass du heute nichts mehr davon wissen willst?«

Johanna sah an ihm vorbei, als stünden die rettenden Worte an der Wand. Sie schuldete ihm eine ehrliche Antwort, und so zwang sie sich, ihn anzusehen. »Ich war traurig«, sagte sie schließlich. »Ich liebe Philipp von Landau, und er hat mich zurückgewiesen.« Jetzt war es heraus, und sie sah es in Victors Augen, dass dies alles veränderte. Als würden seine Gefühle für sie zu einem Glimmen zerschmelzen und zu der Härte werden, die unmittelbar daraus entstand. Aber zurücknehmen konnte sie die Worte nicht mehr.

»Ich verstehe«, sagte er langsam. »Philipp von Landau wollte dich nicht, und als du mir nachts begegnet bist, dachtest du dir: Was soll's? Nehme ich halt vorübergehend den.«

»So war es nicht«, antwortete Johanna schwach. Etwas blitzte in seinen Augen auf, zu rasch, als dass sie es hätte benennen können. Sie setzte noch einmal an. »Hast du nie eine Frau gehabt und später gemerkt, dass es ein Fehler war? Ich war doch sicher nicht die Erste.«

Wieder dieser seltsame Blick. »Du meinst, mit einer Frau, die mich liebt, zu schlafen, um ihr am nächsten Morgen zu sagen: Entschuldige bitte, es war ein Fehler. Die, die ich eigentlich liebe, hat mich letzte Nacht abgewiesen, und du warst gerade zur Stelle? Nein, tatsächlich noch nicht.«

Wie er es sagte, klang es schäbig. Als hätte sie ihn absichtlich verletzen wollen. »So war es nicht«, sagte sie mit stockender Stimme. »Es war mir nicht *gleich*, mit wem ich ...« Sie verstummte, konnte es nicht in Worte kleiden, trotz allem.

»Was hättest du getan, wenn du Frédéric de Montagney letzte Nacht begegnet wärest?«

Frédéric? An den hatte sie überhaupt nicht gedacht. Für einen Moment musste sie über die Frage nachdenken. Hätte sie mit Frédéric ...? Der Gedanke erschien ihr so vollkommen absurd, dass sie ihn nicht einmal zu Ende denken mochte. Sie öffnete den Mund zu einer Antwort, aber offenbar hatte sie zu lange gezögert, denn als sie Victors Lächeln begegnete, das ganz und gar kalter Spott war, blieb sie stumm.

»Nun, ehe die Sache noch peinlicher wird, lass uns das Gespräch an dieser Stelle beenden«, sagte er, und kurz befürchtete sie, dass noch ein verbaler Hieb kommen würde, eine Gehässigkeit, die ihr das Ausmaß seiner Verletztheit vor Augen führte. Aber das war nicht sein Stil, und sie schämte sich, dass sie ihm dergleichen zutraute. Er neigte den Kopf. »Ich empfehle mich.« Damit wandte er sich ab und ging über den Hof.

Johanna sah ihm nach, erwartete, dass er ins Hotel zurückkehren würde, aber er hielt offenbar an seinem Entschluss fest, spazieren zu gehen. Sie selbst hätte es genauso gemacht. In den Wald und dann laufen bis zur völligen Erschöpfung. Victor hatte die Hände in die Taschen geschoben und den Kopf leicht gesenkt, was auf jeden unbeteiligten Zuschauer nachdenklich wirken musste.

Während er auf den Waldsaum zuging, erfasste Johanna ein unbeschreibliches Verlustgefühl. Und wenn sie sich irrte? Wenn die Liebe gar nicht war, wie in den Gedichten besungen? Warum war nur alles so furchtbar verwirrend? Was, wenn sie gerade einen großen Fehler beging? Sie dachte an die Momente im Wald, in denen sie geglaubt hatte, er würde sie küssen, dachte an ihre Erleichterung, in die sich ihre diffuse Enttäuschung hüllte, wenn er es nicht getan hatte. Für einen Moment lang wollte sie ihm nachlaufen, wollte, dass er sie ansah und küsste wie letzte Nacht. Dann dachte sie an seinen Blick, an die Härte in seinen Augen. Daran, dass sie nicht wusste, was sie ihm eigentlich sagen sollte. Und blieb, wo sie war.

Karl stand vor der Wäscherei und fror. Als er das Haus verlassen hatte, war Johanna ihm entgegengekommen, blass und mit dunkel umschatteten Augen. Wortkarg hatte sie ihn gegrüßt und war ins Haus gegangen. Aus der Richtung, in die sie verschwunden war, trat nun Alexander auf ihn zu. Karl nickte zum Eingang der Wäscherei hin.

»Warst du das mit deiner Wäscherin?«, fragte er.

Alexander steckte sich eine Pfefferminzpastille in den Mund und schüttelte den Kopf. »Nein, leider nicht. Wenn ich dabei die Arbeit eines ganzen Tages ruiniert hätte, könntest du davon ausgehen, dass ich heute Morgen eigenhändig alles hätte waschen müssen.«

»Sie hat dich jetzt schon gut im Griff, wie es scheint.« Karl sah durch die offen stehende Tür die Wäscherinnen mit Frau Hansen und Herrn Bregenz sprechen. Natürlich verdächtigte man sie an erster Stelle, schließlich schliefen sie direkt über der Wäscherei. Und wenn sie es schon nicht gewesen waren, hatten sie vielleicht jemanden bemerkt. Aber natürlich hatte Alexander recht, keine von ihnen würde die Arbeit eines ganzen Tages für eine Liebesnacht ruinieren. Andererseits, wenn sich eine verlockende Möglichkeit bot, vielleicht doch.

»Welche ist es?«

»Komm.« Alexander ging zur Wäscherei, und sie betraten die dampfige Wärme, die hier trotz der offen stehenden Tür herrschte. In den Bottichen des riesigen Waschraums war bereits Wasser erhitzt worden, und durch den Dunst sah man Frauen große Laken einweichen, andere scheuerten Wäsche über Waschbretter. Es gab einen angrenzenden Raum, wo die Kleidung der Herrschaften gewaschen wurde, und einen weiteren für die der Dienstboten. Karl hatte sich mit all diesen Details vertraut machen müssen, als sein Vater ihm seine ersten Aufgaben für das Hotel übertrug.

Es gab bereits seit vier Jahren Trommelwaschmaschinen, in denen die Wäsche in einer gelochten Trommel durch die Seifenlauge gedreht werden konnte. Sie waren nicht billig in der Anschaffung, würden aber den Frauen hier die Arbeit erleichtern. Und wer profitierte nicht davon, wenn in einem Hotel Wäsche noch schneller gewaschen werden konnte? Sein Vater war – natürlich – abgeneigt, er scheute die Kosten. Konrad war da vermutlich empfänglicher.

»Die mit den dunklen Locken«, sagte Alexander nun und nickte leicht in Richtung einer Gruppe junger Frauen.

Karl betrachtete sie. Hübsch, aber das waren viele andere auch, allein unter den Zimmermädchen. »Und was hat sie an sich, dass du gerade auf sie so lange wartest?«

»Sie ist… anders.«

»Ja, das beschreibt es vermutlich sehr treffend.«

»Ich kann es nicht erklären. Aber ich habe beschlossen, sie zu heiraten, dann wirst du sie ja selbst kennenlernen.«

Karl starrte ihn an, in der Erwartung, dass sein Bruder gleich über den misslungenen Scherz lachen würde, aber Alexander blieb ernst. »Nein«, sagte er.

»Das hast du nicht zu entscheiden«, erwiderte Alexander.

»Nein«, wiederholte Karl. »Du wirst nichts dergleichen tun. Eine Wäscherin heiraten! Bist du toll?«

Obschon sie leise sprachen, wandte sich die junge Frau um und sah sie an, als hätte sie jedes einzelne Wort verstanden.

»Ich warte nur noch so lange, bis ich mich selbst finanzieren kann.«

Ah, daher der plötzliche Lerneifer. »Vater wird dich enterben.«

»Das ist mir gleich, ich brauche sein Geld nicht. Und vielleicht hast du ja Anstand genug, mir mein Erbe, das dir dann zufällt, zu überlassen.«

»Na, du hast ja Nerven.« Karl spürte, wie Zorn in ihm aufstieg. »Und *sie* freut sich vermutlich schon aufs gemachte Nest, nicht wahr?«

»Sie hat bisher noch nicht Ja gesagt.«

Das versetzte Karl in Erstaunen. »Ach? Ist sie am Ende gar vernünftiger als du?«

»Was habt ihr nur immer? Konrads Mutter war auch nicht standesgemäß.«

»Konrads Mutter war keine *Wäscherin*.«

»Und was ist mit Mariannes Mutter?«

»Zimmermädchen, wie du weißt. Und mit der war ich nicht verheiratet.«

»Spricht natürlich für dich, trotzdem mit ihr ein Kind in die Welt zu setzen.«

»Ausgerechnet *du* hältst mir eine Predigt über Moral?«

Alexander schwieg und tauschte einen Blick mit der jungen Frau, die sich nun wieder abwandte. »Wenn du mir nicht hilfst«, sagte er, »dann schaffe ich es auch ohne dich.«

Angesichts von so viel Sturheit konnte Karl nur mit dem Kopf schütteln. »Du wirst es über kurz oder lang bereuen.«

»Nur, wenn ich es nicht tue.«

Sie verließen die Wäscherei. Offenbar war das wieder einer jener Tage. Er hatte es bereits geahnt, als Philipp morgens übellaunig am Tisch gesessen hatte. Dann Johanna, deren schlechte Stimmung er schon von Weitem hatte erahnen können. Jetzt Alexander. Und dazu kamen die unzufriedenen Wäscherinnen, die nun die Arbeit eines ganzen Tages nachholen mussten, weil irgendwer der Meinung gewesen war, die Wäscherei sei der richtige Ort für ein Liebesabenteuer. Warum war sie eigentlich nicht verschlossen?

»Weil die erste Schicht morgens sonst nicht reinkommt«, erklärte die Vorarbeiterin.

»Dann geben Sie einer von ihnen am Abend zuvor den

zweiten Schlüssel. Suchen Sie eine Person aus jeder Schicht aus, die vertrauenswürdig genug ist.« Das konnte ja wohl nicht so schwer sein.

»Ja, Herr Hohenstein.«

Na also. Viel Ärger um nichts.

Er ging ins Haus zurück und direkt in sein Arbeitszimmer. Konrad hatte ihm einige Dokumente über Zusatzkosten für die Anlage mit den Lichtsignalen auf den Schreibtisch gelegt. Karl war ebenso wie Konrad dafür, seinen Vater einfach vor vollendete Tatsachen zu stellen. Er vertiefte sich in die Buchhaltung, blätterte durch die Kostenaufstellungen, las Zahlenkolonnen und unterbrach seine Tätigkeit erst, als es vernehmlich an der Tür klopfte. Ein Blick auf die Uhr sagte ihm, dass er bereits seit zwei Stunden arbeitete. Ohnehin Zeit für eine Pause. »Herein!«

Der Concierge betrat den Raum. »Entschuldigen Sie bitte, Herr Hohenstein, aber zu unserem Erstaunen hat Victor Rados seinen Aufenthalt hier von einem Moment auf den anderen beendet.«

»Victor Rados? Hatte der nicht bis Ende Januar gebucht?«

»Ja, daher bin ich auch verwundert. Ich habe bereits den Oberkellner und den Etagendiener gefragt, ob etwas vorgefallen ist, aber beide verneinen. Herr Rados sagte, es sei etwas Persönliches.«

»Vielleicht eine schlechte Nachricht von daheim?«

»Es gab weder ein Telegramm noch einen Anruf, und die Post war noch nicht da.«

Karl rieb sich die Augen. »Und er hat keine Andeutung gemacht, dass etwas nicht stimmt?«

»Ich habe ihn natürlich gefragt, ob etwas nicht zu seiner Zufriedenheit sei, aber er sagte, am Service sei nichts zu beanstanden. Als er an der Rezeption erschien, hatte er bereits gepackt, und zwei Pagen haben sein Gepäck hinausgetragen.«

»Er ist schon weg?«

»Ja, vor einigen Minuten. Er lässt sich zum Bahnhof bringen.«

»Königswinter?«

»Nein, wie er sagte, wohl direkt nach Bonn.«

Karl überlegte. Es stand natürlich jedem Gast frei, seinen Aufenthalt hier zu beenden, wann immer er wollte, aber seltsam war es doch. »Hat er für die volle Zeit bezahlt?«

»Ja.«

»Gab es gestern einen Vorfall? Etwas, das vielleicht auf den ersten Blick nicht bedeutsam erschien?«

»Gestern Abend war noch alles in Ordnung, und auch heute Morgen schien er recht guter Stimmung, ehe er zu seinem Spaziergang aufgebrochen ist.«

»Gut. Vielen Dank.«

Eine Weile starrte Karl auf die Tür, die Herr Stehle hinter sich geschlossen hatte. Was war denn nur los? Victor Rados, Johanna, Alexander mit seiner närrischen Idee, das Malheur im Wäschehaus – wobei Letzteres noch am wenigsten aufsehenerregend war. Einen Gast konnten sie als Übeltäter guten Gewissens ausschließen, der würde seine Geliebte mit aufs Zimmer nehmen. Das war zwar nicht gerne gesehen, kam aber durchaus vor. Den Zimmermädchen waren Liaisons mit den Gästen verboten, was nicht hieß, dass die eine oder andere sich nicht darauf einließ. Und dass die Befragungen von Herrn Bregenz und Frau Hansen zu keinem Ergebnis führen würden, wusste Karl jetzt schon. Niemand würde zugeben, dort gewesen zu sein, da dieser Umstand den- oder diejenige mit großer Sicherheit die Stelle kosten würde.

Johanna blutete. Sie hätte es bereits ahnen müssen, als sich die ziehenden Schmerzen am Morgen angekündigt hatten. Pünktlich wie ein Uhrwerk, stellte sie fest, als sie den Kalender zurate zog. Wenigstens blieb ihr diese Sorge erspart. Sie wusste nicht, wie wahrscheinlich es war, dass man gleich beim ersten Mal empfing, aber bedachte man, dass Ludwig nahezu exakt neun Monate nach Karls Eheschließung geboren war, war das wohl nicht gänzlich unmöglich. Sie ließ sich auf ihr Bett fallen und umschlang das Kissen mit den Armen.

Geheim, wie die Lust war,
Geheim ist der Schmerz,
Dass falsch deine Brust war,
Und treulos dein Herz.

Wieder flossen die Tränen. In Gedichten waren ein gebrochenes Herz und eine verschmähte Liebe stets in einem so köstlichen Schmerz besungen, ein Leid, dem man sich hingeben und es auskosten konnte. In Wirklichkeit tat es jedoch so weh, als scheuere ihre Seele sich an Scherben wund. Johanna wischte sich die Tränen ab und starrte auf den Bettpfosten, in dessen Maserung sie schon als Kind stets einen Löwenkopf erkannt hatte. Als es klopfte, richtete sie sich auf.

»Ja?«

Karl betrat den Raum. »Ich wollte fragen, wie es dir geht. Du siehst unwohl aus.«

»Es ist nichts weiter.«

Er schloss die Tür hinter sich und musterte sie prüfend.

»Ein ... Frauenleiden, Karl, nichts, was ich näher ausführen muss, oder?«

»Oh, ich verstehe.« Er wirkte erleichtert. »Sag mal, du

warst doch gestern den ganzen Abend an der Rezeption. Ist dir etwas Ungewöhnliches aufgefallen? Vielleicht kam auch ein Anruf, von dem niemand etwas mitbekommen hat?«

»Nein. Wieso?«

»Victor Rados ist heute überraschend abgereist, und wir können uns alle nicht so recht erklären, was vorgefallen sein könnte.«

Johanna erschrak und senkte eilig den Blick, um sich nicht anmerken zu lassen, wie sehr sie die Nachricht traf. Sie ballte eine Faust um den Kissenbezug, zerknüllte ihn zwischen den Fingern, dann sah sie wieder zu Karl. »Hat er es nicht begründet?«

»Etwas Persönliches. Wäre er nicht einer der Stammgäste, würde ich da gar nicht so eine große Sache draus machen. Aber in diesem Fall verwundert es uns alle.«

Johanna zuckte vage mit den Schultern.

»Ich will dich auch nicht länger stören, du siehst wirklich elend aus. Soll ich dir etwas hochschicken? Einen Tee? Ein Schmerzmittel?«

»Beides, bitte.«

»Wird gemacht.« Karl lächelte ihr aufmunternd zu und verließ den Raum.

Aber jetzt, wo sie hätte weinen können, konnte sie es nicht mehr. Victor war fort. *Ich liebe dich. So lange schon.* Er war um ihretwillen gekommen, Jahr für Jahr, das wusste sie nun. Dann dachte sie an Philipp, was schwieriger war, denn Victors Gesicht schob sich immer wieder vor seines, ebenso wie Victors Küsse lebendiger in ihr widerhallten als Philipps. Seine Liebkosungen. Sein Körper, verschmolzen mit dem ihren. Dann wieder Philipp. *Ich dachte, du wolltest ein kleines Abenteuer.*

Sie versuchte, den Gefühlen für ihn nachzuspüren, aber da war nichts mehr, nicht einmal eine verglimmende Glut.

Kalte Asche träfe es noch am ehesten, wollte man das Bild von flammender Liebe bemühen. Und Victor? Selbst wenn sie ihn liebte, war es nun zu spät. Er war fort. Und würde sicher nicht wiederkommen. Die mondäne Isabella begegnete ihm wahrscheinlich gelegentlich in einem Ballsaal in Wien – eine Möglichkeit, die Johanna nicht offenstand.

Es klopfte erneut, und kurz darauf trat Julias Zofe Alice mit einem Tablett ein, das sie auf Johannas Nachttisch abstellte. Eine dampfende Tasse und eine Tablette mit einem Glas Wasser. Johanna nahm die Tablette und betrachtete sie.

»Ein leichtes Schmerzmittel, das der gnädigen Frau Julia immer hilft«, erklärte Alice.

»Danke.« Johanna steckte sich die Tablette in den Mund, spülte sie mit Wasser runter und trank einen Schluck Tee hinterher. Die Wärme tat ihr gut, und obschon die Tablette unmöglich schon wirken konnte, fühlte sie sich bereits etwas besser.

Nachdem sie den Tee ausgetrunken hatte, beschloss sie, ein wenig an die frische Luft zu gehen. Den ganzen Tag im Zimmer zu hocken, machte die Sache nicht besser. In der Eingangshalle der Wohnung zog sie sich Stiefel, Mantel und Schal an und trat hinaus in die Kälte. Auf dem Hof war Schnee geräumt worden und türmte sich nun an den Rändern, indes die freie Fläche wie überzuckert wirkte, da es mittlerweile erneut geschneit hatte. Johanna schritt über den Hof und spähte zur Wäscherei, deren Tür jetzt verschlossen war. Vermutlich hatte man die Arbeit längst wieder aufgenommen.

»Meine Liebe, warum so trübsinnig?«

Johanna drehte sich um. »Guten Tag, Frédéric.«

»Ich habe schon gehört, dass Victor Rados mir kampflos das Feld überlässt.«

Johanna nickte nur. *Was hättest du getan, wenn du*

Frédéric de Montagney letzte Nacht begegnet wärest? Nicht mit ihm geschlafen, das wusste sie ganz sicher. Er war charmant und attraktiv, und eine Nacht mit ihr, ohne dass ihrerseits Forderungen an ihn bestanden, wäre genau nach seinem Geschmack. Aber sie vermochte nicht einmal, sich vorzustellen, ihm das zu gewähren, was sie Victor gewährt hatte. Sie hatte nie das Bedürfnis verspürt, sich von Frédéric küssen zu lassen. Er war aufmerksam, und ein wenig genoss sie es, umworben zu werden. Aber darauf einlassen würde sie sich nicht.

»Hat Ihnen die Vorstellung die Sprache verschlagen?«
»Allerdings.«
»Vor Entzücken, hoffe ich.«
»Nein, vor Entsetzen.«
Frédéric lachte. »Sie brechen mir das Herz.«
»Das glaube ich Ihnen aufs Wort.«
»Trinken Sie wenigstens eine Tasse Kaffee mit mir?«

Johanna wollte ablehnen, aber dann sah sie Philipp über den Hof kommen und wandte sich zum Haus. »Ja, sehr gerne.«

Frédéric bot ihr seinen Arm, und aus den Augenwinkeln bemerkte sie, dass Philipp stehen geblieben war. Vielleicht beobachtete er sie, vielleicht glaubte er – nein, ganz sicher glaubte er –, sie verzehre sich in verschmähter Liebe nach ihm. Und wende sich nun Frédéric zu, damit dieser sich ihres gebrochenen Herzens annahm. Oder vielleicht dachte er auch einfach nur, sie wolle ihn eifersüchtig machen. Aber am wahrscheinlichsten hielt er sie für die Person, die sie war, eine unstete junge Frau, die nicht wusste, was sie eigentlich wollte.

✶✶ 30 ✶✶

Alexander stand vor dem Schaufenster einer Bäckerei, von der er vermutete, dass sie Agnes' Vater gehörte. Er betrachtete die Auslagen mit ihren hübsch verzierten Törtchen, dem Weißbrot, dessen goldbraune Kruste leicht glänzte, und allerlei sonstigem Gebäck. Für gewöhnlich bezogen sie ihre Backwaren für den privaten Verzehr von der Bäckerei Rott in der Heisterbacherhofstraße in Bonn oder von der Konditorei Mertens in Königswinter. Sollte er Agnes heiraten, würde er nur noch bei ihrem Vater einkaufen. Falls er sich Brot dann überhaupt noch leisten konnte, aber er wollte sich nicht gleich das schlimmste Szenario ausmalen.

»Was tust du hier?«, hörte er Agnes fragen, die eben aus der Bäckerei trat und sich rasch umsah.

»Ich freue mich auch, dich zu sehen.«

»Du bist verrückt, mich hier abzuholen. Was, wenn mein Vater dich sieht?«

Dieser folgte ihr fast auf den Fuß. »Du hast den Brotlaib vergessen«, sagte er.

»Danke, Papa.« Agnes nahm das in ein Tuch eingeschlagene Brot entgegen und legte es in den Korb.

»Und Sie, junger Mann?« Ihr Vater wirkte nicht unfreundlich, war jedoch auf der Hut.

»Das ist Alexander Hohenstein«, sagte Agnes.

»Ah, ich habe von Ihnen gehört.« Nichts Gutes, wie die Miene des Mannes zeigte. »Und Sie stellen meiner Agnes nach, ja?«

»Natürlich nicht«, antwortete Alexander. »Aber wir haben denselben Weg, und ich kann sie mitnehmen, dann braucht sie nicht zu Fuß zu gehen. Es sieht nach noch mehr Schnee aus.«

Der Mann sah kurz zum Himmel, als wolle er das Gesagte als Lüge überführen, dann wandte er sich wieder Alexander zu. »Wenn Sie sie schwängern, werden Sie mich von einer Seite erleben, die Sie lieber nicht kennenlernen möchten.«

»Aber, Papa!«, rief Agnes, und zum ersten Mal, seit er sie kannte, wirkte sie peinlich berührt. Alexander musste lächeln, was Agnes' Vater offenbar fehldeutete.

»Ah, Sie finden das komisch, ja?«

»Nein, keineswegs. Meine Absichten sind durchaus integer, dessen seien Sie versichert.«

»Integer! Kerle, wie Sie es sind, sind nicht integer, wenn es um hübsche Dienstmädchen geht.« Er wandte sich an seine Tochter. »Agnes, wenn er dir zu nahe kommt, verpass ihm eine kräftige Ohrfeige. Und den Tritt, den ich dir gezeigt habe. Der bringt jeden Kerl zu Fall.«

Alexander hob die Brauen.

»Ja, Papa, ich weiß.« Agnes küsste ihn. »Bis nächste Woche.«

»Pass auf dich auf.« Für Alexander hatte der Mann kein weiteres Wort, nur einen vielsagenden Blick, der mehr als eine Drohung enthielt.

»Du hast ihm nichts von uns erzählt?«, fragte Alexander, als sie außer Sichtweite waren.

»Dass wir uns den ganzen Herbst küssend im Gras gewälzt haben? Nein, stell dir vor, habe ich nicht.«

Alexander seufzte. »Ich habe mit Karl über dich gesprochen.«

Sie sah ihn argwöhnisch an. »Ah ja? Zufällig, als ihr in

der Wäscherei gestanden habt? Er hat mich so seltsam angesehen.«

»Ich habe ihm eröffnet, dass es mir ernst ist mit dir.«

Jetzt blieb sie abrupt stehen. »Aber wir waren uns doch einig, dass das eine ... dumme Idee war«, schloss sie schwach.

»Das hast du gesagt, einig waren wir uns nicht. Johanna sieht es übrigens ähnlich wie du.«

»Und dein Bruder?«

»Der war etwas ungehalten.«

»Siehst du!«

»Ich treffe immer noch meine eigenen Entscheidungen. Und wenn mein Vater mich enterbt, verdiene ich eben mein eigenes Geld.«

»Ach, und womit?«

»Ich bin angehender Jurist.«

»Ganz recht, *angehender*.«

»Ach, Agnes ...« Alexander klang verzagter als beabsichtigt.

»Du weißt, dass es nicht daran liegt, dass du mir nichts bedeutest«, lenkte sie ein und klang schon etwas versöhnlicher. »Aber wie ginge es weiter? Ich meine, über die Hochzeitsnacht hinaus?«

»Ich werde arbeiten.«

»Und ich die repräsentative Frau an deiner Seite sein? Ich spreche keine einzige fremde Sprache, ich kann nicht tanzen, meine Schulbildung beläuft sich darauf, dass ich lesen und schreiben kann.«

»Du sagtest, du kannst backen.«

»Und das hilft mir in den Festsälen deiner Gesellschaft?«

»Es hilft erst einmal dir selbst. Wenn wir heiraten, musst du keine Wäscherin mehr sein.«

Agnes schwieg. Dann fragte sie vorsichtig: »Du meinst, du würdest mir erlauben zu arbeiten?«

»Ich hatte nicht vorgehabt, mein Haus zu einem Gefängnis für dich zu machen.«

Eine Weile lang sagte Agnes nichts. Die Hoteldroschke kam in Sicht, und sie steuerten langsam darauf zu. »Du überraschst mich«, sagte sie schließlich. »Und wenn ich Bäckerin wäre, wäre das denn standesgemäßer für einen Juristen?«

»Wenn ich nur noch das tue, was standesgemäß ist, kann ich meinen Vater auch direkt fragen, ob er nicht eine reizende Matrone für mich zur Ehefrau hat.«

»Du möchtest mich heiraten, weil du deinen Vater ärgern willst«, stellte Agnes fest.

»Nein, das wäre nur ein angenehmer Nebeneffekt.« Alexander umschloss ihre Finger, und sie erwiderte den Druck. »Ich verliere meine Standesprivilegien nicht, nur weil mein Vater mich enterbt. Wenn ich ein guter Jurist werde, dann kann es mir egal sein, ob ich meine monatliche Rente bekomme oder nicht. Und was die Leute angeht: Die einzige Kunst, die du beherrschen musst, ist, im richtigen Moment zu schweigen.«

Sie waren bei der Droschke angekommen, und Alexander öffnete den Schlag, um Agnes in den Wagen zu helfen, dann stieg er selbst ein. »Und?«, fragte er.

»Es ist unvernünftig«, antwortete Agnes.

»Möglicherweise.«

»Aber du wärest nicht Teil meines Lebens, wenn ich immer nur vernünftig wäre.«

Alexander hätte gerne eine konkretere Antwort bekommen, aber das Lächeln, das sie ihm schenkte, gemeinsam mit der Wärme in ihren Augen, musste ihm fürs Erste genügen.

Seit über zwei Wochen war Victor nun fort. Wieder und wieder hatte Johanna unterschiedliche Szenarien durchgespielt, in denen sie am Ende glücklich vereint mit Victor das neue Jahr begrüßte. Tatsächlich sah es jedoch so aus, dass sie ihn vermutlich nie wiedersehen würde. Warum sollte er auch noch hierherkommen? Mehrmals hatte sie in Julias Salon vor dem Telefon gestanden, hatte einmal sogar den Hörer in der Hand gehalten, um sich mit Victor Rados in Budapest verbinden zu lassen. Aber dann reichte ihr die Vorstellung, wie es in der Leitung knackte und rauschte, um die Idee zu verwerfen. Womöglich müsste sie ihre Worte mehrmals wiederholen, weil er sie nicht richtig verstehen konnte. Nein, das war nicht das Richtige für die Art Gespräch, die sie zu führen wünschte. Und ein Brief? Darin konnte sie ihre Gefühle in aller Ausführlichkeit darlegen. Aber wenn er nicht antwortete, würde sie nie erfahren, ob er ihren Brief ungelesen verbrannt hatte, ob er ihm nach dem Lesen keine Antwort wert gewesen oder ob er womöglich gar nicht angekommen war.

»Im Grunde genommen«, sagte ihr Vater eines Nachmittags beim Kaffee, »ist es nicht schlecht, dass Victor Rados seine närrische Schwärmerei für dich aufgegeben hat. War das der Grund für seine Abreise? Hast du ihm gesagt, dass du seine Gefühle nicht erwiderst?«

Johanna war wie vor den Kopf gestoßen. »Wie kommst du darauf?«

»Nun, ich habe Augen im Kopf. Und jeder weiß, dass Victor Rados in dich verliebt war. Ich hätte eine solche Verbindung ohnehin nicht gern gesehen.«

»Warum nicht? Seine Mutter war eine österreichische Adlige, sein Vater ein k.u.k-Offizier.«

»Was kann er vorweisen?«

»Er ist vermögend und besitzt ein herrschaftliches Anwesen an der Donau.«

»Er hat reich geerbt, dafür muss man nichts können. Was tut er den ganzen Tag? Außer seit Jahren an einem Buch zu schreiben?«

»Er hat bereits mehrere literaturwissenschaftliche Bücher veröffentlicht«, verteidigte Johanna ihn. »Außerdem kümmert er sich um seine Ländereien, von selbst verwaltet sich sein Geld vermutlich nicht.«

»Er wird einen ganzen Tross von Verwaltern und Buchhaltern haben«, entgegnete ihr Vater.

»Und wenn schon? Für dich macht Karl die Buchhaltung.«

Maximilian Hohenstein goss sich Kaffee nach. »Philipp ist übrigens auch nicht der Richtige. Ich habe den Verdacht, er steigt den Dienstmädchen nach.«

Anne Hohenstein, die bisher schweigend daneben gesessen hatte, lachte leise. »Und käme ein weiterer Mann hier an, der für Johanna interessant sein könnte, dann wäre auch dieser nicht gut genug. Du bist so durchschaubar, mein Lieber. Victor Rados wäre eine erstklassige Wahl gewesen. Philipp von Landau ebenso, wobei ich denke, die familiären Verbindungen würden auf Dauer zu Problemen führen. Es ist nicht gut, wenn Bruder und Schwester mit Schwester und Bruder verheiratet sind.«

Mit zusammengepressten Zähnen rührte Johanna in ihrem Kaffee. Wenn sie doch nur aufhören würden, darüber zu sprechen. Es war ohnehin alles verloren. Und dass ihr Vater nun auch noch so tat, als sei alles bestens gelaufen, war beinahe mehr, als sie ertragen konnte.

Philipp ging ihr aus dem Weg, und wenn sie aufeinandertrafen, waren die Begegnungen von einer Peinlichkeit, die kaum in Worte zu fassen war. Sie vermochte nicht, ihm in die Augen zu sehen, und wenn sie es doch tat, wich er ihrem Blick aus. Vermutlich machte er sich Vorwürfe, weil er sie geküsst hatte, und nun dachte er, sie liebe ihn immer noch verzweifelt, eine Situation, die für beide unangenehm war.

Johanna erhob sich und ging auf ihr Zimmer. Als sie ihr Tagebuch hervorkramte, das sie – wie jedes Tagebuch – sehr ambitioniert begonnen und dann die Lust verloren hatte, flatterte ein Umschlag zu Boden. Sie hob ihn auf und zog eine Fotografie hervor. Sie auf dem Esel und Victor daneben. Unwillkürlich dachte sie an den Abstieg, an den Moment im Regen. Wäre sie ihm ein klein wenig entgegengekommen, hätte er sie geküsst, dessen war sie gewiss. Und dann wäre vermutlich alles anders gekommen. Wieder kamen Johanna die Tränen, und sie wischte sie mit einer trotzigen Bewegung fort. Sollte das jetzt immer so weitergehen? Immer diese Gedanken an das, was hätte sein können? Sie musste sich zusammenreißen und die Dinge akzeptieren, wie sie nun einmal waren. Aber als sie die Fotografie erneut ansah, fing sie dennoch an zu weinen.

✶✶ 31 ✶✶

Karl stand an der Rezeption und korrigierte einen Eintrag. »Johanna, hast du diesen Termin aufgeschrieben?«

Johanna, die neben dem Telefon stand und einige Briefe in die Fächer der einzelnen Zimmer sortierte, drehte sich zu ihm um und sah ihm über die Schulter. »Ja.«

»Du hast dich vertan. Der Gast kommt einen Tag früher. Gut, dass er eben noch einmal angerufen hat, um noch ein Kinderbett dazuzubuchen, sonst hätte er womöglich hier gestanden und für eine Nacht kein Zimmer bekommen.«

Johanna schwieg.

»Vergewissere dich bitte immer noch einmal, ehe du Termine notierst, damit so etwas nicht wieder vorkommt.«

»Du klingst, als würde ich ständig falsche Daten aufschreiben.«

»Nein, aber einmal reicht schon, um Ärger zu bekommen.«

Johanna warf die restlichen Briefe, die sie in den Händen hatte, auf die Rezeption. »Dann mach es künftig doch selbst, wenn du es besser kannst.« Sie brach in Tränen aus und lief davon.

Perplex sah Karl ihr hinterher, und auch der Concierge zuckte ratlos mit den Schultern. Sein Vater und Konrad, die einige Schritte entfernt standen und sich unterhielten, hatten sich ebenfalls zur Rezeption umgewandt.

»Was hast du mit ihr gemacht?«, fragte Maximilian Hohenstein.

»Gar nichts, ich habe ihr nur gesagt, dass sie ein Datum falsch aufgeschrieben hat.«

»Vermutlich hast du dich im Ton vergriffen.«

»Nein, ich war ganz freundlich.«

»Ach, das gibt sich wieder«, sagte eine ältere Dame, die gerade ihren Schlüssel ausgehändigt bekam. »So waren wir doch alle in dem Alter. Überschwänglich in Freud und Leid.« Sie zwinkerte Karl aufmunternd zu.

Karl lächelte zerstreut. So konnte das nicht weitergehen. Er sammelte die Briefe ein und wandte sich an einen der Rezeptionisten. »Übernehmen Sie bitte wieder das Telefon?« Dann sortierte er die Briefe ein.

Herr und Frau Avery-Bowes würden am Abend eintreffen. Sie trafen immer abends ein, auch wenn der Zug, der sie von Hamburg – wo sie von Bord gingen – nach Bonn brachte, bereits in den Morgenstunden eintraf. Am späten Nachmittag, sobald es dunkel wurde, ließen sie sich zur Fähre bringen und wurden dann von einer Hoteldroschke abgeholt. Alexander und Johanna ergingen sich immer in wilde Spekulationen. Die blasse junge Frau war tagsüber nie zu sehen und erschien immer erst abends, und sowohl der Etagendiener als auch die Zimmermädchen erzählten, dass Helena Avery-Bowes stets im abgedunkelten Zimmer saß, die Vorhänge zugezogen und die Lampen aufgedreht. Karl hatte sich gezwungen gesehen, ein Machtwort zu sprechen. Das Verhalten der Gäste wurde nicht öffentlich diskutiert. Wenn es Frau Avery-Bowes gefiel, am helllichten Tag bei künstlichem Licht zu lesen, so sollte sie das tun. Es gab wahrhaftig schlimmere Laster.

Konrad trat zu ihm. »Ich habe einen Termin gemacht, damit gleichzeitig mit den Stromleitungen auch Leitungen für die Lichtsignale gelegt werden.«

Karl sah ihn erstaunt an und blickte dann zu seinem

Vater, der eben das Vestibül in Richtung Herrenzimmer verließ. »Er hat eingewilligt?«

»Ja, vorausgesetzt, die Lichter sind nicht farbig.« Ein Lachen schwang in Konrads Stimme mit. »Es werden also normale kleine Glühbirnen über jeder Tür sein. Aber damit kann ich leben. Und im übernächsten Sommer wird dann die Zentralheizung gebaut, damit sie zum Winter hin fertig ist. Darüber wollte ich vorher mit dir sprechen. Soweit ich das überblicke, müssten wir das finanzieren können, ohne einen Kredit aufzunehmen, aber da weißt du vermutlich besser Bescheid.«

Karl konnte es nicht glauben. »Wie hast du ihn dazu gebracht?«

»Sagen wir einfach, ich hatte die überzeugenderen Argumente«, antwortete Konrad feixend.

Mehr, das wusste Karl, würde er nicht erfahren. Aber sei's drum. Hauptsache, es bot endlich jemand seinem Vater erfolgreich die Stirn.

»Was ist eigentlich mit Johanna los?«, wechselte Konrad das Thema.

»Wenn ich das wüsste. Sie ist seit einiger Zeit schon so seltsam.«

»Liebeskummer?«

»Daran habe ich auch gedacht.«

»Warum fragst du sie nicht?«

»Habe ich, aber sie sagt, es sei alles in bester Ordnung. Ich vermute ja fast, es hat mit Philipp zu tun, für den schwärmt sie ja seit Längerem und denkt offenbar, dass keiner es mitbekommt.« Er wandte sich um, als ein junges Ehepaar das Hotel betrat und ihm zuwinkte.

»Freunde von dir?«

»Ja, ein Kommilitone, der vor Kurzem geheiratet hat.« Karl hob die Hand und winkte zurück. »Entschuldigst du mich bitte?« Er hielt kurz inne. »Ich spreche heute Abend mit Julia, vielleicht bekommt sie heraus, was mit Johanna ist.«

»Ich möchte jetzt wissen, was zwischen euch vorgefallen ist«, sagte Julia, als sie mit Philipp im Salon saß. »Und keine Ausflüchte.« Seit Wochen führten er und Johanna sich auf, als balancierten sie auf rohen Eiern, sobald sie einander begegneten.

»Wovon sprichst du?«, fragte Philipp prompt, offenbar nicht bereit dazu, es ihr leicht zu machen.

»Das weißt du genau. Johanna ist todunglücklich, und du hast ständig schlechte Laune. Jetzt erzähl endlich, was passiert ist. Im Sommer hatte ich den Eindruck, dass ihr euch bestens versteht, und nun diese Missstimmung.«

Philipp wirkte unbehaglich. »Als Ehrenmann kann ich es dir nicht erzählen, ohne sie bloßzustellen.«

Ein ungutes Gefühl keimte in Julia auf. »Du hast sie verführt?«

»Nein, ganz so war es nicht.« Philipp trank seinen Kaffee schwarz, das tat er immer, wenn er unter Anspannung stand.

»Jetzt erzähl schon. Karl ahnt auch bereits etwas, und es dauert sicher nicht lange, da wird er entweder dich oder Johanna genauestens befragen. Also ist es besser, du erzählst es mir jetzt, damit nicht Johanna in Verlegenheit gerät.«

Philipp stieß einen langen Seufzer aus. »Also gut. Es hat ganz harmlos begonnen, Spaziergänge im Sommer, einige Küsse im Wald.«

»Harmlos, ja?«

Ein kurzes Schulterzucken, dann fuhr Philipp fort: »Sie sagte, sie wolle etwas Abenteuerliches erleben. Ich wusste nicht, dass sie verliebt in mich war und das alles sehr romantisch gedeutet hat.«

»Oh, Philipp.« Julia rieb sich die Augen. »Wir alle kennen doch Johanna. Sie küsst keinen Mann im sommerlichen Wald, weil sie auf Abenteuersuche ist. Und natürlich ist sie verliebt, das hat ja außer dir auch jeder gemerkt. Vermutlich warst du ihr byronscher Held.«

»Ich glaube, es gibt kein Bild, dem ich weniger entspreche.«

»Tja, das sagst du.«

»Wie auch immer, danach war eigentlich alles sehr freundschaftlich, ich habe ihr nicht die geringste Veranlassung gegeben, zu denken, ich sei in sie verliebt. Also abgesehen von den Küssen.«

»Hmhm, und ich nehme an, du wärst jedem Mann gegenüber ebenso nachsichtig, wenn dieser mich damals heimlich geküsst hätte, ohne meine Gefühle zu erwidern.«

Nein, wäre er nicht, da reichte ein Blick auf sein Gesicht. »Wie auch immer«, entgegnete er, »das ist jetzt ja gar nicht das Thema. Im Winter waren wir auch nicht oft zusammen, einmal Kaffee trinken im Salon, ein kurzer Spaziergang im Garten, das war's. Und dann sprach sie mich an, wollte Gewissheit...«

»Und da hast du...?«

»Sie dachte offenbar, wir würden heiraten. Ich meine, ist es zu fassen?«

Julia starrte ihn an. »Und du?«

»Ich habe ihr gesagt, dass ich ihre Gefühle nicht erwidere, und seither ist alles irgendwie verfahren zwischen uns.«

»Kein Wunder«, murmelte Julia.

»Ich hab Johanna gern, wirklich. Aber ich möchte sie nicht heiraten.«

»Wenn man verliebt ist, sind Küsse natürlich wie ein Liebesversprechen. Du hättest das nicht tun dürfen, Philipp.«

»Das weiß ich doch selbst.«

»Soll ich mit Johanna sprechen?«

»Nein. Bring du sie nicht auch noch in Verlegenheit, es ist ohnehin alles schon schlimm genug.«

Julia grübelte, wie sie mit dem, was sie nun wusste, umgehen sollte. Sie beobachtete Johanna, und ihr Mitgefühl war so überwältigend, dass sie kurz davor war, ihre Schwägerin in die Arme zu nehmen und ihr zu sagen, dass kein Mann einen solchen Kummer wert war. Philipp hatte – zumindest in dem Fall, ihr die Wahrheit zu sagen – richtig gehandelt. Aber es wäre an ihm gewesen, es gar nicht erst so weit kommen zu lassen. Er hatte schließlich wesentlich mehr Erfahrung mit Frauen als Johanna mit Männern. Am gleichen Abend hatte offenbar auch Karl beschlossen, sich der Sache eingehender anzunehmen, und nutzte den Umstand, dass Philipp sich das Essen aufs Zimmer servieren ließ.

»Es ist nicht mehr mit anzusehen«, sagte er, als sie beim Abendessen saßen. »Kannst du nicht mit Johanna sprechen? So von Frau zu Frau?«

»Wenn sie sich mir hätte anvertrauen wollen, hätte sie das sicher getan. Sie wird eher mit Isabella sprechen als mit mir.«

»Ich glaube, da war sie länger nicht mehr. Ist Isabella verreist? Weißt du da etwas?«

Julia hob kurz die Schultern und senkte den Blick auf ihr Essen.

»Und Philipp hat nicht mal etwas angedeutet?«

Nun sah sie auf. »Wie kommst du darauf?«

Seine Brauen hoben sich. Falsche Antwort. »Hat er?«

Sie schüttelte vage den Kopf.

»Ihr seid doch so vertraut«, fuhr Karl fort. »Und du bist eine erbärmlich schlechte Lügnerin. Also, was ist los?«

Julia nahm sich eine weitere Scheibe Toast. »Er spricht mit mir nicht über seine Frauengeschichten.«

»Meine Schwester ist für ihn eine *Frauengeschichte*?«

»Nein, das meinte ich nicht. Er spricht einfach nicht mit mir über... Frauen.«

»Meine Liebe, versuchen wir es noch einmal.«

»Ach, Karl, ich musste es ihm versprechen.«

»Was musstest du ihm versprechen? Mir zu verschweigen, dass er meine Schwester unglücklich gemacht hat?«

Julia biss auf ihre Unterlippe.

»Gut, ich frage ihn selbst. Oder besser gleich Johanna? Dann kann ich auch gleich andeuten, du wüsstest mehr, ich würde es aber lieber von ihr hören.«

Julia atmete tief durch. »Tu das bitte nicht. Ich erzähle es dir, aber bitte, behalte es für dich. Versprich mir das.«

Karl verengte kurz die Augen, dann nickte er. »Versprochen.«

»Es ist im Grunde genommen einfach nur so, dass Johanna in Philipp verliebt war. Und er hat sie geküsst, weil er dachte, sie sei auf ein Abenteuer aus.«

In Karls Augen glomm es unheilvoll auf. »Ah, das dachte er, ja?«

»Und als Johanna dann eines Tages Klarheit über seine Gefühle wollte, hat er ihr gestanden, dass er sie nicht liebt. Das empfand sie wohl als sehr demütigend.«

Karl erhob sich.

»Wo gehst du hin?«

»Deinem Bruder ein wenig Klarheit über *meine* Gefühle verschaffen.«

Julia lief an ihm vorbei, als er zur Tür ging, und versperrte ihm den Weg. »Du hast es versprochen.«

»Ich fürchte, ich muss wortbrüchig werden.«

Sie umfasste seine Arme, als er sie beiseiteschieben wollte. »Willst du dich mit ihm prügeln?«

»Das entscheide ich später.«

Sie stemmte sich mit den Beinen auf den Boden und ließ seine Arme nicht los. »Philipp ist Offizier, in einem Zweikampf ist er dir eindeutig überlegen. Und er wartet schon lange auf einen Grund, dir ordentlich eine zu verpassen.«

»Was du nicht sagst. Nun, den Grund soll er kriegen.«

»Karl, bitte.« Sie wurde lauter. »Ich erzähle dir nichts mehr, wenn ich dir nicht vertrauen kann. Und wenn dein Versprechen nichts wert ist.«

»Du bist doch selbst wortbrüchig geworden und hast es mir erzählt.«

»Du bist gemein!«

Karls Bemühungen erlahmten. »Geh beiseite, Julia.«

Sie schüttelte den Kopf, und Karl gab nach.

»Also gut.«

Sie zögerte. Und sie traute ihm nicht. Ihr Blick fiel auf den Kamin, in dem ein Feuer behaglich knisterte. Sie tastete nach dem Schlüssel in ihrem Rücken und drehte ihn um, zog ihn ab und steckte ihn in ihren Ausschnitt.

»Du glaubst nicht ernsthaft, da sei er sicher, wenn ich ihn haben wollte?«

Julia ging zum Feuer und ließ sich unter Karls erstaunten Blicken auf dem Teppich nieder. »Dann hol ihn dir.«

»Das Ablenkungsmanöver ist durchschaubar.«

Sie legte den Kopf schief und sah ihn an. »Ist es deshalb wirkungslos?«

Er kam zu ihr und ließ sich an ihrer Seite nieder, drückte sie zu Boden und neigte sich über sie. »Nein«, antwortete er.

Kurz überlegte Johanna, sich Isabella anzuvertrauen.

Du hast ihm deine Gefühle gestanden, und er hat dich zurückgewiesen? Ich wäre gestorben. Und was hast du dann gemacht? Mit Victor Rados geschlafen. Nein, es kam überhaupt nicht infrage, es Isabella zu erzählen. Karl und

Alexander schieden ohnehin aus, sie konnte ihnen unmöglich erzählen, dass sie erst von Philipp zurückgewiesen worden war, um sich dann Victor zuzuwenden, den sie anschließend ihrerseits zurückgewiesen hatte. Womöglich würden sie sich zu irgendwelchen unüberlegten Handlungen hinreißen lassen. Außerdem würde sie ihnen danach nicht mehr in die Augen sehen können, allein wegen der Sache mit Philipp. Und Julia? Ihr erzählen, dass sie mit ihrem Bruder... Nein, ausgeschlossen.

Während Johanna beim Abendessen lustlos ihren Toast zerkrümelte, spürte sie, wie Alexander und ihre Eltern sie beobachteten, kritisch, besorgt. Es war nicht zu ertragen. Sie zwang das Brot mit dem gebeizten Lachs runter, spülte mit heißer Schokolade nach und bat darum, sich vom Tisch erheben zu dürfen.

»Ja, geh nur«, antwortete ihr Vater, ehe ihre Mutter Einwände erheben konnte.

Als sie das Speisezimmer verließ, grummelte es bereits wieder in ihrem Magen. Sie presste die Hand darauf und wollte in ihr Zimmer zurückgehen, dann überlegte sie es sich jedoch anders und schlug den Weg zum Treppenhaus ein. Sie würde mit Konrad sprechen. Der Entschluss kam spontan, und Johanna ging los, um ihn umgehend in die Tat umzusetzen. Konrad war ihr vom Alter her nahe genug, gleichzeitig jedoch distanzierter als ihre Familie. Und sie konnte sich ziemlich sicher sein, dass er die Angelegenheit nicht ihrem Vater erzählen würde.

Hoffentlich war er schon daheim und nicht noch im Hotel unterwegs, dachte Johanna, als sie die Tür zu seiner Wohnung öffnete. Sein Kammerdiener ging eben durch den Korridor, sah sie und lächelte zur Begrüßung. »Guten Abend, Fräulein Johanna.«

»Guten Abend. Ist mein Onkel da?«

»Er ist eben mit dem Abendessen fertig, gnädiges Fräulein.«

Johanna bedankte sich und ging weiter. Als sie vor Konrads Speisezimmer stand, holte sie tief Luft, klopfte an und trat ein. Konrad saß noch am Tisch und faltete einen Brief zusammen. Er wirkte überrascht.

»Johanna. Was verschafft mir die Ehre?«

»Hast du einen Augenblick Zeit für mich?«

Er legte den Brief auf den Tisch. »Natürlich. Hast du schon gegessen?«

Johanna nickte. »Aber ein Tee wäre sehr schön.«

Konrad erhob sich. »Komm, ich lasse frischen servieren.« Er berührte ihren Ellbogen, und sie folgte ihm aus dem Speisezimmer hinaus. Der Salon, den sie betraten, war noch ungeheizt.

»Halte ich dich von der Arbeit ab?«, fragte sie.

»Nein, dein Vater kommt heute Abend sicher für ein Weilchen ohne mich aus.« Er zwinkerte ihr zu. »Läute doch schon einmal nach dem Mädchen, ich mache noch schnell Feuer.« Er ging vor dem Kamin in die Knie und entfachte mit geübten Handgriffen ein Feuer, als hätte er das schon unzählige Male gemacht. Indessen läutete Johanna nach dem Stubenmädchen und ließ sich auf einem der vier bequemen Sessel nieder, die um einen niedrigen Tisch gruppiert nahe dem Kamin standen, der gemütlichste Platz im Raum.

Als das Feuer knisterte und flackernde rote Schatten in das Zimmer malte, stand Konrad auf und setzte sich ebenfalls. Dora erschien, nahm seine Wünsche entgegen und verließ den Salon mit einem Knicksen wieder. Johanna verschränkte ihre Hände in den Falten ihres Kleides, sah in das Feuer und rang mit sich. Vielleicht war es doch nicht die richtige Entscheidung gewesen, aber jetzt konnte sie nicht einfach wieder gehen. Und mit irgendjemandem musste sie sprechen. Sie holte tief Luft und drehte sich zu ihrem Onkel.

»Ich ... Du wirst mich vermutlich zutiefst verachten, wenn du erfährst, was ich getan habe, aber ich weiß nicht, mit wem ich darüber reden soll.«

Ein kleines Lächeln erschien auf Konrads Mund. »Ich bin mir sicher, dass ich dich nicht verachten werde.«

Johanna sah wieder in den Kamin. »Du erzählst es nicht Karl, oder?«

»Nichts, was du erzählst, wird diesen Raum verlassen.«

Johanna nickte, zögerte. »Ich war in Philipp verliebt«, sagte sie schließlich. »Und ich dachte, er würde mich auch lieben.«

Konrad antwortete nicht, und als sie ihn ansah, nickte er ihr aufmunternd zu.

»Eines Tages hat er mich auf einem Spaziergang ... geküsst.« Johanna spürte, wie ihr das Blut in die Wangen stieg, und sie senkte den Blick. »Und da dachte ich, er empfindet dasselbe für mich wie ich für ihn.« Nun hob sie die Lider wieder, versuchte in Konrads Augen zu forschen, ob er sie für so töricht hielt, wie sie sich angesichts der Ereignisse fühlte. »Aber irgendwie war er auf der einen Seite so zugänglich, auf der anderen so ...« Johanna wusste nicht, wie sie es umschreiben sollte, »nett«, schloss sie lahm. »Dann hat er mich ein weiteres Mal geküsst. Wir waren ja nur selten wirklich unbeobachtet. Und weil ich dachte, es sei ihm ernst und wir würden irgendwann heiraten, bin ich ...«, sie schloss für einen Moment die Augen, »bin ich zu ihm gegangen, um über meine Gefühle zu sprechen.«

Dora kam mit dem Tee, stellte das Tablett auf dem Tisch ab und zog sich zurück.

Konrad wartete, bis sie die Tür geschlossen hatte. »Sprich weiter.«

»Er war furchtbar erschrocken, hat mir gesagt, er meine es nicht so, das sei doch nur ein kleines Abenteuer gewesen, und er würde meine Gefühle nicht erwidern.« Johanna schluckte bei dem Gedanken daran. Sie konnte Konrad nicht ansehen, was er dachte, aber zumindest las sie kein Mitleid in seiner Miene. »Es war furchtbar demütigend.«

»Ja, das glaube ich nur zu gern.« Konrad goss Tee ein und reichte ihr eine Tasse, die Johanna mit klammen Fingern entgegennahm.

»Ich konnte nicht schlafen und habe nachts das Haus verlassen, und dann stand Victor Rados draußen. Seine Zuwendung tat so gut nach Philipps Abfuhr. Und dann haben wir ... wir sind ... in der Wäscherei ...«

Nun hatte sie ihn doch überrascht, er sah sie aufmerksam an und runzelte leicht die Stirn. »Schon gut, du musst nicht ins Detail gehen. Ihr wart das also. Und er ist am nächsten Tag einfach so abgereist?«

»Nein, eben nicht. Es war ihm ernst, er sagte, er würde mich lieben. Und ich dachte doch, ich liebe Philipp.« Tränen stiegen Johanna in die Augen. »Da habe ich ihm geantwortet, dass ich einen anderen liebe, der mich zurückgewiesen hat, und ich ... Er war so verletzt. Und danach ist er abgereist. Ich dagegen habe gemerkt, dass ...« Johanna stockte.

»Du bist schwanger?«

Nun sah sie ihn erstaunt an. »Was? Nein, das weiß ich gewiss. Aber ich kann nur noch an ihn denken. Immer und ausschließlich.«

»Du willst ihn zurück?«

Johanna nickte und konnte nicht verhindern, dass die Tränen ihr über die Wangen liefen. »Alles ist so furchtbar verfahren. Philipp geht mir aus dem Weg, er hasst mich. Und Victor hasst mich auch. Ich hasse mich selbst.«

»Unsinn, kein Mensch hasst dich.«

»Mein Leben ist nur noch ein Trümmerfeld begrabener Träume und Hoffnungen.« Dieses Bild, das ihr unvermittelt in den Sinn gekommen war, schien ihr so auf den Leib geschrieben zu sein, dass sie in Schluchzen ausbrach.

Konrad streckte die Hand aus und umfasste ihre Finger. »Weine nicht«, sagte er. »Für dieses Problem findet sich eine Lösung.«

Johanna kramte ein Taschentuch hervor und putzte sich die Nase. »Aber welche?«

»Zuerst einmal Philipp. Mir ist schon aufgefallen, dass er immer so verlegen ist, wenn er dir begegnet, ich dachte, das sei, weil du ihm eine Abfuhr erteilt hast. Soll ich mit ihm sprechen?«

Johanna schüttelte den Kopf. »Nein.«

»Er wird wissen, dass er falsch gehandelt hat. Und nun denkt er, du verzehrst dich vor Liebe nach ihm, weil er dich zurückgewiesen hat.«

Johanna nickte. »Ja, vermutlich denkt er das.« Sie würde mit ihm sprechen, ihm sagen, dass sie über diese Gefühle hinweg war, damit keine Missstimmung bestehen blieb. Immerhin würden sie sich immer wieder begegnen.

»Was Victor Rados angeht – du könntest ihn anrufen.«

»Ja, könnte ich. Aber was ich ihm zu sagen habe, geht nicht am Telephon.«

»Was ist mit einem Brief?«

»Wenn er nicht antwortet, weiß ich nicht, ob er das tut, weil er mich verachtet oder weil der Brief nicht angekommen ist. Ich habe schon alle Szenarien durchgespielt.«

»Möchtest du nach Budapest?«

Johannas Augen weiteten sich. »Wie sollte das möglich sein? Meine Eltern werden mich nicht zu ihm reisen lassen.«

Konrad überlegte. »Ich werde erst nach Silvester hier

weg können, aber wenn du möchtest, fahre ich mit dir nach Ungarn.«

»Das würdest du tun?«

»Ja.«

Johanna konnte es kaum glauben. »Und was sagen wir meinem Vater?«

»Da fällt uns schon was ein. Deine Freundin Isabella ist doch durch die ganzen Adelshäuser Europas gereist, vielleicht kannst du damit argumentieren.«

Auf einmal sah die Welt nicht mehr gar so düster aus. Johanna nippte an ihrem Tee. »Ich bin so froh, dass du mich nicht verachtest.«

»Ich habe in meinem Leben schon einige Menschen kennengelernt, die ich für ihre Taten verachtet habe. Eine junge Frau, die aus Verliebtheit einen Fehler gemacht hat, war bisher nie dabei.« Konrad trank den Tee aus und stellte die Tasse ab. »Was nicht bedeutet, dass ich dein nächtliches Abenteuer mit Victor Rados gutheiße. Aber es ist nun einmal geschehen, und jetzt müssen wir irgendwie das Beste daraus machen.«

Dass er »wir« sagte, tat Johanna gut, und so verlegen sie während ihrer Schilderungen gewesen war, so erleichtert fühlte sie sich jetzt. Dennoch nagte ein Rest Unruhe in ihr. »Was, wenn Victor mich nicht sehen will? Wenn er mich sofort wieder heimschickt? Das könnte ich nicht ertragen.«

»Wenn es ihm ernst war, wird er das nicht tun. Und wenn nicht, ist es nicht schade um ihn.«

So pragmatisch konnte Johanna das zwar nicht sehen, aber sie nickte dennoch. Mit dergleichen würde sie sich auseinandersetzen, wenn es so weit war. Nun erhob sie sich, stellte ihre Tasse zurück auf das Tablett und strich ihr Kleid glatt.

»Danke, Onkel Konrad«, sagte sie.

Konrad stand ebenfalls auf. »Nichts zu danken.«

»Weißt du«, fuhr sie fort, »ich mag dich sehr.«

Nun lächelte er überrascht. »Das freut mich mehr, als ich dir sagen kann. Ich habe dich auch sehr lieb.«

Johanna schlang überschwänglich die Arme um seinen Hals, drückte ihm einen Kuss auf die Wange und stellte fest, dass er tatsächlich verlegen wurde. Dann ließ sie ihn los und lief zur Tür. »Bis später!«, rief sie ihm über die Schulter zu und ging leichtfüßig durch den Korridor ins Treppenhaus.

Da sie wusste, dass Philipp abends gerne ausritt, verließ sie das Hotel und setzte sich in der Nähe der Stallungen auf eine Mauer, wartete und tat, als genieße sie die frostige Abendluft. Tatsächlich war ihr so kalt, dass sie befürchtete, auf der Mauer festzufrieren. Sie verschränkte die Arme vor der Brust, als könne sie so mehr Wärme in ihrem Mantel halten, und senkte das Kinn in den Schal.

Philipp brach in der Regel nach dem Abendessen auf, und meistens war er auf seinen Ausritten allein. Hoffentlich hatte sie ihn noch nicht verpasst. Johanna sah einige wenige Gäste, die das Hotel verließen, um eine abendliche Wanderung zu machen. Und dann kam Philipp. Er hatte das Haus offenbar durch den privaten Eingang verlassen und war dabei, sich die Handschuhe anzuziehen.

Johanna rutschte von der Mauer und ging auf ihn zu. Er blickte auf, bemerkte sie, und wieder war da diese peinlich berührte Distanz, als würde er sich am liebsten umdrehen und vor ihr weglaufen. Johanna jedoch hielt auf ihn zu, und er konnte nun nicht gut ausweichen, ohne grob unhöflich zu werden.

»Kann ich dich bitte einen Moment sprechen?«, fragte sie.

Er nickte nur.

Johanna sah sich um, außer ihnen war jedoch niemand

auf dem Hof. »Ich weiß nun, dass meine Gefühle für dich nichts als eine Schwärmerei waren. Irgendwie erschienst du mir als Inbegriff jenes Mannes, nach dem ich immer schon gesucht habe.«

Philipp wirkte überrascht, aber Johanna fuhr fort, ehe er antworten konnte.

»Karl und Alexander machen sich manchmal darüber lustig, dass mein ganzes Leben ein byronsches Gedicht ist.«

Ein kleines Lächeln erschien in Philipps Mundwinkeln. »Es war nicht dein Fehler. Ich hätte keine Spielchen mit dir treiben dürfen. Und es tut mir sehr leid, dass ich dir nicht geben konnte, was du dir gewünscht hast. In jeder Hinsicht.«

Wärme stieg in Johannas Wangen. Gänzlich unempfänglich war sie immer noch nicht für seine Worte, aber es löste ein anderes Gefühl in ihr aus als vorher. »Ich dachte, ich wäre in dich verliebt. Vielleicht war ich es auch ein klein wenig. Aber ich war in das verliebt, was ich in dir gesehen habe, nicht, was du bist, und dafür kannst du nichts.«

»Mir ist klar, dass ich dich zutiefst verletzt habe. Ich wollte auch mit dir darüber sprechen, aber ich wusste einfach nicht, was ich sagen sollte.«

Nun lächelte Johanna und atmete auf, fühlte sich mit einem Mal wie befreit. Sie streckte ihm die Hand entgegen. »Freunde für immer?«

Er nahm ihre Hand und drückte sie fest. »Freunde für immer.«

Es war schon spät, als Henrietta mit einem Tablett in der Hand Maximilian Hohensteins Arbeitszimmer betrat. Er sah von seinen Unterlagen auf und betrachtete sie. Sein Blick glitt langsam über ihren Körper, verharrte auf ihrer Brust, als sie sich vorbeugte, und kam schließlich auf ihrem Gesicht zum

Ruhen. Sie blieb einen Moment lang in der leicht vorgebeugten Haltung stehen, erwiderte den Blick, holte rasch Luft und senkte die Lider. Dann richtete sie sich wieder auf.

»Hattest du jemals in deinem Leben einen Liebhaber?«, fragte Maximilian Hohenstein leise.

Henrietta zögerte. Gehörte er zu der Sorte, die gerne eine Frau als Erste besaßen? Oder bevorzugte er Erfahrung? Sie sah ihn vorsichtig an und beschloss, bei der Wahrheit zu bleiben. »Einen«, antwortete sie und wusste, dass sie mit dieser Antwort die unsichtbare Schwelle überschritten hatte. Hätte sie die Frage von sich gewiesen, sich empört gegeben, hätte er es vermutlich dabei belassen. Aber nun war klar, worauf er hoffen durfte.

»Hast du ihn noch?«

»Nein.« Ihre Finger zitterten leicht, und sie verbarg sie in ihrem Rock.

Er bemerkte es. »Gibt es etwas, das du dir wünschst? Eine kleine Aufmerksamkeit?«

Jetzt sah sie ihn an, zauderte.

»Nur heraus damit«, ermutigte er sie.

»Ich hatte noch nie ein schönes Kleid«, antwortete sie.

Ein Anflug von Belustigung tanzte um seine Augen. »An welche Art von Kleid hast du gedacht?«

»Ein Abendkleid.«

Er nickte. »Du sollst eines haben.« Als er sie erneut musterte, schien er Maß zu nehmen, um das Kleid entsprechend kaufen zu können, und Henrietta wusste, dass es hernach an ihr wäre, eine Gegenleistung zu erbringen. Ihr Herz schlug schneller vor Angst, vor Sorge, den falschen Weg eingeschlagen zu haben. Sie wollte nicht mit ihm schlafen, *konnte* es nicht.

»Danke, gnädiger Herr.« Sie ging zur Tür. »Haben Sie noch einen Wunsch?«

»Durchaus, aber der kann warten, bis der Zeitpunkt ein passenderer ist.«

Nun stieg ihr die Hitze ins Gesicht, und sie senkte den Blick. »Ja, gnädiger Herr«, murmelte sie, wandte sich ab und verließ das Arbeitszimmer. Auf dem Korridor blieb sie stehen, zog die Schultern hoch, als könne sie sich damit gegen die Vorstellungen, die ihm zweifellos nun im Kopf herumgingen, schützen.

Als sie das Hotel verließ, um vor dem Schlafengehen noch ein wenig frische Luft zu schnappen, lief sie ausgerechnet Philipp in die Arme, der offenbar die gleiche Idee gehabt hatte. Seit seiner Ankunft hatten sie nicht miteinander gesprochen. Nun kam er zu ihr. »Wie geht es dir?«, fragte er.

»Gut.« Sie hatte keinen Mantel angezogen und umschlang frierend ihren Oberkörper mit den Armen.

Philipp zog seinen Mantel aus und legte ihn ihr um die Schultern.

»Das musst du nicht tun«, sagte sie.

»Ich weiß.« Er ließ die Hände auf ihren Schultern ruhen. »Komm mit mir in mein Zimmer«, bat er. »Du fehlst mir.«

Henrietta war versucht, aber wenn man sie erwischte, war alles verloren. Zwar würde Philipp sicher dafür sorgen, dass sie nicht auf der Straße landete, aber ihr schöner Plan wäre dahin. Sie schüttelte den Kopf.

Er insistierte nicht, und Henrietta ließ seinen Mantel von den Schultern gleiten, um ihn ihm zurückzugeben. »Es tut mir leid«, sagte sie.

»Schläfst du mit ihm?«

Sie musste nicht fragen, wen er meinte. »Nein.«

»Wirst du es tun?«

Zögern. »Nein.«

Er hatte die kurze Pause vor ihrer Antwort bemerkt,

sie sah es daran, wie sich seine Züge verhärteten. Wortlos nahm er den Mantel zurück und zog ihn an.

»Gute Nacht«, sagte sie leise und wandte sich ab.

»Gute Nacht«, kam es von ihm kühl und zurückhaltend.

Sie drehte sich noch mal zu ihm um. »Ich dachte, wir wären Freunde.«

»Das sind wir doch.«

»Aber nur, solange es keinen anderen Mann gibt in meinem Leben, ja?«

»Nur, solange dieser Mann nicht *er* ist.«

»Ich wünschte, du würdest mir vertrauen. Ich frage dich auch nicht nach den Frauen in deinem Leben und mache meine Freundschaft zu dir von ihnen abhängig.«

Jetzt wirkte Philipp betroffen. »Schon gut«, sagte er schließlich. »Es tut mir leid.«

Henrietta nickte, dann drehte sie sich um und ging ins Haus.

✸✸ 32 ✸✸

Vermutlich war es das erste Mal, dass Johanna sich nicht auf die Feier zum Jahresende freute, seit sie daran teilnehmen durfte. Die Tage erschienen ihr so furchtbar lang, und sie wusste nicht, wie sie die Zeit durchstehen sollte, bis sie im Januar endlich nach Budapest reisen konnte. Mit ihrem Vater hatte sie noch gar nicht darüber gesprochen. Immer wenn sie davon anfangen wollte, verließ sie der Mut. Vielleicht sprach sie zuerst mit ihrer Mutter und führte Isabellas Erfolge auf dem Parkett in ganz Europa an. Aber am Ende wollte ihre Mutter noch mitkommen oder gar bestimmen, wo sie die Reise begann.

Das Kleid, das Johanna an diesem Abend tragen würde, war weiß mit einem untergründigen goldenen Schimmer. Es war bereits vor zwei Wochen angeliefert worden, um noch letzte Änderungen vornehmen zu können, ehe Johanna es trug. Aber es saß von der ersten Anprobe an perfekt, sodass es nun in ihrem hohen Schrank im Ankleidezimmer hing und auf seinen großen Moment wartete, den Johanna sich als etwas ganz Besonderes ausgemalt hatte, als das Kleid in Auftrag gegeben worden war.

Es war ein Jahr voller schöner und tragischer Momente gewesen. Onkel Konrad war aufgetaucht und mit ihm ein frischer Wind im Hotel. Ein kleines Mädchen war gestorben, ein weiteres neu in die Familie gekommen. Julia hatte Karl verlassen und war zu ihm zurückgekehrt. Johanna hatte geglaubt, die große Liebe gefunden zu haben, und ihren Irrtum erst bemerkt, als es zu spät gewesen war. Beim Gedanken daran wollte sie sich vor Verzweiflung in ihrem Bett verkriechen und erst wieder daraus auftauchen, wenn die Zeit ihrer Abreise gekommen war. Katharina Henot hatte sich für Januar angekündigt, und vermutlich würde Konrad erst ihre Ankunft abwarten wollen. Und wenn sie dann einen Monat blieb? Oder gar zwei?

Sollte sie Karl bitten, mit ihr hinzureisen? Mit Julia und den Kindern, sodass niemand Einwände erheben konnte gegen die Reise? Aber dann stellte sie sich das Gespräch vor. *Ich habe mit Victor Rados in der Wäscherei geschlafen, danach ist er abgereist, weil er dachte, ich liebe ihn nicht. Und nun merke ich, ich habe mich geirrt.* Karl würde hinreisen, keine Frage. Und was dann geschehen würde, wäre vermutlich wenig erfreulich für alle Beteiligten. Nein, das kam nicht infrage.

Victor würde mit anderen Frauen in dieser Nacht tanzen. Vielleicht hatte er gar eine Geliebte, in deren Armen er das Jahr ausklingen ließ. Ihr Innerstes krümmte sich vor Eifersucht. Warum nur hatte sie all das nicht früher erkannt? Sie hatte in seinen Armen gelegen, hatte ihren Körper dem seinen geöffnet. Hatte sie nicht in diesem Moment spüren müssen, dass das etwas bedeutete? Oder hatte sie es zwar gespürt, aber einfach nicht wahrhaben wollen, weil sie noch zu gefangen war von ihren Gefühlen zu Philipp und der Demütigung, die sie kurz zuvor erfahren hatte?

Mühsam richtete sie sich auf. Das war ohnehin alles müßig. Sie würde auf dem Ball erscheinen müssen, sie würde tanzen, lächeln und so tun, als wäre alles bestens. Es würde ein fürchterlicher Abend werden, das ahnte sie jetzt schon.

»Was ist das?«, fragte Dora argwöhnisch.

Das Paket war zu einem unmöglichen Zeitpunkt abgegeben worden, direkt vor Doras Augen. »Eine kleine Aufmerksamkeit«, murmelte Henrietta. Sie war erleichtert, dass es überhaupt vor der Feier eingetroffen war, ansonsten hätte sie die nächste abwarten müssen. Das wäre grundsätzlich nicht schlimm gewesen, aber in dieser Nacht war es bedeutsamer, es waren mehr Gäste da. Maximilian Hohenstein wäre vernichtet. Wartete sie länger, war es gut möglich, dass er schon vorher die Gegenleistung forderte, die Henrietta ihm mit der Annahme des Geschenks versprochen hatte.

»Eine *kleine* Aufmerksamkeit?«

Henrietta antwortete nicht und widerstand dem Impuls, den Deckel der Schachtel zu heben.

»Warum machst du es nicht auf?«

Nach kurzem Zögern löste Henrietta das Schleifenband.

»Keine Sorge«, sagte Dora. »Meine Lippen sind versiegelt, und neidisch bin ich auch nicht. Für mich war von Anfang an klar, dass ich nicht mit den Herrschaften ins Bett gehe, gleich, was sie mir dafür bieten. Wobei Oberstleutnant von Landau ein hübscher Kerl ist, das muss ich sagen.«

Henrietta biss sich auf die Unterlippe und hob den Deckel. Brokat in der Farbe dunkler Laubwälder.

»Grundgütiger!« Dora sah ihr über die Schulter. »Das ist ja traumhaft. Wann willst du so etwas denn anziehen?«

Der Brokat war glatt und kühl unter ihren Fingern. »Es wird sich eine Gelegenheit ergeben.«

»Hol es doch mal raus.«

Mit zitternden Händen hob Henrietta es hoch und hielt es vor ihre Brust. Von Dora kam ein Laut des Entzückens. »Du wirst wunderschön darin aussehen.«

Henrietta legte es zurück in die Schachtel. »Wir werden sehen.«

»Offenbar hat er Großes mit dir vor.« Dora zwinkerte ihr zu und band die Schürzenbänder auf ihrem Rücken zu einer Schleife. »Heute Abend sind alle Kellner da, das heißt, wir können mit den anderen Hausdienern feiern und das Feuerwerk genießen.« Sie grinste.

Henrietta bemühte sich um ein Lächeln. »Ja, das ist sicher sehr... nett.«

»Ach, du bist auch für nichts so richtig zu begeistern, oder?«

»Doch, schon. Ich bin nur müde, das ist alles.«

»Hm, ein Kind hat er dir aber nicht gemacht, oder?«

»Wir haben nicht...«

»Ja, schon klar. Vergiss, was ich gesagt habe.« Dora steckte ihr Häubchen fest. »Und nun komm, ehe es noch Ärger gibt.«

Henrietta schob die Schachtel unter ihr Bett und folgte Dora hinaus. Angesichts dessen, was sie für den Abend geplant hatte, war sie erstaunlich ruhig. Nur ihr Herz schlug so heftig, dass es jede vermeintliche innere Ruhe Lügen strafte.

»Du wirst großartig aussehen«, sagte Karl und umschlang Julias Taille von hinten, während er ihren Nacken küsste. Das nachtblaue Kleid hing über einem Bügel, die dazugehörigen Handschuhe lagen auf der Kommode, und den Schmuck für den Abend hatte Alice bereits auf dem Frisiertisch angeordnet. Julia drehte sich um und gab Karl einen Kuss auf den Mund, dann löste sie sich von ihm.

Sie gingen zu den Kindern, die eben von einem Spaziergang heimgekehrt waren. Zwischen Margaretha und Charlotte herrschte eisiges Schweigen. Es schien, als wachte gerade Margaretha eifersüchtig darüber, wem die Kinder mehr Zuneigung schenkten. Und weil Charlotte so jung war und mit ihnen tobte, zog sie daraus den Schluss, dass sie diese lieber mochten. Dabei waren es gerade die Ruhe und Wärme, die die Kinder zu Margaretha zog.

Karl machten diese Eifersüchteleien ärgerlich, aber solange die Kinder nicht darunter litten, schritt er nicht ein. »Sollen sie das unter sich ausmachen«, sagte er. »Alt genug sind sie ja.« Er ging in die Knie, und die Kinder liefen auf ihn zu, warfen sich auf ihn und rangen ihn lachend zu Boden. Ludwig setzte sich auf seine Hände, und Marianne begann, ihn zu kitzeln, was er scheinbar wehrlos über sich ergehen ließ, dabei bat er immer wieder um Gnade. Valerie drückte Marianne von ihm weg. »Ich helfe dir, Papa!«, schrie sie.

Julia zögerte, dann ließ sie sich ebenfalls auf die Knie nieder, was die Kinder mit einiger Überraschung zur Kenntnis nahmen. »Mama spielt auch mit!«, rief Ludwig und ließ von Karl ab, um ihr um den Hals zu fliegen, was sie beinahe hintenüber warf.

»Trinkst du Tee, Mama?«, fragte Valerie.

»Nein, Mama spielt mit mir Ritter!«, widersprach Ludwig vehement, holte seinen Helm und fuchtelte so wild herum, dass er Julia beinahe am Kopf traf.

»Wir trinken erst Tee«, sagte Julia, »und dann spielen wir zusammen Ritter, und Valerie wird das Ritterfräulein.«

»Und du die Königin«, sagte Ludwig. »Und Papa mein Kampfross.«

»Warum nicht der König?«, fragte Karl.

»Weil ich ein Pferd brauche«, antwortete Ludwig, als sei allein die Frage müßig.

Karl ließ sich an Julias Seite nieder, während Valerie ihnen Tee in ihre Tassen schenkte, die sie vorsichtig in ihren rundlichen Händen trug, als könne tatsächlich etwas verschüttet werden. Ludwig hatte seinen Helm aufgesetzt und brachte ein wenig Unordnung in das Gedeck. Julia wandte sich um und sah Marianne unsicher ein wenig abseits stehen. Sie war noch so klein, keine fünf Jahre alt, und ihre Verlorenheit ließ sie herzzerreißend wirken. Julia streckte die Hand aus, lächelte. »Komm, Marianne, setz dich zu uns.«

Zögernd kam das Mädchen auf sie zu und ließ sich dann an ihrer Seite nieder. Karl schenkte Julia ein Lächeln und neigte den Kopf zu ihr. »Von dort, wo du jetzt bist«, sagte er dicht an ihrem Ohr, »wird dich keine Frau je wieder vertreiben.«

Alexander hielt Agnes' Finger in den seinen, als sie langsam durch den Wald spazierten. »Das ist das Schöne am Jahresende«, sagte sie. »Keine Arbeit in der Wäscherei. Dieses Mal sind es nur die Hoteldiener, die zu tun haben.«

»Was wirst du machen?«

»Ich sehe mir das Feuerwerk an.«

»Und sonst?«

Sie bog den Körper ein wenig durch. »Ausruhen. Das wird herrlich.«

Während er sie betrachtete, dachte er an so manch anderes, das ebenfalls herrlich werden könnte, aber er verkniff sich jede Anzüglichkeit. »Von wo aus schaut ihr zu?«

»Wir stehen vermutlich im Hof wie jedes Jahr.«

Sie blieben in der Nähe des Hauses, aber zwischen den Bäumen verborgen, sodass man sie nicht sehen konnte. Agnes hatte vor Kurzem gehört, wie jemand eine Andeutung über sie und ihn gemacht hatte. »Wenn sie etwas bemerken, werfen sie mich sofort raus.«

»Niemand wirft dich raus.«

»Du weißt doch so gut wie ich, dass du das gar nicht verhindern könntest. Ich wäre nicht die erste deiner Geliebten, die vor die Tür gesetzt wird.«

»Du bist doch gar nicht meine Geliebte. Das Stubenmädchen wurde rausgeworfen, weil man es mit mir erwischt hat.«
»In recht eindeutiger Situation, möchte ich annehmen.«
»Halten wir uns nicht mit Details auf.«
Jetzt lachte Agnes ein wenig spöttisch. »Und lass mich raten – für dich gab es nicht einmal eine Ermahnung?«
»Mein Vater hat mir sehr deutlich gesagt, was er davon hält, das Personal in der Wäschekammer zu verführen. Aber da er auch ansonsten nicht viel von mir hält, unterschied sich dieser Vortrag kaum von seinen anderen.«
»Mir kommen die Tränen.« Wieder lachte Agnes, und Alexander zog sie an sich, um sie zu küssen. Sie entwand sich, rang halbherzig mit ihm und ließ ihn dann doch gewähren.
»Ich kann eigentlich kaum glauben, dass du wirklich an deinem Vorhaben festhältst«, sagte Agnes.
»Mit dergleichen würde ich keine Scherze treiben.«
»Deine Familie wird dich verstoßen, wenn du mich ihnen präsentierst.«
»Nur mein Vater.«
»Und auf den kommt es an.«
»Nein. Er hat das Geld, das ist alles.«
»Er wird dich enterben.«
»Ganz sicher sogar.«
»Verstoßen.«
»Und wenn schon.«
Sie löste sich von ihm. »Ach, Alexander. Alles so leicht zu nehmen, kann doch auf Dauer auch nicht funktionieren.«
»Ich mache meinen Abschluss und bin mein eigener Herr. Ohnehin hätte ich kaum mehr als eine monatliche Rente zu erwarten.«
»Was bei jemandem mit deinem Lebenswandel eine Menge ausmacht.«

Er legte ihr wieder den Arm um die Mitte und zog sie an sich. »Ich schaffe das schon, ja?« Auf einmal war es ihm wichtig, zu wissen, dass sie auch daran glaubte.

Und als spürte sie das, verschwand jeder Anflug von Spott aus ihrem Gesicht. Ein Lächeln teilte ihre Lippen, warm und voller Zuneigung. »Ja«, sagte sie dann kaum hörbar. »Ich denke, das wirst du.«

Die Vorbereitungen waren in vollem Gange, und als Maximilian einen kurzen Abstecher bei Anne machte, um sich zu vergewissern, dass alles verlief wie gewünscht, bereitete sie gerade ihre Garderobe vor. Ein Abendkleid in blassem Hellblau, das ihr sicher hervorragend stehen würde. Sie war eine schöne Frau, und sie würde an seiner Seite glänzen, wie sie es stets tat. Vielleicht würde er sogar den Rest der Nacht hier verbringen. Sie mochte töricht gehandelt haben, doch diese stete Zurückweisung hatte sie nicht verdient. Er hatte seit Monaten keine Liebesnacht mehr mit ihr verbracht, und da er den Standpunkt vertrat, dass nur eine zufriedene Ehefrau eine gute Ehefrau war, würde er sich ihr bis in die Morgenstunden ausgiebig widmen.

»Was für ein fürchterliches Jahr das war«, sagte sie. »Wir können nur hoffen, dass das nächste besser wird.«

Ja, darauf hoffte Maximilian ebenfalls. Denn sah man von Krankheiten oder Todesfällen ab, konnte es schlimmer tatsächlich nicht mehr werden.

✸✸ 33 ✸✸

Johanna schritt über die Treppe, genoss den Moment jedoch nicht in dem Maße, wie sie das sonst immer tat. Sie kam über die Bel Étage, von der aus eine breite geschwungene Treppe direkt in die hintere Halle führte. Die Flügeltüren des großen Festsaals waren geöffnet, die Verbindungstüren zum angrenzenden kleineren Saal ebenfalls. Es war der klassische Weg, den alle Gäste zur Feier nahmen, um auf der anderen Seite direkt in den prachtvollen Festsaal zu schreiten.

Johanna blickte von der Treppe aus in ein Meer von Farben. Seidenkleider raschelten, Edelsteine und Gold glänzten an behandschuhten Armen, an Hälsen und im Haar der Damen. Gäste wandten sich zu ihr, und Johanna straffte die Schultern, um die letzten Stufen hinter sich zu bringen. Karl stand am Fuß der Treppe und lächelte ihr aufmunternd zu, Julia an seiner Seite. Als sie kurz den Blick schweifen ließ, entdeckte sie auch Philipp, der sich mit einer jungen Frau unterhielt. Sie dachte an seine Worte.

»*Ich hoffe, du hältst mir mindestens einen Platz auf deiner Tanzkarte frei.*«

»*Noch hast du die freie Wahl.*«

»*Den ersten Walzer?*«

Ob das noch galt? Sie fühlte sich nicht in Stimmung zum Tanzen, aber da sie den Abend irgendwie hinter sich bringen musste, war es auf diese Art sicher am kurzweiligsten. Alexander stand ein paar Schritte entfernt und unterhielt sich mit einigen Freunden, ihr Vater begrüßte an der Seite ihrer Mutter jeden Gast einzeln, und Konrad ging durch die Menge, blieb mal hier, mal dort stehen und schien für jeden das richtige Wort zu haben, wie man den Gesichtern der Angesprochenen entnehmen konnte.

»Entschuldigst du mich bitte?«, sagte Julia und berührte Karls Arm, dann ging sie zu einer jungen Frau, eine ihrer losen Freundschaften aus Bonn. Karl sah ihr nach, bevor er sich wieder zu Johanna umdrehte.

»Wenn du zu deinen Freunden möchtest, lass dich nicht aufhalten«, sagte Johanna düster.

»Ach, jetzt komm, diese Leichenbittermiene steht dir nicht.«

Johanna zuckte nur mit den Schultern, und Karl seufzte, blieb jedoch bei ihr.

»Nanu«, sagte er unvermittelt, »seit wann ist der denn wieder da?«

Johanna wandte sich um und sah in dieselbe Richtung wie Karl. Plötzlich ging ein Ruck durch ihren Körper, und sie stand wie erstarrt da. »Victor!« Johanna wusste nicht, wie sie ihm begegnen sollte, widerstand jedoch ihrem ersten Impuls, auf ihn zuzulaufen, und wartete, bis er bei ihr war. »Du bist doch zurückgekommen?«, fragte sie ungläubig, als er endlich vor ihr stand. Er wirkte so ernst, dass ihr das Herz sank.

»Dein Onkel hat mich angerufen und mir von deinen Reiseplänen berichtet.« Nun stahl sich ein Lächeln in seine Mundwinkel. »Und da dachte ich mir, ich komme dir zuvor. Außerdem konnte ich unmöglich bis Januar warten.«

Johanna sah in Victors dunkle Augen und dachte, dass sie wirklich und wahrhaftig das erste Mal in ihrem Leben so glücklich war, dass es sich anfühlte, als müsse sie tanzen, bis ihr schwindlig wurde. Einen Moment lang standen sie da, schweigend, obwohl sie sich so viel zu sagen hatten. Dann hob Victor den Blick. »Da vorne ist dein Onkel. Entschuldige mich einen Moment, ich möchte ihn nur kurz begrüßen.«

Johanna wandte mit einem glücklichen Seufzen den Kopf und begegnete Karls Blick. »Erklärst du mir das bitte?«

Sie sah zu Victor und Konrad, sah beide lächeln, als sie miteinander sprachen. Im nächsten Moment stob eine unbändige Freude in ihrer Brust auf, und Johanna konnte nicht anders, als ihrem Bruder um den Hals zu fallen. »Ach, Karl, er ist wieder zurück. Jetzt wird bestimmt alles gut!« Sie ließ ihn los und presste eine Hand auf die Brust, als könne sie ihren Herzschlag dadurch beruhigen.

»Ich dachte...« Karl sah flüchtig zu Philipp.

Sie drückte seinen Arm, dann bemerkte sie, dass Alexander das Gespräch mit seinen Freunden unterbrochen hatte und sie wissend anlächelte. Sie erwiderte das Lächeln zögernd, und er zwinkerte ihr zu.

»Weiß er mehr als ich?«, fragte Karl, dem der Blickwechsel nicht entgangen war.

»Von mir nicht«, antwortete Johanna. »Und selbst wenn, dann geschähe es dir nur recht. Immerhin hast du mir Marianne verschwiegen.«

»Das wirst du mir vermutlich mein Leben lang vorhalten.«

Kurz darauf kehrte Victor zurück und reichte Johanna seinen Arm. »Darf ich Ihnen Ihre Schwester entführen?«, fragte er Karl.

»Da ich nicht erleben möchte, was sie mit mir anstellt, wenn ich jetzt Nein sage, haben Sie meine ausdrückliche Erlaubnis.«

Johanna schob ihre Hand in Victors Armbeuge und ging mit ihm durch den Saal. »Wann hat Onkel Konrad dich angerufen?«, fragte sie.

»Vor einer Woche. Erst dachte ich, du seiest schwanger, obwohl ich sicher war, dass ich aufgepasst hatte.«

Dass er sie so selbstverständlich an diesen intimen Moment erinnerte, ließ Johannas Wangen brennen. »Ich wusste recht bald, dass ich es nicht bin«, antwortete sie, um ihre Verlegenheit zu überspielen.

Victor führte sie in den Wintergarten, in den sich um diese frühe Zeit noch keine Gäste verirrt hatten. Die meisten bedienten sich am Büfett und warteten darauf, dass der erste Tanz begann.

»Und dann erzählte mir dein Onkel von eurem Gespräch, davon, dass du kommen wolltest, weil das, was du mir zu sagen hättest, nur persönlich gesagt werden könne. Und offenbar wollte er wissen, wie ich dich zu empfangen gedenke.«

Also war sich Konrad seiner Sache wohl doch nicht so sicher gewesen und hatte ihr eine Enttäuschung ersparen wollen.

»Ich konnte es kaum glauben«, fuhr Victor fort. »Und dann beschloss ich, herzukommen.«

»Du warst so schnell weg«, antwortete Johanna leise. »Und es hat mir doch schon leidgetan, als du dich von mir abgewandt und zum Wald gegangen bist. Ich wollte dir nach, aber ich wusste einfach nicht, was ich dir hätte sagen sollen. Und ich war mir außerdem nicht sicher, ob ich …« Bei der Erinnerung kamen ihr beinahe erneut die Tränen. »Und als du fort warst, dachte ich, jetzt sei alles verloren.«

Victor sah zur Tür, dann senkte er den Kopf zu Johannas Gesicht hin, umfasste ihre Taille, während sie ihre Hände auf seine Oberarme legte. Es war ein behutsamer Kuss, der schmeichlerisch war, umwerbend, ehe er mehr forderte. Als sie sich voneinander lösten, fragte Johanna leise: »Und was hättest du getan, wenn ich schwanger gewesen wäre?«

»Natürlich als Ehrenmann gehandelt.«

»Hast du gehofft, ich wäre es, damit ich keinen anderen Ausweg wüsste, als dich zu heiraten?«

»Nein. Ich wollte dich nicht heiraten und dabei wissen, dass du einen anderen liebst.«

»Ich habe Philipp nicht geliebt, ich habe nur gedacht, dass ich es tue. Glücklicherweise war er vernünftiger als ich. Und nach unserer gemeinsamen Nacht konnte ich mir nicht vorstellen, dergleichen je mit einem anderen Mann zu teilen. Ich war durcheinander, es war alles so… verworren.«

Er gab das Lächeln an ihre Lippen weiter, als er sie erneut küsste. Ein vernehmliches Räuspern ließ sie auseinanderfahren, und als Johanna sich umdrehte, sah sie Frédéric am offenen Türbogen lehnen. »Ich ahnte es ja bereits, als ich Sie fortgehen sah.« Er lächelte spöttisch und bedauernd.

»Was haben Sie von unserer Unterhaltung gehört?«, fragte Victor vorsichtig.

»Genug. Ich gratuliere, mein Bester.« Frédéric machte einen übertriebenen Diener, immer noch lächelnd. »Dann lassen Sie sich nicht weiter stören. Und tun Sie nichts, was ich nicht auch getan hätte.« Mit einem zweideutigen Grinsen wandte er sich ab und verließ den Wintergarten wieder.

Victor wollte ihm nach, aber Johanna umfasste seinen Arm. »Nicht, lass ihn.« Sie zog ihn erneut an sich, woraufhin er sich nicht lange bitten ließ und sie küsste, bis die ersten Walzerklänge aus dem Festsaal zu hören waren.

»Darf ich um den ersten Tanz bitten?«, fragte Victor.

»Aber unbedingt.« Johanna nahm seinen Arm und ging mit ihm in den Saal, wo die Tanzenden bereits über das Parkett wirbelten.

»Man soll es doch nicht für möglich halten.« Maximilian Hohenstein war rot angelaufen. »Nicht nur, dass dieser Kerl von einem Moment auf den anderen auftaucht und dann mit Johanna verschwindet. Nein, sie kehren zurück, als sei nichts gewesen, und tanzen bereits den dritten Tanz miteinander in Folge.« Und als würde das alles nicht genügen, um ihm die Laune gründlich zu verderben, vermisste schon wieder jemand ein Schmuckstück. Ein brillantenbesetzter Kamm war von einem Moment auf den anderen verschwunden. Man suchte das Sofa ab, auf dem die Dame geruht hatte. Erfolglos. Ein Kellner kroch gar auf Knien herum, um darunter nachzusehen. Ebenfalls vergeblich.

»Du wirst dich damit abfinden müssen, dass Johanna irgendwann heiratet«, sagte Anne. »Und offenbar hat sie ihre Wahl getroffen.«

»Er hat mich nicht gefragt!«

»Hast du meinen Vater gefragt, ehe wir beide ...?«

»Das ist etwas völlig anderes!«

Anne lächelte mit einem Anflug von Spott. »Bei Johanna wird es immer etwas anderes sein. Aber Johanna ist erwachsen geworden. Und sie wird uns verlassen.«

Maximilians Stimmung sank auf den Tiefpunkt. »Ungarn ist entsetzlich weit weg. Wir werden unsere Enkelkinder einmal im Jahr sehen, wenn überhaupt.«

»Ich befürchte, mit diesem Argument wirst du bei Johanna nicht weit kommen.«

Mit finsterer Miene beobachtete Maximilian, wie seine Tochter nun mit Alexander tanzte und danach mit einem jungen Engländer. Victor Rados stand am Rande der Tanzfläche, unterhielt sich mit einigen Gästen und sah immer wieder lächelnd zu Johanna, die ihren Tanz beendet hatte und zu ihm ging. Die Art, wie sie sich ansahen, war von jener staunenden Vertrautheit frisch Verliebter. Maximilian konnte einschreiten, es verbieten. Aber Johanna wäre todunglücklich. Auf diese Weise blickte man keinen Mann an, den man ohne Weiteres aufgeben würde. Dennoch musste es Maximilian ja nicht gefallen. An diesem Abend würde er es einfach ignorieren, würde *ihn* ignorieren und dann sehen, was die nächsten Tage brachten.

Zunächst galt es, die Hausdetektive zu mehr Wachsamkeit zu rufen. Wie konnte es sein, dass Jahr für Jahr ein Dieb hier sein Unwesen trieb, ohne dass ihnen etwas auffiel? Bedachte man, dass Johanna seinerzeit das Kind des Kulturattachés – das schwärzeste Kapitel in der Hotelgeschichte – nach einem Nachmittag intensiven Beobachtens bei seinem Treiben erwischt hatte, war die Unfähigkeit der Hausdetektive wirklich kaum zu fassen. Gut, das Kind war auch weit ungeschickter vorgegangen, aber konnte es denn wahr sein, dass er Jahr für Jahr sein Geld Männern in den Rachen warf, die durch Nichtstun glänzten? Maximilian verdächtigte nach wie vor einen der Kellner, denn niemand kam den Gästen näher als diese. Aber bisher war keiner von ihnen auf frischer Tat ertappt worden.

Konrad führte Johanna nun auf die Tanzfläche, und Maximilian entspannte sich ein wenig. »Sie ist noch zu jung zum Heiraten, ein bis zwei Anstandsjahre sollte der Kerl auf jeden Fall warten.«

»Sie ist zwanzig, lieber Himmel!« Anne runzelte die Stirn.

Maximilian antwortete nicht. Und als schließlich eine Dame den Verlust ihres Diadems beklagte, schloss er die Augen und schüttelte resigniert den Kopf.

Eine Stunde vor Mitternacht wurde der Diebstahl einer Uhr gemeldet. Konrad ging langsam durch den Tanzsaal. Er hatte seine Pflichttänze mit Johanna und Julia absolviert und hielt sich seither zurück. Mit Anne zu tanzen brachte er nicht über sich, auch wenn dies sicher als versöhnliche Geste gewertet worden wäre.

Seither beobachtete er, grüßte nach links und rechts und ließ den Mann, dessen Bewegungen er folgte, nur selten aus den Augen. Die Geste, mit der dieser dem Bestohlenen die Uhr aus der Tasche gezogen hatte, war kaum bemerkbar gewesen, und hätte Konrad nicht genauestens darauf geachtet, wäre sie ihm entgangen. Dagegen musste es fast schon spielerisch einfach gewesen sein, einer sitzenden Dame im Vorbeigehen das Diadem zu entwenden. Wo erwarb man eine solche Geschicklichkeit? Der Mann hatte es doch sicher nicht nötig, sich privat als Taschendieb zu verdingen. Als der Dieb den Saal verließ, folgte Konrad ihm.

Draußen war es so kalt, dass Konrad der Atem vor dem Mund stand. Auf dem harschigen Schnee knirschten die Schritte des Mannes vor ihm, während Konrad sich nahe am Haus hielt, wo die Wege geräumt waren. Schließlich, als der Mann sich bückte und etwas anhob, das wie ein Stein aussah, ging er zu ihm. Alarmiert blickte der Mann auf, und was er in den Händen gehalten hatte, fiel zu Boden. Konrad bückte sich danach. Eine Uhr und ein Diadem.

»Wo ist der Kamm?«

Frédéric de Montagney wusste, wann er sich geschlagen geben musste. Er zog den Kamm hervor und reichte ihn Konrad, feixte, als sei das alles ein Spiel, in dem er als guter Verlierer hervorging.

»Warum?«, fragte Konrad. »Sie haben das doch gar nicht nötig.«

»Natürlich nicht, sonst würde ich es kaum hier verstecken. Es ist ein Spaß, mehr nicht. Eine kleine Übung in Sachen Fingerfertigkeit.«

»Und warum geben Sie den Leuten die Sachen dann nicht zurück?«

»Wo bliebe dann der Effekt? Allein der Mythos, der sich um mich rankt – alles wäre dahin.« Wieder grinste Frédéric de Montagney. »Aber um auf das Warum zu kommen: Pech in der Liebe, Glück im Spiel. Ich habe mir gesagt, wann immer mich Johanna Hohenstein zurückweist, setze ich meine Fingerfertigkeit eben anders ein. Und sehen Sie doch die reizvolle Parallele – die Gäste verlieren ihr Geschmeide, und Johanna Hohenstein behält die kostbare Perle ihrer Unschuld.« Er lachte.

Konrad fand das mitnichten belustigend. »Meine Nichte wäre wohl kaum die passende Frau für Sie.«

»Oh, ich hatte nicht vor, sie zu heiraten.«

»Und Sie erwarten, dass ich das gutheiße? Ich wähnte die Zeiten der Libertinage vorbei.«

»Leider.«

»Wo ist der übrige Schmuck?«

»In einer Schatulle unter diesem Stein vergraben. Da lässt Maximilian Hohenstein alles absuchen, und das Gesuchte liegt praktisch zu seinen Füßen. Eine etwas makabere Parallele zu dem Kind des Kulturattachés. Noch dazu, da dieses ebenfalls aus Frankreich stammte.«

Konrad steckte den Schmuck ein. »Machen Sie sich keine Sorgen darum, dass ich Sie nun verraten könnte?«

»Nein. Dergleichen Anschuldigungen würde ich empört von mir weisen.«

Aus leicht verengten Augen beobachtete Konrad ihn. »Nur ein Spiel, ja?«

»Genau.«

»Und Sie lassen meine Nichte unbehelligt?«

»Ich sehe Ihre Nichte seit heute in festen Händen, und in fremden Gärten wildere ich nicht.«

Konrad runzelte die Stirn, dann nickte er. »Das will ich hoffen.« Er sah zu Boden, merkte sich, wo der Stein lag, um am nächsten Abend in aller Diskretion die Schatulle zu bergen.

»Ich darf mich zurück in den Tanzsaal begeben?«, fragte der Franzose.

»Ja, gehen Sie nur.« Konrad würde einen Moment draußen bleiben, die klare Luft tat ihm gut nach den Stunden in den warmen Festsälen. Als er an Johanna dachte, musste er lächeln. *Danke, Onkel Konrad. Ich bin so glücklich.* Es war also doch die richtige Entscheidung gewesen, Victor Rados anzurufen. Dieser hatte seine Verblüffung am Telephon nicht verbergen können.

»Ich rufe wegen Johanna an. Sie hat mir alles erzählt.«
Schweigen. »Ist sie schwanger?«
»Nein. Aber sie möchte Sie sprechen.«
»Und warum ruft sie mich dann nicht selbst an?«
»Die Sache ist nicht ganz so einfach.« Und dann hatte Konrad ihm von dem Gespräch mit Johanna erzählt.

Victor Rados hatte seine Freude ebenso wenig verborgen wie seine Verblüffung zuvor. »Ich warte auf sie«, hatte er zum Abschied gesagt. Und sich dann offenbar überlegt, dass ihm die Zeit zu lang werden würde. Maximilian lief seither mit einer Miene herum, als habe er in eine Zitrone gebissen. Aber mit ihm hatte Konrad wenig Mitleid. Abgesehen von der Begrüßung zu Beginn hatte er Victor bisher keinerlei Beachtung geschenkt, was grob unhöflich war. Selbst Anne hatte sich zu einem Lächeln herabgelassen und sich für einen Moment zu Johanna und Victor gesellt, um allen zu verstehen zu geben, dass die Verbindung ihre Zustimmung hatte.

Im Garten hantierten bereits die Leute, die Maximilian jedes Jahr für das Feuerwerk bestellte. Er zog seine Uhr hervor, jedoch reichte das Licht, das von den Laternen herkam, nicht, um die Zeit zu lesen. Was wäre ein beleuchtetes Ziffernblatt doch für eine großartige Erfindung. So blieb Konrad nur, zur nächsten Laterne zu gehen. Und als er sah, dass es keine halbe Stunde mehr bis zum Feuerwerk war, beschloss er, seinen Mantel zu holen und im Garten zu warten.

Kurz nach Mitternacht befanden sich die Gäste auf der Veranda und im Garten, um das Feuerwerk anzusehen, das auch in diesem Jahr wieder beachtlich war. Sein Vater hatte keine Kosten gescheut, und wieder würde es der Höhepunkt eines rauschenden Fests sein, das danach erfahrungsgemäß umso ausgelassener werden würde. Ein Jahr war es nun her, dass Konrad in ihr Leben getreten war, und Karl konnte nicht umhin, das Jahr noch einmal an sich vorbeiziehen zu lassen, während er mit Julia auf der Veranda stand, eine Hand an ihrem Rücken.

Kurz blickte er zu Johanna, die neben Victor Rados stand – nicht so nahe, dass es anrüchig wirkte, aber doch nahe genug, damit jeder wusste, dass sie ein Paar waren. Angesichts dessen, dass sie noch nicht einmal offiziell verlobt waren und Karl keine Ahnung hatte, was da eigentlich zwischen ihnen gelaufen war, verhielten sie sich vielleicht ein klein wenig unpassend in der Öffentlichkeit. Aber Johanna sah so glücklich aus, dass er beschloss, erst einmal nichts zu sagen. Da sein Vater die Sache offenbar hinnahm – wenngleich mit wenig Begeisterung –, würde er vorläufig abwarten. Und Victor Rados war ein Ehrenmann, der seine Hände auch in der Dunkelheit ganz offensichtlich da behielt, wo sie hingehörten.

Nun erspähte auch Julia die beiden und drehte sich lächelnd zu ihm um, als wisse sie, was ihn umtrieb. Er neigte den Kopf und küsste sie, dann legte er ihr den Arm um die Schultern und zog sie enger an sich. Sie schmiegte den Kopf an seine Schulter und betrachtete wieder das Feuerwerk. Seine Eltern standen in der Nähe, Maximilian Hohenstein mit hinter dem Rücken verschränkten Händen, Anne Hohenstein mit den Händen im Muff. In den letzten Monaten schienen sie sich zunehmend fremd geworden zu sein. Dann wanderte sein Blick zu Alexander, der allein dastand, und mit einigem Unbehagen dachte er an die kleine Wäscherin. Aber sei's drum, sollte sein Bruder an dem törichten Plan festhalten, würden sie auch das irgendwie meistern. Konrad stand einige Schritte von Alexander entfernt, und in dem bunten Licht, das flüchtige Sprengsel auf sein Gesicht malte, erkannte Karl, dass er entspannt wirkte, im Reinen mit sich selbst.

Als das Feuerwerk sich dem Ende zuneigte, verließ Alexander seinen Platz, als hätte er etwas erspäht. Karl folgte ihm mit seinem Blick und sah ihn auf eine schlanke Gestalt zugehen, eine Frau, die abseits der Gäste stand. Ihre Hände fanden sich nur kurz, eine schweigende Vertrautheit. Alexander küsste die junge Frau nicht und tat auch sonst nichts, was in der Öffentlichkeit zu ihren Ungunsten ausgelegt werden konnte. Er stand nur bei ihr und betrachtete den Rest des Feuerwerks an ihrer Seite.

»Denkst du, es ist ihm ernst?«, fragte Julia, als die letzten Farbexplosionen verglommen. Offenbar hatte sie dieselbe Beobachtung gemacht.

»Ja, ich befürchte es fast.«

»Vielleicht brechen neue Zeiten an. Zeiten, in denen die Herkunft unwichtig ist.«

Karl bezweifelte zwar, dass diese Zeiten so bald anbrechen würden, aber dann gab er sich einen Ruck. »Wenn es wirklich dazu kommt, fällt mir schon etwas ein.« Alexander hatte ihm erzählt, sie sei eine Bäckerstochter. Und da die Hohensteins ja auch Bürgerliche waren, wenngleich mit anderem sozialen Status, wäre diese Verbindung nicht gänzlich unmöglich. Ein Hoteliersohn und die Tochter eines Bäckers – ja, das konnte funktionieren.

Die Gäste unterhielten sich noch, ein Lachen schwappte hier und da auf, und es dauerte eine Weile, ehe die ersten Gäste auf die erleuchteten Türen zustrebten. Doch als Gäste und Kellner den Saal betraten, stockten einige, andere verharrten mitten in der Bewegung, raunten. Karl drängte sich an ihnen vorbei und sah eine blonde, junge Frau, die in einem dunkelgrünen Kleid mitten im Saal stand. »Was, um alles in der Welt...?«, murmelte er.

Henrietta entging das überraschte Innehalten nicht, das kurze Stocken in der Bewegung, als die Gäste zurück in den Festsaal strömten, immer noch in Mänteln und Schals. Sie hob das Kinn, sah den Menschen mit mehr Mut entgegen, als sie tatsächlich hatte. Nun trat Maximilian Hohenstein vor, rot vor Zorn. »Was ...«

»Gefalle ich dir?«, schnitt sie ihm das Wort ab und drehte sich einmal um sich selbst, um dem Kleid Geltung zu verschaffen.

»Verlasse augenblicklich diesen Saal!«

Henrietta war sich der Blicke der Leute bewusst, nahm Neugierde und Abneigung darin wahr – natürlich, sie war ein Dienstmädchen, das sich in den Augen der Gäste aufführte, als habe es den Verstand verloren. »Du hast mir dieses Kleid doch geschenkt, und nun soll ich es nicht tragen? Das war doch die Gegenleistung dafür, dass ich mit dir ins Bett gehen soll.«

Mit drei Schritten war er bei ihr, umfasste ihren Arm so hart, dass sie einen Schmerzensschrei unterdrücken musste, und wollte sie aus dem Saal zerren.

»Augenblick!« Philipp, kreideweiß, aber dennoch entschlossen und immer noch Ehrenmann genug, dass in seiner Gegenwart keine Frau misshandelt wurde. »Lass sie los.«

Dass Maximilian dem Folge leistete, war wohl eher seiner Verblüffung geschuldet als tatsächlichem Gehorsam. Henrietta brachte einige Schritte Abstand zwischen sich und ihn. »Du gehst nie mit Dienstmädchen ins Bett, nicht wahr? Aber dann möchtest du deinen Vorsatz ausgerechnet mit mir brechen.« Sie stieß ein hartes, bitteres Lachen aus. »Und weißt nicht, dass ich deine Tochter bin.«

Maximilians Hand, die erneut nach ihr hatte greifen wollen, verharrte in der Luft. »Das ist gänzlich ausgeschlossen.«

»Ach ja? Und warum fragst du mich dann nicht, wer meine Mutter war?«

Schweigen. Wieder stieß Henrietta jenes Lachen aus, das ihr in der Kehle schmerzte, sich anfühlte, als würge sie an Splittern. »Nun, wer könnte es wohl sein?«

»Spiel – keine – Spielchen – mit mir«, sagte Maximilian sehr langsam und betont. »Ich habe kein Kind mit einer anderen Frau.«

Der Zorn gab Henrietta Auftrieb, vertrieb jede Unsicherheit. Sie wandte sich an die Gäste. »Na dann, machen wir doch eine Ratestunde daraus. Wie viele Mädchen verschwanden in den letzten zwanzig Jahren aus dem Umkreis des Hotels?«

Luftschnappen, ein Aufkeuchen, der leise Schrei einer Frau. Mabel Ashbee trat aus der Menge hinaus nach vorne, starrte Henrietta an, eine Hand vor den Mund gepresst. Ihr folgte ihr Ehemann, der Henrietta taxierte und schließlich sagte: »Was Sie da tun, mein Kind, ist sehr, sehr grausam.«

Henrietta erwiderte den Blick. »Was *er* getan hat, war grausam. Ich habe nur versucht, zu überleben.«

»Die Mundpartie ist von Imogen«, brachte Frau Ashbee mit zitternder Stimme hervor.

»Das bildest du dir ein, Liebes, weil du möchtest, dass es so ist«, entgegnete ihr Mann.

Sie jedoch ging unbeirrt auf Henrietta zu. »Gibt es etwas, mit dem du beweisen kannst, wer deine Mutter war?«

»Sie hat mir nichts hinterlassen, alles von Wert musste sie verkaufen, um zu überleben.«

»Wie praktisch«, höhnte Maximilian, und Henrietta fragte sich, ob sie die Einzige war, die den Missklang in seiner Stimme vernahm.

»Aber«, fuhr Henrietta unbeirrt fort, »sie hat mir aus ihrer Kindheit erzählt. Sie mochte den Namen Imogen nicht und hat sich von klein auf Millie genannt. Als sie zehn war, wollte sie ihren Vetter heiraten und hat allen erzählt, dass sie nun wohl keine alte Jungfer werden würde.«

»Das kannst du wer weiß wo aufgeschnappt haben«, fuhr Maximilian dazwischen, ehe Mabel Ashbee antworten konnte.

»Aber von wem?«, fragte diese nun. »Wer sollte ihr das erzählt haben?«

»Die Zeitungen waren voll mit der Geschichte.«

»Vermisstenmeldungen«, mischte sich nun ihr Mann ein, »keine familiären Details aus ihrer Kindheit.« Er musterte Henrietta, kam zu ihr, drehte ihr Gesicht ins Licht. »Ich erkenne Imogen nicht in dir. Deine Augen allerdings sind die seinen.« Die familiäre Ähnlichkeit der Hohenstein-Kinder, die bei Henrietta niemandem aufgefallen war, weil man stets nur sah, was man sehen wollte.

Karl, Alexander und Johanna standen schweigend da, reglos. Auch Anne Hohenstein sagte nichts, sah ihren Mann an, als erwarte sie, dass er die Dinge in Ordnung brachte. Nur Maximilian sah aus, als habe man ihm einen Dolchstoß verpasst. Er war bleich, Schweißperlen standen auf seiner Stirn. Und Henrietta hatte nicht vor, ihm etwas zu erlassen.

»Maximilian Hohenstein ist ein gut aussehender Mann«, fuhr sie fort. »Und in jungen Jahren muss er auf Frauen eine ähnliche Wirkung gehabt haben wie seine Söhne. Meine Mutter war dafür nicht unempfänglich. Er versprach ihr alles Mögliche, damit sie seine Geliebte wurde. Vermutlich war sie so hübsch, dass er sie um jeden Preis wollte.«

»Sie war wunderschön«, sagte Mabel Ashbee.

»Er versicherte ihr, dass er ganz der Ihre werden würde. Sie war wohl sehr verliebt in ihn, denn sie ließ sich darauf ein – und wurde schwanger. Der Skandal, der Maximilian Hohenstein damit drohte, wäre vernichtend gewesen, also versicherte er meiner Mutter, dass er sich um sie kümmern würde. Aber er bräuchte Zeit, eine Trennung sei nicht leicht zu bewerkstelligen, zudem hatte er drei Kinder, die kleine Johanna war ja eben erst geboren.« Ein entsetztes Luftschnappen kam von Anne Hohenstein. Sie schien etwas sagen zu wollen, schwieg jedoch. »Er mietete ihr eine Wohnung, und sie willigte ein – immer noch in dem Glauben, geliebt zu werden. Das war zu dem Zeitpunkt, als sie verschwand. Dass sie gesucht wurde, bekam sie natürlich mit, aber sie hielt still. Sobald sie als seine Ehefrau wieder ehrbar war, würde sie ihren Eltern alles erklären. Aber er hielt sie hin. Nach meiner Geburt begann Mutter, Maximilian zu bedrängen, er solle sie endlich zu sich nehmen. Er jedoch drohte ihr: Sollte sie je ein Flüstern darüber laut werden lassen, wessen Kind das sei, würde er es eigenhändig ertränken. Seine finanziellen Zuwendungen wurden immer seltener, bis er sie irgendwann ganz einstellte. Sie hätte gar nicht das Geld gehabt, zu ihrer Familie zurückzukehren, sie hatte nicht einmal Geld zum Essen. Sie wollte ihnen schreiben, aber die Angst, ihnen zu gestehen, was sie getan hatte, war zu groß. Also begann meine Mutter, sich an Männer zu verkaufen, um zu überleben. Anfangs war es die Angst, die sie zum Schweigen verdammte, und danach die Schande.«

»Lügen«, presste Maximilian Hohenstein hervor. »Lügen der Tochter einer Hure. Was willst du? Geld?«

Henrietta lächelte verächtlich. »Dafür ist es wohl zu spät, nicht wahr?«

»Aber warum hatte sie Angst?«, fragte Mabel Ashbee mit zitternder Stimme. »Sie hätte keine Angst haben müssen. Wir hätten sie beschützt, sie und ihr Kind.«

Philipp trat an Henriettas Seite, berührte ihre Schulter. »Warum hast du es mir nicht erzählt?«

Henrietta jedoch schüttelte nur den Kopf.

»Wer war es noch, der dafür gesorgt hat, dass man dich hier einstellt? Philipp von Landau?«, fragte Maximilian Hohenstein. »Musstest du mit ihm ins Bett gehen, damit er dir diesen kleinen Gefallen erweist?«

Henrietta schwieg, und Maximilian lachte höhnisch, ein hässlicher Laut, der sie erschauern ließ. »Die Tochter einer Hure geht mit einem Mann ins Bett, damit der sie in mein Haus bringt, wo sie meinen Ruf ruinieren möchte.«

»Wo ist sie jetzt?«, fragte Ralph Ashbee. »Wo ist Imogen? Tot?«

Henrietta nickte. »Sie starb an der französischen Krankheit.«

Nun herrschte Stille. Dann begann Mabel Ashbee, leise zu weinen.

✶✶ 34 ✶✶

Johanna hielt Victors Hand mit klammen Fingern umschlossen. Ihr Vater hatte den Festsaal ohne ein weiteres Wort verlassen, ein deutlicheres Schuldeingeständnis konnte es nicht geben. Dennoch schien sich die Feindseligkeit vieler Leute auf Henrietta zu richten. Wie konnte sie es wagen, ein respektables Mitglied der Gesellschaft so bloßzustellen? Kurz darauf ging auch Anne Hohenstein, und die Dienstboten, die am Rande des Saals gestanden und alles gehört hatten, nahmen zögernd wieder Aufstellung am Büfett, während die Kellner die Tabletts aufnahmen, aber nicht so recht wussten, ob es angebracht war, sich wieder unter die Leute zu mischen.

Der Widerwille gegen Henrietta glich einer Flut, die durch den Saal brandete und verächtliche Blicke, vernichtende Kommentare, Spott und Hohn wie Schwemmgut zu ihr spülte. Die junge Frau schienen ihre Kräfte mit einem Mal zu verlassen, und sie schien kleiner zu werden, in sich zusammenzufallen.

Konrad trat vor. »Komm«, sagte er und umfasste ihren Arm, nicht fest, aber bestimmt. Ohne eine Antwort abzuwarten, führte er sie aus dem Saal. Die Ashbees und Philipp folgten ihr.

»Und was nun?«, fragte Johanna mit starren Lippen.

Alexander zuckte mit den Schultern, und Karl wies die Kapelle an, wieder zu spielen. Der Abend war dahin, das wussten alle. Aber auf diese Weise würde es wenigstens nicht wirken, als würfen sie die Gäste aus dem Saal. Wer gehen wollte, konnte das nun tun und sich dabei fühlen, als verlasse er die Feier einfach früher als geplant. Keine Verlegenheit auf beiden Seiten.

Dann folgte Karl seinem Onkel, und Alexander tat es ihm gleich. Johanna wandte sich an Victor. »Entschuldigst du mich bitte?«

Er nickte. »Ja, geh nur«, sagte er. »Und wenn du mich brauchst, weißt du ja, wo du mich findest.«

Dankbar drückte sie seine Hand, dann lief sie ihren Brüdern nach.

Karl steuerte Konrads Arbeitszimmer an.

»Was hast du nun vor?«, fragte Alexander.

»Das entscheide ich später.«

Johanna holte sie an der Tür ein. Dass ihr Onkel in der Tat hier war, ließ der buttergelbe Schimmer unter der Tür vermuten. Als sie den Raum betraten, standen die fünf in einem Halbkreis, Konrad gegenüber von Henrietta, die flankiert war von Philipp und Mabel Ashbee. Deren Ehemann stand ein paar Schritte entfernt und beobachtete die Szene, als wisse er immer noch nicht so recht, was er davon halten sollte.

»So«, sagte Konrad. »Jetzt werden wir in Ruhe überlegen, was zu tun ist.« Er wandte sich an die Geschwister. »Wer ist bei den Gästen?«

»Julia«, antwortete Karl.

Konrad wandte sich an Alexander. »Geh du bitte auch hin, damit sie nicht mit allem allein ist.«

»Ist das mein Hotel?«

Zum ersten Mal wirkte Konrad, als reiße ihm jeden Moment der Geduldsfaden. »Ich bitte dich noch einmal in aller Freundlichkeit.«

Offenbar erkannte Alexander, dass er es an diesem Abend

nicht auf einen Konflikt mit seinem Onkel ankommen lassen sollte, denn er wandte sich ab und verließ den Raum.

Karl ging zum Schreibtisch, stellte sich neben Ralph Ashbee und lehnte seine Hüfte gegen die Schreibtischkante. »Es ist ja nun nicht so, dass es meinem Vater nicht zuzutrauen wäre«, sagte er.

Johanna umschlang den Oberkörper mit ihren Armen, taxierte Henrietta und ließ den Blick dann zu Karl hinüberwandern. War da eine Ähnlichkeit? Wenn man es wusste, war es leicht, dergleichen zu vermuten.

»Aber es lässt sich nicht beweisen«, fuhr Karl fort, dieses Mal an Henrietta gewandt. »Du könntest alles von langer Hand geplant und dir das Wissen aus anderen Quellen angeeignet haben. Andererseits erscheint mir das ziemlich unwahrscheinlich. Also gehe ich davon aus, dass du die Wahrheit sagst.«

»Na immerhin«, spottete Philipp.

»Zu deiner Rolle kommen wir später«, entgegnete Karl.

»Er wusste von nichts«, verteidigte ihn Henrietta.

»Das will ich auch hoffen. Denn sonst hieße das, dass er wissentlich erst mit meiner Halbschwester geschlafen und diese dann ins Haus gebracht hat, damit sie in einer öffentlichen Ansprache den Ruf meines Vaters ruiniert – wobei ich dir Letzteres gar nicht zum Vorwurf machen möchte.«

»Aber, Karl...«, kam es von Johanna.

»Und du hast...«, Ralph Ashbee schien nicht zu wissen, wie er es in Worte fassen sollte, »du hast, um Geld zu verdienen...«

»Nein«, kam Henrietta ihm eilig zuvor. »Philipp war der Einzige.« Der Blick, mit dem Philipp sie ansah, machte Johanna so einiges klar. Die Tändelei mit ihr, das kleine Spiel, das der Liebhaber einer Frau trieb, die sich offenbar einem anderen zugewandt hatte.

»Und mein Vater und du...« Sie vermochte nicht, es auszusprechen.

Henrietta schüttelte leicht den Kopf. »Nein. Er wollte, aber es ist nicht dazu gekommen.«

»Nun ist die Frage«, mischte sich Konrad ein, »was jetzt passieren soll. Mr. und Mrs. Ashbee«, wandte er sich an das Ehepaar, »glauben Sie die Geschichte?«

»Ja«, brachte Mabel Ashbee hervor. Ihr Mann zauderte und nickte mit dem Kopf.

»Karl?«, wandte sich Konrad an ihn. Jener nickte ebenfalls.

»Johanna?« Wieder ein Nicken.

»Gut, ich halte es ebenfalls für wahrscheinlich. Daraus entstehen nun gewisse Konsequenzen. Zum einen ist zu klären, wo die junge Dame wohnen wird, zum anderen stehen ihr gewisse finanzielle Mittel zu. Verantwortlich wäre in erster Linie ihr Vater, aber auf ihn können wir wohl nicht zählen. Die gesetzliche Vormundschaft wird ihm allerdings zufallen, wenn er die Vaterschaft anerkennt. Die Verantwortung kann er danach an mich übertragen, an ihre Großeltern oder an Karl.«

»Ich brauche keinen gesetzlichen Vormund«, entgegnete Henrietta. »Ich wollte doch nur, dass alle es erfahren.«

»Du bist laut Gesetz noch nicht volljährig, und du hast Rechte. Wie dachtest du denn, dass es weitergeht, nun, da alle es wissen?«, fragte Konrad.

»Ich...« Henrietta brachte keine Antwort hervor.

»Natürlich lebst du nicht wieder auf der Straße«, sagte Mabel Ashbee. »Und du wirst auch kein Dienstmädchen bleiben.«

»Es sei denn«, fügte ihr Ehemann hinzu, »es ist dein ausdrücklicher Wunsch.«

»Ralph!« Seine Ehefrau fuhr herum.

»Sollen wir sie zu ihrem Glück zwingen?«

»Sie ist Imogens Tochter.«

»Aber ich sehe Imogen nicht in ihr.« Ralph Ashbee klang unglücklich, verstört.

»Die Situation ist für alle verwirrend«, entgegnete Konrad. »Und, Henrietta, wenn sich niemand deiner annimmt, werden die Leute denken, wir hielten dich für eine Lügnerin. Das macht deinen Stand nicht gerade einfach. Hinzu käme, dass du ohne Zeugnis entlassen würdest und wahrscheinlich keine neue Stelle fändest. Ich könnte natürlich darauf bestehen, dass man dich behält, aber möchtest du den Rest deines Lebens Maximilian bedienen? Und wie wäre dein Stand bei den Dienstboten? Eine Lügnerin, die man aus Mitleid im Haus behält.«

Henrietta schwieg, senkte den Blick. Es schien offensichtlich, dass sie über dergleichen nicht nachgedacht hatte.

»Sie kann mit mir kommen«, sagte Philipp.

»Du bist erst einmal außen vor«, antwortete Karl nachdrücklich. »Wenn wir sie als unsere Schwester anerkennen, geht sie sicher nicht als deine Geliebte mit dir mit. Und du willst sie ja wohl nicht als Dienstmädchen zu deinen Eltern schicken, oder?«

Philipp schwieg.

»Na also.«

»Sie kommt natürlich mit uns«, beharrte Mabel Ashbee.

Henrietta wirkte verunsichert. »Ich... ich...«

Alle sahen sie erwartungsvoll an.

»Ich weiß es nicht.« Der jungen Frau kamen die Tränen. »Ich...« Wieder stockte sie.

»Also gut«, sagte Konrad. »Schlafen wir eine Nacht darüber.«

Alexander betrat das Arbeitszimmer. »Fast alle sind im Aufbruch.«

»Das war zu erwarten«, kam es von Karl.

»Und worum geht es hier jetzt?«, wollte Alexander wissen.

»Zunächst einmal um die Frage, wo sie heute Nacht schläft«, antwortete Johanna, der immer noch kalt war. Ihre Finger pressten sich in ihre Oberarme, während sie überlegte, was zu tun war und wie sie ihrem Vater begegnen sollte.

»Dort, wo sie immer schläft, möchte ich meinen«, entgegnete Alexander.

»Unmöglich«, rief Karl. »Wenn sie unsere Schwester ist, kann sie nicht in einem Dienstbotenquartier schlafen.«

»Stellen wir ein weiteres Bett in unser Zimmer«, schlug Mabel Ashbee vor.

Alexander wandte sich an Henrietta. »Dora ist deine Freundin, nicht wahr?«

Henrietta nickte.

»Und bestimmt möchtest du heute Nacht mit einer guten Freundin über alles sprechen, ihr zeigen, dass sich nichts zwischen euch geändert hat, nur weil jetzt alle wissen, wer du bist.«

Wieder nickte Henrietta, und wieder standen ihr Tränen in den Augen.

»Also ist es beschlossen.« Alexander breitete die Arme aus.

Konrad nickte, und Karl schloss sich mit sichtlichem Widerwillen an. Die Ashbees schwiegen, ebenso Philipp, der jedoch einen Blick des Einverständnisses mit Henrietta tauschte.

»Gut.« Konrad nickte. »Dann besprechen wir alles Weitere morgen.«

Zaghaft verließ das kleine Grüppchen das Arbeitszimmer. Die Ashbees gingen zu ihrem Zimmer, wobei Mabel Ashbee sich immer wieder umdrehte und Henrietta ansah, die bei Philipp stand.

»Ich werde nun mit eurem Vater sprechen«, sagte Konrad.

»Ich komme mit«, fügte Karl hinzu.

Und auch Alexander und Johanna schlossen sich an. Alexander, der offenbar ahnte, wie Johanna zumute war, legte ihr den Arm um die Schultern und zog sie leicht an sich. Als sie in den privaten Wohnbereich kamen, wogte Übelkeit in Johanna auf.

Unschlüssig stand Henrietta auf dem Korridor, Philipp musterte sie.

»Warum«, brach er schließlich das Schweigen, »hast du es mir nicht erzählt?«

»Weil ich nicht wusste, wie du reagiert hättest.«

»Und musste das alles wirklich auf diese Art und Weise geschehen? Ich hätte dir helfen können, hätte mit Maximilian gesprochen, dafür gesorgt, dass du zu deinem Recht kommst.«

Henrietta sah an ihm vorbei den Korridor entlang, in den die Geschwister mit ihrem Onkel gegangen waren, den sie selbst unzählige Male mit einem Tablett in der Hand entlanggegangen war… *Ihre* Geschwister, *ihr* Onkel… Es war ein seltsames Gefühl, auch wenn sie von Anfang an gewusst hatte, wie sie zu ihnen stand. Aber es waren immer die Herrschaften gewesen. Nun auf einmal von ihnen behandelt zu werden, als gehöre sie dazu, war irritierend, und so recht wusste sie damit nicht umzugehen. »Du hast sie nicht sterben sehen«, antwortete sie Philipp dann. »Ich konnte ihn nicht so davonkommen lassen. Seit ich ein Kind war, habe ich gehört, wie sie Männer mit heimbrachte, und musste ganz still in meinem Bett hinter dem Vorhang liegen.«

Philipps Kiefer spannten sich kurz an, ansonsten gab sein Gesicht keine Regung preis. »Wie lange ging das?«

»Nahezu bis sie starb. Sogar als sie krank war, kamen noch Männer zu ihr. Nur zum Schluss nicht mehr, da war sie zu ausgezehrt.«

»Und was wurde dann aus dir?«

Ein winziges Lächeln erschien auf Henriettas Lippen. »Ich lernte dich kennen.«

Kurz erwiderte Philipp das Lächeln. »Unmittelbar danach?«

»Nein, einige Wochen lagen dazwischen. Ich habe unserer Nachbarin mit den Kindern geholfen und durfte dafür bei ihr wohnen, aber das wäre keine dauerhafte Lösung gewesen, sie lebten zu sechst in einem Zimmer.« Henrietta wusste, dass dies Zustände waren, die Philipp sich nicht vorstellen konnte. »Ich wollte als Dienstmädchen ins Hotel, und als ich gehört habe, dass sich einige junge Frauen den reichen Herrschaften in Cöln anschließen, die auf der Suche nach Vergnügungen sind, habe ich es ihnen gleichgetan. Und so habe ich dich getroffen.«

»Und wurdest meine Geliebte, damit ich dich ins Hotel bringe.«

»Ich hätte es nicht getan, wenn ich einen anderen Ausweg gewusst hätte.«

Philipp nickte vage. »Du weißt vermutlich so gut wie ich, dass ich anfangs nicht mehr als ein amouröses Abenteuer im Sinn hatte.«

»Ja«, kam es kaum hörbar von ihr. »Und es bedeutete Wärme und Sicherheit.«

Philipp umfasste ihr Gesicht und strich mit dem Daumen seiner rechten Hand über die zarte Haut unter ihrem Auge. »Es kann für den Rest deines Lebens Wärme und Sicherheit bedeuten, wenn du das möchtest. Karl hatte unrecht, ich dachte nicht daran, dein Liebhaber zu werden, wenn du mit mir kämest.«

Das Ausmaß dessen, was er ihr bot, war für einen Augenblick zu überwältigend, als dass Henrietta eine Antwort darauf gefunden hätte.

»Und du musst auch jetzt nichts sagen.« Wieder lächelte er. »Geh schlafen, sprich mit deiner Freundin. Wir sehen uns morgen.« Damit küsste er sie auf die Stirn und ließ sie allein.

Henrietta schmerzte der Kopf. Mit schleppenden Schritten ging sie zum Dienstbotentrakt, begegnete dem einen oder anderen Kellner, der sie jedoch ignorierte. Alle waren damit beschäftigt, die Reste des Büfetts abzutragen. Später würden die Mägde zum Putzen kommen, und dann musste alles noch aufgeräumt werden. Henrietta kannte die Abläufe, und es war ein seltsamer Gedanke, dass sie nicht mehr darin eingebunden sein würde.

Mit müden Schritten ging sie die Treppe hoch und hoffte, dass sie niemandem über den Weg laufen würde. Die Quartiere der Männer lagen eine Etage höher als die der Frauen, und sie hätte nicht gewusst, wie sie Albert oder Johannes begegnet wäre, die beide keinen Hehl aus ihrer Zuneigung zu ihr gemacht hatten. Aber auch vor dem Aufeinandertreffen mit Dora hatte sie Angst. Sie zögerte, ehe sie den Korridor der Frauenschlafräume betrat, dann beschleunigte sie ihren Schritt, um nicht einem der Zimmermädchen oder gar Frau Hansen zu begegnen.

Als sie ihre Schlafkammer betrat, regte sich Dora in ihrem Bett und richtete sich auf. »Du?«, fragte sie, als Henrietta die Tür hinter sich ins Schloss schob.

»Ja«, antwortete sie nur und ließ sich auf ihrem Bett nieder.

»Mit dir hätte ich überhaupt nicht gerechnet. Haben sie dich hierher zurückgeschickt?«

»Nein.«

»Nach der Feier saßen alle noch im Dienstbotenzimmer, und es fielen keine freundlichen Worte.«

Obwohl es dunkel war und Dora sie nicht sehen konnte, nickte Henrietta. »Damit habe ich gerechnet.«

»Frau Hansen hat gesagt, sie hätte dich nie eingestellt, wenn sie gewusst hätte, woher du kommst und dass du Oberstleutnant von Landaus Geliebte bist. Andererseits ist das natürlich eine üble Geschichte, die Meinung vertrat sie auch. Johannes sagte, er hätte immer schon geahnt, dass deine Abstammung edel sei.« Verächtlich schnaubte Dora. »Die meisten sind der Meinung, dass du dir zu viel herausgenommen hast. Alle obrigkeitshörig…«

»Und was denkst du?«

»Ich hätte es ebenso gemacht wie du.«

Henrietta trug immer noch ihr smaragdgrünes Kleid, und sie strich gedankenverloren mit ihrer behandschuhten Hand über den Rock. »Sie haben gesagt, sie glauben mir.«

»Wer? Maximilian Hohenstein?«

»Nein, sein Bruder und seine Kinder. Und die Ashbees.«

»Dann ist doch alles bestens für dich, oder nicht?«

»Ich weiß es nicht«, antwortete Henrietta zögernd. »Ehrlich gesagt habe ich nur bis zu dem Moment geplant, in dem ich öffentlich mache, was Maximilian Hohenstein meiner Mutter angetan hat. Und jetzt ist alles irgendwie… durcheinander.«

»Möchten sie nicht, dass du bei ihnen wohnst?«

Henrietta war irritiert. »Was? Nein, ich wollte nicht… Es fühlte sich irgendwie seltsam an.«

»Und hier fühlt es sich richtiger an?«

Nein, das tat es nicht, nicht mehr. »Ich weiß es nicht.«

»Du gehörst jetzt nicht mehr hierher, Henrietta. Natürlich finde ich es sehr schön, dass du offenbar immer noch meine Freundin bist, aber morgen früh werden wir mit allen anderen aufstehen, und dann wird es vermutlich unerfreulich. Du wirst dann zu den Herrschaften gehen, und dir werden etliche gehässige Kommentare folgen. Möchtest du dir das antun?«

Henrietta hob unschlüssig die Schultern und schwieg eine Weile. »Wo soll ich denn hin?«, fragte sie schließlich.

»Zu *ihnen*. Du hast dich entschieden, dass dein Platz dort ist, also nimm ihn auch ein.«

»Sie wirken auf einmal so vereinnahmend. Und ich habe Angst davor.«

»Sie tun das, was sie mit Familienmitgliedern tun, und du bist eine junge Frau, von der sie jetzt wissen, dass sie mit ihnen verwandt ist. Sei froh, dass ihnen das nicht gleich ist.« Doras letzter Satz ging in einem Gähnen unter, und Henrietta erhob sich mit schlechtem Gewissen. Dora würde am nächsten Morgen früh aufstehen müssen, und sie hielt sie vom Schlafen ab.

»Ich suche nur noch eben ein paar Sachen zusammen«, murmelte sie.

»Sehr vernünftig«, antwortete Dora schläfrig, während das Rascheln des Bettzeugs verriet, dass sie es sich gerade gemütlich machte. »Und wenn ich morgen früh den Herrschaften serviere, erwarte ich, dich an einem der Tische sitzen zu sehen.«

»Ja«, antwortete Henrietta, obschon sie nichts dergleichen plante. Aber darüber würde sie am kommenden Tag nachdenken. Jetzt galt es zunächst, zu überlegen, wo sie schlafen sollte.

»Sie sagt die Wahrheit, nicht wahr?«, fragte Karl, noch ehe Konrad zu Wort kommen konnte.

Maximilian Hohenstein stand am Kamin seines Salons,

hatte eine Hand auf den Sims gestützt und starrte in das Feuer, das gerade entfacht worden war. Er trug – wie sie alle – immer noch seine Abendgarderobe. Am Fenster, mit dem Rücken zu ihnen, stand Anne Hohenstein, zeigte mit keiner Regung, dass sie dem Gespräch folgte.

»Warum antwortest du ihm nicht?«, fragte Alexander.

»Stehe ich hier vor einem Tribunal?« Sein Vater drehte sich langsam um und sah sie alle der Reihe nach an. Am längsten blieb sein Blick an Johanna hängen. Die wiederum wich ihm aus, senkte die Lider.

»Ich war jung«, sagte er. »Wenige Jahre älter als Karl. Und ich habe einen Fehler gemacht.«

Johanna sog die Unterlippe ein und biss darauf herum, hoffte, dass ihr Vater eine Entschuldigung oder wenigstens eine Erklärung hatte. Aber mehr als das, was er gesagt hatte, kam nicht. »Hast du jemals an sie gedacht?«, fragte sie in das brüchige Schweigen hinein.

»Ja.«

»Und an ihr Kind auch?«

»Gelegentlich.«

»Und was dachtest du, wovon sie leben?«

»Ich habe ihnen zwischendurch Geld zukommen lassen.«

»Und dann«, sagte Karl, »hast du es irgendwann vergessen, die Zahlungen wurden seltener, und du hast sie und dein Kind sich selbst überlassen.«

Maximilian Hohenstein sah ihn an. »Als sei ich der Erste, der sich nicht um seinen Bastard schert.«

»Na dann«, entgegnete Johanna, »kann ich ja froh sein, dass ich von der richtigen Mutter geboren wurde, ansonsten hättest du mich auch in der Gosse sterben lassen.«

»Red keinen Unsinn«, entgegnete ihr Vater.

»Aber sie hat doch recht«, schaltete Alexander sich ein. »Wäre sie von irgendeiner Frau in der Gosse geboren worden, hättest du dich nicht im Mindesten für sie interessiert.«

»Das sind Mutmaßungen«, sagte Konrad, »die jetzt zu nichts führen. Wäre Henrietta hier aufgewachsen und Johanna nicht, hätte er vielleicht diese Tochter ebenso wenig geliebt wie seine Söhne. Oder aber er hätte in ihr ihre Mutter erkannt und sie behandelt, wie er es nun mit Johanna tut. Aber all das ist nun nicht wichtig. Wir müssen wissen, wie es weitergeht.«

»Zahlen wir sie aus«, sagte Maximilian Hohenstein und sah dabei in die Flammen.

»Und dann?«, fragte Konrad. »Schicken wir sie auf die Straße zurück?«

»Vielleicht nimmt Philipp sie als Geliebte, das war sie ja offenbar bisher auch.«

Konrad lief rot an vor Zorn, was Johanna das erste Mal bei ihm sah. »Sie ist deine Tochter!«

»Sie hat die Hure für Philipp gespielt. Und wer weiß, für wie viele andere noch.«

»Und was denkst du, warum sie keinen anderen Ausweg sah?«

»Ich sagte, ich zahle sie aus. Ich zahle ihr auch eine Wohnung und ihren Unterhalt.«

Konrad atmete tief aus. »Wenn du die Vaterschaft anerkennst, wirst du mehr tun müssen.«

»Jemand mit ihrem Lebenswandel bedarf meines Schutzes nicht.«

»Und wer war schuld an diesem Lebenswandel?«, rief Johanna dazwischen. »Wenn du ihre Mutter nicht bestiegen hättest wie ein Hirsch in der Brunft, wäre das alles nicht passiert.« Die Worte waren raus, noch ehe sie recht wusste, was sie da eigentlich sagte. Ihr Vater war mit zwei Schritten bei ihr und schlug sie so kräftig ins Gesicht, dass sie beinahe zu Boden ging. Aus geweiteten Augen sah sie ihn an, entdeckte in seinem Blick das Spiegelbild ihrer eigenen Fassungslosigkeit.

»Maximilian!«, kam es von Konrad.

Johanna hob eine Hand an die schmerzende Wange, dann wandte sie sich ab und lief aus dem Raum. Sie hörte noch, wie ihr Vater sie rief, reagierte darauf jedoch nur, indem sie die Tür mit einem Knall hinter sich ins Schloss zog. Sie lief durch den Korridor, riss im Vorbeigehen in der Eingangshalle ihren Mantel aus dem Garderobenschrank und stürzte aus dem Haus. Kurz blieb sie stehen, sah in den schneeglitzernden Hof, auf den die beiden Laternen vor dem Haus milchige Lichtpfützen warfen, dann in den Garten. Der Wald bildete einen schwarzen Saum, aber diesen bei Nacht zu betreten, dafür war sie nicht mutig genug. Also ging sie in den Garten, der zwar auch dunkel, aber nicht von dieser mondlichtberaubten Finsternis war.

In ihrem Lieblingspavillon ließ sie sich auf der Bank an der Wand nieder, lehnte den Kopf zurück und starrte ins Leere. Ihre Wange brannte, und sie konnte immer noch nicht glauben, dass ihr Vater sie wirklich geschlagen hatte. Vermutlich bedauerte er es bereits, aber Johanna würde nicht in die Wohnung zurückkehren und hoffte, dass er nicht seinerseits losgehen würde, um sie zu suchen.

Mit verschränkten Armen versuchte sie, die Wärme im Mantel zu halten. Dieser Abend war so gänzlich anders verlaufen, als sie es erwartet hatte, sowohl in guter als auch in schlechter Hinsicht. In ihr rangen die unbändige Freude über Victors Anwesenheit und ihre gegenseitige Liebe mit der Erkenntnis, dass ihr Vater nicht der Mensch war, für den sie ihn gehalten hatte. Natürlich wusste sie, dass unter der Hand gemutmaßt wurde, er sei ihrer Mutter ebenso wenig treu, wie Karl es bei Julia gewesen war. Daher verwunderte es wohl nicht, dass es von ihm ebenfalls ein uneheliches Kind gab. Aber Marianne hatte wenigstens einen Vater, der sich um sie kümmerte, während Henrietta... Sie versuchte, sich Henrietta als ihre Schwester vorzustellen, aber es fühlte sich nicht echt an. Dachte sie an Henrietta, dann nach wie vor als Stubenmädchen und nicht als ihres Vaters Tochter. Am schlimmsten jedoch war die Sache mit Imogen, die Drohungen, all das, wozu ihr Vater ganz offensichtlich imstande war.

Sie wusste nicht, wie lange sie schon dasaß, als sie Schritte auf dem Schnee knirschen hörte. Selbst mit Mantel war ihr bitterkalt, das Abendkleid war für diese Temperaturen nicht geeignet. Schniefend zog sie die Schultern hoch und barg ihr Gesicht bis zur Nase im Mantelkragen. Sie erkannte ihre Brüder beim Näherkommen, obschon sie nur deren Silhouetten ausmachen konnte.

»Woher wusstet ihr, dass ich hier bin?«, kam es dumpf aus dem Kragen.

»Es war nicht weiter schwer, der einzigen Spur im Schnee zu folgen«, sagte Karl und steckte sich eine Zigarette zwischen die Lippen. Alexander ließ sich auf der Bank nieder, streckte die Beine aus und schob die Hände in die Taschen.

»Hirsch in der Brunft, ja?« Karls Zigarettenspitze glomm rot auf. »Woher haben wir solche Vergleiche, hm?«

In den feinen Abendkleidschuhen waren Johannas Zehen vor Kälte nahezu gefühllos. »Ich war früher mal gelegentlich mit auf der Jagd, schon vergessen? Und im Wald war ich auch mehr als einmal.«

»Na ja, aber diese Wortwahl...«

»Hat Papa noch etwas gesagt?«, fiel ihm Johanna in den Satz.

»Nein, er war wohl einfach erschrocken. Und er ließ sich

von mir und Alexander überzeugen, dass er dich in dieser Nacht lieber nicht mehr suchen geht.«

Johanna atmete auf. »Danke.«

»Und nun, da wir genug von *ihm* gesprochen haben«, sagte Alexander, »erzähl uns doch ein bisschen mehr von dir und Victor Rados.«

»Wir werden heiraten.«

»Kam etwas plötzlich«, antwortete Alexander, »aber so weit konnte ich folgen. Ich meinte eher das, was davor passiert ist.«

Johanna zuckte nur mit den Schultern. »Ich war mir meiner Gefühle nicht gewiss ...«

»Mein Stand der Dinge«, mischte sich Karl ein, »war, dass Philipp dich zurückgewiesen hat.«

»Woher weißt du davon?«

»Oha«, sagte Alexander, »die Sache wird langsam delikat. Du hast Victor Rados eine Abfuhr erteilt, nicht wahr?«

Karl schwieg, aber Johanna spürte, dass er sie beobachtete. Sie wandte den Kopf zu Alexander. »Woher weißt du es?«

Alexander hatte den Kopf zurückgelehnt. »Ich habe euch vom Fenster aus gesehen.«

»Du hast mir nachspioniert?«

»Ich war neugierig und ein wenig besorgt.«

»Und Victor Rados«, mischte sich Karl ein, »ist danach einfach abgereist?«

»Sieht ganz so aus.« Jetzt wirkte Alexander beinahe belustigt »Armer Kerl, er hat mir wirklich leidgetan.«

»Aber wenn du Victor Rados liebst«, sagte Karl, »warum, um alles in der Welt, lässt du dich dann von Philipp küssen?« Jetzt klang er regelrecht verärgert. »Ich hätte mich dafür beinahe mit ihm geprügelt.«

»Du hast Philipp geküsst?«

Johanna presste sich die Hände auf die Ohren. »Schluss jetzt!«, rief sie. Langsam ließ sie die Hände wieder sinken. »Es war eine verfahrene Situation.«

»Ja, danach klingt es in der Tat«, kam es von Alexander.

»Philipp hat Spielchen mit dir getrieben«, sagte Karl, »und du hast dich, vermutlich aus verletzten Gefühlen heraus, Victor Rados zugewandt. So weit richtig?«

»Hmhm.«

»Etwas ist vorgefallen.« Alexander schien nach Worten zu suchen. »Gab es eine gemeinsame Nacht mit ihm? Wart ihr das gar in der Wäscherei?«

Johanna erschrak und spürte an seinem Blick, dass er mehr ahnte, als sie gedacht hatte.

»Und?«, fragte Karl. »War es so?« Sein Tonfall hatte sich um eine winzige Nuance verändert, war ruhig, aber in jener Art, die es empfahl, auf der Hut zu sein.

Johanna schwieg. Vielleicht war ihm das Antwort genug, denn er fragte kein weiteres Mal.

»Und am nächsten Morgen warst du überzeugt davon, den Fehler deines Lebens begangen zu haben«, führte Alexander seine Theorie fort. »Jetzt fügt sich das Bild zusammen. Weil du dachtest, der einzig wahre byronsche Held könne nur Philipp sein«, schloss er, »musste der arme Victor Rados leider zu hören bekommen, dass er als zweite Wahl aussortiert wurde.«

»Du bist gemein«, entgegnete Johanna heftig. »So war es gar nicht. Ich habe ihm gesagt, ich habe ihn gern, und dann…«

»Und du hast tatsächlich mit ihm in der Wäscherei…?« Karl verstummte und fuhr dann fort: »Ist es zum… Äußersten gekommen?«

Johanna barg ihr Gesicht tiefer im Mantelkragen und war froh über die Dunkelheit.

»Warum fragst du uns nicht vorher in Liebesdingen?«, wollte Alexander wissen. »Wir hätten dir sicher das Richtige geraten.«

»Ja, das glaube ich euch aufs Wort«, zischte Johanna. »Die moralische Konstante in meinem Leben.«

»Das ist ja wohl etwas vollkommen anderes«, antwortete Karl und fügte hinzu: »Auf dem Fußboden in der Wäscherei? Im Ernst, Johanna?«

»Gerade du musst reden.« Johanna hob den Kopf und sah ihn an. »Wollt ihr jetzt hier über mich zu Gericht sitzen?«

»Nein«, entgegnete Alexander, während Karl wirkte, als sei er sich dessen noch nicht so sicher.

»Was hast du Victor Rados morgens gesagt?«, fragte er schließlich.

»Dass es mir leidtut und dass es ein großer Fehler war, der nur passiert ist, weil Philipp mich zuvor zurückgewiesen hat.«

Ihre Brüder stöhnten auf.

»Ich weiß, dass es falsch war, ja? Ich war mit der ganzen Situation einfach überfordert. Als ich es Onkel Konrad erzählt habe...«

»Du erzählst es Konrad?«, fiel Alexander ihr ins Wort. »Und uns nicht?«

»Ich wusste ja bereits, wie ihr reagieren würdet.« Johanna rieb sich die Oberarme, und ihre Stimme begann in der Kälte zu zittern. »Und es ist doch jetzt auch gleich, oder? Victor ist wieder da, und er liebt mich immer noch.«

»Glücklicherweise«, murmelte Karl.

»Verurteilst du mich, weil ich einen Moment lang schwach geworden bin? Eine Schwäche, die du dir wieder und wieder geleistet hast?«

»Es ist nicht so, dass ich es nicht verstehen könnte«, sagte Karl. »Aber ich kenne die Männer, die meisten versprechen dir, was immer du hören willst.« Ein betretenes Schweigen folgte, Henriettas Rede stand allen noch zu klar vor Augen.

»Victor ist anders.«

»Aber das wusstest du vorher nicht«, entgegnete Alexander.

Wieder schwieg Johanna. Dann sagte sie: »Als hätte ich mich nicht all die Wochen elend genug gefühlt.« Und in dem Moment brachen die Tränen aus ihr heraus, die sich seit der Szene im Festsaal und der Ohrfeige ihres Vaters angestaut hatten.

»Weine nicht«, sagte Alexander und legte ihr den Arm um die Schultern.

Karl ließ den Zigarettenstummel fallen und kam zu ihr, ging vor ihr in die Hocke mit einem Knie am Boden und nahm ihre Hände. »Was hast du denn gedacht, was wir mit ihm machen? Oder mit dir, hm?«

Johanna schüttelte den Kopf. »Ihr seid ja schon böse mit mir, *obwohl* er wieder bei mir ist und alles gut wird. Wie hättet ihr dann erst reagiert, wenn ihr früher davon erfahren hättet? Und ich habe mich so furchtbar gefühlt, ich brauchte jemanden, der mir wirklich hilft, ohne mich zu verurteilen.«

»Das hätten wir getan«, beteuerte Alexander.

»Ja, hätten wir«, bekräftigte Karl. »Und nun weine nicht mehr, Schwesterchen.«

Johanna schluchzte ein letztes Mal auf und wischte sich mit dem Mantelärmel über die Augen, während Karl ihre andere Hand noch immer hielt.

»Karl sieht aus, als wolle er dir gleich einen Antrag machen«, sagte Alexander.

Die Vorstellung war so komisch, dass Johanna lachen musste, und das vertrieb das letzte bisschen Trübsal. Karl erhob sich und setzte sich ebenfalls auf die Bank.

»Victor Rados wäre ein echter Narr gewesen, wenn er dich hätte gehen lassen«, sagte Alexander. »Gleich, wie töricht du dich vorher benommen hast.«

Die Geschwister schwiegen einträchtig, bis Alexander sich schließlich aufrichtete. »Also, ich weiß nicht, wie es euch geht, aber ich bin völlig durchgefroren. Johanna, könntest du vielleicht im Warmen weiterschmollen?«

Johanna erhob sich. »Mir ist auch kalt. Aber ich will Vater nicht begegnen. Womöglich kommt er zu mir und möchte über alles sprechen. Darauf kann ich jetzt wirklich verzichten.«

»Du kannst bei mir übernachten«, antwortete Karl. »Wir müssen nur schnell das Gästezimmer herrichten.«

»Weckst du dafür jetzt extra ein Dienstmädchen?«, fragte Alexander. »Oder beziehst du das Bett selbst? Wenn ja, würde ich gerne zusehen.«

»Das kann ja nicht so schwer sein.«

Im Eingangsbereich des Hauses verabschiedeten sie sich voneinander, und Alexander betrat die elterliche Wohnung, während Johanna und Karl zunächst in den Dienstbotentrakt gingen, wo sich die Wäschekammer befand.

»Hast du das je getan?«, fragte Johanna unvermittelt. »Einer Frau Versprechungen gemacht, die du nicht zu halten gedachtest?«

»Nein.« Schweigen. »Oder doch, einmal, als ich Julia bei der Hochzeit die Treue gelobt habe.«

»Oh.«

»Ich habe ausreichend Zeit gehabt, mein Tun zu bereuen, das kannst du mir glauben.«

Sie waren an der Wäschekammer angekommen, und Karl zog aufs Geratewohl eine Schranktür auf, hinter der sich allerlei sorgsam gefaltetes Leinen befand. »Das hier vielleicht?«, sagte er und zog etwas hervor, das sich beim Entfalten als riesiges Laken herausstellte. »Nein, zu groß.« Er legte es notdürftig zusammen, um es zurückzustopfen. »Und das?«

»Nein, ich glaube, das ist für ein Kinderbett.«

»Was tun Sie hier?«

Schuldbewusst zuckten die Geschwister zusammen und wandten sich zur Tür, wo Henrietta stand.

»Wir suchen Bettwäsche«, antwortete Johanna, die sich als Erste wieder gefangen hatte.

Henrietta sah an ihnen vorbei in den Schrank mit den zerknautschten Laken. »Ja, offensichtlich. Und morgen wird dafür jemand ziemlich viel Ärger bekommen.« Sie zog die zerknitterten Laken hervor und warf sie Karl zu. »Ein Nachmittag mit Plätteisen und Heißmangel, und Sie machen *das hier* nie wieder.«

Karl hob eine Braue, hielt aber bereitwillig die Lakenzipfel, während Henrietta die Bettwäsche mit geübten Griffen wieder zusammenlegte. »Was suchen Sie überhaupt?«

»Wir wollen ein Bett in Karls Gästezimmer beziehen«, antwortete Johanna.

Henrietta öffnete einen anderen Schrank und entnahm ihm Laken, Plumeau- und Kissenbezug. »So, mehr ist das nicht. Soll ich das schnell machen?«

»Du musst uns nicht mehr bedienen«, sagte Karl. »Und du brauchst auch nicht mehr so förmlich zu sein, immerhin bist du ja, wie es aussieht, unsere Halbschwester.«

Henrietta zuckte nur mit den Schultern und wirkte unsicher.

»Warum bist du eigentlich hier im Dienstbotentrakt unterwegs?«, fragte Karl. »Ich dachte, du schläfst heute noch einmal in deiner alten Kammer.«

»Das wollte ich auch, aber irgendwie gehöre ich da auch nicht mehr hin. Also wollte ich hier bis morgen warten.«

Karl seufzte. »Eines meiner Gästezimmer ist noch frei, nimm also gleich noch eine Garnitur mit.«

»Nein danke.«

»Ich erlaube aber nicht, dass du auf der Treppe nächtigst. Also los, tu, was ich sage.«

In Henriettas Augen blitzte es auf. »Sagten Sie nicht gerade, dass Sie mir nichts mehr vorzuschreiben haben?«

»Nein, davon sagte ich nichts, meine Worte waren: *nicht bedienen.*«

»Oh, *daran* gewöhnst du dich besser gleich«, sagte Johanna. »So unerträglich bestimmend ist er immer. Aber im Grunde genommen hat er recht, du kannst nicht bis morgen auf der Treppe hocken.«

Nach kurzem Zögern nickte Henrietta. »Also gut.«

»Ist dir gerade eingefallen, dass Philipp in dem dritten Gästezimmer nächtigt?«, fragte Karl.

Henrietta warf den Kopf zurück. »Wenn ich zu ihm wollte, wäre ich längst dort.«

»Damit ist jetzt ohnehin Schluss, du bist nun eine von uns.«

»Also das ist doch...«

»Ignorier ihn«, empfahl Johanna. »Und nun kommt, es wird wahrscheinlich bald hell.«

Karl warf einen Blick auf seine Uhr. »Gleich vier. Dauert also noch.« Dann erbot er sich sogar, Henrietta die Bettwäsche aus den Händen zu nehmen. Henrietta hob eine kleine Tasche auf, die an der Treppe stand, und kam mit ihnen in Karls Wohnung.

»Leider sind die Räume nicht geheizt«, sagte Karl. »Aber ich kann die Erste Küchenmagd wecken.«

»Nein, lass Ilse schlafen«, antwortete Johanna.

»Ich bin es ohnehin nicht anders gewöhnt, die Dienstbotenkammern sind nie geheizt«, fügte Henrietta hinzu.

Karl stieß die Türen zu den beiden Zimmern auf und drückte Henrietta die Bettwäsche in die Arme. »Also, wenn du so freundlich wärst ... ?«

Henrietta ließ ihre Tasche fallen. »Ja, sicher.«

»Gut. Johanna, kommst du eben mit? Ich suche dir ein Nachthemd von Julia heraus.«

Als sie sich bereits zum Gehen gewandt hatten, drehte Karl sich noch einmal um. »Gute Nacht, Henrietta.«

»Gute Nacht, Herr ... Karl.«

Karl grinste. »Du gewöhnst dich schon noch daran.«

Leise betrat Karl Julias Zimmer. »Sie ist gar nicht hier«, stellte er fest und machte Licht.

»Wo denn dann?«

»Das verrate ich dir, wenn du verheiratet bist.«

Johanna schnitt ihm eine Grimasse. »Jetzt mach schon, ich bin müde.«

Karl ging in das angrenzende Ankleidezimmer und kam kurz darauf mit einem weißen Batistnachthemd zurück.

»Danke«, sagte Johanna. »Und gute Nacht, schlaf gut.«

Als sie das Gästezimmer betrat, war Henrietta gerade fertig mit dem Bett. »Danke«, sagte sie. »Brauchst du Hilfe bei dem anderen?«

»Nein, allein geht es schneller.«

Johanna gähnte. »Dann bis morgen.« Sie zog sich um und ließ sich aufs Bett fallen. Eigentlich hatte sie sich immer eine Schwester gewünscht, dachte sie, ehe sie einschlief.

✶✶ 35 ✶✶

Karl ahnte nichts Gutes, als in aller Frühe nachdrücklich an seine Tür geklopft wurde. Erst wollte er es ignorieren, aber als auch Julia sich regte, erhob er sich doch, griff nach seinem Morgenmantel und öffnete die Tür. Davor stand sein Vater, bleich und mit blutunterlaufenen Augen.

»Hast du die Nacht durchgetrunken?«, fragte Karl.

»Sei nicht so impertinent. Zieh dich an und komm dann in Konrads Wohnung. Ich habe mit euch zu sprechen.«

»Kann das nicht warten?«

»Dann würde ich mitnichten hier stehen!«

Mit einem tiefen Seufzer nickte Karl. »Gut, ich komme gleich.«

Sein Vater nickte und ging.

»Was ist los?«, kam es verschlafen von Julia.

»Mein Vater möchte mich sprechen.« Dabei hatte er so gut wie gar nicht geschlafen. Erst hatten ihn die Gedanken um die Vorfälle jener Nacht wachgehalten, dann hatte er Julia geweckt und sie geliebt, mit der Vorstellung, am kommenden Morgen ausschlafen zu können. Es war ohnehin eine erfreuliche Überraschung gewesen, dass sie in seinem Bett auf ihn gewartet hatte – wenngleich sie bereits eingeschlummert war, als er sich endlich auch hinlegte. Und eigentlich hatte er vorgehabt, sie schlafen zu lassen. Aber wie das eben so war mit den guten Vorsätzen, manchen blieb man treu, anderen nicht. Und allein wach zu sein war eben weitaus weniger unterhaltsam.

»Erzähl mir später, was er von dir wollte«, murmelte Julia, kuschelte sich in das warme Daunenbett und schlief wieder ein.

»Nur kein Neid«, sagte Karl zu sich selbst. Er wusch sich, kleidete sich an, rasierte sich in aller Eile und war schließlich so weit präsentabel, dass er nicht mehr aussah wie eben aus dem Bett gestiegen. An den dunkel umschatteten Augen konnte er nichts ändern, aber so sahen sie an diesem Morgen vermutlich alle aus.

Es war still, als er durch den Korridor ging und seine Wohnung verließ. Im Treppenhaus begegnete ihm Johannes, der ein Tablett trug. »Guten Morgen, gnädiger Herr.«

Karl erwiderte den Gruß und unterdrückte ein Gähnen.

Sein Vater und ein sichtlich übernächtigter Konrad saßen in dessen kleinem Esszimmer, und Johannes machte sich daran, Kaffeegeschirr auf den Tisch zu stellen. Karl ließ sich ebenfalls auf einem der Stühle nieder. »Also, machen wir es kurz. Was gibt es?«

Sein Vater wartete, bis Johannes ihm Kaffee eingeschenkt hatte, goss etwas Sahne nach und nickte dem Lakaien zu, dass dieser sich nun zurückziehen dürfe. »Ich habe gerade mit Konrad darüber gesprochen, und wir sind uns einig, dass wir jetzt Schadensbegrenzung betreiben müssen.« Er trank einen Schluck Kaffee, wirkte, als fiele ihm das, was er nun zu sagen hatte, schwer. »Ich werde mich komplett aus dem Hotel zurückziehen und übertrage die Leitung dir.« Er gab Karl keine Zeit, seine Überraschung in Worte zu fassen. »Du kennst dich inzwischen ja aus, und ich vertraue darauf, dass du gemeinsam mit deinem Onkel das Beste aus der Situation machen wirst.« Das war vermutlich das größte Kompliment, das Karl je von ihm zu hören bekommen hatte. Da er nicht wusste, was er dazu sagen sollte, nickte er nur.

»Ich verkünde es beim Frühstück, damit die Gäste Bescheid wissen.« Wieder trank Maximilian Hohenstein einen Schluck Kaffee. »Was das Mädchen angeht, so muss wohl geklärt werden, wie es mit der Vormundschaft aussieht. Was sagt die Rechtslage, Konrad?«

»Sie ist erst mit einundzwanzig volljährig, das weißt du vermutlich selbst. Man kann ihr durch das Personenstandsgericht die Volljährigkeit zusprechen, da sie über achtzehn ist. Rechte und Pflichten würden sich demnach früher für sie ergeben. Ich weiß aber nicht, ob das im Interesse des Mädchens wäre.«

»Sie hat gelernt, auf sich selbst aufzupassen. Wo ist sie überhaupt?«

»Sie hat bei mir übernachtet«, sagte Karl. »Wie Johanna übrigens auch, falls es dich interessiert.«

Maximilian Hohensteins Gesicht wurde noch mal um eine Nuance fahler. »Alexander sagte mir letzte Nacht, dass sie bei dir ist, als ich sie suchen gehen wollte. Ich möchte mit ihr sprechen.«

»Tu dir keinen Zwang an«, erwiderte Karl. »Wenn sie es denn will. Momentan schläft sie allerdings noch.« Er goss sich ebenfalls einen Kaffee ein und lehnte sich im Stuhl zurück. Sein Blick traf den seines Onkels. Stummes Einvernehmen. Sie hatten in allem freie Hand. Obschon die Situation ernst war, spielte ein kaum sichtbares Lächeln um Konrads Mundwinkel. Karl erwiderte es und prostete ihm in einer angedeuteten Geste mit der Kaffeetasse zu.

Johanna blinzelte. Es dauerte einen Moment, ehe sie sich erinnerte, warum sie in diesem Raum lag. Das Licht fiel durch einen kleinen Spalt zwischen den Vorhängen herein und tastete sich blassgelb über die Holzdielen bis zu Johannas Abendkleid, das achtlos hingeworfen über einem Stuhl lag.

Als Erstes kam ihr der Gedanke an Victor, und ein Lächeln flog über Johannas Lippen. Dann dachte sie an ihren Vater, und das Lächeln verblasste. Sie blieb noch einen Augenblick liegen, dann erhob sie sich. Es half ja alles nichts.

Sie läutete, und kurz darauf betrat Alice den Raum. »Holst du mir bitte ein Tageskleid aus meinem Ankleidezimmer?«, wies Johanna sie an.

»Sehr wohl, gnädiges Fräulein.«

»Ist mein Bruder schon wach?«

»Er frühstückt bereits mit der gnädigen Frau und Oberstleutnant von Landau.«

Johanna ließ sich vor dem Frisiertisch nieder. »Bring mir auch meine Bürste mit und Spangen.«

»Die komplette Morgentoilette. Kommt sofort, gnädiges Fräulein.«

Johanna erhob sich wieder und ging ins angrenzende Bad, schaltete den Heizkessel ein und wartete darauf, dass das Wasser warm wurde. Es war wirklich sehr kalt im Zimmer. Was hatte Henrietta gesagt? Sie würde es nicht anders kennen? Schauderhafte Vorstellung. Johanna wärmte sich unter der Dusche auf, und als sie anschließend in ein Handtuch gehüllt ins Zimmer zurückkehrte, war Alice glücklicherweise mit ihrer Kleidung da.

Eine halbe Stunde später war Johanna angezogen, frisiert und bereit, sich dem Tag zu stellen. Als sie das Frühstückszimmer betrat, erhoben sich Karl und Philipp höflich, und Albert rückte ihr den Stuhl zurecht.

»Wie siehst du denn aus?«, begrüßte Johanna ihren Bruder. »Hast du überhaupt geschlafen?«

»Eine Stunde, wenn überhaupt. Vater hat mich in aller Frühe geweckt.«

Johanna nahm sich eine Scheibe Toast. »Was wollte er?«

»Mir das Hotel übertragen.«

Das verschlug Johanna die Sprache, und sie sah Philipp und Julia an, die nicht überrascht wirkten.

»Er hat es uns vorhin erzählt«, erklärte Julia. »Das ist tatsächlich eine Überraschung gewesen. Sie haben es den Gästen schon offiziell verkündet. Dein Vater zieht sich ab sofort aus dem Geschäft zurück.«

Johanna wusste nicht, was sie sagen sollte, und bestrich eine Scheibe Toast mit Butter und Kompott. »Das ist jetzt also *dein* Hotel?«, fragte sie dann überflüssigerweise.

»Es gehört immer noch ihm«, antwortete Karl, »aber ich leite es, zusammen mit Onkel Konrad. Wir müssen noch zum Notar, damit alles seine Richtigkeit hat. Vater wird sich ab jetzt in keinerlei Hotelbelange mehr einbringen. Vorhin war er dabei, das Arbeitszimmer so weit herzurichten, dass ich alles darin übernehmen kann.«

»Da kommt eine Menge Arbeit auf dich zu«, bemerkte Philipp.

»Konrad übernimmt einen Teil davon, ich die andere Hälfte. Ansonsten bleibt alles wie gehabt.«

Johanna verbrühte sich die Zunge an ihrem Kaffee und stellte die Tasse ab. »Und hat er sonst noch etwas gesagt?«

»Wir müssen klären, was mit Henrietta passiert, wo sie wohnt und wie es mit ihr weitergeht. Außerdem hat er mit den Ashbees gesprochen, aber da war ich nicht dabei. Solange sie hier sind, logieren sie als Gäste des Hauses, das ist wohl das Mindeste.«

Die Tür wurde geöffnet, und Henrietta betrat zögernd den Raum. »Guten Morgen«, sagte sie leise. »Ich möchte nicht stören, aber ...«

Die Männer erhoben sich. »Komm nur rein«, sagte Philipp und rückte ihr den Stuhl neben sich zurecht. »Wir haben gerade über dich gesprochen.«

Henrietta trug keine Dienstbotenkleidung, sondern ein

einfaches, blaues Baumwollkleid. Das Haar hatte sie zu einem Knoten aufgesteckt, und als sie an Albert, der sie an diesem Morgen bediente, vorbeiging, sah dieser sie erst mit undeutbarer Miene an, dann lächelte er und neigte den Kopf.

»Wir haben noch nicht geklärt, wo du leben wirst«, sagte Karl, nachdem Henrietta Platz genommen hatte.

»Ich denke«, sagte sie, »dass ich da auch etwas zu entscheiden habe, nicht wahr?«

»Ja, natürlich. Aber bisher warst du mit deinen Wünschen nicht sehr konkret. Mein Vater schlug letzte Nacht vor, dir eine Wohnung zu bezahlen und dich zu finanzieren.«

»Nein«, sagte Henrietta sofort. »Ich möchte nicht von ihm ... ausgehalten werden.«

»Nicht die Worte, die ich gewählt hätte«, entgegnete Karl, »aber angesichts der Situation wohl verständlich.«

»Ich kann ihn nicht als meinen Vater sehen. Ich werde ihn auch nie so nennen.«

»Das kann ich verstehen.« Karl reichte ihr den Brotkorb. »Ich würde es auch nicht tun, wenn ich es nicht müsste.«

»Ah, ihr esst noch«, kam es von der Tür her, und Alexander betrat den Raum. »Sehr gut. Zu Mutter und Vater kann ich mich beim besten Willen nicht setzen. Sie haben letzte Nacht so laut gestritten, dass man es vermutlich bis in den Hof gehört hat. Und jetzt herrscht eine Luft zum Schneiden.« Er ließ sich an Johannas Seite nieder und lächelte Henrietta zu. »Guten Morgen, meine Schöne. Gehen wir gleich zusammen spazieren?«

Henrietta wirkte verblüfft, nickte jedoch.

»Bestens.« Alexander sah sich um. »Gibt es keinen Kaffee?«

»Doch«, sagte Dora und kam eilig mit der Kanne in den

Raum. »Gerade frisch aufgebrüht.« Sie warf Henrietta ein verschmitztes Lächeln zu und beugte sich vor, um Alexander und hernach ihrer Freundin Kaffee einzuschenken.

Karl musste ein weiteres Mal von dem Gespräch am frühen Morgen erzählen, und auch anschließend kreisten ihre Unterhaltungen um die künftigen Veränderungen. Karl wandte sich schließlich an Henrietta. »Gleich, wie du dich entscheidest«, sagte er, »unser Haus steht dir offen. Es ist dein Geburtsrecht, du solltest es nicht aus falschem Stolz ausschlagen.«

Henrietta nickte und antwortete nicht. Ihre und Philipps Finger fanden sich zu einer flüchtigen Berührung, nicht lange genug, um bei Tisch anstößig zu wirken, aber von einer Vertrautheit, als würde die kurze, innige Berührung bereits ausreichen, um den jeweils anderen von den eigenen Gefühlen wissen zu lassen.

»Übrigens«, sagte Karl, »wissen wir nun, wer hinter den Diebstählen steckt. Konrad war wachsamer als unsere Detektive, aber er hat auch von Anfang an geglaubt, dass es ein Gast war.« Eine kurze, effektvolle Pause entstand. »Frédéric de Montagney.«

»Nein! Frédéric?« Johanna konnte es nicht glauben.

»Und er sagte – ich zitiere: ›Die Gäste verlieren ihr Geschmeide, dafür behält Johanna Hohenstein die kostbare Perle ihrer Unschuld.‹ Ich könnte den Kerl eigenhändig verprügeln.«

Johannas Gesicht wurde so heiß, dass es sich anfühlte, als habe sie einen Fieberschub. Alle am Tisch sahen sie an. Sie erwartete einen spöttischen Kommentar von Alexander, aber der wirkte mitnichten belustigt.

»Für jede Zurückweisung ein Diebeszug«, fuhr Karl fort. »Johanna, du hast meinen Respekt, er muss es ja ausgiebig versucht haben. Und um dem die Krone aufzusetzen, betonte er noch, dass er niemals eine Ehe im Sinn gehabt hatte. Wenn ich das mitbekommen hätte, hätte ich ihn schon früher in die Schranken gewiesen, aber ich dachte, er sei auf eine kleine Tändelei aus, nichts weiter.«

»Seine Anspielungen waren schon sehr ... deutlich«, antwortete Johanna.

»Ist er noch zu Gast hier?«, fragte Alexander.

»Wir können es ihm ja nicht nachweisen. Und er sagte, dass er sie nun unbehelligt lassen wird, da er *nicht in fremden Gärten wildere*. Ist das zu fassen?«

Johanna beendete ihr Frühstück und erhob sich. Das Thema war ihr unangenehm. »Entschuldigt ihr mich bitte?«

»Natürlich«, sagte Karl. »Grüß Victor Rados von uns.«

Johanna winkte in die Runde und verließ den Raum.

Im Hotel machte sie zunächst einen Abstecher in den Speisesaal, in dem die letzten Frühstücksgäste saßen. Sie ahnte bereits, dass sie Victor hier nicht finden würde, er gehörte in der Regel zu den Ersten morgens. Dann warf sie einen flüchtigen Blick in den Herrensalon, den Rauchersalon und in die Bibliothek. Schließlich gab sie es auf und fragte an der Rezeption.

»Er ist auf seinem Zimmer, gnädiges Fräulein«, sagte Herr Stehle. »Soll ich ihn anrufen?«

Johanna wollte ihm erst sagen, dass es genüge, wenn er ihr die Zimmernummer gab, aber vielleicht brachte sie Victor damit in Verlegenheit. »Ja, bitte tun Sie das. Sagen Sie ihm, ich warte im Vestibül auf ihn.« Sie ging zu einer Sitzgruppe in der Nähe des Brunnens, von wo aus sie die Treppe im Blick hatte. Es dauerte nicht lange, bis er kam, dunkel und elegant. Ihr Herz machte einen wilden Satz, und rasch erhob sie sich, um ihm entgegenzugehen. Er sah sie, lächelte und kam auf sie zu.

»Ausgeschlafen?«, fragte er.

»So einigermaßen.«

»Gehen wir spazieren? Gestern sind wir ja bedauerlicherweise nicht mehr zum Reden gekommen.«

»Ja, ich hole nur rasch meinen Mantel.« Johanna eilte zurück in Karls Wohnung, nahm sich ihren Mantel und lieh sich von Julia Schal und Handschuhe, um nicht in die elterliche Wohnung zu müssen. Als sie ins Vestibül zurückkehrte, stand Victor bereits fertig angezogen dort und wartete auf sie. Sie nahm seinen Arm und verließ mit ihm gemeinsam das Hotel.

»War es noch sehr aufreibend letzte Nacht?«, fragte er.

Johanna erzählte ihm alles, beginnend bei dem Gespräch im Arbeitszimmer bis hin zu dem Umstand, dass sie bei Karl übernachtet hatte.

»Er hat dich geohrfeigt?«, fragte Victor.

»Ja. Das erste Mal in meinem Leben.« Das schmerzte fast noch mehr als der Schlag an sich.

Victor legte seine Hand über die ihre und drückte tröstend ihre Finger. »Eine schwierige Situation, vor allem das mit dem Mädchen. Wobei gerade über sie letzte Nacht keine freundlichen Worte fielen.«

»Ich weiß. Es ist ungerecht.«

Sie gingen bis zum Nachtigallental, und Victor hob Johanna auf eine verwitterte Mauer, sodass ihr Gesicht auf einer Höhe mit dem seinen war. Dann zog er sie an sich und küsste sie. Johanna schlang die Arme um seinen Hals, vergrub die behandschuhten Finger in seinem Haar und erwiderte seine Küsse. *Jahrtausendealte Geheimnisse.* Als sie sich voneinander lösten, umarmte Johanna ihn und barg ihr Gesicht in der Wölbung zwischen Hals und Schulter.

»Erinnerst du dich noch an den Tag, als wir im Regen gestanden haben?«, fragte sie und hob den Kopf, lehnte ihre Stirn an die seine. »Ich dachte, du würdest mich jeden

Moment küssen, und hatte gleichzeitig Angst, dass du es tust.«

»Ich hätte es getan, hätte ich den Eindruck gehabt, dass du es wirklich möchtest. Aber du wirktest unsicher, also habe ich es gelassen.«

»Ich bin so glücklich, dass du hier bist.«

»Und ich konnte es kaum fassen, als dein Onkel mich angerufen und mir erzählt hat, dass du mich sehen möchtest. Ich glaubte dich ja bereits verloren.«

»Genauso ging es mir auch.«

Wieder küssten sie sich. Victor hatte einen Arm um ihre Mitte geschlungen, die andere lag an ihrem Rücken. Sie war verloren, dachte Johanna. Sie war ganz und gar verloren. Verglichen mit dem, was sie in Victors Armen empfand, erschienen ihr die Gefühle, die sie für Philipp gehegt hatte, blass wie ein farbloser Abglanz dessen, was nun in ihr war. Da war nichts von diesem verzehrenden Brennen gewesen, das jetzt in ihr loderte, nichts von dem Wunsch, wieder und wieder diese Momente sinnlicher Körperlichkeit zu spüren und sich in dem anderen zu verlieren. »Ich liebe dich«, atmete sie zwischen zwei Küssen. Sie bemerkte Victors Lächeln, als seine Lippen die ihren berührten.

Schritte waren zu hören, und sie lösten sich voneinander, hielten sich jedoch nach wie vor umschlungen. Es waren drei ältere Herren, die an ihnen vorbeigingen und Victor ein verschmitztes Schmunzeln zuwarfen. »Ach ja«, sagte einer von ihnen, als sie bereits vorbei waren, »noch einmal jung sein. Und verliebt.«

Victor lachte leise, und Johanna zog seinen Kopf erneut zu sich.

»Wie lange bleibst du?«, fragte sie, als er ihren Mund wieder freigab.

»Bis Ende Januar ist mein Zimmer bezahlt.«

»So kurz nur? Kannst du nicht verlängern?«

Er lächelte. »Ja, ein wenig kann ich schon noch bleiben. Und ich komme ja wieder.«

»Übrigens weiß ich jetzt, wer der Dieb war, der hier jedes Jahr sein Unwesen trieb.« Sie grinste.

»Und du willst mich auf die Folter spannen?«

»Rate. Du kommst nie darauf!«

»Ein Gast?«

»Ja.«

»So, wie du feixt, vermute ich fast, es könnte dieser unausstehliche Franzose sein.«

Sie zog einen Schmollmund. »Ach, du bist ein Spielverderber.«

Er wollte sie küssen, aber sie bog den Kopf zurück, entzog sich ihm spielerisch, bis er sie so eng an sich zog, dass kein Raum mehr blieb, um ihm auszuweichen. Mit geschlossenen Augen wartete sie auf seinen Kuss, dann öffnete sie ein Lid und sah ihn grinsen. »Später, ja?«, sagte er.

»Wenn ich dann noch möchte.«

Er lachte und küsste sie so lange, bis sie beide vollkommen durchgefroren waren.

»Warum hat er es getan?«

»Er sagte: ›Die Gäste verlieren ihr Geschmeide, dafür behält Johanna Hohenstein die kostbare Perle ihrer Unschuld.‹«

Victor hob die Brauen. »Ah ja?«

»Karl war ziemlich wütend.«

»Verständlich. Und gestern Abend hat Monsieur wieder gestohlen, nachdem er erfahren musste, dass du – um bei der Wortwahl zu bleiben – die kostbare Perle deiner Unschuld mir geschenkt hast.«

Johanna fragte sich, ob mal eine Zeit kommen würde, in der sie nicht rot wurde, wenn er diese Nacht erwähnte. Er bemerkte es, zwinkerte ihr zu und schenkte ihr ein leicht anzügliches Lächeln. Dann half er ihr von der Mauer, und sie machten sich auf den Rückweg.

»Ich werde in den nächsten Tagen mit deinem Vater sprechen«, sagte er. »Gleich, was vorgefallen ist, ich kann ihn natürlich nicht übergehen.«

»Ja, ich weiß«, antwortete Johanna seufzend. Sie hatte sich bei ihm eingehakt und schlenderte langsam an seiner Seite auf das Hotel zu. »Ich gehe ihm seit gestern aus dem Weg.«

»Irgendwann wirst du mit ihm sprechen müssen.«

Wieder seufzte sie.

Ihnen kam der amerikanische Geschäftsmann Charles Avery-Bowes entgegen, grüßte freundlich und spazierte weiter.

»Warum geht er immer ohne seine Frau hinaus?«, wunderte sich Johanna. »Etwas stimmt nicht mit ihr.«

»Tja, und da habe ich dir Wissen voraus.«

»Tatsächlich? Erzähl.«

»Er hat es mir eines Abends im Herrensalon erzählt. Seine Frau ist krank, die Sonne verursacht ihr Schmerzen. Man sieht es ihr nicht an, sie wird nicht rot oder so, aber das Sonnenlicht tut ihr so weh, dass sie bei Tag nicht hinausgehen kann. Deshalb kommen sie im Winter hierher, da kann sie am späten Nachmittag das Haus verlassen, ohne Angst zu haben.«

»Das ist ja furchtbar!« Johanna war entsetzt. Von so einer Krankheit hatte sie noch nie gehört.

Sie betraten den Hof, als zeitgleich Maximilian Hohenstein aus dem privaten Eingang des Hauses trat. Er sah sie, und Johanna erwiderte seinen Blick. Seine Augen verengten sich leicht, und er stand reglos da. Dann neigte er langsam den Kopf und nickte ihr und Victor zu.

»Ich weiß nicht, ob ich das kann«, sagte Henrietta. »Für den Rest meines Lebens nichts zu tun. Repräsentativ sein.« Sie saß mit Alexander im Garten und fror erbärmlich. Aber im Haus wären sie nicht ungestört gewesen, und Alexander hatte gesagt, er wollte sich in Ruhe mit ihr unterhalten. Wenn sie sich einen Bruder hätte aussuchen dürfen, wäre ihre Wahl vermutlich auf ihn gefallen, von daher hatte sie es in dieser Hinsicht wohl gut getroffen.

»Musst du das denn?«

»Welche Wahl habe ich denn? Ich habe als Dienstmädchen nicht viel getaugt, es liegt mir einfach nicht, andere Menschen zu bedienen. Aber sonst kann ich nichts, ich habe nie etwas gelernt.«

»Warum gehst du nicht mit deinen Großeltern mit? Ich bin sicher, sie würden sich freuen.«

Ja, vermutlich würden sie das. Sie hatte sie an diesem Morgen gesehen, und vor allem Mabel Ashbee schien den Blick nicht von ihr lösen zu können, während ihr Ehemann immer noch seine Tochter in ihr suchte. »Ich kenne die Leute doch gar nicht. Und Englisch spreche ich auch nicht.«

»Das lernst du schon noch, und die Ashbees können Deutsch. Aber du könntest ganz neu anfangen. Ich habe dich heute Morgen beobachtet. Du wirkst, als würdest du auf rohen Eiern balancieren, sobald dir die Dienstboten begegnen. Das geht nicht.«

»Aber ich war eine von ihnen.«

»Und genau deshalb musst du fort.«

»Um zu lernen, eine von euch zu werden?« Bei Alexander war es ihr erstaunlich leichtgefallen, ihn zu duzen, während es ihr bei Karl immer noch nicht gelang.

»Nein, einfach nur um zu lernen. Vielleicht wirst du eines Tages Philipp heiraten – nein, ich bin mir sogar sicher, du wirst es eines Tages tun. Aber vorher solltest du wissen, wer du selbst bist. Und das geht nun einmal am besten, wenn du weit weg bist von dem, was du kennst. Hier warst du die Tochter eines gefallenen Mädchens und dann ein Dienstmädchen. Geh woanders hin und entdecke, wer du in Wahrheit bist.«

Henrietta schwieg und sah zum Waldsaum. Die Vorstellung, so weit fort zu sein von allem, was sie kannte, machte ihr Angst. Aber vielleicht hatte Alexander recht, und es war genau das, was sie brauchte. Und irgendwie war der Gedanke ja auch reizvoll, eine neue Sprache zu lernen, sich auf dem gesellschaftlichen Parkett zu bewegen und vielleicht irgendwann zu wissen, wohin ihr Weg sie führen würde. Sie dachte an Philipp. Es würde sich zeigen, ob er bereit war, den neuen Weg mit ihr zu gehen, und ob er für die Henrietta, die sich in der Fremde herausschälte, ebenso viel empfand wie für die, die er kannte. Sie sah Alexander an. »War das der Grund dafür, dass du mit mir allein sein wolltest? Um mir das zu sagen?«

»Ja, so ist es.« Alexander schien der Einzige zu sein, der wirklich wusste, was sie umtrieb, als gäbe es doch eine Art von Seelenverwandtschaft, die nur das Blut bestimmte und nicht die Anzahl der Jahre, die man einander schon kannte. Und dann war da etwas, das es vorher nicht gegeben hatte, ein Keim, der in ihr spross. Sie sah Philipp aus dem Hotel auf die Veranda treten, und sein Blick fand den ihren sofort. *Für den Rest deines Lebens Wärme und Sicherheit.* Dann sah sie Alexander an, der ihr aufmunternd zunickte. *Aber vorher solltest du wissen, wer du selbst bist.*

Epilog

Victor hatte Johanna überrascht, als er zu ihrem Geburtstag im Mai im Hotel eingetroffen war. Sie hatte den Vormittag bei ihren Eltern in deren neuer Wohnung in der Rheinallee in Godesberg verbracht. Maximilian Hohenstein hatte im Januar beschlossen, dass es besser sei, wenn er keine Präsenz mehr im Hotel zeigte, sah man von gelegentlichen Besuchen ab. Er war in der Entscheidung, die Leitung abzugeben, ebenso konsequent wie in allem, was er tat. Alexander war freigestellt, ob er seine Eltern begleiten wollte, und natürlich entschied er sich dagegen und bewohnte nun die ehemalige elterliche Wohnung allein. Johanna hatte man es nicht so leicht gemacht. Es war ein harter Kampf gewesen, ehe man ihr erlaubte, ebenfalls im Hotel zu bleiben.

»Die Leute werden reden, wenn du praktisch allein dort lebst«, argumentierte ihre Mutter.

»Alexander wohnt ebenfalls dort. Karl eine Etage höher, und ganz oben wohnt Onkel Konrad. Was um alles in der Welt sollte es da zu reden geben?«

»Was, wenn Alexander nachts nicht daheim ist und jemand weiß, dass du ganz allein dort bist?«, fragte ihr Vater. »Was, wenn jemand dort einbricht und niemand ist da, der dich hört?«

So ging es in einem fort. Konrad bot schließlich an, dass sie bei ihm wohnen konnte. Das gefiel Maximilian Hohenstein ebenfalls nicht, aber er willigte schließlich ein, denn er litt unter dem angespannten Verhältnis zu Johanna und wollte es offenbar nicht durch einen erzwungenen Umzug noch schlimmer machen. Für die Ohrfeige hatte er sich entschuldigt und Johanna ihrerseits für die Wortwahl. Dabei hatte sie jedoch betont, dass sie zutiefst enttäuscht von ihm war.

»Hättest du das Kind wirklich getötet?«

»Nein, natürlich nicht. Es war nur die effektivste Drohung.«

»Wie lange war sie deine Geliebte, nachdem sie verschwunden ist?«

Die Antwort schien ihm schwerzufallen. »Bis kurz nach der Geburt des Kindes.«

»Hat es dir überhaupt nichts bedeutet?«

Die Fragen setzten ihm zu, das sah sie, und sie erließ ihm keine einzige. Sein Ruf war in der Öffentlichkeit angeschlagen, aber seltsamerweise schien man Imogen Ashbee schlimmer zu verurteilen als ihn. Immerhin hatte sie sich ihm hingegeben, obwohl er verheiratet war, hatte ein uneheliches Kind von ihm empfangen und sich dann einfach versteckt und alle in Angst und Schrecken versetzt. Und zu guter Letzt hatte sie sich an Männer verkauft. Ihre Tochter war auch nicht besser. Gelangte über Philipp von Landaus Bett in das Haus der Hohensteins und versuchte, ihren eigenen Vater zu verführen. Dass sie nur so getan hatte, ließ man geflissentlich unter den Tisch fallen. Wer konnte schon wissen, wie weit sie noch gegangen wäre bei dieser Mutter? Bei all diesem Gerede war es die richtige Entscheidung von Henrietta gewesen, mit ihren Großeltern nach England zu gehen.

»Denkst du, sie wird uns besuchen?«, hatte Johanna Alexander gefragt.

»Ja. Und sei es nur, um Philipp zu sehen.«

Dieser war vor Kurzem noch für einige Tage zu Besuch

gewesen, da Julia an einer Grippe erkrankt war, die sie für einige Zeit ans Bett gefesselt hatte. Sie war immer noch blass und angeschlagen, aber die Sonne tat ihr gut, sodass sie sich nun, da es wärmer wurde, oft nach draußen setzte. Karl, der sehr in Sorge um sie gewesen war, überraschte sie mit einer Reise nach Florenz, die er für Juli gebucht hatte.

Johanna saß im Garten und betrachtete ihren Verlobungsring, dessen Smaragd in der Sonne glitzerte. Ihr Vater hatte keine Einwände erhoben, aber damit hatte Johanna auch nicht gerechnet. Vielleicht hätte er sich Bedenkzeit erbeten oder Victor sonst wie hingehalten, stünden die Dinge anders. Aber da er um Schadensbegrenzung bemüht war, willigte er ohne langen Disput ein.

Als sie nachmittags heimgekommen war, hatte Victor sie im Vestibül erwartet, und Johanna hatte an sich halten müssen, ihm nicht vor allen Leuten um den Hals zu fallen. Karl, Alexander und Konrad hatten eine Geburtstagstafel im Garten aufgebaut mit Kuchen und Geschenken, und es war ein ausgelassener Nachmittag gewesen – weitaus schöner als das steife Kaffeetrinken mit ihren Eltern, das größtenteils schweigsam verlaufen war.

Inzwischen waren Kaffee und Kuchen wieder abgeräumt, die Männer brachten die Geschenke ins Haus, und Johanna saß allein unter einer ausladenden Platane, während sie das sattgoldene, spätnachmittägliche Sonnenlicht genoss, das den Garten wie in Sahne gebuttert wirken ließ. Sie seufzte zufrieden und stützte das Kinn in ihre Hände. Ihr Innerstes war ganz von dem Bewusstsein erfüllt, die richtigen Weichen gestellt zu haben und einen Weg einzuschlagen, den sie mit ganzem Herzen gehen wollte. Oder wie Alexander mal gesagt hatte: »Wir werden alle irgendwann erwachsen, und da sollten wir doch wissen, was wir wollen.« Was ihn anging, so lernte er weiterhin und besuchte regelmäßig

Seminare und Vorlesungen. Offenbar war es ihm ernst, dem konnte sich auch Karl nicht länger verschließen. Er würde ihm helfen, daran zweifelte Johanna nicht.

Victor kam zurück in den Garten. Im August würden sie heiraten, die Vorbereitungen dazu liefen bereits, und Anne Hohenstein ließ es sich nicht nehmen, alles bis ins Detail zu planen. Johanna lächelte, als Victor sich an ihrem Tisch niederließ.

»Endlich mal für einen Moment allein«, sagte sie.

»Was man so allein nennen mag«, antwortete er mit Blick auf die Gäste, die im Garten flanierten.

»Noch drei Monate, und wir können allein sein, wo immer wir wollen.«

Das hintergründige Lächeln, mit dem er sie bedachte, ließ auf einige sehr konkrete Vorstellungen schließen, wie sich das Alleinsein gestalten würde. Johanna beugte sich vor und sah ihm in die Augen.

»Komm, wir tun etwas, das wir noch nie getan haben.«

Er neigte den Kopf. »Was könnte das wohl sein? Angesichts dessen, was wir bereits getan haben, ist ein wenig Argwohn vermutlich angebracht.«

Johanna lachte. »Eine Leidenschaft teilen wir und haben sie noch nie gemeinsam ausgelebt.«

Ein übermütiges Funkeln glomm in seinen Augen auf. »Das Klavier?«

»Manchmal finde ich dich unheimlich.«

Er lachte, und als sie zum Haus zurückgingen, schlossen sich seine Finger um die ihren. *Jahrtausendealte Geheimnisse.*

Personenübersicht

Haus Hohenstein
Maximilian Hohenstein, Hotelier
Anne Hohenstein, seine Frau
Karl Hohenstein, erstgeborener Sohn und Erbe
Alexander Hohenstein, zweitgeborener Sohn
Johanna Hohenstein, Tochter von Maximilian und
Anne Hohenstein
Julia Hohenstein (geb. von Landau), Karls Ehefrau
Ludwig Hohenstein, gemeinsamer Sohn von Karl und Julia
Valerie Hohenstein, gemeinsame Tochter von Karl und
Julia
Marianne Hohenstein, Karls Tochter
Konrad Alsberg, Maximilians Halbbruder

Haus von Landau
Richard von Landau, Baron, Julias Vater
Eleonore von Landau, seine Ehefrau
Philipp von Landau, sein Sohn, preußischer Offizier

Personal
Henrietta, Stubenmädchen
Dora, Stubenmädchen
Johannes, Lakai
Albert, Lakai
Hanne, Zimmermädchen
Irma, Zimmermädchen

Hilde, Anne Hohensteins Zofe
Alice, Julia Hohensteins Zofe
Margaretha, Kinderfrau
Carlotta, ehemaliges Zimmermädchen
Ilse, Küchenmagd
Grit Hansen, Haushälterin
Franz Bregenz, Hausverwalter
Constantin Stehle, Concierge
Hannelore Eichler, Köchin
Agnes Roth, Wäscherin

Gäste
Victor Rados, Ungar, Sohn eines k.u.k-Offiziers und einer österreichischen Adligen
Frédéric de Montagney, französischer Adliger
Ralph Ashbee, Engländer
Mabel Ashbee, seine Frau
Imogen Ashbee, ihre verschollene Tochter
Katharina Henot, reiselustige junge Frau aus Weimar
Charles Avery-Bowes, amerikanischer Geschäftsmann
Helena Avery-Bowes, seine Ehefrau
Henri-Georges Rémusat, französischer Kulturattaché
Désiré, Tochter des Kulturattachés
Hélène, Tochter des Kulturattachés